DEGRÉ
DE
CULPABILITÉ

Richard North Patterson

DEGRÉ DE CULPABILITÉ

FRANCE LOISIRS
123, boulevard de Grenelle, Paris

Titre original : *Degree of Guilt*
Traduit de l'américain par Elisabeth Kern

Édition du Club France Loisirs, Paris,
réalisée avec l'autorisation des Éditions Albin Michel.

ISBN 2-7242-8945-5

À Laurie,
pour tout

PREMIÈRE PARTIE

Le meurtre

13 janvier

Chapitre un

La femme grelottait dans le couloir, le regard fixé sur le numéro de la porte.

Un court instant, elle se demanda s'il s'agissait vraiment de la suite qu'elle venait de quitter, une minute plus tôt à peine. Puis elle tourna lentement la poignée. Le léger déclic métallique la fit tressaillir.

Dans un grincement, la porte s'entrouvrit, laissant échapper un rai de lumière blafarde. Elle hésita, jeta un coup d'œil derrière elle, moins par crainte d'être surprise que par désir de rester suspendue dans le temps, hors de la pièce.

L'heure. Elle regarda le cadran doré de sa montre. Quand était-ce arrivé ? Impossible à dire. Trente minutes, décida-t-elle de façon arbitraire. Trente minutes, et elle ne savait toujours pas ce qu'elle allait faire. Son cerveau travaillait au ralenti, engourdi par l'incrédulité. Elle se sentait comme sous l'effet d'une drogue.

Elle s'aperçut que ses doigts étaient moites. À chacune de ses pensées, ses possibilités de choix semblaient se réduire. Elle eut soudain envie de cesser de réfléchir, de fuir. Il lui fallut toute sa volonté pour ne rien faire.

Le carillon de l'ascenseur retentit.

Elle tressaillit. À toute vitesse, elle chercha à se rappeler quelle distance la séparait de l'ascenseur. Trop effrayée pour se retourner, elle demeurait incapable de se représenter le couloir, là, juste derrière elle.

Elle se ressaisit, redressa les épaules et poussa la porte.

Un rectangle de lumière la captura comme l'obturateur d'un appareil photo, femme élancée aux longs cheveux noirs, immobile dans l'encadrement de la porte. L'ascenseur s'ouvrait. Le second carillon lui fit l'effet d'une décharge électrique. Elle avança d'un pas et ferma la porte derrière elle.

Cette porte qu'elle refermait lui parut lourde. Non, décisive plutôt, corrigea-t-elle. Refermer cette porte était une action décisive.

Elle se retourna pour faire face à la pièce.

Ses yeux scrutèrent la pénombre, avides des moindres détails. Stores baissés. Son sac de cuir noir sur le sol. Le col doré d'une bouteille de champagne vide dépassant d'un seau à glace en argent, sur une table basse. Les deux verres en cristal. La grossière peinture à l'huile de la baie de San Francisco, dont elle s'était moquée dès son entrée dans la pièce, la première fois. Son collant sur le tapis, déchiré sur un côté.

Elle mit la main sur sa gorge, cherchant les écorchures. Elle s'était cassé un ongle : étrangement, ce fut ce détail qui lui rappela sa propre fragilité.

Enfin, elle le regarda.

Il y avait du sang à présent sur le tapis, sous sa poitrine. Le pantalon était descendu jusqu'aux genoux.

Une avalanche d'images l'assaillit soudain : jambes contorsionnées formant des angles insensés, chaussettes bleues, boucles rousses emmêlées, visage étroit, raviné, devenu couleur craie. Un œil resté ouvert, comme pour fixer le revolver noir gisant près de la tête, à l'endroit où elle l'avait laissé.

Un instant, elle demeura paralysée.

Elle inspira profondément, souffla. Puis elle fit trois pas et, debout au-dessus du corps, posa son regard sur les fesses nues.

La vague de répulsion la submergea à nouveau, la prit à la gorge. Elle crut qu'elle allait vomir. Une partie froide, détachée, de son cerveau se demanda comment cela serait interprété plus tard. Peut-être comprendrait-on sa terreur, la panique qu'il avait suscitée chez elle. Alors la haine l'envahit à nouveau, dure, profonde, brute.

Elle ferma les yeux, torturée par les souvenirs. Ce qu'il avait fait. Ce qu'il avait voulu faire.

Lorsqu'ils se rouvrirent, elle se sentait plus forte, prête. Plus conforme à la femme qui était venue ici. Plus conforme à celle qu'elle avait toujours été.

La nausée était passée. Elle s'assit près de lui sur le tapis.

Elle s'aperçut qu'il n'y avait pas de trou dans le dos. La balle n'avait pas traversé. La chair flasque des fesses tournait au gris. Elle n'y discernait presque plus les traces que ses ongles y avaient laissées.

Armée de sa nouvelle détermination, elle s'efforça de raisonner avec détachement, en toute objectivité. Environ quarante minutes plus tôt, pensa-t-elle, ce cœur avait cessé de pomper le sang. Ce grand homme, fesses à l'air, pâle comme un poisson. C'était presque comique.

Un sourire, léger et involontaire, raviva la douleur sur ses lèvres contusionnées. Sa gaieté macabre s'évanouit.

Elle résolut de faire sortir cet homme de sa vie. Elle ne lui permettrait pas de gâcher son existence. Elle laisserait cette journée derrière elle.

Dès à présent.

Elle regarda sa montre. Elle avait perdu trop de temps. Il fallait réfléchir vite.

Elle se redressa avec une sorte de dignité insolite ; elle se préparait.

Elle contourna délicatement l'homme mort, s'agenouilla de l'autre côté pour ramasser son collant. Elle laissa le revolver là où il était.

Le collant dans une main, elle réfléchit. Puis elle remonta sa jupe pour examiner ses jambes. L'éraflure sur sa cuisse gauche suivait fidèlement la déchirure du collant.

Ils demanderaient à voir ses jambes, c'était certain.

Longues, fines et musclées par les vingt années d'exercice quotidien accompli depuis l'université : jogging le matin, gymnastique le soir. Vingt années de volonté : comme tous les aspects de sa vie, elle avait amené son corps le plus près possible de la perfection. Mais ce jour-là, semblait-il, il n'avait pas été assez parfait.

Enfilant à grand-peine son collant, elle s'aperçut que ses chaussures se trouvaient encore sous la table basse.

Quels détails seront importants ? se demanda-t-elle. Difficile de le savoir.

Elle se dirigea vers la table, les yeux fixés sur le magnétophone.

Petit et noir, il était posé debout près des lunettes. À travers le plastique transparent, elle vit que la cassette avait défilé jusqu'à la fin. Et, avec elle, la voix de la femme. Une voix grave, rugueuse, qui maudissait d'un ton monocorde un homme que Mary n'avait jamais rencontré, mais en qui elle avait pourtant cru. Jusqu'à ce jour.

Un long moment passa avant qu'elle se rendît compte que ses poings s'étaient crispés. Un autre, plus long encore, avant qu'elle parvînt à bouger.

Comme une somnambule, elle arrangea ses vêtements, mit ses chaussures. Puis elle lança un regard circulaire sur la pièce et remarqua que la porte de la chambre était fermée. Elle trouva étrange qu'il ne la lui ait pas montrée.

Elle inspecta à nouveau la pièce.

Le tiroir du bureau était resté ouvert. Enjambant le corps, elle alla le fermer.

Lorsqu'elle se retourna, le miroir au-dessus du canapé captura son visage.

Cette image l'arrêta. Avec un étrange détachement, elle pensa que les photographies amplifieraient la contusion qu'elle avait au-dessous de l'œil.

Elle ne vit rien d'autre. Ni les années écoulées depuis Washington, ni l'heure qu'elle venait de passer ne l'avaient beaucoup changée. Malgré tout ce qu'il avait dit, ou fait, ou malgré tout ce qu'il n'avait pas pu faire.

Elle examina son reflet.

Un visage photogénique. Ferme, avec des pommettes hautes et des yeux clairs, couleur noisette. Un visage qui l'avait toujours aidée, qu'elle eût ou non désiré ce genre d'aide. Continuerait-il à le faire dans sa nouvelle situation ?

Elle se retourna et jeta un dernier regard sur l'homme, puis sur la pièce tout entière. Pour se souvenir. Juste pour se souvenir. Elle allait avoir une longue journée, elle le savait, et une longue nuit sans sommeil. Peut-être plusieurs nuits passeraient-elles même avant qu'elle parvînt à nouveau à dormir. Mais elle aurait besoin de se souvenir. Surtout ne pas oublier.

Un court instant, elle songea à nouveau au garçon, et elle fut prête.

Le téléphone se trouvait à l'extrémité de la table, près du canapé. Elle saisit le combiné, crispée, attentive à la tonalité. Soudain son regard buta sur le magnétophone.

On allait l'enregistrer, elle le savait. On écouterait ses paroles des dizaines de fois. Et on étudierait les intonations de sa voix.

Elle avala sa salive, se racla la gorge. Sa bouche avait un goût amer.

Déterminée, elle composa le numéro.

La tonalité s'interrompit et fit place à une sonnerie à l'autre bout du fil. Elle écouta, réunissant tout son courage pour affronter la voix. Le ton brutal de l'homme la fit tout de même sursauter. Quelle idiote, pensa-t-elle, d'avoir espéré une femme !

« Urgences de San Francisco », répéta, toujours aussi sèche, la voix masculine.

Elle gardait le regard fixé sur l'homme allongé par terre et sur le revolver noir, près de sa tête. Un objet étranger, songea-t-elle. Étranger dans sa vie. Étranger dans sa main.

« Il y a eu un accident », dit-elle simplement.

Terri Peralta regarda sa montre. Il était presque 17 heures, et il n'avait toujours pas tendu le piège.

Sept heures, déjà, que durait la déposition. Terri avait l'impression de les voir jouer au chat et à la souris, mais avec un chat qui, du coin de l'œil, épiait une seconde souris ; ce qui donnait au jeu tout son pouvoir de fascination, c'était la suffisance de cette dernière, qui regardait la partie se dérouler sous ses yeux, persuadée d'être elle-même à l'abri du danger.

« Sans doute puis-je vous rafraîchir la mémoire, dit Christopher Paget d'une voix agréable en tendant un document à la première souris. Pourriez-vous identifier la pièce à conviction numéro treize du défendeur ? »

Ce chat d'un genre très spécial portait une veste croisée de laine italienne à fines rayures, une cravate de soie fleurie, une chemise de coton blanc et des boutons de manchette en or. Comme pour tout ce qui concernait Christopher Paget, Terri se demandait si le soin apporté à sa tenue vestimentaire ne constituait pas, en fait, une sorte de camouflage destiné à détourner l'attention de sa véritable personnalité.

Ils se trouvaient réunis dans une vaste salle de conférence. Par la fenêtre, on apercevait la baie de San Francisco. Deux avocats de chaque côté de la table, un témoin et une greffière. Terri était assise près de Paget. Elle observait. Le document qui semblait avoir pétrifié le témoin était le dernier du dossier.

« Je vous en prie, prenez votre temps », suggéra calmement Paget.

Le temps, pensa à nouveau Terri. Dehors, le crépuscule envahissait peu à peu la baie. Les lumières commençaient à s'allumer çà et là dans la ville et de l'autre côté de la ligne grise de Marin County. Dix-sept heures. La garderie fermait dans une heure. Elle était située à l'autre extrémité du pont de San Francisco, comme l'avait souhaité Richie, pas très loin de chez eux. Richie préférait Berkeley à la ville. Devant elle, était posé un message, apporté à 16 h 30 : Richie devait dîner avec une « relation d'affaires » pour travailler à son dernier « contrat ». Terri devait aller chercher Elena.

Oublie tout cela pour le moment, se dit-elle. Apprends. Regarde-le manœuvrer.

Décidément, la comparaison était encore meilleure qu'elle ne l'avait cru. Paget avait la patience et les yeux bleus placides d'un chat. Il émanait de sa personne une certaine distinction, fruit d'une sévère autodiscipline et d'un important travail. Les reflets cuivrés de ses cheveux, son nez droit et les angles nets de son visage n'avaient guère changé depuis la photographie — devenue classique — prise quinze ans auparavant.

Christopher Paget, elle le savait, avait connu si tôt la célébrité que certains considéraient la carrière qu'il menait depuis comme un « après ». Il avait vingt-neuf ans lorsque sa photo avait fait la une du *Time*. Elle avait retrouvé le magazine à la bibliothèque, alors qu'elle se préparait à passer un entretien pour devenir sa collaboratrice. Une couverture célèbre : un jeune avocat témoignant devant le Congrès, portrait de l'idéalisme et du courage. La curiosité l'avait conduite d'article en article, lui rappelant des choses dont elle avait entendu parler du temps de son adolescence, mais auxquelles elle était alors trop jeune pour s'intéresser.

L'affaire mettait en cause William Lasko, ami proche et soutien financier du président. Paget était alors expert auprès de l'ECC, la commission américaine des opérations de Bourse, qui l'avait chargé de contrôler les transactions boursières de Lasko. Or un témoin clé — un employé de Lasko — avait trouvé la mort dans un « accident », renversé par un chauffard qui avait pris la fuite. L'employé avait laissé un message énigmatique qui avait amené Paget à penser qu'une personne, au sein même de l'ECC, cherchait à lui mettre des bâtons dans les roues.

Peu à peu, Paget avait commencé à déceler un vent de corruption à l'intérieur de l'ECC, corruption qui, d'après ses soupçons, remontait jusqu'à la Maison-Blanche. À ce moment, un second témoin avait été kidnappé. Paget, résolu à persévérer envers et contre tout, avait lui-même été victime d'une tentative d'assassinat au moment où il allait enfin décrypter le sens des transactions de Lasko.

Paget avait finalement découvert que ces transactions devaient rapporter un million et demi de dollars au président pour financer sa campagne. Celui qui, jour après jour, avait informé Lasko de l'avancement de l'enquête s'était révélé être son propre patron, le directeur de l'Agence pour laquelle il travaillait. Un certain Jack Woods.

On ne sut jamais, apprit Terri, si Paget avait vraiment mis au jour l'intégralité de la corruption qui régnait au sein de l'ECC. Mais l'avocat était allé dévoiler l'affaire au *Washington Post*, puis au Congrès. Un autre témoin s'était alors trouvé à ses côtés sur le devant de la scène : une jeune avocate, assistante de Woods. Lasko et Woods avaient tous deux été condamnés à des peines de prison ferme et le Président avait été contraint de se retirer de la vie politique.

« Christopher Paget, écrivait à l'époque un journaliste à la plume acerbe, est la première personne de vingt-neuf ans à ruiner la carrière d'un président américain sans faire intervenir le sexe. »

L'agacement de cet éditorialiste tenait sans doute au refus obstiné que Paget opposait à toute demande d'interview.

D'après ce que savait Terri, l'avocat n'avait plus jamais reparlé de l'affaire Lasko.

Le scandale avait dû être de taille. Par la suite, chacun avait voulu en tirer profit. L'avocate venue témoigner avait décroché une place de journaliste à la télévision. Seul, Paget semblait avoir refusé sa part du gâteau. En outre, bien plus que la jeune femme, il s'était attiré l'inimitié de tous les partisans du Président, qui lui reprochaient d'avoir altéré le cours de l'Histoire.

Paget avait quitté Washington et s'était installé en Californie. Là, il avait ouvert un cabinet juridique et, refusant de se lancer dans la politique, comme beaucoup le lui conseillaient, il s'était spécialisé dans la criminalité en col blanc. Au bureau, la période « Washington » de Paget était traitée comme une sorte de traumatisme personnel que, par tact, chacun se gardait d'évoquer. En six mois de collaboration, Terri n'avait rien appris de lui, hormis qu'il excellait dans son métier.

« Monsieur Gepfer ? » demanda-t-il poliment.

En face de lui, le témoin fixait les quelques pages de chiffres écrits à la main, visiblement incapable de bouger ou d'ouvrir la bouche. Il a vraiment l'air d'une souris, pensa Terri. Visage étroit, anguleux, cheveux blond roux peignés de façon à masquer une calvitie au sommet du crâne, petits yeux exprimant tantôt l'avarice, tantôt la terreur. S'il n'avait pas été si malhonnête, et le moment si sublime, elle aurait éprouvé de la pitié pour cet homme.

« Je n'ai aucun souvenir de ce document, trancha l'avocat adverse. J'aimerais savoir de quoi il s'agit, et d'où il provient. »

Avec Starr, la comparaison élaborée par Terri s'effondrait. L'homme n'avait rien d'une souris : un visage de lézard plutôt, avec des cheveux gris plaqués et un mauvais regard chargé de ruse. Elle n'avait pas été étonnée d'apprendre de l'associé maigrelet assis près de lui qu'il traitait ses employés comme des serfs.

Ignorant la remarque, Paget se tourna vers la jeune greffière qui, placée à l'extrémité de la table, gardait les doigts posés sur les touches de sa machine.

« Face à l'agitation de M. Starr, dit-il, le témoin a sans doute oublié la question. Pourriez-vous la lui rappeler ? »

Starr était penché sur la table. Terri le regarda attentivement, cherchant à découvrir dans quelle mesure il comprenait ce qui se passait. Il n'a pas encore bien saisi, conclut-elle. L'homme semblait s'attendre à un revers, non à un désastre.

« Oh ! ça va, continuez !

— Merci. »

Pas la moindre trace d'ironie dans le ton de Paget. Il fit un signe à la greffière.

« Pourriez-vous identifier la pièce à conviction numéro treize du défendeur ? » répéta la jeune femme.

D'une voix à peine audible, Gepfer répondit :

« Oui. »

Paget reprit l'interrogatoire.

« S'agit-il de votre écriture ?

— Oui.

— Pourriez-vous nous lire le titre placé en haut du document, s'il vous plaît ? »

Gepfer ferma les yeux.

« Rectification libérale de la comptabilité, fit-il d'une voix blanche.

— Comment avez-vous eu l'idée de ce titre ?

— David Franck me l'a suggéré.

— Alors qu'il était encore P-DG de Lyon Industries ?

— Oui.

— Est-ce également M. Franck qui vous a fourni les chiffres figurant dessous ? »

Starr suivait l'interrogatoire avec un visage de marbre. Terri remarqua seulement à quel point il était attentif.

« Il m'a donné ses instructions, dit Gepfer d'un ton misérable. C'est moi qui ai calculé les chiffres pour lui.

— Et que représentent ces chiffres ?

— Le montant des rentrées complémentaires nécessaires pour que la société Lyon puisse afficher un bénéfice pour l'année fiscale 1991.

— Complémentaires, ou imaginaires ? »

Gepfer fronça les sourcils, comme s'il étudiait une question complexe.

« Nous n'avons pas gagné cet argent, répondit-il enfin, si c'est ce que vous insinuez.

— Mais les chiffres figurant sur ce document sont bien devenus ceux du bilan officiel de la société Lyon, n'est-ce pas ?

— C'est exact.

— Et ils ont été utilisés pour lancer une offre publique d'achat de 53 millions de dollars ?

— Oui.

— M. Franck a vendu des actions lors de cette opération, n'est-ce pas ?

— Oui.

— Et il a gagné plusieurs millions de dollars...

— Oui.

— Quant à vous, vous avez également profité de l'occasion pour vendre des actions ?

— Oui.

— Et vous avez gagné environ 670 000 dollars ?

— Oui », dit encore Gepfer.

À présent, Paget lui imposait la cadence de ses questions.

« Qui avait eu l'idée de modifier les livres de comptes ? »

La voix de Gepfer se fit accusatrice.

« M. Franck.

— Et vous vous êtes contenté de suivre ?

— Oui.

— Mon client, Steve Rudin, était-il au courant ?

— Objection, interrompit Starr. C'est de la subornation de témoin. »

Les yeux de Paget marquèrent un profond étonnement.

« Franchement, monsieur Starr, je suis en train de travailler pour vous. Je pensais que vous seriez plus reconnaissant...

— En voilà assez ! Franck s'est suicidé. Comment cet homme pourrait-il savoir à qui Franck a parlé ? »

Paget le regarda un instant. Il semblait que rien ne pouvait le surprendre, qu'il avait appris à ne rien laisser transparaître de ses sentiments et qu'il avait l'habitude de ne jamais compter sur autrui. Ce n'était pas la première fois que Terri avait cette impression.

« Vous voulez dire que vous ne lui avez pas posé la question ? demanda-t-il doucement à Starr. Vous êtes chargé de ce dossier contre mon client, cet homme coopère avec vous, et vous ne lui avez pas encore posé cette question ? »

Starr eut un mouvement de recul.

« Je ne suis pas le témoin, répliqua-t-il. Je n'ai pas à vous dire quelles questions j'ai posées et lesquelles je n'ai pas posées. Ces informations sont confidentielles.

— Alors je vais tenter une autre question, reprit Paget sur un ton aimable en se tournant vers le témoin. Hormis aujourd'hui, quand avez-vous vu ce document pour la dernière fois ? »

Le visage de Starr exprimait tout. Il venait de comprendre, trop tard, où cela allait mener. Il entendait déjà les cinq questions suivantes avant même qu'elles fussent posées.

« En juillet », dit le témoin.

Pour Gepfer — Terri s'en rendait compte —, le pire avait déjà eu lieu. À présent, c'était pour un autre que les questions se révélaient terribles.

Paget se rassit, regardant à la fois Starr et le témoin.

« À ce moment, avez-vous transmis ce document à quelqu'un d'autre ?

— Oui. »

Paget ne regardait plus Gepfer. Lorsqu'il posa la question suivante, ses yeux fixaient Starr.

« Et qui était cette personne ?

— Objection ! » Starr s'était levé. « Ce sont des informations confidentielles. »

La greffière tournait la tête de droite à gauche, s'efforçant de suivre les voix.

Paget se tourna vers Gepfer.

« Vous pouvez répondre.

— Abrégez, trancha Starr, ou nous partons.

— Cela ne me paraît guère raisonnable. » Paget était obligé de hausser la voix. « Laissez-moi vous proposer la chose suivante, monsieur Starr. Pourquoi n'appellerions-nous pas un magistrat afin d'obtenir une décision par téléphone ?

— Très bien. » Starr avait repris de l'assurance. « Seulement les tribunaux ferment à 17 heures. Nous ne trouverons plus personne pour rendre un jugement. Et malheureusement, j'ai un emploi du temps très chargé pour les semaines à venir. Courant février peut-être... »

Terri réprima un sourire.

« Curieusement, répondit Paget à Starr, il se trouve que j'ai anticipé ce problème ; j'ai appelé le bureau du juge Riordan ce matin. Il est disponible jusqu'à 18 heures aujourd'hui. »

Starr le regarda fixement. Paget désigna la table sur laquelle se trouvait le téléphone.

« Le téléphone est là, dit-il. Faites simplement le 9 pour obtenir la ligne. Je crois que Mme Peralta a noté le numéro pour vous, au cas où vous ne le connaîtriez pas encore par cœur...

— C'est un abus. Vous essayez de vous immiscer dans les décisions tactiques de la partie adverse. Les informations que vous cherchez à soutirer au témoin sont confidentielles.

— Pas du tout. Ou, plutôt, je serais fasciné de comprendre comment l'identité de cette personne non nommée, avec laquelle M. Gepfer a partagé ce document, pourrait être confidentielle pour qui que ce soit. En réalité, monsieur Starr, il semble que vous n'ayez qu'une alternative. Soit vous appelez le juge Riordan et vous lui présentez une argumentation qui, de toute évidence, sera sans précédent dans les annales de la jurisprudence occidentale. C'est l'option que je privilégie, ne serait-ce que pour l'intérêt que j'aurais à l'écouter. Soit, et c'est là l'option la plus classique, nous nous accordons une pause de dix minutes pour tenter de voir si nous ne pouvons pas résoudre cette affaire sans avoir à poser davantage de questions à M. Gepfer. »

Starr resta un instant immobile, puis il fit signe à Gepfer et à la greffière de quitter la pièce.

« Si vous avez quelque chose à me dire, déclara-t-il après un long silence, je vous accorde dix minutes. »

Pendant quelques instants, Terri ne put s'empêcher d'admirer l'aplomb avec lequel il transformait un trajet vers l'échafaud en une concession aux bonnes manières.

« Dix minutes, répliqua Paget. C'est tout ce que je vous laisse pour renoncer à poursuivre mon client.

— Quel genre de crapu... »

De dessous la table, Paget tira de sa serviette un protocole d'accord dactylographié.

« Voici une stipulation de règlement. Elle indique que vous vous êtes rendu compte que les charges portées contre M. Rudin n'étaient pas fondées, que M. Gepfer a confirmé l'erreur, que vous renoncez aux poursuites et que votre société verse 250 000 dollars à M. Rudin pour le dédommager de ses dépenses et du temps qu'il a perdu.

— Je ne signerai pas.

— Depuis six mois au moins, poursuivit Paget, vous avez ce document en votre possession. Ce qui signifie que depuis six mois au moins vous savez que mon client n'est pas coupable de fraude.

— Vous ne pouvez pas rejeter sur moi la responsabilité de ce que dit Gepfer aujourd'hui. »

Paget jeta un coup d'œil à sa montre.

« Pourquoi ne gagnerions-nous pas huit minutes en demandant à Gepfer ce que vous saviez ?

— Le témoin a avoué avoir falsifié des documents. À présent, vous voulez l'obliger à apporter un faux témoignage. Quoi qu'il dise, personne ne le croira.

— Ah, vous croyez ? Franck était ruiné quand il s'est suicidé. Cela ne nous laisse que deux suspects avec de l'argent. Gepfer, qui possède moins d'un million de dollars. Et mon client qui, au contraire, est *très* riche *et* couvert par une assurance. Alors, vous vous mettez d'accord avec Gepfer : s'il garde le document pour lui et ne révèle à personne ce qui s'est réellement passé, vous le laissez conserver l'argent qu'il a volé et vous tentez d'extorquer à mon client un accord en le menaçant de poursuites judiciaires interminables qui, vous le savez, n'ont pas lieu d'être. »

Starr croisa les bras.

« Vous ne pourrez jamais le prouver.

— Vous en prenez le pari ? Je vous préviens : si le procès contre Steve Rudin se poursuit, ne serait-ce que par une question, c'est bien plus qu'un pari que vous risquez de perdre. Vous risquez de découvrir que nous pouvons prouver ce que j'avance. Que je peux gagner un procès pour poursuites engagées avec intention de nuire. Que la presse spécialisée se fera une grande joie de suivre les débats. Que l'on ne renouvellera pas nécessairement votre inscription au Barreau. Que chacun des juges de ce tribunal commencera à vous considérer comme une crapule d'un nouveau genre. Et que la seule personne à se délecter plus que moi-même de tout cela sera Steve Rudin, celui que vous accusez de fraude. »

Paget se leva, regardant à nouveau sa montre.

« Il vous reste cinq minutes, semble-t-il. »

Terri le suivit dans son bureau.

Celui-ci était très sommairement décoré : des gravures modernes, deux plantes, une table en verre, la photo d'un adolescent aux cheveux noirs. Paget, elle le savait, était amateur d'art ; l'une des gravures était signée Miró. Mais Terri n'avait aucune idée de l'identité du garçon.

Debout près de la fenêtre, Paget regardait dehors.

« Est-ce qu'ils vont accepter ? demanda Terri.

— Oui. » Il avait répondu sans se retourner. « Starr se soucie avant tout de son intérêt personnel.

— J'ai du mal à croire qu'il savait tout.

— Oh ! il était au courant. Sache que les gens restent toujours conformes à ce qu'ils ont été dans le passé. En partant de ce principe, tu ne seras jamais ni surprise, ni déçue. » Paget enfonça les mains dans ses poches ; il avait soudain l'air épuisé. « Dans notre métier, se laisser surprendre est un péché. Mais c'est surtout la déception qui peut se révéler terrible. »

Cette remarque ne lui ressemblait guère. On eût dit que Paget se parlait à lui-même.

« Mais comment as-tu obtenu le document ? demanda Terri.

— J'ai promis de ne pas le dire. » Il se retourna avec un léger sourire. « Mais je crois vraiment que Starr devrait mieux traiter ses employés. »

On frappa. L'associé de Starr entra, les papiers à la main. Il s'arrêta, lança un regard en direction de Terri. Elle se demanda si cet homme, qui semblait s'intéresser à elle d'un peu trop près, avait compris qu'elle était mariée. Il ne la connaissait pas du tout. Or, ces derniers temps, il devenait de plus en plus difficile de songer que l'on pût la trouver physiquement séduisante. Que dire, en effet, de ce nez un peu trop pointu à son goût, de ces petits yeux en demi-lunes et de ces cheveux bruns qu'elle partageait avec cinquante millions d'Hispano-Américaines dans le seul hémisphère ouest ? On pouvait seulement, comme le faisait Richie, vaguement moqueur, affirmer que Terri avait de l'allure.

« Il a signé, fit l'associé de Starr en lui tendant les papiers.

— Merci », répondit poliment Paget.

L'associé posa son regard sur lui, puis sur Terri, et quitta la pièce.

Terri se sentit submergée de fierté, bien qu'elle ne fût pour rien dans ce triomphe. Sans trop réfléchir, elle dit :

« J'ai trouvé le coup de la montre un peu osé. Surtout après lui avoir soumis la feuille du compromis ! »

Paget haussa les épaules.

« Visiblement, il ne l'était pas.

— L'avais-tu déjà fait ? »

Il la considéra un moment.

« Une fois. Il y a longtemps.

— Et cela avait marché ?

— Si l'on peut dire. »

Il y avait dans sa voix une certaine distance, une préoccupation peut-être. Mal à l'aise, Terri regarda sa montre.

« Il faut que je me sauve. Urgence familiale !

— Je dois m'en aller aussi. Nous appellerons Steve Rudin demain matin. »

À cet instant, le téléphone sonna. Distraitement, Paget décrocha. Terri attendit dans l'entrée, persuadée que l'appel était en rapport avec l'affaire. Mais ce qui la retint là, oublieuse d'elle-même et de l'heure qui tournait, ce fut surtout l'étrange silence qui suivit.

« Où es-tu ? » finit par dire Paget.

Il resta à nouveau silencieux, attentif à la réponse.

« Ne parle à personne, dit-il. J'arrive tout de suite. »

Il semblait tout à fait calme. Ce fut seulement lorsqu'il reposa le combiné avec un soin exagéré qu'elle remarqua sa pâleur. Elle le regarda, étonnée.

Paget parut surpris de la voir là. Puis il dit simplement :

« Mark Ransom a été tué. »

Elle resta un instant interdite. Elle ignorait que Paget eût un rapport quelconque avec le célèbre écrivain et comprenait mal que l'on eût pu juger utile de le prévenir personnellement. Elle ne put contenir sa curiosité :

« Qui était-ce ? »

Il ne répondit pas tout de suite.

« Mary Carelli.

— La journaliste de télévision ? »

Cette désignation parut le surprendre. Soudain, Terri se souvint : l'avocate de Washington, le second témoin contre Lasko ! Alors, comme pour la corriger, Christopher Paget précisa :

« La mère de mon fils Carlo. »

Chapitre deux

Jamais, Christopher Paget n'aurait imaginé que la mère de son unique fils, cette femme qui lui avait toujours inspiré plus de passion que de confiance, se trouverait accusée de meurtre moins de vingt-quatre heures après avoir refait irruption dans leur vie pour la première fois en huit ans.

Paget et son fils se trouvaient tous deux dans la cuisine de leur villa, à Pacific Heights. Il était 16 heures. À travers la baie vitrée, le soleil couchant donnait aux maisons victoriennes de la rue de pâles reflets roses et blancs. En bas, la baie de San Francisco était bleu ardoise. Paget coupait des citrons pour sa recette de poulet Piccata. Assis sur un tabouret haut, mince silhouette acoudée au bar, Carlo se plaignait des parents de sa petite amie.

« Non mais, tu te rends compte ? Elle a quinze ans ! disait-il. Et ils sont complètement parano. Ils ont tout fait, tout. À part la ceinture de chasteté... »

Paget sourit. Avec Carlo, il en était sûr, des mesures aussi sévères ne s'imposaient pas encore.

« Que veux-tu dire exactement ?

— Eh bien, par exemple, ils ne la laissent pas sortir le week-end.

— Pas du tout ?

— Pas du tout. »

Paget commença à couper les oignons.

« Tu as raison, c'est plutôt médiéval, comme attitude. Tu es sûr qu'il n'y a pas une histoire derrière tout ça ?

— Mais elle n'a *pas* d'histoire, papa. Ils ne la laissent jamais sortir après la tombée de la nuit. Ils craignent pour sa moralité. Moi, tout ce que je veux, c'est la présenter à mes copains, qu'elle puisse venir avec nous quand nous sortons ! »

Pour le moment, Paget le savait, c'était vrai. Carlo et ses amis sortaient en groupe, et l'amitié entre garçons et filles y était toute naturelle.

« Visiblement, finit-il par dire, ils craignent quelque chose. Et ces craintes viennent peut-être de leur histoire personnelle... »

Carlo réfléchit quelques instants. Paget examina son fils avec curiosité. Il le voyait à la fois si incertain et si proche, soudain, de l'âge adulte ! Il n'y avait pas si longtemps, il le portait encore sur ses épaules. À présent, Carlo le dépassait de quelques centimètres. C'était devenu un beau garçon aux cheveux bruns, avec un éternel demi-sourire et un surprenant regard bleu. Un regard fixé à présent sur lui, avec cet air opaque que Paget connaissait bien et qui dissimulait souvent des pensées trop intimes.

« Au fait, Carlo, reprit Paget, comme si une idée soudaine lui traversait l'esprit, as-tu terminé tes devoirs ?

— Oui, depuis des heures. J'ai un match de basket demain et je veux me reposer. Mais je ne vois pas bien le rapport entre mon travail et Jennifer...

— Eh bien, puisque tu as le temps, on pourrait l'inviter à dîner ce soir. Je ferai un peu plus de poulet. Peut-être ses parents seront-ils d'accord s'ils savent qu'il y aura un adulte et quelques règles de base à respecter... »

Carlo sourit :

« Comme l'utilisation du préservatif et la limite à deux verres d'alcool ?

— Si j'étais toi, ces règles-là, je les adopterais ! » Paget regarda son fils : « Tu sais, Carlo, je me demande parfois ce que j'ai réussi à te transmettre.

— Que veux-tu dire ? »

Carlo semblait sincèrement surpris. Peut-être, après tout, y avait-il dans cette conversation moins de sous-entendus que Paget ne l'avait craint.

« Oh, finalement, je suis sûr que tu en as déjà assez appris pour savoir ce que tu dois faire, finit-il par répondre. On ne peut pas dire que ton existence ait été à l'image du Disney Channel !

— Je ne t'ai jamais accusé, répondit Carlo, très sérieux, d'avoir assassiné Mickey... »

Paget posa son couteau :

« Tu as vraiment décidé de me compliquer la tâche. D'accord, j'ai bien reçu le message : le sujet du moment, c'est le sexe. Alors écoute bien la leçon : faire l'amour, cela peut être merveilleux, à condition que tu traites la chose avec respect, que cela s'inscrive dans une relation vraie et que tu restes honnête vis-à-vis de tes sentiments, comme tu le serais avec un véritable ami. Si tu as envie de faire l'amour, surtout ne mens pas, n'insiste pas, et ne couche pas avec une fille dont tu sais que tu ne te souviendras plus le mois suivant. Est-ce que mon résumé est assez succinct ? »

Là encore, Paget décela une lueur d'étonnement dans le regard de Carlo. Toutefois, comme à son habitude, celui-ci ne formula aucune question.

« Peut-être, fit-il simplement, notre génération se débrouillera-t-elle mieux que la vôtre avec tout ça...

— Oh, je suis sûr que vous vous en sortirez mieux dans l'ensemble. »

Comment sauver la conversation du gouffre dans lequel elle menaçait de sombrer ?

« Le principal, poursuivit-il, c'est d'écouter, d'être honnête avec l'autre, et de lui dire ce que tu penses sans agressivité. Pour ma part, malheureusement, mes parents ne m'avaient jamais montré l'exemple, ni parlé de tout cela. Et moi, tout ce que je peux faire, c'est t'en parler. »

Et puis, poursuivit Paget en lui-même, tu n'as que moi...

Lorsque la sonnette retentit, son fils le regardait, comme s'il cherchait à formuler une pensée ou une question. Paget sourit.

« Voilà une sonnerie qui vient te sauver d'une sacrée leçon de morale.

— Je parie que tu veux que j'y aille...

— Je veux bien. »

Paget entendit son fils traverser la salle à manger. Le haut plafond et le tapis persan jeté en travers de l'immense salon tendaient à étouffer le bruit des pas de Carlo. Paget se replongea dans sa recette.

« Papa ?

— Oui ? cria Paget.

— Tu peux venir ? »

La voix de Carlo semblait tendue, étrange. Intrigué, Paget posa son couteau et se dirigea vers le salon.

Elle lui tournait le dos, admirant les lithographies accrochées au mur, tout comme elle l'avait fait ce matin-là à Washington, quinze ans auparavant.

Il la regarda sans rien dire.

Sans la moindre hâte, elle termina son observation du dernier tableau, un paysage africain de Jesse Allen, avec des arbres extraordinaires et des oiseaux imaginaires. Puis elle se retourna.

« Cela ressemble beaucoup à ton appartement d'East Capitol. Je reconnais plusieurs des tableaux. » Elle eut un sourire imperceptible, montrant du doigt la lithographie bleue et rouge représentant un ballon qui semblait s'éloigner chaque fois que l'on s'en approchait. « C'est un Vasarely, je crois. C'est ce que tu m'avais dit... »

Quand on parle du loup..., pensa Paget. Son regard quitta la femme pour se poser sur son fils. Mais non, ils n'avaient pas parlé d'elle, du moins pas directement. Un mélange de surprise et de colère contenue empêchait Paget de prononcer le moindre mot.

« Carlo, finit-il par articuler, tu te souviens de ta mère... »

Carlo restait là, comme pris au piège entre eux deux, ne sachant que faire ni que dire. Elle lui lança un sourire chaleureux, presque intime, et s'avança vers lui.

« Oui, dit-elle froidement à Paget. Nous nous sommes déjà rencontrés. »

Paget fut frappé par leur ressemblance : mêmes cheveux noirs, même teint olive, même visage ciselé, et une minceur qui combinait vigueur et délicatesse. Chez Carlo, la grâce n'apparaissait encore que sous la forme d'une dignité hésitante d'adolescent qui, Paget le savait, finirait par se transformer en cette aisance élégante capable de captiver un auditoire. Une aisance qu'*elle* possédait.

« Qu'est-ce qui t'amène ? demanda-t-il.

— Le travail, dit-elle, évasive. Peut-être une interview. »

Si elle avait quelque chose à ajouter, l'explication ne viendrait pas devant Carlo. Son intonation le disait clairement. L'adolescent se balançait d'un pied sur l'autre, telle une marieuse assistant, dépitée, à un premier rendez-vous qui tournait au vinaigre. Paget ressentit pour lui une profonde pitié.

« Ne t'inquiète pas, dit Mary à Carlo en le prenant par le bras. Il est toujours comme cela avec moi... hypnotisé. Quand il avait vingt-neuf ans, la seule chose qu'il a pu faire, c'est de me demander de sortir avec lui. Mais la seule chose que, moi, j'ai pu faire alors, c'est d'accepter. »

Carlo eut un petit sourire. Bien que toujours gêné, il se sentait soulagé par la plaisanterie.

« Pourquoi ? demanda-t-il.

— Oh ! j'attendais que Kevin Costner mûrisse un peu. Et ton père avait un certain charme... »

Reconnaissant pour cette tentative de mettre Carlo à l'aise, Paget restait toutefois déconcerté devant la superficialité de la conversation.

« Je ne suis pas hypnotisé. Simplement occupé à la cuisine. Alors, soit je ne réponds pas à la critique, soit je laisse le poulet brûler. » Il s'interrompit devant le regard de Carlo. « Tu dînes avec nous ?

— Non, je ne peux vraiment pas. »

Dans le demi-sourire de Mary, il sentit à quel point sa proposition avait dû paraître forcée.

« Retourne à ta cuisine. Sans doute Carlo pourra-t-il me faire visiter la maison ? »

Paget s'aperçut qu'elle n'avait plus la même voix qu'avant. Il était devenu impossible de déceler dans ses paroles la moindre trace de ses origines italiennes. Au tempérament méditerranéen qui lui faisait autrefois accentuer certains mots, succédait à présent la diction parfaitement maîtrisée d'une actrice. La télévision, pensa-t-il. Un soir, en zappant, il l'avait aperçue par hasard et était resté sidéré par l'incroyable métamorphose de l'avocate qu'il avait connue. Aussitôt, il avait éteint le poste. Il était ensuite resté plusieurs minutes immobile, les yeux fixés sur l'écran noir.

« À elle seule, répondit-il, la chambre de Carlo vaut le détour. On n'a rien vu de tel depuis Tchernobyl. »

Elle sourit à nouveau.

« Je suis l'invitée de Carlo, dit-elle. Je lui laisse le soin de choisir ce qu'il veut me montrer. »

Un peu gauche, Carlo la précéda dans l'escalier.

Paget retourna à la cuisine, encore sous le choc.

Si semblable à Washington ! avait-elle dit. Elle se rappelait le Vasarely aussi nettement qu'il se souvenait d'elle au moment où elle l'avait examiné, étudiant ses lignes et ses couleurs, entièrement nue.

C'était le dernier week-end où ils avaient fait l'amour.

Le procès Lasko n'avait pas encore éclaté, et Paget était alors certain qu'il n'éclaterait jamais, que tout était perdu, que Lasko avait tué un témoin en toute impunité et que son indicateur au sein de l'agence, celui qui avait épié le moindre de ses gestes, ne serait pas découvert. Envahi d'une colère profonde et solitaire, persuadé que Mary n'était pas dans son camp, Paget s'était enfermé dans son appartement avec l'intention d'y passer seul le week-end. Soudain, Mary était arrivée sans prévenir, tout comme elle venait de le faire.

Dire qu'ils n'avaient pas encore trente ans ! Ils étaient alors si sûrs de savoir, tous les deux, et pourtant si désastreusement ignorants... Seul dans sa cuisine, avec Mary et son fils à l'étage, Paget revivait en pensée ces heures qu'ils avaient passées ensemble.

Tout d'abord, le malaise d'un non-dit avait plané entre eux. Ils avaient joué au backgammon, bu du vin, fumé de la marijuana. Ni l'un ni l'autre n'avait évoqué le nom de Lasko.

Peu à peu, tout de même, ils en étaient venus à parler d'eux.

« Que recherches-tu chez une femme ? » lui avait-elle demandé.

Sa voix n'avait rien d'inquisiteur. Elle était curieuse, simplement. Grisé par le vin et la drogue, Paget avait tenté de lui répondre. Associés au goût de la défaite, l'alcool et l'herbe avaient amenuisé ses défenses.

« Un peu plus que ce que je recherche chez tout le monde. De la curiosité. Une répugnance pour les réponses faciles. Et la capacité d'imaginer ce que c'est d'être une vieille femme, ou un petit enfant. Et puis, j'aime aussi qu'elle soit plus que ce qu'elle fait, ou que ce qu'elle est. »

Mary avait souri.

« Tu ne demandes pas grand-chose.

— Non. Vraiment pas grand-chose. »

Ils avaient glissé sur le canapé, tête contre tête, jambes parallèles sur les oreillers. Le disque suivant était tombé sur le pick-up.

Les Starship avaient commencé à chanter.

Paget se sentait engourdi. La pièce sombre se remplissait d'images innombrables qui se déplaçaient sur fond noir : le ballon du Vasarely, éclairé par un spot, qui roulait vers eux, les deux verres vides, le dé posé sur le plateau de backgammon. Ses yeux.

Il se sentait peu à peu englouti dans ce regard. Les notes de *Miracles* lui parvenaient distinctement, mais de très loin. Il ignorait et ne se souciait pas de savoir combien de minutes ce silence avait duré.

La voix de Mary avait brisé le silence.

« Tu sais, Chris, tu as eu beaucoup de chance. Tu n'as jamais rien désiré, tu n'as jamais eu besoin de rien. »

Elle semblait parler de quelqu'un d'autre, pas de lui. Pourtant, il s'était contenté de répondre :

« C'est ce que tout le monde me dit. »

Ses paroles paraissaient suspendues dans l'air. Paget s'aperçut qu'il avait oublié l'amertume que Mary véhiculait alors : parce qu'elle était catholique, parce que ses parents n'avaient pour elle que des sentiments étriqués et ne l'avaient jamais encouragée, parce que son ex-mari lui avait demandé d'abandonner ses études de droit pour faire des enfants. Chose plus surprenante, il avait oublié à quel point sa soif de réussite dominait tout le reste. Oublié l'immense fierté que lui inspirait son poste d'assistante du directeur de leur agence, une ambition qui l'avait poussée à se disputer avec Paget autant de fois qu'ils avaient fait l'amour.

Mais, cette nuit-là, Paget ne voulait rien évoquer de tout cela. Il se rapprocha d'elle. Elle le considérait de son lumineux regard noisette. Puis son bras décrivit un arc de cercle gracieux et vint l'attirer un peu plus près d'elle.

Ils se déshabillèrent mutuellement avec des gestes lents, leurs bouches et leurs doigts s'attardant parfois sur un fragment de leurs corps. Pendant un très long moment, ils restèrent étendus dans une atmosphère ouatée, faite de toucher, de découverte, de sons qui n'étaient pas des mots. Ils passaient en douceur d'un mouvement à l'autre, la bouche sur son sein, la main frôlant son humidité, tandis que ses hanches à elle se soulevaient et que son corps s'enroulait autour du sien. Sa peau était chaude, il sentait son épaisse chevelure tout contre son visage. Instants suspendus, absence de précipitation, oubli de leurs ambitions et de tout ce qui comptait à la lumière du jour.

Une heure entière passa peut-être avant qu'il fût en elle.

Et même cela lui parut différent. Surtout cela.

Elle souleva son ventre et ses hanches, les pressant contre lui comme si elle cherchait désespérément à l'attirer en elle, à sentir le plus possible le contact de sa peau. Lorsqu'ils bougèrent ensemble, ce fut sans la moindre hésitation. De subtils changements de rythme passaient entre eux sans qu'ils eussent besoin de se parler, rythme soudain plus rapide, presque désespéré, jusqu'au moment où un long frémissement la parcourut, à l'instant même où leurs bouches se trouvaient et où un demi-cri s'élevait de sa gorge pour venir rencontrer le sien.

Après, personne ne parla. C'était comme si leurs corps avaient appris quelque chose que leur esprit ne savait pas encore. Ni l'un ni l'autre ne voulait troubler cet instant. Ni l'un ni l'autre ne voulait poser de questions.

« Tu voulais me demander quelque chose ? »

Il se retourna.

Elle se tenait à l'entrée de la cuisine, sans Carlo. Paget comprit qu'elle était là depuis plusieurs secondes et que — cela ne lui ressemblait guère — il avait été trop absorbé dans ses pensées pour déceler sa présence.

« Carlo attend dehors, dit-elle d'une voix tranquille. Je lui ai dit que je voulais te dire au revoir.

— Tu m'as fait déjà trop d'honneur, répondit Paget tout aussi calmement, en prenant la peine de venir nous dire bonjour.

— Carlo est mon fils...

— Une chatte ferait une meilleure mère, trancha Paget. Tu as assuré la fonction de mère porteuse, voilà tout. Et nous savons très bien, tous les deux, pour qui tu l'as fait !

— Crois-tu, Chris ? » Elle eut un sourire amer. « Crois-tu vraiment ? Parce que vois-tu, je doute que tu saches ou que tu comprennes un jour. »

Le regard de Paget était glacial.

« J'ai fini par comprendre beaucoup de choses. Sur toi comme sur moi.

— Y compris ce qui t'a poussé à faire certaines choses ? Ou tes motivations restent-elles plus pures que jamais ? »

Paget la considéra sans mot dire.

« Il semble, lança Mary avec une sourde ironie, que les psychologues de la famille ne puissent plus rien pour nous. »

Paget la regardait toujours. « Ce que je voulais te demander, dit-il plus calmement, c'est pourquoi tu es venue.

— Comme je te l'ai dit, je suis ici pour préparer une interview.

— Tu aurais pu venir à San Francisco sans monter jusqu'ici, comme tu l'as sûrement fait des dizaines de fois.

— Je voulais le voir. » Elle eut un petit haussement d'épaules, un signe d'impuissance. Cela lui ressemblait si peu que Paget resta sans voix. « J'en avais besoin. Pour des raisons qui ne concernent que moi.

— Et lui, dans tout ça ?

— Est-ce que c'est vraiment mauvais pour Carlo, rétorqua-t-elle, de savoir que je me soucie un peu de lui ?

— Mais pourquoi aujourd'hui ? Tu aurais pu m'appeler. Je l'aurais préparé. Je ne t'aurais pas empêchée de venir.

— Alors dis-toi que c'était un moment de faiblesse, Chris, et que le bon côté compense le mauvais. » Elle sourit faiblement. « Pense à ce que nous avons partagé, autrefois... »

Paget regarda derrière elle.

« C'est un gentil garçon, dit-il enfin. Normal. Et, je crois, très heureux dans l'ensemble.

— Oui, il en a l'air. » Elle s'interrompit, puis reprit d'une voix plus chaude : « C'est précisément cela que j'étais venue voir. »

Paget hocha la tête. « Maintenant tu as vu. »

Elle fit demi-tour pour quitter la pièce. Arrivée à la porte, elle s'arrêta et se retourna vers lui :

« Tu as l'air en forme, Chris.

— Toi aussi. »

Elle sourit à nouveau, comme si une pensée secrète l'amusait, et s'en alla. Paget resta dans la cuisine avec la certitude qu'elle était résolue à ne jamais le revoir.

À présent, vingt-quatre heures plus tard, elle venait de l'appeler.

« Si tu as besoin de moi, disait Teresa Peralta, je peux téléphoner à une voisine pour lui demander de prendre Elena à l'école. »

Ils se trouvaient dans l'ascenseur qui les emmenait au parking.

Paget était perdu dans ses souvenirs. Il lui fallut un moment pour réagir.

« Merci, répondit-il. Rentre chez toi, sois une bonne mère. »

Devant son étonnement, il comprit que ces paroles avaient dû lui sembler blessantes, comme s'il cherchait à se débarrasser d'elle.

« Tu sais, elle va me demander de lui trouver un avocat, c'est tout.

— Tu en es sûr ?

— Certain. Ce n'est jamais bon de représenter quelqu'un de proche, et elle est bien trop intelligente pour en avoir envie. De plus, je n'ai pas fait de pénal depuis des années... »

Terri l'étudiait attentivement. Il n'y a pas grand-chose qui lui échappe, pensa-t-il, mais là, c'est déjà plus qu'elle ne pourra jamais comprendre.

L'ascenseur s'ouvrit. Paget lui dit au revoir et se dirigea à grands pas vers sa voiture.

Chapitre trois

Assise dans la salle des témoins, au sixième étage du palais de justice, Mary attendait.

La pièce était austère : murs de parpaing blanc, lino gris au sol. Une femme en uniforme la surveillait à travers une vitre. Mary se leva et tourna le dos à sa gardienne.

La simplicité monastique qui l'entourait l'aida à se concentrer. Il lui demanderait ce qui s'était passé. Si les années n'avaient pas changé son mode de raisonnement, il voudrait connaître chaque détail : rien ne lui semblerait superflu.

Elle ne voulait à aucun prix qu'il la trouvât désemparée ou à bout de nerfs.

Le plus utile, pensa-t-elle, serait de se remémorer tous les faits et gestes de la police. De reconstituer, minute après minute, les quatre heures écoulées depuis le moment où elle s'était tenue devant le corps de Ransom, le téléphone à la main.

« Que s'est-il passé ? » avait demandé le préposé aux urgences.

Elle s'était imaginé la bande magnétique qui tournait, capturant ses paroles et les intonations de sa voix.

« Il y a eu un accident.

— Quel genre d'accident ? »

Elle avait hésité.

« Un coup de feu est parti.

— Quelqu'un a été touché ?

— Oui. » Sur le tapis, la tache s'étendait encore. « Je crois qu'il est mort. »

Cela paraissait si irréel que le tremblement de sa propre voix l'avait surprise.

« Où êtes-vous ? avait demandé le policier.

— À l'hôtel Flood. » Elle avait blêmi. « Je ne me souviens plus du numéro de la chambre...

— Qui est à l'appareil ?

— Attendez... Il est dans le registre, au nom de Mark Ransom. Une suite...

— Qui est à l'appareil ? avait répété la voix.

— Venez. »

Lorsque les deux policiers et les trois infirmiers du service firent irruption dans la pièce, ils la trouvèrent assise devant le magnétophone, les jambes croisées, le regard fixé sur les stores baissés, de l'autre côté du corps.

Les infirmiers se précipitèrent sur le mort. Ils le replacèrent sur le dos, déboutonnèrent sa chemise tachée de sang, posèrent des compresses sur sa poitrine. Mary trouva leur agitation ridicule. On eût dit qu'ils effectuaient des exercices lors d'un stage de secourisme. Mais c'était là, sans doute, la procédure habituelle. Mary était seule, après tout, à savoir qu'il était vraiment mort.

« Il faut appeler le médecin légiste », dit l'un d'eux.

Les autres hochèrent la tête. Avec une grande délicatesse, ils retournèrent Ransom sur le ventre, dans sa position initiale. Lorsqu'ils se relevèrent et s'éloignèrent du corps, elle vit que les yeux étaient restés ouverts. Saisie d'un mélange de nausée et de colère, elle se souvint de son regard dans les instants qui avaient précédé la mort. Elle se remit à le haïr.

« Que s'est-il passé ? » lui demanda un policier.

C'était un homme entre deux âges, presque obèse, avec un visage plein de petites rides et des yeux bleu ciel immensément tristes. Il semblait l'avoir reconnue. Pendant un court instant, elle eut envie de tout lui raconter. Mais elle se ressaisit. Comme son premier appel au 911, probablement enregistré sur bande magnétique, la moindre de ses paroles serait passée au crible par la police, par le juge, par les médias.

« Il a voulu me violer », répondit-elle simplement.

Le policier la détailla des pieds à la tête. Son regard s'arrêta sur l'hématome de sa joue. Mary aperçut alors l'autre policier, un petit homme nerveux portant des lunettes et une moustache noire. Il tenait un calepin à la main et regardait le magnétophone.

« L'a-t-il fait ? demanda le premier policier.

— Fait quoi ?

— Vous a-t-il pénétrée ?

— Non. »

Elle s'aperçut qu'elle avait croisé les bras.

« Avez-vous besoin d'un médecin ?

— Non. Je vous en prie. C'est la dernière chose dont j'ai envie... que quelqu'un me touche. »

Il acquiesça lentement.

« Pourriez-vous nous donner votre nom ?

— Mary Carelli.

— Je vous ai déjà vue à la télé. » Il hésita. « Et son nom à lui, c'était Ransom ?

— Oui. » La voix de Mary était blanche. « Mark O'Malley Ransom. »

Il se tut. Peut-être venait-il de reconnaître le nom de Ransom. Peut-être aussi se demandait-il quelle autre question poser sans pousser Mary sur la défensive. Il semblait hésiter, craindre de commettre une erreur.

« À qui est cette arme ? finit-il par demander.

— À moi. »

Le policier jeta un bref coup d'œil vers son collègue.

« Bon, dit-il. Merci, madame ».

Elle fit un petit signe de tête.

Il regarda à nouveau le corps.

« Nous aurons besoin de vous garder encore un peu ici. »

Le second policier sortit de la pièce et se posta derrière la porte. Au cours de l'heure qui suivit, les événements se précipitèrent. Mary dut déployer toutes ses capacités d'observation pour comprendre ce qui se passait. Plusieurs hommes en civil arrivèrent. Ils filmèrent le corps, prirent des photos. Clignant les yeux sous les éclairs des flashes, elle vit entrer une femme blonde élancée qui appartenait sans doute au service des autopsies. La nouvelle venue jeta un rapide coup d'œil dans sa direction, puis se pencha sur le corps.

Elle plia les bras de Ransom, palpa son front et ses aisselles, examina sa chemise à l'endroit de l'impact. Elle inspecta également ses mains, passant un instrument sous ses ongles, effectua un prélèvement sur le pénis. Mary eut un haut-le-cœur devant cette froide méticulosité.

Deux autres hommes entrèrent, un Blanc et un Noir. Le Noir avait les cheveux grisonnants, une silhouette lourde qui dissimulait à demi un ventre bedonnant, une paire de lunettes cerclées d'or et un visage impassible. Il considéra Ransom, puis jeta un regard circulaire sur la pièce.

La femme avait retourné Ransom sur le ventre et examinait son dos.

« Cela n'a pas traversé », dit-elle au nouveau venu.

Elle semblait légèrement contrariée, comme si cette constatation lui posait un problème. L'homme eut un petit hochement de tête. Elle reprit son inspection du cadavre. Son regard s'arrêta sur le postérieur de Ransom. Elle plissa les yeux, suivit du doigt les éraflures.

L'homme s'adressait à Mary :

« Inspecteur Monk, dit-il. Homicides. »

Elle leva les yeux vers lui, surprise. Il désigna la femme du menton.

« Il y a certaines procédures que nous sommes obligés de suivre. »

Comme tout ce qui les entourait en cet instant, cette voix profonde de baryton lui sembla trop professionnelle pour être humaine.

« Combien de temps vais-je rester ici ? » faillit interroger Mary. Mais elle se reprit. Mieux valait rester là. Elle demanda simplement :

« Pourrais-je avoir de l'eau ? »

Monk se dirigea vers la salle de bains et revint avec un verre d'eau. Tandis qu'il le lui tendait, la femme s'approcha d'eux. Monk la présenta à Mary :

« Docteur Shelton. Médecin légiste. »

La femme avait les yeux bleus et ne portait pas de maquillage.

« Elizabeth Shelton », rectifia-t-elle.

« Je suis avec vous, voulait dire sa voix claire. Je vous reconnais. » Lorsque la femme s'agenouilla près du canapé, Mary ressentit une certaine gratitude.

« Il ne vous a pas pénétrée ? l'interrogea sa nouvelle amie.

— Non. »

Shelton approuva de la tête.

« Souhaitez-vous voir un médecin ?

— Non. Je ne veux pas qu'on me touche. »

Shelton se tut un instant.

« Est-ce que *moi*, je pourrais regarder votre cou ? »

L'expression de son visage semblait aussi cordiale que sa voix. Sans rien dire, Mary se pencha en avant. Délicatement, la femme souleva le menton de Mary.

« Comment est-ce arrivé ? » demanda-t-elle.

Mary avala sa salive.

« C'est lui. » Elle hésita, puis ajouta : « Quand il était sur moi.

— Avez-vous mal ailleurs ? »

Mary passa un doigt sur sa joue.

« Ici.

— Comment est-ce arrivé ?

— Il m'a giflée. »

Shelton la regarda. « À paume ouverte ?

— Oui ». La voix de Mary se brisa : « Il n'a pas cessé de me frapper.

— Combien de fois ?

— Je ne sais plus. »

Shelton hésita.

« Avez-vous d'autres blessures ? » demanda-t-elle.

Mary baissa les yeux vers ses jambes.

« Oui.

— Où ?

— À la cuisse. »

Shelton hocha la tête.

« Pourriez-vous me montrer ? »

Mary ne répondit pas. Shelton jeta un coup d'œil à Monk, qui s'éloigna sans un mot. Doucement, Shelton ajouta :

« Cela nous aidera. »

Mary regarda autour d'elle. À l'extrémité de la pièce, Monk relevait les stores. Son acolyte, un homme chauve au visage blême et à l'allure de prêtre, étudiait attentivement le revolver. Le premier policier en uniforme le considérait avec une expression mélancolique.

Lentement, Mary remonta sa jupe.

La zébrure semblait s'être étendue, une ligne rouge qui remontait jusqu'au slip. Shelton pencha la tête :

« Comment cela s'est-il produit ?

— Il essayait de m'enlever mon slip. »

Shelton contemplait l'endroit où le collant était filé.

« Vous aviez donc vos collants sur vous ?

— Oui, bien entendu. »

Avec une sorte de sollicitude, Shelton l'aida à redescendre sa jupe. Mary ne s'aperçut pas tout de suite qu'elle en examinait le tissu.

« Puis-je voir vos mains ? »

Mary acquiesça et Shelton prit ses deux mains dans les siennes. Là encore, le ton de sa voix était doux, chaleureux.

« J'aimerais prélever quelques échantillons, dit-elle. Sous vos ongles. »

Elle se dirigea rapidement vers un sac noir et fouilla à l'intérieur. Puis elle revint et s'agenouilla à nouveau. Elle tenait à la main un instrument de métal fin et une enveloppe blanche. « Je peux ? » interrogea-t-elle.

Mary hésita quelques instants, puis hocha la tête. Shelton glissa l'instrument sous l'ongle de l'index droit de Mary.

Mary ne parlait pas. Doigt par doigt, la femme préleva les échantillons. Étrangement, Mary eut soudain l'impression de se retrouver nue.

« Je suis fatiguée, murmura-t-elle.

— Plus que trois. » La femme parlait à présent comme un pédiatre s'adressant à un enfant. « J'ai presque terminé. »

Mary restait là, immobile. Elle se sentait incapable du moindre mouvement.

« Merci », fit Shelton.

Elle se tut, les yeux posés sur le magnétophone, une question non formulée sur le bout des lèvres. Mary imagina sa surprise lorsqu'elle écouterait la cassette. Puis Shelton se leva, interrompant le fil de ses pensées, et se dirigea vers Monk.

Debout près du corps de Ransom, ils discutèrent à voix basse. Mary se sentit profondément seule.

Monk fit un petit signe de tête à Shelton et revint vers Mary.

« Nous allons devoir vous emmener au poste de police, pour faire le point sur ce qui s'est passé. »

Mary sentit son corps se raidir.

« Combien de temps cela va-t-il durer ? demanda-t-elle.

— Quelques heures. Il faudra que vous attendiez que nous ayons nettoyé tout cela. »

Il ne s'excuse jamais, pensa-t-elle. Face à lui, elle avait l'impression de n'être que le carburant nécessaire à quelque machine sans âme.

« Il a abusé de moi ! s'écria-t-elle.

— Vous pourrez nous expliquer ça tout à l'heure. » Sa voix n'était ni indifférente, ni affectée. « Vous allez tout nous raconter. »

Quelque chose dans cette voix indiquait à Mary qu'elle n'était pas au bout de ses peines. Tout cela risquait de durer longtemps. Lorsqu'elle se leva, elle sentit ses jambes se dérober sous elle.

Je vais bien, se dit-elle. Je suis restée assise trop longtemps, voilà tout.

« Le sergent Di Stefano va vous accompagner », lui dit Monk.

Le policier au visage triste la prit par le bras. Avec réticence, elle se laissa entraîner vers la porte. Combien d'heures, se demanda-t-elle, s'était-il écoulé depuis le moment où elle était entrée dans la pièce pour la première fois, depuis qu'elle avait pris le verre de champagne qu'il lui tendait, ou depuis qu'elle avait écouté la voix de la femme sur la cassette, cette voix qui lui révélait ce que voulait Ransom ?

En se retournant, elle espéra presque voir la pièce vide.

Le magnétophone était toujours posé sur la table basse. Le deuxième policier mettait les deux flûtes à champagne dans un sac. A sa gauche, Shelton avait replacé Ransom sur le dos. Le regard vide du mort fixait le plafond, tandis que Shelton examinait la chemise, puis les doigts. Elle glissa deux sacs transparents autour des mains de Ransom. Soudain, prise d'une idée irrationnelle, Mary se dit qu'elle ne devait pas les laisser seuls avec Ransom.

« Venez, madame Carelli. »

La porte se referma derrière eux.

Le palais de justice ressemblait à un énorme bloc de ciment, plus long qu'un terrain de football. Le grand hall était aussi lugubre qu'une salle d'attente de gare : lumière blafarde, murs nus, carrelage vert usé par d'innombrables semelles. Plusieurs sans-abri à l'allure sordide traînaient là, venus sans doute régler quelque démêlé avec la police. Mary eut l'impression surréaliste d'être projetée dans une autre vie.

On l'emmena au sixième étage. Elle franchit une porte portant l'écriteau « Homicides » inscrit en lettres noires et on l'introduisit dans une pièce aveugle de trois mètres sur quatre. On lui apporta du café accompagné de lait en poudre et d'un bâtonnet de plastique.

Elle examina la pièce : une longue table, des chaises de bois, des murs jaunes et un tapis vert. Le café lui parut léger et amer.

Mary attendit là deux heures.

Que faisaient-ils ? Les yeux perdus dans le vide, elle revoyait chacun des gestes de Shelton : son examen minutieux du corps, ses doigts suivant le tracé des éraflures sur les fesses de Ransom, son calme en étudiant la blessure. Qu'avait-elle vu ?

Comme par réflexe, Mary passa un doigt sur son hématome, au-dessous de son œil. Il était enflé, sensible au toucher. La blessure de son cou la faisait elle aussi souffrir chaque fois qu'elle tournait la tête.

Les ongles. Shelton les avait examinés. Elle avait aussi regardé ceux de Ransom. Puis elle avait à nouveau étudié la blessure. Et renvoyé Mary.

Monk apparut dans l'embrasure de la porte.

« Vous vous êtes mise à l'aise ?

— Oui.

— Vous vous sentez d'attaque pour parler ?

— Oui. » Mary avait retrouvé une nouvelle énergie. « Je veux en finir avec tout cela. »

Monk quitta la pièce quelques instants et revint avec un magnétophone, qu'il plaça entre eux sur la table.

Mary regarda l'appareil.

« Qu'y a-t-il sur cette cassette ? » demanda-t-elle.

Monk la dévisagea, étonné.

« C'est une cassette vierge, fit-il. Nous enregistrons tous nos interrogatoires. »

Mary n'avait pas prévu cela. Les yeux sur le magnétophone, elle hocha pensivement la tête.

Il appuya sur le bouton d'enregistrement. Mary vit la cassette commencer à tourner lentement.

« Enquête initiale sur homicide. » S'adressant à l'appareil, la voix de Monk était posée, régulière. « Nous sommes le 13 janvier. Il est 16 h 45. La victime est Mark Ransom. La personne interrogée est Mary Carelli. Je suis l'inspecteur Charles Monk. »

Monk sortit de la poche intérieure de sa veste un petit carton blanc.

« Madame Carelli, nous avons le devoir de vous informer de vos droits. Je vais les lire sur cette carte. Vous répondrez d'une voix claire, s'il vous plaît.

— D'accord.

— Vous avez le droit de garder le silence. Vous n'êtes obligée de répondre à aucune de mes questions. C'est entendu ?

— Oui.

— Tout ce que vous allez dire peut être retenu contre vous dans une cour de justice. C'est entendu ? »

Mary regarda la bande magnétique effectuer un tour complet, puis un autre.

« Madame Carelli ?

— Oui. C'est entendu.

— Vous avez le droit de réclamer la présence d'un avocat pour cet interrogatoire. Si vous n'avez pas les moyens de prendre un avocat, nous vous en fournirons un. C'est entendu ?

— Oui, je sais.

— Souhaitez-vous qu'un avocat assiste à notre entretien ?

— Non.

— Désirez-vous répondre à mes questions ?

— Oui. » Levant les yeux du magnétophone, Mary se redressa sur son siège. « On a essayé de me violer. Est-ce qu'il y a une personne que cela intéresse ici ? »

Monk eut un instant d'hésitation, puis il retrouva son impassibilité.

« Connaissiez-vous Mark Ransom ? demanda-t-il.

— Comme tout le monde. » Mary se ressaisit. « Mark Ransom était une célébrité. Mais je ne l'avais jamais rencontré avant ce matin.

— Comment se fait-il que vous vous soyez trouvée dans sa suite ?

— J'y suis venue pour mon travail. » Elle s'interrompit. « Dois-je expliquer qui je suis et ce que je fais ? »

Monk la considéra un instant.

« Moi, je vous reconnais, répondit-il. Mais pas la cassette. Maintenant, c'est vous qui parlez...

— D'accord. » Mary haussa les épaules. « Je suis journaliste. Je travaille pour la chaîne de télévision ABC. Depuis l'automne, j'anime une émission intitulée *Deadline* pour laquelle je réalise des interviews de personnalités. » Soudain, Mary eut envie d'entendre Monk confirmer son existence hors de ces murs. « Vous l'avez déjà vue... le mardi soir ? »

Monk médita la question, comme s'il craignait qu'elle ne perturbât la dynamique qui commençait à se créer.

« Ma femme la regarde, répondit-il enfin. Continuez.

— C'est pour cela que j'avais rendez-vous avec lui. Pour discuter d'une éventuelle interview.

— Qui avait arrangé le rendez-vous ?

— C'était son idée. » Mary percevait de l'amertume dans sa propre voix. « Il m'avait téléphoné.

— Où ?

— Il avait laissé un message à mon bureau de Manhattan. » Elle s'interrompit. « Je l'ai rappelé de chez moi.

— Que vous a-t-il dit ?

— Qu'il pensait que je serais intéressée par le livre qu'il venait de terminer.

— Vous a-t-il dit quel était le sujet de ce livre ?

— Laura Chase. »

Monk ne demanda pas qui c'était. Sans doute, songea Mary, le magnétophone était-il bien renseigné sur les stars de cinéma, celles qui s'enfonçaient des armes à feu au fond de la gorge et appuyaient sur la gâchette.

« Ransom affirmait avoir des informations inédites sur son suicide. »

Monk manifesta une légère surprise.

« Depuis quand Laura Chase est-elle morte ?

— Presque vingt ans.

— Quel genre d'informations Mark Ransom possédait-il ? »

Mary ne répondit pas tout de suite.

« Des détails concernant sa liaison avec le sénateur James Colt.

— James Colt ? » Monk avait répété ces mots à voix basse, comme pour lui-même. Pendant quelques instants, il parut avoir perdu le fil de son interrogatoire.

« James Colt, répéta Mary. Il y a toute une mystique qui entoure le suicide de l'actrice : ''Qui a tué Laura Chase ?'', et une polémique folklorique est venue s'y greffer, au sujet de l'inconnue qui a téléphoné à la police pour la prévenir que Laura s'était donné la mort. On a l'impression que ces discussions ne cesseront jamais : il y a à peine un mois, lors d'une soirée, quelqu'un m'a encore soutenu que c'était la famille de Colt qui avait fait assassiner Laura Chase pour préserver les chances du sénateur d'accéder à la présidence, et que l'inconnue du téléphone n'était autre que la femme de Colt. » La voix de Mary se fit amère : « Mais Ransom m'a dit qu'il détenait une information nouvelle qu'il était seul à connaître. Une information qu'il se disait prêt à partager avec moi.

— Qu'est-ce que c'était ?

— Ransom affirmait que James Colt avait rencontré Laura Chase environ une semaine avant le suicide. Elle avait bu et elle était sous tranquillisants. » Mary marqua un temps d'arrêt. « Quand le sénateur Colt en a eu fini avec elle, il l'a passée à deux amis à lui. »

L'imperturbabilité de Monk semblait à présent réclamer un effort.

« Passée… ? répéta-t-il calmement.

— D'après lui, Colt les a regardés la prendre. » Mary avait baissé les yeux. « Laura Chase se souvient de l'avoir vu à travers un semi-brouillard, assis sur une chaise près du lit, en train de siroter un Martini pendant que ses deux amis se relayaient. »

Monk resta un moment silencieux.

« Je ne comprends pas bien, dit-il finalement. Comment une femme morte peut-elle se souvenir de quoi que ce soit ? »

Mary s'aperçut qu'elle avait les yeux posés sur le magnétophone.

« Ransom possédait un enregistrement de Laura Chase. De ses séances chez son psychiatre. » Elle s'interrompit à nouveau. « C'est pour me raconter cela que Mark Ransom m'a appelée. »

Pour la première fois, la voix de Monk faiblit.

« Quand vous dites qu'elle se souvient… ?

— C'est sur la cassette. » Mary hésita. « Celle qui se trouvait dans le magnétophone, sur la table basse. »

Monk étudiait l'appareil, soudain fasciné par son mécanisme. Mary le voyait tenter de s'imaginer la cassette : la voix voilée de la célèbre actrice racontant comment elle avait été malmenée par un sénateur de Californie, un homme dont des millions d'Américains voulaient faire leur président et dont beaucoup pleuraient encore la mort, survenue dans un accident d'avion. Un homme dont le fils était à présent sur le point de devenir gouverneur.

« Vous pourriez faire du mal à beaucoup de monde, dit lentement Monk, avec une cassette comme celle-là. »

Pour la première fois, un sentiment transparaissait à travers ses paroles, rappelant à Mary que l'inspecteur avait une vie à lui en dehors de ces bureaux, et qu'une certaine image du sénateur Colt en faisait visiblement partie. Mary possédait elle aussi ses propres souvenirs de l'homme : elle revoyait Colt manifestant aux côtés de travailleurs immigrés ou évoquant avec passion la tragédie et le gâchis du Viêt-nam devant les membres du Sénat, mais demandant malgré tout aux militants pacifistes des universités de renoncer à leurs demandes de sursis, « *afin*, disait-il, *de combattre une guerre dans laquelle les plus défavorisés se trouvent obligés de se battre à votre place* ». Observant à nouveau Monk, Mary se souvint que James Colt occupait aussi une place particulière pour la communauté noire : il avait été le dernier président potentiel à parler en faveur d'une justice sociale sans donner l'impression de s'excuser. Ainsi, il n'y avait pas qu'aux membres de la famille de James Colt que la cassette risquait de « faire du mal ».

« Oui, fit Mary. Des cassettes comme celle-ci pourraient faire du mal. »

Monk se cala dans sa chaise. Quelque chose en lui semblait las.

« Ransom vous a-t-il dit comment il s'était procuré la cassette ?

— Il l'a achetée. » Mary sentit la rage filtrer à travers sa voix. « À la fille du docteur Steinhardt. Elle voulait garder sa maison de Beverly Hills.

— Le docteur Steinhardt ?

— Le psychiatre. Il est mort.

— Mais n'y a-t-il pas des lois à ce sujet ? Dans notre État, tout patient est assuré du secret médical. »

Mary haussa les épaules.

« Laura Chase et le docteur Steinhardt sont morts tous les deux. Qui reste-t-il ? Juste la fille de Steinhardt et… »

Et Ransom, avait-elle failli ajouter.

« Vous sentez-vous bien ?

— Oui. » Mary se rendit compte qu'elle avait passé la main sur ses yeux. « C'est seulement parce que je viens de revoir son image…

— Son image… ?

— Le visage de Ransom. Lorsqu'il est mort, il avait les yeux fixés sur moi.

— Oui, fit Monk. Nous allons y arriver. »

Derrière sa voix, Mary perçut le léger ronronnement du magnétophone.

« Venons-y maintenant, dit-elle. Je suis fatiguée.

— Nous devons traiter le problème dans son contexte. »

Elle ouvrit les yeux.

« Puis-je avoir de l'eau ?

— Bien sûr. »

Il se leva, sortit, puis revint avec une tasse en plastique remplie d'eau froide. La cassette tournait toujours.

Monk s'adossa au mur.

« Vous avez mentionné des conversations... Il vous a téléphoné à votre travail, vous l'avez rappelé de chez vous. Avant votre rencontre, s'est-il passé autre chose ?

— Il m'a rappelée une fois. Pour me dire où et quand il pourrait me voir.

— C'est lui qui a choisi San Francisco ?

— Oui.

— Est-ce que c'était pratique pour vous ?

— Non.

— Pourquoi avez-vous accepté ? »

Mary rougit.

« Il m'a dit qu'il pourrait me faire écouter la cassette, expliqua-t-elle au bout d'un moment. Si je venais seule. »

Les yeux de Monk s'agrandirent presque imperceptiblement.

« C'est cette promesse qui vous a convaincue ? »

Mary but une gorgée d'eau, choisissant ses mots.

« Ce que je voulais, ce n'était ni détruire la réputation de James Colt, ni connaître les causes réelles du suicide de Laura Chase. J'étais surtout intéressée par le côté moral de l'affaire. A-t-on le droit d'acheter ou de vendre les secrets les plus intimes des gens, des choses dont on ne parle généralement à personne... ?

— Qu'est-ce que cela vous inspirait ?

— Je considérais qu'il n'aurait pas dû exploiter cette cassette. » Mary s'arrêta. « Mais, d'un autre côté, je suis journaliste. Ransom m'a dit que la vérité était plus importante que les sentiments ou la vie privée des gens, pour les morts comme pour les vivants.

— Étiez-vous d'accord avec lui ?

— Non. » Mary examina son ongle cassé. « Mais il était impossible pour moi de ne pas venir le voir.

— Vous a-t-il dit pourquoi c'était à vous qu'il s'adressait ?

— Oui.

— Pourquoi ? »

Elle sentit son corps se raidir.

« Parce qu'il aimait me regarder à la télévision. Et parce que le ‘‘sujet'' était susceptible de m'intéresser.

— S'est-il expliqué davantage ?

— Non. » Sa voix se glaça à nouveau. « Du moins pas avant notre rencontre. »

Monk vint se rasseoir et contempla Mary par-dessus le magnétophone tout en se caressant le menton. « Que s'est-il passé, demanda-t-il enfin, lorsque vous êtes arrivée à son hôtel ? »

Mary fixa un point sur le mur derrière Monk. *Pense à chaque détail*, se dit-elle. *Une phrase à la fois.*

« Je suis arrivée à 11 h 30. » Sa voix était blanche. « Je m'attendais à le trouver avec une attachée de presse. Mais il était seul. »

Monk s'enfonça dans son siège. « Au lieu d'attendre que je vous pose les questions, pourquoi ne pas tout me raconter directement ? Nous reviendrons sur les détails après. »

Les yeux posés sur le magnétophone, Mary resta muette.

« Peut-être, l'encouragea Monk, pourriez-vous commencer par me dire comment il était… »

Mary le regarda droit dans les yeux.

« Il était écœurant, lança-t-elle.

— Dans quel sens ?

— Tous les sens. » Elle soupira. « Pour comprendre vraiment, il faudrait que vous soyez une femme. »

Monk parut sourire sans pour autant changer d'expression.

« Essayez de m'expliquer », fit-il.

Mary regarda par terre.

« Pour commencer, dit-elle enfin, il était physiquement répugnant. Il était très grand, et il voulait se donner l'air aristocrate… Avec son accent irlandais, sa façon de se tenir, comme s'il posait pour un portrait. En le voyant, on avait l'impression d'avoir devant soi un personnage de cire. Même sa peau paraissait froide. Et puis, il avait un ventre blanc… » Elle s'interrompit. « Mais ça, je ne l'ai pas vu tout de suite. »

Monk plissa les yeux.

« Racontez depuis le début. »

Lentement, Mary hocha la tête.

« Au début, c'était la façon dont il me regardait. Il était irlandais, bien sûr, mais il avait des yeux d'un bleu glacial et des traits plutôt slaves… Une peau irrégulière, et des yeux qui semblaient tirés vers le haut. Peut-être la chirurgie esthétique était-elle passée par là. Même quand il souriait, ses yeux ne changeaient pas. » Elle tourna la tête. « Je me souviens avoir pensé qu'il ressemblait moins à un intellectuel qu'à un général russe pendant une parade de 1er-Mai. Un de ceux dont le grand-père a violé la grand-mère dans un pogrom… »

Mary s'aperçut qu'elle avait une main serrée autour de son poignet. Calmement, elle termina :

« J'y ai pensé avant même de m'asseoir, et je me suis même félicitée en moi-même de cette observation. »

Monk attendit pour lui permettre de rassembler ses souvenirs.

« Quelles ont été ses premières paroles lorsque vous êtes arrivée ?

— Il m'a dit que j'étais une belle femme. »

Monk leva à nouveau les yeux.

« Et que la télévision ne me montrait jamais en entier.

— Qu'avez-vous répondu ?

— Je l'ai remercié. » Sa voix était ironique.

« Évidemment. Et puis, j'ai changé de sujet.

— Pour parler de quoi ?

— De ses écrits. De quoi d'autre voulez-vous parler à un homme qui a déjà rédigé sa propre plaque mortuaire : *Mieux que quiconque, il a vu et écrit la vérité sur son temps...* ? »

Monk ne répondit rien. Il attendait qu'elle poursuive. Elle s'en aperçut au bout d'un moment. Il était vrai qu'elle faisait des digressions, cherchait à éviter l'essentiel de son récit.

« Nous étions en train de discuter, dit-elle, lorsque j'ai remarqué le magnétophone.

— Parlez-m'en.

— Il était sur la table de salon.

— Oui ?

— Je n'ai pas compris tout de suite. En m'asseyant, je lui ai demandé pourquoi il était là.

— Vous ne le saviez pas ? »

Mary s'aperçut qu'elle considérait fixement le magnétophone.

« J'ai cru qu'il voulait nous enregistrer, je ne sais pas pourquoi.

— Qu'a-t-il dit ?

— Qu'il y avait la cassette de Laura Chase à l'intérieur. Qu'il allait m'en donner l'exclusivité.

— Que voulait-il dire ?

— Que lorsque son livre sortirait, je pourrais être la première personne à l'interviewer pour la télévision. » Elle s'arrêta. « Au sujet de Laura et de James Colt. »

Monk croisa les mains. Au bout d'un moment, il demanda :

« Ransom vous a-t-il dit pourquoi il avait apporté la cassette avec lui ?

— Elle lui servait d'appât. Il m'a dit qu'il pourrait me la faire écouter. » Elle posa les yeux sur son poignet. « La cassette avait l'air de l'exciter. Il la regardait sans arrêt.

— Qu'avez-vous répondu ?

— Rien. Il a proposé de discuter d'abord, de parler du livre. De boire une coupe de champagne.

— Étiez-vous d'accord ?

— Je ne voulais pas. Mais il avait prévu toute une mise en scène, et j'étais là, et le champagne faisait partie de cette mascarade. Alors je l'ai laissé en commander à la réception. Nous nous sommes assis sur le canapé, nous avons discuté et j'ai accepté un verre. »

Monk fronça les sourcils. « La bouteille était vide, fit-il remarquer.

— C'est lui qui a bu tout le reste. » Mary ferma les yeux. « ... En écoutant la cassette. »

Monk resta un instant silencieux.

« Vous l'avez donc écoutée ? demanda-t-il enfin.

— Oui. Au bout d'un moment, j'ai compris qu'en fait, il ne m'avait fait venir que pour cela. Il voulait la *partager*. » Elle marqua un temps d'arrêt, puis parla plus lentement. « Il avait besoin que j'écoute ce que James Colt avait fait à Laura Chase. »

Monk parut chercher une autre question à poser. Puis il demanda simplement :

« Que s'est-il passé ? »

Mary frissonna.

« C'était horrible. La dernière fois que j'avais entendu parler Laura Chase, c'était au cinéma. Là, la voix était la même, mais il n'y avait pas d'images. Je me trouvais dans un hôtel, dans la suite de Mark Ransom, écoutant une actrice morte depuis vingt ans raconter comment un sénateur que je me souviens avoir admiré avait regardé deux de ses amis abuser d'elle à tour de rôle. »

Pendant quelques instants, le regard de Mary s'immobilisa à nouveau sur le magnétophone.

« Je ne suis même pas sûre d'avoir senti tout de suite sa main sur mon genou.

— Ransom vous caressait pendant que la cassette défilait ? »

Mary fit oui de la tête.

« Au début, j'ai cru que c'était un effet de mon imagination. En fait, il m'effleurait du bout des doigts, on ne peut pas dire qu'il me touchait vraiment. Alors j'ai cessé d'écouter et je l'ai regardé. Il s'est contenté de me regarder lui aussi. Lorsqu'il a vu qu'il avait mon attention, il a baissé les yeux vers sa ceinture. Lentement, pour être bien sûr que je suivrais son regard.

— Et alors ?

— Il était en érection. C'était cela qu'il voulait que je voie. »

Les lunettes cerclées d'or semblaient agrandir les yeux de Monk.

« Il avait sorti son sexe ?

— Non. C'était suffisamment évident.

— A-t-il dit quelque chose ?

— Il m'a proposé un marché pour que je puisse passer la cassette dans mon émission.

— A-t-il expliqué de quelle sorte de marché il s'agissait ?

— Vous plaisantez ?

— Dites-moi ce qu'il vous a dit.

— Il a dit exactement : J'aime baiser les femmes que j'ai vues à l'écran. Cela me donne l'impression de leur donner réalité. »

Monk passa l'index sur son menton.

« Comment avez-vous réagi ?

— Je lui ai répondu que j'étais une femme beaucoup trop bien pour faire l'amour avec lui et j'ai retiré sa main. Et puis j'ai ajouté, plus calmement, que j'étais prête à négocier avec lui en tant que journaliste, et à conclure un autre type de marché.

— Et qu'a-t-il dit ?

— Que son arrangement à lui était le seul acceptable. Que je l'apprécierais... »

Mary s'interrompit un instant.

« Pendant tout ce temps, Laura Chase continuait à parler, à raconter ce qu'elle faisait devant James Colt qui regardait. »

La pièce était silencieuse. Mary entendait le grincement de la cassette.

« Que s'est-il passé ensuite ? interrogea Monk.

— Je me suis levée, j'ai attrapé mon sac sur la table basse... »

Sa voix s'éteignit.

« Oui ?

— Ransom m'a saisie par le bras. »

Monk patienta un long moment.

« Prenez votre temps...

— Puis-je avoir de l'eau ?

— Certainement. » Monk se leva à nouveau. « Si vous avez besoin de quoi que ce soit, ne vous gênez pas pour me le demander. »

Mary repéra une tache sur le mur. Ne pas penser à Monk. Se concentrer sur les mots. Lorsque Monk revint et lui tendit un grand bol rempli d'eau, elle ne détourna pas les yeux du mur.

« Continuez », fit Monk.

Elle hocha la tête.

« Ransom m'a fait tournoyer autour de lui. Il tenait mes deux poignets serrés. J'ai perdu l'équilibre...

— Oui ?

— Il m'a poussée sur le sol. Tout a été très brutal ; j'avais encore mon sac à la main. Soudain, il s'est retrouvé allongé sur moi. » Elle but quelques gorgées d'eau. « En fait, je ne me souviens pas de tout...

— Pourquoi ne me racontez-vous pas simplement ce que vous vous rappelez ?

— Il parlait par grognements... enfin presque. Il me disait de rester tranquille. Qu'il allait me faire l'amour, que personne ne saurait. Il tenait son visage contre mon cou. Il avait chaud, il sentait le champagne et l'eau de toilette pour hommes. » Elle s'arrêta un moment. « Il s'est arrangé pour m'écarter les jambes. Ça doit être à ce moment-là que mon collant s'est déchiré.

— Continuez.

— Je n'arrivais plus à respirer. Je me souviens avoir eu envie de vomir. Un instant, la pièce s'est assombrie. Et puis, il y avait toujours la voix rauque de Laura Chase, en bruit de fond...

— Le magnétophone tournait toujours ?

— Oui. Je ne sais pour quelle raison, je l'entendais distinctement. Laura parlait du deuxième homme, expliquait qu'elle faisait tout ce qu'il lui demandait. »

Monk examinait sa pince à cravate.

« Que s'est-il passé ensuite ? »

Mary se toucha le visage.

« C'est à ce moment-là que j'ai commencé à me défendre.

— Comment ?

— À coups de poing. Je frappais son visage, ses bras, tout ce que je rencontrais.

— Et alors ?

— Il a mis une main sur ma poitrine et s'est appuyé dessus pour me maintenir au sol. Il était au-dessus de moi. Son visage était tout rouge, ses yeux étaient fixes, remplis de haine. Puis il a arrêté, une seconde seulement. J'en ai profité pour soulever la tête à demi et je l'ai regardé. » Elle se tut quelques instants. « À ce moment-là, il a levé son bras, très lentement, et il m'a giflée.

— Que s'est-il passé ensuite ?

— J'ai hurlé. Alors il m'a frappée à nouveau.

— Et après ? »

Elle détourna son regard.

« J'ai cessé de me battre.

— C'est de là que vient votre hématome ?

— Oui. » Mary gardait toujours le regard posé derrière le policier. Sa voix devint monocorde. « Ma tête a frappé le sol. La douleur s'est propagée dans mon cou. Pendant quelques secondes, tout est redevenu noir. Je crois qu'il essayait de m'étrangler.

— Vous n'en êtes pas sûre.

— Non. » Sa gorge se serra. « La chose dont je me souviens

ensuite, c'est que ma jupe est remontée autour de ma taille. J'ai les jambes écartées, mais j'ai encore mon slip.

— Que fait Ransom ?

— Il est à genoux entre mes jambes, il me regarde. Son pantalon est descendu à la hauteur de ses genoux. » Elle s'arrêta. « Je me souviens que cela m'a surprise de voir que les poils de son pubis étaient roux. Il avait une tache de naissance sur la cuisse... »

Du coin de l'œil, Mary vit Monk réfléchir, appuyant d'un air absent sur la monture dorée de ses lunettes, au-dessus de son nez.

« Que fait-il alors ?

— Il s'arrête un moment. » La voix de Mary se fit plus calme. « Je crois qu'il écoutait Laura Chase.

— Et ensuite ?

— J'ai senti l'anse de mon sac dans ma main gauche. C'est drôle, je ne l'avais pas lâché une seconde. » Mary parlait encore plus calmement. « À cet instant, je me suis souvenue du revolver. »

La voix de Monk elle-même s'adoucit. « Continuez, fit-il.

— Pendant tout ce temps, je n'avais pas parlé. À ce moment-là, j'ai dit : ''Vous pouvez me prendre. Je vous laisserai faire tout ce que vous voulez.'' J'ai vu ses yeux briller. » Mary s'interrompit, se permit un sourire amer. « Et puis j'ai ajouté : ''Mais seulement si vous mettez un préservatif.'' »

Le visage de Monk, impassible l'instant précédent, afficha une nette stupéfaction.

« Et, demanda-t-il après un long moment, qu'a dit Ransom ?

— Il a ri. C'était comme un aboiement rauque. ''J'en ai un dans mon sac'', ai-je dit. Cela a semblé le surprendre. Avant qu'il ait eu le temps de répondre, je me suis retournée et j'ai mis la main dans mon sac... Au même moment, il m'a de nouveau plaquée au sol. Mais j'avais réussi à prendre le revolver. Lorsqu'il a essayé de l'attraper, je lui ai donné un coup avec mon genou. Il me tenait les poignets. Et puis, il a poussé ce cri... J'ai eu l'impression que tout son corps tremblait... » Mary ferma les yeux. « C'est à ce moment-là que le coup est parti.

— De quoi d'autre vous souvenez-vous ? »

Mary se pencha.

« Juste de son visage. Il semble moins dur, il a l'air presque déçu, comme si j'avais blessé sa sensibilité. Je le saisis avec les deux mains, il est à quatre ou cinq centimètres de mon corps. Son haleine sent toujours aussi fort. Je mets toute ma force, et pourtant j'arrive à peine à le pousser. » Elle s'interrompit une fois de plus, puis conclut. « C'est là que je me suis rendu compte que Laura avait cessé de parler. »

Il y eut un silence. Mary se sentait soudain très faible. C'est fini, pensa-t-elle. C'est fini...

Elle ouvrit les yeux :

« Je peux partir maintenant ? »

Monk la regarda.

« Je voudrais vous poser encore quelques questions. Sur certaines choses que vous m'avez dites. »

Mary sentit la colère monter en elle. Elle resta assise, indécise, se répétant en elle-même les paroles de Monk. Mais son visage ne montra rien.

« Le revolver, dit-il. Pourquoi en aviez-vous un ? »

Elle s'adossa contre sa chaise, à bout de forces.

« J'avais reçu des menaces téléphoniques, dit-elle enfin.

— Quand ?

— Ces deux derniers mois... Je ne sais plus exactement.

— Un homme ou une femme ?

— Un homme.

— À votre travail ?

— Non. Chez moi.

— Vous êtes dans l'annuaire ?

— Non.

— Votre interlocuteur semblait-il savoir qui vous étiez ?

— Je ne sais pas.

— Aurait-il pu s'agir de Ransom ? »

Mary hésita.

« Je ne crois pas.

— Combien avez-vous eu d'appels de ce genre ?

— Deux, je crois.

— Que disait l'homme ?

— Pas grand-chose. Simplement qu'il me regardait.

— Avez-vous porté plainte ?

— Non.

— En avez-vous parlé à quelqu'un ?

— Non. En tout cas, je ne m'en souviens pas.

— Mais vous avez acheté une arme à feu.

— Oui. » Mary prit la voix de quelqu'un dont la patience avait été menée à bout. « Je suis une personnalité publique. Ces appels m'ont rappelé qu'il y a autour de nous des déséquilibrés, et que je suis une femme qui vit seule.

— Quand avez-vous acheté le revolver ? »

Mary haussa les épaules.

« Il y a environ deux semaines.

— Était-ce avant ou après votre première conversation avec Ransom ? »

Elle le regarda fixement.

« Après, je crois. »

Monk se pencha légèrement en avant.

« Pour venir ici, vous avez pris l'avion de New York, n'est-ce pas ?

— Oui.

— Quand ?

— Dimanche matin. »

Monk redressa la tête, comme pour la considérer sous un autre angle.

« Qui a effectué la réservation de votre hôtel ?

— C'est moi.

— L'avez-vous faite sur le compte d'ABC ?

— Non. » Mary marqua un temps d'arrêt. « C'est moi qui ai payé.

— ABC ne finance pas vos déplacements professionnels ?

— Bien sûr que si. » La voix de Mary se fit impatiente. « En quoi est-ce important ? Parfois ils me paient d'avance, d'autres fois ils me remboursent.

— Avez-vous prévenu ABC que vous alliez voir Ransom ?

— Non. Je n'étais pas obligée de le faire.

— Leur avez-vous parlé de ses appels ? »

N'aie pas l'air de te défendre, se dit Mary.

« Non, répondit-elle.

— Et vous avez emporté le revolver avec vous ?

— Oui.

— Comment avez-vous fait pour l'apporter jusqu'ici ?

— Dans mes bagages. »

Les yeux de Monk semblaient ne jamais bouger.

« Avez-vous prévenu les employés de l'aéroport que vous transportiez une arme ?

— Non. »

Monk marqua une pause.

« Est-ce que quelqu'un vous a vue dans le hall de l'hôtel ce matin ?

— Je ne sais pas. Je suis montée directement à sa chambre.

— Lorsque vous étiez à l'intérieur, est-ce que quelqu'un est entré dans la suite ?

— Non, je ne crois pas.

— Et le champagne ?

— Ah oui... C'est vrai...

— Qui l'a apporté ? Un homme ou une femme ?

— Un homme.

— Pouvez-vous me dire comment il était ?

— Je ne sais pas... Pas très grand. Un Hispano-Américain, je crois. »

Monk se laissa aller en arrière dans son siège.

« Lorsque vous êtes entrée dans la chambre, les stores étaient-ils baissés ?

— Je crois. » Mary réfléchit. « Oui, j'en suis sûre.

— Il y avait des éraflures sur le postérieur de Ransom. Savez-vous comment elles ont été faites ?

— Bien entendu. C'est quand je me suis battue avec lui.

— Vous avez mentionné des coups de poing. Je ne me souviens pas que vous ayez dit l'avoir griffé. »

Mary revit le docteur Shelton suivant du doigt la trace des éraflures.

« Je ne sais pas, dit-elle d'une voix usée. Peut-être ont-elles été faites quand j'ai essayé de me dégager, après que la balle est partie. »

Monk acquiesça.

« Lorsque vous vous êtes battus avec le revolver, Ransom l'a-t-il touché ? »

Shelton avait inspecté les mains de l'homme mort, puis les avait entourées de sacs transparents...

« Je ne me rappelle pas.

— Au moment où le coup est parti, madame Carelli, à quelle distance de la poitrine de Ransom vous trouviez-vous ? »

Elle avait touché la blessure, les lambeaux de vêtement qui l'entouraient...

« Très près.

— C'est-à-dire ? Est-ce que l'arme le touchait ?

— Non. » Mary entendait le léger grincement du magnétophone. « Cinq centimètres. »

Monk se pencha en avant.

« Pas plutôt *cinquante* centimètres ?

— Non.

— La griffure sur votre gorge a-t-elle été faite après que Ransom vous a giflée ? »

Elle avait prélevé des échantillons sous ses ongles à elle, puis sous ceux du mort...

« Oui.

— Ensuite, il a baissé son pantalon ?

— Oui.

— Était-il en érection ? »

Elle avait fait un prélèvement sur son pénis...

« Madame Carelli ? »

La cassette tournait toujours.

« Oui. »

Elle tendit la main vers le bol vide. La bande magnétique continuait à avancer, lentement, inexorablement.

« Au sujet de cette érection... » La voix de Monk lui parut lointaine. « Que vous rappelez-vous ?

— Je ne sais pas. C'était une érection, c'est tout. Je n'ai pas eu le temps d'étudier ce qu'elle avait de particulier. »

Monk croisa les bras.

« Après que le coup de feu est parti, qu'avez-vous fait ?

— Je ne sais pas. J'étais hébétée.

— Combien de temps s'est-il écoulé avant que vous appeliez le 911 ? »

Elle avait passé la main sous ses aisselles, palpé sa peau...

« Je ne sais pas. J'ai appelé dès que j'en ai eu la force. »

La bande magnétique défilait toujours. Un tour, puis deux.

« Pendant que vous vous trouviez dans la suite, êtes-vous sortie pour une raison ou pour une autre ? »

Mary leva les yeux.

« Madame Carelli ?

— Pourriez-vous arrêter un peu la cassette ? Je vous en prie.

— Je n'en ai pas le droit, fit Monk calmement. C'est contraire au règlement. »

La bande tournait, enregistrant le silence.

Mary tendit la main et appuya sur un bouton. La cassette s'arrêta net.

« Je veux voir un avocat. Tout de suite. »

Chapitre quatre

Paget pénétra dans la salle des témoins. La porte se referma derrière lui. Ils restèrent seuls.

Il tressaillit en la voyant.

La lumière du néon capturait avec une netteté sans pitié la transformation qui s'était opérée en elle depuis la veille. Elle avait les paupières gonflées, le visage d'une pâleur qui la rendait presque jaune, les traits tirés. Effondrée sur la chaise, sa silhouette élancée semblait vidée de toute énergie. Elle paraissait vieillie, amaigrie.

Il la dévisagea, s'arrêta sur l'hématome, en haut de la joue ; puis son regard rencontra ses yeux. Ils brillaient d'une lueur hagarde, craintive, qu'elle aurait détestée si elle s'était vue en cet instant.

La terrible impression qu'on l'avait dépossédée d'une part essentielle de sa personnalité frappa Paget. Pris d'un élan de pitié, il eut envie de la toucher. Mais il refréna son mouvement : c'était la dernière chose à faire.

« Je suis désolé pour ce qui t'est arrivé », dit-il.

Elle le considéra.

« Inutile, Chris. Ce qui est fait est fait. Tout ce que je désire maintenant, c'est sortir d'ici.

— Tu te sens bien ?

— Oui. S'il te plaît, je te demande seulement de m'aider. »

Paget hocha la tête.

« La première chose à faire est de convaincre le District Attorney qu'il n'y a pas lieu d'engager des poursuites.

— Comment dois-je m'y prendre ?

— Je vais t'aider à trouver un bon avocat. Un professionnel, spécialisé dans ce genre d'affaires et que le D.A. respecte. Il ira voir le procureur et lui expliquera pourquoi il faut clore ce dossier. »

Mary ne semblait ni le voir, ni l'entendre.
« Si tu veux, ajouta-t-il, je peux me débrouiller pour faire venir quelqu'un d'ici moins d'une heure. »
Lentement, elle fit non de la tête.
Paget s'assit en face d'elle.
« Écoute, je sais que tu es épuisée...
— Tu n'as pas bien compris, Chris. C'est toi qui dois t'en occuper. »
Paget se sentit envahi par une surprise sourde. On eût dit que l'état de choc dans lequel se trouvait Mary l'avait contaminé.
« Mary, dit-il enfin, je sais que tu n'arrives pas encore à croire à ce qui s'est passé, que cela te semble irréel. Mais cela a bel et bien eu lieu. Tu as besoin d'un véritable avocat.
— Et tu n'en es pas un ?
— Pas pour ce genre d'affaires. Je ne fais plus d'homicides.
— Fais celui-ci. »
Paget la considéra. Sans cette absurde requête, il se serait senti rasséréné devant l'animation qui s'était soudain emparée d'elle. Son visage avait retrouvé de la vitalité.
« Même si j'avais l'intention de reprendre mon ancien métier, Mary, tu serais la dernière personne que je choisirais de défendre. On ne plaide pas pour quelqu'un qu'on connaît.
— C'est ce que je suis ? lança-t-elle, ironique. Quelqu'un que tu connais ? »
Paget s'adossa à sa chaise.
« J'aurais beaucoup de mal, dit-il enfin, à définir tout ce que tu représentes pour moi. Mais tu sais aussi bien que moi les raisons pour lesquelles je ne peux pas prendre cette affaire en main. »
Mary semblait évaluer la puissance de la volonté de Paget.
« C'est précisément pour ces raisons-là que tu n'as pas le choix. »
Paget sentit la colère le submerger.
« Tu n'as pas le droit...
— ... Pas du tout le choix, trancha-t-elle. Et tu le sais parfaitement. » Sa voix se fit à nouveau ironique. « Après tout, dit-elle, tant de choses nous unissent... »
Paget luttait pour ne pas perdre son sang-froid. D'une voix plus faible, il murmura :
« Tu veux parler de Carlo... »
Elle regarda dans le vide.
« Choisis la raison que tu veux, Chris. Celle que tu préfères. Mais fais ce que je te demande.
— Espèce de garce ! explosa Paget. Et si tu réfléchissais ! Si tu

pensais à lui, pour une fois ! Même si tu sors demain, on parlera de la mort de Ransom pendant des mois. Malgré tout ce que nous avons pu faire par le passé, nous avons au moins réussi à donner à Carlo une existence normale. Mais avec ''Le retour de Chris et Mary'', les médias vont se délecter ! Ce que tu me demandes là, ce n'est pas simplement de *faire quelque chose pour toi*. Tu me demandes de risquer de transformer l'univers de Carlo de façon dramatique ! »

Mary le fixa dans les yeux.

« Comment peux-tu dire que je ne pense pas à Carlo ?

— Parce que tu es incapable de penser à lui.

— Tu es particulièrement doué pour m'imaginer toujours sous mon jour le plus noir !

— Ce n'est pas vraiment un don naturel, Mary. C'est toi qui me l'as appris... »

Le visage de Mary se ferma, comme si elle en retirait tout sentiment. Elle haussa les épaules.

« Comme tu voudras ! dit-elle. Je suis, comme toujours, une garce insensible. Je t'oblige à exposer ton fils à l'enfer de la vie publique pour m'éviter l'inconvénient mineur d'un procès ou, au pire, d'un emprisonnement à perpétuité ! Tout cela parce que je sais très bien que tu te battras jusqu'au bout pour éviter à Carlo le traumatisme d'avoir une mère criminelle. »

Paget la dévisagea.

« Pourquoi ? demanda-t-il plus calmement, pourquoi me forcer à le faire ? Explique-moi, au moins.

— Parce que je sais que tu mettras tout en œuvre pour gagner si tu décides de gagner. » Sa voix était calme, amère. « N'est-ce pas là ce que souhaiterait n'importe quel client ? »

Paget considéra quelques instants les éraflures de son cou, puis détourna son regard.

« Non, dit-il enfin. Il y a autre chose. J'ai besoin de connaître le fin mot de l'histoire. »

Un moment, Mary resta silencieuse. Méditait-elle ce qu'il venait de lui dire ? Puis elle se redressa sur sa chaise et le regarda en face.

« Le fin mot de l'histoire, répondit-elle d'un ton sec, c'est que Mark Ransom était un pervers et un porc qui a bien mérité que je lui tire une balle dans la peau. »

Paget la considéra.

« Pourquoi as-tu interrompu l'interrogatoire de Monk ?

— Parce que j'étais *fatiguée*, en état de choc ! Parce que, quelles que fussent mes motivations, je venais de tuer un homme. Tu ne peux pas savoir ce qu'on ressent dans ces cas-là : on n'arrive pas à y croire. Et l'on est terrifié à l'idée que rien ne sera jamais plus comme avant. » Elle s'interrompit. « Pour la première fois de ma vie, je n'ai pas réussi à prendre sur moi, voilà tout. Je pense que j'avais une excuse valable, non ?

— C'est là une bonne raison pour refuser carrément de parler. Mais une fois que tu as commencé...

— Je voulais les convaincre, tu comprends ? Je voulais en finir avec cette histoire... Sortir de ce bâtiment sans avoir besoin de toi, ni de quiconque... » Elle se tut, prit une profonde inspiration. Ses épaules s'affaissèrent. « Les questions commençaient à m'embrouiller. Je ne parvenais plus à me souvenir clairement, ni même à comprendre ce qu'il me demandait. J'avais peur de commettre une erreur.

— Comment la vérité pourrait-elle te conduire à commettre une erreur ?

— Je ne sais pas. » Mary secoua la tête, comme pour remettre ses idées en place. « J'ai eu l'impression de me retrouver dans un livre de Kafka. J'ai pensé qu'ils pourraient mal comprendre ce que je leur disais, interpréter certaines choses que j'avais faites ou que je n'avais pas faites, ou certains souvenirs qui n'étaient pas très nets dans mon esprit. Cette cassette... » Elle s'arrêta, passa ses doigts sur son visage. « J'étais à bout. Il fallait que j'arrête de parler, voilà tout. »

Paget croisa les mains.

« Te sens-tu le courage de me raconter maintenant ? Monk ne m'a pas dit grand-chose, juste quelques mots dans l'ascenseur. »

Mary leva les yeux vers lui.

« Alors tu acceptes ? » interrogea-t-elle.

Elle semblait avoir à nouveau perdu son assurance, trop vulnérable pour pouvoir croire à son succès.

« Ce que j'accepte de faire, dit Paget, c'est d'aller voir ce que le D.A. pense de cette affaire. Pour cela, j'ai besoin de savoir précisément ce que tu leur as dit. »

Mary acquiesça.

« D'accord », murmura-t-elle.

Elle parut chercher en elle-même de nouvelles ressources. Puis elle commença à parler sur un ton monocorde. Quand elle eut fini, une heure s'était écoulée et Paget se sentait épuisé.

Il resta silencieux un moment, organisant ses pensées. Étrange, pensa-t-il : l'un des souvenirs qui freinaient sa réflexion était l'image récurrente du jour où James Colt était mort. Paget avait raconté plus d'une fois cet épisode à Carlo. Il se trouvait à la banque et c'était une caissière qui lui avait annoncé la nouvelle.

De grosses larmes coulaient sur ses joues tandis qu'elle tentait de compter les billets. Paget chassa ce souvenir.

« Est-ce que je sais tout ce que sait la police ? » demanda-t-il finalement.

Mary lui jeta un regard de compréhension tacite. Il ne lui avait pas demandé ce qui s'était passé *en réalité*, mais la version qu'elle avait donnée à la police.

« Tu sais tout ce que je leur ai dit », fit-elle.

Il la regarda.

« Veux-tu terminer avec Monk... une fois reposée ?

— Non. » Elle avait répondu d'une voix claire et posée. « J'ai été avocate, moi aussi. Je sais que tout enregistrement peut constituer une pièce à conviction lors d'un procès. Je veux que tu parles pour moi. Va les convaincre qu'il est inutile d'engager des poursuites. »

Leurs regards se croisèrent.

« Et le test du détecteur de mensonges ? suggéra-t-il. Il n'a aucune valeur devant les tribunaux, et il est probable qu'ils voudront t'en faire subir un, ne serait-ce que pour se couvrir au cas où ils renonceraient aux poursuites.

— Je n'y crois pas. » Le regard de Mary resta fixe. « Je ne crois pas que ces tests soient capables de mesurer un degré de culpabilité.

— Tu peux le faire dans mon bureau. Si les résultats ne nous plaisent pas, le D.A. ne les verra jamais.

— Non, répéta-t-elle. Il a abusé de moi et je l'ai tué. Je le leur ai dit. La seule question maintenant est celle du degré de culpabilité. Je veux que tu ailles les convaincre qu'ils détiennent déjà la réponse. »

Paget la regarda. Une minute, peut-être davantage, le temps que ce silence fît son effet sur elle. Elle ne dit rien.

« Parle-moi du médecin légiste, dit-il enfin. De tout ce qu'il a fait. »

Mary lui raconta tout, plissant les yeux pour mieux se souvenir. Lorsqu'elle eut terminé, il l'interrogea :

« Y avait-il des marques de poudre ?

— Où ?

— Sur la chemise de Ransom. »

Elle se pencha en arrière.

« C'est important ?

— Je ne sais pas encore. »

Elle l'étudia.

« Ils te le diront, non ? »

Paget laissa un moment la question en suspens.

« Je l'espère. Je crois que je ferais mieux d'aller les voir.
— Ils sont là en ce moment ?
— Pour cette affaire, oui. Le D.A. lui-même doit être ici. » Paget se leva. « Ils ont horreur des dossiers comme celui-ci. Quatre-vingt-dix-neuf pour cent des homicides sur lesquels ils enquêtent d'habitude n'intéressent personne. Mais avec une affaire comme la tienne, qui met en cause deux personnalités, ils courent aux ennuis.
— Qu'est-ce que cela signifie pour moi ?
— Pour commencer, l'affaire va avoir des implications politiques. Nous avons un ex-prix Pulitzer accusé de tentative de viol sur une célébrité, qui le tue. Il n'existe pas un seul électeur doté d'un minimum de sensibilité qui ne réagisse d'une manière ou d'une autre à cette histoire, quels que soient les faits et l'attitude du D.A. Cela veut dire qu'ils vont se montrer très scrupuleux et que rien n'ira vite. »

Ces paroles parurent anéantir Mary. Paget la voyait songer aux jours, voire aux semaines qui s'écouleraient peut-être avant qu'elle obtînt une réponse. En d'autres circonstances, Paget aurait ressenti trop de compassion pour profiter de sa position.

« Ce qui, conclut-il, nous ramène à Carlo. »

Elle leva les yeux vers lui. Il poursuivit d'une voix glaciale :

« Tu vas devoir supporter une publicité qui ferait vomir Liz Taylor. Les chaînes de télévision vont se battre pour obtenir le droit de retransmettre en direct ton témoignage avec ses détails les plus intimes. Il va falloir que tu acceptes tout cela de bon cœur. Car ce qui est en cause dans cette affaire, ce n'est pas seulement ce que tu es, ce qu'était Ransom, ni même l'horrible histoire de Laura Chase avec ce sénateur que toute l'Amérique adulait. Pour assurer ta défense, il va falloir jouer la carte féministe ; nous mènerons un combat pour rendre justice à toutes les victimes de viol. Aucun avocat compétent ne chercherait à plaider cette affaire devant un tribunal sans la remporter d'abord devant les médias. Moi y compris.

« Seulement il y a une différence. Tout autre avocat que moi serait ravi de plaider un tel dossier. Moi, je vais te haïr pour cela. À cause de ce fils avec lequel je vais continuer à vivre chaque jour… Alors j'espère que tu as bien réfléchi, et que tu es bien certaine de souhaiter un avocat tel que moi. »

Lorsqu'il cessa de parler, Mary agrippa la table.

« Tu as toujours été très fort, dit-elle après un silence, devant les caméras. »

Paget se contenta de la dévisager. D'une voix plus douce, elle ajouta :

« J'essaierai d'arranger les choses avec Carlo. »

Paget ne répondit pas. Il ouvrit la porte et appela la gardienne d'une voix sèche :

« Nous avons terminé. »

Il laissa les policiers emmener Mary dans sa cellule sans ajouter une parole.

Les bureaux du District Attorney occupaient un bâtiment d'architecture néo-stalinienne. À chaque étage, de sinistres couloirs desservaient les minuscules pièces qui faisaient office de bureaux et dont chacune abritait deux hommes de loi, qui se partageaient bon gré mal gré quelques mètres carrés. Paget avait pour guide une femme sèche d'environ trente-cinq ans qui s'était présentée sous le nom de Marnie Sharpe sans ajouter d'explication. À son air pincé, Paget comprit qu'elle n'était pas une simple secrétaire du D.A., mais bien une juriste, et qu'elle se sentait déjà une certaine responsabilité vis-à-vis de Ransom.

Le D.A. avait réussi à obtenir l'une des rares pièces décentes du bâtiment. McKinley Brooks jouissait en effet de deux fois plus d'espace que les autres occupants de l'immeuble, et il ne partageait pas son bureau. Sa serviette de cuir, négligemment posée sur la table, indiquait qu'il était revenu là en toute hâte.

Brooks se leva de sa chaise avec un sourire très professionnel et la grâce fluide d'un ancien athlète qui allait sur la quarantaine et commençait à prendre de l'embonpoint. Ses cheveux frisés soigneusement peignés, son double menton naissant et son regard limpide évoquaient à première vue la version *black* d'un mafioso membre du Rotary Club.

« Christopher ! » fit-il d'une voix rocailleuse. Chaque mot qu'il prononçait semblait sortir de la bouche d'un acteur jouant Othello sur la scène d'un théâtre national. « Que nous vaut le plaisir de cette visite ? Que fait ici notre élégant avocat des beaux quartiers ?

— Je suis venu voir un ami malade, répondit Paget, très à l'aise. Quelqu'un aurait-il aperçu Mark Ransom ces jours-ci ? »

Du coin de l'œil, Paget vit Marnie Sharpe se pincer les lèvres.

« Oui, le médecin légiste, rétorqua Brooks. Ils sont ensemble en ce moment même. Tu connais Marnie, je présume ? »

Paget hocha la tête :

« Nous nous sommes rencontrés dans l'ascenseur.

— Je vous en prie, asseyez-vous. C'est Marnie qui va prendre l'affaire en charge pour notre bureau. » S'adressant à Sharpe, Brooks précisa : « Nous sommes de vieux amis, Chris et moi. »

En d'autres termes, songea Paget, accordez-lui le respect que l'on doit à une personne qui a subventionné ma campagne électorale. Toutes ces civilités bon enfant faisaient partie de la routine. Même dans une ville aussi libérale que celle-ci, il fallait, lorsqu'on était noir, avoir l'intelligence et la souplesse d'un Brooks pour se faire élire à un poste qui consistait à faire respecter la loi et l'ordre. Marnie Sharpe, en revanche, semblait nettement sortir de cette routine. Paget en savait assez pour comprendre qu'elle n'était pas membre de l'équipe habituellement chargée des homicides pour le D.A. Brooks avait dû prendre le temps de réfléchir aux problèmes politiques que posait la renommée de Mary Carelli dans cette affaire et décider finalement qu'il valait mieux placer une femme dans le fauteuil de procureur.

Comme s'il lisait dans les pensées de Paget, Brooks expliqua :

« Marnie fait partie de notre équipe des viols. Elle se trouve donc particulièrement bien placée pour prendre en considération tous les aspects de cette affaire. »

C'était là une tactique ingénieuse. Dans son rôle de procureur, Marnie aurait une marge de manœuvre très large : elle pourrait faire de Mary une victime, mais, si elle décidait au contraire d'engager des poursuites, on ne pourrait l'accuser d'insensibilité ou d'ignorance. Courtois, Paget répondit :

« Je reconnais là ton doigté. »

Brooks sourit : il saisissait la subtilité du compliment. Quelque chose dans ce sourire rappela à Paget que, derrière son génie, Brooks cachait une sentimentalité de jeune fille. La considération qu'il accorderait à Paget, à Mary, et même aux pressions qui s'exerceraient sans doute sur Marnie Sharpe, dépendrait entièrement de son intérêt personnel dans l'affaire.

Le sourire de Brooks s'estompa.

« Pourquoi es-tu ici ?

— Mary Carelli est une amie.

— L'affaire Lasko ! » Brooks hocha la tête. « Évidemment... »

Paget sentit Sharpe le considérer du coin de l'œil. Son regard suspicieux semblait englober les deux hommes.

« Je ne pense pas, dit Paget, que l'un ou l'autre d'entre vous mette en doute le traumatisme que cette affaire représente pour elle. Même sans toute cette publicité, le seul fait de remettre toute l'histoire sur le tapis risque de ne pas arranger les choses.

— Nous nous trouvons tous dans un sacré pétrin, reconnut Brooks. Je suis sûr que tu lui as déjà expliqué à quel point nous haïssons ce genre d'affaires.

— Bien sûr. Mais elle n'est pas très sensible à ce type de consolations. Elle a été frappée, obligée de tuer un homme pour éviter un viol et envoyée en prison parce qu'elle a demandé à me voir. Pour les deux premières choses, vous ne pouvez pas grand-chose. Pour la troisième, si. »

Brooks leva la main.

« Il faut que tu comprennes, Chris. Nous n'allons pas la laisser dans une cellule remplie de délinquantes. Nous ferons en sorte qu'elle soit le mieux installée possible ici.

— Tu as prononcé le mot clé : *ici.* » Paget jaugeait son interlocuteur. « Actuellement, elle est en état d'arrestation. Vous avez quarante-huit heures pour décider soit de déposer plainte contre elle, soit de la laisser partir. Ensuite, vous pourrez l'arrêter à nouveau à tout moment. Toutefois, rien de ce qui pourrait se produire au cours de ces quarante-huit heures ne pèsera sur votre décision. Or, faire attendre une personne comme Mary Carelli pendant deux jours avant de la libérer ne serait, je pense, ni très délicat, ni très habile politiquement. »

Brooks tendit les mains en signe d'impuissance.

« Nous devons nous montrer prudents, Chris. Nous avons au premier étage de ce bâtiment le corps d'un homme qui, ce matin encore, était l'écrivain vivant le plus célèbre des États-Unis. »

Paget se tourna pour s'adresser également à Sharpe.

« Qu'avez-vous lu de Ransom, tous les deux ? »

Sharpe le fixa sans rien dire.

« Quelques-uns de ses livres », répondit Brooks.

Paget considéra encore Sharpe.

« Et avez-vous été vraiment surpris d'apprendre qu'il a été l'auteur d'une tentative de viol ? »

Sharpe paraissait crispée. Il y avait en elle quelque chose de fragile qui, Paget le sentait, rendrait le dialogue difficile. Le seul endroit où il pourrait avoir ses chances face à elle serait le tribunal, s'ils en arrivaient là.

« Nous devons considérer les preuves tangibles, dit-elle, et non ce qu'il a pu écrire. Ni d'ailleurs ce qu'il comptait écrire.

— Ce qui nous ramène, poursuivit tranquillement Brooks, à cette pénible cassette sur Laura Chase et le sénateur Colt. » Il s'interrompit, puis ajouta : « Des millions de personnes éprouvent encore une certaine affection pour cet homme. Y compris moi-même. »

Paget acquiesça.

« Tu l'avais rencontré, si je me souviens bien...

— Tu veux dire que j'ai mené campagne pour lui ! » Brooks secoua la tête. « Lorsque son avion s'est écrasé, j'ai parcouru cinq mille kilomètres en voiture pour assister à son enterrement. Je ne pouvais pas me résoudre à l'abandonner comme cela. » Brooks leva les yeux vers Paget. « D'ailleurs, ajouta-t-il à mi-voix, le pays entier ne s'est jamais vraiment résolu à l'oublier. »

Il avait raison. Sans doute parce que cet accident d'avion, survenu de nuit dans le désert californien trois mois après la mort de Laura Chase, avait semblé injuste, irrationnel. Avec sa chevelure blonde et sa grâce naturelle, son sourire et son sens de la repartie, James Colt paraissait, à quarante ans, incroyablement jeune pour devenir président. Pourtant, les Américains avaient trouvé quelque chose de vivifiant à cette idée, comme si seul un pays ayant de très beaux jours devant lui pouvait élire un tel personnage à sa tête.

« Est-il vrai, demanda Paget, que son fils, James Colt Junior, se présente aux prochaines élections pour le siège de gouverneur ? »

Brooks hocha la tête.

« Je crois, oui. »

Paget le considéra, pensif.

« Je comprends ton embarras, dit-il finalement. À mon avis, vous auriez tout intérêt à classer l'affaire tout de suite.

— Si seulement nous pouvions, Christopher ! Si seulement nous pouvions... »

Paget l'observa un instant.

« Ah ! fit-il. On dirait que le médecin légiste n'aime pas trop les traces de poudre qu'il a trouvées. »

Les yeux de Brooks s'agrandirent d'une surprise feinte.

« Très perspicace ! répliqua-t-il. Mais le problème, c'est précisément qu'il n'y a *pas* de traces de poudre. Ni de résidus du coup de feu d'aucune sorte. Rien.

— Et alors ?

— Alors, c'est un problème. Si un médecin légiste ne peut pas toujours nous dire ce qui s'est passé exactement, il peut presque toujours, en revanche, nous dire ce qui *ne s'est pas* passé. Or, selon lui — ou plutôt elle, car c'est une femme —, Mary Carelli n'a pas tiré sur Mark Ransom d'une distance de cinq à dix centimètres, comme elle l'affirme, ni même de très près.

— Bizarre, fit Paget. Mary est très précise d'habitude. Elle avait dû oublier son double décimètre... »

Brooks ne sourit pas, mais plissa légèrement les yeux pour manifester son amusement.

« Bel argument devant un jury ! Mais Ransom n'est mort que depuis huit heures, et nous ne pouvons négliger ce genre de détail. Cela va nous faire réfléchir quelque temps au moins.

— Soyons sérieux, Mac ! Ransom l'attaquait au moment où elle a tiré. Mary peut s'être trompée. Et puis, Ransom a pu reculer en voyant l'arme. Il y a de multiples possibilités à considérer.

— Et je suis sûr que tu vas les lui suggérer à elle aussi. Simplement en tant que possibilités, bien sûr. »

Paget haussa les épaules.

« Lorsqu'elle y repensera, je doute qu'elle puisse rester aussi affirmative sur une distance…

— Et puis, poursuivit Brooks, il y a aussi le fait qu'elle ait interrompu l'interrogatoire de Monk. Cela ne nous plaît pas trop. En outre, elle a demandé un avocat.

— On sait bien que les gens qui ont fait des études de droit ont de drôles de réactions. D'ailleurs, ce n'est pas un avocat qu'elle a demandé, c'est moi. C'est comme si elle appelait un ami, ou un prêtre.

— Un prêtre ?

— Oui : une personne susceptible de lui manifester de la sympathie, expliqua froidement Paget. Une sympathie qu'elle était en droit d'attendre.

— De la sympathie, elle en suscitera certainement. Mais tout comme toi, tu n'es pas un prêtre, moi, je ne suis pas une autruche. Si elle a débranché le magnétophone avec Monk, c'est peut-être qu'elle s'est sentie en difficulté. »

Pour la première fois, Paget ressentit un semblant de crainte.

« C'est peut-être aussi qu'elle n'était pas au meilleur de sa forme… » Il se tourna vers Sharpe : « Combien de victimes de viols ont le courage d'en parler ? Quinze pour cent, peut-être. Elles ont honte, elles se sentent coupables, elles se sentent seules et quand elles décident de raconter, elles se retrouvent devant un inconnu à qui elles doivent décrire dans le détail tout ce qu'elles ont subi, alors qu'elles sont encore sous le choc. Mary Carelli s'est retrouvée dans cette situation moins de quatre heures après avoir tué celui qui a tenté de la violer, face à Monk, dans un environnement étranger. Alors elle s'est sentie désorientée, agressée, honteuse et, oui, sans doute "coupable", comme n'importe quel individu normal qui vient de tuer. Même si, devant la loi, elle est incontestablement innocente. »

Sharpe gardait un visage tendu. Paget s'aperçut qu'elle se sentait directement agressée.

« Nous savons ce qu'est un viol, répondit-elle sèchement. Moi-même, je plaide toute cause qui le mérite, même quand je la crois perdue d'avance.

— J'en suis tout à fait conscient. » Paget se retourna vers Brooks. « Tu as une excellente réputation pour la façon dont tes hommes traitent les affaires de viol, Mac. Ne la compromets pas en choisissant le mauvais camp dans une sale affaire. »

Le regard de Brooks restait froid.

« Donne-moi une bonne raison de la relâcher, Chris. Une raison que je puisse donner aux gens... »

Paget se sentit désemparé.

« J'ai une raison, fit-il. Mais je n'ai vraiment pas envie de la donner aux gens. »

Brooks eut un regard surpris.

« Laquelle ? »

Comme Paget se serait bien passé de le dire, avec ou sans Sharpe dans la pièce !

« Mon fils, Carlo. Il a quinze ans et il vit avec moi. » Paget soupira. « C'est aussi le fils de Mary. »

Brooks le considéra.

« Mon Dieu ! murmura-t-il. Je comprends maintenant pourquoi tu es là... »

Paget se sentait honteux. Il avait annulé la dette que Brooks pensait avoir envers lui en évoquant sa vie privée, celle de son fils, dans l'espoir d'obtenir une faveur.

« Certains aspects de la vie de Carlo ont été... disons difficiles. Mais ce sont des choses qui sont restées privées. Cette affaire-là ne le sera pas. Carlo va souffrir de ce que sa mère a fait. Les médias ne l'épargneront pas. Alors ce serait bien qu'il ne se réveille pas demain matin en sachant sa mère en prison. »

Sharpe paraissait absente. Brooks contemplait ses mains.

« Et que voudrais-tu que nous fassions ? demanda-t-il enfin.

— Que vous m'écoutiez, simplement. Avant de prendre votre décision, donnez-moi toutes les chances de vous prouver qu'il n'y a pas lieu de poursuivre Mary Carelli. Et en attendant que j'y parvienne, relâchez-la. »

Brooks leva les yeux.

« Accepterait-elle le détecteur de mensonges ?

— Non. Sur mes conseils. »

Brooks sembla surpris.

« Bien entendu, dit-il finalement, elle pourrait terminer l'interrogatoire de Monk.

— Elle pourrait. Mais, pour le moment, je préfère prendre moi-même toute l'affaire en main.

— Parce que rien de ce que toi, tu diras, ne pourra être utilisé devant un tribunal...

— Parce que c'est ainsi que tout avocat compétent traite avec ton bureau.

— Mais tu demandes...

— Et aussi parce que c'est habituellement au procureur de trouver les preuves de la culpabilité. Je ne pense pas que cette affaire mérite des poursuites. Si j'ai raison, c'est donc moi qui vous fais une fleur en vous fournissant des preuves de son innocence. Et en supplément, vous saurez ce que je pense vraiment. »

Brooks regarda Sharpe, puis Paget.

« D'accord, fit-il. Nous allons donc tout te dire. De toute façon, si nous décidons d'intenter des poursuites, il nous faudra baisser notre culotte un jour ou l'autre...

— Il vaudrait peut-être mieux trouver une autre métaphore, Mac. Au moins pour les conférences de presse. »

Brooks lança un sourire à Paget.

« Si seulement cette affaire avait été moins désagréable, Chris ! Nous aurions pu nous amuser un peu tous les deux... » Soudain, il saisit le téléphone et composa un numéro. « En avez-vous terminé avec lui ? interrogea-t-il. Nous avons ici l'avocat de Mme Carelli. Pouvez-vous monter ? »

Il raccrocha sans attendre la réponse.

« Le médecin légiste, expliqua-t-il. Elle a fini de faire des misères à Ransom. »

Quelques instants plus tard, une femme blonde et élancée entra dans le bureau et tendit la main à Paget.

« Je suis Elizabeth Shelton, dit-elle. Le médecin légiste.

— J'ai l'impression, répondit Paget en lui serrant la main, que vous n'avez pas chômé aujourd'hui. »

Elle eut un sourire.

« La journée a été très longue en effet », fit-elle.

Elle prit une chaise et la plaça entre Paget et Sharpe.

« Nous bavardions tranquillement entre amis. » Brooks désigna Paget de la main. « Nous avons expliqué à Chris le problème que nous pose la blessure de Ransom. Peut-être pourriez-vous lui dire ce que vous avez découvert d'autre ?

— Oh, très peu de chose. Presque rien en réalité.

— Que voulez-vous dire ? » demanda Paget.

Elle jeta un bref regard à Brooks et, voyant qu'il acquiesçait, se retourna vers Paget.

« En fait, je ne trouve pas les preuves concrètes que j'aimerais avoir. L'angle d'impact de la balle, entre autres. Quand une balle traverse un corps, nous pouvons reconstituer son itinéraire et dire quel était l'angle de tir et d'où le coup a été tiré, à quelques centimètres près. Mais là, la balle s'est logée dans la colonne vertébrale. »

Elle parlait avec une froide précision, sur un ton doctoral, mais non déplaisant.

« Y a-t-il autre chose ? » demanda Paget.

Shelton le considéra quelques instants.

« En réalité, avoua-t-elle finalement, presque rien, sur le corps de Ransom, ne vient confirmer ce que nous a dit Mme Carelli.

— Bon, fit Paget tranquillement. L'homme avait tout de même son pantalon baissé. Ce n'est pas vraiment la tenue traditionnelle pour répondre à une interview.

— Certes. » Le ton de sa voix révélait une extrême prudence. « J'ai donc prélevé des échantillons sur le pénis, afin de chercher des traces de liquide séminal. On en trouve habituellement sur un homme qui vient d'avoir une érection, même s'il n'y a pas eu éjaculation. Mais là, rien.

— Ce test est-il fiable à cent pour cent ?

— Peu de tests le sont. Mais j'en attends des résultats. » Son regard se fit intense. « Vous savez, je ne suis pas une fan de Mark Ransom. Mais, avec les éléments dont je dispose, je ne peux pas affirmer que c'était un violeur, ni qu'il a cherché à violer.

— D'accord. Qu'avez-vous trouvé d'autre ?

— Mme Carelli a dit que Ransom cherchait à attraper le revolver au moment où le coup est parti. Toutefois, il n'y a aucune trace de poudre sur ses mains. À nouveau, tout dépend de la façon dont les choses se sont déroulées, mais des marques de poudre sur les mains auraient contribué à confirmer ses dires. » Elle hésita. « Et puis, bien sûr, il y a le fait qu'elle n'a pas tiré de cinq centimètres, ni, selon moi, d'une distance inférieure à soixante centimètres, voire un mètre.

— Il y avait, enchaîna Paget d'une voix calme, un certain nombre d'indices sur Mme Carelli elle-même. »

Shelton acquiesça.

« Les griffures, par exemple. J'ai pris des échantillons sous ses ongles et sous ceux de Ransom. Je n'ai trouvé de traces de peau que sous les ongles de Mme Carelli.

— Quelle est la fiabilité de ce test ?

— Elle est faible, avoua-t-elle. D'ailleurs, nous ne pouvons pas dire à qui appartenait la peau prélevée. Il est rare que nous parvenions à le déterminer. Mais nous essayons tout de même d'éliminer certaines possibilités. Ici, en l'occurrence, je ne peux pas écarter l'éventualité que Mme Carelli se soit écorchée elle-même, et qu'elle se soit cassé un ongle en le faisant. »

La placidité de Shelton était déconcertante. Elle connaissait son domaine, concédait ce qui méritait de l'être et paraissait totalement impartiale. Devant un tribunal, elle ferait un témoin accablant.

« Vous avez également examiné cet assez vilain hématome qu'elle a au-dessous de l'œil...

Quelques instant, Shelton sembla perplexe.

« Oui, fit-elle en hochant la tête. Sur la joue gauche.

— À quel moment s'est-elle cognée dessus ? À moins qu'elle ne soit allergique au champagne... »

Dans son coin, Brooks eut le vague sourire du juriste en train d'évaluer un problème.

« Non, concéda Shelton. Cela ressemble à une gifle.

— À paume ouverte ?

— Oui.

— Relativement récente ?

— Oui.

— Et Ransom, je présume, était droitier. De sorte qu'il a pu frapper Mme Carelli sur la joue gauche.

— Oui.

— Après un ou deux coups comme celui-ci, dit Paget à Brooks, j'aurais moi-même tiré sur Ransom de bon cœur. Si Ransom l'a giflée, tout ce qu'elle a dit à Monk semble tout de suite plus plausible, et cela rend l'idée qu'elle se soit elle-même écorchée impossible à soutenir. Ajoutez à cela la cassette de Laura Chase avec James Colt, qui donne au problème sexuel de Ransom sa sinistre part de vérité, et vous n'aurez plus aucune raison de mettre sa parole en doute. Ce qui nous amène à la dernière chose : le mobile. Ici, il est simple : l'homme essayait de la violer et elle l'a abattu. L'hématome de sa joue confirme cette version. S'il n'était pas en train de la violer, pourquoi diable une femme comme Mary Carelli tuerait-elle un homme qu'elle ne connaît qu'à travers ses livres ? »

Brooks acquiesça :

« Aucun mobile, reconnut-il.

— Aucun, répéta Paget, acerbe. Pas de mobile, pas de témoin, donc, pas d'affaire. Ce qui laisse au D.A. la seule décision possible : affirmer que Mary a agi en légitime défense. » Paget conclut plus lentement, englobant du regard Sharpe et Shelton : « Il y a beaucoup de gens dans ce pays, beaucoup de femmes en particulier, qui comprendront tout de suite ce qui s'est passé en voyant Mary Carelli à la télévision. Pour ces gens-là, les résidus de poudre ne signifient pas grand-chose. Parce qu'ils sauront. Et parce qu'ils savent aussi à quel point il est facile de s'en tirer pour un homme coupable de viol. »

Sharpe fronça les sourcils. Shelton fixait les motifs du tapis.

« Le mouvement féministe, dit finalement Shelton, est trop important aux yeux de trop de femmes pour que nous ne fassions pas notre travail. »

Sous son ton didactique, Paget décela autant de fierté que d'attachement aux principes.

« Je comprends, fit-il doucement. Mais ce que je voulais dire, c'est qu'une partie de votre travail (et de celui de Mac) consiste à ne pas gâcher un capital moral et politique sur une affaire que vous ne pouvez pas gagner. Excusez-moi si j'ai manqué de tact.

— Mais non, mais non ! trancha Brooks. Pourrions-nous par ailleurs nous mettre d'accord pour laisser Laura Chase et James Colt en dehors de tout cela pour l'instant, du moins pour ce qui concerne la presse ? »

Paget acquiesça.

« Je pense que oui. »

Il lui sembla que Brooks poussait un léger soupir de soulagement.

« Parfait, fit Brooks. Si cela ne t'ennuie pas de patienter quelques instants, tu pourras ramener Mme Carelli chez elle. »

Paget sentit toute la tension qui s'était accumulée en lui le quitter. Il ne soupçonnait pas qu'il y en eût tant.

« Merci, dit-il.

— Je ne fais que mon travail, Chris, comme tu l'as dit. Mais il reste d'autres aspects. J'espère que ce que l'on peut appeler ''la famille Paget'' nous pardonnera si nous complétons le dossier avant de classer l'affaire ?

— Bien entendu. »

Shelton se leva.

« Je vais vous accompagner là-haut, dit-elle.

— C'est très aimable à vous. » Paget serra la main de Sharpe, puis celle de Brooks. « Je vous rappellerai. Peut-être dans deux ou trois jours. »

Paget et Shelton quittèrent la pièce, laissant Brooks seul avec Sharpe.

« J'ai pensé qu'il valait mieux que ce soit moi plutôt que Marnie Sharpe », dit Shelton une fois dans le couloir.

Paget sourit :

« Elle s'appelle vraiment Marnie, comme dans le film d'Hitchcock ?

— Oui. Et ce nom lui va à merveille. Car Marnie a deux passions : son travail et le cinéma. » Elle appela l'ascenseur. « Vous savez, j'ai vraiment fait tout mon possible pour trouver des preuves qui confirment la version de Mary Carelli. Je ne demande pas mieux que de la croire. »

Paget hocha la tête. Soudain, un détail lui revint en mémoire.

« N'avez-vous pas examiné les éraflures de Ransom ? Sur ses fesses ? »

Shelton marqua un temps d'arrêt :

« Je travaille encore là-dessus. »

Sa voix semblait troublée. Tandis qu'il attendait Mary, ce furent ces derniers mots, plus que l'attitude ouvertement antipathique de Marnie Sharpe, qui tourmentèrent Paget.

Chapitre cinq

La gardienne amena Mary au bout d'un long couloir desservant deux rangées de cellules dans lesquelles bavardaient quelques dizaines de prostituées et de droguées.

« Salut, beauté ! lança une voix railleuse.

— Pas mal, ton jules ! » fit une autre.

L'ascenseur se referma sur eux. Paget et Mary restèrent seuls, face à face. Elle s'effondra contre le mur.

« Comment as-tu réussi à me faire sortir ?

— Je leur ai simplement rappelé qu'ils n'avaient pas de preuves pour te garder. Ils en seraient arrivés au même point sans moi. »

Elle resta silencieuse. On n'entendait que les craquements de l'ascenseur. L'un et l'autre, pensa Paget, n'auraient pas demandé mieux que de prolonger cet instant, là, à l'abri du monde extérieur.

L'ascenseur s'ouvrit. À travers la porte d'entrée vitrée, ils aperçurent une foule de journalistes qui attendaient, entourés par un cordon de policiers. Leurs voix assourdies se répercutaient dans le hall. Mary eut un mouvement de recul. Paget s'arrêta net. Il ne s'attendait pas à les affronter si tôt.

« Que faisons-nous ? » interrogea Mary.

Déjà, un cameraman les avait repérés et pointait son objectif sur eux tout en se déplaçant précipitamment pour trouver le meilleur angle. Immédiatement, son mouvement se répercuta dans la foule. Paget sentit une vague de colère monter en lui. Il en voulait aux journalistes, mais surtout à Mary.

« Je vais faire une brève déclaration, dit-il. Ensuite, nous partirons ensemble. Contente-toi de jouer la victime : désorientée, mais digne. » Il se tourna vers elle, conscient qu'il y avait de la cruauté dans sa voix. « C'est la première fois que les gens te verront depuis la mort de Ransom. Ton visage va faire la une de tous les journaux, sans parler de la télévision. Ce que les gens retiendront — Carlo y compris —, ce sera cette première image. »

Elle acquiesça lentement, comme si les mots seuls comptaient, comme si le ton de la voix n'avait pas d'importance. Puis elle prit Paget par le bras. Surpris, l'avocat baissa les yeux sur sa main.

« Ce sera la première fois, dit-elle, que l'on nous verra depuis Washington. Ce que les gens retiendront, ce sera notre image à tous les deux. »

Sa voix et son regard semblaient avoir retrouvé leur sérénité. Paget eut soudain la certitude que la séparation de leurs vies depuis Washington n'avait été qu'une illusion. On ne se débarrasse pas si facilement des dettes de son passé...

La veille de leur comparution devant le Sénat, Mary lui avait téléphoné.

« Il faut que je te voie », avait-elle dit.

Il était plus de minuit, mais Paget ne dormait pas. Deux mois plus tôt, elle avait partagé ce lit dans lequel il était allongé. À présent, c'était devenu inconcevable.

« Pourquoi ne pas discuter au téléphone ?

— J'ai besoin de te voir, Chris. En personne.

— Que veux-tu exactement ? Tout a déjà été dit.

— Cela n'a rien à voir avec Lasko. » Sa voix était claire, déterminée. « C'est personnel. »

Son regard parcourait l'obscurité, sans rien voir.

« Où ? demanda-t-il finalement. Ici ?

— Je ne veux pas qu'on nous voie ensemble. Les deux témoins clés, juste avant la comparution... On pourrait croire que nous accordons nos versions des faits. » Il y avait de l'ironie dans sa voix. « Rendez-vous au mémorial de Jefferson. Tu m'as dit un jour que tu aimais bien cet endroit. »

La nuit était fraîche. Entouré d'un demi-cercle de cerisiers, le dôme baignait dans l'ombre. Dans la faible lumière qui brillait à l'intérieur, la silhouette solitaire de Jefferson semblait attendre des visiteurs qui ne viendraient sans doute jamais. Paget se retourna et marcha vers l'aire centrale où se trouvait un bassin dans lequel stagnait une eau noire. De l'autre côté, au milieu d'un immense rectangle de pelouse, le monument de Washington s'élançait vers le ciel, obélisque sombre dont la pointe disparaissait dans la nuit. Paget était seul.

« Bonsoir, Chris. »

Il se retourna. Mary portait un pantalon de laine noir, un

chemisier de soie, une veste croisée et des boucles d'oreilles d'argent. Dans la lumière nocturne, son visage était bronzé et ses cheveux brillants. Elle aurait pu être là pour un rendez-vous amoureux.

« Si j'en crois ce qu'on raconte, tu as été très occupé ces deux derniers mois. Depuis notre dernière conversation.

— Toi aussi, à ce qu'il paraît. » Il s'interrompit, examinant son visage. « On dirait que cela ne te réussit pas mal.

— Oh oui ! je suis rayonnante... »

Paget faillit laisser échapper un sourire.

« Je suis enceinte, Chris. »

Il resta muet de surprise.

« En es-tu sûre ?

— Tout à fait. »

Il se retourna pour contempler l'eau noire du bassin. Puis il fixa à nouveau Mary dans les yeux.

« Qui est le père ? » demanda-t-il.

Elle se raidit presque imperceptiblement, puis eut un petit sourire.

« La question n'est pas très flatteuse. »

Paget haussa les épaules.

« Tu sais, j'ai perdu de mon romantisme au cours de ces deux derniers mois. »

Mary regarda au loin.

« Au point d'avoir oublié notre dernier week-end ?

— Oh, tu sais très bien... », fit-il.

Elle se rapprocha de lui.

« La triste vérité, Chris, c'est que nous avons oublié beaucoup de choses pendant ce week-end. »

Il croisa les bras.

« Pourquoi me dire cela ce soir ? Juste ce soir ?

— Parce qu'un jour ou l'autre, il aurait fallu que je te le dise. » Elle marqua un temps d'arrêt. « J'ai pensé que, par la suite, tu pourrais apprécier de l'avoir su aujourd'hui.

— Je ne vois vraiment pas pourquoi. »

Elle se redressa.

« Parce que je le garde. »

Paget la dévisagea, incrédule.

« Tu plaisantes ?

— Non. » Sa voix paraissait déterminée. « Je suis catholique, tu t'en souviens peut-être. »

En proie à l'étonnement et à la confusion, Paget fut tout de même tenté de rire.

« Toi qui as toujours tellement insisté sur ton désir d'échapper à ces ''pièges'' que constituaient pour toi l'emprise de tes parents, l'Église, ton ex qui te demandait de faire des enfants et d'utiliser ta culture générale à la maison ! Si tu étais poussée par de profonds sentiments religieux, excuse-moi, mais cela m'a échappé. À moins que tu n'aies eu une révélation pendant que tu faisais l'amour, ce dimanche-là... »

Mary se renfrogna.

« Je sais, tu es très brillant lorsqu'il s'agit de critiquer. Mais je suis catholique, même si je ne l'ai pas choisi. Il y a des choses dont on ne peut pas saisir la signification avant de se trouver confronté à certains problèmes. De toute façon, je ne te demande pas de comprendre. »

Interloqué, Paget avait le regard perdu dans le vague.

« Mary Carelli, murmura-t-il. La fiancée du Christ... Excuse-moi, mais je ne peux pas m'empêcher de croire que tu as une idée derrière la tête. »

Dans l'obscurité, le corps de Mary sembla s'affaisser. Paget faillit lui demander si elle se sentait bien, mais elle se ressaisit aussitôt.

« Au point où j'en suis, dit-elle, je ne me soucie pas beaucoup de ce que tu crois. »

Ces mots, qui semblaient vouloir mettre un terme à la conversation, détournèrent les pensées de Paget. Si une femme devait porter un enfant de lui, se dit-il, ce ne pouvait être que celle-ci. Dans le silence, il chercha sur son corps des signes de son nouvel état qui n'étaient pas encore visibles.

« Tu te sens fatiguée ? » finit-il par lui demander.

Elle regardait le sol.

« Un peu. Mais je n'ai pas de nausées. »

Il hocha la tête.

« Il vaudrait mieux que tu t'assoies, peut-être... »

Ils trouvèrent un banc à quelques pas du bassin. Il leur sembla que la nuit s'était encore rafraîchie.

« Qu'attends-tu de moi ? »

Il la sentit sourire :

« Le mariage, bien entendu. Et un ranch au Potomac. »

Il attendit, silencieux, que le sourire s'estompât.

« Rien, poursuivit-elle. Je voulais juste que tu saches. Ce que tu feras à l'avenir ne regarde que toi.

— À l'avenir ? Alors, si je comprends bien, il faut que je décide ce que je vais faire...

— Si tu le dis... » Elle contemplait fixement le bassin. « Je suppose que tout dépend de la valeur que tu donnes aux choses, de tes priorités. Moi, la seule chose dont je suis sûre, c'est que je vais avoir un bébé.

— Et, ajouta Paget, que tu vas témoigner devant le Sénat demain.

— Oui. »

Elle ne le regardait toujours pas.

« Nous ferions mieux de partir maintenant. »

Mary se retourna, scrutant l'obscurité pour apercevoir son visage.

« Oui, répondit-elle enfin. Nous ferions mieux de partir. »

Paget l'accompagna jusqu'à sa Volkswagen, garée dans l'obscurité. Elle se glissa sur le siège et leva les yeux vers lui.

« La nuit va être longue. Du moins pour moi. »

Il suivit du regard les feux arrière de la voiture jusqu'à ce qu'ils eussent disparu.

Le lendemain, lorsqu'elle entra dans la salle d'audience, rien ne laissait deviner leur conversation de la veille. Dès qu'elle aperçut Paget, elle se détacha de son avocat et se dirigea vers lui, au fond de la salle. Sa démarche était sereine. Paget était sans doute le seul à déceler les marques d'insomnie sous ses yeux. Ni les journalistes ni les sénateurs qui s'installaient ne prêtaient attention au couple.

« Tu vas regarder ? » murmura-t-elle.

Paget hocha la tête tout en lançant de brefs coups d'œil autour d'eux.

« J'espère que tu te rends bien compte de ce que tout cela pourrait entraîner », fit-il calmement.

Mary se rapprocha et le regarda.

« Ma vie a changé de toute façon, répondit-elle avec le même calme. Et ce n'est pas à cause de Lasko. »

Elle tourna les talons et alla s'asseoir à la table des témoins.

Il trouva Carlo dans la bibliothèque, en train de les regarder à la télévision.

La pièce était sombre. Les images en couleurs de Paget et Mary prises à travers les portes vitrées du palais de justice semblaient émerger d'une cave. Les yeux fixés sur le petit écran, Carlo ne se retourna pas et resta silencieux.

Paget toucha son épaule.

« Cela m'ennuie tellement... Je n'ai même pas eu le temps de t'en parler. »

Carlo lui imposa le silence d'un signe de main.

Sur l'écran, Paget et Mary étaient entourés de reporters, de caméras et de policiers. Un zoom plongeant vint capter leurs visages. Comme par instinct, Mary posa sa tête sur l'épaule de Paget, les yeux fixés sur la caméra. Son visage exprimait douleur et vulnérabilité, ainsi qu'une sorte de force blessée. Cette expression parut parfaite à Paget. Mais il y avait bien longtemps que la maîtrise de Mary ne le surprenait plus. Quinze ans plus tôt déjà, il avait compris que ce visage était fait pour les caméras.

L'image changea. À l'écran, apparut la scène telle qu'il l'avait conservée dans ses souvenirs : une jeune femme proche de la trentaine, légèrement penchée en avant pour parler dans un micro, le regard calme posé sur une rangée de sénateurs qui la considéraient avec attention. Dans la salle des témoins, Paget, qui suivait son discours sur l'écran de télévision, avait eu l'impression de la voir pour la première fois : grands yeux sombres, pommettes hautes, large bouche, fossette sur le menton. La perfection des lignes de ce visage, qui semblait sculpté par un artiste, ressortait encore davantage à l'écran.

La voix off du journaliste résonnait dans la bibliothèque. « C'est en tant que jeune avocate, expliquait le narrateur, que Mary Carelli a pour la première fois capté l'attention du public. Au cours des débats télévisés qui se sont déroulés au Sénat dans le cadre du scandale William Lasko, Mary Carelli était venue confirmer les accusations de Christopher Paget — qui est aujourd'hui son avocat — contre le président de l'E.C.C., alors soupçonné de corruption. » La voix du journaliste fut remplacée par celle, traînante, du sénateur Talmadge, élu de Géorgie : « Mademoiselle Carelli, disait-il, pourriez-vous décrire pour ce comité, aussi précisément que possible, comment vous en êtes venue à penser que M. Jack Woods renseignait William Lasko sur les progrès de l'enquête de M. Paget, dans le but d'épargner au président des États-Unis un certain embarras, sinon davantage ? En posant cette question cruciale, je dois vous avertir que, dans l'état actuel de nos renseignements sur cette affaire, vous êtes la seule à savoir si M. Paget dit la vérité en ce qui concerne l'implication de Jack Woods. »

Carlo paraissait extrêmement tendu. Pour lui, les événements qui avaient précédé sa naissance restaient visiblement un mystère crucial à éclaircir.

« J'aimerais pouvoir vous dire, monsieur le sénateur, commença Mary, que je serais *heureuse* de vous répondre. Mais au cours de cette nuit du 27 août, j'ai vécu les événements les plus terrifiants et les plus décevants de toute mon existence, si bien que mon seul désir à présent est d'oublier toute cette affaire. »

Mary s'interrompit. Dans le silence, la caméra prit une vue

panoramique de la salle d'audience. Soudain, Mary ne fut plus qu'une minuscule silhouette confrontée à treize sénateurs entourés d'officiels et d'une foule de journalistes, photographes et envoyés spéciaux suspendus à ses lèvres. Lorsque la caméra revint vers elle, Mary sembla se redresser légèrement.

« Quoi qu'il en soit, reprit-elle avec assurance, je ferai de mon mieux. »

Pendant l'heure suivante, Mary avait tenu le pays en haleine. Seul dans la salle des témoins, Paget était resté serein. Il ignorait ce qu'elle allait dire. Tout ce qu'il savait, c'est que ce serait à lui de témoigner dès qu'elle aurait terminé.

Les événements qu'elle décrivit étaient assez dramatiques : la mort d'un témoin, la tentative de meurtre sur Paget, la nuit où Paget et elle-même avaient découvert Jack Woods, directeur de leur agence, sur le point de détruire les preuves que Paget tenait cachées dans son bureau. Pourtant, le plus fascinant pour Paget était Mary elle-même : la tension liée à l'incertitude dans laquelle il se trouvait ne comptait plus. Seule le captivait cette façon qu'elle avait de parler. Sa voix et son expression reflétaient à la fois tristesse et humour, idéalisme et ambition déçue, crainte et résolution, puis, finalement, fatalisme. Elle avait perdu beaucoup et appris beaucoup, semblait-elle dire, et à présent elle était venue livrer la vérité.

En la regardant, Paget avait ressenti une immense surprise, puis une sorte d'éblouissement. Il avait alors compris qu'en réalité il ne l'avait jamais vraiment connue.

Lorsque la déposition fut enfin terminée, Paget entendit la porte s'ouvrir derrière lui. Son tour était venu de témoigner.

Encore sous le coup de la surprise, Paget pénétra dans la salle. Mary marchait vers lui, entourée de journalistes. Arrivée à la hauteur de Paget, elle s'immobilisa.

« Est-ce que tu m'as regardée ?

— Oui, répondit simplement Paget. Je t'ai regardée. »

À présent, par l'intermédiaire de la télévision, leur fils vivait lui aussi cet instant. La caméra les filmait de loin : on voyait les lèvres de Mary bouger, puis celles de Paget, mais aucun son n'en sortait. Leurs visages étaient tout proches. Un instant d'intimité.

« Il aura fallu la mort de Mark Ransom, disait le narrateur, pour que les noms de Christopher Paget et de Mary Carelli se trouvent à nouveau associés. »

Brusquement, on revit le couple devant l'entrée du palais de justice. Un reporter fit jaillir un micro juste devant eux. D'instinct, Mary se pencha vers l'arrière. Ses cheveux frôlaient le visage de Paget.

« Allez-vous défendre Mary Carelli ? demanda le journaliste.

— Je vais *aider* Mary Carelli. Elle n'a pas besoin d'avocat.

— Alors, vous la connaissez donc personnellement ? »

Paget vit Carlo se raidir. Il sentit la vie qu'il avait mis tant de soin à construire pour lui se désagréger brutalement. À l'écran, il répondait avec naturel :

« Oui, nous sommes amis. »

Puis il leva un bras et fit face à la foule.

« J'ai une brève déclaration à faire, lança-t-il. Tout ce que Mary Carelli vous demande, c'est d'écouter avant de la laisser entamer ce qui, vous le comprendrez, va être pour elle un long processus de cicatrisation. »

Paget s'était concentré, cherchant une formulation un peu mordante.

« Aujourd'hui, vers midi, dans une suite de l'hôtel Flood, Mark Ransom a tenté de violer Mary Carelli. »

Il fut interrompu par un brouhaha de questions et un crépitement de flashes. Il les ignora.

« Pour cela, il avait pris un prétexte professionnel, comme on le fait souvent. Tout s'est passé de manière inattendue pour Mlle Carelli, comme c'est généralement le cas. Mlle Carelli n'avait rien fait pour mériter cela, comme c'est *toujours* le cas. »

Paget s'arrêta. La foule était silencieuse à présent. Elle attendait la suite.

« Il y a eu une lutte. Un coup de feu est parti. Il est très rare que ce genre de tragédie connaisse un tel dénouement : cette tentative de viol s'est soldée par un drame à la fois pour l'agresseur et pour la victime. »

Comme accablée, Mary gardait les yeux baissés. Puis, lentement, elle leva le regard vers la caméra et fixa l'objectif.

« La mort de Mark Ransom a été quelque chose de tragique. Mary Carelli n'avait pas plus envie de voir mourir cet homme talentueux, mais tourmenté, qu'elle ne souhaitait se laisser violer par lui. Cela restera sa tragédie à elle. Dorénavant, elle vivra chaque jour avec le souvenir de cette agression et l'image de cette mort. »

Paget marqua une pause avant de continuer :

« Il n'y aura pas de poursuites engagées contre elle, j'en suis certain. Mais ce que j'espère vivement, c'est que les personnes qui ne connaissent Mary Carelli qu'à travers la télévision ressentent désormais pour elle la même compassion que ceux qui la connaissent personnellement. »

À l'écran, le visage de Mary apparaissait en gros plan. Paget constata avec étonnement qu'elle avait les yeux pleins de larmes.

Avant de monter avec lui dans la voiture, Mary avait saisi sa main. Elle ne l'avait lâchée qu'une fois la portière refermée.

Ils s'étaient retrouvés seuls, à l'abri des vitres teintées, séparés du chauffeur par une cloison de verre.

« Tu as été parfait », avait dit Mary.

Paget ne la regardait pas. À l'extérieur, les journalistes tentaient en vain de les apercevoir à travers la vitre.

« Oui, fit-il. Comme d'habitude. »

Elle se recula légèrement.

« Je crois que cette intimité entre nous a assez duré. Du moins pour aujourd'hui.

— Je trouve aussi. »

Ils n'avaient plus parlé. Après avoir fait deux fois le tour du quartier pour semer les journalistes, le taxi avait déposé Paget devant sa voiture.

Carlo laissa la télévision allumée, mais supprima le son. Éclairé par l'écran, il semblait avoir vieilli depuis le matin.

« Pourquoi n'est-elle pas là, papa ? Pourquoi ne l'as-tu pas fait venir à la maison ?

— ABC lui a envoyé un taxi pour la ramener à son hôtel, et des gardes du corps pour la protéger des journalistes. » Il hésita. « Tu sais, elle va mieux que tu ne penses. Elle a juste besoin de repos. »

Carlo secoua la tête :

« Mais elle est toute seule.

— Je sais. Mais je la connais bien. C'est de solitude qu'elle a besoin. »

Carlo resta silencieux. Puis, soudain, il se redressa, comme pour se préparer à recevoir un coup.

« Raconte-moi ce qui s'est passé, dit-il. Dis-moi tout. »

Paget vint s'asseoir près de lui. Alors, le plus clairement et le plus simplement possible, il répéta à son fils ce que Mary avait dit à Monk.

Le regard de Carlo paraissait figé. Pour Paget, cette fixité était pire que des larmes.

« Est-ce qu'ils la croient ?

— Ils ne savent pas. » Paget avait les yeux rivés à la télévision devenue muette.

Carlo sembla chercher le visage de son père.
« Et toi, tu la crois ? »
La question de Carlo résonna aux oreilles de Paget. Elle concernait non pas Mary, mais Paget lui-même.
« Oui, répondit-il. Pour l'essentiel. »
Carlo parut apaisé.
« Depuis que je vis avec toi, demanda-t-il, as-tu déjà plaidé dans des affaires de meurtre ?
— Non.
— Alors tu devrais lui dire que tu ne peux pas la défendre. »
Paget se sentait miné.
« Ce n'est pas si simple que cela.
— Mais papa, tu ne peux pas la défendre si tu ne la crois même pas !
— Tu m'as mal compris, Carlo. Je suis bien conscient que c'est de ta mère que nous parlons. Mais c'est un être humain comme les autres, quelqu'un que l'on accuse de meurtre et qui a très peur. Lorsqu'on se retrouve dans une telle situation, on oublie certaines choses. On est parfois obligé de taire certains détails qui nous feraient apparaître comme moins sympathique, même si cela ne veut pas dire qu'on soit coupable. » Paget tenta d'adoucir encore sa voix. « Le fait qu'elle soit ta mère est un bon argument en faveur de sa canonisation, mais tu sais, même les saints ne sont pas parfaits. »
Carlo sembla chercher ses mots.
« Mais... Tu l'as quand même aimée ? » finit-il par demander.
Paget le regarda. Comment parler de cela quand chaque mot que l'on prononce risque de véhiculer un terrible sous-entendu : la vie de Carlo était vraiment un accident.
« Je la trouvais très belle, Carlo, et même bien plus que cela. Je pensais que c'était une femme extraordinaire. » Paget s'interrompit. « Mais est-ce que je l'ai aimée ? Est-ce qu'elle m'a aimé ? Honnêtement, je ne sais pas.
— Pourquoi ?
— Parce que certaines circonstances sont venues nous faire barrage avant que nous n'ayons eu le temps de le savoir. Nous avions tous les deux de grandes ambitions, nous ne nous faisions pas vraiment confiance. Nous n'avions pas du tout les mêmes convictions politiques. Et puis, nous nous sommes trouvés plongés dans une affaire qui nous a projetés sur le devant de la scène politique. C'était très pénible de devoir témoigner ainsi devant le Congrès en sachant que ce témoignage allait détruire Jack Woods, un homme pour qui elle travaillait et qu'elle admirait profondément, et ruiner la carrière du Président qu'ils soutenaient tous

les deux. Dès lors, notre relation est devenue tout simplement impossible. »

Frondeur, Carlo redressa la tête.

« Mais avez-vous essayé, au moins ? »

Paget entendit la question non formulée de Carlo : cela ne valait-il pas la peine d'essayer ?

« Je sais que ce n'est pas facile à comprendre... Tu aurais pu être la raison qui nous incite à essayer, mais nous ne te connaissions pas encore à l'époque. Je suis sûr que cela te paraît étrange maintenant, mais tu n'étais qu'une abstraction pour nous. Tu n'étais pas encore *toi*. » Paget hésita. « Nous n'avions aucune intention de nous marier, aucune base réelle pour croire que cette union fonctionnerait, et beaucoup de raisons de penser qu'elle n'était pas viable. Un mariage de ce type n'est pas vraiment de nature à favoriser un enfant... »

Carlo prit un air buté.

« Alors pourquoi n'a-t-elle pas avorté ?

— Je ne sais pas. Elle aurait pu choisir cette solution, je n'aurais jamais rien su. » Paget s'arrêta, cherchant une réponse acceptable pour Carlo. « Mais la réponse finale, c'est que même si nous ne te connaissions pas, nous t'aimions déjà trop, tous les deux, pour renoncer à voir à quoi tu allais ressembler. » Il lui toucha l'épaule. « Nous avions envie de t'avoir. Nous ne voulions pas nous marier, c'est tout, et nous ne pensions pas que, de ton côté, tu aurais préféré que nous le soyons si tu avais pu donner ton avis en connaissance de cause.

— En aviez-vous parlé tous les deux ?

— Pas vraiment. Les liaisons comme la nôtre se terminent généralement sans laisser de traces concrètes. Nous, nous avons eu de la chance. Nous t'avons eu, toi, et cela dépasse de loin tout ce que nous aurions pu espérer. » Paget tenta de sourire. « Quant à toi, tu as gagné toute une vie dans l'affaire et, en prime, un père formidable ! »

Mais Carlo ne sourit pas. Paget crut entendre sa prochaine question avant même qu'il ne l'eût formulée.

« Et pourquoi m'a-t-elle abandonné ? »

Une centaine de fois, peut-être, Paget avait préparé ce moment, éliminant l'une après l'autre une centaine de réponses possibles.

« Cela a été indépendant de sa volonté, dit-il finalement. En fait, c'est moi qui ai un peu forcé les choses.

— Pourquoi ?

— Tu étais plus souvent avec tes grands-parents qu'avec Mary. Elle voyageait beaucoup. Tes grands-parents étaient affectueux, mais âgés. Elle le savait. » Paget le regarda dans les yeux. « J'ai peut-être été égoïste, mais je suis resté inflexible. J'étais prêt à aller devant les tribunaux pour obtenir ta garde. Elle le savait aussi.

— Comment a-t-elle réagi ?

— À la fin, elle est tombée d'accord pour considérer que tu serais mieux avec moi. Mais cela a été très difficile pour elle de te laisser partir, et plus encore de rester à l'écart.

— Pourquoi fallait-il qu'elle reste à l'écart ? »

Paget réfléchit.

« Pour me laisser être ta famille. Pour ne pas qu'elle devienne cette mère parfaite fantasmée, qui apparaît de temps en temps. Pour nous laisser construire quelque chose, toi et moi. Mais, quelle que soit la complexité de mes sentiments vis-à-vis d'elle, je sais que Mary Carelli a une personnalité exceptionnelle, et tu peux l'admirer. »

Pendant un long moment, Carlo se contenta de le considérer, luttant contre le doute avec le désir de se montrer fort.

« C'est un peu compliqué... quand on se trouve à ma place.

— Je sais.

— Et puis maintenant qu'elle revient, il y a cette histoire... »

La voix de Carlo se brisa. Comme s'il récitait une leçon, Paget murmura :

« Ne t'inquiète pas, mon petit. Maintenant, tout ira bien. »

En prononçant ces mots, il se revit huit ans plus tôt, disant la même chose à un petit garçon apeuré.

« Je suis un peu fatigué », dit finalement Carlo.

Paget savait la conversation terminée, du moins pour un temps.

« Bien sûr. Si tu as envie de parler, n'hésite pas à venir me réveiller. »

Carlo hocha la tête et se leva pour quitter la pièce. Paget hésita.

« Comment s'est passé ton match ? » interrogea-t-il.

Pendant quelques secondes, Carlo parut désorienté.

« Oh ! répondit-il, très bien. »

Un court instant, Paget eut envie de lui demander qui avait gagné et s'il avait bien joué, mais il craignit que le garçon ne vît dans ces questions une indifférence vis-à-vis de sa mère. Aussi préféra-t-il en rester là. Silencieux, il regarda son fils monter lentement l'escalier.

Soudain, il se sentit épuisé. Il était vrai que le mensonge lui avait toujours fait cet effet-là, surtout adressé à Carlo.

DEUXIÈME PARTIE

L'enquête

14-22 janvier

Chapitre un

« La seule façon de les faire renoncer, dit Paget à Teresa Peralta, c'est de prouver à Brooks que Mark Ransom était bien tel que Mary Carelli l'a décrit. »

Pour Terri, le moment présentait une étrange normalité. Il était 10 heures du matin et ils se trouvaient dans le bureau de Paget. À l'étage, juristes et secrétaires ne parlaient que de l'affaire. En bas, des journalistes arpentaient le hall d'entrée dans l'espoir d'une interview, sourds aux tentatives désespérées de la réceptionniste de les renvoyer. Paget avait fait suspendre tous les appels téléphoniques et la pièce était parfaitement calme.

Paget semblait bien reposé. Devant Teresa, il avait repris phrase par phrase la déposition de Mary Carelli à Monk, avec le détachement et le professionnalisme d'un avocat qui se serait vu confier la défense d'un parfait étranger. Seul indice rappelant qu'il ne s'agissait pas d'une affaire comme une autre, le journal du matin plié en deux sur le bureau titrait, à la une : « Mark Ransom assassiné. » Au-dessous, en caractères gras, suivaient ces quelques mots : *La journaliste vedette affirme avoir été victime d'une tentative de viol.* Puis venait la photographie de Mary Carelli prise en gros plan, la tête appuyée contre Paget. Sous son œil gauche, l'hématome apparaissait nettement.

Paget suivit le regard de Terri, posé sur le journal.

« Ce n'est pas facile, évidemment. Raison de plus pour s'efforcer de réfléchir en professionnels. »

Cette remarque était une concession aux sentiments qui éludait d'office toute discussion à leur sujet. Terri comprit que pour Paget, la meilleure façon d'aborder les choses était de traiter l'affaire comme si Mary Carelli ne faisait pas partie de sa vie.

« C'est simple, répondit-elle. Il suffit de chercher si Ransom n'a pas commis d'autres tentatives de viol auparavant. Et de recueillir des témoignages à produire devant un jury. »

Paget hocha la tête.

« Si nous pouvions prouver que Ransom a déjà violé quelqu'un, McKinley Brooks jetterait immédiatement le dossier au panier. À condition que le juge ait admis au préalable qu'il s'agit bien d'une tentative de viol.

— Mais il y a tout de même l'hématome ! » s'exclama Terri. Elle s'interrompit, surprise de sa propre indignation. « C'est vrai, quoi ! Une telle marque de coup sur le visage ne suffit-elle pas ? À moins que, lorsqu'un salaud décide unilatéralement qu'une femme a envie de faire l'amour avec lui, on appelle cela des préludes amoureux ?

— Pas tout à fait. Mais il faut considérer les choses du point de vue de Brooks. Voilà une affaire qui risque de ruiner sa carrière et il ne dispose pas du moindre indice indiquant ce qui s'est réellement passé. De plus, il n'a qu'un seul et unique témoin, Mary elle-même, qui dit ce que dirait à sa place toute femme qui ne tiendrait pas à se retrouver derrière les barreaux.

— Et si nous ne trouvons personne ? Si Mary est sa première victime ?

— Alors cela corsera le problème.

— Quand je pense à toutes ces "premières victimes"... Qui va les croire ? Je suis sûr qu'au bout d'un certain temps, elles finissent par douter elles-mêmes de ce qui leur est arrivé. » Terri se tut, pensive. « Tu sais, même s'il y a eu quelqu'un avant Mary, je crois que nous aurons beaucoup de mal à obtenir un témoignage. »

Paget la considéra.

« Mais tu n'as pas travaillé à la section des viols, toi ? Il me semble bien avoir lu ça dans ton CV ! »

Terri détourna les yeux, surprise.

« Oh ! seulement pendant six mois, dit-elle. Et je m'occupais davantage des problèmes juridiques que de l'aspect psychologique. Je n'ai pas particulièrement bien réussi dans cette branche. Je travaillais trop, cela me minait... »

Paget considéra la photo de Mary à la une du journal.

« Je ne sais pas pourquoi, mais il me semble qu'une femme qui a eu une mauvaise expérience de ce genre serait plus encline à te parler à toi qu'à moi. Et puis, si jamais cette affaire arrive jusqu'au tribunal, il vaudrait peut-être mieux que tu mènes toi-même l'interrogatoire devant le juge.

— Tu sais, mon expérience des tribunaux est plutôt limitée. Je ne me suis retrouvée que deux ou trois fois face à un procureur, c'est tout. »

Paget sourit.

« Cet argument, déclara-t-il, me ferait hésiter s'il s'agissait d'une autre que toi. »

Ce compliment implicite étonna Terri. Mary Carelli était la mère de Carlo. Dans un moment comme celui-ci où, quoi qu'il en laisse paraître, Paget devait ressentir une certaine anxiété, il manifestait à Terri une confiance inattendue.

« Penses-tu réellement ce que tu dis ? » Teresa regretta aussitôt sa question. L'effet Richie, pensa-t-elle. Elle avait perdu l'habitude des compliments.

« Non, je n'en crois pas un mot. Je suis simplement à la recherche d'une avocate féministe que tous les membres du jury trouveraient sympathique. Quelqu'un qui contrebalance la chaleur et l'humour de Marnie Sharpe. »

Terri sourit.

« Bon, fit-elle. Alors, je veux bien faire quelque chose pour toi. À propos, que penses-tu de Marnie ? »

Paget se cala dans son fauteuil.

« Je crois qu'on ne peut pas lui faire confiance. Je pense aussi qu'elle est psychologiquement fragile.

— Tu n'as pas tort. Je la connais un peu pour l'avoir croisée plusieurs fois au palais. Et puis, elle fait partie du comité directeur de l'Association des femmes juristes. D'ailleurs, si je puis te donner quelques conseils...

— Mais je t'en prie !

— D'abord, ne la mets jamais en colère. Quelque part chez Marnie Sharpe, il y a une petite fille qui sait que les garçons ne l'aiment pas et qui veut se venger. Et comme elle ne peut décemment pas faire de McKinley Brooks son ennemi, bien qu'il l'agace beaucoup, il ne reste que toi... Je te parle de professionnel à professionnel : tu es le genre d'homme séduisant, poli, apparemment bien dans sa peau, que Marnie exècre. De là à penser qu'il lui faut te vaincre pour s'affirmer, il n'y a qu'un pas ! »

Paget approuva.

« J'ai toujours pensé que beaucoup de juristes seraient devenus tueurs à gages s'ils avaient loupé leur diplôme... »

Terri secoua la tête. Elle voulait s'assurer qu'il l'avait bien comprise.

« Tu ne dois pas en faire une caricature, Chris. Surtout, ne la sous-estime pas : Marnie Sharpe a toujours été première de sa classe. J'ai peut-être l'air de faire de la psychologie à la petite semaine, mais parfois cela m'aide d'imaginer les gens à l'âge de ma fille Elena, qui a cinq ans. À mon avis, Marnie est le genre de petite fille qui réussissait toujours mieux que les autres, non pas parce qu'elle était plus intelligente, mais parce que le travail lui donnait l'assurance qu'elle recherchait. » Levant les yeux sur Paget, Terri s'aperçut qu'il retenait un sourire. « Parfois, je vais un peu loin. Mais cela m'ennuie de te voir penser que Brooks a commis une erreur en choisissant Marnie. Moi, je n'en suis pas si convaincue.

— Je me disais simplement que tu devais lire dans mes pensées. À ton avis, comment se comporterait Marnie devant un tribunal ?

— Elle serait très dure. Les dossiers difficiles ne lui font pas peur. Elle a l'habitude de ce genre de cas, sans témoins et avec des preuves indirectes. Elle a remporté d'ailleurs pas mal d'affaires qu'elle aurait dû perdre... Et puis, il y a chez elle un côté que j'admire : elle a fait du problème du viol une affaire personnelle. Elle ne se contente pas de s'occuper des aspects juridiques : elle met un point d'honneur à conseiller les victimes et à les soutenir. Elle a ainsi gagné la gratitude de beaucoup de femmes. Dans l'affaire qui nous préoccupe, elle va passer en revue toutes les possibilités, sans en oublier une, simplement parce que ce dossier occupera tout son esprit. Devant un jury, ce professionnalisme la rendra hautement crédible. Même si les jurés ne l'aiment pas, ils lui feront totalement confiance. »

Paget se dirigea vers la fenêtre et jeta un coup d'œil sur la baie. L'eau était gris ardoise sous le ciel couvert. Quelques voiliers se balançaient au large ; dans le port, mouillaient un paquebot de luxe et un cargo chargé de voitures *Made in Japan*.

« Je préférais ma version de Marnie », murmura Paget.

Pour la première fois, Terri décela une note d'inquiétude dans sa voix.

« Évidemment, fit-elle, c'est Mary Carelli que Marnie a cette fois en face d'elle...

— Justement, je me demande comment Mary est perçue... », s'interrogea Paget, songeur.

Terri tenta de déchiffrer sa pensée, y renonça.

« À mon avis, répondit-elle, le personnage de Mary Carelli est le point central de l'affaire. Heureusement, pour nous avocats, c'est le client idéal.

— Comment cela ?

— Quand j'étais commis d'office, la plupart des gens que je devais défendre savaient tout juste dire leur nom. C'étaient des drogués, des alcooliques, des malades mentaux, des illettrés... La majorité d'entre eux n'arrivaient même pas à mentir convenablement. Si bien que j'en venais à me réjouir quand je découvrais que l'un d'eux disait la vérité ! Mary Carelli, elle, est plus que crédible. Elle est célèbre, cultivée, elle s'exprime très bien. Pour beaucoup de femmes, elle représente l'idéal féminin. De plus, ce qui lui est arrivé ne peut que lui attirer les sympathies et beaucoup de gens sont déjà prêts à la soutenir. Et puis, les procédures juridiques n'ont pas de secrets pour elle ! Quant aux caméras, elles ne lui font pas peur, au contraire : même avant de devenir une personnalité du petit écran, elle avait déjà un don naturel pour s'exprimer à la télévision. Il suffit de la voir face au Congrès, il y a quinze ans. C'était sensationnel !

— Oui. Ils ont repassé ça hier soir à la télévision.

— Elle était vraiment parfaite. » Terri s'interrompit avant de conclure : « Et puis, bien sûr, c'est une femme superbe. »

Paget ne répondit pas. Terri se tut, curieuse d'apprendre ce que Mary représentait pour lui.

« Est-ce qu'elle va bien ? finit-elle par demander.

— Plus ou moins. » Paget sembla comprendre la question qu'elle n'avait pas formulée. « Excuse-moi si je parais un peu insensible à son égard. Mais j'essaie de la considérer comme une cliente ordinaire. À mon avis, ce sont précisément toutes ces raisons que tu viens de citer qui font qu'un juge ou un jury seront tout prêts à se retourner contre Mary si Sharpe leur donne une bonne raison de le faire. Et si j'ai bien compris la psychologie de Sharpe, elle sera profondément vexée si elle estime que Mary cherche à exploiter son cheval de bataille pour tirer son épingle du jeu. »

Terri le considéra en silence.

« Ce sont les lacunes de la version de Mary qui t'inquiètent ? Le problème de la distance à laquelle la balle a été tirée, par exemple ? »

Paget haussa les épaules.

« Pour moi, peu importe si son histoire est totalement vraie : ce qui compte, c'est ce que Brooks et Sharpe pourront ou non prouver. Par exemple, le fait que Mary ait pu avoir un autre mobile que le viol. »

Terri hésita.

« J'ai l'impression que tu as du mal à prendre de la distance. »

Il acquiesça d'un signe de tête.

« Il y a un point sur lequel je n'arrive pas à prendre de distance, c'est Carlo. Il sait qui est sa mère, mais il est l'un des seuls à le savoir. Nous n'avons jamais voulu ébruiter ce lien de parenté.

— Je comprends... Mais tu ne crois pas que cela va être difficile à dissimuler maintenant ?

— Si. » Paget regarda le journal. « Je ne m'attendais vraiment pas à devoir la défendre. »

Et — Terri en était convaincue à présent — il s'en serait bien passé. Mais, dans ces conditions, pourquoi avoir accepté ?

« Tout à l'heure, dit-elle en baissant légèrement la voix, je ne t'ai pas du tout trouvé insensible...

— J'apprécie. » Pour la première fois, Paget parut las. « J'ai simplement envie d'en finir avec cette affaire. Vite. »

Troublée, Terri chercha quelque chose à répondre.

« Et que peut-on faire pour cela ?

— Tout d'abord, nous allons engager un détective. Il s'appelle Johnny Moore. »

Paget s'assit. Il avait repris le ton du professionnel.

« Johnny travaillait au FBI dans les années soixante. Il a été agent double pendant trois ans. Il a l'habitude des affaires pas très nettes. Le genre de clients dont je m'occupe d'habitude l'ennuient à mourir. Cette fois, il va sauter de joie lorsque je vais lui demander de fourrer son nez dans la vie sexuelle de Ransom ! Et puis, nous devons rencontrer la fille du docteur Steinhardt, pour savoir au moins si elle se doutait que Ransom utilisait la psychanalyse de Laura Chase comme aphrodisiaque. »

Terri observait la photo de Mary, essayant d'imaginer ce qui s'était passé dans la suite de Ransom. Elle avait l'estomac noué.

« Les médias sont-ils au courant de cet aspect de l'affaire ?

— Non.

— Cette cassette me donne la chair de poule. Avec ou sans James Colt.

— C'est pourquoi elle peut nous aider... À partir de maintenant, il faut examiner tout cela de très près. »

Terri approuva d'un hochement de tête.

« Que veux-tu que je fasse ?

— Je ne te l'ai pas dit ?

— Pas précisément.

— Je veux que tu parles à la seule et unique ex-femme de Ransom. Ils ont divorcé il y a cinq ans, dans la plus grande discrétion. »

Moins de deux heures plus tard, Johnny Moore rappelait Terri et lui donnait le numéro de téléphone de l'ex-épouse de Ransom.

« Melissa Rappaport, lui dit-il. Elle a repris son nom de jeune fille. Elle est relectrice pour une maison d'édition. Elle travaille chez elle, à Manhattan.

— Comment l'avez-vous retrouvée ?

— Elle se cachait dans les pages blanches de l'annuaire, comme tout le monde. Elle pensait peut-être que le divorce lui permettrait de reprendre une vie normale, loin des projecteurs.

La voix de Moore était moins moqueuse que professionnelle : chaude, agréable, avec un léger accent irlandais. D'emblée, il inspira confiance à Terri.

« Comment faut-il l'aborder, à votre avis ?

— Oh, inutile de mettre une fausse moustache ! À votre place, je ferais ce que vous auriez probablement fait spontanément : je décrocherais mon téléphone, je me présenterais et je lui dirais que j'aimerais discuter un peu avec elle. Attendez-vous tout de même à tomber sur un répondeur. Elle a déjà dû être contactée par pas mal de journalistes, du *New York Times* au magazine féminin le plus insipide. Tout le monde veut savoir comment elle a pris le fait que le grand homme soit mort sans son pantalon. Préparez un message court, clair et professionnel. »

Après avoir raccroché, Terri considéra pensivement le numéro de téléphone de Melissa Rappaport, puis promena un regard absent autour d'elle. Son bureau commençait à l'ennuyer. Il était deux fois plus petit que celui de Paget et, en dehors d'une petite photographie d'Elena, elle n'avait fait aucun effort de décoration. Elle songea qu'il était temps de cesser de se croire de passage, que ce soit dans sa carrière ou avec Richie. Quelques reproductions de Picasso ou de Kandinsky, par exemple, lui donneraient déjà un sentiment de permanence.

Appelle cette femme, Teresa. Force-toi à le faire. Tu as toujours su parler aux gens. En général, ils t'écoutent.

Tous, sauf Richie.

Mieux valait ne pas penser à cela. Richie aimait Elena à sa façon et le rôle de Terri consistait à présent à s'assurer qu'ils élevaient leur fille le mieux possible. Si Terri concentrait son attention sur ce point, Richie et elle parviendraient à en faire une enfant bien dans sa peau.

Que penserait Christopher Paget si elle n'arrivait même pas à obtenir que l'ex-épouse de Ransom la rappelle ? Avant de décrocher le téléphone, Terri chercha à se représenter cette femme, mais sans succès. De toute façon, se dit-elle, Melissa Rappaport devait être bien trop bouleversée pour écouter attentivement les dizaines de voix étrangères qu'elle trouverait sur son répondeur. Le mieux, conclut Terri, consistait à laisser un message auquel elle-même aurait envie de répondre si elle se trouvait à la place de Rappaport.

Elle griffonna un texte sur une feuille, s'efforça d'en mémoriser les principaux points, puis composa le numéro que Moore lui avait donné.

Il y eut une première sonnerie, puis trois autres. Terri se demanda comment elle réagirait si ce n'était pas un répondeur, mais quelqu'un qui décrochait.

« Bonjour, fit une voix froide. Vous êtes bien au 501-7216. Laissez votre message après le bip sonore. »

Melissa Rappaport, pensa Terri, n'était pas du genre hypocrite : pas de remerciements ni de fausses promesses, comme celle de rappeler ultérieurement. La voix trahissait une volonté d'en venir droit au fait : Terri se représenta soudain une femme maigre, arpentant son appartement d'un pas nerveux. À toute vitesse, elle modifia mentalement le message qu'elle avait préparé.

Le bip retentit. « Ici Teresa Peralta, commença-t-elle. Je suis avocate à San Francisco. Notre cabinet représente Mary Carelli. »

Terri imagina la femme s'arrêtant pour écouter, mi-surprise, mi-hostile.

« Je tiens tout d'abord à vous dire à quel point il m'est désagréable de vous déranger pour une affaire aussi douloureuse, et de vous prier de me rappeler. Si je vous le demande, c'est pour Mary Carelli. Mon rôle est de l'aider à s'en sortir, tant psychologiquement que juridiquement.

« Vous pensez sans doute que vous ne pouvez rien pour elle ; ou peut-être, tout simplement, n'avez-vous pas envie de l'aider. Je vous demande de ne rien décider avant que je vous aie raconté tout ce que je peux sur ce qui s'est passé entre Ransom et elle. »

Terri se représenta la femme, penchée sur le répondeur, prise entre l'envie de savoir et celle de ne pas être importunée.

« Si vous le souhaitez, vous pourrez m'écouter et ne rien me dire ensuite. De toute façon, tout ce que vous choisirez de me révéler restera confidentiel, sauf si vous décidez le contraire. Je ne suis pas journaliste, je ne pense pas qu'on ait le droit de donner en spectacle la vie privée des gens : ni la vôtre, ni celle de Mary, ni celle de Mark Ransom.

« Vous pouvez me joindre à mon travail, au (415) 939-2707, ou chez moi, au (415) 232-5455. Merci d'y réfléchir. »

Lentement, Terri raccrocha.

Elle jeta un coup d'œil à sa montre. Il était midi moins le quart. Elle décida qu'elle n'irait pas déjeuner. Elle ne devait pour rien au monde manquer le précieux appel. De toute façon, elle n'avait pas faim.

Personne n'appela. À 14 h 30, son estomac criait famine, elle frôlait l'hypoglycémie et commençait à se demander si elle pouvait décemment demander à la secrétaire de descendre lui acheter un sandwich.

À Manhattan, songea-t-elle soudain, il faisait déjà nuit.

Lorsque le téléphone sonna, Terri décrocha, persuadée que c'était Richie :

« Terri Peralta à l'appareil.

— Allô. » C'était la voix froide du répondeur. « Ici Melissa Rappaport. »

Terri se redressa brusquement sur sa chaise.

« Je suis très contente que vous me rappeliez, dit-elle. Merci de tout cœur.

— Vraiment, reprit la femme, je ne sais pas moi-même pourquoi je le fais. »

La voix, distinguée, paraissait prudente. Engager la conversation, se dit Terri, et l'entretenir...

« J'ai promis de vous dire ce qui s'est passé », hasarda-t-elle.

Il n'y eut pas de réponse.

« Préféreriez-vous que je vienne à New York ?

— Simplement pour satisfaire ma curiosité ? Que voulez-vous de moi au juste ? »

Terri promena son regard sur la baie sans rien voir. Elle imaginait Melissa Rappaport dans la pénombre d'une chambre à coucher, épuisée par une journée d'incessants appels téléphoniques auxquels elle n'avait pas répondu, reliée à Terri par un simple fil qu'elle pouvait rompre à tout instant.

« Ce que je vous demande, répondit Terri, c'est seulement de me dire si la personne décrite par Mary ressemble au Mark Ransom que vous connaissiez.

— Et si c'était le cas ?

— Alors je pourrais au moins dire à Mary qu'elle n'est plus isolée, qu'elle n'est plus la seule personne à pouvoir imaginer ce que votre ex-mari lui a fait. » La voix de Terri s'adoucit. « Vous savez, on se sent terriblement solitaire lorsqu'on accuse quelqu'un de tentative de viol. »

Il y eut un silence.

« Autrement dit, déclara finalement Melissa Rappaport, est-ce qu'il est déjà arrivé à Mark d'employer la force ?

— J'allais vous le demander, en effet.

— Non. » Elle parlait d'une voix blanche. « Il n'a jamais utilisé la force. »

Ces derniers mots résonnèrent bizarrement aux oreilles de Terri. Ils étaient prudents, factuels.

« Y avait-il autre chose ?

— Oui. Vous avez dit que vous m'expliqueriez ce qui s'est passé, ou plutôt la version des faits de Mme Carelli. »

Terri se sentait vidée.

« Par où voulez-vous que je commence ?

— Peut-être, répondit Melissa Rappaport, pourriez-vous d'abord m'expliquer comment Mary Carelli s'est retrouvée dans la suite de Mark. »

Debout près du téléphone, Terri fouilla dans sa mémoire.

« Il disait vouloir lui parler. Au sujet d'une interview.

— Ils se connaissaient, je présume.

— Non.

— Dans ce cas, pourquoi Mark l'a-t-il contactée ? »

Il y eut un silence. Terri hésitait, soucieuse de répondre le mieux possible.

« Ce qu'il a d'abord dit à Mary, répondit-elle, c'est qu'il aimait la regarder à la télévision. »

Cette fois, le silence fut beaucoup plus long.

« La regarder à la télévision...

— Oui.

— Franchement, je la trouve un peu trop brune pour Mark. Mais il est vrai que je ne l'ai pas revu depuis plusieurs années.

— Quels étaient ses goûts ? »

Nouveau silence. Terri tremblait, craignant d'être allée un peu trop loin.

« Excusez-moi, dit Melissa Rappaport. Ma dernière remarque était inutile. Il va me falloir quelques jours pour m'habituer à l'idée que Mark est mort et reprendre le contrôle de mes émotions. »

Il semblait à Terri que le fil du téléphone était directement branché sur ses nerfs. Pour la première fois, elle eut le sentiment que derrière sa parfaite maîtrise de soi, son interlocutrice dissimulait une immense sensibilité.

« C'est à moi de m'excuser, répondit Terri d'une voix calme.

— Ce n'est pas grave. Il faut dire que notre conversation sort un peu des sentiers battus. » Elle marqua un temps d'arrêt. « Dites-moi, comment Mark est-il supposé en être arrivé — pour exprimer les choses poliment — à introduire le sujet du sexe ?

— Il lui a proposé de coucher avec lui en échange d'une interview.

— En échange d'une interview ? » Amplifié par la distance, l'éclat de rire triste de Melissa Rappaport résonna de façon sinistre. « Ce n'est pas de Garbo ni de Howard Hughes qu'il s'agit. Vous savez, Mark Ransom n'était pas une denrée si rare que cela. S'il exigeait que l'on passe dans son lit avant d'aller répondre à une interview, alors dites-vous qu'il a dû coucher avec tous les présentateurs de télévision des États-Unis, sauf peut-être Regis Philbin ! »

Terri se sentit humiliée.

« Ce qu'il a dit — pour présenter les choses *moins* poliment —, c'est qu'il aimait faire l'amour avec les femmes qu'il avait vues à l'écran. »

Elle regretta aussitôt l'énervement qu'elle avait laissé filtrer dans sa voix. Sans doute était-ce cette note d'impatience qui provoqua le silence de Melissa Rappaport. Celle-ci semblait sur le point de raccrocher. Puis soudain, d'une voix sans timbre, elle déclara :

« Voilà une charmante histoire.

— Notre cliente n'est pas de cet avis.

— Non. Je suppose qu'à sa place, je n'aurais pas apprécié non plus. » Elle s'interrompit. « Mais ce qui m'empêche de croire à cette version des faits, c'est l'idée de Mark demandant un prix en nature en échange de son image à la télévision. »

Terri hésita.

« En fait, ce n'était pas seulement pour son image. Il proposait de parler d'un nouveau livre.

— Cela rend la chose encore moins plausible. Nous, c'est-à-dire ceux que les moins précieux d'entre nous appellent le milieu littéraire, nous savons trop bien que la publication d'un roman fait rarement l'objet d'une émission télévisée à une heure de grande écoute. Même si l'auteur s'appelle Mark Ransom. »

Là encore, Terri sentit poindre une émotion, un léger dépit.

« Je pense, répondit-elle avec un calme étudié, que ce livre-là aurait pu faire exception à la règle.

— Ah bon ? Je dois vous avouer que je ne sais même pas quel en est le thème. Voyez-vous, je me sentais un peu délaissée ces derniers temps. » Rappaport hésita, puis reprit plus calmement. « Il faut vous expliquer qu'en plus de tout le reste, j'assurais la relecture de ses romans.

— Ce livre-là n'était pas un roman, mais une biographie.

— Une biographie ? » Rappaport paraissait stupéfaite. « Pas une autobiographie ? Ça, c'est une étape ! Et qui a eu le privilège de captiver ainsi l'intérêt de Mark ?

— Laura Chase. »

Il y eut un silence interminable. Terri attendit. Rien ne vint. Elle décida de reprendre la parole, sans trop savoir quoi dire.

« Il possédait une cassette. Une cassette de Laura parlant à son psychanalyste. Il a fait venir Mary pour qu'elle l'écoute.

— Je vois. » La voix de Rappaport semblait lointaine. « Et que dit-elle sur cette cassette ? »

Terri hésita. Paget lui avait demandé de ne rien dévoiler, sauf en cas d'absolue nécessité. Si elle tombait dans le domaine public, cette cassette déclencherait un scandale qui outragerait la famille de James Colt, ainsi que tous ceux qui lui étaient restés attachés.

« Cette partie est confidentielle, dit-elle. Je ne crois pas que quiconque tienne à la rendre publique.

— Qu'est-ce qui vous fait croire, répliqua Melissa Rappaport d'une voix blanche, que j'en aie moi-même envie ? »

Terri sentit la tension courir de Rappaport jusqu'à elle ; le fil qui les reliait menaçait de céder.

« La cassette concerne les rapports de Laura Chase avec le sénateur Colt, répondit-elle finalement. Laura parle d'un week-end à Palm Springs, juste avant sa mort. Un week-end au cours duquel elle a beaucoup bu et pris trop de tranquillisants... Colt avait amené deux amis avec lui. Sur la cassette, Laura Chase raconte ce qu'ils lui ont fait. »

Le silence s'installa à nouveau. Puis Rappaport demanda, hésitante :

« Est-ce que Mark la lui a fait écouter ?

— Oui. » Sentant toute la tension de sa propre voix, Terri s'interrompit une fois de plus. « Cela l'excitait, a dit Mary. Il a cherché à la violer pendant que la cassette défilait. »

Le silence s'allongea. De nombreuses secondes s'écoulèrent, une minute entière peut-être, avant que Melissa Rappaport ne reprît la parole.

« Je crois que je devrais peut-être vous parler, fit-elle. En personne. »

Paget décrocha le téléphone. Sans la moindre introduction, elle interrogea :

« Est-ce que Carlo va bien ? »

Pendant quelques instants, Paget ne réagit pas. La nuit était tombée et la ville brillait de tous ses feux. Cette vision lui rappela un autre coup de téléphone de Mary qui, vingt-quatre heures plus tôt à peine, avait bouleversé sa vie.

« Il se porte à merveille, répondit-il placidement. Non seulement ses parents sont à nouveau célèbres, mais ce matin il y avait des journalistes pour l'accompagner au lycée. Il ne sera plus jamais seul... Évidemment, ses copains ne peuvent plus le joindre, étant donné que nous avons dû changer de numéro de téléphone. Mais je suis sûr que la presse ne tardera pas à connaître le nouveau ! »

Mary choisit d'ignorer son ironie sarcastique.

« Savent-ils que je suis sa mère ?

— Pas encore. Mais quand je pense à toutes les portes que cela va ouvrir à notre fils ! Cela me ravit d'imaginer le visage de Carlo en couverture du magazine *People*, avec son certificat de naissance en fond.

— Es-tu obligé de te montrer aussi désagréable ?

— Je n'ai pas le choix. » Paget regardait par la fenêtre. « On dit que le sarcasme est la meilleure alternative à la colère. Or, je suis bien trop poli pour me mettre en colère dans une période aussi difficile de ta vie... D'ailleurs, pour rectifier ce que j'ai dit à tes petits camarades journalistes hier soir, je considère que ceux qui te côtoient doivent s'efforcer de ressentir la même compassion que ceux qui ne te connaissent qu'au travers des médias. »

Paget crut entendre Mary inspirer profondément.

« Tu sais, Chris, tu es vraiment un salaud ! »

Paget constata avec étonnement à quel point chaque mot qu'elle prononçait restait chargé du souvenir d'une souffrance.

« Tu me l'as déjà dit, Mary. Un soir particulièrement sinistre, il y a quinze ans.

— D'accord, Chris, fit Mary d'un ton las. Alors permets-moi au moins de me répéter sur un sujet qui me préoccupe beaucoup plus. Comment va Carlo ? »

Paget s'aperçut qu'il avait les yeux posés sur la photographie de son fils, prise un an auparavant.

« Carlo, rétorqua-t-il, est à la fois soucieux et désorienté. Cette histoire a éveillé beaucoup de choses en lui, des choses que toi et moi avions plutôt intérêt à oublier. »

Ils se turent tous deux. Paget eut la très vague impression que Mary méditait des pensées qu'elle avait résolu de garder pour elle.

« Tu me croiras si tu veux, murmura-t-elle enfin, mais si j'avais pu faire quoi que ce soit pour empêcher Mark Ransom de nous faire cela à tous les trois, y compris sauter par la fenêtre de ce vingt-troisième étage de l'hôtel Flood, je n'aurais pas hésité. »

Paget s'installa confortablement dans son siège.

« Bon, dit-il. Tu n'as pas tout perdu. Tu as au moins la sympathie de Carlo, même si tu trouves que ma réaction manque un peu de compassion. D'ailleurs, Carlo est aussi de cet avis.

— Que dit-il ?

— Pas grand-chose. Souvent, avec Carlo, il faut lire entre les lignes. Mais je crois qu'il préférerait que je manifeste plus de sympathie à ton égard. Et puis, il aimerait nous voir nous comporter davantage en parents qu'en étrangers. » Paget n'avait pas quitté des yeux le portrait de Carlo : le garçon y affichait un sourire plein d'innocence. « Sans doute y a-t-il, enfouis en chacun de nous, certains archétypes incontournables. Entre autres, ceux liés aux rôles du père et de la mère.

— Sans doute. » La voix de Mary était dénuée de tout sentiment. « Ce qui nous ramène à ce que je peux — ou à ce que nous pouvons — faire maintenant pour Carlo.

— C'est très simple. Décharge-moi de l'affaire.

— En dehors de cette solution... », précisa-t-elle sans se démonter.

Paget mit un certain temps à percevoir la colère qui naissait en lui.

« Alors, fit-il, pourquoi me poses-tu la question ? Parce que tu as lu quelque part qu'il était bon qu'une mère s'occupe de son enfant ? »

Elle ne répondit pas. Elle eût aimé riposter, Paget en était sûr, mais elle s'était retenue au dernier moment.

« J'ai mes raisons, déclara-t-elle seulement. Et elles sont personnelles.

— As-tu déjà été poussée par des raisons qui n'étaient pas personnelles ?

— Tout cela ne nous mène nulle part, soupira-t-elle, agacée. C'est Carlo qui m'intéresse, pas toi. »

Paget bondit de sa chaise, excédé, mais retrouva tout de suite son sang-froid.

« D'accord, s'exclama-t-il. À court terme, la seule chose à laquelle je pense serait que tu le rassures, que tu lui dises que tu vas bien et, comme tu l'as toi-même si bien formulé lors de ta visite-surprise, que tu te soucies un peu de lui. »

Mary parut réfléchir.

« Tu m'avais invitée à dîner, dit-elle. Je devrais peut-être accepter. Ainsi, nous pourrons tous les deux faire croire à Carlo que nous ne sommes pas la famille Addams. »

Paget hésita. Imaginer Mary dans sa maison lui semblait encore plus importun que voir les journalistes à l'extérieur. Quant à la mise en scène que sa présence exigerait, elle promettait d'être éreintante. Mais il avait de toute façon perdu le contrôle des événements, et la seule question qui se posait désormais concernait la réaction de Carlo.

« Viens vendredi. D'ici là, je serai retourné chez Brooks. Si nous trouvons le temps de discuter un peu tous les deux, je t'expliquerai où nous en sommes. Cela t'évitera d'aller à mon bureau.

— Très bien. Je ne voudrais surtout pas t'imposer ma présence partout où tu vis. À propos, où en est l'affaire ? »

Avec un certain étonnement, Paget s'aperçut que cette femme qui venait de tuer un homme n'avait, jusqu'à présent, guère abordé d'autre sujet que celui de leur fils.

« Mon associée Terri va à New York pour rencontrer l'ex-femme de Ransom. Elle est persuadée qu'il y a quelque chose à creuser de ce côté.

— Et tu envoies cette Terri là-bas au lieu d'y aller toi-même ! Quel âge a-t-elle ?

— Vingt-neuf ans. Exactement l'âge que tu avais quand l'affaire Lasko a éclaté.

— Cela ne veut rien dire, répondit Mary, placide.

— Écoute, Mary. Tu as insisté pour que je sois ton avocat et tu as gagné. À présent, tu vas devoir me faire confiance, comme n'importe quel client fait confiance à son avocat.

— Est-ce que toi, tu me fais confiance ?

— Non. » Paget jeta un coup d'œil par la fenêtre. « Mais ce serait pareil avec tout autre client. Je ne me fie aux gens qu'à partir du moment où je les connais assez pour savoir qu'ils sont dignes de confiance. »

Mary ne répondit pas. Son silence mit Paget mal à l'aise, gêné peut-être de sa propre cruauté. Il chercha une porte de sortie.

« Les journalistes t'ont-ils beaucoup dérangée ? »

Elle parut se demander si elle allait prendre la peine de répondre.

« Non, pas trop. Mes gardes du corps les tiennent à distance. Et le service de l'hôtel est irréprochable. »

Paget se demanda quel effet cela faisait de se retrouver coincée dans une chambre d'hôtel impersonnelle.

« Encore quelques jours, dit-il, et nous devrions pouvoir te faire sortir de cette ville. D'ici là, ne parle surtout pas à la presse sans m'avoir consulté.

— Alors, je dois te consulter. » Elle avait repris un ton professionnel. « Je vais peut-être passer à l'émission *60 minutes* dimanche.

— Tu leur en as déjà parlé ? Moins de vingt-quatre heures après la mort de Ransom ?

— Non. Pas moi, répondit-elle froidement. Mon attaché de presse. Comme tu l'as dit toi-même, il s'agit désormais d'un problème de relations publiques. Or, c'est toujours lui qui gère mes relations publiques quand je suis trop submergée pour le faire moi-même. »

Ce mélange d'ironie et de réalisme eut un effet très désagréable sur Paget. Il se sentit vaguement honteux.

« Comment vas-tu ? demanda-t-il.

— Bien. Tu n'irais pas bien à ma place ?
— Non.
— Alors, voilà une raison de plus pour m'admirer. »
Mary raccrocha.

« Pourquoi New York ? demanda Richie. Je croyais qu'on ne voyageait pas dans ce boulot. »

Rentrant de la garderie, où elle était allée chercher Elena, Terri avait trouvé son mari intensément concentré sur l'écran de son ordinateur. Il élaborait un schéma très complexe de ce que devrait être sa future entreprise. Pour Terri, l'ordinateur symbolisait toutes les différences qui les séparaient : en regardant l'écran, Richie y voyait ses idées se transformer en argent sonnant et trébuchant. Terri, elle, se souvenait plutôt du prix que leur avait coûté l'ordinateur. Quatre mille cinq cents dollars, remboursables sur plusieurs années.

Ils s'étaient disputés pendant quarante-huit heures et elle avait fini par céder. Au cours des trois jours suivants, un nouveau Richie débordant d'énergie les avait traînées, Elena, Terri et sa carte de crédit, dans une demi-douzaine de magasins spécialisés dont il questionnait inlassablement les vendeurs sur les dernières options sorties. À la fin du troisième jour, Terri se sentait épuisée à force de surveiller Elena. Richie, lui, avait son imprimante laser.

« Je ne voyage pas beaucoup, répondait à présent Terri. Mais dans la plupart des métiers juridiques, on est tout de même amené à se déplacer un minimum.

— Mais pourquoi toi ? C'est sa petite amie à lui, après tout ! »

Une fois de plus, Terri se félicita de n'avoir pas parlé de Carlo à Richie. Les confidences qu'elle lui faisait parfois avaient en effet la fâcheuse habitude de lui revenir, légèrement déformées, aux moments où elle se sentait le plus vulnérable.

« Ce n'est pas sa petite amie, c'est une *ancienne* amie. Et je suis contente que Chris me fasse assez confiance pour me laisser y aller.

— Alors c'est *Chris*, maintenant ! » Richie leva les bras au ciel. « Ah, si c'est *Chris* qui l'a demandé... Il n'y a plus rien à dire !

— Ne fais pas l'idiot, Richie. Tu voudrais peut-être que je l'appelle *Monsieur Paget* ? »

Elle sentit Richie la dévisager, puis le vit opter pour l'apaisement.

« Et s'il se trouve, fit-il, que j'ai moi-même des projets, des dîners d'affaires avec des gens qui vont peut-être investir dans mon idée ? Je ne peux pas faire la baby-sitter, moi !

— La baby-sitter ! répéta Terri. Elena est ta fille, non ? Tu pourrais peut-être rencontrer ces personnes pendant la journée !

— Ce n'est pas possible. Ils travaillent tous. »

Terri scruta le visage de Richie pour deviner si l'ironie était volontaire. Il lui sembla que non.

« Oui, fit-elle. Comme un nombre incroyable de gens. »

Elle vit le rouge monter au visage de Richie.

« Ne profite pas de la situation, Terri. Comment pourrais-je partager mes projets avec quelqu'un qui les utilise pour me faire souffrir ? »

Pendant un moment, Terri l'observa sans répondre. Silhouette mince, nerveuse, cheveux bruns bouclés, grands yeux d'un noir intense qui lui donnaient toujours l'air absorbé dans quelque fantastique vision intérieure. La première fois qu'elle avait vu Ricardo Arias, il n'avait que vingt-deux ans. Tout de suite, il lui avait paru différent des autres : il fourmillait d'idées, semblait constamment en mouvement, mû par le désir de rendre ses plus beaux rêves réalité. Entre le Richie d'alors et celui qu'elle voyait à présent devant elle, il y avait un diplôme de droit, ce MBA qu'elle l'avait aidé à financer, et trois emplois qu'il n'avait pas su garder. Quant à cette agitation incessante qui le caractérisait, elle évoquait moins l'ambition d'un homme que le mécanisme du jouet avec lequel Elena était en train de s'amuser.

« Je suis désolée, murmura-t-elle, en partie pour elle-même.

— Ça va. Tu ne te rends pas toujours compte de la façon dont tu me parles. »

Terri se dirigea vers la cuisine, laissant Richie avec Elena.

Elle ne parvint pas à dormir cette nuit-là. Le lendemain, elle laissa de l'argent pour une baby-sitter, conduisit Elena à l'école et prit le vol de 8 h 30 pour New York.

Chapitre deux

Melissa Rappaport se tenait à la porte de son appartement.

Terri ne l'avait pas imaginée ainsi. Quelque chose dans ce personnage la mit d'emblée sur la défensive. C'était une femme très maigre, d'une quarantaine d'années. Dans son visage étroit, deux yeux ronds brillaient d'une vive intelligence. Elle n'était presque pas maquillée et ses cheveux noirs, sans doute rebelles, avaient été plaqués en une coiffure sévère. Sa tenue vestimentaire accentuait encore cette austérité : pantalon gris, pull à col roulé, ballerines plates, pas le moindre bijou. Devant une telle absence de fantaisie, la tenue de Terri elle-même (tailleur noir et chemisier blanc) semblait apprêtée.

La main que Rappaport tendit à Terri lui parut fragile.

« Vous venez de loin, dit-elle. Mark aurait été flatté.

— Je vous remercie de me recevoir.

— Oui ? » Cette réaction trahissait un refus, comme si Rappaport avait envie d'oublier que Terri se trouvait là sur son invitation. « Entrez, je vous en prie. »

Elles traversèrent un couloir. En passant, Terri remarqua une pièce remplie de livres qui, de toute évidence, servait de bureau. Puis les deux femmes se retrouvèrent au salon.

La pièce était spacieuse, décorée de quelques sculptures de fer et de gravures abstraites accrochées aux murs blancs. Les canapés de cuir italien étaient blancs eux aussi. Cette absence de couleurs évoquait une existence dénuée d'émotions.

« Puis-je vous servir du café ? »

Terri sentit que son interlocutrice avait plus envie de s'activer que de parler. Elle affichait l'air neutre et légèrement distrait d'une personne qu'un visiteur sans grand intérêt serait venu tirer de ses réflexions.

« Oui, je veux bien », répondit-elle. Rappaport quitta la pièce.

En face de Terri, une immense baie vitrée donnait sur Central Park. Le paysage recouvert de neige paraissait lunaire. Des nuages assombrissaient les tours de l'East Side qu'on apercevait au loin, projetant leurs ombres sur les arbres noirs du parc. La nudité de la nature évoqua à Terri les sculptures qui l'entouraient. Elle se demanda comment une simple relectrice de manuscrits pouvait s'offrir une si belle vue.

Comme si elle devinait ses pensées, Melissa Rappaport, revenue sans bruit derrière elle, expliqua :

« À l'origine, c'était l'appartement de Mark. Bien entendu, j'ai modifié la décoration. »

Terri hocha la tête. Rien ici ne correspondait en effet à l'image qu'elle avait de Ransom.

« La vue est très jolie, dit-elle.

— Merci. » Rappaport lui tendit une tasse de café et esquissa un geste en direction du canapé. « Asseyez-vous, je vous en prie. Pour ma part, je préfère rester debout, si cela ne vous ennuie pas. Je suis assise toute la journée.

— Bien sûr. »

Rappaport resta donc debout, les mains dans les poches. Elle semblait prête à quitter la pièce à la moindre occasion. Terri choisit de ne rien dire.

« Votre coup de téléphone, commença Rappaport après quelques instants, m'a pour le moins troublée. »

Elle avait un ton neutre, comme si elle évoquait les sentiments d'une tierce personne.

« Je suis désolée, fit Terri.

— Nous avons été mariés près de six ans. On dit que le divorce est plus facile quand il n'y a pas d'enfants... »

Elle haussa les épaules.

« Où vous étiez-vous rencontrés ? »

Elle eut une moue, mi-sourire, mi-grimace.

« C'est moi qui relisais les manuscrits de Mark aux Éditions Doubleday.

— Cela devait être passionnant.

— Difficile. Mark avait un tel talent... On aurait dit un volcan, il s'emparait des mots pour en faire des feux d'artifice, des torrents. Il insufflait la vie dans chaque page. Il aimait d'ailleurs tant les mots que la moindre de mes corrections lui coûtait. C'était à chaque fois comme si je lui demandais de sacrifier l'un de ses enfants. » La voix de Rappaport avait pris une intensité croissante dont Terri ne l'aurait pas crue capable. « Je crois que je lui apportais la structure qui lui manquait en lui indiquant la limite à ne pas franchir, le seuil à partir duquel sa passion devenait excessive.

— C'est important, dit Terri. Pour moi, c'est souvent cela qui détermine si je vais finir un livre ou l'abandonner au bout de quelques pages. »

Rappaport considéra Terri.

« Avez-vous lu quelque chose de lui ?

— Ses romans surtout. » Y compris, ajouta-t-elle en elle-même, celui de ce matin, relu dans l'avion pour se rafraîchir la mémoire.

« Qu'en avez-vous pensé ? »

Terri but une gorgée de café, le temps de réfléchir.

« J'aimais bien cette utilisation luxuriante qu'il faisait du langage. Avec un autre auteur, cette abondance m'aurait certainement déplu, mais Mark Ransom avait le don de m'immerger dans un monde que je n'avais plus envie de quitter. Et puis, il semblait comprendre de l'intérieur ses personnages masculins, même les plus abjects, il leur donnait vie, si bien qu'on oubliait parfois qu'il s'agissait de héros imaginaires. »

Une lueur d'excitation brillait à présent dans les yeux de Melissa Rappaport.

« Et puis ? »

Terri rencontra son regard.

« Et puis, fit-elle lentement, sa façon de parler des femmes me mettait mal à l'aise. »

L'étrange demi-sourire réapparut sur le visage de Rappaport.

« Ah bon ? Pourquoi ?

— Parce qu'il ne se plaçait jamais du point de vue des femmes. Il les considérait toujours de l'extérieur, soit comme des déesses de l'amour physique, soit comme des proies que les hommes se disputaient. Pour lui, l'amour n'était qu'une conquête. » Terri s'arrêta, hésita. « En fait, je n'ai pas eu l'impression que Mark Ransom aimait les femmes.

— Il ne m'est pas vraiment apparu comme cela la première fois que je l'ai rencontré. » Rappaport semblait se souvenir de discussions antérieures. « Les écrivains ont besoin de comprendre. La crainte les en empêche parfois. Mark avait une très bonne perception du monde, il comprenait tout, sauf les femmes, parce que nous lui faisions très peur.

— Pourquoi ? »

Rappaport haussa les épaules.

« Je crois que c'est la même chose pour Mark que pour tous les autres hommes que j'ai connus : un problème relationnel avec sa mère. Je n'ai jamais rencontré Siobhan Ransom, mais à mon avis, elle a fait vivre à Mark une enfance qui ressemblait beaucoup à une occupation militaire du cœur et de l'esprit : aucune intimité, beaucoup de culpabilité, peu d'activités masculines, et une obligation de venir conquérir son amour, avec le risque permanent de le perdre. Quant à son père, c'était un paumé. » Elle se tourna vers la fenêtre. « Vous savez, Mark était stérile. Il ne pouvait pas avoir d'enfants.

— Non, je ne le savais pas.

— Il tenait absolument à garder cela pour lui. Cette idée l'humiliait beaucoup. » Rappaport devint pensive. « À mon avis, Mark était persuadé que sa mère lui avait volé sa virilité. »

Terri hocha la tête.

« Hier soir, à la télévision, ils ont repassé une interview dans laquelle il dénonçait les mouvements féministes pour l'avortement. Il se voulait ironique, mais on voyait bien qu'il y avait de la colère en lui. Pas seulement contre l'avortement, mais contre les femmes qui luttaient pour ce droit.

— Oh ! je crois que Mark prenait l'affaire à son compte. »

Melissa Rappaport joignit les mains. Terri avait commencé à remarquer chez elle les petits gestes impuissants de celle qui cherche désespérément son paquet de cigarettes.

« Pour ma part, je m'efforçais de ne pas éprouver de colère, mais de comprendre pourquoi Mark était devenu celui qu'il était. »

Terri la considéra d'un œil curieux.

« Et c'était difficile ?

— Oui. Mais j'y tenais. Pour Mark lui-même et pour son œuvre.

— Avez-vous senti que son écriture s'améliorait ? Enfin, de ce point de vue-là...

— De ce point de vue-là, je n'ai rien changé, ni dans son écriture, ni dans sa vie de tous les jours. » Rappaport parlait d'une voix calme, mais amère. « Mais ce n'est pas l'écriture de Mark qui l'a tué, n'est-ce pas ? C'est votre cliente. Et c'est ce qui vous amène ici. »

Terri resta silencieuse, résolue à ne pas se laisser démonter par ce soudain changement de ton. Puis elle demanda :

« Mark regardait-il Mary Carelli à la télévision ? Ou lui arrivait-il de parler d'elle ?

— Non. Bien sûr que non.

— Pourquoi "bien sûr que non" ?

— Parce qu'elle n'est ni intéressante, ni attirante. » Rappaport fronça les sourcils. « D'accord, elle est très belle et ses émissions sont très populaires. Mais pour moi, cette femme n'est qu'apparence et ambition. »

Mais lui, qu'en pensait-il ? se demanda Terri.

« Elle n'était pas son type, d'après ce que vous m'avez dit au téléphone..., fit-elle à voix haute.

— Ça, c'était une remarque en l'air. Celle d'une femme blessée, peut-être. » Rappaport saisit un sac noir posé sur la table et fouilla à l'intérieur à la recherche d'une cigarette. « En fait, je suis un peu ennuyée que vous ayez fait tout ce trajet. Vous m'avez appelée dans une période de confusion. »

À son intonation, Terri la sentit prête à clore l'entretien. Prise de panique, elle enchaîna sans trop réfléchir :

« C'est au nom de Laura Chase que vous avez réagi... »

La cigarette s'immobilisa tout près des lèvres de Rappaport.

« Ah bon ?

— Oui, répéta calmement Terri. Je crois bien. »

Lentement, Melissa Rappaport saisit un briquet en argent, en fit jaillir la flamme et inspira une longue bouffée de sa cigarette. Elle fumait avec avidité, comme un homme. Terri rompit le silence.

« Mark vous avait-il déjà parlé de Laura Chase ? »

Melissa Rappaport alla s'asseoir à l'extrémité du canapé et plaça un cendrier sur ses genoux. Elle fixait une gravure kafkaïenne, faite de rectangles déformés et de lignes brisées.

« Mark, répondit-elle enfin, était obsédé par cette femme.

— Obsédé ?

— Je pèse mes mots. Mark lisait tout ce qui la concernait, il s'était confectionné un album avec toutes les photos d'elle qu'il avait pu trouver, il n'ignorait rien de ses mariages, ni des centaines d'hommes qui avaient couché avec elle. Il connaissait les innombrables apocryphes concernant sa vie et les causes de sa mort... C'était chez lui une préoccupation si morbide qu'à mon avis elle s'apparentait à une sorte de nécrophilie mentale. Et puis, bien sûr, il savait tout des rumeurs concernant James Colt. Je crois même qu'il s'imaginait dans la peau de Colt. Il trouvait normal qu'un des hommes les plus puissants d'Amérique prenne une femme qui, comme il l'a écrit, était "l'image première dans le cœur de tout mâle, moitié déesse, moitié esclave". » Elle eut un rire triste. « Mark m'obligeait même à regarder ses films des dizaines et des dizaines de fois, jusqu'à ce que j'en connaisse chaque plan par cœur.

— Il vous *obligeait* ? »

Terri vit Rappaport hocher légèrement la tête.

« Pas vraiment. J'en avais envie, pour mieux comprendre ce qui se passait à l'intérieur de lui. » Elle tira une bouffée de sa cigarette. « J'avais plus de trente ans quand je l'ai connu, mais mon expérience des hommes était restée très limitée.

— Qu'espériez-vous apprendre ?

— Comment être une femme, bien sûr. Je n'étais pas très sûre de moi, enfin, sur le plan sexuel... » Le ton restait ironique, mais la bouche exprimait une grande tension. « J'essayais de comprendre ce qui attirait tant Mark chez Laura Chase et lui, de son côté, allait apprendre à aimer cette partie de moi qui ne ressemblait pas du tout à cette femme. Du moins, c'est ce que j'espérais à l'époque. »

Terri se redressa sur son siège. Chez Rappaport, commençaient à transparaître les séquelles d'une explosion psychique sans doute vieille de plusieurs années, un *big bang* à partir duquel la femme actuelle s'était reconstruite avec le plus grand soin.

« Laura Chase, dit-elle, ne vous ressemblait guère, elle ne me ressemblait pas non plus, ni à moi, ni à aucune femme que je connaisse.

— Parlez-vous de la blonde platine voluptueuse à l'accent exagérément sexy ? Ou de la nymphomane alcoolique qui manquait totalement d'estime d'elle-même ? » Rappaport s'interrompit, comme pour écouter résonner ses propres mots. « À la fin, poursuivit-elle, tout ce que je partageais avec Laura Chase, c'était ce manque d'estime de moi-même... que j'avais d'ailleurs déjà au départ.

— Était-ce à cause de la façon dont il vous traitait ? »

Rappaport secoua la tête.

« Il me traitait comme cela parce que *j'étais* comme cela. Vers la fin, quand il a commencé à se désintéresser de moi, je me suis sentie désespérée.

— À se désintéresser de vous... ?

— Physiquement. Il ne réagissait plus à mon contact. Cela m'a incitée à en faire davantage. J'ai toujours pensé que j'étais intelligente, mais pas que je pouvais parvenir à me faire aimer. Pendant la journée, je supprimais des mots, des passages, des chapitres entiers des manuscrits de Mark pour imposer une certaine discipline à son talent, afin que les gens l'aiment. » Elle fixait le tableau en face d'elle. « La nuit, je faisais absolument tout ce que me demandait Mark. »

Terri sentit sa propre voix faiblir.

« Mais il ne vous maltraitait pas ?

— Non. Il faisait seulement semblant. »

Il fallut quelques secondes à Terri pour comprendre.

« Il imaginait des mises en scène spéciales ?

— Des mises en scène très spéciales. » Terri vit que la cigarette s'était presque consumée jusqu'aux doigts de Rappaport.

« Il faisait semblant de me violer. »

Terri tendit la main et saisit la cigarette. Rappaport ne parut rien remarquer. En posant le mégot dans le cendrier, Terri s'aperçut que sa propre main tremblait.

« Comment faisait-il *semblant* ?

— Avec ma coopération, bien entendu. » Les mots de Rappaport, mesurés et sans intonation, avaient l'inéluctabilité d'une catharsis. « Tous les soirs, je l'appelais du bureau pour le prévenir que je partais. Je rentrais en métro, en me demandant à quel moment cela arriverait. Cela faisait partie du jeu. Ce qui plaisait à Mark, c'était de ne jamais me le dire à l'avance. J'ouvrais la porte, je trouvais l'appartement sombre, et je ne savais pas s'il était à l'intérieur, à m'attendre, ou s'il était sorti. Je l'ignorais jusqu'à ce que je sente soudain la main de Mark sur ma bouche. Je ne savais jamais comment cela se passerait, ni dans quelle pièce. Tout ce dont j'étais sûre, c'est que je me sentais profondément humiliée. » Le profil de Rappaport était immobile et blanc. Son regard fixait un point invisible, dehors.

« Parfois, il s'en allait ensuite sans rien dire. Comme un étranger qui m'aurait violée... »

Terri prit conscience de son propre corps, petit, tendu, penché vers l'avant.

« En aviez-vous parlé à quelqu'un ?

— Non. C'était une sorte de jeu que nous jouions. » Elle ferma les yeux. « Mais il est mort maintenant, n'est-ce pas... »

Terri avait la gorge sèche.

« Lorsque nous avons discuté au téléphone, il y avait un lien entre tout cela et Mary Carelli. Je croyais alors qu'il s'agissait de la cassette.

— La cassette ? » Rappaport mit la main sur ses yeux. « Bien entendu, vous n'aviez alors aucune idée de toute cette boue que vous alliez retourner... »

Terri la regarda.

« Pourriez-vous en parler ? »

En silence, Rappaport hocha la tête. Terri attendit. Lorsque la femme reprit la parole, elle avait les yeux ouverts. Sa voix était sèche et précise.

« L'appartement était sombre, comme si cela devait se produire. À cette période, il sortait davantage et jouait de moins en moins à notre petit jeu. Je ne pensais pas qu'il serait à la maison. Quand j'ai vu une faible lueur dans la chambre à coucher, puis une ombre qui la traversait, je me suis sentie presque reconnaissante.

J'étais seule dans le couloir, à rassembler mes forces, lorsqu'il a franchi la porte. Je n'ai vu que sa chevelure rousse qui brillait. »

D'un bond, Rappaport se leva, comme si elle répondait à un signal qu'elle seule percevait.

« Il m'a saisie violemment et m'a jetée sur son épaule. Je me souviens que ma tête a cogné son dos ; ça m'a étourdie. Avant que je comprenne ce qui se passait, il m'avait propulsée à plat ventre sur le lit, avait arraché ma robe, déchiré mes sous-vêtements et mes collants. Mark m'a prise comme cela. Je ne comprenais toujours pas. Puis il a saisi une poignée de mes cheveux et les a tirés pour me faire relever la tête, pour me montrer. La lumière que j'avais vue venait de la télévision. Il avait mis une cassette pornographique dans le magnétoscope.

« C'était Laura Chase. Elle était très jeune, à l'époque où personne ne la connaissait encore. Il y avait deux hommes avec elle. Elle semblait sur le point de pleurer.

« Le visage de Mark était tout proche du mien. Il regardait les deux hommes prendre Laura comme il venait de me prendre, par-derrière. Je ne me suis pas rendu compte que je regardais aussi, jusqu'au moment où j'ai commencé à pleurer. »

Rappaport s'interrompit. Elle avait des larmes dans les yeux.

« Lorsque le film s'est arrêté, j'ai su que je ne pourrais plus rester avec Mark. Mais avant de vous parler, je n'avais jamais compris pourquoi Laura Chase s'était suicidée. »

Terri regardait ailleurs.

« Je suis vraiment désolée. »

Melissa Rappaport se tourna vers elle.

« Ne le soyez pas. C'est la dernière fois, ce soir-là, que je me suis trouvée avec un homme. » Son sourire semblait plus douloureux que ses larmes. « Vous voyez, c'est cela que j'ai appris de Mark. »

« J'ai l'impression, fit la voix de Paget, que nous avons trouvé ce que nous cherchions. »

De sa cabine téléphonique, Terri regardait défiler les bagages sur le tapis roulant. Épuisée par un interminable voyage au cours duquel Melissa Rappaport avait occupé toutes ses pensées, elle tenait encore à la main le morceau de papier sur lequel Paget lui avait griffonné son nouveau numéro de téléphone.

« Encore faut-il qu'elle accepte de témoigner, répondit-elle. Et que le juge veuille bien recevoir son témoignage.

— Cela t'ennuirait de passer chez moi ? Je suis désolé de t'accaparer ainsi, mais je dois voir Brooks et Sharpe demain matin et cela me sera utile de savoir exactement ce qu'elle t'a dit. »

Terri hésita. Il était 19 h 30 et la baby-sitter lui avait dit qu'Elena dormait déjà. Paget semblait impatient de connaître les détails et Terri, quant à elle, se sentait plus seule que jamais.

« Explique-moi comment venir. »

Une demi-heure plus tard, Terri découvrait l'imposante bâtisse début de siècle, avec ses baies vitrées, son toit pointu et son palmier éclairé qui semblait venu tout droit de Los Angeles. Elle s'immobilisa pour observer l'arbre, frappée par l'incongruité de sa présence ici.

« Je prie chaque jour pour qu'il meure, fit la voix de Paget, mais cette chose est abominablement bien portante... »

Terri leva les yeux et vit Paget venir à sa rencontre. Il portait un jean et un sweat-shirt marin.

« Moi, je l'aime bien, lui dit-elle.

— Carlo aussi. » Il lança à l'arbre un regard amusé. « Quand je pense que c'est à cause de lui que j'ai acheté la maison...

— À cause de l'arbre ? Alors ce doit être l'arbre le plus cher du monde !

— Dis-le à Carlo ! Lorsqu'il est venu vivre avec moi, il a passé une journée entière à visiter des maisons. Aucune ne lui plaisait, jusqu'au moment où il a vu celle-ci. Et là, je n'arrivais plus à le faire partir. Il m'a dit que nous devions habiter ici parce que avec cet arbre, il se sentait vraiment chez lui. »

Terri le regarda, surprise.

« Où habitait-il auparavant ?

— À Boston, bien sûr. La capitale du palmier-dattier du Massachusetts. »

Terri sourit.

« Les enfants ont parfois des réflexions très drôles. Un jour, Elena m'a demandé pourquoi Richie et moi, nous ne l'avions pas emmenée avec nous en voyage de noces. »

Paget redressa la tête.

« Voilà une question que Carlo ne m'a jamais posée. »

Terri ne releva pas.

« Et l'éclairage ? lança-t-elle. Qui en a eu l'idée ?

— Moi. » Paget se tourna vers elle. « Tu n'as jamais remarqué que les enfants prennent parfois les paroles des adultes au pied de la lettre ? »

Jamais Terri n'aurait imaginé une telle conversation entre eux.

« C'est vrai. D'ailleurs, je fais très attention à ce que je dis à Elena. »

Paget hocha la tête.

« Nous venions de visiter la maison. Dans la voiture, Carlo continuait à parler de l'arbre. Cette histoire était si incroyable que je ne pouvais m'empêcher de rire : j'allais dépenser un million de dollars pour acheter un arbre qui me faisait horreur ! Alors, je me suis tourné vers Carlo et je lui ai dit avec le plus grand sérieux : ''Ne t'en fais pas, fiston. Non seulement ton gentil papa va acheter cette maison, mais en plus, il va s'occuper de faire éclairer l'arbre comme il le mérite.'' C'est le genre de remarque qu'on fait généralement aux enfants pour faire rire les adultes présents, ou plutôt, dans mon cas, pour me faire rire moi-même de l'idée que j'étais un père. » Contemplant le spot lumineux, Paget secoua la tête. « C'était une erreur. Carlo s'est souvenu de chacune de mes paroles. »

Terri lui sourit. Silencieux, Paget continuait à contempler le palmier. Il semblait avoir besoin de parler de son fils, chose dont il n'avait visiblement pas l'habitude. C'était sans doute pourquoi il se sentait mal à l'aise à présent.

« Nous ferions mieux de rentrer, dit-il. Puisque tu es là, je te garde.

— Pas de problème. De toute façon, Richie est sorti et je dois t'expliquer ce qui s'est passé chez Rappaport. »

Paget ouvrit une double porte sculptée, ornée d'une poignée de cuivre et d'un heurtoir. Ils entrèrent.

En découvrant l'intérieur de la maison, Terri dut abandonner ses idées préconçues. Elle s'attendait à trouver tous les signes extérieurs de richesse que le cinéma attribue d'habitude aux grands héritiers : lambris de chêne sur les murs, cuir brun, portraits d'époque d'ancêtres illustres... Là, au contraire, la décoration était sobre : murs blancs et parquets blonds, avec, çà et là, quelques touches de couleur. Par terre, on avait jeté un tapis persan d'un rouge profond, et des vases remplis de fleurs de soie de teintes diverses étaient répartis dans toute la pièce. Sur les murs, les lithographies alternaient avec des peintures à l'huile lumineuses, qui se mettaient mutuellement en valeur. En traversant la bibliothèque, Terri remarqua une grande cheminée de marbre et une étagère pleine de jeux qui reconstituaient l'évolution intellectuelle de Carlo de sept à quinze ans. Terri ressentit une vague jalousie, non pour elle-même, mais pour Elena : on sentait que les habitants de cette maison vivaient là depuis longtemps, qu'ils avaient progressivement ajouté les objets les uns aux autres avec la certitude tranquille que c'était *leur* maison.

« La cheminée est très belle, dit Terri.

— Quand il était petit, Carlo adorait que j'y allume un bon feu et que je lui raconte des histoires devant. La bibliothèque était sa pièce préférée.

— En réalité, toute la maison est belle. Tu as fait la décoration toi-même ? »

Paget acquiesça.

« C'est ce qui explique toutes ces couleurs primaires, dit-il. Carlo et moi, nous avons un manque total de subtilité qu'aucun décorateur ne serait parvenu à satisfaire. »

Terri sourit, comprenant que cette remarque d'apparence légère révélait parfaitement le problème qu'affrontait aujourd'hui Paget. Il se cramponnait à une vie qui risquait fort de changer du tout au tout. Ce constat conférait à ces allusions à Carlo une désagréable note d'inquiétude.

« Où est-il ? interrogea Terri. Je ne le connais pas.

— Il travaille, du moins je l'espère. » Paget jeta un coup d'œil en direction de l'escalier. « Si cela ne t'ennuie pas, nous pourrions peut-être discuter dans la cuisine. J'étais en train de faire un peu de ménage. »

Paget paraissait légèrement mal à l'aise, craignant peut-être d'avoir manqué de savoir-vivre. Terri comprit qu'il préférait éviter que son fils ne les surprît au milieu de leur conversation. L'idée de Mark Ransom agressant sa mère, elle en était sûre, avait été suffisamment pénible pour lui.

« D'accord, dit-elle. J'adore les cuisines dans lesquelles je n'ai pas à cuisiner. »

La pièce était exactement telle qu'elle l'imaginait : très moderne, fonctionnelle, spacieuse et claire. Devant un comptoir de bois blanc, deux hauts tabourets de bar recouverts de cuir : c'était probablement là que Christopher Paget et son fils prenaient ensemble leur petit déjeuner. Terri refusa le verre de vin que son hôte lui proposa et alla s'assoir. Paget s'adossa négligemment au comptoir, comme pour l'aider à se mettre à l'aise.

« Raconte-moi ce qui s'est passé chez Rappaport, dit-il. Du début à la fin. »

Le récit prit quarante minutes à Terri. De temps à autre, Paget lançait une question, tant sur l'attitude de Rappaport que sur ce qu'elle avait dit. Hormis un léger plissement des yeux par moments, son visage ne laissait rien paraître.

Lorsqu'elle eut terminé, Paget se dirigea sans un mot vers le réfrigérateur, servit un verre de vin blanc et le lui tendit.

« Si tu n'en veux pas, dit-il, je le boirai. »

Terri saisit le verre et en but quelques gorgées. « Je voudrais te poser encore quelques questions, dit Paget lorsqu'elle reposa son verre.

— Bien sûr. »

Il s'appuya contre le comptoir sans la quitter des yeux.

« T'a-t-elle dit si Ransom voyait d'autres femmes ?

— Je le pensais. Mais elle n'en a pas parlé.

— Elle a affirmé que Ransom avait perdu tout intérêt pour elle. Est-ce à prendre au sens littéral, ou s'agissait-il seulement d'une baisse de performance ? »

Terri hésita. La question ne lui était pas venue à l'esprit.

« Je ne sais pas.

— Savait-elle quelque chose de la vie sexuelle de Ransom en dehors de leur foyer ?

— Je ne lui ai pas posé la question. » Terri gardait les yeux baissés sur son verre. « J'aurais dû. »

Paget eut un petit sourire et secoua la tête.

« Lors d'une déposition devant un juge, peut-être. Pas face à une femme désespérée d'en arriver à te dire des choses que tu veux savoir, mais qu'elle aurait mille fois préféré ne jamais vivre, au point que toi-même tu ne sais plus très bien si tu as envie qu'elle continue à parler. »

Terri ressentit une certaine surprise, puis une sorte de soulagement.

« J'avais honte, dit-elle. Il me semblait que je lui volais quelque chose.

— Il ne fallait pas. C'est ce que lui a fait Ransom qui est terrible, pas le fait de considérer les choses en face. Ce qui me frappe, c'est que tu sembles avoir pris tout cela personnellement à cœur.

— Je ne devrais pas. »

Paget secoua la tête.

« Ce qu'elle t'a raconté est tout à fait extraordinaire et ça t'a touchée directement. Cela prouve, d'une part, que tu es vivante, d'autre part, que tu n'es pas une inadaptée sociale. »

Terri ne détachait pas son regard du verre.

« C'était tellement incroyable..., murmura-t-elle.

— Je me demande vraiment comment tu as réussi à lui faire raconter tout cela. » Paget se servit du vin. « Mais, grâce à toi, Mary a acquis une crédibilité qu'elle n'aurait jamais pu avoir autrement.

— Crois-tu qu'ils renonceront aux poursuites à présent ?

— C'est fort probable. Seulement, il reste un problème dans la version de Mary : le lien qui l'unissait à Ransom. Il paraît invraisemblable : décider de violer une journaliste simplement parce qu'on l'a vue à la télévision ! Je comprends que Brooks et Sharpe soupçonnent autre chose... » Il s'interrompit, cherchant sans doute à se mettre à la place de Sharpe. « Il faut, conclut-il, que le D.A. accepte l'idée que pour une raison que seul Mark connaissait, Mary Carelli est devenue un instrument dans son obsession de Laura Chase. »

Terri vida son verre.

« Il y a tout de même une différence. Une différence qui a placé Mary dans la situation où elle se trouve aujourd'hui.

— Et qui est... ?

— Elle n'a pas joué le jeu. »

Paget la considéra.

« Mary n'a jamais joué que son propre jeu », affirma-t-il.

Il y avait du sarcasme dans sa voix. Terri tentait encore d'interpréter ces derniers mots lorsqu'elle découvrit avec stupéfaction à quel point Mary Carelli ressemblait à son fils.

« Je vous dérange ? » demanda Carlo.

Depuis combien de temps Carlo se tenait-il dans l'embrasure de la porte et qu'avait-il entendu ? Paget aurait donné cher pour le savoir.

Carlo promenait son regard de son père aux verres de vin et des verres de vin à Terri. Sans la moindre gêne, Terri descendit de son tabouret et lui tendit la main.

« Je suis Teresa Peralta, la collaboratrice de ton père. Tu arrives au moment où ton père essaie de tirer une logique des événements et où je l'écoute avec mon respect habituel. Malheureusement, il semble que je m'en sorte mieux dans mon rôle que lui dans le sien. »

Le malaise de Carlo parut s'atténuer quelque peu. Par intuition ou par pur hasard, Terri avait découvert que le meilleur moyen de désarmer Carlo était de se moquer de son père.

« Ce qui explique le vin... », répondit Carlo.

Lorsqu'il se tourna vers Paget, son visage était plus serein.

« Vous parliez de ma mère.

— Terri m'aide à démontrer que Mark Ransom était bien tel que ta mère l'a décrit. »

Carlo se tourna vers Terri.

« Croyez-vous que vous y parviendrez ? »

Paget vit Terri chercher à décrypter le visage de Carlo et répondre à la confusion qu'elle y avait trouvée.

« À mon avis, dit-elle, Mark Ransom avait déjà fait ce genre de chose plusieurs fois avant de commettre l'erreur de s'en prendre à ta mère. Si je ne me trompe pas, il y a certainement d'autres femmes qui n'ont pas eu les ressources nécessaires pour se défendre comme elle l'a fait. Nous cherchons, d'une part, une idée pour retrouver ces femmes, d'autre part, à comprendre ce qui a fait que ta mère a été mieux à même de s'en tirer. »

Terri venait de trouver une explication acceptable à la dernière réplique, pour le moins ambiguë, de Paget. À présent, l'adolescent commençait à manifester des signes d'impatience, comme s'il souhaitait couper court à la conversation.

« Je suppose, intervint Paget, que ton intention initiale en descendant dans la cuisine n'était pas de dire bonjour à Mme Peralta, mais de faire une razzia dans le réfrigérateur. Tu voulais une glace ou du lait ?

— Les deux, en fait. »

Terri regarda sa montre.

« Je dois y aller maintenant. »

Elle avait dit cela pour la forme, c'était clair. Elle présentait l'attitude type de quelqu'un qui n'avait nulle part où aller.

« Tu ne veux pas de glace ? » proposa Paget.

Carlo hocha la tête.

« Je peux vous en laisser un peu si vous voulez. »

Terri poussa un soupir.

« Je ne dis pas non, dit-elle en souriant. Quand je suis fatiguée, je manque totalement de savoir-vivre. »

Elle vint s'asseoir près de Carlo tandis que Paget servait deux coupes de glace.

« Et toi, tu n'en prends pas ? lui demanda Terri.

— Je n'y touche jamais. Et surtout pas maintenant.

— Pourquoi ''surtout pas maintenant'' ?

— Je tiens à pouvoir me reconnaître à la télévision quand ils passent des reportages sur l'affaire Lasko...

— La vérité, trancha Carlo, c'est que mon père fait dix kilomètres de footing chaque matin et qu'il se pèse six fois par jour. Il rêve de faire la couverture de *Jeune et jolie*.

— Non, Carlo : de la revue *Mariages*. Et puis, tout père a besoin d'avoir un centre d'intérêt qui l'aide à compenser l'impertinence de ses enfants. Moi, j'ai choisi la futilité, et je te remercierais de respecter ce choix.

—Vous êtes toujours aussi tendres l'un pour l'autre ? interrogea Terri en souriant.

— Seulement quand Carlo a un bon public. Malheureusement pour moi, il semble avoir trouvé un supporter...

— Je crois qu'il a raison, glissa-t-elle malicieusement à Carlo avant de se tourner vers Paget. Je ne voudrais pas te vexer, Chris, mais pendant l'affaire Lasko, je faisais partie des pom-pom girls de ma classe de quatrième. »

Paget la regarda avec une horreur feinte.

« Ne me dis pas que tu ne te souviens pas du groupe de Paul McCartney avant les Wings ! »

Carlo désigna Paget du doigt.

« Et de lui, demanda-t-il, vous vous en souvenez ?
— Très vaguement, dit Terri. Mais ta mère, en revanche, n'a pas pris une ride. »
Carlo éclata de rire.
« La balle est dans ton camp, papa !
— J'y pense, Carlo : peut-être pourrais-tu profiter de la présence de Terri pour lui poser toutes ces questions auxquelles je ne suis plus en âge de répondre : sur le flirt, l'acné juvénile... Tu peux aussi lui demander pourquoi une fille de quinze apparemment normale n'arrive pas à obtenir de ses parents l'autorisation de sortir avec toi...
— De quoi parle-t-il ? » demanda Terri à Carlo.
Carlo posa sa cuillère.
« J'ai une copine, Jennifer. Enfin, c'est un peu plus qu'une copine... Ses parents refusent de la laisser sortir le week-end. » Il fronça les sourcils. « Ce n'est quand même pas parce qu'ils ne m'aiment pas ! Ils ne m'ont jamais vu !
— C'est peut-être cela, le problème.
— Quoi ? »
Terri termina sa glace et repoussa sa coupelle. « Ma mère était la meilleure mère du monde. Elle n'était pas du tout comme ces parents que tu décris. Je pouvais lui parler de tout et elle me faisait totalement confiance. » Terri passa un doigt sur son menton. « Mais il y avait une règle tacite entre nous : personne ne pouvait sortir avec moi sans avoir passé un peu de temps à la maison auparavant.
— Elle ne vous a jamais expliqué pourquoi ?
— Je crois que, de cette façon, elle pouvait savoir à qui j'avais affaire. »
Terri s'arrêta, réfléchit.
« Et puis, poursuivit-elle, elle voulait sans doute que les garçons qui sortaient avec moi se souviennent que j'avais une famille, quelqu'un qui se souciait de moi. Comme les parents de Jennifer, elle avait beaucoup investi en moi. »
Paget n'en revenait pas : Terri semblait avoir un don pour parler à Carlo d'égal à égal.
« C'est vrai, répondit Carlo. Sauf que ça ne devait pas être très drôle pour ces garçons... »
Terri hocha la tête.
« Certes. Mais, d'après maman, cette épreuve servait aussi de test pour savoir si le garçon trouvait que j'en valais la peine. » Son visage prit une expression interrogative. « Penses-tu que Jennifer en vaille la peine ?
— Oui, dit Carlo. Je crois vraiment que oui. »

Terri sourit.

« Comment est-elle ?

— Très sympa. Elle a le sens de l'humour. » Carlo s'interrompit. « On se sent vraiment bien avec elle.

— Avec Carlo, intervint Paget, la Vénus de Milo paraîtrait quelconque. Jennifer a probablement le QI d'Albert Einstein et le physique de Raquel Welsh.

— Pas du tout, fit Carlo. Elle est sympa, c'est tout.

— Sympa ! ironisa Terri. Voilà un concept que ton père a du mal à saisir.

— Je sais très bien ce que veut dire *sympa* ! protesta Paget. Par exemple, le père Noël est *sympa*, ou encore Snoopy... »

Terri et Carlo échangèrent un coup d'œil moqueur. Paget remarqua que le sourire de son fils paraissait plus franc qu'il ne l'avait été ces derniers temps. Avec stupéfaction, il comprit soudain que ce garçon de quinze ans trouvait Terri non seulement sympathique, mais aussi séduisante.

« C'est sans espoir ! fit Carlo.

— Tu as raison, il n'y a rien à faire, renchérit Terri.

— On peut peut-être encore essayer un traitement de choc ? » dit Paget en souriant.

Reprenant son sérieux, il se tourna vers Carlo :

« Sans vouloir gâcher ce moment de détente, Carlo, où en est ta dissertation pour demain ?

— Elle avance. » Carlo poussa un profond soupir. « Mais pas toute seule, malheureusement, ajouta-t-il en se levant. Il faut que j'y retourne. » Il hésita, puis ajouta à l'intention de Terri : « Merci de votre aide, pour ma mère...

— Tant mieux si je peux être utile. Mais c'est surtout ton père qu'il faut remercier. » Elle effleura l'épaule de Carlo. « Toute plaisanterie mise à part, elle ne pourrait pas se trouver en de meilleures mains. »

Carlo parut réfléchir.

« Papa fait sûrement tout son possible », répondit-il.

Il prit congé de Terri et disparut dans l'escalier. Paget resta un moment silencieux, comme s'il écoutait décroître le bruit de ses pas, puis se tourna vers Terri.

« J'apprécie infiniment ce que tu as fait. L'atmosphère était un peu tendue ici ces derniers temps...

— Je n'en doute pas. »

Elle réfléchit un instant, puis ajouta en souriant :

« Il faut dire qu'il y a dix ans, j'étais encore une adolescente...

— Alors là, je sens que j'ai pris un coup de vieux. Peut-être aurais-je intérêt à consulter ta mère. » Il s'adossa au comptoir. « Tu discutes toujours autant avec elle ?

— Oui… Quoiqu'il y ait certains sujets que nous avons du mal à aborder.

— C'est normal. Quand on se marie, on se crée une zone d'intimité. »

Terri détourna les yeux.

« Oui, ce doit être cela… », murmura-t-elle. Puis elle regarda sa montre. « Mon Dieu ! Il est presque 22 heures. Il faut vraiment que j'y aille.

— D'accord. » Paget semblait gêné. « Je suis désolé de t'avoir retenue si longtemps.

— Mais non, pas du tout. Cela m'a fait du bien, après Melissa Rappaport… Depuis que je l'ai rencontrée, je me dis que j'aurais mille fois préféré ne connaître Mark Ransom qu'à travers son œuvre. »

Paget acquiesça en signe de compréhension. Il la raccompagna à la porte. La nuit était fraîche.

« Le moment n'est peut-être pas très bien choisi pour en parler, mais il y a la fille du docteur Steinhardt à rencontrer. Il faudrait déterminer si elle savait à quel usage Ransom destinait les cassettes de Laura Chase. »

Terri leva les yeux vers lui.

« Tu voudrais que j'aille la voir ?

— Oui. Même si ce n'était pas facile, tu t'en es très bien sortie aujourd'hui. »

Terri eut un faible sourire.

« Très bien. J'irai. »

Ils descendirent ensemble les marches du perron et Paget la raccompagna jusqu'à sa voiture.

Chapitre trois

Sharpe et Shelton attendaient dans le bureau de Brooks. Une faible lumière matinale pénétrait par les deux fenêtres, qui donnaient sur des parkings et une bretelle d'autoroute. Paget trouva la pièce moins agréable que la veille.

« Si j'ai bien compris, dit Brooks, tu as du nouveau à nous communiquer.

— Oui, acquiesça Paget. Mon associée a rencontré l'ex-femme de Mark Ransom. Il semble qu'il avait certaines particularités qui vous rappelleront quelque chose. »

Brooks leva un œil intéressé.

« Dans ce cas, nous sommes impatients de t'entendre. »

Paget vit cette impatience se manifester de façon fort différente chez chacun des trois personnages présents. Brooks affichait une expression de paisible neutralité. Shelton semblait intéressée, mais mal à l'aise. Quant à Marnie Sharpe, elle conservait les bras croisés et se tenait très droite sur sa chaise, comme si écouter représentait une grâce qu'elle voulait bien accorder, mais dont il ne faudrait pas abuser.

« En résumé, dit-il, Ransom avait des fantasmes de viol et était sexuellement obsédé par Laura Chase. Il semble que Mary Carelli ait vu ces deux caractéristiques converger. »

Stupéfait, Brooks dévisagea Paget.

« Sa femme a dit tout cela ?

— Plus ou moins.

— Tu ferais bien de tout nous expliquer en détail. »

Paget s'efforça d'être bref : les faits se passaient de commentaires. Personne ne vint l'interrompre. Lorsqu'il eut terminé, Brooks murmura :

« Tout cela, Christopher, est vraiment bien troublant. »

Shelton examinait ses mains. Sharpe paraissait concentrée.

« C'est ce que j'ai pensé aussi, dit Paget. Et cela explique ce qui s'est passé avec Mary mieux que Mary elle-même n'aurait pu le faire. »

Sharpe secoua brièvement la tête.

« Cela ne me satisfait pas, déclara-t-elle. Même si Mme Rappaport accepte de venir à la barre, ce que vous ne nous avez pas dit, cela m'étonnerait que son témoignage soit recevable.

— Recevable ? s'exclama Paget. Mais nous n'en sommes pas encore au procès ! Nous débattons simplement d'un problème de sincérité. »

Le visage de Sharpe se ferma et elle adopta un ton didactique :

« Le problème que, moi, je pose, est celui de la vraisemblance, qui se trouve être lié à celui de la recevabilité. Vous cherchez à suggérer que ce récit correspond à un acte antérieur similaire. Or, il n'en est rien : Melissa Rappaport était consentante. Il ne s'agissait donc pas de viol. C'est pourquoi le récit du meurtre fait par votre cliente ne s'apparente pas aux pratiques sexuelles habituelles de Mark Ransom. Ainsi, la raison pour laquelle un juge n'admettrait pas ce témoignage est précisément celle qui nous empêche de nous satisfaire de votre démonstration. »

Ce *nous* était de toute évidence une assertion d'autorité. Paget réfléchit quelques instants avant de répondre, soucieux de s'exprimer avec tout le tact nécessaire.

« Votre raisonnement est bien trop littéral, Marnie. Tout individu possède une certaine psychologie qui le caractérise. Or nous avons là deux femmes qui, à cinq ans d'intervalle, se sont trouvées confrontées à quelque chose de *très* particulier chez Ransom. Ce nouveau témoignage dont nous disposons nous incite à croire Mary Carelli. C'est pourquoi, en cas de procès, je n'hésiterais pas à appeler Melissa Rappaport à la barre des témoins : ses révélations font que le récit de Mary Carelli *sonne* vrai. Vous ne diriez d'ailleurs pas autre chose si vous deviez plaider contre un violeur. »

Sharpe resta pensive. Brooks, silencieux, la regardait. Paget comprit alors que la répartition des rôles avait changé : Sharpe avait commencé à s'investir dans l'affaire, tandis que Brooks, pesant soigneusement ses propres intérêts, lui avait cédé le rôle de procureur pour se cantonner à celui d'arbitre.

« Voudra-t-elle témoigner ? demanda Brooks.

— Je n'en sais rien, Mac. J'espère ne jamais avoir à le lui demander. Ce ne serait agréable ni pour elle, ni pour personne.

— J'en suis conscient. Aucun de nous n'a envie d'en arriver là. »

Paget connaissait trop bien Brooks pour croire qu'il n'avait pas immédiatement saisi le fond de sa pensée. En réalité, cette dernière assertion n'avait qu'un but : inciter Paget à exprimer tout haut ce que tous deux pensait tout bas.

« En réalité, je songeais surtout à James Colt. »

Brooks eut un sourire triste qui s'estompa aussitôt.

« Celui qui est mort, demanda-t-il, ou celui qui se présente aux élections ?

— Les deux, répondit Paget, et aussi à tous ceux qui admiraient le premier et soutiennent le second. Y compris la veuve du sénateur et sa très florissante famille, dont aucun membre n'a envie de vous voir ajouter cet épisode peu glorieux aux annales familiales.

— Cette cassette, trancha Sharpe, se retrouvera de toute façon dans le domaine public dès que l'éditeur de Ransom aura trouvé quelqu'un pour terminer le livre. Quel que soit le mobile de votre cliente, elle a déjà pratiquement assuré au livre un tirage d'un million d'exemplaires. Le mal est fait quoi qu'il arrive, et notre bureau n'y sera pour rien. »

Elle avait raison. Si Mary était inculpée, son histoire, associée à celle de Laura Chase, créerait un événement médiatique qui mènerait les journalistes tout droit à Carlo. Une fois de plus, Paget considéra le piège dans lequel l'avait entraîné Mary : pour protéger Carlo, il lui fallait empêcher coûte que coûte la mise en accusation.

Paget se tourna vers Brooks :

« Tu as écouté la cassette, je présume ?

— Oui.

— Alors, qu'as-tu ressenti en entendant la voix de Laura Chase raconter comment James Colt a regardé ses deux amis abuser d'elle ? »

Brooks resta silencieux. Shelton se tourna vers la fenêtre. De toute évidence, elle aussi avait écouté la cassette.

« Ma réaction d'être humain, commença lentement Brooks, a été — Dieu me pardonne — un mélange de fascination et de répulsion.

— Et penses-tu qu'une simple *lecture* de cet épisode produira le même effet que la voix de Laura Chase sur la bande magnétique ?

— Non, je ne crois pas.

— Moi non plus. Par ailleurs, sais-tu combien de millions de téléspectateurs suivent généralement les grands procès ?

— À la télévision ? » interrogea Brooks d'une voix faible.

Paget hocha la tête.

« À la télévision, Mac. Parce que je le ferai. Si cette affaire arrive jusqu'au tribunal, j'insisterai auprès du juge pour qu'il accepte une retransmission en direct dans tout le pays. Et bien sûr, comme le ferait à ma place tout avocat sûr de défendre la vérité, je demanderai à auditionner la cassette. Je ne sais pas quels pourcentages te promettent les sondages pour les prochaines élections, mais je te garantis que ce procès fera au moins de toi un homme célèbre. »

Brooks croisa les mains devant lui.

« Et la famille de James Colt ?

— Je ne me suis jamais intéressé à la politique... Cette famille ne représente rien pour moi. Comme je te l'ai dit la dernière fois, je me préoccupe d'abord de la mienne. »

Paget entendit Sharpe inspirer brusquement. Le regard de Brooks passa de Paget à Sharpe, puis de Sharpe à Paget.

« C'est qu'il y a certains problèmes, Chris. Des problèmes nouveaux. »

Le ton hésitant de Brooks troubla Paget plus qu'une explosion de colère.

« De quel ordre ? »

Brooks laissa Sharpe prendre la parole :

« Certaines incohérences, répondit-elle. L'une d'elles, au moins, nous semble importante. »

Surtout ne pas paraître inquiet, songea Paget. Se tournant vers elle, il prit une expression de curiosité polie. Elle serra les lèvres, visiblement au comble de l'agacement.

« Pour commencer, fit-elle, Mary Carelli a dit à l'inspecteur Monk que les stores étaient baissés lorsqu'elle est entrée dans la chambre de Ransom. Monk a trouvé cela bizarre. Il a donc interrogé le garçon d'étage, celui qui a apporté le champagne. Selon lui, les stores étaient relevés, il en est tout à fait certain. »

Paget prit un air perplexe.

« Et quelle conclusion en tirez-vous exactement ?

— Nous ne sommes évidemment sûrs de rien. Mais cela nous ouvre l'éventualité que Mme Carelli ait baissé elle-même les stores.

— Et quelle raison cela vous donnerait-il de l'inculper ? »

Sharpe l'examina attentivement.

« Nous n'avons pas l'habitude, dit-elle d'une voix glaciale, d'accuser les gens simplement parce qu'ils baissent leurs stores. Mais il arrive parfois que l'on tire ses rideaux pour empêcher que l'on voie de l'extérieur ce qui se passe à l'intérieur.

— Ainsi, enchaîna Paget, Ransom aurait baissé les stores parce qu'il avait l'intention de violer Mary Carelli et celle-ci ne l'aurait pas remarqué, ou ne s'en souviendrait pas. En supposant, bien entendu, que le garçon d'étage se rappelle avec précision la position de chacun des stores dans chacune des innombrables chambres dans lesquelles il est sans nul doute entré ce jour-là. Une question que vous devriez prendre la peine de lui poser avant de trop tirer parti de cet élément. »

Derrière Sharpe, Elizabeth Shelton sourit faiblement.

« Je l'ai fait, rétorqua Sharpe. Il se souvient très distinctement de Mme Carelli. Il a même pensé que M. Ransom avait beaucoup de chance.

— Il aurait bien aimé en avoir, fit Paget. Mais comme l'a observé un jour Somerset Maugham, la chance est un talent. »

Paget vit le rouge monter au visage de Sharpe. Le sourire de Shelton disparut et elle garda les yeux fixés sur Sharpe. Paget eut deux impressions successives : d'abord, que Shelton n'éprouvait aucune sympathie pour Sharpe, ensuite, que quelque chose la troublait.

« Excusez ma légèreté, dit-il à Sharpe. J'interrogerai Mary au sujet des stores, bien sûr. Y a-t-il autre chose ?

— Oui. » Sharpe était restée imperturbable. « Mme Carelli a affirmé ne pas avoir quitté la suite. Or, un client de l'hôtel pense l'avoir vue entrer dans la suite au moment où il sortait de l'ascenseur. Je devrais dire *ré-entrer* : la personne remontait après avoir déjeuné, vers 13 heures, soit bien après l'heure à laquelle Mme Carelli dit être arrivée à l'hôtel. »

Pour la première fois, Shelton prit la parole.

« Treize heures, dit-elle, c'est l'heure approximative de la mort. »

Paget se retourna vers Sharpe.

« Le client est-il certain qu'il s'agissait bien de Mary ?

— Il l'a seulement vue de dos. Mais c'était une femme brune, mesurant environ un mètre soixante-quinze, qui avait la même allure que Mary Carelli. »

Paget la considéra.

« À supposer que c'était bien Mary, je pense qu'il l'a vue au moment où elle arrivait, sans doute plus tôt qu'il ne le croit. »

Une brève expression de triomphe traversa le visage de Sharpe.

« Elle n'arrivait pas, rétorqua-t-elle. Personne n'est venu lui ouvrir. La femme est entrée toute seule. »

Sharpe parlait désormais avec beaucoup d'assurance. Il semblait que les raisons qui avaient poussé Brooks à lui confier l'affaire lui donnaient une liberté d'action supérieure à l'ordinaire.

« Mais qu'est-ce que cela signifie ? interrogea Paget. Les fantasmes sexuels de Ransom et son obsession pour Laura Chase sont des éléments qui, eux, signifient quelque chose ! »

Sans répondre, Sharpe se tourna vers Elizabeth Shelton. Il y avait dans son regard un curieux mélange de déférence et d'autorité. Paget comprit que Shelton avait été appelée là pour assener le coup de grâce.

« Il y a encore autre chose, dit lentement Shelton.
— Quoi donc ? »
Shelton se détourna de Sharpe et s'adressa à Paget comme s'ils se trouvaient seuls dans le bureau.
« Vous souvenez-vous l'autre soir, quand vous m'avez interrogée au sujet des griffures sur les fesses de Ransom ?
— Oui.
— Je les ai étudiées à nouveau. J'y ai beaucoup réfléchi... Je ne pense pas qu'elles aient été faites avant la mort de Ransom.
— Vous voulez dire qu'elles datent d'*après* la mort ?
— Oui. Non pas quelques secondes, ni même quelques minutes après. Bien après. »
Paget ne put détacher son regard de Shelton. Il chercha à organiser ses pensées, en fut incapable.
« Sur quoi vous basez-vous pour affirmer cela ?
— Sur les griffures elles-mêmes. » Shelton soutenait son regard. « Une griffure normale, comme celles que nous avons vues sur Mary Carelli, ressemble à une zébrure rouge. La couleur rouge est celle du sang qui apparaît sous la peau après une altération des capillaires. Le problème, c'est que les griffures de Ransom sont blanches. »
Brooks s'était levé et était venu se placer derrière Shelton. À contrecœur, Paget interrogea : « Qu'est-ce que cela prouve ?
— La peau de Ransom était abîmée, tout comme celle de Mary Carelli. Mais il n'a pas saigné. Parce qu'à mon avis, son cœur avait cessé de pomper le sang. »
Shelton se pencha en avant, les mains croisées sur ses genoux.
« En fait, c'est un simple problème de gravité. Le sang d'une personne morte a tendance à descendre vers le bas, comme dans un tuyau d'arrosage lorsqu'on ferme le robinet. Au moment de la griffure, la majeure partie du sang avait déjà afflué dans la poitrine.
— En êtes-vous sûre à cent pour cent ?
— À cent pour cent, non.
— Mais vous en êtes convaincue ! » intervint Sharpe, excédée.
Shelton hocha la tête.
« Si l'on me demandait de témoigner, je dirais que ce que je viens de vous expliquer est *très* probable.
— Ce qui signifie, enchaîna Sharpe, que Mme Carelli a attendu au moins une demi-heure avant d'appeler la police. Entre-temps, elle a griffé le corps, probablement pour donner à la mort de Ransom une apparence différente de ce qu'elle était en réalité. »
Paget lui lança un regard incrédule.

« Cela paraît tout de même bizarre. Nous sommes à San Francisco, pas en Transylvanie !

— Cela *est* possible. » Brooks s'était placé entre eux deux, comme s'il en avait entendu assez pour la journée. « Et si cet argument est trop faible pour inculper Mary Carelli, il est cependant trop troublant pour être négligé. Nous en resterons là pour aujourd'hui. »

Chapitre quatre

Teresa Peralta ouvrit la porte de la suite de Mark Ransom.

Elle hésita, puis pénétra dans la pièce. La première chose qu'elle vit fut la tache de sang sur le tapis. Elle avait encore les yeux fixés dessus lorsque Paget et Johnny Moore entrèrent à leur tour.

« M'avez-vous vue de l'ascenseur ? demanda-t-elle.

— Oui, répondit Paget. Assez distinctement. »

Il était un peu plus de 11 h 30, heure à laquelle Mary s'était présentée là, quatre jours plus tôt. Un policier avait ôté pour eux les scellés qui maintenaient la porte fermée et restait à présent posté devant l'ascenseur.

Terri jeta un coup d'œil circulaire sur la pièce. Le mobilier n'avait rien d'exceptionnel : deux tables d'angle, un petit bureau, une série d'étagères. Les deux fenêtres, orientées à l'est, donnaient sur la ville. Dans la lumière de cette fin de matinée, la pièce était claire.

« Mais vous ne pouviez pas voir mon visage.

— Non. Étant donné l'angle et la distance, c'était impossible. Avec Johnny, nous avons calculé qu'il y a environ dix-huit mètres entre l'ascenseur et la porte. En revanche, trois secondes suffisent pour se faire une idée exacte de la taille, de la corpulence et de la couleur des cheveux. »

Une ombre soudaine s'abattit sur le tapis et la tache de sang. Surpris, Terri et Paget levèrent les yeux. Johnny Moore venait de baisser le store de l'une des fenêtres et se dirigeait vers la seconde.

« Cela change tout ! » s'exclama-t-il avant de tirer d'un coup brusque l'autre store.

On eût dit que la nuit venait de tomber : la pièce était devenue si sombre que l'on aurait pu y dormir. Le visage rubicond et la barbe blanche de Johnny Moore avaient soudain tourné au gris.

« C'est angoissant, fit Terri.
— Sauf si l'on s'appelle Edgar Poe ! »
Moore marcha vers une table basse située à l'extrémité du canapé et alluma une petite lampe. Le halo de lumière donna à la pièce un aspect peu engageant.
« Voilà sans doute une atmosphère qui correspondait à l'idée que Ransom se faisait du romantisme... »
Terri secoua la tête.
« Jamais je n'aurais pu me sentir à l'aise dans une telle ambiance !
— Peut-être, observa Paget, parce que tu sais ce qui s'est passé...
— Non, ce n'est pas cela. » Elle regarda autour d'elle. « Il y a quelque chose de bizarre. Si j'avais été à la place de Mary, et que Ransom avait baissé les stores...
— Tu serais partie ? interrogea Paget.
— Je ne sais pas.
— En tout cas, il est sûr que cela aurait dû provoquer une réaction de la part de Mary », conclut Paget.
Moore alla se placer au centre de la pièce.
« Peut-être avant qu'elle ne le tue. Mais au moment où elle a raconté son histoire aux flics, ce qui s'est passé devait être assez confus dans son esprit. » D'un geste, il désigna le canapé : « Pourquoi ne pas nous asseoir quelques instants, tous les trois, dans le fauteuil d'amour de Mark Ransom ? Tu nous expliqueras pourquoi Mlle Carelli a choisi de labourer le cul de ce pauvre homme *après* l'avoir abattu.
— Oh, c'est tout bêtement parce qu'une fois mort, il ne pouvait plus se plaindre ! »
Soudain, Terri se sentit oppressée.
« Cela vous ennuie si je lève les stores ?
— Je vais le faire », dit Moore.
Un flot de lumière pénétra à nouveau dans la pièce. Le détective se tourna vers Terri :
« L'atmosphère commençait à devenir un peu morbide, non ? Dommage qu'il n'y ait pas eu de guéridon dans la pièce. C'était l'ambiance idéale pour faire tourner les tables !
— Johnny a passé trop de temps parmi les morts, dit Paget à Terri. Et moi avec Sharpe ce matin ! Cela m'a donné le cafard pour la journée...
— À propos, interrogea Terri. Où en est Sharpe ? »
Les deux hommes s'étaient installés sur le canapé, de part et d'autre de Terri. Les pieds sur la table, Moore promenait son regard autour de lui. Paget rassembla ses souvenirs.

« C'est très simple, répondit-il. Elle considère et reconsidère les faits — ou l'absence de faits — jusqu'au moment où elle réussira à prouver que Mary est une menteuse. Tout d'abord, Mary dit que Ransom a tenté de la violer. Sharpe et Shelton répondent qu'il n'y a pas trace de fluide séminal et, donc, aucune preuve d'excitation sexuelle. De plus, comme nous le savons, il n'y a pas eu pénétration. »

Terri frissonna.

« Si je comprends bien, Mary a accumulé les erreurs. Elle aurait dû laisser à Ransom le temps de déposer des preuves.

— Je vois que tu commences à raisonner à ma façon ! s'exclama Moore. Nous voyons là toute l'absurdité de la thèse de Sharpe.

— Absolument ! renchérit Paget. Mais, fait numéro deux, selon Shelton, la distance de laquelle a été abattu Ransom ne peut en aucun cas être conforme au dire de Mary, c'est-à-dire à moins d'une dizaine de centimètres.

— J'ai vu un expert à ce sujet. Selon lui, Shelton ne peut pas se tromper là-dessus, étant donné les indices dont elle dispose. De plus, cette femme a une réputation de vraie professionnelle. Nous ne trouverons personne pour témoigner contre elle sur ce point... Autrement dit, les choses se sont passées trop vite pour que Mary puisse s'en souvenir avec précision.

— Bien entendu ! soupira Paget. Bon, il y a encore un troisième point : les stores. Mary a affirmé qu'ils étaient baissés lorsqu'elle est entrée. Mais le garçon d'étage, qui n'a aucun intérêt dans cette affaire, affirme qu'ils étaient ouverts. Nous l'avons vu, il est difficile de ne pas faire la différence. Sharpe, elle, en déduit que c'est Mary qui a tiré les stores, sans doute après l'avoir tué, pour ne pas être vue. »

Sans rien dire, Moore s'était levé et se dirigeait vers une fenêtre. En arrivant, Terri avait constaté que l'hôtel Flood se composait d'un bâtiment central encadré de deux ailes. La suite de Ransom se trouvait dans l'aile centrale, à l'étage le plus élevé. Moore désigna du doigt l'aile droite.

« Il faut que je vérifie, mais il me semble que des dernières fenêtres de ce bâtiment-là, on peut apercevoir la chambre où nous nous trouvons.

— L'idéal, répliqua Paget, serait que ce garçon d'étage ne soit pas sûr de lui. Ainsi, les stores étaient baissés lorsqu'elle est entrée, et il devient donc inutile de se demander qui les a tirés.

— Bon, je m'occupe du garçon, fit Moore en revenant s'asseoir.

— Cela nous amène, poursuivit Paget, aux prélèvements effectués sous les ongles. Mary et Ransom ont tous deux des griffures, mais seuls les ongles de Mary portaient des traces de peau. Ce qui, pour Sharpe, signifie en toute logique que Ransom n'a pas griffé Mary.

— Intéressant, coupa Moore en s'étirant bruyamment, mais cette preuve-là n'est pas aussi irréfutable que les autres. On ne trouve pas forcément de fragments de peau sous les ongles...

— Et nous voici arrivés à la petite surprise de Shelton : les griffures sur les fesses de Ransom. »

Le visage de Paget semblait à Terri si imperturbable qu'elle y devina un effort délibéré pour ne rien laisser paraître de ses sentiments.

« D'après Shelton, elles ont été faites environ une demi-heure après le décès, pas avant. Si on la croit, on peut déduire de ce laps de temps relativement long que Mary a tout manigancé pour maquiller le crime, ce qui témoigne d'un sang-froid qui a de quoi perturber les esprits... et confirme leur version des faits. »

Terri sentit toutes ses certitudes s'effondrer en un instant. La veille, en écoutant Melissa Rappaport, elle avait cru détenir la vérité. Mais dans cette suite où Ransom avait trouvé la mort, cette vérité devenait un kaléidoscope. Au scénario qu'elle avait reconstitué, de nouvelles facettes ne cessaient de venir s'ajouter.

« Ce que Sharpe cherche à établir, reprit Paget, c'est que Ransom serait mort d'une tout autre façon que celle décrite par Mary, pour un autre mobile que le viol. Mary aurait tiré les stores et travaillé pendant plus d'une demi-heure sur le corps de sa victime et sur le sien. Elle lui aurait baissé le pantalon, l'aurait griffé, se serait elle-même griffée. Puis, une fois tout cela terminé, elle aurait appelé le 911 et aurait menti jusqu'à ce qu'elle se sente perdue. À ce moment-là, elle m'aurait appelé.

— Mais Ransom l'a tout de même frappée ! s'écria Terri.

— Oh, il s'est passé quelque chose dans cette pièce, c'est sûr. Mais quelque chose de fort différent de ce que nous a raconté Mary. Enfin... selon Sharpe. »

Ils restèrent un long moment sans rien dire. Moore rompit le silence :

« Mais pour quelle raison Mary aurait-elle fait cela ?

— Sharpe n'a pas de réponse à cette question », répondit Paget.

Il regarda par la fenêtre, songeur. Puis, au bout d'un moment, il se tourna à nouveau vers Moore.

« As-tu vu tout ce que tu souhaitais voir ?

— Pratiquement. » Moore réfléchit, alla ouvrir tous les tiroirs du bureau. « C'est bon, on s'en va », dit-il après avoir fait à nouveau le tour de la pièce.

Dans le couloir, ils s'arrêtèrent quelques instants. Il n'y avait pas grand-chose à voir : quelques portes, un extincteur, une boîte aux lettres face à la chambre de Ransom. Pas de téléphone, songea Terri. Rien qui pût être intéressant.

« Que pense Sharpe du fait que Mary se soit trouvée dans le couloir avant d'appeler le 911 ? demanda-t-elle à Paget.

— Aucune idée. Un indice accablant de plus, c'est tout. Mais je suis persuadée qu'elle y travaille ! » Paget fit un signe de tête en direction de la boîte aux lettres. « Sans doute s'imagine-t-elle que Mary, se retrouvant avec une demi-heure à tuer, a écrit quelques cartes postales sur le postérieur de Ransom, puis est sortie les poster. »

Moore lança à Paget un regard surpris. Terri comprit à quel point l'avocat était bouleversé.

« Au fait, demanda-t-il, la fille de Steinhardt est-elle d'accord pour nous parler ? »

Terri hocha la tête.

« Moyennant rétribution, dit-elle.

— Rétribution ? À quel titre ?

— Elle dit que cela va l'obliger à faire des recherches. Elle détient tous les documents de son père. »

Dégoûté, Paget secoua la tête.

« Elle doit avoir besoin d'argent, fit-il, maintenant que Mary a endommagé la poule aux œufs d'or… Eh bien, payons-la ! »

Chapitre cinq

Carlo Carelli Paget observait ses parents, deux profils dans la lumière dansante des bougies.

Installés tous les trois à la longue table d'acajou de la salle à manger, ils terminaient leur repas. Sur le chandelier de cuivre, les deux bougies créaient une luminosité qui faisait paraître le tapis persan plus précieux, le cristal plus étincelant, la pièce plus intime. Assis à l'extrémité de la table, avec son père et sa mère de chaque côté, Carlo regardait ses parents à la dérobée. Jusque-là, la conversation avait été tendue. Son père s'était montré moins disert qu'à l'accoutumée. Quant à sa mère, elle semblait réservée, moins dynamique que la femme qui leur avait rendu visite le dimanche précédent. Elle était toujours très belle, mais Carlo la trouvait triste.

« Vous dînez toujours comme cela ? demanda-t-elle. Aux chandelles ? »

Carlo acquiesça.

« Quand il fait nuit, oui. C'est une tradition.

— Depuis quand ?

— Papa ? » Carlo se tourna vers son père, désireux de le mêler à la conversation. « Tu es le seul à pouvoir répondre à ce genre de question.

— Depuis que tu as sept ans. » Paget sourit. « Les parents passent des années à élaborer des souvenirs et un jour, ils s'aperçoivent avec effroi que la seule chose dont se souvient leur enfant, c'est du jour où ils ont écrasé le petit chat.

— Tu as écrasé le chat ? » demanda Mary.

Carlo décela une certaine contrariété sur le visage de son père, sans doute peu enclin à sortir du refuge familier que représentait pour lui le recours à l'humour.

« Non, dit Paget, ce n'est pas moi qui l'ai écrasé, c'est quelqu'un d'autre. Mais j'ai passé une journée épouvantable. La voiture roulait vite et n'a pas vu Fluffy. Le problème, c'est que j'étais responsable de lui jusqu'au retour de Carlo. J'ai eu l'impression d'être un assassin. »

Carlo sursauta. Mary dévisagea Paget. Le garçon surprit sur le visage de son père l'instant précis où celui-ci se rendit compte de son impair. Il vit les deux adultes échanger un regard dans lequel Paget s'excusait et Mary pardonnait. Carlo sentit la tension monter en lui. Son père, d'habitude si psychologue, semblait ne plus être lui-même.

« Et qu'a dit Carlo ? interrogea Mary poliment.

— Il m'a demandé de lui décrire le paradis. Et puis, quelques jours plus tard, nous avons eu Fluffy II. »

Mary sourit.

« Cela n'a pas dû être facile pour toi.

— La description du paradis, ou le remplacement du chat ?

— La description. Le paradis n'est pas le genre d'endroit que tu fréquentes habituellement.

— Détrompe-toi. Croyant en la perfectibilité de l'homme, je considère simplement que le paradis peut être réalisé sur terre moyennant un budget équilibré et un bon système d'assurance sociale. »

Carlo restait silencieux. Pour lui, ses parents ne faisaient que jouer la comédie, lançant des tirades qui ne venaient pas d'eux et dont ils se souciaient fort peu, mais restant assez intelligents pour ne pas se montrer odieux. Il eût aimé pouvoir les imaginer hors de toute cette mise en scène, plus jeunes et amoureux l'un de l'autre. Mais il ne parvenait ni à les comprendre, ni à s'expliquer pourquoi il lui était si difficile de se faire à l'idée que Mary était sa mère.

Mary s'était tournée vers lui.

« Et toi, qu'en penses-tu ? »

Elle n'en savait rien, évidemment. Elle ne pouvait savoir. De toute évidence, ses parents avaient si peu parlé de lui ensemble qu'elle avait tout à apprendre à son sujet, un peu comme s'il était le fils d'un collègue de bureau...

« Rien, répondit-il. Je ne crois pas à tous ces trucs-là. Surtout, je m'explique mal comment la mère de Jésus a pu rentrer chez elle enceinte et raconter à son mec que c'était Dieu qui avait fait le coup ! »

Carlo vit le regard de sa mère se troubler. Visiblement, il venait à son tour de commettre un faux pas ! Certes, en prononçant ces paroles, il ne s'était pas senti naturel, mais il se demandait ce qui avait pu la blesser et comment il allait se sortir de cette situation. Il eût donné cher pour que ce dîner fût terminé.

« Bah ! intervint son père, Joseph a gagné un fils dans cette affaire, même si ce ne fut qu'un prêt ! » Il se tourna vers Mary, souriant. « Je dois avouer que l'éducation que j'ai donnée à Carlo comporte quelques lacunes. La religion en est une... Mais ce qui m'ennuie le plus, c'est que Carlo refuse catégoriquement de devenir avocat plus tard. Enfin ! Sachant que sa mère elle-même a abandonné la profession, je lui accorde les circonstances atténuantes. Je suis persuadé que tu aimes ce que tu fais maintenant... »

Carlo ressentit une immense gratitude envers son père qui le tirait de ce mauvais pas.

« Il se trompe ? » demanda-t-il à Mary.

Elle sourit.

« Non, au contraire !

— Qu'est-ce qui te plaît le plus ? Passer à la télévision ? »

Mary réfléchit.

« Cela dépend, dit-elle, de ce que tu entends par là. Ce métier m'a permis de vivre dans des tas d'endroits différents : New York, Los Angeles, et même Rome pendant un temps. Mais l'intérêt de la télévision, c'est qu'elle nous projette bien au-delà du quotidien banal. C'est comme si on se branchait sur un énorme courant : on a soudain l'opportunité de rencontrer pratiquement qui on veut. Et l'avantage, c'est que les autres aussi souhaitent cette rencontre : ils tiennent à faire partie du courant ! La télévision me donne un visa pour participer à la marche du monde. Au lieu de me contenter de regarder d'autres gens m'aider à déterminer ce que je dois penser, c'est moi qui aide les gens à réfléchir... »

Mary s'était animée. Carlo vit le regard de son père posé sur elle. Pour la première fois de la soirée, il n'exprimait ni dissimulation, ni réserve. Mary venait de livrer une partie d'elle-même qui lui était chère.

« Quelle est la personne que tu as eu le plus de plaisir à interviewer ? »

Mary sourit.

« Oh ! un grand nombre des personnes que j'ai rencontrées étaient au moins intéressantes. J'ai connu les trois derniers présidents des États-Unis, j'ai interviewé des gens comme Gorbatchev, Mitterrand et Margaret Thatcher — que j'admirais profondément d'ailleurs ! »

Elle s'interrompit pour fouiller dans sa mémoire.

« Mais mon meilleur souvenir restera ma rencontre avec Sadate. Sa mort a été une véritable tragédie.

— Pourquoi lui ?

— Parce que c'était un grand homme. Tous ceux qui l'approchaient en prenaient conscience au premier coup d'œil. » Elle se pencha en avant, comme pour engager Carlo à partager son enthousiasme. « Il était si spontané ! Visionnaire, mais simple et d'une totale franchise. Il transcendait le temps et l'espace. C'est d'ailleurs ce qui lui a permis d'envisager la paix avec Israël à un moment où tous les autres restaient prisonniers de l'Histoire. Je l'ai ressenti à la façon dont il m'a reçue. D'habitude, dans les sociétés arabes, les hommes ont du mal à parler aux femmes. Sadate, lui, s'est adressé à moi directement, il m'a traitée d'égal à égal, comme si j'étais la personne la plus importante du moment. Et il était comme cela avec tout le monde. »

Le visage de Mary était plein de vie à présent. Carlo se sentit soudain plus proche d'elle. Si elle ne savait certes pas se comporter avec lui comme une mère, elle arrivait au moins à lui parler avec son cœur.

« Avec tout le monde, cela m'étonnerait ! s'exclama-t-il. Toi, tu es une personnalité, on te connaît.

— Non, les gens ne me connaissent pas vraiment. Ils ont une *image* de moi, certains apprécient ce que je fais. Cela me fait plaisir quand ils viennent me le dire. Évidemment, ajouta-t-elle avec un sourire moqueur, ces derniers jours, je me serais aisément passée de cette popularité... »

Carlo hésita. Avait-elle pris suffisamment de distance par rapport à ce qu'elle avait vécu pour qu'il pût en parler sans crainte ? Il lui sembla que oui.

« Tu ne crois pas que les gens seront plus compréhensifs à ton égard ? Justement parce qu'ils t'aiment bien ?

— C'est le cas pour certains. ABC reçoit beaucoup de lettres de personnes qui me soutiennent, et plusieurs groupes féministes voudraient que je fasse une déclaration. Moins pour parler de mon histoire personnelle que du problème du viol dans son ensemble. Peut-être cela m'aiderait-il effectivement à surmonter tout cela... »

Carlo vit son père retranché dans ses pensées. Profitant de ce quasi tête-à-tête, il voulut exprimer à Mary à quel point il se sentait proche d'elle.

« Est-ce que tu vas bien ? demanda-t-il. Tu sais, j'ai eu envie de venir te voir ces derniers jours... »

Elle eut un sourire qui lui parut authentique, presque reconnaissant.

« Oui, dit-elle. Cela va beaucoup mieux maintenant. Même si j'y repense tout le temps... » Elle baissa la voix. « C'est bizarre, Carlo, mais j'étais tellement habituée à garder le contrôle des événements... Et tout à coup, cette chose qui m'arrive ! J'ai parfois l'impression que ce n'était pas de moi qu'il s'agissait. Mais cela fait partie de ma vie maintenant, et pour toujours... »

Carlo comprit brusquement qu'il se trouvait face à une femme solitaire, une femme dont il était sans doute l'unique confident.

« Je t'aiderai, fit-il. Je ferai tout ce que je pourrai. »

Son père semblait toujours plongé dans ses pensées, son regard absent fixait les flammes. Mary regarda Carlo dans les yeux.

« La meilleure façon de m'aider, dit-elle, c'est de continuer à vivre normalement. Moi, je me suis toujours débrouillée seule, et cela me ferait plaisir de te voir devenir indépendant à ton tour. » Elle posa sa main sur le poignet de Carlo : « Tu sais, ton père et moi, nous sommes des gens très capables. »

Ses doigts étaient tièdes, légers sur le bras de Carlo. Ce contact physique faisait du bien.

« D'accord, répondit-il. Je veillerai à ce que papa fasse son devoir ! »

Mary accentua légèrement la pression de ses doigts sur le poignet de Carlo, comme pour lui faire ressentir quelque chose qu'elle ne pouvait exprimer en paroles.

« Oui, ce sera déjà beaucoup », murmura-t-elle.

Le regard perdu dans le vague, Paget songeait. Comme il était étrange de les voir réunis là tous les deux ! Aussi étrange que la première fois qu'il les avait vus ensemble : cette femme, qu'il connaissait sans la connaître, et son fils de deux jours.

Mary était allongée sur le lit d'hôpital, pâle et sans forces. Le bébé, cet étranger aux cheveux noirs et au visage ridé, clignait les yeux et bâillait sans émettre un son.

« Il ne pleure jamais ? demanda Paget.

— Il crie un peu, de temps en temps. Mais il n'a pas l'air trop râleur.

— Ce n'est pas plus mal. » Paget hésita. « A-t-il un prénom ?

— Carlo.

— Carlo Carelli ? » Paget regarda le bébé. « C'est un peu marqué ethniquement, tu ne trouves pas ?

— C'était le nom de mon grand-père. L'homme que j'ai le plus aimé au monde. »

Ils restèrent un moment sans rien dire. Puis Paget brisa le silence.

« Quel nom de famille figure sur le certificat de naissance ? »

— Le tien. » Son regard était dénué de tout sentiment.

Paget se détourna vers la fenêtre. La pièce était nue et froide comme une cellule de prison.

« Je suppose, dit-il, que je devrais m'estimer heureux que tu ne l'aies pas prénommé Frank, comme ton ex-mari. »

Mary ne sourit pas.

« Je ne risquais pas », dit-elle.

Paget posa les yeux sur l'enfant : celui-ci s'étirait, remuait les mains. C'est drôle, un bébé, songea-t-il. Ça ne fait rien et, pourtant, on ne peut pas en détacher les yeux.

« Qui va s'occuper de lui ? demanda-t-il.

— Mes parents. Du moins au début.

— Tes parents ? s'écria Paget, interloqué. Mais tu ne peux pas les voir ! Et tu as de bonnes raisons pour cela, tu m'en as toi-même convaincu il n'y a pas si longtemps !

— Ce n'est que pour quelque temps. » Sa voix se chargea d'amertume. « C'est peut-être une disgrâce, mais je fais tout de même partie des leurs.

— Je ne crois pas que ce soit la meilleure idée que tu aies eue…

— Les nourrices ou les crèches ne valent guère mieux. Et puis, c'est mon fils ! »

La voix de Paget se radoucit.

« Et le mien, d'après ce que j'ai compris. »

Mary le considéra :

« Si je t'avais écouté, Chris, il n'y aurait jamais eu de Carlo. »

Silencieux, Paget contempla le bébé que Mary avait pris dans ses bras. Au bout d'un moment, il demanda :

« Et toi, que vas-tu faire ?

— Je n'en sais rien. Quitter les milieux juridiques, en tout cas. »

Paget mit les mains dans ses poches.

« Si je peux t'être utile en quoi que ce soit, n'hésite pas… »

Elle lui lança un long regard.

« Je te remercie pour ce que tu as fait. Vraiment. Mais je n'ai plus besoin de toi à présent. » Elle baissa les yeux sur le bébé. « Si tu veux, nous pourrons nous voir de temps en temps.

— C'est surtout lui que je voudrais voir, Mary.

— Souvent ? »

Il hésita.

« Je suis installé en Californie maintenant. C'est loin ! Mais chaque fois que je le pourrai… »

Elle le dévisagea un moment, puis acquiesça.

« D'accord. »

Paget ne trouva rien à ajouter. Incapable d'articuler une parole, il considéra le bébé, puis Mary.

Lentement, celle-ci lui tendit l'enfant.

Paget le saisit délicatement. Les cheveux de Carlo étaient doux contre son visage. Sa peau sentait bon. Paget n'aurait pas imaginé que cela lui ferait un tel effet.

« C'est l'heure de partir », fit une voix brutale derrière lui.

C'était l'infirmière. Elle lui retira Carlo des mains.

« Vous êtes le père ? demanda-t-elle.

— Oui, dit Paget. Je suis le père. »

En retournant à sa voiture, Paget s'aperçut qu'il avait des larmes dans les yeux. Il ne put s'expliquer pourquoi.

« Bon ! fit Mary, je trouve que cela ne s'est pas trop mal passé ce soir. Du moins à la fin. »

Paget referma la double porte vitrée de la bibliothèque afin que Carlo ne les entendît pas.

« Assieds-toi », lança-t-il.

Ils s'installèrent l'un en face de l'autre, elle sur le canapé, lui dans un fauteuil. À travers la vitre, on voyait le palmier illuminé. Mary se sentait tendue. Paget avait abandonné le ton adopté devant Carlo.

« Qu'as-tu ? » demanda-t-elle.

Paget ne répondit pas. Son expression était si dénuée de chaleur qu'elle lui rappela soudain que Christopher Paget était l'homme qui l'avait le plus effrayée depuis qu'elle avait quitté la maison de ses parents.

« C'est moi que tu as en face de toi, dit-elle froidement. Garde ton regard d'acier pour les témoins, ou les chiens désobéissants. Avec eux, cela marche peut-être ! »

L'expression de Paget parut se modifier, mais très légèrement.

« Iras-tu à l'émission *60 minutes* ? interrogea-t-il.

— Oui. Il faut battre le fer tant qu'il est chaud.

— Battre le fer tant qu'il est chaud ! Il est vrai que la télévision, c'est ton élément. Seulement, prends bien garde de ne pas oublier à quel moment tu dois mentir. »

Il avait prononcé l'insulte avec tant de désinvolture qu'elle eut l'impression de recevoir une gifle au ralenti. Il lui fallut un bon moment pour ressentir la colère et l'appréhension qui l'avaient envahie.

« Je ne sais pas où tu veux en venir, Chris, mais ça suffit maintenant. »

Il la considéra d'un œil surpris.

« Ai-je été trop subtil ? Très bien, je vais parler clairement : tu es toujours aussi menteuse, Mary, seulement tu as perdu ton doigté.

— Mais arrête, bon sang ! Dis-moi au moins ce qui ne va pas ! »

Paget secoua la tête.

« Je vais te poser quelques questions. Si tu ne peux pas te résoudre à me dire la vérité, au moins ne m'insulte pas en mentant. »

Mary comprit qu'elle n'avait guère le choix. Elle croisa les bras.

« Comme tu voudras », soupira-t-elle.

Paget s'enfonça dans son fauteuil sans la quitter des yeux.

« Combien de temps as-tu mis pour appeler la police ?

— Je ne sais pas. Vraiment pas.

— Moins ou plus d'une demi-heure ? »

Elle hésita.

« Un peu plus, peut-être. »

Il plissa les yeux.

« Et Ransom, pendant ce temps ? »

Mary examinait le tapis. D'une voix calme, elle répondit :

« Il était mort.

— Comment le savais-tu ?

— Il ne bougeait pas du tout.

— Tu n'es pas médecin et cette réponse ne suffira pas. Pourquoi n'as-tu pas cherché de l'aide ?

— Peut-être parce que j'étais en état de choc... »

Paget la dévisagea.

« Tu crois ? Moi je pense au contraire que tu essaies d'en rajouter sur ce prétendu ''état de choc''. »

Mary soutint son regard.

« Nous sommes tous différents, dit-elle d'un ton glacial. Mais l'autre nuit, à Washington, quand tu as failli tuer Jack Woods, ton premier réflexe n'a-t-il pas été d'appeler le *Washington Post* ? Je ne me souviens pas t'avoir vu composer immédiatement le 911.

— Tu as raison, à un détail près : moi, je me fichais pas mal de savoir si ton très cher ami Jack était mort ou s'il n'avait qu'un problème dentaire. Tout comme lui n'a jamais vraiment tenu à ce que je reste en vie. »

Mary se raidit.

« Ce n'est pas juste de dire cela.

— Oh, je suis navré ! Alors dis-moi : n'y a-t-il pas une raison qui te faisait préférer un Ransom mort à un Ransom simplement évanoui ?

— Non, s'écria-t-elle. Bien sûr que non !

— Alors revenons à la question que tu as si habilement évitée en retournant le projecteur sur moi : pourquoi s'est-il écoulé autant de temps avant que tu composes le 911 ? »

Mary se leva et détourna les yeux vers le palmier, dehors.

« Ma réponse ne te paraîtra sans doute pas très convaincante, mais j'avais peur pour moi.

— Pourquoi ?

— Parce que j'avais l'impression d'être coupable. Je me disais que j'aurais pu l'éviter. »

Mary s'arrêta, cherchant à se remémorer sa frayeur, puis conclut calmement :

« Et je pensais que l'on ne me croirait pas.

— Alors qu'as-tu fait ?

— J'avais l'esprit engourdi. Comme quand on veut courir alors qu'on a de l'eau jusqu'à la poitrine. Je n'arrivais pas à réfléchir. Je ne pouvais pas croire que tout cela était vrai. Il faut du temps pour accepter…

— Qu'as-tu fait ? », répéta Paget avec brutalité.

Mary ferma les yeux.

« Je ne me souviens vraiment plus. »

Elle entendit Paget se lever et se diriger vers elle et sentit soudain son souffle dans son cou. À mi-voix, il dit :

« Mary, un témoin t'a vue dans le couloir, devant la chambre. »

Elle tressaillit.

« En est-il sûr ?

— Oui. La seule question qui se pose, c'est *que faisais-tu là ?* »

Mary s'aperçut que ses yeux étaient restés fermés. Elle croisa les bras.

« Je ne peux pas répondre, fit-elle.

— Tu ne *peux* pas, ou tu ne *vas* pas répondre ? »

Il fallait qu'il cessât ses questions. Mary se retourna vers lui et le fixa droit dans les yeux :

« J'étais désorientée, dit-elle. Tu vas devoir l'accepter et le faire comprendre au D.A. ! »

Le visage de Paget n'était qu'à quelques centimètres du sien.

« Il y a quatre jours, fit calmement Paget, tu n'as pas dit à l'inspecteur Monk que tu étais sortie de la pièce.

— Il y avait à peine quatre heures que Ransom était mort ! Je n'étais pas moi-même. Mais enfin, pour quelle raison rationnelle me serais-je trouvée dans le couloir ?

— Je ne sais pas. Peut-être pour frapper aux autres portes pour demander de l'aide…

— Je ne l'ai pas fait. Je te l'ai dit, je n'avais plus toute ma tête.

— Et pour les stores non plus, tu n'avais plus toute ta tête ? »

Mary s'écarta de lui, alla s'asseoir.

« Les stores... ? répéta-t-elle.

— Oui. Ils étaient ouverts quand tu es entrée dans la chambre, contrairement à ce que tu as dit à Monk. Alors qui les a fermés, Mary, et pour quelle raison ?

— Pour quelle raison ? » Elle hésita, désespérée, incapable d'expliquer. « Parce que j'avais honte », finit-elle par répondre.

Paget vint s'asseoir près d'elle.

« Honte ?

— Oui. Je ne voulais pas qu'on voie.

— Qu'on voie quoi ? Ransom ?

— Tout. Lorsque je l'ai tué, j'ai songé à m'enfuir, en espérant que personne ne m'avait vue. Mais c'était idiot. Je ne pouvais pas dire cela à Monk !

— Alors tu as menti au sujet des stores. »

Mary s'écarta de lui.

« Je n'étais plus moi-même, dit-elle. J'étais bouleversée.

— Trop bouleversée, enchaîna Paget, pour tirer sur Ransom d'une distance raisonnable, baisser son pantalon, dessiner quelques éraflures sur son postérieur, t'écorcher toi-même le cou et les jambes, puis élaborer une histoire de tentative de viol assez détaillée qui te permette de t'en sortir ? »

Mary se sentait transie. La terrible certitude qu'elle se trouvait seule, désespérément seule, l'envahit peu à peu.

« Ils ne peuvent tout de même pas croire ça...

— Et pourquoi donc ? Fais-tu quoi que ce soit pour les aider à tirer cette affaire au clair ?

— Non, répondit-elle d'une voix lasse. Peut-être ai-je commis quelques erreurs dans ma déposition. Mais ils ne peuvent pas penser que je suis un assassin !

— Ils pensent que tu as maquillé le corps une bonne demi-heure après la mort ! Dans ces conditions, il devient difficile pour eux de croire à un concours de circonstances malheureux ! »

Comme par réflexe, Mary passa le doigt sur sa joue, où son hématome avait tourné au bleu-vert.

« Et croient-ils qu'il était mort quand il m'a fait ça ? » demanda-t-elle en relevant brusquement la tête vers Paget.

Il ne répondit pas.

« Dis-moi franchement, interrogea-t-il au bout d'un moment. Connaissais-tu oui ou non Mark Ransom avant le jour du drame ?

— Ah ça, non ! s'écria-t-elle.

— Parce que je te préviens : la prochaine étape de Sharpe consistera à rechercher un lien entre Ransom et toi. S'il y en a un, dis-le-moi tout de suite. Sinon, je te jure que je te laisserai te débrouiller toute seule ! »

Mary sentit la colère se transformer en angoisse.

« Avant son coup de fil, dit-elle, je ne l'avais jamais vu. Je te le jure.

— J'espère pour toi que c'est vrai. »

Un lourd silence s'installa entre eux. Paget avait tourné le dos à Mary.

« Tu ne me crois pas du tout, hein ? demanda-t-elle doucement.

— Disons que je crois à peu près un mot sur deux. En comptant les virgules, bien sûr. »

Mary se leva.

« Bon, j'en ai eu assez pour aujourd'hui. » Elle saisit son sac à main. « En avons-nous terminé ?

— Pour aujourd'hui, oui. Mais suis mon conseil : pas de commentaires personnels à la télévision. Contente-toi de généralités bien senties sur ton malheur et celui des milliers d'autres victimes. Je ne veux pas me retrouver avec, sur les bras, d'autres erreurs que je devrai réparer ensuite ! »

Mary le considéra en silence.

« Je vais dire bonsoir à Carlo », déclara-t-elle finalement.

La limousine attendait devant la maison. Paget raccompagna Mary à la porte.

« Amuse-toi bien à la télé ! » lança-t-il.

Puis il referma la porte et Mary se retrouva seule.

« C'était un cauchemar, murmurait Mary dans un souffle. J'avais déjà entendu des femmes le dire, mais avant, je ne me rendais pas vraiment compte... »

Assis dans la bibliothèque, Carlo et Paget la regardaient, avec pour seul éclairage la lueur du poste de télévision. La caméra fit le tour de la chambre d'hôtel, puis revint lentement sur Mary, dont le visage occupa bientôt tout l'écran. Elle affichait un air troublé, songeur. Elle semblait plongée dans des souvenirs si pénibles qu'ils lui faisaient oublier l'œil de la caméra.

« Pourriez-vous décrire les sentiments que vous avez éprouvés ? » interrogea la voix du journaliste.

Paget jeta un coup d'œil vers Carlo, tendu et silencieux. Entre eux, sur le canapé, était posé le journal du dimanche, à la une duquel se détachait le gros titre : « Mort de Ransom : le dossier reste ouvert. » De toute évidence, Sharpe avait tenu à devancer l'intervention télévisée de Mary et l'article venait d'elle. Le journaliste la citait en effet à plusieurs reprises, la disant « préoccupée par les divergences entre la déposition de Mme Carelli et les indices concrets », « intriguée par le fait que Mme Carelli ait interrompu son interrogatoire », « résolue à ce que son engagement de toujours aux côtés des victimes de viols n'empêche en aucun cas un déroulement objectif de l'enquête » et « désireuse que le public ne perde pas de vue qu'un homme de génie venait de mourir ».

Paget avait tout de même réussi à faire insérer une citation de lui. « Même si nous devons nous poser certaines questions, avait-il déclaré, cela ne doit pas nous détourner d'une vérité fondamentale : Mary Carelli a été poussée à un acte tragique qui n'a d'autre origine que la tentative de viol. » Malheureusement, cette intervention ne pouvait rien changer à la pression que Sharpe, très habilement, faisait peser sur Mary : celle-ci se voyait désormais contrainte de répondre en détail à la télévision si elle ne voulait pas paraître évasive.

À l'écran, Mary semblait meurtrie. « J'ai l'impression que cela n'est pas réel, répondit-elle. Je me demande parfois si ce n'est pas à une autre que moi que tout cela est arrivé. Et puis, soudain, je me remémore ma terreur, je la ressens dans tout mon être : son souffle sur mon visage, son corps qu'il presse contre le mien, ses mains qui déchirent mes vêtements... » Elle s'arrêta, passa l'index sur sa joue, puis poursuivit d'une voix faible : « Le choc lorsqu'il m'a frappée...

— A-t-il dit quelque chose ?

— Oui. Mais je ne pourrais pas vous le répéter. Pas encore... »

Elle s'interrompit, puis murmura :

« Je suis désolée. Je n'arrive même pas à prononcer son nom.

— Voulez-vous que nous nous arrêtions là ?

— Non. »

Lentement, elle secoua la tête.

« Peut-être que je n'ai pas assez attendu avant de venir ici. Mais non. » Elle leva des yeux implorants. « C'est comme ça, vous comprenez ? On croit que ça va, et tout à coup...

— Le moment n'est peut-être pas bien choisi, reprit le journaliste, mais j'ai pensé que vous pourriez peut-être commenter certains points qui semblent troubler l'équipe du procureur. »

Le visage de Mary se figea un instant, puis afficha une immense surprise.

« Je ne suis pas sûre de savoir de quoi vous parlez. Pourquoi aurait-on des doutes ? Il a tenté de me violer...

— Peut-être, suggéra le journaliste, que cette interview sera pour vous l'occasion de faire rentrer les choses dans l'ordre. »

Mary hocha la tête.

Carlo s'était penché en avant.

« Que vont-ils faire ? » interrogea-t-il.

Paget ressentit une appréhension.

« Je ne sais pas encore », répondit-il.

« Par exemple, poursuivait la voix, le D.A. estime que la balle qui a tué Mark Ransom a parcouru au moins un mètre avant de le toucher, alors que vous aviez déclaré que le coup était parti au moment où M. Ransom se trouvait sur vous.

— C'est le D.A. qui lui a fourni les questions », souffla Paget à Carlo.

Sur l'écran, Mary, d'abord surprise, s'était ressaisie.

« Ce qu'ils n'ont pas l'air de bien comprendre, c'est que tout s'est passé très vite et que, dans ce genre de situation, on est comme assommé. » Sa voix redevint calme. « Tout cela n'a duré que quelques secondes. Il venait de me gifler. J'avais mal, je craignais pour ma vie. À l'instant où le coup est parti, il a dû reculer. En une fraction de seconde, la balle a pu parcourir quelques dizaines de centimètres, peut-être davantage. La nuit, je ne cesse de repenser à cet instant... Celui de sa mort... Mais il est difficile de se remémorer cela en termes de distance. C'est plus... comment dire... impressionnant... Bien trop choquant pour que tout reste clair. » Elle s'interrompit. « Je ne voudrais blesser personne, mais il faut être vraiment sans pitié pour en arriver à me reprocher ainsi un manque de précision.

— Bon sang ! s'exclama Carlo. Elle s'en sort bien ! »

Paget ne répondit rien. Il imaginait trop bien la réaction de Sharpe à ces déclarations.

« Le D.A. suggère également que vous avez attendu plus de trente minutes avant de composer le 911. »

Mary secoua la tête.

« Je ne me rendais plus compte du temps qui s'écoulait. Comme je l'ai dit à un ami, le choc a pour effet d'engourdir le cerveau, comme quand on cherche son chemin dans le noir, dans une maison inconnue. La seule chose que je savais avec certitude, c'est que l'homme était mort. » Elle regarda la caméra. « Si cela n'était pas vrai, je n'aurais jamais pu me le pardonner, quel que soit le mal qu'il m'a fait.

— Vous rappelez-vous ce que vous avez fait pendant cette demi-heure ?

— Non. J'ai seulement quelques images. »

Elle parlait à voix basse, sur un ton perplexe, comme si elle cherchait elle-même à comprendre.

« Je crois que dès que je suis sortie de cet état de choc, j'ai composé le 911. »

Paget poussa un soupir de soulagement :
« Je pense qu'elle s'en est bien tirée », dit-il.
Carlo se tourna vers lui.
« À t'entendre, on la croirait coupable ! »
Paget se maudit en lui-même.
« Non, pas coupable, répondit-il. Mais sur le banc des accusés. Et elle se débrouille bien.
— Nos sources indiquent, poursuivit le journaliste, que vous avez refusé de vous soumettre au test du détecteur de mensonges... »
Paget se leva d'un bond.
« La garce... ! s'écria-t-il.
— Qui cela ? demanda Carlo, surpris.
— Sharpe. » Paget baissa les yeux vers lui. « Excuse-moi. Continuons à regarder. »
Il se rassit et fixa à nouveau l'écran. Le visage de Mary exprimait une détermination un peu lasse.
« Comme vous le savez, dit-elle, j'ai commencé ma carrière comme avocate. Tout le monde sait que le test du détecteur de mensonges est si peu fiable qu'aucun tribunal ne l'accepte comme pièce à conviction. Or, tout D.A. devrait savoir que ce qui n'est pas exploitable dans un procès ne doit pas être utilisé pour ternir la réputation de quelqu'un. »
Elle se tut quelques instants, puis reprit :
« Vous savez, j'ai du mal à croire à ce qui est en train de se dérouler ici.
— Je ne veux pas insinuer que vous ayez fait quelque chose de condamnable...
— Très bien, répliqua-t-elle d'une voix ferme. Parce que ce n'est pas moi qui ai fait quelque chose de condamnable, croyez-moi. Je ne vous reproche pas de me poser des questions. Mais je vous suggère de bien considérer vos sources et les motivations qu'il y a derrière elles. Quelles qu'elles soient.
— Nous nous efforçons toujours de le faire, répondit le journaliste. D'ailleurs, l'une des méthodes consiste précisément à obtenir vos réponses : c'est ce que je fais maintenant. »
Mary acquiesça.
« D'accord. Je suis seulement déçue par ce recours à des vérités sélectives, venues de sources anonymes et destinées à créer une impression fausse sur quelque chose de si simple et de si traumatisant. » Elle s'interrompit avant de reprendre, révoltée : « Mon Dieu, est-il possible que l'on croie que j'ai *voulu* que tout cela arrive ? Est-il possible que l'on croie que j'ai souhaité la mort de

cet homme ? Chaque femme qui se fait violer doit-elle nécessairement, avant d'être reconnue comme victime, endurer les ricanements et les insinuations de ceux qui lui reprochent de s'être défendue ? »

« N'en fais pas trop... », murmura Paget.

« Ce n'est certainement pas notre intention, répondit le journaliste. Il est évident qu'en posant ce type de questions, nous courons le risque de vous offenser, vous et d'innombrables victimes. Mais, même si cela semble désagréable, pour vous comme pour nous, il serait contraire à l'éthique de laisser de côté ces questions, dès l'instant où elles ont été soumises à notre attention. »

Mary fronça les sourcils.

« Je suis journaliste, comme vous. Mais il se trouve que j'ai également été victime d'un viol. Or, vous savez aussi bien que moi à quel point notre société reste injuste vis-à-vis des femmes victimes de viols.

— C'est vrai. » Il marqua un temps d'arrêt. « Puis-je vous poser une question supplémentaire... en qualité de journaliste ? »

Pour tout autre spectateur, l'expression qu'affichait Mary semblait celle de la réflexion. Paget, lui, vit Mary inquiète.

« Bien sûr.

— D'après ce qu'on m'a dit, un client de l'hôtel, qui regardait par sa fenêtre, vous a vue tirer les stores de la suite de Mark Ransom. »

Paget ressentit la surprise en même temps que Mary. Sharpe lui avait dissimulé cet élément dans l'attente de cet instant !

« Esquive ce coup-là ! ordonna-t-il mentalement à Mary. De n'importe quelle façon ! »

« Laissez-moi vous poser une question, rétorqua Mary au journaliste. Le District Attorney vous a-t-il dit pourquoi je suis allée voir Mark Ransom ?

— Pourquoi me posez-vous cette question ? »

Mary secoua la tête et poursuivit :

« Non ! Je ne le pense pas. Et moi non plus, je ne vous le dirai pas, bien que cela expliquerait beaucoup de choses. Je ne vous le dirai pas parce que cela met en cause la réputation et les sentiments d'autres personnes. »

Elle s'arrêta, puis regarda fixement la caméra :

« Ce que vous devez exiger de vos sources, c'est qu'elles rendent public *l'ensemble* des éléments, qu'elles vous disent exactement ce qu'elles ont trouvé dans la pièce. Et lorsqu'elles auront refusé de vous le dévoiler, vous saurez une chose : c'est que vous avez été manipulé, et ce, à des fins pas très avouables. »

Malgré lui, Paget éclata d'un rire sonore. Sharpe avait lancé un avertissement à Mary et celle-ci la mettait en garde à son tour.

« Mais de quoi parle-t-elle ? demanda Carlo.

— De la cassette. En bon démocrate, McKinley Brooks ne veut pas mettre en cause la famille de James Colt. Ta mère a pris la cassette et l'a agitée sous le nez de Sharpe ! »

Et dans deux jours, ajouta Paget en lui-même, personne ne se souviendra que Mary l'a utilisée pour éluder une question...

« À mon avis, poursuivait Mary, il y a quelques questions supplémentaires que les gens devraient se poser. » Son regard était franc, sa voix claire. « Pourquoi, face à un crime sexuel, se souvient-on généralement du sexe et non du crime ? Pourquoi les victimes de viol, déjà si bouleversées dans leur cœur et dans leur esprit, deviennent-elles méprisables aux yeux de la société ? Pourquoi le système judiciaire les traite-t-il comme si elles avaient commis un délit ? Et pourquoi est-ce à moi que tout cela arrive à présent ? »

Sa voix avait pris de l'ampleur. Carlo se pencha en avant, comme pour l'aider à conclure.

« Je ne suis pas sûre, dit-elle au journaliste, que vous puissiez un jour savoir quelle impression cela fait. Mais des centaines et des centaines de femmes le savent. Et désormais, je le sais moi aussi. »

À l'écran, son image s'immobilisa sur un gros plan. Des larmes brillaient dans ses yeux.

Chapitre six

Pour Teresa Peralta, Beverly Hills était un mirage.

La végétation bien trop luxuriante de ces beaux quartiers n'avait rien d'hivernale. Les vastes étendues de gazon soigné, les mélanges de plantes tropicales, les apparitions inattendues de touches de couleurs rouges et blanches, tout ici évoquait un printemps factice. Le soleil brillait dans un ciel bleu électrique, les palmiers alignés le long du Santa Monica Boulevard semblaient flotter dans une lumière subtropicale vacillante. La visite de Terri à la fille du docteur Steinhardt n'en devenait que plus irréelle.

À l'extrémité d'une allée sinueuse, dissimulée derrière des massifs verdoyants, la maison de stuc blanc de Steinhardt se composait d'une série de blocs aux formes géométriques empilés les uns sur les autres. Presque aussi haute que large, elle semblait avoir été bâtie par un enfant plein d'imagination et obsédé par la lumière. D'innombrables baies vitrées agrémentaient en effet les façades et certains arbres avaient été taillés pour permettre au soleil de pénétrer par tous les angles.

Lorsqu'une domestique l'introduisit dans le salon, Terri se retrouva sous un plafond haut de six mètres, plongée dans un océan de lumière. On devinait derrière la décoration de la pièce un esprit calculateur : les tableaux avaient été selectionnés avec soin, les vases disposés parfaitement et les deux sculptures — l'une africaine, l'autre asiatique — semblaient choisies pour leurs lieux d'origine, et non par passion pour les objets eux-mêmes. On se serait davantage cru dans un musée d'art moderne que dans un appartement.

« Belle collection de spécimens, vous ne trouvez pas ? fit une voix rauque derrière elle. Cette pièce produit le même effet que l'intérieur d'un collectionneur de papillons... en moins vivant ! »

Celle qui avait parlé était une grande femme mince aux yeux

verts d'environ trente-cinq ans. Vêtue d'un ensemble en soie, elle avait des cheveux teints en blond cendré et du vernis rouge vif sur les ongles. Derrière son aspect apprêté, elle semblait en permanence sur le qui-vive. Au premier coup d'œil, Terri vit que cette femme ne se fiait à personne.

« Je suis Jeanne-Marc Steinhardt, dit la femme, avant d'ajouter sèchement : Ma mère était française, d'où mon prénom. »

Il y avait quelque chose d'inerte dans cette référence, comme si elle parlait d'un vase et non d'une personne. Terri tendit la main.

« Teresa Peralta. » Souriante, elle ajouta : « Ma mère était guatémaltèque. Elle l'est encore, d'ailleurs.

— Vous avez bien de la chance. La mienne s'est ouvert les veines quand j'avais cinq ans. Pendant des années, j'ai cru que c'était l'art qui l'avait poussée au suicide. »

Que répondre à cela ?

« À votre place, j'aurais changé la décoration », dit finalement Terri.

Steinhardt se retourna vers elle.

« Ah oui ? Et que conseillerait votre mère ? Remarquez, j'ai un peu peur qu'une Vierge à l'Enfant ne soit pas très à sa place chez moi, étant donné mon passé. »

Terri tressaillit. S'agissait-il de racisme ordinaire, ou fallait-il lire dans la remarque de Steinhardt un sentiment de supériorité de classe ?

« Chez nous, rétorqua-t-elle sans perdre son aplomb, on opterait plutôt pour un portrait de James Colt. Phosphorescent de préférence, afin qu'il brille dans le noir. »

Jeanne Steinhardt parut surprise, puis prit un air amusé.

« Je vois, dit-elle, que vous connaissez le contenu de la cassette. »

Terri hocha la tête.

« Depuis quelques jours, je n'allume plus de cierges pour James Colt. Mary Carelli non plus, d'ailleurs, puisque Mark Ransom lui a fait écouter la cassette. »

Jeanne Steinhardt la dévisagea ouvertement, comme pour l'évaluer.

« Oui, dit-elle. Je l'ai vue à la télévision hier soir. Impressionnante ! Mais venez d'abord vous asseoir. »

En silence, elle conduisit Terri vers un long canapé blanc orné d'un motif aztèque. Terri prit place à une extrémité, Steinhardt à l'autre.

Le moment était venu d'adoucir le ton.

« Pour votre mère..., hasarda Terri. Cela a dû être très dur.

— Oh, je ne me souviens presque pas d'elle. Ce fut moins une perte qu'une absence. »

Terri tenta de se figurer sa propre vie si Rosa Peralta en avait été « absente ». Autant imaginer que Terri elle-même n'existait pas. Elle comprit alors que ce vide qu'elle ressentait chez Jeanne Steinhardt n'était autre qu'une absence d'amour.

« Comme vous l'avez dit, répondit-elle, j'ai eu de la chance. »

Steinhardt eut un geste brusque, comme pour clore le sujet.

« Vous êtes venue ici pour me parler de mon père... et de cette cassette.

— De la cassette, et de Mark Ransom. »

Steinhardt lui jeta un regard curieux.

« Que voulez-vous savoir ? Vu que votre cliente l'a déjà tué... »

Terri demeura un moment silencieuse, promenant son regard derrière la baie vitrée. Dehors, la forme ovale de la piscine contrastait avec les lignes et les angles droits de la maison. Muni d'une large épuisette, un employé longeait le bassin, cherchant à attraper une feuille tropicale qui troublait la surface bleutée de l'eau.

« Comment se fait-il, interrogea Terri, que Mark Ransom se soit trouvé en possession de la cassette ?

— Ce n'est pas compliqué, répondit Steinhardt avec un sourire. C'est moi qui l'ai appelé.

— Pour quelle raison ? »

Elle avait posé la question pour la forme, certaine de connaître la réponse : l'argent.

« Parce que je la trouvais très instructive.

— Mais n'était-elle pas... confidentielle ?

— Aux yeux de mon père, certainement. Il avait laissé des instructions pour que tous les enregistrements soient détruits par son exécutrice testamentaire. » Steinhardt s'interrompit, se permit un sourire. « Son exécutrice testamentaire, c'est moi. »

Terri s'efforça de garder un ton neutre.

« Ne risquez-vous pas des ennuis ? Je veux dire... Un psychiatre est tenu au secret médical !

— Non, je ne pense pas. Laura Chase a cessé d'être la patiente de mon père dès l'instant où elle s'est enfoncé son revolver au fond de la gorge et a appuyé sur la détente. » La voix rauque sembla baisser d'un ton. « Peut-être Laura a-t-elle pensé qu'elle avait réussi son examen. »

Terri resta à nouveau sans voix, déconcertée. Derrière cette apparence de froide intelligence et d'égoïsme, elle pressentait d'autres sentiments qu'elle ne parvenait pas encore à discerner.

« Pourtant, dit-elle prudemment, on pourrait supposer que Laura souhaitait tenir sa vie privée secrète. »

Steinhardt haussa les épaules.
« On le pourrait, oui. Mais je ne pense pas qu'elle viendra jamais se plaindre à moi. Ce qui me laissait donc tout à fait libre — mon avocat me l'a confirmé — de contacter Mark Ransom. »
Il n'y avait aucune chaleur dans la voix de Steinhardt. Manifestement, elle tenait à afficher une indifférence délibérée.
« Qu'avez-vous dit à Ransom ? demanda Terri.
— Juste ce qu'il fallait. Que j'aimais beaucoup ses livres, que j'avais lu un article de lui sur Laura Chase, que je partageais sa curiosité concernant la mort de Laura et que, si cela l'intéressait, je pourrais lui faire écouter les cassettes de mon père... moyennant une somme à négocier, bien entendu.
— Et qu'a-t-il répondu ?
— Qu'il voulait me voir. Il est venu ici. Nous nous sommes enfermés dans le bureau de mon père, avec les cassettes. »
Terri tenta de se figurer la rencontre. Cette image la mit mal à l'aise.
« Puis-je voir ce bureau ? demanda-t-elle.
— Si vous voulez. »
Steinhardt la conduisit le long d'un immense couloir et ouvrit une porte blanche. Elle resta à l'entrée, les bras croisés.
Terri pénétra dans la pièce. Elle contenait très peu de meubles, tous blancs, y compris le divan et, à son extrémité, le fauteuil de cuir du psychiatre.
« Aussi stérile qu'un bloc opératoire, lança Jeanne Steinhardt de la porte. Mais il est vrai qu'on appelait mon père ''le chirurgien de l'âme'' ! »
Terri se retourna vers elle.
« Et les cassettes, où sont-elles ? »
Steinhardt désigna le mur derrière le divan. Il y avait là une autre porte que Terri n'avait pas remarquée. Steinhardt se dirigea prestement vers elle et l'ouvrit à l'aide d'une clé. Derrière, la pièce était sombre.
Steinhardt alluma une lampe de bureau noire. Terri découvrit des étagères chargées d'ouvrages médicaux, une table et deux chaises noires. Il n'y avait là ni vases, ni tableaux. La pièce était totalement impersonnelle.
« Et voici le sanctuaire ! s'exclama Steinhardt dans un chuchotement railleur. Le cortex cérébral de mon père. Ou peut-être son essence... »
Terri se dirigea vers une série d'étagères situées contre le mur du fond. Des centaines de cassettes se trouvaient là, rangées dans des boîtes de plastique blanc, numérotées en chiffres romains

suivis de dates. Terri en prit une au hasard et se sentit immédiatement mal à l'aise.

« Comment saviez-vous quelles étaient les cassettes de Laura Chase ?

— Mon père avait établi un index. » Une fois de plus, la voix se fit sarcastique. « Je l'ai montré à Mark Ransom quand il est venu. Comme cela, il a pu faire son shopping ! »

Terri restait incapable de regarder Steinhardt en face. Elle marcha le long des étagères, balayant des yeux les centaines de cassettes. Soudain, elle découvrit une étagère entièrement vide. La moitié de celle du dessous l'était aussi.

« Ces emplacements vides représentent la thérapie de Laura Chase, dit Steinhardt. Son analyse a duré un bon bout de temps.

— Ransom a pris toutes les cassettes ?

— Oui. Cela faisait partie de notre arrangement. » Steinhardt prit une voix amusée : « Il préférait travailler chez lui. »

Ne sachant trop quelle attitude adopter, Terri continua à promener son regard sur les étagères. Elle remarqua un autre espace vide. Deux cassettes manquaient. Elle montra du doigt l'emplacement.

« Et là ? demanda-t-elle. C'était aussi Laura Chase ?

— Je ne sais pas. Si c'est le cas, elles étaient mal placées. »

Terri examina les cassettes de chaque côté de l'espace vide. Si elle avait bien compris le système de codification du psychiatre, elles appartenaient à deux patients distincts. Les numéros étaient différents et les dates se chevauchaient.

« Y avait-il vraiment quelque chose à cet endroit ? »

Steinhardt réfléchit.

« Je n'en suis pas sûre. J'ai remarqué ce vide l'autre jour. Mais je n'arrive pas à me souvenir...

— S'il y avait des cassettes, est-il possible que Mark Ransom les ait prises ? »

Steinhardt haussa les épaules.

« Oui, c'est possible. Je crois qu'une ou deux fois, je l'ai laissé écouter les cassettes ici, tout seul. Vous savez, quand il ne pouvait pas attendre ! » La voix se fit plus sèche. « Je crois qu'il aimait communier avec Laura dans la pièce où elle s'était le plus exposée... au sens figuré, bien sûr. Comme il aurait aimé être à la place de mon père ! »

Terri se sentit frémir.

« Avec l'index, ne pourrait-on pas savoir s'il manque des cassettes ?

— On aurait pu, oui. »

Les deux femmes demeurèrent un moment silencieuses.

« Pourriez-vous me raconter comment s'est déroulée la première visite de Ransom ? » finit par demander Terri.

« Bien sûr. » Elle prit une chaise, Terri l'autre. « C'était plutôt amusant, dans un certain sens.

— Comment cela ?

— Lorsqu'il est arrivé, Mark Ransom dégageait une énergie qui semblait inépuisable. On l'eût dit prisonnier de son corps. Avec ses cheveux roux, il donnait l'impression de se battre en permanence contre ses propres démons. C'était quelque chose qu'on ressentait avant même qu'il ouvre la bouche. »

Steinhardt regarda autour d'elle. Du coin de l'œil, Terri apercevait son profil presque léonin.

« Mais lorsqu'il est arrivé ici, dans cette pièce, on aurait dit qu'il entrait dans une cathédrale. Quand je lui ai montré les cassettes, il ne parvenait pas à en détacher les yeux. Il m'a demandé de lui en faire écouter une. J'ai accepté.

— C'était celle qu'il a fait écouter à Mary Carelli ?

— James Colt ? Oh non ! Comme Laura elle-même, je voulais garder le meilleur pour la fin. » Steinhardt passa une main dans ses cheveux. « Pour lui, le son de cette voix suffisait : Laura Chase revenue du royaume des morts...

— Comment a-t-il réagi ?

— Il est resté là, penché en avant sur sa chaise, à écouter. Il ne bougeait pas. » Steinhardt eut un sourire. « Et quand la cassette s'est arrêtée, il m'a offert 100 000 dollars. J'ai pris un air désolé pour lui dire que sa proposition était insuffisante.... Et je lui ai parlé de la dernière cassette de Laura. » L'étrange sourire réapparut. « Celle avec James Colt.

— Qu'a-t-il dit alors ?

— Oh, c'est surtout son attitude qui m'a confirmé que j'avais estimé les enregistrements à leur juste valeur. Son visage était... Comment dire ? Avide. On aurait dit que je lui offrais Laura Chase en chair et en os ! »

Terri imagina la scène avec un sentiment proche de l'horreur. Pour de l'argent, Jeanne Steinhardt avait déclenché tout un engrenage dont elle ne soupçonnait pas les effets.

« Et ensuite ?

— Nous sommes finalement parvenus à un accord. Deux cent cinquante mille dollars, plus trente pour cent de tous ses éventuels droits d'auteur. » Elle s'interrompit pour ajouter, caustique : « Et dix pour cent supplémentaires pour l'autoriser à emporter Laura Chase chez lui.

— Vous a-t-il dit ce qu'il comptait faire des cassettes ?

— Non. Mais j'ai supposé qu'il s'en servirait pour la promotion du livre. Ces cassettes font bien plus qu'expliquer le suicide de Laura, vous ne croyez pas ? »

Terri avait perdu le fil de ses pensées. Elle réfléchit quelques instants.

« Vous a-t-il parlé de son intention de faire écouter les cassettes à Mary Carelli ?

— Non. »

Steinhardt se tourna vers elle. Son visage exprimait la colère.

« Il ne m'avait pas dit non plus qu'il utiliserait les cassettes pour ses préludes sexuels. Avec mon imagination limitée, j'ai seulement pensé qu'elles seraient à l'origine d'un excellent best-seller consacré au suicide de Laura Chase. Vous savez, un livre qui viendrait enfin révéler au monde qui a tué Laura Chase…

— Parlant de Laura Chase, a-t-il mentionné un autre nom de femme ? »

Steinhardt réfléchit.

« Il me semble qu'il a parlé de Lindsay Caldwell. Mais je ne vois pas quel lien pouvait bien unir les deux femmes »

Terri hésita, surprise de cette allusion à la grande actrice, encore séduisante à quarante ans et aussi célèbre pour son combat en faveur des défavorisés que pour ses nombreux Oscars. Un jour, alors qu'elle était encore étudiante à Berkeley, Terri était allée écouter Lindsay Caldwell parler de la cause féministe. L'actrice avait évoqué son évolution « de la poupée Barbie à la Superwoman » avec une franchise et une intelligence étonnantes. Aux yeux de Terri, elle se situait à l'opposé de Laura Chase : c'était le genre de femme dont la personnalité et l'engagement politique auraient déplu au plus haut point à Mark Ransom.

« Qu'a-t-il dit à son sujet ?

— Je ne me souviens pas à quelle occasion il en a parlé pour la première fois. Je me rappelle seulement qu'il m'a demandé si je la connaissais. Je lui ai répondu que non.

— A-t-il évoqué un lien entre elle et Laura Chase ? »

Steinhardt secoua la tête.

« Non. Mais si je ne me trompe pas, Lindsay Caldwell était encore adolescente à la mort de Laura ! »

Terri tourna les yeux vers les étagères, là où les deux cassettes manquaient.

« Lindsay Caldwell est-elle venue voir votre père ? Je veux dire… en consultation ?

— Vous savez, je ne me souviens pas de l'index par cœur ! Quant aux cassettes, je n'ai écouté que celle de Laura Chase… la dernière.

— Pourquoi ?

— Parce que les circonstances de sa mort m'avaient toujours intriguée. »

Terri préféra ne pas insister sur ce point.

« Tout à l'heure, interrogea-t-elle, vous avez évoqué la *première* référence de Ransom à Lindsay Caldwell. Vous a-t-il reparlé d'elle par la suite ?

— Oui. Il m'a appelée de New York. Je lui ai demandé de me lire ce qu'il avait déjà écrit, pour être sûre qu'il avait vraiment saisi toutes les implications de la cassette de Laura Chase. Il m'a dit qu'il devait venir à San Francisco pour y rencontrer Lindsay Caldwell. Il avait l'air très content de lui. » Steinhardt eut un sourire triste. « En fait, je n'ai jamais lu son manuscrit et il n'a jamais rencontré Caldwell. Il devait la voir le lendemain de sa rencontre avec Mary Carelli. »

Terri attendit quelques instants, puis demanda très vite :

« Pourrais-je consulter l'index ?

— Je crains que ce ne soit impossible.

— Peut-être, suggéra Terri, pourriez-vous le regarder pour moi ? Je voudrais juste savoir si Lindsay Caldwell a été une patiente de votre père. »

Le regard de Steinhardt se fit interrogateur.

« Pourquoi ?

— Je n'ai pas d'idée précise... Mais elle sait peut-être quelque chose au sujet de la cassette.

— Eh bien, il faudra vous adresser directement à elle. »

Steinhardt parcourut des yeux les étagères chargées de cassettes.

« Après avoir conclu cet arrangement avec Mark Ransom, j'ai brûlé l'index. »

Terri eut du mal à dissimuler sa surprise.

« Pour quelle raison ?

— La même, répondit Steinhardt d'une voix blanche, que celle qui me pousse désormais à détruire toutes ces cassettes : j'ai accompli la tâche que je m'étais fixée. »

Brusquement, et pour la première fois, Terri comprit toute la démarche de Steinhardt. D'une voix douce, elle demanda :

« Vous n'avez jamais fait cela pour l'argent, n'est-ce pas ?

— Détrompez-vous ! Mais si j'ai fait payer Mark Ransom aussi chèrement, c'était aussi pour qu'il soit obligé de l'utiliser. J'y tenais absolument ! »

Terri hocha la tête.

« À cause de votre père.

— Oui. » Steinhardt releva la tête d'un air de défi. « Avez-vous écouté la cassette ?

— Non.

— Elle a été pour moi une révélation. Pendant cinquante minutes, Laura Chase raconte comment James Colt l'a humiliée. À la fin, elle sanglote. Mon père, lui, ne parle que pour demander davantage de détails sur ce qu'ils lui ont fait... Et puis, tranquillement, il dit à Laura que la séance est terminée. »

La voix de Steinhardt était à présent si rauque que cela en devenait douloureux.

« Au moment où la cassette s'est arrêtée, poursuivit-elle, j'ai compris que mon père n'avait jamais été qu'un collectionneur, et que nous étions ses spécimens. Nous tous. »

Cependant, pensa Terri, personne ne donnera à la cassette la même interprétation que Steinhardt. Doucement, elle demanda :

« Quand votre mère s'est-elle suicidée ?

— Il y a trente ans. Elle est morte dans un complet anonymat. Personne ne se souvient d'elle, pas même moi. » Le visage de Steinhardt se fit de marbre. « Mais désormais, grâce à moi, personne n'oubliera plus qui a tué Laura Chase... »

Installée sur le balcon de sa suite du Beverly Hills Hotel, réservée pour elle par Christopher Paget, Terri observait le coucher de soleil d'un œil songeur. Le détective engagé par Paget, Johnny Moore, avait laissé sur le répondeur de Lindsay Caldwell un message accompagné du numéro de téléphone de l'hôtel. L'actrice rappellerait-elle ? La sonnerie du téléphone tira soudain Terri de ses pensées.

« Teresa Peralta.

— Allô, Ter ? J'ai eu ton message. Qu'est-ce que c'est que cette histoire ? Tu ne rentres pas ce soir ? »

Elle s'effondra dans son fauteuil. Elle ne s'attendait pas à entendre Richie.

« J'ai plus de travail que prévu, déclara-t-elle. Un autre témoin à interroger... enfin, peut-être. »

Richie paraissait contrarié.

« Ah bon... Mais tu sais, on a vraiment besoin de toi ici ! »

Aucune question sur sa journée.

« Je serai là demain soir. Sauf si cette personne ne peut pas me recevoir tout de suite.

— Demande à la voir ce soir !

— Je vais essayer. Tu me passes Elena ?

— Elle n'est pas là. Quand j'ai eu ton message, j'ai demandé à Janie de la garder pour la nuit.

— Mais pourquoi ?

— Je dîne avec un investisseur ce soir. Janie a dit qu'il n'y avait pas de problème, que Lainie et Tess s'entendaient bien. »

Envoyer Elena dormir chez une voisine représentait sans doute une forme inconsciente de punition, non pour Elena, mais pour Terri.

« Je croyais pourtant t'avoir dit qu'Elena n'aimait pas beaucoup Tess.

— Ah bon ? Je ne me souviens pas...

— Tu étais devant ton ordinateur. Tu n'as pas dû m'entendre...

— Peut-être. De toute façon, ce n'est pas mauvais d'envoyer un peu les enfants hors de la maison. Ça les rend indépendants. » Sans laisser à Terri le temps de répondre, il enchaîna : « Écoute, Terri. Je voulais te parler de quelque chose... »

D'où venait cette boule que Terri sentait soudain au creux de son estomac ?

« De quoi s'agit-il ?

— C'est au sujet de mon capital. Il me manque encore quelques milliers de dollars pour la mise de fonds.

— Nous pourrions peut-être vendre mon corps ?

— Je parle sérieusement.

— Moi aussi. Nous n'avons plus d'argent, Richie. La seule valeur que nous possédions, c'est cet ordinateur que je n'ai toujours pas fini de rembourser. Peut-être pourrions-nous le revendre ?

— J'en ai besoin pour ma société. De plus, il est déductible. Il faudra que tu le mentionnes dans la déclaration d'impôts.

— Écoute, Richie : il ne nous reste plus d'argent. Ce n'est pas plus compliqué que cela !

— Il y a un moyen. C'est de cela que je voulais te parler.

— Lequel ?

— Ton plan de retraite. On peut emprunter l'argent qu'il y a dessus.

— Je n'en suis pas si sûre.

— Mais si, je te dis. Je me suis renseigné auprès de la comptable, à ton bureau.

— Quoi ? Tu lui as téléphoné ?

— Tu n'étais pas là, non ? Ne t'énerve pas, Ter. Je n'ai pas pris l'argent. Je ne peux rien faire tant que tu n'as pas signé. »

Tant que je n'ai pas signé ! répéta Terri en elle-même. Pour lui, visiblement, cela ne devait guère tarder...

« Cela ne fait pas très longtemps que je travaille chez eux. Il ne doit pas y avoir plus de cinq cents dollars sur ce plan.

— Il y en a mille trois cents ! On peut emprunter jusqu'à la moitié de cette somme, pour moins de quatre-vingts dollars par mois. Et on n'a rien à débourser : ils prélèvent directement l'argent sur ton salaire.

— Une saisie à la source, en somme... »

Richie haussa le ton.

« Tu te rends compte de ta réaction ? Comme d'habitude, tu ne fais rien pour m'aider. Pis encore, tu cherches à m'humilier pour mieux garder le contrôle sur moi ! »

Terri se rassit.

« OK, excuse-moi ! dit-elle. Je n'ai aucune envie de t'humilier. Je souhaite seulement que tu prennes un peu ta vie en main. Avec toi, on ne peut jamais faire de projets : il y a toujours quelque chose de nouveau qui arrive. » Elle s'interrompit pour trouver ses mots. « Chaque fois que tu commences à parler, je me sens paralysée. Mon estomac se serre... »

Le ton de Richie se radoucit.

« Je suis désolé, chou ! J'ai oublié un instant toutes ces règles que ta maman t'a transmises. Et toutes ces limites aussi. »

Comment se faisait-il que, si souvent avec Richie, elle ne savait plus où elle en était ? Si elle éprouvait de la colère, elle se sentait bien trop lasse pour l'exprimer.

« Ce n'est pas ma mère, Richie, c'est moi. »

Richie eut un rire entendu.

« D'accord, c'est toi. Alors demande-toi si cela vaut la peine de passer tant de temps au téléphone pour quelques centaines de dollars. Tu es en train de ronger nos bénéfices, Terri ! »

Il faisait sombre soudain. Terri n'avait pas vu tomber la nuit.

« Je vais réfléchir, Richie. D'accord ?

— Super ! Nous en reparlerons à ton retour.

— Et écoute-moi bien. Si pour une raison ou pour une autre, je rentre tard demain soir, garde quand même Elena à la maison. D'accord ?

— Bien sûr. Je l'emmènerai dîner quelque part, dans un endroit qu'elle aime bien. Et en dessert, elle aura droit à une grosse glace... » Il s'interrompit un instant, comme frappé par une idée soudaine. « Dis, pourquoi n'irions-nous pas tous les trois à Tilden Park dimanche ? On ferait un pique-nique, on prendrait le petit train... Ce serait un vrai dimanche en famille ! »

Quelque chose dans cette énergie rendit Terri plus soucieuse encore. Puis elle se souvint qu'Elena adorait les trains.

« C'est une bonne idée », fit-elle.

Elle dit au revoir et raccrocha.

Pendant quelques instants, elle resta dans l'obscurité. Plusieurs pensées se bousculaient dans son esprit. Prendrait-elle son dîner dans la chambre ? Lindsay Caldwell appellerait-elle ? Y avait-il un avenir pour le couple qu'elle formait avec Richie ? Terri ne bougeait pas. L'instant lui semblait irréel : ces divagations dans la nuit tropicale, Elena laissée seule, loin d'elle, l'attente de l'appel hypothétique d'une femme qu'elle n'avait vue que de très loin, ou au cinéma...

La sonnerie retentit. Terri se leva d'un bond et décrocha.

« Allô ?

— Bonjour. Vous êtes bien Teresa Peralta ? »

La voix était claire, simple.

« Oui, répondit Terri. Merci d'avoir rappelé.

— Je vous en prie, fit Lindsay Caldwell. Mais vous saviez que j'allais le faire, n'est-ce pas ? »

Chapitre sept

« Êtes-vous venue me parler de Mark Ransom ou de Laura Chase ? »

Installées sur le balcon de la maison de Caldwell, sur la plage de Malibu, Terri et son hôte regardaient le soleil matinal danser sur l'océan. Lindsay Caldwell, vêtue d'un jean et d'un pull blanc, paraissait moins grande que dans le souvenir qu'en avait gardé Terri. Avec ses cheveux auburn, ses yeux bleu ciel et son regard attentif, elle ressemblait plus à une mère active qu'à une star de cinéma. La seule différence résidait sans doute dans cette autorité, qui ne se voulait ni ostentatoire, ni camouflée, d'une femme qui produisait ses propres films et avait l'habitude d'affirmer ses points de vue.

« Je ne sais pas vraiment, répondit Terri. Au téléphone, vous avez insinué que je devais me douter que vous seriez prête à me recevoir. En réalité, je ne sais même pas pourquoi Mark Ransom voulait vous rencontrer. »

Lindsay Caldwell eut une expression mi-surprise, mi-pensive.

« Vous ne saviez pas… », dit-elle seulement.

Terri fit non de la tête.

« J'ai pensé, risqua-t-elle, que vous aviez été une patiente du docteur Steinhardt.

— Cela n'aurait pas été impossible. Il fut un temps où je passais d'un thérapeute à l'autre comme certaines femmes passent d'un amant à l'autre. En fait, je me cherchais un père… Mais ce freudien-là, non, je ne l'ai jamais essayé. » La voix se fit songeuse. « Bien que je me sois assez souvent dit que, de toute façon, personne n'aurait pu sauver Laura, ni l'aider à se sauver elle-même… »

Terri resta bouche bée.

« Quoi… Vous la connaissiez ? »

Cette fois, le regard de Caldwell trahit une certaine réticence. Lentement, elle hocha la tête.

« J'étais très jeune alors. J'avais dix-neuf ans. »

Terri se tut un moment. Que Lindsay Caldwell voulût bien lui consacrer de son temps lui avait semblé incroyable, et il était d'autant plus difficile de lui poser des questions sur l'actrice disparue qu'elle ne comprenait ni l'intérêt que Caldwell pouvait bien trouver à cet entretien, ni les raisons qui l'incitaient à lui répondre. Terri avait le désagréable sentiment de ne pas être à sa place dans la somptueuse villa de Caldwell.

« Était-ce pour cette raison que Mark Ransom voulait vous voir ? »

Caldwell eut un regard interrogateur :

« Quelle raison ?

— Le fait que vous connaissiez Laura Chase. »

Caldwell hocha la tête.

« Oui. C'est pour cela que Mark voulait me voir. »

Le ton n'était ni bienveillant, ni hostile. Terri avait senti plus de chaleur chez la femme qu'elle avait vue sur le campus de Berkeley. Elle décida de choisir un autre angle d'approche.

« Je vous ai entendue parler à Berkeley, une fois. Je me souviens que votre discours nous avait électrisées : vous parveniez à exploiter des expériences que vous aviez vécues, comme le harcèlement sexuel ou la recherche d'une maîtrise artistique, pour nous parler de choses qui nous touchaient directement, moi et les autres étudiantes qui vous écoutaient. Mais je vois mal comment faire le lien entre cela et Laura Chase… »

Le regard de Caldwell parut soudain plus intéressé, plus humain.

« C'est que vous ne voulez pas le voir… Aucune de nous n'en a envie. En fait, Laura représentait une exacerbation de tout ce qu'une femme redoute dans la vie : c'était une victime dénuée de tout, qui se croyait rusée en jouant le jeu des fantasmes masculins. En réalité, c'était la solitude qu'elle fuyait et, pour y échapper, elle était prête à troquer son amour-propre contre ce qu'elle prenait pour de l'amour. » Caldwell s'interrompit. « S'il ne vous est jamais arrivé de songer à tout cela en ce qui vous concerne, c'est soit que vous vivez dans l'illusion, soit que vous possédez une telle force de caractère que j'aimerais bien savoir comment vous l'avez acquise. »

Il n'y avait aucune colère dans les paroles de Caldwell, mais simplement une profonde connaissance d'elle-même, qui semblait vouloir englober aussi Terri.

« Je me situerais plutôt dans la première catégorie. Certains jours, cela marche mieux que d'autres. »

Pour la première fois, Caldwell sourit :

« C'est exactement comme opter pour le féminisme. Certains jours, on y arrive mieux que d'autres. Mais cela permet au moins de sortir du cercle vicieux. »

Terri hocha la tête.

« Sauf si on s'appelle Mark Ransom...

— Mark Ransom : l'homme de fer. Un individu en ligne directe avec ses pulsions primales. »

Terri hésita.

« Le connaissiez-vous ? Du moins avant qu'il vous téléphone...

— Oh oui ! Je l'avais rencontré sur le campus de Yale, à l'occasion d'un symposium qui avait pour thème "Les femmes au cinéma". Quelqu'un avait pensé qu'il serait amusant de l'inviter. » Elle détourna les yeux vers l'océan. « Nous avons eu une altercation tous les deux, au sujet de la place que devait occuper Laura au panthéon des stars. Difficile de dire quel sentiment était le plus fort chez Mark : sa passion pour Laura Chase ou la répugnance instinctive que je lui inspirais. Nous nous sommes insultés mutuellement. Une perte de temps... Il est tellement plus constructif de défendre ses propres convictions que de ridiculiser celles des autres ! »

Terri observa l'écume des vagues qui venaient s'échouer sur la plage. L'air était lourd et sentait le sel.

« Qu'est-ce qui vous a décidée à le revoir ? » demanda-t-elle.

Caldwell continuait à considérer les flots, trouvant peut-être quelque chose de réconfortant dans la régularité de leur mouvement.

« Il avait découvert que je connaissais Laura.

— Que vous a-t-il dit au téléphone ?

— Qu'il voulait me parler. En tête à tête. »

Les réponses de Caldwell redevenaient laconiques. Terri préféra s'engager dans une autre direction.

« Laura Chase était beaucoup plus âgée que vous, hasarda-t-elle. Et, même à l'époque, vous ne deviez pas tellement lui ressembler. »

Caldwell secoua la tête.

« Je lui ressemblais plus que vous ne le pensez. Pendant des années, j'étais restée enfermée dans des pensionnats et, quand j'en suis sortie, je me suis rebellée contre mon père à travers les moyens classiques : l'alcool et les garçons... Des garçons, il y en avait beaucoup dans ma vie ! Plus mon père était mécontent, moins je me souciais de savoir avec qui je couchais. Je le faisais même avec des hommes qui me répugnaient. »

Terri ne savait rien de cet épisode. Pourtant, Caldwell s'exprimait avec une aisance mêlée de lassitude qui laissait penser qu'elle avait maintes fois reparcouru ce chemin, sans doute pour tenter de comprendre.

« Comment avez-vous rencontré Laura Chase ?

— C'est très simple. Comme vous le savez peut-être, mon père était alors P-DG de la Paramount. Tout naturellement, on m'a fait entrer dans l'entreprise familiale. Peu à peu, j'ai acquis le désir pervers de devenir plus célèbre que lui. Mais ma première apparition au cinéma a été dans un rôle mineur. Je jouais la petite sœur de Laura Chase.

— Je ne me souviens pas avoir vu ce film.

— Il n'est jamais sorti. Laura s'est suicidée juste avant notre grande scène commune. »

Terri n'osa pas rompre tout de suite le silence qui s'était installé. Elle laissa s'écouler un long moment avant de demander :

« Comment était-elle ? »

Caldwell parut fouiller dans ses souvenirs.

« Avec le recul, je pense que l'aspect le plus manifeste de son personnage, c'était sa sensibilité en berne. Elle rêvait d'aimer et d'être aimée, mais ce besoin était trop fort chez elle pour ne pas devenir destructeur. Il lui arrivait de coucher avec de simples figurants par besoin de sécurité. Le lendemain, elle restait enfermée dans sa caravane jusqu'à ce que le metteur en scène vînt la supplier d'aller travailler. Malheureusement, elle n'a jamais pu trouver assez de ressources en elle-même pour remettre de l'ordre dans ses sentiments. » La voix de Caldwell exprima une infinie tristesse. « Ce qu'elle avait, en revanche, c'était un don troublant pour déceler les blessures chez les autres. Surtout quand ces blessures ressemblaient aux siennes. »

Terri résolut de poursuivre dans cette voie. On verrait bien jusqu'où elle pouvait mener.

« C'est curieux... J'ai lu plusieurs livres sur vous, vos parents, votre militantisme, votre itinéraire. Pourtant, je ne me souviens pas de la moindre allusion au nom de Laura Chase.

— Je n'ai jamais parlé d'elle. Du moins, pas publiquement. »

Caldwell ne quittait pas l'océan du regard.

« Pour quelle raison, alors, étiez-vous disposée à parler à Mark Ransom ?

— Il m'a dit qu'il avait les cassettes. Celles de Laura parlant à son analyste. Cela m'a prise au dépourvu.

— C'est comme cela qu'il a su que vous connaissiez Laura Chase ? En écoutant les cassettes ? »

Caldwell se tourna vers Terri.

« Puis-je vous demander en quoi cela vous intéresse ? »

Il y avait, dans la question, un mélange d'agressivité et de prudence.

« Ransom possédait une cassette datant de quelques jours avant le suicide de Laura. Elle évoquait un week-end à Palm Springs, où Laura Chase avait retrouvé James Colt et deux de ses amis. Ce qui s'est passé là-bas paraît assez sordide pour expliquer son suicide.

— Et elle parlait de moi ? »

Terri tressaillit.

« Vous y étiez ?

— À Palm Springs ? » Caldwell se retourna. « Mon Dieu, non ! »

Terri décela de la douleur dans sa voix.

« D'après ce que je sais, Laura ne parle pas de vous sur la cassette que nous possédons. Ransom devait en avoir une autre. »

Caldwell la considéra à nouveau.

« Il m'a affirmé les détenir toutes. »

Terri hocha la tête.

« Ce qu'il a tenté de faire avec Mary Carelli, c'est un chantage : cassettes contre sexe. » Elle s'interrompit, puis ajouta : « Cette dernière cassette, en particulier, semblait l'exciter beaucoup... »

Caldwell se leva et marcha jusqu'à la balustrade en bois. Elle y appuya ses paumes, les yeux fixés sur l'horizon.

« Vous voulez dire, déclara-t-elle enfin, qu'au moment où Mark Ransom a rencontré Mary Carelli, il avait une sorte de programme sexuel dont faisaient partie les cassettes ?

— Oui. »

Caldwell secoua la tête. Lorsqu'elle se retourna, elle n'était plus la même femme : son visage exprimait vulnérabilité et doute.

« En fait, vous ne savez pas quoi me demander. Mark Ransom, lui, savait. » Elle fixa intensément Terri. « Si je vous dis ce qui s'est passé, c'est moi qui déciderai si vous l'utiliserez, et comment. »

Il ne s'agissait pas d'une question, mais d'une assertion péremptoire. Terri hocha la tête.

« D'accord.

— Que voulez-vous savoir au juste ? »

Terri réfléchit.

« Peut-être, pour commencer, ce que Ransom vous a dit avoir appris des cassettes. »

Caldwell la regarda encore un moment, pensive.

« Il m'en a dit juste assez pour me convaincre de rencontrer un homme que j'exécrais.

— De quoi aviez-vous peur ?

— De plusieurs choses. » La voix et le regard de Caldwell étaient assurés à présent. « À commencer par cette semaine que j'ai passée dans la maison de Laura. »

Terri ne dit rien. Elle commençait à savoir à quels moments le silence était préférable aux mots. Lindsay Caldwell retrouvait une parfaite maîtrise d'elle-même. Si elle s'était ainsi résolue à parler, c'est qu'elle devait avoir ses raisons. Quant à Terri, il ne lui restait plus qu'à prêter une oreille attentive.

« J'étais une loque humaine, commença Caldwell. Je buvais, je couchais avec tous les hommes que je rencontrais. J'ai connu plus d'un coma éthylique. Parfois, quand un homme me téléphonait le lendemain, j'étais incapable de me souvenir de lui et de ce que j'avais fait avec lui la veille... Même s'il me racontait tout... »

Les mots semblaient couler sans peine, comme si Caldwell les avaient répétés en elle-même des centaines de fois. Cependant, le fait de les dire tout haut donnait à sa voix une rugosité que Terri ne lui avait encore jamais entendue, ni au cinéma, ni depuis qu'elle l'écoutait.

« Laura le savait, poursuivit-elle. Elle possédait une sorte de radar, un détecteur de souffrance. Avant la première scène que nous devions tourner ensemble, elle me paraissait lointaine, un peu irréelle. Mais c'est elle, et elle seule, qui a vu que mes mains ne tremblaient pas à cause du trac, mais de ce que j'avais fait la nuit précédente.

« Nous tournions l'adaptation d'une pièce de William Inge. Elle jouait le rôle d'une jeune femme célèbre qui revenait dans son village natal. Moi, j'étais sa sœur. La première scène se déroulait dans ce qui était censé être ma chambre. Nous étions sur le point d'aller danser et nous parlions de sa vie tout en nous maquillant. »

Caldwell secoua la tête.

« Je connaissais assez bien mon texte, mais l'eye-liner était au-dessus de mes forces. Je tremblais trop... Alors, Laura a improvisé. Elle m'a pris le crayon des mains en disant : "Attends, je vais te montrer", et elle m'a appliqué le maquillage tandis que nous poursuivions la scène. L'improvisation était parfaite, elle convenait exactement à cette relation entre sœurs. Le metteur en scène a adoré.

« Après le tournage, je l'ai remerciée. Elle m'a lancé ce drôle de sourire qu'elle avait, un sourire qui semblait signifier qu'elle connaissait tous vos secrets, mais ne s'en souciait pas, et elle m'a dit : ''Si tu as l'intention de continuer à boire comme ça, attend qu'on tienne assez à toi pour accepter de nettoyer le plateau après ton passage''. Et puis, elle est allée dans sa loge.

« Plus tard, alors que je me rendais au parking, j'ai senti une main sur mon bras. C'était Laura. Elle m'a demandé : ''Est-ce que tu t'accordes au moins une nuit de relâche ?'' Ce soir-là, j'avais plus ou moins rendez-vous avec un figurant dont, je le savais parfaitement, le seul objectif était de pouvoir dire à ses copains qu'il avait sauté la fille de Léon Caldwell. C'était d'ailleurs pour cela, précisément, que je lui avais donné rendez-vous... » Caldwell secoua la tête. « Je ne sais pas pourquoi, mais je n'ai pas pu le dire à Laura... J'avais l'impression qu'elle me connaissait trop bien. Alors elle m'a dit : ''Tu ferais mieux de venir chez moi''. Je n'ai même pas songé à refuser. Je l'ai suivie. »

Ainsi, il y avait eu une rupture dans la vie de Caldwell. Sous ce flot de paroles, Terri faisait soudain connaissance avec une autre Lindsay Caldwell, infiniment différente de celle d'aujourd'hui.

Caldwell se tourna vers Terri :

« Laura a pris soin de moi », conclut-elle simplement.

Terri hésita.

« Dans quel sens ?

— Tous les sens. » Caldwell regarda derrière elle. « Elle possédait une très belle maison sur les collines d'Hollywood. Une maison si luxueuse que cela en devenait risible. Cette exagération était délibérée. Dans cette maison, Laura m'est apparue différente. Changée et démaquillée, les cheveux tirés en arrière, elle avait soudain l'air d'une femme d'intérieur comme une autre. Il me semblait que, pour elle, ramener chez elle quelqu'un qui n'était pas un homme représentait un soulagement.

« ''J'ai toujours désiré avoir une sœur, m'a-t-elle dit. Maintenant, j'en ai une. Merci à William Inge et à la Twentieth Century Fox !''

« Avant même que je m'en aperçoive, elle avait déjà préparé le pavillon des invités et trouvé des vêtements pour moi. Nous nous sommes assises à table, au bord de la piscine, pour grignoter une salade en admirant le coucher du soleil. Laura me parlait de son enfance. Il n'y avait aucune bouteille en vue. Seulement du thé glacé. »

Caldwell s'interrompit, puis reprit.

« C'était bizarre. J'avais l'impression d'être prise d'assaut. J'étais un écran vide sur lequel Laura projetait son besoin du moment. Toutefois, je me sentais aussi — et surtout — prise en charge, mais sans être jugée, ce qui n'avait jamais été le cas avec mon père. Au bout d'un certain temps, j'ai résolu de jouer le jeu.

J'ai dit à Laura des choses que je n'avais jamais confiées à personne. Et puis, Laura a allumé les bougies et, à son tour, elle m'a raconté comment son père la violait, régulièrement, jusqu'à l'évanouissement... »

Terri se raidit, fixa un point devant elle.

« Tout est devenu clair à mes yeux, continuait Caldwell, déjà à l'époque. Ce qui s'était passé entre elle et son père l'avait marquée au fer rouge. Pouvait-elle avoir une quelconque valeur à ses propres yeux après cela ? Les hommes représentaient pour elle un mystère terrifiant. La seule chose qu'elle avait gagnée dans cette relation incestueuse, c'était une hypersensibilité à la douleur. Lorsqu'elle a cessé de parler, je pleurais. » Caldwell hésita. « Ces larmes, j'aurais dû les verser pour Laura. Seulement, ce n'était pas le cas. Pour la première fois, j'avais commencé à me comprendre moi-même.

« Quand j'ai levé les yeux, elle croyait que c'était pour elle que je pleurais. Elle s'est rapprochée de moi et m'a embrassée... Je me suis sentie trop égoïste pour lui dire la vérité. Nous sommes allées dans ma chambre. Laura portait les bougies. »

Caldwell s'était mise à arpenter le balcon, dessinant des cercles irréguliers.

« Elle se montrait très tendre, contrairement aux garçons que j'avais connus. Je crois qu'elle s'était si souvent appliquée à donner du plaisir aux hommes et avait tant espéré en retour des choses qu'elle n'obtenait jamais, qu'elle savait exactement comment se comporter avec moi. Je l'ai laissée me déshabiller, je l'ai laissée embrasser mes seins, je l'ai laissée faire tout ce qu'elle voulait. Cette première fois, c'était pour elle, et elle a pris soin de moi. »

Caldwell s'arrêta et tourna vers Terri un regard douloureux.

« Tout comme elle désirait que quelqu'un prît soin d'elle. Plus tard, elle m'a dit qu'elle n'avait jamais été avec une femme avant moi. Qu'elle avait eu l'impression d'inventer son propre langage au lieu de parler celui des autres. Et que, désormais, nous pourrions inventer ce langage ensemble. » Lentement, Caldwell secoua la tête. « Pendant un long moment, je suis restée immobile, la tête sur ses genoux, à l'écouter parler. Jusqu'à ce que je trouve la force de la regarder... Nous avons vécu une semaine comme cela. »

Caldwell regardait à nouveau droit devant elle, suivant des yeux le vol solitaire d'un goéland qui vint se poser sur le sable.

« Nous partions toutes les deux au studio, nous en revenions ensemble, nous préparions le dîner, nous ne buvions que du lait. Tous les soirs, nous prenions un bain dans la piscine, nues. Ensuite, elle m'enveloppait dans une serviette, me frictionnait, puis m'aidait à apprendre mon texte. Comme si j'étais une enfant. Elle demandait très peu de choses. Juste de pouvoir s'occuper de moi, comme elle aurait voulu qu'on s'occupât d'elle, et d'obtenir mon affection en retour. Pendant une semaine, je lui ai accordé cela. »

Terri restait silencieuse. Combien de vies, songeait-elle, possédaient de ces instants secrets et douloureux, trop intimes pour être confiés et trop forts pour être oubliés. Elle rompit le silence.

« Était-ce cela que Ransom savait ? »

Caldwell observait le goéland.

« En partie, dit-elle. Peut-être pas tout.

— Que vous a-t-il demandé ?

— Un entretien en tête à tête. Dans sa chambre d'hôtel.

— Que pensez-vous que cela sous-entendait ?

— Quelque chose de pas très avouable. Et de nettement moins tendre que ce qui s'est passé entre Laura et moi... Si j'ai eu quelques doutes quant à ses intentions, ils se sont envolés avec Mary Carelli.

— Aviez-vous décidé d'y aller ?

— J'avais décidé de l'écouter et de lui proposer un marché. » La voix de Caldwell devint tranchante. « J'ai deux enfants maintenant et un mari que j'aime et avec qui je partage tout. Je suis sûre qu'ils pourraient comprendre ma relation avec Laura... Mais les autres, tous ces gens qui me voient comme le symbole du mouvement de libération des femmes, mes admirateurs comme mes détracteurs... Vous imaginez l'effet que cela produirait ? »

Terri ne dit rien, convaincue qu'il restait encore quelque chose d'inavoué. « Qu'est-ce que Ransom savait d'autre ? »

Le regard pensif de Caldwell devint fixe.

« Qu'est-ce qui vous fait croire qu'il y a autre chose ?

— Vous vouliez entendre de Ransom quelque chose que vous ne saviez pas. Tout comme vous espériez que j'allais moi-même pouvoir vous l'apporter. »

De la surprise, l'expression de Caldwell passa à la résignation, puis à une angoisse plus profonde. Elle considéra à nouveau Terri, plus attentivement encore.

« Vous avez un don, murmura-t-elle. Une qualité de silence, une sorte de sérénité lorsque vous écoutez... Vous parvenez à faire parler les gens avant même qu'ils s'aperçoivent de tout ce qu'ils vous révèlent. »

Terri se trouva décontenancée. Ce que disait Caldwell lui semblait vrai, et pourtant, elle ne s'en était jamais vraiment aperçue

« Mon intention n'est pas de vous blesser », répondit-elle.

Caldwell l'observa sans rien dire.

« Marchons un peu, voulez-vous ? proposa-t-elle finalement. Je me sens prisonnière ici... »

Terri retira ses chaussures à talons. Les deux femmes descendirent les marches de bois qui menaient à la plage et commencèrent à fouler le sable. Caldwell avait l'air d'une vacancière, Terri d'une yuppie pendant sa pause-déjeuner. Elles auraient paru comiques, toutes les deux, sans cette expression douloureuse sur le visage de Caldwell.

« C'est au cours de cette semaine, commença cette dernière, que Laura m'a parlé de James Colt. »

Terri la regarda, étonnée :

« Combien de temps était-ce avant son suicide ? »

Caldwell s'agenouilla pour relever le bas de son jean. Tranquillement, elle répondit :

« Dix jours, à peu près. »

À son intonation, Terri comprit qu'elle ne devait plus poser de questions. Elles se remirent à marcher, silencieuses.

« Évidemment, poursuivit Caldwell au bout d'un moment, j'étais au courant des rumeurs qui circulaient. On disait que Laura et Colt se voyaient en secret, et on racontait même que Laura rêvait de devenir un jour une First Lady... Ce qui était impossible, bien entendu. Mais cela m'a tout de même troublée d'écouter Laura me raconter ses nuits avec ''le futur maître du monde libre'', comme elle l'appelait en riant. Quelque part, je m'en voulais d'écouter cela. Pour moi, ce bel homme blond que je voyais à la télévision parler de courage, de sacrifices et de justice sociale, c'était un héros. Je tenais à ce qu'il fût un peu différent des six derniers types avec qui j'avais couché. Je voyais en lui un homme trop bon pour profiter de la faiblesse de Laura comme n'importe quel producteur qui la sauterait sur un divan avant d'aller retrouver sa femme et ses enfants...

« Mais ce qui était pire, je m'en rends compte aujourd'hui, c'était la façon dont Laura parlait de lui. Elle l'évoquait comme une force mystérieuse qu'elle ne comprenait pas. Elle voulait croire en lui, mais éprouvait aussi à son égard un certain ressentiment. Elle l'appelait ''Dieu tout-puissant''. Pour ma part, j'étais sûre d'une chose : elle lui était totalement soumise, prête à lui obéir au doigt et à l'œil. Même les plaisanteries qu'elle faisait à son sujet étaient celles d'une esclave... Cela m'a fait réfléchir sur ma propre vie. »

Terri regarda Caldwell.

« Ainsi, Laura vous a tout de même apporté quelque chose...

— Plus que vous ne pouvez imaginer. » Caldwell détourna les

yeux. « J'étais présente le soir où James Colt lui a demandé de venir passer le week-end à Palm Springs. »

Surprise, Terri ne dit rien. Caldwell s'était tournée vers l'océan. Elle avança jusqu'à l'endroit où les vagues viennent mouiller le sable. Le vent faisait voler ses cheveux.

« Nous nous trouvions toutes les deux dans le pavillon des invités, dans une chambre rose avec des miroirs au plafond — une idée d'un des ex-maris de Laura. J'étais allongée, la tête sur son épaule, et j'observais mon reflet dans la glace tandis que Laura me caressait les cheveux. Je n'étais ni heureuse, ni triste. Simplement paisible et, en même temps, un peu perdue. À ce moment, Laura a commencé à parler. »

Le rythme de son débit s'accéléra.

« Laura m'a dit que ce qui était si bon entre nous, c'était la tendresse. Nous ne parlions pas, nous ne faisions que donner et recevoir, car nous n'avions besoin que d'aimer et d'être aimées. Elle m'a dit que je lui apportais une chose qu'elle n'avait jamais eue auparavant. » La voix de Caldwell faiblit. « Dans le miroir, j'ai vu ses yeux remplis de larmes. Je me suis tournée vers elle, ne sachant que dire, un peu effrayée. Elle a cru que je cherchais à lui exprimer mon amour. Alors elle m'a souri à travers ses larmes et m'a embrassée. Au moment où le téléphone a sonné, elle me disait : "Moi aussi, je t'aime."

« C'était le sénateur Colt. Laura ne collait pas le téléphone contre son oreille pour que j'entende aussi. La situation me paraissait irréelle : je me trouvais nue sur un lit, en compagnie de l'actrice la plus célèbre du monde, écoutant le futur président des États-Unis l'inviter pour le week-end à Palm Springs ! Il a parlé un moment. Je ne distinguais pas clairement ce qu'il disait. Mais dans le miroir, au-dessus de nous, j'ai vu le visage de Laura s'assombrir. Elle a replié ses genoux contre sa poitrine. "Qui sont-ils ?" a-t-elle demandé.

« Elle n'avait pas besoin d'ajouter quoi que ce fût. Je voyais ses yeux fixés sur moi par l'intermédiaire de la glace. Quelle que fût la façon dont il lui présentait les choses, Laura connaissait les projets de Colt, et je savais qu'elle savait. Soudain, j'ai eu la chair de poule. Laura a cherché ma main.

« "Ce n'est pas sûr, a-t-elle dit. Il faut que je réfléchisse." Il s'est remis à parler. Tandis qu'elle écoutait, ses doigts agrippaient les miens. Puis elle s'est exclamée : "Et imagine que je ne sois pas libre, imagine simplement, monsieur le sénateur Colt, que j'aie trouvé quelqu'un d'autre..."

« Je n'ai pas compris tout de suite que Laura parlait de moi. »

Terri ne quittait pas Caldwell des yeux. À mesure que le récit approchait de son dénouement, sa voix baissait d'intensité. Même sa démarche s'était ralentie.

« Lorsque Laura a raccroché, poursuivit Caldwell, je me suis sentie prise au piège. J'aurais dû être contente pour elle, heureuse qu'elle n'ait pas dit oui tout de suite. Mais je ne ressentais que cette pression suffocante sur moi. Je ne pensais qu'à une chose : Laura venait de rejeter Colt pour moi. Si elle décidait de renoncer aux hommes et à l'alcool, ce serait pour moi. Tout reposait sur mes épaules. Moi qui m'étais livrée à elle corps et âme, j'ai eu tout à coup envie de la fuir. Et pendant que je pensais à tout cela, Laura avait pris ma tête contre sa poitrine. Cette nuit-là, j'ai failli m'enfuir. Si je ne l'ai pas fait, c'est seulement parce qu'elle me tenait enlacée pendant son sommeil... »

Terri regardait droit devant elle, marchant en tandem avec Caldwell au bord de l'eau. Le soleil était au zénith à présent, le ciel d'hiver était d'un bleu soutenu. Mais le récit de Caldwell donnait au paysage un parfum d'irréalité.

« Comment avez-vous fait pour la quitter ?

— J'ai employé la seule méthode possible : je lui ai dit la vérité. Au petit déjeuner, tandis qu'elle me tenait les mains. Non par honnêteté, mais par égoïsme. Et parce que j'avais peur. Et aussi parce que je ne voyais pas d'autre façon. ''Pourquoi ?'' me demandait-elle sans cesse, avec des larmes qui roulaient sur ses joues. Elle a sangloté tout le temps que j'ai parlé. »

Le débit de Caldwell s'accéléra, comme si elle revivait l'instant.

« Je lui ai dit que je ne savais plus où j'en étais. Qu'elle me faisait peur. Que je lui ressemblais trop. Que ce n'était pas une vie de s'aimer ainsi en cachette. Que je devais trouver ma vraie vie. »

Caldwell s'arrêta, prit une profonde inspiration, puis conclut calmement :

« Que je ne pourrais jamais l'aimer comme elle désirait être aimée. »

Un silence s'installa. Soudain, Terri s'aperçut qu'elle marchait seule. Caldwell s'était arrêtée derrière elle.

« J'avais l'impression, murmura-t-elle, que si je lui disais tout, Laura me laisserait partir. »

Terri attendit quelques instants.

« Qu'a-t-elle fait ?

— Ce que je souhaitais. »

Caldwell leva les yeux. Son visage exprimait une immense douleur.

« C'était comme si je l'avais tuée. Elle m'a lâché les mains. Elle ne détachait pas son regard de moi. Elle restait la bouche entrouverte, sans émettre un son… J'ai vécu beaucoup de choses, avant et après cet instant. Des expériences cruelles. Mais je n'ai jamais eu aussi mal que devant ce visage. Je ne sais pas combien de temps nous sommes restées ainsi, à quelques centimètres l'une de l'autre, muettes. Et puis, elle a murmuré : ''Il faudra que j'aille avec lui alors.''

« Je me suis écriée : ''Non ! Cela n'a aucun rapport avec moi ! Je ne veux pas que cela ait un rapport avec moi. C'est pour toi que tu ne dois pas y aller ! Parce que tu dois refuser que quiconque te traite de cette façon.'' »

Caldwell eut un sourire désabusé.

« Beau conseil ! J'aurais pu parler chinois, cela aurait eu le même effet sur Laura ! Et je le savais très bien…

— Mais vous aviez raison, intervint Terri. On ne peut donner à un autre adulte quelque chose qu'il n'a pas. Pas plus qu'on ne peut poursuivre une relation en s'offrant en sacrifice, avec le sentiment d'être prise au piège. Dans une telle situation, tout le monde sort perdant ! »

Caldwell lui lança un regard dans lequel Terri trouva un mélange d'amusement et de compréhension.

« Est-ce pour moi que vous dites cela, Teresa, ou pour vous-même ? »

Terri hésita.

« Pour vous… au moins.

— D'accord. » Caldwell s'interrompit, scruta le visage de Terri. « Bon. Alors si c'est pour moi, il faut que j'ajoute quelque chose à mon histoire. Le dénouement est un peu plus dramatique encore… La nuit où Laura est morte, elle a appelé chez moi. »

Caldwell détourna son visage vers la mer.

« C'était environ une heure avant son suicide. Je ne l'avais plus revue, j'avais essayé de ne pas trop penser à son week-end à Palm Springs. J'étais sur le point de sortir chercher un homme, n'importe lequel… Pour me prouver à moi-même que j'étais normale.

« Quand le téléphone a sonné, je savais que c'était elle. Elle avait bu. Elle était seule. Elle ne cessait de répéter la même phrase, comme on fait lorsqu'on a bu : ''J'ai besoin de toi ce soir''. »

Il sembla à Terri qu'un tremblement s'était emparé de Caldwell.

« Elle m'a fait peur. Elle parlait comme une enfant. ''S'il te plaît, disait-elle. Je suis allée avec lui…'' Cette voix qu'elle avait… Je ne voulais pas l'entendre. Tout ce que je savais, c'est que je devais la faire taire, qu'elle cesse de répéter : ''J'ai besoin de toi''. »

Caldwell ferma les yeux.

« Je lui ai dit que j'avais rendez-vous avec un homme que j'aimais. Dès que j'ai dit cela, Laura a commencé à sangloter. Elle émettait des sons douloureux, presque inhumains. Je la sentais trembler à travers le téléphone. Je ne savais pas quoi faire. Alors je lui ai dit au revoir et j'ai raccroché. Puis j'ai éteint toutes les lumières. Comme si j'avais peur qu'elle vienne me trouver. »

Caldwell fixait un point sur le sable.

« Le téléphone a sonné des dizaines et des dizaines de fois. J'étais là, assise dans le noir, immobile. Cela a duré presque une heure. J'avais peur de répondre. Je me contentais d'écouter la sonnerie. Et puis, tout s'est arrêté. »

Caldwell se tourna vers Terri.

« Je ne m'étais jamais rendu compte qu'un silence pût être si profond. Peut-être était-ce à cause de l'obscurité, je ne sais pas. J'ai dû rester là plusieurs minutes, incapable du moindre geste. Et soudain, sans savoir pourquoi, je me suis levée d'un bond et je me suis précipitée chez Laura.

« Sa maison était sombre. J'ai sonné, mais personne n'a répondu. Ni Laura, si ses domestiques. La porte était fermée. Alors, je me suis sentie soulagée. J'ai pensé que Laura était sortie. Et puis, je me suis souvenue du pavillon des invités.

« C'était une nuit de pleine lune. J'ai trouvé facilement le chemin qui contournait la maison, à travers les fleurs et les buissons. Je suis arrivée à la piscine : elle était sombre. J'ai observé l'eau un moment, en espérant ne rien trouver. Et puis, j'ai vu que la lumière brillait dans le pavillon. J'ai couru.

« La porte était entrouverte. J'ai eu très peur, tout à coup. C'est alors que j'ai compris pourquoi j'étais venue. »

Caldwell s'interrompit, les yeux baissés. Terri croyait voir en elle la jeune fille de dix-neuf ans hésitant à pousser la porte, vingt ans auparavant. La voix de Caldwell s'éleva à nouveau.

« Je suis entrée. La porte de la chambre était restée ouverte. À l'intérieur, il y avait une faible lumière jaune. La première chose que je vis fut le téléphone à côté du lit. Le combiné était décroché, il pendait au bout du cordon et émettait la sonnerie régulière qui se répercutait dans toute la pièce.

« Laura était sur le lit, nue.

« Elle avait les cheveux mouillés. Elle était allongée sur une serviette de bain. Pendant une seconde, j'ai cru qu'elle avait simplement perdu connaissance après une baignade. C'est alors que j'ai vu le revolver dans sa main, le sang et les cheveux éparpillés sur l'oreiller. L'arrière de son crâne avait été arraché. »

Terri tressaillit.

« J'ai détourné la tête, ajouta Caldwell dans un souffle. Ensuite, je n'ai plus jamais regardé Laura. Sauf en film. »

Terri eut envie d'aller vers Caldwell, de tenter de la réconforter, mais sentit que ce serait inutile.

« Qu'avez-vous fait ? demanda-t-elle.

— Je n'étais plus consciente de rien. Je suis restée là, tournant le dos à Laura, comme anesthésiée. La seule chose qui me parvenait, c'était la tonalité obsédante du téléphone, qui remplissait le silence. »

Caldwell avait retrouvé un débit régulier. Chacun de ses mots était précis et clair.

« Elle a continué à retentir jusqu'au moment où elle m'est devenue insupportable. J'ai raccroché le combiné. La sonnerie s'est arrêtée. C'était comme si mon cerveau se reconnectait à la réalité.

« Il fallait que quelqu'un sache. C'était absurde et idiot, mais je ne pouvais pas la laisser seule comme cela. J'ai pris le téléphone. Lorsque l'employée des Urgences m'a répondu, j'ai dit : "Laura Chase s'est suicidée".

« Il y a eu un long silence... Je suis sûre qu'elle a d'abord cru à une plaisanterie. Finalement, elle m'a demandé qui j'étais. Je me suis aperçue que je n'avais pas envie de le lui dire. J'ai répondu : "Une amie". Elle m'a reposé plusieurs fois la question. Je ne sais pas pourquoi, mais cela m'a mise en colère. "Mais enfin ! ai-je lancé, je vous dis qu'elle s'est foutu une putain de balle dans le cerveau !" et j'ai raccroché.

« Puis je suis sortie. Sans me retourner. Sans courir. Je me suis dirigée vers ma voiture comme un automate, j'ai tourné la clé de contact et je suis partie. J'avais parcouru peut-être cinq cents mètres lorsque j'ai croisé l'ambulance, tous girophares dehors. Alors seulement, j'ai su que je n'avais pas rêvé, que tout était bien réel.

« Cette nuit-là, je n'ai pas pu dormir. Le lendemain, lorsque je suis enfin parvenue à me lever et à marcher jusqu'à ma porte, Laura avait les yeux fixés sur moi, à la une du journal.

« J'ai attendu que l'on me retrouve. Mais personne n'est venu. Nos conversations téléphoniques n'avaient pas été enregistrées. On n'avait pas mes empreintes. Personne ne savait ce qui s'était passé entre Laura et moi. D'ailleurs, personne ne savait que j'existais. »

Terri ne parla pas. Il y eut un long silence, puis Caldwell releva la tête. Elle paraissait déterminée, presque provocante. « Pendant des années, dit-elle, j'ai lu des articles sur la mystérieuse correspondante, des articles intitulés : "Qui a tué Laura Chase ?". J'étais la seule à connaître la réponse. »

Se retournant vers Terri, elle conclut d'une voix blanche :

« C'est moi qui ai tué Laura Chase.

— Non, répondit Terri. Ce n'est pas vous. »

Caldwell la considéra.

« Oh, je connais toutes les "bonnes réponses." J'ai passé des années de thérapie pour parvenir à reprendre le dessus. C'est Laura qui a tué Laura. Ou la société, ou Hollywood, ou son père, ou le sénateur Colt, ou le millier d'hommes qui l'ont approchée. Cela peut même être ce porc de Ransom, qui construisait ses fantasmes sur une image de Laura qui a fait à d'innombrables autres femmes presque autant de tort qu'à Laura elle-même. Je sais tout cela par cœur. Toutefois, il reste une question pour laquelle toutes ces réponses ne conviennent pas du tout : que serait-il arrivé à Laura si elle avait survécu à cette nuit-là ? Et à cette question-là, il n'y a aucune réponse. »

Terri secoua la tête.

« Mais il y a vingt ans que tout cela a eu lieu ! Vous avez toute une vie à considérer maintenant, et non uniquement cette chose absurde qu'a faite Laura alors que vous n'aviez que dix-neuf ans et que vous n'aviez même pas trouvé de sens à votre propre vie !

— Ma propre vie..., répéta Caldwell. Je continue à m'interroger sur ce que *ma propre vie* doit à Laura. Après cette nuit, je n'ai plus jamais bu. Pendant près d'un an, je ne suis pas sortie, et lorsque j'ai recommencé à le faire, j'ai abandonné mon ancien sport favori qu'était le sexe. La mort de Laura a été comme un point de non-retour. Est-ce Laura qui a fait de moi une féministe ? Ou une mère ? Ou une cinéaste ? Ou une épouse ? Je ne le sais pas non plus. »

Terri attendit quelques instants, puis demanda doucement :

« Que pensez-vous que Mark Ransom ait eu l'intention de vous dire ?

— D'un côté, je pensais qu'il me menacerait de tout raconter à mon mari ou à mes enfants. Mais ce n'était pas tout... »

Caldwell fronça les sourcils, comme si elle s'efforçait d'articuler quelque chose de trop énorme pour tenir dans quelques mots.

« Pendant toutes ces années, j'ai parlé à Laura en pensée, je lui ai demandé pourquoi elle avait fait cela, ce que je signifiais pour elle. Mais quand elle me répondait, c'était avec ma voix à moi... J'ai voulu entendre la sienne à nouveau, l'écouter parler *de* moi, mais pas *à* moi. J'ai pensé que je pourrais peut-être apprendre la vérité.

— Croyez-vous que Laura elle-même ait connu cette "vérité" dont vous parlez, à supposer qu'elle existe ?

— Peut-être pas. Mais sachant qu'il y avait cette cassette, comment résister au désir de l'écouter ? »

Terri étudia son visage.

« Alors, Ransom vous a promis d'apporter la cassette. Celle sur laquelle Laura parle de vous. »

Caldwell acquiesça.

« Je suppose qu'elle se trouve entre les mains de la police à présent.

— Non. » Terri hésita. « Lorsqu'il est mort, Ransom n'avait qu'une seule cassette avec lui. Celle qu'il a fait écouter à Mary, concernant James Colt. L'autre, celle dont il vous a parlé, il ne l'avait pas. »

Les yeux de Caldwell exprimèrent une stupéfaction qui se mua bientôt en haine.

« Le salaud ! » fit-elle.

Chapitre huit

« Pour l'instant, dit Moore à Christopher Paget, il apparaît soit que Ransom avait choisi l'abstinence, soit qu'il se livrait à ce que mon vieux prêtre appelait le ''péché solitaire''. Du moins ces deux dernières années. »

Ils s'étaient installés sur un banc, au début de California Street. Il était un peu plus de 14 h 30 et Moore, qui avait horreur des restaurants, terminait son sandwich au salami.

« Tu n'as rien trouvé du tout ? demanda Paget.

— Non, rien. Ni tentative de viol, ni même tentative de coït. Rien dans la presse, pas la moindre escapade en couple, pas une seule femme qui soit disposée à avouer avoir fait l'amour avec Ransom depuis le début de cette dernière décennie. Alors, soit l'acte a été si épouvantable qu'elles en ont refoulé jusqu'au souvenir, soit elles ont cru que le cher Mark ne faisait qu'éternuer, et l'expérience ne les a donc pas beaucoup marquées, soit, tout simplement, il avait rayé l'activité amoureuse de son emploi du temps.

— C'est impossible ! D'autant plus qu'il a contacté Lindsay Caldwell.

— Je sais, je sais. Pauvre femme, j'ai toujours eu de la sympathie pour elle ! D'ailleurs, tu pourras remercier notre petite Terri quand elle rentrera au bureau. Recueillir un témoignage pareil... Chapeau !

— Lindsay Caldwell..., reprit Paget pensif. L'appel téléphonique de Ransom sentait le chantage sexuel à plein nez ! Un chantage qu'il a également voulu exercer sur Mary. Sauf que Ransom avait sur Caldwell un moyen de pression qu'il n'avait pas sur Mary. Voilà probablement pourquoi il a eu recours au viol... et pourquoi Mary s'est sentie libre d'épargner à Lindsay Caldwell un tête-à-tête avec cet individu.

— Oui. Sauf qu'il n'y avait pas de deuxième cassette, et que, depuis plusieurs années, la vie sexuelle de Mark ressemblait à celle de saint Augustin.

— Oh ! il existait certainement une cassette concernant Caldwell. Ransom a dû l'écouter avant de l'appeler. Mais où se trouve cette cassette aujourd'hui ? Là est la question. »

Moore resta quelques instants songeur.

« Si l'affaire arrive jusqu'au tribunal, interrogea-t-il finalement, crois-tu pouvoir citer Caldwell comme témoin ? »

Paget hocha la tête.

« Il le faudrait. Mais je crains que ce ne soit plus difficile encore que Melissa Rappaport. Car en fait, il ne s'est rien passé de concret : Ransom lui a donné rendez-vous, mais il est mort avant de l'avoir vue. La seule conséquence de cette affaire dont pourrait souffrir Lindsay Caldwell, c'est qu'il y a quelque part, probablement à l'un des domiciles de Ransom, une très vilaine cassette que Sharpe risque d'écouter bientôt avec délectation. »

Lorsque Paget retourna au bureau bien après la tombée de la nuit, il y découvrit Terri. Dans la lumière des néons, il lui trouva les traits tirés.

« Pourquoi n'es-tu pas rentrée chez toi ?

— À l'heure où je suis arrivée de Los Angeles, Richie était déjà sorti dîner avec Elena. Alors j'ai décidé d'en profiter pour venir travailler un peu sur les derniers éléments. »

Une pointe d'hésitation perçait dans sa voix. Sans Elena à la maison, Terri ne semblait pas très pressée de se retrouver chez elle.

« En six jours, fit Paget, souriant, tu as interrogé Melissa Rappaport, Jeanne Steinhardt et Lindsay Caldwell. Il va falloir un certain temps pour décortiquer tout cela !

— Pour quelqu'un comme moi, oui.

— Pour quelqu'un comme toi ? Comparativement à qui ? Aux âmes insensibles en général ? Ou à Johnny et moi en particulier ? Ton incompétence notoire t'empêche-t-elle de voir que tu es parvenue à obtenir de trois personnes que tu ne connaissais ni d'Ève, ni d'Adam, des confessions qu'elles n'avaient jamais faites à personne ?

— C'est justement cela qui me pose problème. » Terri baissa la tête. « Je me sens une responsabilité envers elles.

— Tu leur as fait des promesses, Terri. Je te garantis que nous les tiendrons. » Paget la regarda. « À présent, j'ai une ou deux questions à te poser. »

Une partie de la tension quitta le visage de Terri.
« Bien sûr.
— As-tu faim ? Moi, je meurs de faim. Deuxième question : as-tu déjà dîné au Piano Zinc ? »
Terri parut surprise.
« Et Carlo ? demanda-t-elle.
— Il avait un match cet après-midi. Il a dîné juste après, de manière à avoir le temps de faire ses devoirs. Quant à moi, si je reste une minute de plus dans ce bureau à une heure pareille, je deviens neurasthénique ! »
Terri eut un sourire.
« Bon. Dans ce cas, mes réponses, dans l'ordre, sont ''Oui'' et ''Non, mais je veux bien l'essayer''. »

Le Piano Zinc était une brasserie Arts déco surpeuplée : grands miroirs, murs roses et posters de Paris. Un maître d'hôtel distingué discuta quelques instants en français avec Paget, puis conduisit le couple vers une table située dans un coin calme.
« J'ignorais que tu parlais le français ! s'exclama Terri lorsqu'ils se retrouvèrent seuls.
— Oh, un français très scolaire, et assez médiocre, je l'avoue. Je l'entretiens un peu ici, avec Robert, qui a assez de tact pour se montrer indulgent. C'est le dernier vestige de mon ambition initiale.
— Qui était ?
— De vivre à Paris et d'être Hemingway. Le problème, c'est qu'il y avait déjà eu un Hemingway.
— Pourquoi ne pas avoir essayé quelqu'un d'autre ?
— Voilà le fond du problème : je n'ai jamais réussi à trouver ma propre voie. Je n'avais pas le machisme d'Hemingway, mais je ne possédais pas non plus le génie de Faulkner... »
Terri le considéra d'un œil amusé :
« Avec toi, on ne sait jamais quand tu plaisantes !
— Sache que c'est tout à fait voulu. » Paget sourit. « Les choses dont je ne plaisante pas sont celles qui me tiennent à cœur. »
Terri entrevit, dans cette remarque lancée avec désinvolture, une indéniable part de vérité.
« Carlo, par exemple ? dit-elle.
— Par exemple. Quand il s'agit de Carlo, je suis extrêmement sérieux. » Il s'interrompit, avant d'ajouter à mi-voix : « Pauvre gosse ! »
La remarque resta suspendue entre eux plusieurs secondes. Qu'y avait-il de si insaisissable chez Christopher Paget ? Avec lui,

Terri avait souvent l'impression de mener une conversation à deux niveaux avec, d'un côté, ce que Paget disait, de l'autre, ce qu'il pourrait lui dire si elle parvenait un jour à l'approcher d'assez près.

— Est-il difficile, demanda-t-elle, de l'élever tout seul ?

— C'est comme si tu me demandais s'il est difficile de vivre ! Je n'ai pas de recul, Carlo fait partie intégrante de mon existence... Ce que je sais, c'est qu'en l'élevant, je prends chaque jour conscience de mes lacunes. Et puis, je suis certain que si j'étais marié, je serais moins inquiet et Carlo souffrirait moins de cette anxiété. Même si ma propre jeunesse m'a montré à quel point un mariage raté peut être désastreux pour un enfant !

— Est-ce pour cela que tu ne t'es jamais marié ?

— Oh, mais j'ai été marié ! s'exclama Paget, surpris. Mary Carelli n'a pas été la seule femme de ma vie !

— Ah bon, avec qui ? »

La serveuse s'approchait de la table. Paget se tourna vers elle avec un sourire. Il paraissait soulagé de la voir là.

« Prendrez-vous du vin ce soir ? interrogea-t-elle.

— Moi, oui, fit Paget en se tournant vers Terri. Surtout si tu insistes pour poursuivre cette conversation. »

Terri hésita, puis perçut dans cette dernière remarque le signe que, pour Paget, elle représentait sans doute plus qu'une simple collaboratrice. « D'accord ! » fit-elle.

Paget commanda le vin, puis se tourna à nouveau vers Terri.

« Si je me souviens bien, reprit celle-ci, j'étais en train de te demander avec qui tu as été marié.

— Ah oui ! L'heureuse élue s'appelait Andrea Lo Bianco.

— Tiens ! Ce nom me dit quelque chose...

— Elle était danseuse étoile à l'Opéra de San Francisco. » Paget eut un petit sourire. « Après notre divorce, elle est allée poursuivre sa carrière à Paris. Amusant, non ?

— Est-ce que ça l'était ?

— Pas vraiment, non. Un divorce est rarement amusant. »

Terri hésita.

« Était-ce avant l'arrivée de Carlo ? »

Paget hocha la tête.

« Un an après. Les deux événements ne sont pas sans rapport. »

Le ton, qui se voulait détaché, comportait une pointe de regret.

« Elle ne voulait pas de Carlo ? » interrogea Terri.

Paget jeta un regard distrait autour de lui.

« Oh ! c'était bien plus complexe que cela. Andrea n'avait jamais voulu avoir d'enfant, à cause de sa carrière et de son tempérament. Quant à moi, je ne m'étais jamais vraiment posé la question. Andrea avait un métier très prenant et quand elle rentrait à la maison, elle pouvait compter sur mon attention. » Paget s'interrompit un instant. « Évidemment, elle connaissait l'existence de Carlo. Mais lorsqu'il est venu vivre avec nous, notre mariage s'est transformé. Il est vrai qu'à l'époque, Carlo réclamait beaucoup d'attention. Ce n'était pas sa faute et moi, je n'avais pas le choix.

— Pourquoi ? demanda Terri, sentant que ces révélations dévoilaient l'une des pièces du puzzle que constituait la relation de Paget à Mary Carelli.

— Il avait des problèmes psychologiques. Disons, pour résumer, qu'il manquait de confiance en lui... »

Tandis que la serveuse versait le vin, Terri jugea bon de garder pour elle les deux questions qui lui brûlaient la langue : Quels étaient ces problèmes ? Et pourquoi Carlo était-il venu vivre chez Paget ?

Souriant, Paget leva son verre.

« À la brillante carrière d'une avocate déjà supérieure à la moyenne ! » lança-t-il.

Terri rougit, à la fois touchée et embarrassée.

« Pas vraiment. Mais merci quand même...

— Tu vas devoir apprendre à recevoir les compliments, Terri !

— Je n'y peux rien. Quand on dit du bien de moi, je ne peux m'empêcher de penser qu'il y a tromperie. »

Paget eut un sourire entendu.

« Le complexe d'imposture. Classique ! Il y a en chaque professionnel compétent un névrosé terrifié qui prie pour clore chacun de ses dossiers avant que le client n'ait découvert la supercherie. Voilà le coupable secret qui nous mine tous.

— Toi aussi ?

— Moi aussi. Même si, vu de l'extérieur, je suis de toute évidence un avocat de génie.

— Finalement, conclut Terri après réflexion, ce complexe ne paraît pas trop grave face aux fantasmes inavouables de Sharpe ! »

La transition inattendue sembla piquer l'imagination de Paget, qui partit d'un fou rire irrépressible. Il y avait dans cette soudaine hilarité une insouciance à travers laquelle Terri crut entrevoir le jeune homme qu'il avait dû être autrefois. Au même moment, elle s'aperçut à quel point il était séduisant Un compagnon idéal pour une danseuse étoile, songea-t-elle.

Terri vida son premier verre de vin.

« Ce que je n'arrive pas à comprendre, reprit-elle quand Paget se fut calmé, c'est pourquoi tu ne pensais pas faire un bon père. »

Paget remplit à nouveau les verres. « Parce que je n'ai pas eu une enfance particulièrement heureuse. Or, on se comporte souvent avec ses enfants comme nos parents se sont comportés avec nous.

— Ce n'est pas inévitable. »

Paget haussa les épaules.

« On arrive parfois à s'élever au-dessus de cela. Quand la nécessité se fait urgente...

— Ce qui était le cas avec Carlo ?

— Oui. »

La réticence de Paget se faisait à nouveau sentir dans sa voix. Terri comprit qu'il s'était déjà montré plus expansif qu'à l'accoutumée et que le moment était venu de lui offrir quelque chose en retour.

« Mes parents aussi se disputaient, confia-t-elle. Enfin, c'était plutôt mon père qui était violent : il buvait. Ma mère, elle, faisait de son mieux pour nous protéger. » Terri leva les yeux vers lui. « C'est quelque chose dont je n'ai jamais vraiment parlé.

— Pourquoi ?

— Je n'en sais rien. Quand on est enfant, on se rend compte que sa famille ne veut pas que les autres sachent. Alors, on prend l'habitude de taire les choses. » Terri mit la main sur son cœur. « Intellectuellement, poursuivit-elle, c'est facile à comprendre. Mais c'est ce que l'on ressent là... »

Paget but quelques gorgées de vin.

« Ta mère ne l'a jamais quitté ?

— Non. Elle est catholique et elle respecte certains principes. » Terri fixait la table. « Et puis, nous étions cinq enfants. J'étais la plus âgée. Les deux derniers vivent encore chez mes parents, et maman continue de les protéger.

— Qu'as-tu appris de tout cela ?

— Que je ne peux rien faire pour elle.

— Je voulais dire : qu'as-tu appris pour toi ? »

Du doigt, Terri suivit le contour de son verre.

« J'ai appris qu'il faut éviter les disputes, répondit-elle au bout d'un moment. Et que je dois prendre moi-même les choses en charge.

— Cela me paraît raisonnable. » Le ton de Paget se fit différent, comme pour signifier qu'il préférait changer de sujet. « Parle-moi d'Elena. »

Terri sentit son estomac se nouer. Elle leva les yeux vers Paget. Il la regardait d'un œil indulgent, presque doux. Elle s'aperçut soudain qu'elle avait les larmes aux yeux.

« Je suis désolée. Je ne sais pas ce qui me prend... »

Christopher Paget se pencha vers elle et lui effleura le bras.

« Nous sommes amis, non ? Je l'ai décidé unilatéralement, en tout cas, parce que Carlo t'aime bien. C'est une effroyable responsabilité, mais puisque nous sommes deux à présent, nous devrions arriver à la supporter. »

Tout à coup, un immense soulagement envahit Terri ; c'était une sensation aussi douce que soudaine. D'un ton léger, Paget reprit la conversation.

« Parfois, comme l'a dit Freud, un cigare n'est rien d'autre qu'un cigare. J'avais réellement envie que tu me parles d'Elena. »

Terri sourit.

« Oh ! Elena est formidable. Elle a beaucoup d'imagination, de poésie. Elle est capable de transformer chaque instant en conte de fées. Sur ce plan-là, elle ressemble beaucoup à Richie. » Cela faisait du bien d'en parler. « C'est vrai que je suis sa mère et que je manque peut-être d'objectivité, mais je suis certaine qu'Elena deviendra une femme hors du commun : elle sera sculptrice, ou terroriste, enfin, quelque chose comme ça...

— Peut-être se contentera-t-elle de vandalisme ? » lança Paget. Puis il réfléchit quelques instants. « Dans quelle genre d'école allez-vous la mettre ? »

Terri eut une expression soucieuse.

« Je ne sais pas encore. J'aimerais que nous puissions nous installer dans un quartier où les établissements ne soient pas trop mauvais. Mais, pour l'instant, nous n'avons vraiment pas les moyens de nous offrir un appartement. »

Paget parut surpris.

« Je n'en mettrais pas ma main à couper, mais la dernière fois que je suis passé à la comptabilité, j'ai eu l'impression que nous donnions à nos collaborateurs de quoi subsister assez largement. D'ailleurs, si je me souviens bien, et même si tu as eu le tact de ne pas nous l'avouer, il m'a semblé que tu avais quitté le bureau du P.D. moins par attrait pour ma personnalité que pour doubler ton salaire... »

Terri sourit.

« Tu n'as pas tort. Et je ne me plains pas. Le problème, c'est simplement que Richie travaille à la maison en ce moment.

— Que fait-il ?

— Il essaie de créer sa société. Il est très brillant, vraiment, très inventif. Comme Elena, il voit parfois des choses que je suis moi-même incapable d'apercevoir. Seulement, quand on est ainsi, on accepte difficilement de travailler pour les autres.

— Avez-vous choisi ? » intervint la serveuse.

Tandis que Paget passait la commande, Terri regarda autour

d'elle. Ces derniers temps, elle sortait rarement avec Richie. Lorsque cela leur arrivait, elle se plaisait à observer les visages et à imaginer les vies qui allaient avec. Elle choisissait un couple au hasard et tentait de reconstituer son histoire. Et si, à présent, une autre personne jouait à ce petit jeu en la voyant attablée avec Paget ? Que penserait-elle du couple qu'ils formaient ?

« À quoi songes-tu ? interrogea Paget. À une augmentation ? »

Terri sourit.

« Je me disais que j'aimais bien cet endroit. »

Paget approuva.

« Moi aussi. J'aime les endroits un peu animés. » Il hésita un instant. « Pour ce qui est de ton augmentation, nous revoyons tous les ans ta rémunération. Comme ton travail nous satisfait tout à fait, les joies de la propriété te paraîtront probablement plus accessibles d'ici peu de temps. »

Terri ne quittait pas la table des yeux.

« Merci, c'est gentil de t'intéresser à tout cela. Mais pour l'appartement, il nous faudra de toute façon patienter encore un peu. Nous avons l'école, la garderie et la nourrice à payer, plus quelques dépenses que je vois déjà se profiler. »

Paget la considéra, étonné.

« Richie ne s'occupe pas d'Elena après l'école ?

— Non. Il a des choses à faire à la maison. »

L'étonnement quitta le regard de Paget, aussitôt remplacé par l'expression vide que Terri commençait à connaître et qui, elle le comprenait à présent, dissimulait des pensées que Paget ne tenait pas à laisser paraître.

« Peut-être pourrais-tu insister auprès de lui, dit-il. Elena semble être une enfant intéressante. Moi, je sais que lorsque Carlo est venu vivre avec moi, j'ai décidé que son éducation et sa stabilité étaient deux éléments importants et que cela valait la peine d'accepter certains sacrifices. »

Terri hésita. À quoi bon discuter avec lui des disputes qui l'opposaient sans cesse à Richie au sujet d'Elena, de son insistance qu'il mettait à affirmer que les enfants s'adaptaient et se sentaient bien partout ?

« Quand il s'agit d'argent, ironisa Terri, la notion de sacrifice est très relative. Il est certain que lorsqu'on est propriétaire d'une voie ferrée... »

Paget éclata de rire.

« C'est le gouvernement qui détient toutes les voies ferrées d'Amérique, y compris celle de mon arrière-arrière-grand-père. Quant à l'argent dont j'ai hérité, je n'y ai jamais touché. »

Terri le considéra, cherchant à déterminer s'il était sérieux.

« Tu plaisantes ? demanda-t-elle.
— Bien sûr que non. As-tu déjà entendu parler de la théorie de la dévolution ? C'est une grande loi naturelle : un arrière-arrière-grand-père qui transmet à sa descendance une énorme quantité d'argent crée nécessairement trois générations de bons à rien. C'est une sorte de malédiction. Alors en sortant du lycée, j'ai compris que ma seule chance d'en réchapper consistait à gagner moi-même ma vie. Ce que j'ai fait.
— Alors, quand Carlo dit que tu travailles beaucoup...
— C'est la triste vérité ! »

Perplexe, Terri resta un moment silencieuse. Paget lui apparaissait ce soir-là sous un nouveau jour. Plus que tout autre, il semblait s'être donné une ligne de conduite de laquelle il se refusait à dévier.

« Et que fais-tu de l'argent ? demanda-t-elle.
— À part quelques dons occasionnels pour de grandes causes, je n'y touche pas : il est investi en vue d'être transmis à Carlo et à mes autres enfants éventuels, qui deviennent plus éventuels de jour en jour. » Paget sourit à nouveau. « Seulement, le sale tour que j'ai joué à Carlo, c'est que, pour des raisons légales et philosophiques, l'argent ne lui reviendra pas, mais ira à ses enfants ; je n'ai pas réussi à repousser davantage la malédiction. Carlo, lui, recevra un revenu plus que confortable, mais seulement après ma mort. D'ici là, je pense, il se sera déjà constitué une personnalité. »

Terri se mit à rire.

« Mais c'est épouvantable ! Carlo est-il au courant ?
— Je le lui ai dit l'an dernier.
— Comment a-t-il réagi ?
— Il m'a répondu : "Alors, il est inutile que je mette de la mort-aux-rats dans ton potage". Et le pire, c'est que dès le trimestre suivant ses notes au lycée sont montées en flèche. »

Terri sourit.

« On ne doit pas s'ennuyer tous les jours chez vous ! » Elle marqua une pause, puis ajouta : « Et tu n'as jamais eu envie d'avoir d'autres enfants ?
— Disons que ma situation ne s'y est jamais prêtée et aujourd'hui, je crains qu'il ne soit trop tard ! » Paget la regarda. « Et toi ? Vous ne prévoyez pas un petit deuxième, avec Richie ? »

Terri but une gorgée de vin.

« Je ne sais pas encore... En fait, nous n'avions pas *prévu* Elena. Quand j'ai su que j'étais enceinte, je n'avais plus le choix. » Pensive, Terri contemplait son vin. « Le moment était venu, je suppose. Richie me poussait à m'engager — nous nous serions mariés de toute façon, disait-il, et il avait vraiment envie d'avoir des enfants. Quant à moi, j'ai toujours eu cette volonté de fonder une vraie famille, dans laquelle il n'y aurait pas de conflits. C'était — et cela reste — très important pour moi.

— Ma remarque te semblera peut-être pédante, fit Paget, mais n'as-tu jamais pensé que tu étais encore en train de tenter de réparer ta famille d'origine ? »

Terri leva la tête et le regarda.

« Non, dit-elle d'une voix calme. Mais il est vrai que, parfois, je me demande si je ne ressemble pas un peu trop à ma mère. »

Paget cessa de parler, comme s'il sentait qu'il était allé trop loin.

« Peut-être est-ce que je colle trop à la définition du divorcé que je suis et que j'ai passé trop de temps à tenter de comprendre pourquoi j'en étais arrivé là. Sans doute le gouffre qui sépare ma génération de celle de nos parents réside-t-il dans cette autoanalyse qui les terrorisait, mais que nous, en revanche, nous pratiquons à tout bout de champ... »

C'était étrange : Paget semblait savoir exactement quelles questions poser, quand parler, quand écouter, et quand battre en retraite derrière l'autodérision. Tout à coup, Terri se sentit à nouveau à l'aise, détendue, reconnaissante pour la soirée qu'elle passait et pour tout ce qu'il lui avait dit. Quant à Paget, lui aussi avait l'air heureux.

Les plats arrivèrent : thon grillé pour Terri, cassoulet pour Paget. Terri trouva la nourriture excellente. Tout en dînant, ils ramenèrent la conversation à l'affaire Ransom, évoquant Steinhardt et Caldwell.

« As-tu une idée, demanda Paget en terminant sa crème brûlée, de la personne qui parlait sur ces deux cassettes ? Celles que Steinhardt n'a pas su identifier ? »

Elle secoua la tête.

« Impossible de le savoir, ni même d'être sûrs qu'elles ont bel et bien existé, à moins de les retrouver. Penses-tu qu'elles soient importantes ?

— Probablement pas. Simple curiosité... Mais si elles existent et que Ransom les détenait, Sharpe les découvrira tôt ou tard. En ce moment même, elle est peut-être chez elle, en train de faire des gâteaux tout en écoutant Robert Redford parler de sa mère au docteur Steinhardt. »

Paget termina son café, demanda à Robert d'appeler un taxi pour Terri, puis paya l'addition.

Dehors, un fin crachin les attendait. Terri apprécia le contact de l'eau fraîche sur son visage, un complément agréable après le vin et le porto qu'elle venait de boire. Debout près de Paget, elle s'aperçut tout à coup qu'elle avait aimé ces dernières heures de son existence.

« Voilà ton taxi qui arrive », annonça Paget.

Elle se tourna vers lui.

« Merci pour le dîner.

— C'était la moindre des choses. » Paget sourit. « ... Avec l'augmentation, qui ne devrait pas tarder. »

Brusquement, sans se rendre compte de ce qu'elle faisait, Terri vint déposer un baiser sur sa joue, puis recula précipitamment. Elle avait l'impression d'être une gamine. Paget eut un sourire énigmatique.

« Qu'ai-je fait, interrogea-t-il, pour mériter cela ? »

Terri grimaça un sourire.

« Ce doit être le vin », répondit-elle, confuse, avant de s'engouffrer dans le taxi.

Le lendemain matin, alors que Paget se trouvait encore chez lui, le téléphone sonna. McKinley Brooks était au bout du fil.

L'appel prit Paget au dépourvu.

« Mac ? s'exclama-t-il. Que se passe-t-il ?

— Un certain nombre de choses. Tu vas vouloir venir me voir, je présume. »

Sa voix était sombre, presque hésitante.

« Peux-tu me donner une idée de ce dont il s'agit ? demanda Paget.

— Euh... Nous avons trouvé une autre cassette. »

Immédiatement, Paget songea à Lindsay Caldwell.

« Et que contient-elle ?

— Elle parle tout d'abord du jour où tu as pris Carlo. Mais, subitement, elle change de sujet et passe à l'affaire Lasko. »

Paget s'était raidi.

« Mais de quoi diable parles-tu ?

— Comment ? Tu n'es vraiment pas au courant ? » Il y eut un silence. « Mary Carelli a été une patiente du docteur Steinhardt. »

Chapitre neuf

Le jour où Paget avait pris Carlo...

Présentées ainsi, les choses paraissaient évidemment brutales. Comme si Paget avait programmé l'enlèvement de Carlo ! En ce bel après-midi de printemps où il s'était présenté chez les Carelli, il ne pensait guère passer plus d'une heure en compagnie de son fils...

Les parents de Mary habitaient un immeuble de briques rouges dans la banlieue nord de Boston. John Carelli avait tenu une petite épicerie au coin de la rue, tandis que sa femme, Francesca, élevait ses sept enfants, dont Mary était la benjamine. À présent, ils avaient plus de soixante-dix ans, le magasin était vendu depuis longtemps et le seul enfant de la maison était Carlo. Mary, dont toute l'adolescence avait été hantée par le désir obsédant de quitter cet appartement et cette famille, ne revenait voir son fils qu'entre deux voyages. D'ici deux ou trois ans, avait-elle dit à Paget, sa nouvelle carrière de journaliste deviendrait assez stable pour lui permettre de se fixer quelque part et de payer une personne à domicile pour l'aider à élever Carlo. En attendant, elle considérait ses parents comme les mieux placés pour s'en occuper, tous ses frères et sœurs ayant, de toute façon, refusé de se charger du « bâtard ».

John Carelli ouvrit la porte et considéra Paget d'un air dégoûté. Chez cet homme voûté au visage rugueux et aux yeux suspicieux, rien n'inspirait la sympathie. Un individu usé par une vie de labeur qui, de l'avis de Paget, avait respecté trop scrupuleusement les règles fixées par son Église pour conserver un semblant d'humanité. Cette religiosité extrême avait tué quelque chose en lui. Avait-il jamais ressenti la moindre émotion ? Envers Paget en tout cas, c'était le mépris qui dominait.

Derrière John Carelli, campé dans l'embrasure de la porte, un couloir étroit et sombre desservait plusieurs portes fermées. Comme un fantôme, l'ombre de Francesca Carelli se profila, ouvrit l'une des portes et disparut. Jamais, au cours de ses trois visites précédentes, Paget ne l'avait rencontrée.

John Carelli ignora la main tendue.

« Elle nous a dit que vous alliez venir. »

Paget acquiesça.

« Pour voir Carlo. »

Carelli ne bougea pas. De toute évidence, il ne se serait pas gêné pour jeter le visiteur dehors s'il avait eu quelques années de moins.

« Il est là », se contenta-t-il de grommeler avant de conduire Paget au salon.

Les lourds doubles rideaux des fenêtres étaient tirés et la pièce baignait dans une semi-obscurité. Au mur, un Christ en croix, une nature morte et quelques photos de famille desquelles Mary était absente constituaient les seules décorations. On n'avait pas dû ouvrir les fenêtres depuis plusieurs jours, car la pièce sentait le renfermé. Rien, dans cet intérieur, n'évoquait Mary, hormis le petit garçon aux cheveux noirs qui regardait la télévision d'un œil vide. Il était de profil ; Paget distinguait ses longs cils et ses traits délicats.

« Carlo ? » appela-t-il.

L'enfant ne bougea pas. Paget vint s'agenouiller près de lui.

« Je suis Christopher, dit-il. Je suis venu pour te voir. »

Après une légère hésitation, le garçon tourna la tête vers lui. Comme la dernière fois, Paget fut surpris par son regard bleu ciel. Un regard qui ne semblait cependant ni le reconnaître, ni lui manifester le moindre intérêt. Deux ans, c'était long dans la vie d'un enfant de sept ans : Carlo ne se souvenait pas de lui.

« Tu voudrais qu'on aille jouer dehors ? » demanda Paget.

Le garçon ne répondit pas. Paget lui toucha l'épaule.

« Nous pourrions aller au jardin… »

Carlo secoua la tête.

« Je veux regarder ça. »

Paget leva les yeux vers John Carelli :

« Auriez-vous un ballon ? »

Carelli eut un air mauvais :

« Il adore regarder la télé. »

Paget jeta un coup d'œil au garçon, toujours concentré sur l'écran, puis se tourna à nouveau vers le père de Mary.

« Bon, alors je vais rester là. Ne vous occupez pas de moi, je ne voudrais pas vous déranger. »

John Carelli resta un moment immobile, puis quitta la pièce. Paget s'assit près de Carlo. Celui-ci regardait une série policière.

« Qui sont les gentils ? » demanda Paget.

Le garçon désigna deux personnages :

« Lui et lui.

— Comment s'appellent-ils ?

— John et Ponch. Je les regarde à la télé tous les jours.

— Tous les jours ?

— Oui. John est mon meilleur ami... Ponch aussi, des fois...

— Tu ne joues jamais dehors, avec tes copains ? »

Lentement, le garçon fit non de la tête.

« Pourquoi ? »

L'enfant parut surpris, vaguement effrayé.

« Ça me ferait rater John et Ponch », répondit-il.

Pour Carlo, la réponse semblait évidente, comme si l'idée de faire autre chose était inconcevable. Paget éprouva l'envie soudaine d'arracher les rideaux et d'ouvrir grandes les fenêtres. Mais il n'en fit rien et se contenta de suivre le feuilleton.

À l'écran, les deux policiers aidaient un père et une mère à rechercher leur petit garçon Timmy, perdu dans la forêt. Au moins, pensa Paget, ces parents-là avaient laissé leur fils jouer dehors...

Au bout d'un moment, il sentit l'épaule de Carlo contre la sienne. Il examina le garçon. Son regard était plus concentré que jamais, comme s'il craignait de devoir justifier son mouvement. Paget ne dit rien. Sans quitter l'écran des yeux, il plaça son bras autour des épaules du petit garçon. Celui-ci resta immobile. Tandis qu'ils regardaient John et Ponch chercher Timmy, Paget sentit Carlo s'appuyer très légèrement contre lui.

À l'écran, Timmy avait rencontré un ours. Carlo tressaillit.

« Viens t'asseoir sur mes genoux », suggéra Paget.

L'enfant hésita. Paget le saisit alors doucement et l'installa sur ses genoux. Carlo y resta jusqu'aux retrouvailles de Timmy et ses parents.

« Moi, mon père est mort », fit-il une fois le feuilleton terminé.

Paget posa sa joue sur la tête de l'enfant.

« Qui t'a dit cela ?

— Papa.

— Qui est-ce ? »

Carlo montra la porte où s'était tenu John Carelli.

« Et que dit ta maman ? »

Le garçon haussa les épaules, un petit geste qui révélait sa fragilité.

Levant les yeux, Paget aperçut John Carelli à la porte. Son regard dur signifiait que le temps de visite était écoulé.

« Y a-t-il un jardin dans le coin ? interrogea Paget. Je voulais demander à Carlo de venir jouer avec moi.

— Il n'a pas le temps, répondit John Carelli. Nous dînons à cinq heures et demie. »

Comment Mary avait-elle pu s'échapper de cet univers suffocant et comment, surtout, avait-elle accepté d'y plonger son fils ?

« C'est gentil à vous, répondit Paget, mais je ne veux pas déranger Mme Carelli en acceptant une invitation à dîner. Remerciez-la pour moi, en tout cas... » Paget s'interrompit pour savourer le regard du vieil homme, dans lequel l'étonnement se mêlait à la haine, puis ajouta : « Je me charge de faire dîner Carlo. Nous serons de retour à dix-neuf heures trente. À moins que vous n'ayez prévu quelque chose de spécial pour ce soir ? »

John Carelli fit un pas, bloquant le passage.

« Nous ne savions pas que vous comptiez rester. »

Le petit garçon se raidit comme s'il sentait soudain la désapprobation de son grand-père. Paget se leva, le prit dans ses bras en le tournant afin qu'il ne vît pas le regard menaçant qu'il lança à John Carelli ; puis il se dirigea vers la porte.

« Eh bien si, je reste, fit-il d'un ton jovial. Ce n'est pas tous les jours que je trouve un petit garçon avec qui jouer ! »

Carelli ne bougea pas d'un pouce.

« Excusez-moi », fit poliment Paget en arrivant à sa hauteur.

Joignant le geste à la parole, comme s'il cherchait à s'extraire d'un ascenseur surpeuplé, il repoussa fermement le vieil homme. Accroché à lui, le garçon ne se rendit compte de rien.

« Ne vous dérangez pas, je connais le chemin. Bon appétit, et merci encore à Mme Carelli pour son hospitalité. »

Ils montèrent tous deux dans la voiture.

« Bon, dit Paget à Carlo une fois installé, nous allons d'abord jouer dans un jardin, puis nous irons manger quelque chose. Qu'est-ce que tu aimes ?

Le garçon hésita.

« Les pizzas... ? hasarda-t-il.

— Eh bien, va pour une pizza. Mais il nous faut d'abord trouver un jardin. Cela fait des années que je n'ai pas fait de toboggan ! »

L'enfant désigna le costume de Paget :

« Tu ne peux pas y aller comme ça.

— Si, c'est encore plus drôle ! s'écria Paget avec un clin d'œil. Cela ne t'arrive jamais de faire des choses défendues ? »

Carlo fit non de la tête.

« Papa ne me laisserait pas.
— Parce qu'il veut que tu sois bien élevé. Mais moi, j'ai trente-sept ans, alors je peux faire du toboggan habillé comme j'ai envie.
— Tiens ! Tu as le même âge que maman. Elle a trente ans de plus que moi. »
Paget sourit.
« Ce n'est pas très vieux. Ta maman, en tout cas, n'a pas l'air vieille.
— Ah ? Tu connais ma maman ?
— Oui. Nous sommes amis. »
L'enfant hésita :
« Et mon papa, tu le connaissais ? »
Paget le regarda, puis sourit à nouveau :
« Et si on disait que c'était moi, ton papa ? Juste pour aujourd'hui ! Maintenant, aide-moi à trouver un jardin. »
Carlo fronça les sourcils, comme s'il cherchait à se souvenir comment la conversation avait dévié ainsi.
« Comment tu t'appelles ? interrogea-t-il.
— Christopher. »
En roulant au hasard, Paget trouva bientôt un square. C'était un jardin étroit, peuplé de mères, d'enfants, et de quelques vieillards assis sur les bancs. Paget sortit une petite balle rouge de son coffre.
« Tu as déjà joué à la balle ?
— Oui, à l'école. Mais on ne me laisse pas beaucoup jouer. Je ne suis pas assez fort…
— Je suis sûr que tu es meilleur que tu ne le penses ! » Paget désigna un carré de pelouse. « Mettons-nous là. Je vais t'entraîner. »
Paget se plaça à quelques mètres de Carlo et lança doucement la balle. Le garçon se raidit ; lorsqu'il tendit les mains, la balle avait déjà touché sa poitrine et était retombée.
« Recommençons, fit Paget. De plus près. »
Il s'agenouilla à un mètre de Carlo et envoya la balle tout doucement. Là encore, l'enfant la laissa tomber.
« Ce n'est pas grave, dit Paget. Moi aussi, quand j'étais petit, il fallait que je m'entraîne beaucoup.
— Tu n'y arrivais pas ?
— Au début, non. Mais à la fin, je suis devenu fort. »
Au quatrième essai, Carlo rattrapa la balle.
L'enfant se déplaçait avec la même grâce naturelle que sa mère. Il serait grand plus tard : déjà, la longueur de ses membres le

rendait un peu gauche. Mais ses mains étaient rapides. Son problème ne venait pas d'un manque de réflexes, mais de son peu de confiance en lui.

Carlo rattrapa une deuxième fois la balle.

« Tu vois, dit Paget, tu es fort ! »

Le garçon secoua la tête.

« Je ne suis pas fort. C'est toi qui t'arranges pour que j'y arrive.

— Mais c'est toi qui rattrapes la balle, pas moi !

— Ils ne me laisseront jamais jouer. » La voix de Carlo était amère. « Je pourrais leur demander des centaines de fois, ils me répondront toujours que je suis nul. »

Dans ces quelques mots, Paget entrevit toute l'existence de Carlo. Il s'agenouilla près de lui sur l'herbe.

« Qu'est-ce qui ne va pas ? » interrogea-t-il.

Pour la première fois, Carlo sembla parler avec naturel.

« Je me déteste, dit-il. J'ai envie de mourir, c'est tout.

— Si tu meurs, Carlo Carelli, répondit Paget d'un ton léger, il faudra que je mange ma pizza tout seul ! »

L'enfant le considéra un moment. Puis, pour la première fois, un léger sourire éclaira son visage.

« Alors, je vais attendre un peu », fit-il.

« Il semblerait qu'il y a un problème, dit Larry Colvin à Paget. Du moins si nous pouvons nous fonder sur deux visites seulement. »

À quel moment, se demanda Paget, son copain d'université, Larry, avait-il acquis cette expression bienveillante, ce langage si mesuré ?

« Je ne suis pas spécialiste de psychologie infantile, répondit Paget, mais j'ai tout de même considéré ce ''Je me déteste, j'ai envie de mourir'' comme un indice. »

Colvin hocha la tête. Son visage exprimait à la fois tristesse et intérêt.

« Pour nous résumer, ce garçon manque de chaleur et de stimuli. Il n'a guère de raisons d'être heureux ou content de lui. Le plus gros problème, dans le milieu dans lequel il vit, c'est qu'il ne peut exprimer ses sentiments : il les a donc intériorisés. Comme on ne lui manifeste aucun amour, Carlo pense qu'il ne mérite pas qu'on s'intéresse à lui.

— À court terme, je ne vois pas trop comment cela pourrait changer.

— Tu ne peux pas parler aux grands-parents ?

— Tu n'y penses pas, Larry ! Ces gens-là vivent sur une autre planète. Mme Carelli ne dit pas un mot. Quant au grand-père, pour avoir un jour une chance d'établir un dialogue constructif avec lui, il faudrait qu'un de nous deux meure et soit réincarné… Quand je suis revenu chez eux et que j'ai demandé si Carlo avait des livrets scolaires, il n'a même pas daigné me répondre. Et j'ai dû le menacer des tribunaux pour qu'il me laisse amener Carlo ici ! »

Colvin hocha la tête.

« Et moi, crois-tu que je pourrais leur parler ?

— Tu peux toujours essayer. Mais ce serait un peu comme parler le grec ancien dans un désert culturel. »

Colvin se leva et alla ouvrir la fenêtre. Une brise légère pénétra dans la pièce.

« Cette ville, murmura-t-il, était un endroit fantastique pour grandir. Je l'aime toujours autant, surtout des jours comme aujourd'hui.

— Mais elle ne convient pas à Carlo. »

Colvin hocha la tête.

« En fait, c'est un garçon intelligent et sensible. Pour un enfant qui reçoit si peu de stimuli, j'ai trouvé qu'il suivait assez bien les choses, et il a même la capacité de faire de l'humour.

— Je l'ai senti moi aussi. Dans le peu de temps que nous avons passé ensemble, j'ai remarqué qu'il commençait à comprendre mon ironie et que cela lui faisait du bien. Seulement, les Carelli ne mettent pas du tout cela en valeur, c'est le moins qu'on puisse dire…

— Et avec toi, comment est-il ? »

Paget réfléchit.

« Il ne manifeste pas beaucoup ses sentiments. Chaque fois que je lui rends visite, il semble un peu plus content de me voir, mais il n'aime toujours pas qu'on le touche et il reste hors de question pour moi de le serrer dans mes bras. Je trouve cela un peu triste.

— Tout ce que tu me dis là est plus encourageant que je ne pensais… Et la mère ?

— La mère… J'ai enfin retrouvé sa trace. Elle est à Rome, tu l'as peut-être vue au journal télévisé lors de l'enlèvement d'Aldo Moro. Pour elle, tout va bien. Dans deux ans, elle sera de retour à New York et pourra secourir Carlo.

— Il aura alors neuf ans, au moins.

— Oui. Et sur ses livrets scolaires, que j'ai demandés directement à l'école, ses notes sont en baisse constante.

— Le problème, ce n'est pas seulement l'école, Chris. Il y a bien plus en jeu : sa confiance en lui, sa sociabilité, et même la conscience qu'il a de son propre corps. Les deux années à venir sont critiques. » Colvin s'autorisa une note d'irritation. « Excuse-moi, Chris, mais je crois que je peux prendre avec un ami des libertés que je ne prendrais jamais avec un patient : comment se fait-il que deux personnes brillantes, visiblement intelligentes comme toi et cette femme que j'ai vue s'exprimer à la télévision lors du procès Lasko, se retrouvent avec un enfant non désiré ? »

Un enfant non désiré... Ces mots fendirent le cœur de Paget. Il revit le petit garçon, seul devant la télévision. Il se sentit profondément coupable.

« Quand j'étais petit, dit-il, je souffrais moi-même de la solitude. Je n'ai jamais voulu avoir un fils à mon image... Même si, ces quatre derniers jours, je me suis dit que j'avais quand même survécu.

— Tu es satisfait de ta réponse ? »

Paget haussa les épaules.

« N'insiste pas, Larry. Dans cinq minutes, tu vas me faire dessiner une maison et un bonhomme pour voir si je fais sortir de la fumée de la cheminée et si je n'oublie pas les bras et les jambes...

— Épargne-moi ta condescendance, veux-tu ? Tu peux même oublier Carlo un instant. C'est pour toi, aussi et surtout, que tout cela est important. »

Paget eut un léger sourire.

« Diable, voilà que tu te mets à nouveau à jouer à l'être humain. J'aurais dû avoir des ''enfants non désirés'' plus souvent ! »

Colvin eut un geste d'impatience.

« Arrête tes conneries, Chris !

— D'accord, d'accord. En fait, si cela n'avait tenu qu'à moi, Carlo n'aurait jamais vu le jour. Cette idée me rend très malheureux, mais je le suis encore plus quand je pense à la vie qu'il mène... Quant à Mary, elle voulait le garder pour des raisons personnelles. Dans ce sens d'ailleurs, il a déjà rempli son rôle. »

Colvin parut ne pas comprendre.

« Que veux-tu dire ?

— C'est personnel. Laisse tomber... »

Colvin l'examina, faillit parler, puis se ravisa.

« OK, dit-il finalement. Alors restons-en à la situation présente. En as-tu parlé à Andrea ?

— Pas beaucoup. Elle est en tournée en Europe. Mais dans l'ensemble, Andrea traite le cas Carlo comme une histoire qui se passerait dans un autre monde. Peut-être parce qu'elle trouve cela trop triste...

— Et Mary, crois-tu qu'elle soit consciente de la vie que mène Carlo ? »

Comment donner de Mary une explication objective sans pour autant livrer des détails que Colvin n'avait pas besoin de connaître ?

« Mary sait très bien ce qui se passe, répondit-il. Seulement, cela ne lui inspire pas la même réaction qu'à toi et moi.

— Je croyais — c'est toi-même qui me l'as dit, d'ailleurs — qu'elle méprisait ses parents et gardait un très mauvais souvenir de son enfance ?

— C'est juste. D'ailleurs, après avoir vu de mes yeux le *sweet home* des Carelli, je me demande comment elle a pu réussir aussi brillamment. Cependant, pour devenir ce qu'elle est, elle a dû puiser dans ce qu'elle avait. Aujourd'hui, Mary est une femme dure, intransigeante. Elle ne se penche jamais sur ses échecs, elle se contente de les oublier. Même chose pour les principes : lorsqu'elle a compris que ceux de ses parents constituaient un piège, elle s'est créé les siens et, jusqu'à présent, elle se refuse purement et simplement à prendre en compte ceux des autres. Si tu as un problème, Mary te dira de te débrouiller pour le résoudre : ''Et surtout, ajoutera-t-elle, ne viens pas te lamenter auprès de moi !''

« Mary est si fondamentalement pragmatique qu'elle en devient impitoyable. Et comme tous ceux qui se sont faits tout seuls, elle considère que son itinéraire et ses succès lui confèrent un droit de regard... Mais, bien sûr, elle refuse que l'on porte le moindre jugement moral sur elle.

— Tu la connais bien, fit Colvin qui avait écouté attentivement, pour si peu de temps passé avec elle !

— Mary Carelli, répondit Paget, pensif, est une personne à laquelle j'ai beaucoup réfléchi.

— T'a-t-elle déjà demandé quelque chose ?

— Non. D'ailleurs, elle n'accepterait rien de personne. Je ne sais pas pourquoi. »

Colvin sembla méditer.

« Bien, fit-il. Alors comment se fait-il qu'elle n'ait pas conscience de la situation de Carlo ?

— Oh, elle doit se dire que, si elle s'en est sortie, Carlo devrait y parvenir aussi !

— Et toi, penses-tu comme elle ? »

Paget se leva, marcha jusqu'à la fenêtre.

« Non, dit-il. Carlo n'est pas un clone de Mary. Il y a d'autres choses en lui. »

Silencieux, Colvin vint le rejoindre à la fenêtre. Les deux amis considérèrent ensemble l'animation de la rue.

« Tu as raison, dit Paget. C'est une ville formidable... »

Colvin se tourna vers lui.
« Que vas-tu faire ? »
Paget secoua lentement la tête.
« Je n'en sais fichtre rien. »

Debout devant la porte, John Carelli secouait la tête.
« Vous ne pouvez pas le voir.
— Pourquoi ?
— Parce qu'ici, c'est chez moi. » Sa voix était rude. « J'en ai assez de vous voir rôder dans le secteur.
— La prochaine fois, je le verrai ailleurs. Carlo est-il là ? »
John Carelli croisa les bras.
« Vous avez fait un enfant à ma fille, croyez-vous que cela vous donne des droits ? N'importe quel imbécile peut engrosser une fille si elle l'accepte. Cela ne fait pas de lui un père, et encore moins un homme... »
Paget le considéra fixement.
« Comme vous avez raison ! » fit-il à mi-voix.
Le visage de Carelli vira au rouge.
« Vous êtes un enfant gâté, vous êtes un bourgeois. Il n'est pas question que Carlo devienne comme vous... ni comme Mary ! »
On ne faisait que porter des jugements dans cette maison, pensa Paget. Carlo se verrait toujours à travers le regard de son grand-père, comme le fils d'une femme imparfaite, quelqu'un qui ne valait pas la peine d'être aimé.
« Avez-vous déjà réfléchi, s'écria Paget, à ce que sera Carlo quand il grandira ? Ou est-il plus gratifiant pour vous de haïr une fille que d'aimer un petit-fils ? Parce que je vous ai observé, monsieur Carelli, et j'ai vu qu'il n'y avait pas d'amour en vous. » Il s'interrompit, puis reprit plus calmement : « S'il y en avait, vous verriez que le véritable péché de Mary n'était pas de coucher avec *moi*, mais de laisser son fils chez *vous* ! »
John Carelli leva la main pour le frapper, mais Paget lui saisit le poignet. Puis, soudain, il se sentit épuisé.
« Excusez-moi, fit-il. Je n'ai pas le droit de dire cela. S'il vous plaît, j'étais juste venu lui dire au revoir. »
Lentement, John Carelli baissa le bras.
« Laissez-le tranquille, grommela-t-il. Vous lui avez déjà fait assez de mal. Vous l'avez dissipé pour rien... Maintenant, fichez-lui la paix.
— Papa ? »
Carlo était là. Il avait délaissé son feuilleton préféré. Il leva les yeux vers Paget, ces yeux qui avait le même ovale que ceux de sa

mère et le même bleu que ceux de Paget. « Gène récessif de l'Italie du Nord », disait Mary, ignorant délibérément toute participation paternelle.

« Bonjour, Carlo, répondit Paget avant de tourner les yeux vers John Carelli.

— Cinq minutes, dit le vieil homme. Après, j'appelle la police. »

Paget fit oui de la tête et Carelli rentra dans la maison. Paget s'agenouilla près de Carlo. « Tu viens regarder la télé avec moi ? » demanda l'enfant.

Paget secoua la tête.

« J'aimerais bien, mais c'est impossible. »

Même à ses propres oreilles, ces mots sonnaient creux.

« Tu t'en vas ? demanda Carlo.

— Je dois partir, oui.

— Pourquoi ?

— Parce que je dois rentrer chez moi. » Paget hésita, cherchant à expliquer. « J'habite en Californie, là où vivent John et Ponch. »

Carlo détourna les yeux.

« C'est loin, ça, non ?

— Oui. »

Le garçon hocha la tête.

« Ma maman aussi, elle est partie.

— Je sais. Mais elle reviendra. Les mamans reviennent toujours.

— Et toi, tu reviendras ?

— Oui. Un jour. »

Carlo s'éclipsa vers le salon, puis revint, la petite balle rouge à la main. Il la tendit à Paget.

« Quand tu reviendras, dit-il, rapporte ça.

— Mais je te l'ai donnée... Pour que tu la gardes. »

Carlo secoua la tête.

« Nous pourrons y rejouer. Si tu reviens. »

Il pressa la balle contre la paume de Paget. Lorsque celui-ci referma sa main, le garçon n'avait pas lâché l'objet. Les doigts de Paget se fermèrent sur ceux de Carlo.

Le regard de l'enfant était embué de larmes.

« Comment tu t'appelles ? demanda-t-il. Je ne me rappelle plus...

— Christopher. »

Paget s'interrompit un court instant, puis ajouta sans se laisser le temps de réfléchir :

« Je suis ton père. »

Carlo pâlit. Paget crut déceler dans ses yeux une courte lueur d'espoir, puis l'enfant jeta un coup d'œil par-dessus son épaule, effrayé. Paget l'attira contre lui. Carlo se tenait tout raide. Il semblait ne pas comprendre. Enfin, lentement, il passa ses bras autour du cou de Paget.

« Je suis ton père, murmura à nouveau celui-ci. Et maintenant, tout ira bien. »

Paris n'avait rien perdu de son éclat.

C'était un frais après-midi de printemps, deux jours après que Paget eut quitté Carlo. Installé à la terrasse des Deux-Magots, le café qu'il avait fréquenté assidûment pendant ses études à Paris, il observait une grande femme brune qui traversait la rue avec la grâce d'un mannequin. Cela lui rappela qu'il avait manqué de peu Andrea, partie la veille pour Prague où elle dansait le soir même.

Désœuvré, plongé dans ses pensées, Paget toucha des doigts son cartable rempli de documents.

« Alors, on a la nostalgie du bon vieux temps ? lança une voix familière. À moins que tu n'imagines une soirée en tête à tête avec la belle brune que tu as regardée traverser la rue... »

Paget se retourna.

« La nostalgie, répondit-il. Je comptais les années écoulées depuis notre dernière rencontre.

— Cinq, fit Mary. On reste ici pour discuter ? Je prendrais bien un verre de vin rouge. C'est moi qui régale, évidemment, étant donné tous les kilomètres que tu viens de parcourir.

— Dans ce cas, j'en prendrai un moi aussi. »

Lorsque Mary prit place en face de lui, Paget remarqua les légers changements intervenus chez elle. Elle avait dépassé la trentaine à présent et son assurance d'autrefois avait fait place à une parfaite maîtrise d'elle-même. Ses vêtements et son maquillage ne présentaient pas le moindre défaut : ni trop, ni trop peu, mais assez pour suggérer bon goût et souci du détail. Même sa façon de parler, modulée par son expérience à la télévision, avait gagné en clarté et en distinction. Fallait-il la comparer à un bon vin ou à un caméléon ? Paget hésitait... En tout cas, rien, dans cette femme, ne laissait deviner le moindre point commun avec John Carelli. Paget eut la pénible impression d'avoir affaire à une étrangère.

Ils parlèrent quelques instants de la pluie et du beau temps, jusqu'à ce qu'un garçon stylé vînt prendre leur commande. Lorsqu'il fut reparti, ils restèrent un moment silencieux.

« Tu es venu à cause de Carlo, dit-elle enfin.

— Oui. » Paget s'interrompit. « Je veux qu'il vienne vivre chez moi. »

Mary eut l'air surpris.

« Ça te prend comme cela, tout d'un coup ?

— Non, pas tout d'un coup. Comme je te l'ai dit au téléphone, je suis allé le voir plusieurs fois ces derniers temps. Je l'ai emmené chez un psychologue pour enfants et je connais désormais assez bien tes parents pour m'en faire une idée très précise. Carlo a besoin d'un père ou, plus exactement, d'un de ses deux parents. Je t'ai expliqué à quel point il est malheureux, et comme il a commencé à s'attacher à moi.

— Ce n'est pas possible, Chris. Tu ne dois pas savoir ce que tu fais.

— Pourquoi ?

— Parce que. » Il y avait de l'impatience dans sa voix. « On ne peut pas s'improviser père comme cela ! »

Paget se pencha en avant.

« N'oublie pas que c'est toi qui as fait de moi un père, Mary. La veille de notre comparution. C'est pour cela que je suis là. »

Mary secoua la tête.

« Je ne t'ai rien demandé. Tu ne l'as pas remarqué ?

— C'est faux, Mary. Tu m'as demandé beaucoup. Avant la naissance de Carlo. »

Elle écarquilla les yeux.

« Alors, c'est pour cela que tu es venu ? Pour te mettre en paix avec ta conscience ? Ce qui est fait est fait, Chris, il faut que tu vives avec. Il est trop tard pour les regrets.

— Je le sais très bien. Mais il n'est pas trop tard pour Carlo. D'ici deux ans, en revanche, ça le sera. »

Le garçon apporta les deux verres de vin rouge. Aucun d'eux n'y toucha.

« Depuis quand, demanda Mary, es-tu devenu spécialiste du développement psychomoteur de l'enfant ? Je sais déjà qu'il y a des problèmes, parce que je connais mes parents. Crois-moi si tu veux, mais cela me fait mal au cœur de devoir le laisser encore deux ans chez eux. Mais une fois ma carrière lancée, je serai en mesure de changer cela. Pourquoi penses-tu tout à coup détenir la seule bonne solution ? »

Paget résolut de changer de tactique.

« Écoute, Mary, dit-il calmement, il ne s'agit pas d'un duel entre nous deux. C'est avant tout à Carlo qu'il faut penser.

— Mais Carlo est mon fils, Chris. Je ne peux pas l'abandonner. C'est aussi simple que cela.

— Non, parce que Carlo n'est pas un objet. Quoique s'il reste plus longtemps chez tes parents, il pourrait bien le devenir. » Paget haussa le ton : « Mais enfin, Mary, je t'ai expliqué tout cela au téléphone ! Comme si tu avais besoin que je t'en parle pour le savoir !

— Je vais revenir, Chris ! » Elle lui lança un regard incrédule. « Vraiment, tout cela est grotesque. Tu n'as jamais désiré être un père, tu n'as jamais voulu Carlo et jusqu'à ces jours-ci, tu lui as manifesté moins d'attention qu'à tes précieux tableaux. Notre conversation doit être un rêve, ce n'est pas possible ! »

Paget la considéra fixement.

« Décide-toi, Mary. Suis-je le plus mauvais des deux parents, celui qui n'a jamais désiré l'enfant, ou l'homme que tu as dépossédé de sa paternité à la naissance de Carlo ? Je ne suis pas venu ici sur un coup de tête. L'avenir de cet enfant me tient à cœur. »

L'expression de Mary changea imperceptiblement, comme si elle s'obligeait à maîtriser son impatience.

« Crois-tu vraiment que tu aies réfléchi assez mûrement à cette décision, Chris ?

— Je n'ai cessé d'y penser. Et je continue... Il est évident que Carlo a besoin d'un encadrement, d'activité physique et, surtout, d'un amour et d'une attention vrais. » Paget leva les yeux sur Mary. « Il faut que quelqu'un fasse comprendre à Carlo qu'il est lui-même la personne la plus importante de sa vie. »

Mary eut un léger sourire.

« À t'entendre, on croirait qu'il s'agit d'une expiation ou d'une sorte de croisade. Et, bien sûr, partir en croisade, c'était ta spécialité.

— Il ne s'agit pas de croisade, mais de temps passé et d'une certaine sensibilité. » Il s'interrompit à nouveau. « En somme, tout ce que nous n'avons reçu ni l'un ni l'autre de nos parents...

— ... et que tu es le seul à pouvoir donner ! » Mary se pencha vers lui. « Dis-moi, Mme Pavlova est-elle au courant de tes ambitions ? »

Paget eut un instant d'hésitation.

« Si tu veux parler d'Andrea, non. Pas dans les détails. Mais je suis sûr que nous nous en sortirons très bien.

— Oh, moi aussi ! s'exclama-t-elle avec un sourire sarcastique. Je vois ça d'ici : ''Tu rentres de six jours à Pittsburgh, mon amour ? Tu dansais *Giselle* ? Écoute, j'emmène Carlo à son match de rugby, mais tu pourras nous rejoindre ensuite au MacDo.'' À supposer, bien entendu, qu'il y ait une équipe benjamine de rugby à San Francisco... Il y en a une ?

— Je pense que oui. »

Mary secoua la tête.

« Honnêtement, Chris, je ne crois pas que tu détiennes la solution au problème de Carlo. Tu as eu une réaction émotionnelle au contact de mes parents, et c'est ce qui t'a poussé à sauter dans le premier avion pour Paris. Je te comprends tout à fait. Mais cela ne suffit pas pour transformer la vie de Carlo. »

Mary cherchait-elle à le tester ou à le tourmenter ? Paget n'aurait pu le dire, mais ses paroles lui inspirèrent à la fois espoir et découragement.

« Je suis bon pour lui, dit-il. Je ne sais pas pourquoi, mais je le sens. Le reste suivra.

— As-tu tellement envie d'être bon pour quelqu'un ? Si c'est le cas, tu ferais bien de commencer dans ton propre foyer. Comment se porte ton mariage, je suis contrainte de me poser la question, étant donné que tu te proposes de prendre mon fils en sandwich entre vous deux. »

« Il va bien, merci ! » eut envie de dire Paget. Toutefois, songeant qu'elle était la mère de Carlo, il lui fit une réponse plus proche de la vérité.

« Andrea, dit-il, a des exigences affectives plus importantes que la moyenne des femmes. Elle a besoin que je sois disponible pour elle.

— Dans ce cas, ne crois-tu pas que tu ferais bien de discuter plus longuement avec elle avant de venir m'importuner avec tout cela ?

— Je l'ai fait. Pour l'instant, sa réaction est — disons — ''réservée''. »

Mary fronça les sourcils.

« Alors je te suggère de retirer ta candidature et de reprendre ta vie là où tu l'as laissée. »

Paget secoua la tête.

« J'en sais trop sur Carlo, répliqua-t-il. Et ce n'est pas une décision qu'Andrea peut prendre à ma place. Car, si elle le faisait, Carlo en souffrirait et cela mettrait un terme à notre mariage. C'est d'ailleurs ce que je lui ai dit. »

Mary étudia son visage.

« Non, dit-elle après un long moment.

— Quoi, non ?

— Si Carlo va vivre chez toi, il est évident que votre mariage ne tiendra pas. Ce qui ferait de toi un père célibataire avec une activité professionnelle et un fils en bas âge, aux prises avec les difficultés d'un divorce. Carlo se sentirait coupable et, de ton côté, tu pourrais lui en vouloir. » Le regard de Mary se durcit. « Cette vie-là serait-elle meilleure que celle que je lui offrirai dans deux ans ?

— Oui. Parce que Carlo ne va pas bien du tout, pour toutes les raisons que je t'ai décrites au téléphone et que tu connais pertinemment. Et parce que je suis le père qu'il faut à cet enfant. Si je n'en avais pas la certitude, je ne serais pas là en ce moment. »

Mary secoua la tête.

« Rentre chez toi, Chris. Préserve ton mariage. Dans deux ans, j'irai secourir Carlo. Comme je te l'ai dit à sa naissance, tu en as déjà assez fait. »

Paget la regarda dans les yeux, aussi froidement qu'il put.

« Ce qui nous amène, conclut-il, au terme de cette discussion. »

Mary le considéra en silence.

« De quoi parles-tu ?

— Des documents que j'ai préparés et qui me donnent la garde légale et physique de l'enfant. Et, bien entendu, aux raisons pour lesquelles tu vas signer ces documents. Pour rester polis, nous les appellerons "considérations professionnelles".

— C'est une plaisanterie.

— Non. Comme beaucoup de femmes, tu tiens à ta carrière. Après un honnête examen de conscience, tu en es venue à reconnaître l'incompatibilité entre ton travail et ta maternité et tu as reconnu le rôle clé que peut jouer un père. En l'occurrence, moi. »

Mary sourit froidement.

« Tu sembles oublier, Chris, que ces mêmes "considérations professionnelles" s'appliquent aussi bien à toi qu'à moi.

— C'est faux. Parce que nous sommes différents. D'abord parce que je suis riche, comme tu aimais me le faire remarquer à l'époque. » Paget s'interrompit, se pencha en avant. « Il y a sept ans, j'ai cessé de m'inquiéter. Je me fiche pas mal de ce qui peut m'arriver maintenant. Alors je ne demande pas mieux que de rester là avec toi, jusqu'à ce que tu me dises que toi aussi, de ton côté, tu te fiches de ce qui peut t'arriver... » Il conclut tranquillement : « En attendant, peut-être pourrions-nous commander une bouteille de vin ? »

Paget vit avec étonnement le sourire de Mary se figer.

« Tu es vraiment un salaud... », murmura-t-elle enfin.

Paget se sentit épuisé.

« Non, ce n'est pas ma nature, fit-il lentement. Lorsque j'agis ainsi, je me déteste. Tout comme toi, je te déteste parce que tu m'obliges à le faire. »

Mary secoua la tête.

« Que tu me détestes, cela ne me surprend pas. C'est plutôt le fait que tu répugnes à exercer ce chantage qui pourrait m'étonner, si je le croyais. » Elle contempla son verre de vin. « Non. La véritable surprise, c'est de te voir me demander cela. Jamais, en sept ans, je n'ai imaginé ce moment. Jamais, je n'ai songé que tu aurais envie d'élever Carlo. »

Elle était pâle.

« Je suis désolé, fit Paget. Vraiment désolé. Mais, si tu refuses, nous irons devant les tribunaux, j'agiterai le certificat de naissance de Carlo et j'affirmerai mes droits paternels par tous les moyens dont je dispose. Tous. Et cela risque de te faire très mal. À Carlo aussi, d'ailleurs... »

Elle ferma les yeux.

« C'est sûr.

— C'est sûr, répéta-t-il à mi-voix. Et ne doute pas un instant que je le ferai.

— Oh ! je te crois. » Sa voix était ténue, lointaine. « Tu as tous les papiers sur toi, j'imagine. »

Hochant la tête, Paget se pencha vers son attaché-case et en sortit les documents qu'il posa sur la table. En bonne juriste, Mary les lut soigneusement.

« Comment comptes-tu l'appeler ? À mon avis, il ne faut pas changer son prénom.

— J'ai pensé à ''Carlo Paget''. »

Elle le regarda.

« Carlo *Carelli* Paget.

— D'accord. »

D'un geste rapide, presque négligent, elle aposa sa signature.

« Sais-tu, demanda-t-elle, que Carlo aime les gaufres à la confiture ? »

Paget secoua la tête. Il était surpris de sentir à quel point le moment était douloureux.

« Oh ! ajouta-t-elle, je suis sûre qu'il te le dira. »

Brusquement, elle se leva. Paget vit le changement qui avait envahi son visage, son regard blessé : un mélange de douleur, de colère et d'incrédulité suscitées par ce qu'il venait de faire. Elle saisit le verre de vin auquel elle n'avait pas encore touché, regardant fixement Paget. Un instant, ce dernier eut la certitude qu'elle allait lui lancer le liquide à la figure. Puis, d'un trait, elle vida le verre et le reposa sur la table.

« Félicitations ! lança-t-elle. Tu es le père de Carlo à présent. »

Elle se retourna et sortit d'un pas vif.

Chapitre dix

La première chose qu'il remarqua en entrant dans le bureau de Brooks fut le magnétophone posé sur le bureau.

« Tu es sans doute venu pour écouter cela », dit Brooks.

Le D.A. ne souriait pas. Il avait abandonné ses manières habituelles. Face à lui, Marnie Sharpe affichait une mine sévère et irritée.

« Où l'avez-vous trouvée ? interrogea Paget.

— Chez Ransom, aboya Sharpe. Vous nous croyez stupides ?

— Stupides, non. Un peu paranoïaques seulement. »

Elle se pinça les lèvres.

« Nous avons du mal à croire que vous ignoriez son existence. D'ailleurs, aucun juge ne le croira après l'avoir écoutée. »

Paget s'efforça de maîtriser sa colère.

« Pourquoi diable chercherais-je à dissimuler une chose si facile à trouver ?

— C'est simple : vous saviez que Mary Carelli était une patiente du docteur Steinhardt, mais vous n'étiez pas sûr que Ransom ait la cassette. Vous avez donc tenté de nous stopper avant que nous ne commencions à entrevoir la vérité... La seule autre possibilité, c'est que votre cliente vous ait menti. Cela confirmerait mon intime conviction que Mary Carelli est une menteuse invétérée. D'ailleurs, j'ai l'impression que vous formez un couple parfait...

— Allons, cessez vos enfantillages ! lança Paget d'un ton sec. Personne n'a jamais demandé à Mary si elle avait été cliente chez Steinhardt, alors personne n'a menti ! Et puis, arrêtez de considérer ce dossier comme une affaire personnelle entre vous et moi ! »

D'un geste, Brooks leur imposa le silence.

« Nous ferions mieux d'écouter la cassette. » Il posa un doigt sur le bouton. « J'ai laissé de côté les préliminaires afin d'entrer directement dans le vif du sujet. »

Il appuya sur le bouton. Une voix d'homme dénuée de chaleur s'éleva : « Êtes-vous venue ici pour une raison particulière ? »

Il y eut un silence.

« Oui, répondit Mary. Cela fait trois ans déjà, mais je n'arrive toujours pas à tirer un trait. Je fais toujours le même rêve... Le jour, je parviens à me libérer de tout cela, mais la nuit, je perds tout contrôle... »

Paget reconnaissait cette voix, qui appartenait non à la femme qu'il avait connue quinze ans auparavant, mais à celle, plus sophistiquée, rencontrée à Paris. Toutefois, privée du visage et des gestes, la voix avait quelque chose de dénudé, presque angoissant. Un instant, Paget eut envie de fuir, mais la curiosité de l'avocat l'emporta.

« Racontez-moi ce rêve », fit Steinhardt.

Paget sentit sur lui le regard de Sharpe, intense et plein de colère.

« Je suis à Paris, commença Mary, à l'église de Saint-Germain-des-Prés. En réalité, je n'en connais pas l'intérieur, mais dans mon imagination, il est aussi lugubre que ce que j'ai vu de l'extérieur l'unique jour où j'y suis passée : sombre, immense, si immense que les murs qui s'élèvent tout autour de moi disparaissent dans les hauteurs. Derrière l'autel, il y a une sculpture de Jésus-Christ souffrant sur la croix, semblable à celle qui se trouve chez mes parents, mais beaucoup plus grande.

— Dans le rêve, que faites-vous là ? »

Paget se représentait Mary dans le vaste cabinet blanc que Terri lui avait décrit, fixant le plafond vide, Steinhardt assis derrière elle.

« Je viens demander pardon pour mes péchés.

— Êtes-vous seule ?

— J'ai laissé mon fils Carlo en face, à la terrasse d'un café. D'ailleurs, je me sens coupable de l'avoir laissé seul. Mais je suis obligée : je ne veux pas qu'il connaisse mes péchés.

— Ces péchés vous sont-ils pardonnés ?

— Au début, aucun signe ne l'indique. Je suis seule dans l'église. Je n'entends rien, je ne sens rien. Je me dis que soit Dieu est parti, soit il n'a jamais été ici. » À cet instant, Mary baissa la voix. « Et puis je sors, et là, je reçois Sa réponse. Carlo est parti... » Mary semblait souffrir. Paget croisa les bras, les yeux fixés au sol. Il ne se souciait plus de savoir si Brooks ou Sharpe le regardaient.

« À sa place, continua la voix, il y a deux verres vides. Un pour moi, un pour Chris. Alors, je comprends.

— Que comprenez-vous ?

— Que Chris a emmené Carlo et que je dois le laisser. Que mes péchés sont trop graves pour être pardonnés...

— Qui est Chris ? demanda Steinhardt après un silence. Et quels sont vos péchés... dans le rêve ? »

Nouveau silence.

« Connaissez-vous Christopher Paget ?

— J'en ai entendu parler. C'est le jeune homme qui a témoigné au procès Lasko.

— Oui. Carlo est chez lui maintenant.

— Et vos péchés ?

— Dans le rêve ou dans la vie ? » Sa voix devint froide, presque rebelle. « Parce que dans la vie, le terme *péché* ne signifie pas grand-chose pour moi.

— Alors dans le rêve.

— Vous ne pourrez pas comprendre si vous ne savez pas ce qui s'est passé. Avez-vous suivi le procès ? »

Paget s'aperçut qu'il avait adopté la même posture que dans la salle des témoins, quinze ans plus tôt, lorsqu'il regardait Mary à la télévision. Tendu, penché en avant, suivant chaque mot avec une attention soutenue.

« Oui, répondait Steinhardt. Comme des millions de gens, j'ai été fasciné. »

Mary parlait à présent d'une voix froide, comme un avocat décrivant une affaire banale.

« Et avez-vous écouté ma déposition ?

— Oui, avec grand intérêt.

— Alors, il faut commencer par le fait le plus essentiel.

— Quel est-il ? »

Mary ne répondit qu'après un long moment :

« J'ai menti. »

Il y eut un silence interminable. Brooks considérait fixement la cassette, Sharpe regardait Paget.

« À quel sujet ? questionna Steinhardt.

— Sur plusieurs choses. »

Mary s'interrompit à nouveau. Paget se sentait impuissant.

« Je suis désolée, poursuivit-elle, mais cet enregistrement me gêne. »

— Pourquoi ?

— N'est-ce pas évident ? S'il sort de ce cabinet, ce que je vous dis là peut ruiner ma vie. D'ailleurs, je ne sais même pas si j'ai bien fait de venir ici.

— Mais vous en avez ressenti le besoin...
— Oui.
— Pourquoi exactement ?
— Ce rêve... Comme je l'ai dit, je n'aime pas perdre la maîtrise de moi-même.
— Alors laissez-moi vous rassurer. Ces cassettes sont destinées à mon usage personnel. Conformément à la loi de cet État, elles sont soumises au secret médical et, même si cette loi n'existait pas, je veillerais à ce qu'elles ne sortent pas de cette pièce. Ainsi, tout ce que vous me dites restera aussi confidentiel que s'il n'y avait pas d'enregistrement. »

Il y avait dans les paroles de Steinhardt une sorte de véhémence tranquille qui troubla Paget. Peut-être, songea-t-il, ce trouble venait-il de ce qu'avait dit Jeanne Steinhardt au sujet des « spécimens ». Ou sans doute tenait-il plutôt au fait que cinq ans après la consultation, dans le bureau du District Attorney, il se trouvait lui-même en train d'écouter la voix de Steinhardt rassurant ainsi Mary. Il jeta un rapide coup d'œil à Brooks, puis à Sharpe.

« Une partie de ce que j'ai affirmé au sénateur Talmadge, poursuivit tranquillement Mary, était vrai : c'était tout ce qui concernait Jack Woods, le directeur de l'Agence. Mon patron. » Elle s'interrompit avant de récapituler sur un ton doctoral : « Jack avait bien espionné Chris pour le compte du Président.

« Lasko avait bien fait tuer le témoin de Chris parce que Jack avait informé Lasko de la rencontre entre Chris et le témoin à Boston.

« Jack l'a bien aidé à dissimuler le meurtre.

« Jack a bien tenté d'arrêter l'enquête de Chris avant que celui-ci ne découvre que Lasko avait subventionné clandestinement la campagne du Président.

« Et à cause de Jack, Chris a effectivement failli être tué.

« En somme, j'ai dit la vérité pendant une bonne partie de ma déposition. » Mary s'interrompit. « Ce que je n'ai pas dit à Talmadge, c'est que j'ai aidé Jack. »

Paget sentit le silence de la cassette se fondre avec les regards silencieux que Brooks et Sharpe fixaient sur lui. Il s'efforça de se concentrer sur le magnétophone.

« Vous vouliez vous protéger ? » demanda Steinhardt.

La voix de Mary paraissait presque amusée.

« Je ne voulais pas aller en prison. D'ailleurs, même sans cela, cette vie que j'avais eu tant de mal à construire se serait écroulée si j'avais dit la vérité. » Elle s'interrompit, puis ajouta plus doucement : « Et puis, bien sûr, j'étais enceinte. »

Paget aperçut un sourire étrange sur les lèvres de Brooks.

« Chris le savait-il ?
— Quoi ? »
À cet instant, la cassette s'arrêta. Sharpe se pencha en avant.
« Ma question à moi, commença-t-elle en imitant la voix de Steinhardt, c'est : est-ce que Chris était au courant, en particulier lorsque *vous* avez témoigné devant le Sénat ? »
Paget la foudroya du regard.
« Je suppose qu'il y a une deuxième cassette. Pourquoi ne pas l'écouter tout de suite pour en avoir le cœur net ?
— Inutile de jouer au plus fin avec moi. Vous savez très bien qu'il y a une deuxième cassette, et vous savez aussi que nous ne l'avons pas. »
Paget s'accorda un instant de répit, heureux d'échapper à la sensation de vertige qui avait commencé à s'emparer de lui.
« Ce n'est pas moi qui ai la deuxième cassette, dit-il, et si je l'avais, l'unique personne à qui je la donnerais serait Mary Carelli, qui est la seule habilitée à la détenir. » Paget se tourna vers Brooks. « Quant à cette cassette-ci, aucune cour de justice ne la laissera entrer dans le domaine public. Vous le savez aussi bien que moi. »
Sharpe secoua la tête :
« À condition que Mary ne craque pas en arrivant à la barre des témoins, et à condition que son avocat ne commette aucune erreur. Étant bien entendu — et vous serez certainement d'accord avec moi — que son avocat ne peut être vous.
— Alors c'est cela que vous recherchez : vous voulez que j'abandonne l'affaire ? »
Sharpe fronça les sourcils.
« Cessez de vous flatter. Il ne s'agit pas ici d'une préférence personnelle que j'aurais. C'est une question d'éthique. Cette affaire n'implique pas uniquement Mary Carelli. Elle vous concerne aussi, ainsi que votre fils, peut-être. D'ailleurs, à mon avis, vous le saviez dès le départ. »
Paget se tourna vers Brooks.
« C'est la conduite de Mary qui est en cause ici, pas la mienne. On ne m'accuse de rien, je ne suis le témoin de rien. C'est donc moi qui déciderai si je continue ou si je cède ma place, pas vous. »
Brooks hocha gravement la tête.
« Nous sommes devant un cas limite. Depuis deux semaines, vous nous dites que Mary Carelli n'avait aucun mobile pour tuer Ransom. À présent, en voilà un. Ransom détenait une cassette qui pouvait la détruire pour le reste de son existence, comme elle l'a reconnu elle-même. D'un autre côté, le médecin légiste et la déléguée de mon équipe spécialisée dans les viols m'affirment que

cette affaire ressemble de très loin à un viol, malgré ce que votre cliente a tenté de fabriquer pour se couvrir. Ce qui, si nous le prouvons, pourrait nous aider à l'inculper de meurtre.

— Seulement, rétorqua Paget, pour un jury, il n'y a aucun mobile. Cette cassette est soumise au secret médical : aucun juge ne pourra écouter Steinhardt en garantir la confidentialité à Mary et vous autoriser ensuite à la produire devant un jury.

— Nous y avons réfléchi, intervint Sharpe. Reconsidérons l'affaire ensemble. Nous ne cherchons pas à découvrir *si* Mary Carelli a tué, mais *pourquoi* elle l'a fait. Nous commençons donc par produire son interrogatoire par Monk. Puis nous appelons Liz Shelton à la barre des témoins pour montrer que Ransom ne peut avoir été tué dans les conditions décrites par Mary Carelli et que les indices retrouvés font songer à une mise en scène comportant la mutilation du corps d'un homme mort depuis un bon moment déjà. Puis les témoignages du garçon d'étage et du client de l'hôtel qui l'a vue nous apportent la preuve de deux mensonges supplémentaires. À ce stade, le jury commence vraiment à trouver l'histoire de Mary Carelli un peu louche ; nous n'avons alors plus rien à faire… ni même besoin de la moindre allusion à Steinhardt.

— Mais vous n'avez pas non plus le moindre élément qui vous permette de transformer le doute en preuves formelles, répliqua Paget. Je dépose donc une motion, le juge déboute votre version et chacun rentre chez soi. »

Sharpe secoua la tête.

« Vous déposez la motion et vous perdez. Nous laissons également Rappaport de côté dans la mesure où, quoi que lui ait fait Ransom, elle était consentante. Cela ne vous laisse que deux possibilités. Premièrement, vous plaidez l'incertitude, gardant Mme Carelli hors du débat et laissant le jury se demander pourquoi votre héroïne du féminisme a choisi de se dissimuler derrière son avocat. Vous conclurez sans doute, comme moi, que cette première option comporte un très gros risque.

« Deuxième possibilité : vous faites témoigner Mme Carelli pour sa propre défense et vous me laissez ensuite procéder à un contre-interrogatoire. Peut-être — mais permettez-moi d'en douter — pourra-t-elle surmonter toutes les incohérences qui se dégagent après l'interrogatoire de Monk, les analyses de Liz Shelton et les deux témoignages. Mais il n'y a rien dans la défense du secret médical qui m'empêche de lui demander si elle a été une patiente du docteur Steinhardt, pourquoi elle ne l'a pas dit à Monk, et si Ransom détenait une cassette qui risquait de ruiner sa carrière.

« Si elle répond oui à cette dernière question, elle se retrouve dans une position assez délicate. Si elle dit non, elle est perdue, puisque le juge saura qu'elle ment. Dans ce cas, je suis quasi certaine qu'il me laissera trouver un moyen de produire la cassette. »

C'était étrange de constater que, face à cette femme acerbe, Paget ne pouvait que ressentir une immense tristesse envers Mary et son rêve cruel, au lieu d'éprouver de la rancœur face au sang-froid avec lequel elle avait menti.

« En supposant, dit-il tranquillement, que le contenu de la cassette n'ait pas déjà fait la une des journaux du matin. »

Sharpe haussa les épaules. « Je ne suis pas responsable de ce qui s'imprime.

— Sans blague ! trancha Paget. Vous l'étiez pourtant la dernière fois... » Il durcit la voix. « Et si vous jouez à ce petit jeu avec cette cassette, ce ne sera pas Mary qui se retrouvera dans de beaux draps, mais vous. D'abord parce que j'obtiendrai un non-lieu, ensuite parce que je vous ferai épingler sans tarder. »

Sharpe rougit.

« Je comprends parfaitement, dit-elle, pourquoi vous tenez à ce que ces cassettes soient tenues secrètes.

— Vraiment ? Dans ce cas, vous n'aurez aucune difficulté à me croire. »

Paget s'adressa à Brooks.

« La tournure que prend cette affaire vous plaît-elle ?

— Non. » Pour la première fois, Brooks semblait mal à l'aise. « Dans ces circonstances, pas du tout.

— Quelles circonstances ?

— Nous avons décidé d'inculper ta cliente pour homicide. Nous n'avons pas le choix. »

Près de lui, Sharpe prit un air triomphant. Paget réprima sa stupéfaction.

« C'est une grave erreur, fit-il simplement.

— La seule erreur, rétorqua Sharpe, serait de rejeter notre proposition.

— Quelle proposition ?

— Votre cliente plaide l'homicide volontaire et nous réclamons la sentence minimale. Quelques années de prison, et cette cassette ne sera jamais dévoilée. »

Brooks se pencha en avant.

« Penses-y, Chris. Ce marché protège Mme Carelli d'une condamnation bien pire.

— Et, avec tout le respect que je te dois, il te protège aussi des conséquences politiques d'une opinion publique favorable à Mary. Sans parler du terrible désarroi de la famille Colt. »

Brooks reprit un visage impassible.

« Je préfère penser que la justice n'a pas été bafouée. Et, pour revenir à un niveau plus bassement matérialiste, je ne suis plus aussi préoccupé par l'opinion publique que je ne l'étais. Quant à la famille de James Colt, je continuerai à soutenir dur comme fer que la cassette de Laura Chase n'a plus rien à voir avec notre affaire et qu'elle doit être tenue en dehors de tout cela. » Il croisa les bras. « De toute façon, je pense que ce procès ne sera bon pour personne. Ni pour Mme Carelli, ni pour toi, ni pour votre fils à tous deux. Alors parle-lui, Chris, et reviens me voir ensuite. Nous ne ferons rien avant d'en avoir rediscuté avec toi et, si elle accepte, nous traiterons l'affaire avec toute la courtoisie dont nous sommes capables. »

Le D.A. parlait à Paget comme à n'importe quel avocat amené à défendre un client pour une affaire un peu délicate. Paget se leva, encore sous le coup de la stupéfaction.

« Ce n'est pas un mois de vacances dans un quatre-étoiles que tu proposes là, dit-il. C'est la fin de tout pour Mary et elle n'aura aucune peine à le comprendre.

— Une condamnation pour meurtre, répondit Sharpe, signifie de toute façon la fin de tout pour Mary. Au lieu de cela, notre marché lui permet de prendre quelques années sabbatiques. Dites-le-lui.

— Pourriez-vous me mettre tout cela par écrit ? Je crains d'oublier quelque chose ! »

Sans répondre, Sharpe se leva et alla lui ouvrir la porte. C'était, songea Paget, la façon la plus polie qu'elle avait trouvée de le congédier.

« Bonne chance », lança-t-il à Brooks avant de sortir, suivi de Sharpe.

Après avoir refermé la porte, celle-ci s'adressa à lui.

« La première fois que je vous ai vu ici, dit-elle d'un ton froid, j'ai éprouvé une certaine sympathie pour vous. À présent, je sais que vous n'êtes qu'un opportuniste comme les autres. Alors je tiens à vous avertir que vous avez choisi la mauvaise affaire. C'est d'ailleurs ce que je vais m'employer à démontrer. »

Elle fit volte-face et se dirigea à grands pas vers son bureau, martelant de ses talons pointus le parquet du couloir.

Chapitre onze

« Chris le savait-il ? » avait demandé Steinhardt.

Seul dans son bureau, Paget tentait d'imaginer la seconde cassette. Sans doute commençait-elle par la nuit où Mary l'avait aidé à échapper aux hommes de Lasko, quinze ans plus tôt à l'aéroport de Washington. Cette même nuit où ils avaient pris Jack Woods en flagrant délit de vol dans le bureau de Paget. L'homme serrait dans sa main le carnet qui devait détruire William Lasko et le Président : le journal intime d'Alec Lehman, le témoin que Lasko avait fait exécuter.

L'espace d'un instant, Paget revit le visage de Woods figé par la surprise. Très vite, ce dernier s'était ressaisi et avait regardé tour à tour Mary et Paget.

« Que faites-vous là ? » avait demandé Chris.

Sans répondre, Woods avait jeté un rapide coup d'œil autour de lui. Seul le bureau, collé contre le mur à la droite de Paget, séparait les deux hommes. L'espace libre à gauche ne dépassait guère un mètre. Woods l'évalua rapidement, puis se tourna vers Paget. Celui-ci ressentait une sourde colère.

« Rendez-moi ce carnet ! » ordonna-t-il.

Woods secoua la tête. La colère de Paget tourna à l'incrédulité :

« Ainsi, c'était vous... »

Woods le fixa avec haine :

« Rien ne justifie, lança-t-il, le merdier que vous avez foutu. Vous êtes un abruti, vous n'avez aucun sens des proportions.

— Et vous, vous êtes un mercenaire à la petite semaine, votre sens de la morale est celui d'un criminel de guerre.

— Lehman est mort, répondit l'autre, indifférent. Je ne l'ai pas souhaité, mais c'est comme ça. Vous êtes le seul à connaître l'existence de ce carnet. Et il n'y a personne au-dessus de moi à qui vous puissiez le dire.

— Pour sortir d'ici, fit Paget, il vous faudra passer sur mon corps. Je sais tout à présent. Je sais surtout où allait l'argent.

— Tiens donc ! Où ça ?

— Au président. »

Pendant cinq minutes, toujours sur le qui-vive, Paget raconta tout ce qu'il avait découvert : la « contribution » d'un million et demi de dollars pour étouffer une infraction à la loi antitrust et l'assassinat du seul témoin en mesure de le prouver, Alec Lehman, dont Woods détenait à présent le journal et dont le même Woods avait causé la mort.

L'homme répondit d'un ton étrangement calme :

« Vous avez perdu, Chris. Sans ce carnet, personne ne vous croira. »

Tout en parlant, il opérait un déplacement discret en direction de la porte. Paget prit son élan pour tenter de le stopper, mais d'un coup d'épaule, Woods l'envoya contre le bureau. Paget rebondit et profita de l'impulsion pour lui assener un coup de poing dans les dents. Il ressentit une vive douleur à l'avant-bras. Woods chancela et se retrouva adossé au mur.

D'un geste brusque, Paget tenta de saisir le carnet, mais Woods fut plus rapide. Il se dégagea, déséquilibrant son adversaire. Au même moment, Paget sentit un poing s'abattre sur sa joue. Il tituba et s'effondra sur le bureau, le regard embué dans un nuage mauve qui s'estompa aussitôt. Soudain, il aperçut, juste devant lui, le presse-livres, un lourd bloc de pierre. Il s'en saisit de la main gauche et frappa au hasard.

Ce fut la mâchoire qu'il atteignit.

Étourdi par la douleur, Woods porta les deux mains à sa bouche. Paget releva le bras et le frappa à nouveau à la tête. Il entendit Mary hurler. Comme Woods tentait de se remettre sur pieds, il lui assena un troisième coup. Cette fois, Woods s'affaissa, glissant doucement le long du mur, et ne se releva plus.

Paget le regarda, incrédule, reprenant son souffle.

Mary était à la porte et considérait Woods. Un épais filet de sang s'échappait de sa bouche. Lentement, elle leva les yeux et vit le visage de Paget.

Elle frissonna, indécise, puis tenta soudain de fuir. Paget la saisit et la projeta contre le mur. Elle eut un petit cri. Elle mit les mains devant la bouche, secouant la tête comme une poupée mécanique.

« Non, non Chris, tu ne peux pas croire… »

Paget la secoua brutalement.

« Lehman, s'écria-t-il, c'était toi et Woods ! »

Elle le considérait sans répondre.

« Réponds-moi, nom d'un chien, avant que je te fracasse la tête contre le mur ! »

Terrorisée, Mary tenta d'articuler une explication.

« Cette nuit-là... la première fois que nous sommes sortis ensemble... Tu m'as dit que tu allais à Boston... Pour rencontrer un témoin clé... » Elle reprit son souffle. « J'ai appelé Jack quand je suis rentrée. Jack a prévenu Lasko. »

Paget riva ses épaules au mur.

« Tu es une garce ! »

Elle se récria :

« Personne ne savait que Lasko allait tuer Lehman. Je n'en ai pas dormi de la nuit... »

Paget la secoua.

« J'étais là, tu te souviens ? »

Leur histoire d'amour remontait soudain à la surface, défilant en silence dans leurs yeux.

« S'il te plaît, Chris, laisse-moi parler. »

Paget relâcha un peu son étreinte. Elle s'efforça d'articuler quelque chose, mais aucun son ne franchit ses lèvres. Enfin, elle parvint à expliquer :

« Je n'ai jamais parlé à Lasko, ni à personne à la Maison-Blanche. Je n'ai jamais voulu qu'on te fasse du mal. Je ne savais pas, vraiment pas. Je ne me doutais pas de la gravité de cette affaire. J'essayais simplement d'aider Jack à contrôler la situation. Je ne pouvais pas l'exposer après l'histoire de Lehman. Il disait que nous étions tous les deux mouillés, parce que j'étais au courant de ses activités. C'est seulement pour cela que je l'ai aidé.

— Y compris tout à l'heure, quand tu lui as téléphoné de l'aéroport ? C'est ce que tu as fait, n'est-ce pas ?

— Oui... Maintenant, laisse-moi partir.

— As-tu appelé quelqu'un d'autre que Woods ? »

Elle fit non de la tête. Si elle disait vrai, il restait peut-être à Paget un peu de temps avant que les hommes de Lasko, lancés à sa poursuite à l'aéroport, ne comprissent où il se trouvait. Il lâcha enfin Mary.

Elle se ressaisit, arrangea ses cheveux. Elle semblait recouvrer son sang-froid. Paget l'admira.

Ses yeux s'adoucirent, elle parla rapidement, en le regardant.

« Chris, crois-tu que ce soit uniquement à cause de cette affaire que j'ai été avec toi ? Peut-être ai-je un peu profité de la situation, c'est vrai. Mais le week-end dernier, rien ne m'obligeait à venir te voir. Et rien ne m'obligeait non plus à rester. Je l'ai fait parce que j'en avais envie. »

Deux jours auparavant, ils avaient fait l'amour. Paget eut l'impression que bien plus de temps s'était écoulé.

« J'ai eu le privilège d'écouter tes discours politiques, dit-il, tu te souviens ? Ce n'était qu'une arme supplémentaire que tu utilisais pour tenter d'obtenir le carnet et le transmettre à Woods.

— D'accord, concéda-t-elle. Mais si je t'avais tenu à l'écart de Lasko, ou si j'avais obtenu ce carnet, tu serais aujourd'hui en sécurité. J'avais peur pour toi. Tu étais doué, tendre... et si libre ! L'argent te rend libre, tu sais...

— Non, je ne sais pas.

— Je t'en prie, Chris, ne perdons pas cela aussi ! »

Paget comprit que cela ne servait à rien. Il jeta un coup d'œil à Woods, toujours inconscient. Le temps jouait contre lui. Il désigna le fauteuil derrière le bureau.

« Assieds-toi là », dit-il à Mary.

Puis il saisit le téléphone et passa deux communications. Lorsqu'il raccrocha, un lieutenant de police de Boston connaissait toute l'affaire, à l'exception du rôle de Mary, et un journaliste du *Washington Post* devait arriver d'une minute à l'autre devant l'immeuble.

« Pourquoi ne leur as-tu pas parlé de moi ? demanda Mary.

— J'ai mes raisons. »

Mary regarda Woods d'un œil indifférent.

« Tu sais, il avait raison. Tu n'as pas assez de preuves. »

Paget haussa les épaules. Elle avait des yeux implorants à présent.

« Chris, dit-elle, il doit bien y avoir un moyen d'arranger les choses. »

Paget ne répondit rien. Sa montre affichait 21 h 43. Dans une ou deux minutes, le journaliste serait garé devant l'immeuble. Il saisit à nouveau le téléphone. Une standardiste lui répondit :

« Police secours.

— Oui. C'est pour un incident. L'adresse, c'est le bâtiment de l'ECC, sur D Street, Northwest, bureau 327. Je viens de surprendre un homme en train de cambrioler mon bureau. Je l'ai assommé, il est inconscient. J'ai besoin de quelques policiers et peut-être d'une ambulance. »

Mary se leva d'un bond. La standardiste répéta l'adresse.

« Vous aurez quelqu'un d'ici trois minutes, ajouta-t-elle.

— Merci. »

Paget reposa le combiné. Mary se précipita vers la porte, enjambant le corps de Woods. Paget la rejoignit et la saisit par le poignet. Elle se débattit, puis abandonna la lutte. Paget la repoussa.

« Les flics seront là dans deux minutes. Moi, il faut que je m'en aille. Je te donne le choix : tu restes ou tu pars. »

Mary lui lança un regard furieux.

« Je veux partir. »

Paget s'efforça d'afficher le plus grand calme.

« Première possibilité : tu restes et tu racontes la vérité. Tu expliques que Woods a dit avoir appelé Lasko au sujet de Lehman, que tu as toi-même téléphoné à Woods ce soir et qu'après ce coup de fil, il est venu cambrioler mon bureau...

— Je ne savais pas qu'il allait le faire, l'interrompit-elle.

— Ensuite, tu pourras faire ton numéro habituel de sainte nitouche et essayer de t'en sortir. Si tu y arrives, je n'interviendrai pas. »

Ses yeux étaient deux lacs sombres.

« Et si je m'en vais ?

— Alors, je donnerai ton nom au *Washington Post.* »

Elle agrippa la chemise de Paget.

« Sais-tu quelles en seraient les conséquences ?

— Je pense que tu seras au moins rayée de l'Ordre des avocats. Tu as une minute pour te décider. »

Elle baissa les bras.

« Tu as gagné. Je reste.

— Très bien. Dis à la police que je serai là demain matin. »

Woods commençait à remuer. Autour de sa bouche, le sang s'était coagulé. Il tenait toujours le carnet à la main. Paget s'en saisit et se dirigea vers la porte.

« Tu es un vrai salaud, Chris. »

Elle avait dit cela d'une voix claire, calme. Paget se retourna. Elle le regardait avec des yeux étranges, comme si elle attendait quelque chose.

« Mon ami journaliste appellera la police à minuit. Pour vérifier ta déposition sur Woods, pour son article. Si tu as changé quoi que ce soit ou si tu as dit aux flics où j'étais, tu liras ton nom dans le journal dès demain matin. »

Mary entrouvrit les lèvres. Paget ne l'avait jamais vue aussi belle.

Il se retourna et quitta la pièce. Arrivé au bout du couloir, il jeta un dernier coup d'œil derrière lui. Mary regardait Woods. La lumière jaune de la lampe donnait à la pièce l'atmosphère sinistre d'une cellule de prison.

« Chris le savait-il ? » avait demandé Steinhardt à Mary.

Chris savait tout.

On frappa à la porte. C'était Teresa Peralta.
« Quelque chose ne va pas ? demanda-t-elle.
— As-tu trouvé Mary ?
— Oui. Elle sera ici dans une heure. »
Paget hocha la tête.
« Ferme la porte. J'ai plusieurs choses à te dire. »

Comme ils étaient touchants, les efforts de Terri pour suivre le récit en avocate, se refusant à tout jugement, toute émotion ! Les sentiments de Paget en devenaient, du même coup, un peu plus supportables...

« Pourquoi Mary t'a-t-elle dit qu'elle était enceinte ? interrogea Terri lorsqu'il eut terminé.

— Elle avait besoin de réconfort, je pense. Cette nuit-là, dans mon bureau, ni l'un ni l'autre ne savions sur quelle voie nous nous engagions : enquête du Sénat, télévision nationale... Nous improvisions devant Jack Woods inanimé sur le sol. J'essayais de sauver ma peau, Mary la sienne... C'est pourquoi, à la veille du procès, Mary se demandait si je la protégerais.

— Tu en avais l'intention ?

— En fait, j'espérais ardemment que personne ne me poserait de questions là-dessus. Lorsque Talmadge l'a fait, des centaines de pensées contradictoires se sont bousculées dans mon esprit.

— Il faut dire que la salle d'audience était impressionnante...

— Oui. Et il y avait la télévision : des millions de gens nous regardaient. J'avais parcouru tant de chemin depuis ce jour où j'avais vu Alec Lehman se faire écraser dans une rue de Boston, et depuis que William Lasko avait tenté de me faire subir le même sort... Au cours des deux heures qu'a duré mon témoignage, j'ai réglé mes comptes avec William Lasko, avec un Président que je ne connaissais même pas, et surtout avec Jack Woods, qui représentait tout ce que je méprisais au gouvernement.

« Il ne me restait plus qu'à décider si j'irais jusqu'au bout ou si je terminerais par un mensonge. Dans un certain sens, c'était Woods qui me plaçait dans cette situation. Car Mary m'avait été d'un grand secours : sans elle, je n'aurais jamais pu le confondre. Si on laisse de côté la question de la moralité, son témoignage a représenté un moment d'une rare beauté. Avec une parfaite assurance, elle a dit toute la vérité sur Woods en affirmant qu'il lui avait "confessé" ce qu'en réalité elle savait déjà. Et puis, elle s'est couverte ; elle était certaine que Woods ne pourrait jamais l'impliquer de manière convaincante sans aggraver encore sa propre situation. »

Paget vit ses paroles enregistrées et traduites dans les yeux de Terri : leur cliente était une menteuse et, pis, Paget le savait depuis le début.

« Pour en revenir à moi, ajouta-t-il lentement. Talmadge en est finalement arrivé à me poser la question que je redoutais : ''Mlle Carelli, a-t-il demandé, était-elle impliquée de près ou de loin dans la mort d'Alec Lehman, dans l'obstruction de votre enquête, dans la fuite d'informations en faveur de William Lasko, ou dans la dissimulation des contributions illégales versées au Président ?'' Je me souviens avoir levé lentement les yeux vers lui, tandis que j'élaborais mentalement ma réponse. Je pensais à Woods, à Mary, au bébé qu'elle allait avoir... Lorsque j'ai commencé à parler, le flash d'un appareil photo m'a surpris. » Paget posa les yeux sur Terri. « J'ai menti, évidemment. C'est la photo prise à cet instant-là qui a fait la couverture du *Time.* »

Impassible, Terri soutint son regard.

« Est-ce pour cela que tu n'as jamais voulu en reparler ?

— Je ne sais pas...

— Est-ce que quelqu'un d'autre sait ?

— Non. Il n'y a que Mary. Et toi, à présent.

— Pas Carlo ?

— Surtout pas Carlo. Du moins jusqu'à ce que quelqu'un découvre la deuxième cassette. »

Tout à coup, Terri parut s'effondrer.

« Oh, Chris ! dit-elle à mi-voix, c'est terrible...

— Mais non ! Mary et moi, nous avons fait un choix. Nous formons le couple parfait et Carlo a de la chance d'être notre fils. »

Terri secoua violemment la tête.

« Bien sûr qu'il a de la chance ! En fait, c'est par amour que tu as agi. Tu as fait ce que doit faire un père pour son enfant. » Elle poursuivit d'un ton plus doux. « C'est une chose que ma mère aurait pu faire pour moi...

— Voilà une façon noble de voir les choses. Malheureusement, ce n'est pas seulement pour Carlo que je l'ai fait. » Paget se retourna pour observer les gouttes de pluie qui glissaient le long de la vitre.

« Sans doute, dans une certaine mesure, l'ai-je fait pour Mary. Mais je ne crois pas que ce soit la seule raison non plus. Peut-être, sachant que j'avais besoin d'elle pour faire éclater la vérité sur Jack Woods, était-ce une façon de la remercier, en l'aidant à mentir.

— Cela n'explique pas pourquoi tu as voulu élever Carlo.

— Tu ne me croiras pas, mais je cherchais une sorte d'expiation. Je le sais bien : ce jour où j'ai rencontré Mary à Paris et où je l'ai menacée de révéler la vérité à son sujet si elle me refusait la garde de Carlo... Jamais elle n'aurait cru un tel chantage possible de ma part. Quant à moi, jamais je n'aurais pensé entendre un jour sa confession sur la cassette...

— Si un jury entend cette cassette, dit Terri après un long silence, Mary n'a aucune chance de s'en sortir, n'est-ce pas ? »

Paget secoua la tête.

« Non seulement cette cassette donne un mobile au meurtre, mais ce mobile est de dissimuler le fait qu'elle s'est déjà rendue coupable de faux témoignage. Dans ces conditions, aucun jury ne pourra plus donner foi à ses paroles. »

Terri hésita.

« Et toi, crois-tu que Mary ait prémédité le meurtre de Ransom ?

— Je n'en sais rien. »

Terri resta pensive.

« Je n'arrive pas à comprendre pourquoi elle t'a choisi pour la défendre. Tu es la personne au monde la moins encline à la croire.

— Oh ! c'est assez clair : elle estime que je suis aussi opiniâtre qu'elle-même... du moins quand je tiens vraiment à quelque chose. Elle l'a constaté deux fois déjà : la première à Washington, le fameux soir où j'ai voulu achever Woods, la deuxième à Paris, quand je pensais devoir sauver Carlo. » Paget réfléchit. « À présent, avec Carlo, j'ai moi-même quelque chose à perdre. C'est donc à son tour de me faire chanter. Pour me contraindre à assurer sa défense.

— Mais maintenant, avec cette cassette, pourquoi y tiendrait-elle encore ? »

Paget eut un pâle sourire.

« C'est là la meilleure des motivations pour moi. La première cassette me fait du tort puisqu'elle m'implique dans l'affaire, la seconde achève sans aucun doute le travail. Si je n'arrive pas à supprimer les deux enregistrements, Carlo risque d'avoir une sacrée surprise en découvrant la vraie physionomie de ses parents...

— Alors, que vas-tu faire ?

— Je ne sais pas. Concrètement, je ne risque pas grand-chose : on ne peut plus me poursuivre pour faux témoignage d'une part, puisqu'il y a prescription, et je ne sais rien de la mort de Ransom, d'autre part. Mais sur le plan moral, j'ai beaucoup d'intérêts en jeu.

— Carlo aussi. »

Paget haussa les épaules.
« Dans une famille, il est difficile de séparer les problèmes. Ce que fait le père ou la mère affecte obligatoirement l'enfant. C'est pourquoi Mary a eu raison de renoncer à Carlo.
— As-tu déjà songé à tout lui raconter ?
— Mille fois ! Et ma conclusion est toujours la même : je ne le lui dirai que si j'y suis contraint.
— Pourtant, ce n'est plus le petit garçon anxieux qu'il était à sept ans.
— Mais la situation est différente. Lorsqu'un enfant apprend une vérité douloureuse concernant ses parents, il trouve toujours une façon personnelle de se remettre en paix avec lui-même. Cela lui est plus facile que d'apprendre par les médias que sa mère — déjà accusée de meurtre — a fait obstruction à la justice quinze ans auparavant, a été moralement impliquée dans l'assassinat d'un témoin du gouvernement et est allée mentir devant le Sénat des États-Unis, main dans la main avec moi. » Paget secoua la tête. « Comment ta mère se sortirait-elle de cette situation-là ? »
Terri fixait le sol.
« Je ne sais pas, Chris. Je ne sais vraiment pas. »
Elle semblait fatiguée, distante.
« Je suis désolé, fit Paget. Je comprends à quelle point tu dois être déçue !
— Déçue sur quoi ?
— Sur moi. » Paget hésita. « Écoute, poursuivit-il avec peine, je vais te libérer de cette affaire, je t'aiderai à trouver un autre travail... »
Terri se leva d'un bond : « Arrête ! s'écria-t-elle. Tu ne comprends pas ? »
Il la regarda.
« Je ne comprends pas quoi ?
— Tu m'as dit toi-même que j'étais ton amie. Il se trouve donc que tes problèmes me tiennent à cœur. » Son regard avait retrouvé sa vivacité. « Je considère que tu es un type bien, quoi que tu en dises. Alors, cela me fait encore plus mal. Mais tu le vois bien, nom d'un chien ! Je n'ai pas quinze ans, moi ! »
Paget considéra son visage, dérouté.
« Tu ne me dois rien, Terri. C'est moi qui t'ai choisie comme amie, pas l'inverse. »
Un imperceptible sourire flotta sur ses lèvres.
« Parfois, dit-elle, tu es vraiment désespérant. »
Lorsque l'interphone sonna, Paget l'observait toujours.
« Mary Carelli est là », fit la réceptionniste.

Paget contempla Terri quelques instants encore, puis répondit : « Faites-la entrer. »

Lorsque Mary entra, considérant Terri avec une curiosité non dissimulée, Paget se souvint que les deux femmes ne s'étaient encore jamais rencontrées.

Terri tendit la main.

« Je suis Terri Peralta », dit-elle.

Elle ne souriait pas ; sans doute était-il difficile de se retrouver face à une cliente dont on venait d'apprendre qu'elle était amorale et menteuse et qu'elle avait peut-être tué un homme de sang-froid. Ajoutez à cela que Mary était l'ex-amante de Paget et la mère lointaine d'un adolescent que Terri semblait aimer, et le visage fermé de Terri s'expliquait aisément.

« Ah oui, évidemment... », fit Mary avec un léger sourire, évaluant Terri d'un regard dédaigneux que Paget trouva des plus insolents. « Chris, comme cela lui arrive souvent, semble avoir oublié les bonnes manières. Il ne m'a même pas dit pourquoi il était si urgent pour lui de me voir.

— Maintenant que vous êtes là, répondit Terri, je suis sûre qu'il va tout vous expliquer. »

Le ton de Terri, froid et dénué d'égards, sembla dérouter Mary. Celle-ci se tourna vers Paget :

« En avez-vous terminé, tous les deux ? Sinon, je peux attendre dehors. »

Derrière cette offre polie, le message était clair : quelles que fussent les raisons qui avaient poussé Paget à la convoquer, elle ne souhaitait pas en discuter en présence de Terri.

« Oh non ! répliqua Paget. Nous sommes prêts à te rencontrer tout de suite. »

L'espace d'un instant, Mary sembla déconcertée.

« Peut-être, dit-elle, serait-il préférable que nous parlions tous les deux en tête à tête. »

Paget prit tout son temps.

« Je n'ai aucun secret pour Terri. Et toi non plus, d'ailleurs. »

Mary le considéra d'un œil incrédule.

« Que veux-tu dire exactement ?

— Que tant qu'elle travaillera sur ce dossier, et quelles qu'en soient les implications, Terri en connaîtra tous les éléments. »

Une expression nouvelle traversa le visage de Mary, mélange de doute et d'humiliation. Que sait-elle ? semblaient demander ses yeux. Se retournant vers Terri, elle lui dit :

« Chris doit avoir une très grande confiance en vous... »

— Il le peut, et vous le pouvez aussi. Malheureusement, j'ai du travail. Crois-tu pouvoir t'en sortir tout seul ? » ajouta-t-elle à l'intention de Paget.

Paget se sentit sourire.

« Oui, je pense. Merci pour ton aide.

— Je t'en prie », fit Terri, très à l'aise.

Elle se dirigea vers la porte, lança un dernier regard à Paget, et quitta la pièce.

Mary fixa la porte fermée. Puis, comme pour se libérer d'une tension, elle dit d'un ton léger :

« Je trouve qu'elle a une attitude de propriétaire vis-à-vis de toi. Tu n'as pas remarqué ?

— Je dirais plutôt une attitude humaine. Je commence à m'y faire.

— À mon avis, tu lui as tapé dans l'œil. Mais il est vrai que même le facteur doit soupirer désespérément après toi...

— Est-ce là ta façon de lier conversation ? l'interrompit Paget. Si tu cherches un poste de concierge, tu n'auras aucun mal à le trouver... »

Elle ne répondit rien et alla s'asseoir.

« Très bien, dit-elle calmement. Qu'y a-t-il ?

— Pourquoi ne me le dirais-tu pas toi-même, pour changer ? »

Mary se retourna vers la fenêtre. De grosses gouttes de pluie venaient cogner contre le carreau avec un bruit de tambour.

« Tu me donnes un indice ? demanda-t-elle d'une voix plus douce.

— Un seul : pense à une chose qu'un client doté d'une intelligence moyenne dirait à son avocat. » Le ton de Paget se fit plus doux encore. « Ou qu'une mère dotée d'une certaine pudeur dirait à un père... »

Mary semblait incapable de détacher son regard de la fenêtre.

« Ils ont trouvé une cassette ?

— Oui.

— Où ?

— Chez Ransom. »

Mary ferma les yeux.

« Qu'y a-t-il dessus ?

— C'est ta cassette, Mary. »

Elle secoua la tête.

« Cela fait cinq ans. J'étais déprimée...

— Je l'ai été aussi, en l'écoutant.

— S'il te plaît, Chris.

— D'accord. Elle commence par ton rêve, dans l'église de

Saint-Germain-des-Prés… Elle se termine avec l'aveu de ton faux témoignage devant le Sénat. »

Elle soupira brièvement, les paupières toujours baissées.

« Je n'aurais jamais cru que tu l'écouterais un jour… Ce rêve…

— Il te rehausse dans mon estime. Vraiment, j'ai été agréablement surpris de découvrir que ton inconscient croit au péché.

— Et ton associée ? demanda-t-elle d'une voix tremblante. Elle sait tout ça…

— Tu as un drôle de sens des priorités. Le district attorney sait tout ! Tu vas être inculpée, Mary. »

Lentement, Mary hocha la tête. Elle avait toujours les yeux fermés.

« Si je pouvais garder mon sens de l'humour dans une telle situation, ajouta Paget, je dirais que nous traversons une crise de confiance.

— Je suis désolée, fit-elle à mi-voix. Vraiment désolée.

— Moi aussi. D'autant plus qu'il semble y avoir une deuxième cassette quelque part, une cassette qui est sans aucun doute bien pire pour moi.

— Oui, dit-elle d'une voix blanche. Bien pire.

— Pourrais-tu me regarder en face quand tu reconnais nous avoir foutus dans la merde, moi et mon fils ? Après tout, on dit que les yeux sont le miroir de l'âme ! »

Elle se retourna et ouvrit les yeux. Il y trouva un regard plus nu encore que le soir de Washington, lorsqu'il avait découvert son vrai visage.

« Qu'attends-tu de moi à présent ?

— La vérité. Parce que si tu mens maintenant, j'arrête tout, quelles qu'en soient les conséquences ! »

Elle le regarda sans rien dire.

« Parle-moi de Steinhardt.

— Je ne l'ai vu qu'une fois. Il y a cinq ans. Pendant deux heures. Je n'y suis jamais retournée.

— Pourquoi ?

— Cela a eu le même effet qu'une confession : on le dit et c'est fini. » Elle haussa les épaules.

« Toute cette séance était un peu angoissante : lui, la cassette, la pièce. Et puis, parler de tout cela…

— As-tu cessé de faire ce rêve ensuite ? »

Le visage de Mary se durcit.

« Cela ne te regarde pas. »

Paget la considéra :

« Pourquoi y avait-il deux cassettes ?

— Parce que je suis restée longtemps…

— Qu'y a-t-il sur la seconde cassette ?

— Une partie de ce que j'ai dit était ma propriété, comme l'ensemble de ce qui se trouve sur la première devait le rester jusqu'à ce que Mark Ransom commence à fourrer son nez là-dedans. Je ne vois pas la nécessité de partager cela avec toi, et je ne le ferai pas.

— Il y en a un peu plus sur l'affaire Lasko, je suppose ?

— Rien qui ne soit susceptible d'aggraver mon cas : j'avais déjà avoué le faux témoignage sur la première cassette. Pour ce qui te concerne, la cassette manquante révèle ce que tu sais. Elle évoque aussi les circonstances de l'adoption de Carlo. »

Paget l'évalua du regard.

« Où est-elle ?

— Je ne sais pas. Pour toi, et pour Carlo, j'espère qu'on ne la retrouvera jamais.

— Ransom ne te l'a pas dit ? »

Mary hésita.

« Non, il ne me l'a pas dit. »

Paget attendit de capter à nouveau son regard. Tranquillement, il interrogea :

« L'as-tu assassiné ?

— Il a tenté de me violer, dit-elle froidement. Je l'ai exécuté. »

Quelques instants, Paget resta sans voix.

« Pourquoi Ransom t'a-t-il appelée ? demanda-t-il au bout d'un moment. La vérité, cette fois.

— Pour me dire qu'il avait la cassette.

— Ta cassette, ou celle de Laura Chase ?

— Les deux. Et il m'a fait clairement comprendre que ses intérêts étaient aussi personnels que professionnels.

— Comment ça ?

— Professionnellement, il voulait utiliser la cassette de Laura Chase pour promouvoir son livre. » Elle baissa les yeux. « Personnellement, il pensait qu'il devait avoir avec moi un "entretien privé" au sujet de mon passé.

— A-t-il été plus explicite ?

— Non. Il n'en avait pas besoin. » Elle regarda Paget. « Le ton de sa voix était pire que tout ce qu'il aurait pu me dire.

— Qu'a-t-il dit de la cassette elle-même ? La tienne, bien sûr.

— Il m'a décrit en détail ce qu'elle contenait. Pour ne me laisser aucun doute sur le fait qu'il la détenait.

— Lui as-tu demandé d'apporter la cassette à San Francisco ? »

Ses yeux s'emplirent de colère.

« Oui.

— Mais il ne l'a pas fait ? »

Elle le fixa droit dans les yeux.

« Il me semble, dit-elle froidement, que toi et tes petits amis du bureau du D.A., vous venez d'entendre la cassette. Je suppose que mon bon ami Mark avait juste oublié de l'apporter.

— Mais il n'a pas oublié de prendre celle de Laura Chase...

— Évidemment, s'écria-t-elle. Comme je l'ai dit à l'inspecteur Monk, cette cassette semblait l'exciter.

— Et pourquoi t'avoir donné rendez-vous à San Francisco ?

— Il m'a dit qu'il devait y rencontrer une autre femme célèbre. Qu'il voulait nous mettre dos à dos. Qu'il voulait "comparer ses notes".

— A-t-il cité un nom ?

— Non. Il disait qu'il voulait rester discret. » Mary se tut, puis reprit : « Même au téléphone, j'avais déjà l'impression de sentir ses mains sur mon corps. C'est pour cela que j'ai apporté le revolver.

— Ainsi, tu as menti à Monk au sujet des menaces téléphoniques ?

— Évidemment. » Mary sembla pensive. « Si je lui avais dit que Ransom me faisait chanter, cela aurait donné un mobile au meurtre, non ?

— Sans parler de l'achat de l'arme, qui donnait un sacré parfum de préméditation à toute l'affaire... »

Mary haussa les épaules.

« De toute façon, ils ne pourront pas prouver que je n'ai pas reçu d'appels. Pour moi, il valait mieux dire ça. »

Paget eut un sourire.

« Parvenir à sauver un mensonge sur six ou sept, ce n'est pas mal... Qu'est-ce qui t'a fait croire que tu pourrais sortir indemne d'un face-à-face avec Charles Monk ?

— Je ne voulais pas avoir l'air coupable. » Elle lui lança un sourire sardonique. « Peut-être que mes prouesses passées m'avaient donné trop confiance en moi...

— Pas de chance : l'officier de police moyen est plus intelligent que le sénateur moyen, et surtout plus attentif aux détails... Dis, juste pour s'amuser un peu, pourquoi ne pas me raconter exactement ce qui s'est passé dans cette pièce avec Ransom ?

— Je n'en vois pas l'intérêt. La cassette de l'interrogatoire de Monk est recevable, non ?

— Oui, et alors ?

— Alors, je dois m'en tenir à cette version des faits.

— Exact. Et encore une fois, pas de chance ! Tu n'as pas parlé de Steinhardt à Monk. Tu n'as pas expliqué que Ransom t'a fait chanter. Tu as oublié que les stores avaient été baissés. Tu t'es complètement trompée sur la distance de laquelle le coup est parti. Tu as nié avoir quitté la pièce après la mort de Ransom. Et, si j'en crois Liz Shelton, tu n'as aucun respect pour le postérieur d'un cadavre. À côté de tout cela, aller inventer des coups de téléphone anonymes est un trait de génie !

— Tant pis. » Mary avait le regard assuré. « Parce qu'en substance, ce que je leur ai dit était vrai.

— "En substance" ? » La voix de Paget était redevenue froide. « Que veux-tu dire par "en substance" ? »

Mary inspira profondément.

« Ransom a abusé de moi, dit-elle lentement, et je l'ai tué. Si ce n'était pas vrai, rien ne serait jamais arrivé. S'il te plaît, crois au moins ça !

— Que s'est-il passé ? répéta Paget.

— Exactement ce que j'ai raconté. Ajoute à la cassette de Laura Chase celle de ma séance chez Steinhardt et le chantage auquel elle a donné lieu et tu verras qu'à peu de chose près, j'ai dit la vérité à Monk. » Mary s'interrompit. « En m'accordant une certaine indulgence, sachant que j'étais encore sous le choc et que j'ai pu omettre certains détails.

— Comme les stores ?

— Oui. C'est moi qui les ai tirés.

— Pourquoi ?

— Parce que Ransom me l'a demandé. » Elle baissa les yeux. « La situation n'en était pas encore arrivée au point critique.

— Et pourquoi as-tu quitté la pièce ? »

Mary croisa les bras.

« J'ai d'abord voulu aller chercher de l'aide. Et puis, je me suis dit qu'il fallait bien réfléchir...

— À quoi ?

— À ce que je devais dire ou taire.

— Est-ce pour la même raison que tu n'as pas téléphoné tout de suite à la police ? Pour mettre ta version au point ?

— J'avais du mal à réfléchir, c'est tout. Quand j'y repense, je m'aperçois que j'étais vraiment en état de choc. » Sa voix se brisa. « Un homme venait de me faire beaucoup de mal, tant physiquement que moralement, et je venais de le tuer. »

Paget attendit quelques instants.

« Il faut que tu saches, dit-il enfin, qu'ils vont plaider l'homicide volontaire. »

Elle se tourna à nouveau vers la fenêtre. Dans le ciel, les nuages s'étaient épaissis. La pluie qui battait le carreau semblait sortir d'un mur de grisaille.

« Et si je m'y oppose ?

— Alors il y aura procès. Pour meurtre. »

Un long silence s'installa.

« Quelles sont mes chances de m'en sortir ? » demanda finalement Mary.

Paget hésita.

« C'est une affaire difficile. Pour eux comme pour nous.

— Pour eux aussi ?

— Oui. Ils ne peuvent pas citer la cassette de Steinhardt. Sauf, peut-être, si tu viens à la barre des témoins.

— Et pour nous ?

— Si tu ne viens pas à la barre, ils passeront la cassette de ton entretien avec Monk, puis ils mettront en évidence les incohérences de ta version. Ensuite, les membres du jury se demanderont pourquoi ils devraient croire quelqu'un qui a menti à la police et qui refuse de témoigner devant eux... Franchement, sans Melissa Rappaport et Lindsay Caldwell, je n'aurais moi-même pas cru un traître mot de ton histoire. Certes, le jury n'a pas l'avantage de te connaître aussi bien que moi, mais il n'aura sans doute pas non plus celui d'avoir entendu Rappaport et Caldwell. Car je doute que le juge accepte leur témoignage.

— Si je comprends bien, j'ai intérêt à témoigner.

— Je pense, oui. Tu devras également reconnaître que la cassette de ta séance chez Steinhardt était embarrassante tout en évitant toute erreur susceptible de te soustraire à la protection de la loi sur le secret médical et de permettre à Sharpe de la faire écouter à un jury. Parce que dis-toi bien que s'ils apprennent que tu as menti devant le Sénat, tout est perdu. Et Marnie Sharpe ne reculera devant aucune ruse pour en arriver là.

— Pourquoi ?

— Parce qu'elle est ambitieuse. Aussi ambitieuse que tu l'étais. »

Le visage de Mary prit une expression sévère.

« Ambitieuse, peut-être. Seulement elle n'a pas grand-chose à perdre, elle. Contrairement à toi...

— Certes. Je me retrouve dans une situation dangereuse. C'est d'ailleurs pour cela que McKinley Brooks m'a suggéré de t'engager à accepter son marché. »

Mary le considéra, incrédule.

« Je plaide coupable et la cassette reste secrète ? C'est cela, le marché, n'est-ce pas ?

— Oui.

— Comme c'est bien amené !

— Qu'est-ce qui te faisait penser qu'on ne trouverait pas la cassette ?

— Je ne savais pas moi-même où elle était. Je me suis dit que si je n'en parlais pas, la police n'aurait jamais l'idée d'aller la chercher.

— Mal jugé, Mary. Comme je te l'ai dit, tu perds ton doigté. »

Elle soupira.

« Bon, fit-elle. Que me conseilles-tu ?

— Rien du tout. Brooks et Sharpe veulent que je tranche pour toi en acceptant leur marché. Je refuse.

— Malgré ce que toi et Carlo, vous avez à perdre ?

— Malgré cela. C'est toi qui m'as mis dans cette situation parce que tu pensais que je jouerais pour gagner. Je te connais assez bien : tu es manipulatrice et inconsciente, et je te méprise pour cela. Mais je ne laisserai pas le D.A. refermer sur moi le piège que tu m'as tendu et me faire perdre la partie. » Paget haussa les épaules. « C'est toi qui as tué, Mary, c'est toi qui décides !

— Si je vais en procès, me défendras-tu ?

— Et Carlo, tu y as pensé ? C'est notre fils à tous les deux, après tout ! »

Mary baissa les yeux.

« Voici comment je vois les choses, dit-elle lentement. La mère de Carlo est soit coupable d'assassinat, soit potentiellement coupable de faux témoignage, avec une chance de sortir innocentée du meurtre. Or, je suis innocente. » Elle releva les yeux. « Ainsi, la seule question qui se pose est : me défendras-tu ? »

Paget se leva, marcha jusqu'à la fenêtre. À nouveau, il songea à Melissa Rappaport, à Lindsay Caldwell, aux chances que le geste de Mary n'ait pas été prémédité. Finalement, il pensa à Carlo.

Il se dirigea vers le téléphone.

« Je vais appeler Brooks », dit-il.

Mary parut soulagée.

« Je suis sûre que tu trouveras une idée », se contenta-t-elle de répondre.

« Bonjour, Christopher ! fit la voix de Brooks. Tu commençais à me manquer !

— Nous refusons le marché. »

Derrière la plaisanterie de Brooks, Paget avait senti une certaine tension. À présent, il comprenait à travers son silence à quel point Brooks appréciait peu ce procès vers lequel ils se dirigeaient à présent.

« Ce n'était pas la peine de te précipiter, dit-il. En fait, je ne pensais pas t'entendre si vite. Si tu veux encore réfléchir... Prends ton temps.

— Inutile. Je l'amène pour les photos et les empreintes digitales. Tout ce que je te demande, c'est un minimum de courtoisie à son égard. »

Il crut entendre Brooks soupirer.

« Bon. Autre chose ?

— Une suggestion seulement : garde ta Superwoman sous contrôle. Dans notre intérêt à tous les deux.

— Reçu cinq sur cinq, Chris », répondit Brooks avant de raccrocher.

Paget se tourna vers Mary. Elle semblait pleine d'espoir, mais hésitante, vaguement anxieuse. Elle lui rappela le moment précédant son témoignage devant le Sénat quand, enceinte de Carlo, elle lui avait lancé ce même regard.

Il n'avait pas besoin de lui expliquer ce qui les attendait à présent : les journalistes hurlant leurs questions, les éclairs éblouissants des flashes, les photographes... Il entendait déjà le présentateur du journal télévisé que Carlo écouterait le soir même : « Cet après-midi à San Francisco, la journaliste de télévision Mary Carelli a été inculpée pour le meurtre de l'écrivain le plus célèbre des États-Unis, Mark Ransom. »

TROISIÈME PARTIE

Les témoignages

27 janvier-10 février

Chapitre un

Cinq jours plus tard, Mary Carelli comparaissait devant le tribunal.

Terri et Paget se tenaient près d'elle, face au juge d'instance Caroline Masters, que Terri connaissait bien pour avoir été, pendant deux ans, stagiaire au bureau des commis d'office, service que Masters dirigeait alors.

L'occasion qui les réunissait là, la lecture de l'acte d'accusation, était des plus routinières. Paget plaiderait innocent et le juge Masters fixerait une autre date sans grand intérêt : celle de l'audience préliminaire au tribunal d'instance, où Marnie Sharpe devrait se contenter d'établir les « causes probables », c'est-à-dire montrer qu'il y avait de bonnes raisons de penser qu'il pouvait s'agir d'un homicide volontaire. Une séance aussi banale que l'hymne national entonné avant un match de football.

La lecture de l'acte d'accusation serait probablement la première et dernière apparition de Caroline Masters dans cette affaire. Un autre juge d'instance présiderait sans doute l'audience préliminaire. Ensuite, dès que le procureur aurait établi les « causes probables », le tribunal d'instance aurait rempli sa mission ; l'affaire serait envoyée en assises et jugée par un magistrat de correctionnelle.

L'unique raison pour laquelle le juge Masters avait choisi une salle d'audience aussi impressionnante tenait à la renommée nationale de l'accusée. D'innombrables journalistes se pressaient là, soucieux de ne rien manquer de l'affaire. Avec ses boiseries et ses hauts plafonds, la spacieuse salle d'audience présenterait bien à la télévision. Observant Caroline Masters et connaissant ses ambitions, Terri acquit tout de suite la certitude qu'elle appréciait cette échappée de la routine quotidienne.

« Plaidez-vous coupable ou non coupable ? demanda le juge Masters.

— Non coupable », répondit Paget d'une voix claire.

Le juge Masters promena son regard sur les parties en présence, comme pour savourer l'instant. À l'une des tables, tous deux vêtus de gris, se tenaient Marnie Sharpe et son jeune assistant, choisi sans doute pour son sérieux et son inexpérience qui en faisaient un aide précieux, mais non un concurrent. McKinley Brooks, pour sa part, avait dû juger politiquement plus prudent de ne pas se montrer. À l'autre table, se trouvaient Terri, Paget et Mary Carelli, vêtue d'une robe noire très simple. Caroline Masters semblait avoir elle aussi réfléchi à son apparence : sa longue toge noire paraissait fraîchement repassée et ses cheveux bruns venaient de subir les ciseaux du coiffeur. Des boucles d'oreilles dorées et un rouge à lèvres orangé mettaient en valeur un bronzage acquis lors d'un séjour dans son appartement en multipropriété de Puerto Vallarta. Terri ignorait toutefois avec qui Caroline Masters avait bien pu passer ses vacances et ce qu'elle y avait fait. En deux ans de travail commun, la jeune femme n'avait que très peu appris de la vie de sa supérieure : les seules certitudes qu'elle avait à son sujet étaient sa grande ambition et son intelligence. Non que Caroline ne lui eût pas manifesté de sympathie : à sa manière incisive, elle avait rapidement conclu que Terri avait assez de talent pour que le temps consacré à sa formation ne fût pas du temps perdu. Mais tous les conseils qu'elle lui avait donnés n'avaient jamais été que professionnels. Caroline s'entourait d'un mur épais et ne livrait rien d'elle-même. Cette discrétion quasi maladive, Caroline prenait soin de la dissimuler derrière un abord très froid. « Pour réussir à survivre, avait-elle confié un jour à Terri, une femme doit faire en sorte que les hommes la voient comme un juriste. S'ils la regardent comme une femme, comme une personne qui éprouve des sentiments, dont le mariage est fragile ou qui vient de rompre avec son amant, ils commenceront à repérer des faiblesses qu'ils n'auraient jamais remarquées chez un homme. C'est triste, mais c'est comme cela. » Apparemment, Caroline n'avait pas changé : à son attitude très digne, on constatait sans peine qu'elle était déterminée à n'être rien d'autre qu'un juge. D'ailleurs, aucun de ceux qui la connaissaient ne doutait de sa compétence.

« Le prévenu, répéta le juge Masters à l'intention du greffier, plaide non coupable. Le prévenu a-t-il fait le nécessaire pour la caution ? ajouta-t-elle en se tournant à nouveau vers Paget.

— Oui, Votre Honneur. Cinq cent mille, par décision du District Attorney. »

Le juge Masters hocha la tête.

« Dans ce cas, maître Paget, vous êtes tenu de fixer l'audience préliminaire dans les trente jours. Souhaitez-vous renoncer à la période des dix jours ? »

C'était là, Terri en avait l'habitude, la question traditionnelle. En pratique, l'audience préliminaire ne signifiait rien pour la défense. En renonçant au droit à une audience dans les dix jours, l'avocat de la défense ne perdait rien, mais prolongeait au contraire la durée dont il disposait pour se préparer au procès. À son expression et au ton de sa voix, il était clair que Masters ne doutait pas de la réponse de Paget.

« La défense, répondit Paget d'un ton agréable, a choisi de ne pas renoncer à ce droit. »

Pour la première fois, le juge Masters manifesta une certaine surprise. À la table du procureur, Marnie Sharpe s'était retournée vers Paget.

« Puis-je vous demander, s'étonna Masters, pour quelle raison vous souhaitez une audience préliminaire si rapide ? Comme vous le savez sans doute, nous avons un emploi du temps surchargé. Si vous incommodez le tribunal, cela doit au moins servir les intérêts de votre cliente. Or, je ne vois pas en quoi cela pourrait être le cas, maître. »

Déjà tendue, Terri commença à perdre espoir. Cette dernière réplique était du pur Masters. Caroline avait en effet pour habitude de décider elle-même de ce que devaient faire les avocats. La contredire revenait à mettre en doute son sens stratégique.

Pourtant, Paget semblait très à l'aise. Sans doute Terri était-elle la seule à savoir à quel point il doutait de réussir à amener le juge à accepter un calcul stratégique sans précédent.

« J'ai plusieurs raisons, répondit Paget. Mais la première, je pense, devrait suffire. Ma cliente est journaliste de télévision. Elle ne travaille pas dans cet État, mais dans celui de New York et à travers le monde entier. Or, sur décision du District Attorney, et plus précisément de maître Sharpe, Mme Carelli n'a pas le droit de quitter l'État avant la fin du procès. Maître Sharpe craint sans doute que ma cliente cherche à se dérober à la justice. En réalité, Mme Carelli ne souhaite qu'une chose : échapper aux accusations erronées de maître Sharpe et en finir au plus vite avec cette affaire, afin de pouvoir reprendre ses activités professionnelles. » Il se tourna vers Sharpe et l'interrogea aimablement : « Je suppose, maître, que vous êtes prête à démontrer vos ‘‘causes probables’’ dans le délai statutaire ? »

Caroline Masters ne semblait guère apprécier les libertés que prenait Paget. Sans doute n'avait-elle pas encore compris les intentions de ce dernier. Quant à Sharpe, elle paraissait ennuyée.

« Bien entendu ! » répondit-elle d'un ton sec. Puis elle se tourna vers le juge. « Si cela peut faire plaisir à maître Paget, l'accusation est même prête à le faire dès ce soir. »

Caroline Masters lui lança un regard surpris.

« Cela ne sera pas nécessaire, dit-elle. Tout comme je ne pense pas qu'il soit nécessaire de tenir Mme Carelli cantonnée dans cet État.

— Nous ne sommes pas de cet avis. Mary Carelli possède des ressources considérables et les charges qui pèsent sur elle font que, selon nous, les risques de la voir disparaître sont très élevés. » Sharpe se tourna vers Paget et Mary et poursuivit avec emphase : « La cour se souviendra sans doute, tout comme Mme Carelli et maître Paget, de l'affaire William Lasko. Après sa condamnation, et alors qu'il avait fait appel, M. Lasko s'est enfui au Costa Rica. Il a fallu plusieurs années de recherches au gouvernement pour retrouver sa trace. Si, dans notre affaire, le D.A. n'a pas réclamé une caution prohibitive, le moins que nous puissions faire est de ne pas favoriser ce genre de risque. » Elle se tourna à nouveau vers le juge. « Nous rejoignons donc maître Paget et réclamons l'audience préliminaire la plus rapide possible. »

De toute évidence, cette référence gratuite à l'affaire Lasko n'était destinée qu'à titiller les nerfs de Paget. Celui-ci, toutefois, ne laissa rien paraître.

« Nous apprécions le soutien de maître Sharpe, répliqua-t-il, mais non sa comparaison avec William Lasko. D'ailleurs, je crois que Mme Carelli préfère la Bolivie... »

Sharpe le fixa d'un œil mauvais. Pour la première fois, il y eut des rires dans l'assistance. Caroline Masters leva son marteau avec un air ennuyé, signalant ainsi son intention de présider la séance dans le calme.

« Très bien, fit-elle d'un ton cassant. Il nous faudrait donc une estimation de la durée. Combien vous faudra-t-il de temps, maître Sharpe, pour établir les causes probables ? »

Une audience préliminaire, Terri le savait, consistait à présenter quelques témoins et durait généralement de une à deux heures. Pour une affaire d'homicide importante, elle pouvait s'étendre jusqu'à une matinée. Mais avec quelqu'un d'aussi consciencieux que Sharpe, la séance risquait de se prolonger jusqu'en milieu d'après-midi.

« Une journée, répondit Sharpe. Au maximum.

— Très bien. »

Masters se tourna vers son assesseur, Charlie McWhorter.

« Charlie, voyez auprès du 20e Département à quelle date il peut traiter cela.

— Excusez-moi, Votre Honneur. » Paget s'avança d'un pas. « Puis-je être entendu sur la question de la durée ? »

Cette fois, Masters manifesta ouvertement sa surprise.

« L'audience préliminaire concerne le D.A., dit-elle d'un ton catégorique. Auriez-vous l'intention de procéder à un contre-interrogatoire ?

— Nous avons l'intention de remettre en cause l'accusation du D.A. tout entière. »

Sharpe fit volte-face pour le dévisager. Un long murmure parcourut l'assistance. Quant à Masters, son visage exprimait une profonde incrédulité.

« Vous entendez mettre en question les causes probables ? »

Paget hocha la tête.

« Plus précisément, nous voulons réfuter les causes probables et demander à cette Cour de débouter toutes les accusations émises contre Mary Carelli. »

« C'est incroyable ! » chuchota un journaliste, tandis que toute l'assistance réagissait bruyamment.

Paget lança un coup d'œil à Terri, comme pour dire : « Ne t'inquiète pas, tout va bien. » Le marteau du juge Masters émit le claquement d'un coup de fouet.

« Combien de temps, interrogea-t-elle d'un ton hostile, pensez-vous que ce processus prendra ?

— Deux semaines, fit aimablement Paget. À un jour près...

— Votre Honneur... », intervint Sharpe, furieuse.

D'un geste, Masters lui intima le silence : elle entendait gérer seule la situation. Terri regrettait d'être venue.

« Cela ne s'est jamais vu, lança le juge à Paget. Et deux semaines de contre-interrogatoire, c'est absurde ! »

Paget ne parut pas ébranlé, quels que fussent les efforts que cette impassibilité lui coûtait.

« Il ne s'agira pas seulement d'un contre-interrogatoire, Votre Honneur. Nous avons l'intention de remettre en cause la recevabilité de certaines preuves avancées par l'accusation, d'appeler Mme Carelli à la barre des témoins, de faire intervenir d'autres témoignages et d'apporter d'autres preuves. » Paget se tourna vers Sharpe. « Maintenant que maître Sharpe connaît nos intentions, je pense qu'elle réclamera un peu plus d'une journée. Notre estimation de deux semaines incluait plusieurs jours pour l'accusation. »

Pour la première fois, l'expression irritée de Masters laissa filtrer une lueur d'intérêt.

« Comme je vous l'ai dit, maître, je n'ai jamais vu une telle façon de procéder. Une audience préliminaire n'a pas pour fonction de remplacer un procès. Car même si l'accusation échoue par manque de ''causes probables'', elle peut toujours redéposer sa plainte si elle découvre de nouvelles preuves par la suite. La défense n'a pas non plus le droit automatique d'anticiper ainsi le procès. »

Paget acquiesça.

« C'est exact, Votre Honneur, en règle générale. Mais selon ma perception de la loi, un avocat est en droit d'établir dès l'audience préliminaire que son client a agi en état de légitime défense. Car la légitime défense se conçoit aussi bien pour sauver sa vie que pour éviter un viol. »

Caroline Masters l'examina quelques instants, à mi-chemin entre l'ennui et la fascination intellectuelle, puis se permit un léger sourire.

« C'est également ma perception de la loi, ce qui n'est pas nécessairement une chance pour vous, étant donné que vous vous proposez d'offrir à maître Sharpe une première approche exhaustive de toute l'affaire. »

Paget lui rendit son sourire.

« Si je ne me trompe pas, Votre Honneur, cette première approche sera tout ce que maître Sharpe obtiendra dans cette affaire. »

Masters parut en douter.

« Il y a une différence de taille entre ''causes probables'' et ''doutes fondés''. Il ne m'est jamais arrivé de voir un D.A. perdre un procès au stade des causes probables.

— Encore faut-il que ces causes probables existent !

— Puis-je avoir la parole ? » intervint Sharpe.

Se tournant vers elle, Terri constata qu'elle agrippait la table à deux mains.

« L'intention de maître Paget est désormais claire comme de l'eau de roche : il veut transformer la procédure en mini-procès et précipiter ainsi les choses de manière à ce que notre dossier ne soit pas prêt.

— Mais vous avez relevé le défi, maître, n'est-ce pas ? répliqua le juge d'un ton sec. Croyez-vous toujours à une fuite de Mme Carelli, ou souhaitez-vous assouplir sa condition actuelle ?

— Nous n'avons pas l'intention de modifier notre décision là-dessus. Nous serons prêts dans le délai de dix jours ; nous vous demandons simplement de fixer l'audience préliminaire au terme de cette période.

— Très bien. »

Se retournant vers Paget, Masters demanda, ironique :

« Avez-vous quelque chose à ajouter, maître ?

— Une toute petite chose, Votre Honneur. Au sujet de la retransmission télévisée. J'ai eu plusieurs entretiens avec les responsables de *Court TV*, la chaîne spécialisée. Ils tiennent à retransmettre les débats publics de l'audience préliminaire. Au nom de Mme Carelli, je demande qu'ils soient autorisés à le faire. »

Masters garda le silence un long moment, puis s'adressa à Sharpe.

« Maître Sharpe, interrogea-t-elle, avez-vous des réserves à émettre sur ce point ?

— Oui, répondit brutalement Sharpe. Cette requête est pire encore que la précédente. Après avoir fabriqué de toutes pièces un procès inutile sur la question des causes probables, maître Paget propose d'utiliser cette audience pour faire tant de bruit autour de l'affaire qu'il deviendra impossible de réunir un jury le moment venu. L'accusation est contre.

— Maître Paget ?

— Ma réaction à moi, c'est qu'après avoir fabriqué de toutes pièces une inculpation de meurtre, maître Sharpe propose à présent de dissimuler ses agissements. Les raisons qui motivent notre requête résident dans le droit du défendant à un procès équitable. Ma cliente estime que l'on servira mieux la justice en rendant le procès public. Et je trouve moi aussi que la lumière du soleil est le meilleur désinfectant... »

Masters ne laissa pas Sharpe réagir :

« Très bien, fit-elle. Je pense que je possède désormais tous les éléments. Je dirais à maître Sharpe, sans me prononcer sur le fond du dossier, que la requête de la défense sur ce point me paraît fondée. » Elle se tourna vers son assesseur. « À présent, montrez-moi le calendrier. »

Après avoir étudié l'emploi du temps avec McWhorter, Caroline Masters parcourut l'assistance du regard.

« Parfait, annonça-t-elle. L'audience préliminaire débutera le 10 février et se prolongera cinq jours par semaine jusqu'à sa conclusion. D'ordinaire, cette affaire devrait aller au Département 20. J'ai toutefois décidé de déléguer la gestion de mes autres dossiers à un juge remplaçant afin de pouvoir présider moi-même l'audience préliminaire. »

Terri retint un soupir de soulagement : Paget venait d'obtenir ce qu'il souhaitait.

« Je vous remercie, Votre Honneur, dit-il.

— Maître Paget, maître Sharpe, je vous donne rendez-vous dans deux semaines. Et merci pour cette intéressante matinée.

— Félicitations, murmura Mary à Paget lorsque le juge et ses assesseurs eurent quitté la salle. Pour un père célibataire, tu étais remarquablement bien préparé.

— C'est Terri qu'il faut remercier, répondit-il froidement. Après deux nuits blanches passées à éplucher les codes de procédures, elle en sait davantage sur les audiences préliminaires que Dieu en personne, et que Marnie Sharpe ! »

Mary hésita une fraction de seconde.

« Merci, lança-t-elle à Terri.

— Je vous en prie », répondit celle-ci, mais Mary s'était déjà détournée.

Terri resta déconcertée, se demandant ce qui, chez elle, pouvait tant déplaire à cette femme.

Le voilier de Christopher Paget fendait les flots.

Terri observait Chris. Mince et élancé, le regard fixé sur la mer, il tenait la barre en professionnel, assisté de Johnny Moore qui s'occupait de la voile.

C'était le lendemain de la mise en accusation de Mary. Le temps était d'une douceur inhabituelle pour la saison. Johnny Moore, qui n'appréciait guère les réunions traditionnelles, avait suggéré à Paget d'aller discuter au cœur de la baie de San Francisco. Lorsque Paget avait prié Terri de se joindre à eux, elle avait immédiatement proposé d'apporter les sandwiches. Le seul à qui l'idée avait déplu franchement était Richie.

Après une heure de navigation, ils accostèrent sur Angel Island, une île vallonnée, boisée et verte en hiver. On n'entendait que le bruit du vent et les cris des mouettes, qui tournoyaient dans le ciel. Assoiffés, Paget et Terri buvaient de l'eau minérale ; Johnny, lui, sirotait sa bouteille de bière, visiblement satisfait.

« On est quand même mieux ici ! dit-il. Moi, je me sens transformé en momie dès que j'entre dans un bureau. Surtout dans le tien, Chris.

— On a pourtant une belle vue de ma fenêtre !

— Sûrement. Le problème, c'est qu'on ne peut pas l'ouvrir, cette fenêtre ! On se sent comme un poisson dans un aquarium. »

Paget se tourna vers Terri.

« Il va falloir envisager de transférer les bureaux sur un terrain de camping si nous devons continuer à travailler avec Johnny ! »

Derrière la plaisanterie, Terri décela une agressivité inhabituelle dans la voix de Paget. Elle jugea prudent de détendre un peu l'atmosphère.

« Cela me convient tout à fait, dit-elle. Tu fournis des bureaux sympa, Johnny m'emmène de temps en temps faire un petit tour de voilier dans la baie. Je trouve que vous vous complétez très bien tous les deux ! »

Moore sourit. Ils se turent quelques instants, le regard perdu sur la ville, au loin. Plongés dans leurs pensées, aucun n'avait vraiment le cœur à plaisanter. Moore fut le premier à rompre le silence.

« L'un de vous pourrait-il m'expliquer ce qui vous a pris de vouloir mettre votre grain de sel à l'audience préliminaire ? interrogea-t-il. Autant se placer devant un taureau lancé au galop et lui demander de s'arrêter ! »

À la façon dont Paget s'adossa contre le mât et répondit sans même regarder Moore, Terri comprit que le doute le torturait encore.

« Cette affaire, fit-il, doit aller vite. Le temps joue contre nous. Je voudrais que tout soit terminé avant qu'il ne soit trop tard. L'audience préliminaire est notre meilleure chance d'y parvenir. »

Moore le regarda.

« En somme, tu n'as pas trop envie qu'ils découvrent la seconde cassette…

— Oui, c'est surtout ça. N'as-tu vraiment aucune idée de l'endroit où elle pourrait se trouver ?

— Non. Mais la police non plus. On dirait que notre cher Mark a voulu brouiller les pistes. Dis-moi, Chris, je me trompe ou cette cassette est plus dangereuse pour toi que pour Mary ? »

Paget haussa les épaules.

« En dehors de ce qu'elle révèle sur moi et du tort qu'elle peut faire à Carlo, j'ai la nette impression qu'elle n'est pas inoffensive non plus pour Mary. Quoi qu'elle en dise… »

Terri vit Moore hésiter, sensible sans doute au malaise que cette conversation provoquait chez Paget.

« Tu sais, mon opinion de toi ne changera pas si tu me dis que tu ne recherches la cassette que pour Carlo et toi. Mary t'a mis dans un sacré pétrin…

— Bah, fit Paget, le problème n'est pas là. Quels que soient mes intérêts dans cette affaire, notre cliente est tout de même Mary Carelli.

— Tu ne la crois toujours pas, hein ?

— Non. Elle me cache quelque chose, je ne sais pas quoi, ni pourquoi. Alors ce que je veux éviter, c'est que Sharpe le découvre avant moi.

— Mais penses-tu vraiment avoir une chance de l'emporter contre Sharpe dès l'audience préliminaire ?

— Après ce qui s'est passé hier, oui. Nous avons une chance. »

Moore but une gorgée de sa bière. Il semblait sceptique.

« Parce que tu as réussi à imposer à Sharpe une audience préliminaire anticipée ? »

Paget hocha la tête.

« Il y a cela, et il y a aussi Caroline Masters. J'espérais qu'elle serait à la fois assez intriguée et assez ambitieuse pour tenir à présider elle-même cette audience. Il était évident qu'elle préférerait notre affaire aux banals conflits de voisinage qui forment son lot quotidien. Ce qui était moins évident, c'était la télévision. Heureusement, elle a dû penser que ces deux semaines de retransmission en direct donneraient une impulsion fulgurante à sa carrière ; c'est sans doute ce qui l'a décidée. En fait, je lui offre sa promotion sur un plateau !

— Mais pourquoi la préfères-tu à un autre juge ? Cette femme est un sacré numéro, tout le monde le sait. Il suffit que tu lui dises un truc qu'elle ne digère pas, et elle te fera passer deux semaines en enfer, et ce, en direct à la télé ! »

Intérieurement, Terri tressaillit. Mieux que Moore, elle savait à quel point la présence des caméras pèserait lourd pour Paget. Mais Moore était trop franc et trop consciencieux pour taire ses doutes par souci de tact. Paget se tourna vers lui, excédé.

« Pourquoi je la préfère ? Parce que Terri m'a dit que je devais. Cela te rassure-t-il ?

— Un peu, répondit Moore en regardant Terri. Terri, sois gentille, j'aimerais entendre des explications de ta bouche. »

Terri hésita. Sans s'en rendre compte, Moore et Paget venaient de lui rappeler que son avis était pris en considération et que Paget lui faisait désormais confiance.

« J'ai travaillé avec Caroline Masters, commença-t-elle. C'est une femme très sûre d'elle. Elle a une immense confiance — souvent justifiée — en son intelligence. Elle est assez fine pour voir où Chris veut en venir et, à mon avis, c'est l'un des rares juges qui aient assez de cran pour pouvoir débouter une affaire comme celle-ci. En espérant, bien entendu, qu'elle suive Chris dans sa démonstration... Ce que, à mon avis, elle fera plus volontiers qu'un d'autre.

— Ah bon ? demanda Moore, surpris. Et pourquoi ça ?

— Parce que, comme tous les juges, Caroline est un être humain et qu'elle a ses propres réactions. Sa vie privée reste une énigme, mais pas ses points de vue. Or, je sais que si on l'avait présentée à un Mark Ransom, elle n'aurait pas hésité à l'envoyer promener. Et puis, elle a été avocate. Et, enfin et surtout, elle a de grandes ambitions...

— Toutes ces merveilleuses qualités sont bien jolies, dit Moore en fronçant les sourcils, mais j'aurais autre chose à dire à son sujet. » Il considéra Paget, puis Terri. « Ma réaction est peut-être un peu sexiste face à une femme si déterminée, mais j'ai la bizarre impression que le juge Masters n'aime pas beaucoup les hommes. Une catégorie dont fait indubitablement partie notre ami Christopher.

— ... Et Mark Ransom ! répliqua Terri, désireuse de montrer à Johnny qu'ils avaient déjà considéré cet aspect. Avec Chris, nous avons tourné et retourné le problème dans tous les sens. Comme elle est nouvelle à son poste de juge, Caroline s'efforce non seulement d'être impartiale, mais également de le paraître. Maintenant, de là à savoir comment cela va se manifester concrètement... Va-t-elle pencher en faveur de la femme qui se défend ou de celle qui accuse ? C'est un pari à prendre... Pour ma part, il me semble en tout cas que le courant passera mieux entre elle et Chris qu'entre elle et Marnie Sharpe. Caroline adore jongler avec la loi, elle apprécie la créativité presque autant que l'intelligence. » Terri sourit à Paget. « Or, dans le domaine de la créativité, ce qu'a fait Chris hier est difficile à surpasser. À sa façon, Caroline avait presque l'air de le remercier !

— Ma parole ! s'exclama Moore, vous l'avez vraiment passée au crible !

— C'est un petit jeu auquel tout avocat se livre avant un procès, observa Paget. La psychanalyse du juge ! Pour ma part, je me suis trompé si souvent que j'ai préféré laisser faire Terri cette fois-ci... »

Moore scruta le visage de Paget.

« Bon, alors maintenant que tu as obtenu Caroline Masters, je suppose que tu as prévu une tactique propre à l'impressionner ? »

La contrariété traversa le regard de Paget. Terri y vit le signe de son inquiétude.

« Mange ton sandwich, répondit-il. Cela me donnera le temps d'imaginer un moyen de maintenir ton anxiété sous contrôle. »

Ils restèrent tous trois silencieux, mâchant lentement leur sandwich. Les vagues venaient lécher la coque du bateau. Au loin, la ville baignait dans une brume légère.

« La vie serait belle, lança Moore, s'il n'y avait que des moments comme celui-ci.

— Oui... Alors, à nous de faire en sorte que Mary Carelli en connaisse d'autres, elle aussi. »

Moore se tourna vers Paget, le visage à nouveau soucieux.

« D'accord, Chris. À toi de jouer, nous t'écoutons.

— Disons pour commencer que la défense que nous devons assurer se présente mal, très mal. Nous savons tous les trois que dans le récit de Mary, il y a un élément réel : les relations plutôt malsaines qu'entretenait Mark Ransom avec les femmes. Melissa Rappaport et Lindsay Caldwell n'ont laissé aucun doute sur ce point. Leurs témoignages donnent heureusement un peu de crédibilité à la version de Mary. Le problème est que, dans l'état actuel de la loi, Caroline Masters ne pourra probablement pas laisser témoigner ces deux femmes devant un jury. Donc, celui-ci ne pourra pas en tenir compte.

— Mais Caroline, oui.

— Espérons... »

Paget mordit dans son sandwich et le savoura lentement tout en suivant le vol d'une mouette.

« Si Terri parvient à les convaincre de venir parler, reprit-il, nous leur demanderons de répéter devant le juge ce qu'elles lui ont confié. Évidemment, Sharpe insistera pour que cela se déroule à huis clos et fera tout pour exclure ces deux témoignages du dossier. Toutefois, même si elle y parvient, Masters ne pourra plus effacer leurs récits de sa mémoire. Et, bien sûr, c'est elle qui décide si nous allons ou non en assises...

— Vous allez avoir besoin d'un peu plus, fit Moore, dubitatif.

— Je sais, je sais. Mais c'est au moins un bon début. Même le meilleur des juges aime paraître impartial. Si la nôtre refuse Rappaport et Caldwell, nous lui demanderons de couper la poire en deux en déclarant la cassette de Mary irrecevable et en prévoyant que toute mauvaise utilisation des informations qu'elle renferme provoquera un non-lieu. Et si là encore elle refuse, il nous restera toujours la cassette de Laura Chase. Je n'en révélerai rien au public pour l'instant, mais lors de l'audience en huis clos, j'insisterai pour qu'elle soit au moins aussi recevable que celle de Mary — étant donné qu'elle nous éclaire sur la pathologie sexuelle de Ransom — et je demanderai qu'on l'entende à l'audience publique. Et tant pis pour la famille Colt ! »

Moore émit un court sifflement.

« Tout cela, dit-il, risque de mettre Marnie Sharpe très en colère !

— J'y compte bien. »

À cet instant, une mouette descendit en piqué sur le bateau, saisit un petit morceau de pain dans son bec et s'envola à nouveau sans diminuer son allure. Moore la regarda s'élever dans le ciel, puis se tourna vers Terri.

« Je croyais que l'idée était de ne pas toucher à l'amour-propre de Sharpe ?

— Ça, c'est mon problème, trancha Paget. Je ne sais pas pourquoi, mais j'ai déplu à Marnie dès notre première rencontre.

Peut-être cela tient-il à ma personnalité, peut-être aussi pense-t-elle que je cherche à aider Mary à exploiter le prétexte du viol. Tout cela signifie, d'une part, que je n'ai aucun espoir de la reconquérir par le charme, d'autre part, qu'elle doit avoir une petite faiblesse psychologique qu'il me faut exploiter. À mon avis, si je m'y prends bien, je peux la pousser à l'erreur... Le seul avantage que je possède sur elle, c'est que je représente à ses yeux une sorte de symbole, alors que pour moi elle ne constitue qu'un problème technique. »

Paget s'interrompit, contemplant la ville qui, au loin, paraissait blanche.

« Je sais que c'est risqué, poursuivit-il, mais nous n'avons guère d'atouts dans notre jeu. Dans le pire des cas, l'audience préliminaire nous aura permis d'estimer, avant le procès, la vraie valeur de Sharpe. Et puis, sans jury, mon manque d'expérience se ressentira peut-être un peu moins.

— Et que se passera-t-il, interrogea Moore, si le juge Masters te suit ? Si elle décrète un non-lieu ? Le D.A. ne peut-il pas continuer à rechercher des preuves et porter à nouveau plainte contre Mary s'il les trouve ?

— Cela dépend. Si le procureur est débouté pour manque de preuves, il peut effectivement revenir à la charge avec des éléments nouveaux. La cassette, par exemple. » Paget avala une gorgée d'eau minérale. « Mais, en attendant, Mary sera libre.

— J'ai quand même l'impression que vous prenez un sacré risque tous les deux, dit Moore. D'abord, si cette stratégie est si habile, pourquoi les autres avocats ne l'utilisent-ils jamais ?

— Excès de prudence, sans doute...

— En fait, tu essaies de te convaincre que tu as raison d'agir ainsi ! »

Paget regarda Moore dans les yeux.

« Écoute, Johnny ! Nous prenons là un risque énorme, et je le sais. Caroline Masters a tout de suite vu à quel point notre situation était désespérée, même si je n'en ai rien laissé paraître. Elle l'a dit elle-même d'ailleurs : les causes probables sont bien trop faciles à démontrer et, si j'échoue, nous aurons approfondi l'affaire de façon si exhaustive que Sharpe nous crucifiera lors du procès en assises. Car dans l'état actuel de l'enquête, il est clair que nous sortirons perdants. »

Moore grimaça.

« Si je comprends bien, le but de cette petite promenade en mer était de me faire toucher du doigt l'urgence de la situation ?

— Évidemment.

— En d'autres termes, poursuivit Moore, tu aurais besoin de

découvrir un viol en bonne et due forme. Et ce, dans les deux semaines à venir. »

Paget acquiesça.

« Un jour, quelque part, Ransom a bien dû franchir le pas. Le problème, c'est que les femmes ne racontent pas ces choses-là. »

Moore se tourna vers Terri.

« Tu es d'accord ?

— Oui, fit Terri, gênée.

— Bon, dit Moore. Je peux toujours essayer de chercher. »

Un nouveau silence s'installa.

« Serais-tu prête à passer à la télévision ? demanda soudain Moore à Terri.

— Passer à la télévision ? répéta Terri sans comprendre. Pour quoi faire ?

— Un appel à témoins. » Moore hésita. « Je suppose que ce genre de choses touche, chez une femme, une corde sensible que nous, les hommes, nous aurions du mal à ressentir. Tu es donc la mieux placée de nous trois pour le faire.

— Désolée, mais je ne te suis toujours pas. »

Moore haussa les épaules.

« Je ne sais pas si c'est une bonne idée... Je me demandais simplement si, en lançant un appel pour obtenir des informations sur Mark Ransom, nous ne pourrions pas récolter un ou deux témoignages... Un appel à l'aide fait par une femme avocate, au nom d'une autre femme inculpée de meurtre... » Il jeta un coup d'œil à Paget. « Est-ce que ce serait malsain ? »

Terri s'aperçut que Paget la considérait depuis quelques instants.

« Je n'y avais pas pensé, dit l'avocat. Il est déjà difficile de solliciter des confidences aussi intimes lorsqu'on se trouve face à quelqu'un — c'est la spécialité de Terri —, mais aller demander la même chose à des femmes que l'on ne voit même pas... Nous n'obtiendrons probablement rien, et notre appel aura l'air d'une tentative désespérée... »

Pendant un moment, les deux hommes restèrent silencieux. Ni l'un, ni l'autre n'osait regarder Terri.

« Si vous pensez que je dois le faire, répondit-elle enfin, je le ferai. Après tout, le moment est venu de forcer le destin... »

Chapitre deux

« Alors là, c'est pas facile ! » annonça Elena Arias à Carlo Paget.

Installés devant la table basse, dans la bibliothèque de Paget, les deux enfants empilaient les uns sur les autres des cubes aux formes variées pour construire un édifice à l'équilibre précaire. Le jeu consistait à ajouter alternativement un cube au-dessus de l'autre sans provoquer la chute de la tour. Vêtu d'un jean et d'un T-shirt, Carlo était assis sur le tapis. Elena, en robe rose, les cheveux bien peignés, s'était installée sur ses genoux. L'échafaudage qu'ils avaient construit en plaçant en tous sens des cubes multicolores violait toutes les règles de l'esthétique et de la gravité. Elena, qui venait de poser un cylindre rouge au sommet de la tour, semblait ravie d'elle-même. Carlo prit un air stupéfait.

« Je ne perds jamais contre les filles de cinq ans », fit-il d'un ton faussement frustré.

Jetant un coup d'œil à Terri, assise sur le canapé, il ajouta, implorant :

« Vois-tu un moyen de me sortir de cette situation ?

— À toi de te débrouiller, Carlo ! Je croyais que tu étais imbattable à ce jeu ?

— Je n'ai pas perdu une seule fois au cours des huit dernières années ! dit Carlo avec un sourire. Mais il faut dire que c'était contre mon père, qui, en géométrie de l'espace, a la capacité de raisonnement d'une fougère. Il ne m'avait pas du tout préparé à une adversaire du niveau d'Elena ! »

Carlo était vraiment un gentil garçon. Depuis le début du jeu, il veillait à placer les cubes de telle sorte qu'Elena pût continuer à jouer sans perdre, faisant lui-même semblant de se trouver en grande difficulté à chaque coup. La tour que Carlo et Elena étaient en train de créer représentait une sorte de récapitulatif de l'histoire de Paget avec son fils. Le joueur le plus jeune prenant confiance en lui tandis que le plus âgé, tout en protestant, perdait avec une grande ingéniosité. Elena, qui jouait en prenant de gros risques, avait poussé Carlo au sommet de cet art.

« Ta maman ne veut même pas m'aider ! dit-il à Elena.

— Elle ne va pas t'aider, puisque son enfant, c'est moi ! »

Carlo leva le bras pour réclamer le silence, signalant ainsi qu'il était conscient de se trouver dans une situation délicate. Avec une grande gravité, il examina longuement la pyramide branlante. Puis, lentement, il saisit un cube entre le pouce et l'index et le maintint un instant suspendu au-dessus de l'édifice. Terri retint son souffle.

Doucement, délicatement, il plaça le cube sur le rond rouge d'Elena. Celui-ci roula d'un côté, le cube qui se trouvait au-dessous glissa de l'autre. La tour tout entière se mit alors à chanceler, puis s'écroula d'un coup. Carlo considéra les ruines avec une expression incrédule.

« C'est la dévastation totale, déclara-t-il à Elena. Je n'arrive pas à y croire !

— Mais tu as essayé, c'est bien ! répondit Elena qui, soudain ennuyée, lui toucha la main. Tu sais, je suis sûre que tu pourras encore battre ton papa. Cela veut dire que tu es quand même médaille d'argent. Et moi, je suis médaille d'or. »

Carlo éclata de rire.

« À cinq ans, lança-t-il à Terri, elle a déjà appris la condescendance ! »

Terri sourit.

« Ce n'est pas de la condescendance, mais de la codépendance. Elena prend soin de toi.

— Et est-ce que je suis moi aussi codépendant, interrogea-t-il, si je vais au cinéma voir un film que ma petite amie a envie de voir ?

— Seulement si le film est nul. Serais-tu en train de me dire que tu as réussi à faire sortir Jennifer de chez elle ?

— Ouais ! Comme tu me l'as conseillé, je suis allé chez eux deux ou trois fois et j'ai fait la connaissance de ses parents.

— Cela s'est bien passé ?

— Oui, très bien. » Le visage de Carlo s'assombrit. « Sauf qu'ils voulaient tout le temps me parler du procès de mon père. C'est comme cela qu'ils l'appellent : ''le procès de ton père''. »

Terri jeta un coup d'œil à Elena, qui commençait une nouvelle tour avec une concentration enfantine.

« Les parents de Jennifer ne savent pas qui est ta mère alors ? »

Carlo secoua la tête.

« Non. »

Il baissa les yeux un moment. Terri préféra ne rien dire et attendre. Elle porta son verre de vin à ses lèvres.

« Toute cette histoire me fait un drôle d'effet. J'ai l'impression de la cacher. Ou de *me* cacher. »

Terri s'adressa à sa fille.

« Elena, lui demanda-t-elle, pourrais-tu aller aider Chris à faire les hamburgers ? Il est tout seul à la cuisine. »

Elena réfléchit.

« Mais comment dois-je faire pour l'aider ?

— Dis-lui de ne pas les faire trop cuire, répondit Carlo. Ça les rend secs à l'intérieur. » Il se tourna vers Terri. « Il les fait toujours trop cuire !

— Il semble que Chris a vraiment besoin d'aide, dit Terri à Elena.

— C'est certain, renchérit Carlo. Dis-lui juste : ''Les hamburgers, pas trop cuits !'' »

Elena se leva, consciente de l'importance de sa mission.

« Les hamburgers, pas trop cuits », répéta-t-elle avant de se diriger vers la porte.

Carlo sourit, apparemment satisfait à l'idée que son père allait être rappelé à l'ordre par une petite fille de cinq ans en ayant conscience que Carlo était à l'origine du message. Terri sourit elle aussi, puis réalisa aussitôt, avec une pointe de culpabilité, à quel point elle était contente que Richie ne soit pas venu.

Les choses s'étaient passées de façon étrange. Au départ, Paget avait invité Terri à venir chez lui en famille. Richie, qui disait ne pas avoir envie de le rencontrer, avait demandé à Terri de décliner l'invitation. Il craignait de s'ennuyer, prétendait-il. Terri, elle, décelait une raison plus profonde : Richie n'appréciait guère son amitié avec l'avocat et il lui en voulait. De plus, il était trop fier pour passer du temps en compagnie d'une personne qu'il ne parviendrait pas à impressionner.

Terri avait d'abord cédé à son souhait, puis l'absurdité de ce refus l'avait soudain mise en colère. En fin de compte, elle avait expliqué à Richie qu'elle devait voir Paget pour des raisons professionnelles et avait inventé une excuse boiteuse pour justifier l'absence de Richie auprès de Paget. Enfin, elle était venue parce qu'elle en avait envie. Seule, elle n'avait plus à craindre ni les probables tentatives de Richie d'extorquer un « investissement » à Paget, ni l'expression de politesse exagérée que prendrait ce dernier face à Richie, tout en se faisant une piètre opinion du personnage. Cette honte que lui inspirait Richie donnait mauvaise conscience à Terri. À présent, cependant, elle était heureuse de l'occasion qui lui était offerte de discuter seul à seul avec Carlo.

« Alors, tes amis ne savent pas qui est ta mère ? » lui demanda-t-elle.

Il secoua la tête.

« Pas vraiment. J'ai changé de lycée cette année et comme elle n'est jamais là, les gens ne risquent pas de la connaître. » Une expression peinée traversa son visage. « Et puis, je ne vais tout de même pas glisser au milieu d'une conversation : ''Au fait, est-ce que je vous ai déjà dit que Mary Carelli est ma mère ?''... Surtout avec la publicité qu'on fait autour de toute l'affaire, et après ce que j'entends dire sur elle au lycée... Ce n'est pas que j'aie peur, mais je n'ai pas envie de mettre les gens mal à l'aise. »

Un instant, Terri s'imagina n'avoir dit à personne que Rosa Peralta était sa mère à elle, et elle comprit aussitôt ce qui la différenciait de Carlo : en fait, aux yeux du jeune garçon, Mary n'avait rien de concret. Il ne parvenait pas à se convaincre qu'elle était sa mère et il aurait eu l'impression de faire semblant s'il avait dû le dire.

« Que disent tes amis ? »

Carlo réfléchit.

« Oh ! certains préfèrent ne pas en parler parce que c'est l'affaire de mon père. D'autres la plaignent... Il n'y en a pas beaucoup qui la croient coupable, je pense.

— Tu ''penses'' ? »

Le visage de Carlo se durcit.

« Un type de mon équipe de basket a dit qu'elle était probablement en train de lui tailler une pipe et que le plaisir a rendu Ransom complètement fou... » Carlo s'interrompit, grimaçant une sorte de sourire. « Tu sais, comme si elle avait décidé de se laisser frapper jusqu'au moment où la situation est devenue trop réelle pour être supportable. »

Terri regarda l'adolescent.

« Et tu crois à cette version ?

— Non. » Il hésita. « En fait, je ne la connais pas. Mais elle ne me paraît pas être du genre à faire ce genre de truc... » Il réfléchit, puis poursuivit : « Bon, je sais qu'il y a des choses que j'ignore... »

Que répondre ? Un instant, Terri eut envie de se tirer de cette situation en passant le flambeau à Paget, mais elle pensa que c'était là la solution de facilité, et que Carlo méritait mieux.

« Je ne sais pas, répondit-elle, ce que tu sais et ce que tu ne sais pas. Mais oui, je pense qu'il y a des choses que ton père et ta mère ne t'ont pas dites. »

Carlo prit un air buté.

« Je ne suis plus un gosse. Je suis vieux maintenant. »

Terri hocha la tête.

« Je sais, et ton père le sait aussi. Mais qu'est-ce qui te fait croire qu'il te protège ?

— Oh ! il le fait tout le temps. Trop, parfois. On dirait qu'il se fait toujours du souci à mon sujet.

— Et toi, lui dis-tu toujours ce que tu fais, ce que tu penses ou ce que tu ressens ? »

Carlo secoua énergiquement la tête.

« Non.

— Pourquoi ? »

D'un air absent, le garçon commença à ranger machinalement les cubes dans leur boîte. Ses doigts semblaient connaître par cœur l'emplacement de chacun d'eux.

« Parce que, répondit-il, il y a des choses qu'on n'a pas envie de confier, et surtout pas à un père. Il y a des choses qui sont intimes, c'est tout ! Pas toujours parce qu'on en a honte, mais juste parce qu'elles n'appartiennent à personne d'autre et qu'il est important de les garder pour soi jusqu'au moment où il devient encore plus important que quelqu'un d'autre sache. »

Terri contempla l'ombre du palmier sur le mur de la bibliothèque.

« Qu'est-ce qui te fait croire que ton père ne pense pas la même chose que toi ? Imagine qu'il ne t'a pas dit tout ce qu'il sait, ou tout ce dont il a peur. Cela ne veut pas dire qu'il ne te fait pas confiance ou qu'il ne te considère pas en adulte, mais peut-être qu'il essaie de protéger ta mère, ou même lui-même. Parfois, les adultes ont encore plus besoin de garder des secrets que les adolescents. Ils ont eu davantage de temps pour faire des choses qu'ils regrettent ou dont ils ont honte. Pour ce qui est de ta mère, ce n'est pas à ton père de te raconter sa vie. Elle a fait ses choix et nous devons tous les respecter. »

Carlo se leva et se dirigea vers la fenêtre, les mains dans les poches. Son attitude ressemblait tant à celle de Paget que Terri se demanda où se situait la limite entre la génétique et le simple mimétisme. Elle chercha à retrouver en Carlo le petit garçon que Christopher Paget avait découvert, huit ans auparavant.

L'adolescent se retourna vers elle. Son visage lui parut soudain vieilli.

« Je veux assister à l'audience, dit-il enfin. Je veux être avec eux. Mais je n'ai pas osé le leur demander. »

Surprise, Terri sentit qu'elle avait dépassé une limite.

« Et tes cours ? interrogea-t-elle pour temporiser.

— Il s'agit de mon père et de ma mère, et elle est accusée de meurtre. C'est un peu plus important que le lycée ! » Le ton était véhément, la voix se voulait persuasive. « Je n'apprendrai rien de plus que tous les gens qui seront là, et qui ne font même pas partie de la famille. Mais, au moins, elle saura que je suis là pour elle et que je ne me dérobe pas en allant à l'école. Quant à ce qu'ils veulent bien me raconter de leur vie, c'est leur problème.

— Il faut que tu le lui demandes, dit Terri. Se taire ne sert à rien. »

Carlo réfléchit.

« Il est si persuadé d'avoir raison, quelquefois ! »

Sous ce reproche de Carlo, Terri comprit que l'anxiété de Paget le faisait parfois paraître péremptoire. Mais pouvait-elle confier à Carlo les craintes que nourrissait son père de voir Sharpe retrouver la seconde cassette ? Pouvait-elle lui parler des journées entières qu'avait passées Johnny Moore à rechercher un introuvable témoin à décharge, des nuits consacrées à tenter d'élaborer le contre-interrogatoire de Monk et de Shelton, de cette simulation de procès où Paget avait réduit en miettes la version de Mary, ou de cette pression permanente née de la nécessité d'accorder des interviews qui n'accablent pas Mary ?

« Ce n'est qu'une impression, répondit-elle. Tu sais à quelle pression il est soumis en ce moment. N'oublie pas que dans une semaine, nous retournons chez le juge !

— Oui, je sais. » Carlo se dandinait d'un pied sur l'autre. « Mais je trouve qu'il a beaucoup changé depuis le début de cette affaire.

— Ah bon ?

— Oui. Il se met souvent en colère contre moi. C'est peut-être à cause de ma mère. Il ne dit pas grand-chose, en fait. Mais j'ai l'impression qu'il n'est pas très sympa avec elle. Parfois, je me demande pourquoi il a voulu la défendre.

— Tu sais, il est facile de mal juger ton père, surtout quand il passe plus de temps à se méfier des gens qui l'entourent qu'à se soucier de l'image de lui-même qu'il projette... Mais il y a deux choses dont je suis sûre : la première, c'est qu'il tient absolument à remporter cette affaire ; la seconde, qu'il t'aime beaucoup.

— Moi aussi, je l'aime, et je le respecte beaucoup. »

Carlo s'interrompit, comme s'il avait voulu en dire davantage et s'était repris au dernier moment.

« Seulement, je n'ai pas envie que toute cette affaire lui donne la grosse tête... »

Terri le considéra, consciente qu'il avait déjà dit tout ce qu'il avait envie de dire. Elle décida de le rejoindre dans sa tentative de dédramatiser la conversation.

« Cela ne lui donnera pas la grosse tête, surtout s'il a Elena sur le dos, en train de lui crier : "Pas trop cuits, les hamburgers !" comme un perroquet. Je n'aimerais pas être à sa place en ce moment. »

Carlo sourit.

« Tu ferais bien d'aller à son secours. Moi, je vais ranger le jeu pour satisfaire son amour de l'ordre. »

En arrivant dans la cuisine, Terri découvrit avec surprise Elena sur les genoux de Paget, surveillant la cuisson des hamburgers tout en admirant de temps en temps la vue sur la baie. Tous deux lui tournaient le dos. Ils ne remarquèrent pas sa présence.

« Et que fais-tu quand tu es chez toi ? » demandait Paget.

Elena réfléchit.

« Je joue, annonça-t-elle. Avec mes jouets. Des fois, papa est là et maman n'est pas là. Les jours où je n'ai pas école.

— Tu vas à l'école ?

— Ben, bien sûr ! À l'école maternelle. C'est bien, à part Janie.

— Qu'est-ce qu'elle fait, Janie ?

— Elle me tire les cheveux, répondit Elena d'un ton indigné. L'autre jour, la maîtresse l'a mise deux fois au piquet. Deux fois. »

Paget eut un sourire.

« C'était une mauvaise journée pour Janie !

— Une mauvaise journée pour la maîtresse, oui ! Elle a dit qu'elle avait mal à la tête. » Elena s'interrompit, pensive. « Des fois, maman aussi a mal à la tête. Papa dit que c'est parce qu'elle a trop de soucis. »

Ils cessèrent de parler et contemplèrent la baie. Il était plus de 17 heures et le soleil déclinant passait derrière le Golden Gate. La mer était argentée.

« Ce que je crois, dit Paget, c'est que ta maman travaille beaucoup, vraiment beaucoup. Parfois, les gens qui travaillent beaucoup ont mal à la tête.

— Ma maman, elle n'est jamais à la maison. Mais papa, lui, il y est.

— C'est parce que ta maman travaille avec moi. Comme cela, elle rapporte de l'argent pour acheter à manger, des habits et pour payer la maison. C'est souvent comme cela dans les familles : un des parents va travailler pour toute la famille. »

Elena jeta un coup d'œil aux hamburgers.

« Maman prépare aussi le dîner.

— Alors, peut-être que de temps en temps, ton papa et toi, vous pourriez préparer à manger pour elle ? » Paget sourit. « Parce que ta maman est très gentille, et vous avez tous les deux beaucoup de chance de l'avoir.

— C'est vrai, intervint Terri. Je suis géniale, et le monde entier a de la chance que je sois née. »

Paget se retourna, surpris.

« J'allais le lui expliquer, dit-il, mais les hamburgers auraient tourné au carbone.

— Coucou, maman ! dit Elena. Chris a dit que tu étais gentille.

— Mais je le dis seulement quand elle n'écoute pas, dit Paget à Elena. C'est plus facile.

— Tu sais ce qui serait bien ? demanda Terri à Elena. Ce serait que tu ailles te laver les mains avant le dîner. Demande à Carlo de te montrer la salle de bains. »

Elena se leva et se précipita vers la bibliothèque, heureuse d'avoir une question à poser à Carlo.

« Merci, dit Terri à Paget.

— Pour quoi ?

— Merci d'avoir dit à Elena que sa maman qui n'est jamais là n'est pas si méchante. »

Paget la considéra.

« Quelqu'un d'autre devrait le lui dire. »

Terri contempla la baie, derrière lui.

« Ce que je voulais dire, ajouta Paget, c'est qu'il est parfois difficile de parler pour soi-même, surtout en famille. »

Terri se tourna vers lui.

« En fait, dit-elle, il y a une chose dont je voudrais te parler...

— Si c'est au sujet de la télévision, tu sais, tu n'es pas obligée d'y aller. Laisse Johnny continuer ses recherches. Il finira bien par trouver un témoin. Après tout, c'est son boulot.

— Non. Pour la télévision, c'est d'accord. Ce n'est pas cela.

— De quoi s'agit-il alors ? »

Embarrassée, Terri haussa légèrement les épaules.

« C'est au sujet de Carlo », dit-elle.

Chapitre trois

« Quand vous répondez à une question, murmura Mary Carelli, ne regardez jamais celui qui vous l'a posée. Fixez directement la caméra. »

Elle s'interrompit, puis ajouta froidement :

« Cela prouve au public que vous êtes sincère. »

Terri hocha la tête.

« D'accord. »

Mary la considéra, surprise.

« Vous avez l'air sceptique.

— Je trouve ça un peu artificiel, c'est tout. Maintenant que je suis ici, je m'imagine mal demander à une femme de faire l'effort de parcourir plusieurs centaines de kilomètres pour venir raconter à un tribunal comment elle s'est fait violer. En supposant que Mark Ransom ait déjà violé quelqu'un... »

Mary haussa les épaules.

« Moi, je n'ai aucune hésitation s'agissant de Mark Ransom, je suis prête à tout oser. »

Installées sur un plateau emprunté par CNN à une chaîne locale, les deux femmes attendaient l'interview. En neuf jours, Johnny Moore n'avait en effet rien trouvé qui ressemblât à une agression sexuelle dans le passé de Mark Ransom : pas le moindre incident ni la moindre rumeur. L'audience préliminaire avait lieu dans cinq jours. L'urgence de la situation — et l'insistance de Terri — avait décidé Paget à surmonter ses réticences et à laisser sa jeune associée aller à la télévision.

La présence de Mary était toutefois une idée de Paget.

« Tu es l'avocate, avait-il expliqué, mais Mary est la victime supposée. Elle a l'avantage d'être connue ; et puis, la télévision, c'est son métier. Elle n'aura aucune difficulté à concocter un très touchant appel à l'aide. » Sa voix véhiculait un mélange de cynisme et de lassitude. « Quant à toi, arrange-toi pour qu'elle n'aie pas à parler des "faits", si on peut les appeler ainsi.

— Mais Chris, ne partons-nous pas du principe qu'elle dit la vérité ? Sinon, à quoi bon chercher une autre victime ? »

Paget avait haussé les épaules.

« Je pars du principe que Ransom était un porc, c'est tout. La seule question qui se pose, c'est de savoir si c'était bien ce genre de porc-là. »

À présent, assise près de Mary Carelli, Terri se demandait quel public pourrait bien regarder l'émission. Elle imagina une femme solitaire, une femme qui, jamais, n'avait évoqué son viol devant quiconque. Elle avait sans doute enfoui l'épisode au fin fond de sa mémoire et en venait même à se demander, parfois, s'il avait vraiment eu lieu. Mais, lorsqu'elle se promenait seule la nuit ou croisait le regard insistant d'un homme, l'angoisse la ressaisissait. Jamais une telle femme ne parlerait.

« Vous êtes pensive », lui dit Mary.

Une fois de plus, Terri eut la désagréable sensation que Mary l'épiait d'un œil peu amical. Ce regard l'exaspéra.

« J'essaie d'imaginer notre public, répondit-elle. Viendriez-vous spontanément raconter un viol, vous ? »

Mary sourit.

« Je l'ai déjà fait.

— Bien sûr, mais vous n'aviez guère le choix. Ransom était mort. S'il avait survécu, vous auriez eu le choix. »

Mary jeta un coup d'œil autour d'elle. Décors blancs, trois chaises, deux caméras pointées sur les deux femmes comme des gardes armés.

« Vous ne me croyez pas, hein ? » murmura-t-elle.

Terri l'examina.

« Je ne vous *comprends* pas, rectifia-t-elle. Alors je ne sais pas si je dois vous croire ou non. » Elle s'interrompit, puis ajouta doucement : « Tout ce que je sais, c'est que cela n'a aucune importance. »

Mary eut un sourire sardonique.

« Pourquoi ? Parce que vous êtes avocate ? Ou à cause de Chris ?

— Parce que je suis avocate. Mon métier fait partie de ma personnalité. Tout comme le fait d'être épouse et mère.

— Vous parlez comme une femme résignée.

— Je suis une femme résignée depuis la naissance de ma fille. Dans ce sens, je suis quelqu'un de plutôt simple. »

Le sourire de Mary devint sceptique.

« Je me demande combien de personnes ont dû vous sous-estimer…

— Cela dépend des personnes. » Terri parlait d'elle-même avec un étrange détachement. « Pour certaines, il n'y a rien à comprendre. Elles pensent me cerner au premier regard. »

Mary jeta sur elle un œil curieux.

« Si j'ai touché une corde sensible, dit-elle, excusez-moi.

— Vous n'avez rien touché du tout. J'ai simplement envie d'en finir avec cette émission.

— Vous paraissez tendue comme un ressort. Dites-vous simplement qu'ici, c'est comme au tribunal, mais avec des questions moins intelligentes. Cela ne devrait pas présenter de difficulté pour la personne subtile que vous êtes, si j'en crois l'admiration que vous porte Chris. »

Chris, encore, songea Terri. Pouvait-on vraiment, comme cette femme, se détacher de ses propres émotions au point de ne plus rien éprouver ? Pour Terri, Mary Carelli restait insaisissable. Sous le masque protecteur qu'elle s'était forgé, on ne discernait que quelques fragments de sa personnalité, infimes et passagers : fierté, solitude, et peut-être un soupçon d'une douloureuse perplexité, comme si elle se demandait pourquoi personne ne la comprenait. Quant à ses sentiments vis-à-vis de Carlo et de Paget, elle les dissimulait avec soin. Terri ne les percevait qu'à travers l'antipathie qu'elle-même inspirait à Mary.

« Saviez-vous, demanda-t-elle, que Carlo souhaite vous accompagner à l'audience ? »

L'expression de Mary se métamorphosa.

« Je suis convaincue que Chris ne le laissera pas venir.

— Ce n'est pas sûr du tout et, pour ma part, j'espère qu'il acceptera. Carlo y tient beaucoup. Surtout pour vous.

— Il ne peut pas venir. » La voix de Mary s'était durcie. « C'est impossible. Je ne veux absolument pas qu'il entende tout cela.

— Ce qui serait pire encore, c'est que son père et sa mère le traitent comme un enfant.

— Ce n'est pas à vous d'en juger. » La voix de Mary trahissait son exaspération. « Vous n'avez aucune idée de ce que toute cette affaire représente. Ni de ce que Carlo représente. »

Terri la dévisagea, stupéfaite de découvrir sur ce visage des sentiments d'une telle intensité. Elle en eut froid dans le dos : la femme qu'elle avait devant elle était sans nul doute capable de meurtre si l'on venait menacer ce qu'elle tenait caché au plus profond de son être.

« Dans l'état actuel des choses, répondit Terri, c'est à Chris de décider, non ? Ce que vous ne voulez ou ne pouvez pas me dire, sans doute devriez-vous lui en parler à lui. À supposer, bien sûr, qu'il y ait quelque chose que Chris ignore... »

Mary hésita, comme interloquée, puis dévisagea longuement Terri. « Vous êtes une femme très perspicace, Terri, et sans doute une brillante avocate. Mais il ne s'agit pas d'un problème juridique et cela ne concerne que moi. Alors, je vous en prie, ne venez pas fourrer votre nez là-dedans. »

L'arrivée du journaliste interrompit leur conversation. Avec sa silhouette élancée et sa grande nervosité, Greg Cook paraissait constamment en mouvement. Quelques instants lui suffirent pour échanger quelques mots avec Mary, faire la connaissance de Terri, installer les deux femmes dans leurs fauteuils respectifs et fixer un petit micro sur la veste de chacune d'elles. Tel un automate, Terri se laissa faire, encore sous le choc des dernières paroles de Mary.

« L'interview passera au journal du soir, expliqua Cook. Vous pourrez vous regarder à 19 heures. »

Les caméras commencèrent à tourner. Après une brève introduction, Cook posa sa première question à Mary :

« Pourquoi êtes-vous là ce soir ? »

Mary se pencha légèrement en avant, les yeux fixés sur la caméra.

« Nous sommes là parce que nous sommes persuadées que Mark Ransom a dû faire à une autre femme ce qu'il a tenté de me faire à moi. Si c'est le cas, je demande aux personnes concernées de sortir de l'ombre et de venir nous apporter leur témoignage.

— En quoi cela vous aidera-t-il ? »

Mary avait un visage grave.

« Lorsqu'une femme affirme avoir été victime d'une agression sexuelle, les gens sont sceptiques : c'est une règle générale, et une triste réalité de la vie. » Elle s'interrompit, prit une expression ouverte, sincère. « Cela est d'autant plus vrai quand cette femme est accusée de meurtre et que la tentative de viol est le seul argument de sa défense. »

Cook hocha la tête. « Mais ce que vous faites là, vous en conviendrez, est une démarche extraordinaire...

— J'en conviens. Mais ce que moi, je trouve extraordinaire, c'est que quatre femmes violées sur cinq n'osent pas porter plainte après leur agression. » Mary accéléra légèrement son débit, pour marquer l'urgence de la situation. « Nous pensons que, cachée parmi ces statistiques et paralysée par cette peur collective que la société entretient en chacune d'entre nous, il y a au moins une femme dont Mark Ransom a changé la vie et qui nous regarde en ce moment. »

Pour Terri, Mary parlait avec trop d'aisance, avec un accent plus polémique que personnel.

« Mais, interrogea Cook, pourquoi une femme trop traumatisée pour s'en sortir elle-même devrait-elle revivre son traumatisme pour vous aider ? Je vous pose la question d'un point de vue psychologique, bien sûr, et non moral. »

Bonne question, pensa Terri. Elle se tourna vers Mary, comme si elle était elle-même cette téléspectatrice inconnue qui attendait la réponse avec autant d'impatience que d'appréhension. Mary répondit sans perdre son assurance.

« Parce que le problème, ici, ne se limite pas à mon expérience personnelle. Bien sûr, ma vie et ma liberté se trouvent en jeu, tout comme ma réputation, que je m'évertue à sauvegarder : je suis soit une victime, et donc innocente, soit coupable de meurtre. » Mary s'interrompit, comme rattrapée, soudain, par son drame personnel. « Mais en fin de compte, le vrai problème est de savoir si les victimes, partout dans le monde, sont prêtes à s'exprimer pour combattre le viol, en diminuer la fréquence, réduire le nombre des futures victimes. C'est vrai, je demande de l'aide et j'en ai besoin. Mais il est également vrai que celles qui m'aideront offriront du même coup un espoir à un nombre incalculable d'autres femmes. »

« Elle n'est qu'apparence et calcul », avait dit Melissa Rappaport. Sans doute la douleur était-elle encore trop vive pour laisser place à l'objectivité, mais, pour Terri, les réponses de Mary ressemblaient aux slogans d'un mouvement féministe, et non aux paroles simples d'une femme qui souffre. Répondant à un mouvement impulsif, Terri intervint :

« Puis-je dire quelque chose ? »

Cook et Mary se tournèrent vers elle en même temps que les caméras. Cook semblait curieux, Mary perplexe.

« Bien sûr, maître Peralta », fit Cook.

Soudain, Terri se sentit incapable de prononcer le moindre mot. Ces quelques secondes de confusion lui parurent interminables.

« Pour une femme qui a été violée, commença-t-elle péniblement, le viol n'est pas une cause à défendre. »

Elle cherchait ses mots. Peu à peu, il lui parut plus facile de fixer la caméra.

« C'est quelque chose de très personnel, quelque chose qui peut pousser quelqu'un à se sentir dévalorisé, souillé. Nous ne parlons pas ici à "des femmes" qui doivent protéger "d'autres femmes". Nous demandons à une femme solitaire de se souvenir d'une chose dont elle n'a jamais parlé à personne, d'une chose qu'elle a mis toute son énergie à oublier... Parce que après une telle expérience, elle a pensé que c'était la meilleure façon de se protéger... »

Du coin de l'œil, Terri aperçut le visage froid de Mary. Cook, lui, paraissait surpris.

« Vous semblez plaider contre l'objet de cette interview ! » s'exclama-t-il.

Terri baissa la tête comme une enfant que l'on aurait grondée. Elle se sentait démunie. Lorsqu'elle releva les yeux, cependant, ce fut pour fixer la caméra.

« Je ne plaide contre personne, dit-elle d'un ton calme. Je ne parle à personne en particulier ici. Je m'adresse simplement à une femme que je ne connais pas, qui est peut-être toute seule devant sa télévision, peut-être avec son mari, ou ses enfants, ou son ami. Quel que soit son entourage, cette femme est totalement solitaire, parce qu'elle est la seule à savoir.

— Voulez-vous dire qu'elle ne doit pas sortir de l'ombre ?

— Non. » Terri inspira profondément et s'efforça de parler lentement et distinctement. « Je dis que si elle sort de l'ombre, ce sera pour se sauver elle-même. Parce que, comme si un lien secret l'unissait à l'homme qui l'a violée, elle a caché l'épisode du viol à l'intérieur de son être jusqu'à devenir une femme différente.

— Vous semblez vraiment en empathie avec les femmes que vous recherchez. »

Se détournant des caméras, Terri se sentit soudain coupée de la femme qu'elle s'était représentée.

« J'ai fait un stage dans un service spécialisé dans les viols, répondit-elle. Lorsque j'étais étudiante. »

Cook la considéra un instant, puis conclut :

« Maître Peralta, Mary Carelli, je vous remercie. »

L'interview était terminée.

D'abord muette de stupéfaction, Mary se ressaisit très vite.

« Merci », lança-t-elle à Terri, qui ne répondit rien.

Une fois dans l'ascenseur, Mary parla à nouveau.

« Votre nervosité était compréhensible. Vous n'aviez aucune idée de ce qu'est la télévision, ni de la meilleure façon de m'aider. »

Terri se tourna vers elle, répliquant d'une voix très douce :

« Vous n'aviez pas ce problème, n'est-ce pas ? »

Interloquée, Mary la dévisagea, prête à répliquer violemment. Elle conserva toutefois son calme.

« J'ai un meeting à 14 heures, dit-elle simplement. Je dois aller me changer. Pourriez-vous me déposer à mon hôtel ? »

Six heures plus tard, Terri était installée dans le canapé avec Richie. Près d'eux, Elena jouait avec les cubes que Carlo lui avait donnés. C'était l'heure des informations.

Il y eut d'abord un reportage sur Mary Carelli. Debout sur les marches du palais de justice, celle-ci s'adressait à une foule. Vêtue d'un tailleur très simple, elle paraissait moins militante et ressemblait davantage à une victime que lors de l'interview. À chaque série d'applaudissements, Terri songeait à la pression qui devait peser sur les épaules du procureur McKinley Brooks.

« Vous êtes ici, disait Mary, parce que vous avez choisi de me croire. Pour ce choix, je vous suis infiniment reconnaissante. Mais à une plus large échelle, vous avez rallié le parti de toutes les femmes qui, une fois dans leur vie, ont vécu la tragédie du viol et se sont senties humiliées et blessées.

— C'est très bon, ça, fit remarquer Richie. Universaliser le problème, l'amplifier pour lui donner plus de portée... »

Terri hocha la tête.

« Pour ce genre de meeting, oui. Mais je ne pense pas que ce soit très efficace pour solliciter des témoignages. »

« Aujourd'hui, expliquait le commentateur, Mme Carelli et l'un de ses avocats, Teresa Peralta, ont lancé un dernier appel demandant à toute femme qui aurait été victime d'un viol commis par Mark Ransom de venir apporter son témoignage. »

Dans son appel, Mary apparaissait très rationnelle. Elle avait l'expression d'une femme blessée, mais calme.

« Elle est bien là aussi », fit Richie.

Lorsque la caméra se dirigea sur Terri, son propre visage la stupéfia. Hésitante, troublée, elle ressemblait plus à une victime qu'à une avocate. Elle se sentit rougir. Puis elle s'entendit parler d'une voix moins assurée qu'elle ne l'avait pensé.

À la fin de l'interview, Terri resta immobile, les doigts croisés, écoutant d'une oreille distraite sa fille qui jouait près d'elle.

« Je ne sais pas, Terri, dit enfin Richie, mais je ne suis pas sûr que tu aies produit l'effet souhaité. »

Il avait prononcé ces mots d'un ton compatissant, comme pour l'encourager à faire mieux la prochaine fois. Pourtant, il savait bien qu'il n'y aurait pas de prochaine fois.

« J'ai fait du mieux que j'ai pu.

— Je sais, Ter. Je ne pense pas que tu t'y sois bien prise, c'est tout. La femme que tu imagines, assise entre son mari et son gosse, ne va sûrement pas tendre la main vers le téléphone pour appeler. » Richie haussa les épaules, fataliste. « Tu ne peux pas lui en vouloir. Je pense que beaucoup de femmes se placent d'elles-mêmes dans des situations qu'elles auraient pu éviter. Je veux dire... Mets-toi à leur place. »

Terri ne répondit pas.
« Je crois que je vais jouer un peu avec Elena, fit-elle au bout d'un moment. Ensuite, j'interrogerai mon répondeur à distance. Peut-être que quelqu'un va appeler au bureau...
— Bien sûr... Et pour le dîner... ?
— Je suis un peu fatiguée. Tu crois que tu saurais faire des pâtes au gruyère ? Elena pourra t'aider.
— Et si on commandait plutôt une pizza ? J'ai du travail. »
Terri le regarda.
« D'accord, mais sans poivrons. Elena a horreur de ça. »
Lorsque la pizza arriva, seule la moitié destinée à Richie comportait des poivrons. Il n'y avait aucun message sur le répondeur de Terri.
« Ce n'est pas de chance, s'exclama Richie d'un ton désolé. Mais je te l'avais bien dit... »
Quatre heures plus tard, lorsque Terri interrogea pour la septième fois le répondeur, il n'y avait toujours rien. Richie dormait.
Sans bruit, elle se déshabilla et enfila sa chemise de nuit. Elle s'allongea dans le lit, près de Richie, les yeux fixés sur les chiffres rouges du radio-réveil, incapable de trouver le sommeil.
À 1 h 45, elle ne dormait toujours pas. Le téléphone sonna.
Terri sursauta, puis saisit immédiatement le combiné pour ne pas réveiller Richie.
« Allô ? » dit-elle.
À l'autre bout du fil, elle perçut un léger bourdonnement.
« Allô ? » répéta-t-elle.
Un moment encore, le bourdonnement se fit entendre, puis une voix de femme demanda :
« Je suis bien chez Teresa Peralta ? »
Un frisson parcourut Terri.
« Oui. C'est moi-même.
— Il me semblait bien reconnaître votre voix... Je suis désolée de vous appeler à cette heure... Je n'arrivais pas à dormir.
— Comment avez-vous eu mon numéro de téléphone personnel ?
— Je l'ai demandé aux renseignements. »
Terri hésita.
« Pouvez-vous me dire votre nom ?
— Oui... Je m'appelle Marcy Linton.
— Marcy Linton... L'écrivain ?
— Vous avez lu quelque chose de moi ?
— Oui. Dans *The New Yorker*.
— C'est très gentil. »
Il y avait une politesse sincère dans cette voix, comme si, au

milieu de la nuit, Marcy Linton était heureuse qu'une étrangère ait lu ses nouvelles.

« Comme vous l'avez sûrement deviné, je vous ai vue à la télévision. Vous m'avez touchée.

— C'est vrai… ?

— Oui… C'était à moi que vous parliez… »

Chapitre quatre

À trois jours de l'audience préliminaire, Terri se retrouvait au volant d'une Ford Escort de location équipée de pneus neige, roulant sur une route de montagne en plein cœur des Rocheuses. Tout autour d'elle, s'élevaient des sommets déchiquetés recouverts de neige aux versants boisés si abrupts qu'ils semblaient prêts à s'effondrer à tout moment sur la chaussée verglacée.

Terri rétrograda. Aveuglée, elle cligna les yeux. Elle n'avait pas pensé à emporter de lunettes de soleil. Elle se concentra, tendue par l'effort que lui imposait la conduite sur route glissante. À sa droite, elle vit détaler un cerf, sans doute effrayé par le crissement des pneus ou le vrombissement du moteur. Il n'y avait personne en vue.

Au téléphone, Marcy Linton avait expliqué qu'elle s'était retirée dans un chalet isolé pour écrire un roman. La maison appartenait à ses oncles. C'était là qu'elle avait amené Mark Ransom, quatre ans plus tôt. Elle n'avait rien révélé de plus.

Enfin, sur sa gauche, Terri repéra l'allée de graviers que Linton lui avait décrite. Elle s'y engagea, remarquant au passage une Jeep toute neuve garée sous un auvent de bois. Devant elle, tout en haut d'un chemin escarpé, elle aperçut le chalet.

C'était une petite maison d'un étage, avec une cheminée de pierre et un atelier où Marcy Linton s'installait probablement pour écrire. À travers la porte vitrée, Terri aperçut une femme mince qui guettait son arrivée. Elle portait un jean, un pull vert et des bottes fourrées. Ses longs cheveux d'un blond vénitien étaient tirés en arrière. Dans ses vêtements grossiers, elle paraissait toute frêle. Lorsqu'elle ouvrit la porte et vint à la rencontre de Terri, celle-ci distingua mieux sa peau claire, son intense regard noisette et son visage délicat parsemé de taches de rousseur. Elle lui parut étonnamment jeune.

« Je suis Marcy Linton, dit-elle. Je suis contente que vous ayez pu arriver jusqu'ici. »

Elle parlait de façon distincte, mais presque à voix basse. Lorsqu'elle tendit la main à Terri, celle-ci la trouva fragile.

« Merci, répondit-elle. Moi, je suis contente que vous ayez pu m'appeler. »

Linton regarda les bottes de Terri, comme pour s'assurer qu'elles n'étaient pas trop mouillées.

« Avez-vous déjà écrit ? interrogea-t-elle en relevant les yeux vers Terri. Je sais que cela paraît bizarre et un peu vain, mais je crois que la plupart des écrivains ne survivent que parce qu'ils imaginent ce que doivent ressentir les autres. Or, la façon dont vous avez décrit mes sentiments était si parfaite que j'ai eu l'impression de téléphoner à quelqu'un qui savait déjà. »

Terri secoua la tête.

« Non, je n'ai jamais écrit. Je ne saurais pas par où commencer ! » Elle lança à Linton un regard étonné.

« Je ne m'attendais pas à rencontrer quelqu'un d'aussi jeune. Vous avez déjà tant écrit...

— J'ai vingt-huit ans. » Elle pencha la tête. « Et vous ?

— Vingt-neuf. »

Linton détourna les yeux et regarda au loin.

« Les rares fois où j'ai pensé parler de tout cela à quelqu'un, déclara-t-elle au bout d'un moment, je m'imaginais un gros policier à l'expression froide et au regard cruel d'une sculpture aztèque. En fait, je le faisais ressembler à Ransom... »

Terri considéra quelques instants son interlocutrice. Linton traduisait à la perfection ses sentiments en paroles. D'emblée, Terri la trouva sympathique. Mais les deux femmes étaient restées dehors, comme pour s'attarder sur le seuil du récit de Linton, un récit nécessairement plus douloureux qu'elle voulait le laisser paraître.

« Auriez-vous du café ? demanda Terri. Je suis frigorifiée.

— Oh, mais bien sûr ! Entrez. »

L'intérieur du chalet était plus élaboré que son apparence extérieure le laissait supposer : sol carrelé, cheminée de marbre, hauts plafonds, grandes baies vitrées qui mettaient en valeur la montagne environnante. De nombreuses peaux de bêtes étaient étalées par terre et, sur la cheminée, une tête d'élan empaillée fixait le vide.

Linton suivit le regard de Terri.

« Mon oncle est chasseur, dit-elle. Moi, je n'arrive pas à travailler dans cette pièce. »

Terri hocha la tête.

« Je n'ai jamais réussi à comprendre comment on pouvait tuer les animaux. Ou même simplement posséder une arme. »

Linton fixa la tête d'élan du regard.

« Maintenant, j'ai une arme. Mais pas pour cela... »

Terri laissa passer un silence, ne sachant que dire.

« Vous faites du ski ? lança-t-elle finalement.

— Pas vraiment. J'ai l'habitude de venir ici pour être au calme. »

La voix de Linton était empreinte de tristesse. Comme pour elle-même, elle haussa les épaules.

« Vous prenez du sucre dans votre café ? »

Un instant, Terri se souvint de Melissa Rappaport, qui avait préparé du café pour éviter d'évoquer Mark Ransom.

« Non, merci. »

Linton disparut.

Terri s'assit sur un canapé, devant une lourde table basse en bois. Elle portait deux volumes de poésie, un épais livre sur la peinture impressionniste, et une collection de photographies d'art comportant plusieurs nus. Ces livres apportaient au lieu une sensibilité citadine, un soupçon de sensualité féminine, comme pour contrebalancer la masculinité oppressante du salon.

« Il m'a dit qu'il aimait cette pièce. »

Linton était revenue. Elle avait parlé d'un ton neutre. Sa voix ne possédait pas cet intellectualisme ironique et un peu blessé de Rappaport ; elle semblait chercher à rassembler plusieurs pièces d'un puzzle restées en marge de sa mémoire. Elle tendit une tasse de café à Terri et s'installa sur une chaise en face d'elle.

« Alors, fit-elle, faudra-t-il que je témoigne ?

— Seulement si vous en avez envie. Nous ne vous y obligerons pas. »

Linton réfléchit.

« Mais le seul moyen d'être utile est de témoigner, dit-elle à voix basse.

— Oui. J'en ai bien peur. »

Linton hocha la tête.

« L'audience est-elle publique ?

— Si le juge Masters estime que votre témoignage permet de démontrer que Mark Ransom a bien tenté de violer Mary Carelli, oui. » Terri hésita. « Et si elle entend débouter l'affaire, elle voudra également vous voir témoigner en public, ne serait-ce que pour prouver son impartialité.

— La pression doit être intense... Je veux dire, pour le juge... »

Il y avait quelque chose de las dans ces mots, comme si le seul fait d'imaginer cette pression affaiblissait Linton. Terri avait fait connaissance avec les écrits de Linton dans la salle d'attente d'un médecin, en parcourant distraitement plusieurs exemplaires du *New Yorker*. Les personnages de Linton semblaient passer plus de temps à se demander s'ils allaient ouvrir la porte de leur appartement qu'à agir. Terri, qui admirait la sensiblité de Linton, trouvait cette permanente indécision déprimante, comme si elle dépouillait le lecteur de ses propres forces.

« Il y a une grande pression sur toutes les personnes impliquées dans cette affaire, dit-elle. Si vous venez témoigner, vous le ferez pour vous-même. Car toutes les autres personnes présentes à l'audience auront leurs propres motivations, et toutes vont jouer pour de bon. Même Chris, mon patron... et peut-être lui plus que tout autre. »

Linton baissa les yeux.

« Ce n'est pas une décision facile à prendre. »

À travers cette dernière remarque, Terri sentit la profondeur de sa solitude.

« Pensez-vous, hasarda-t-elle, que nous pourrions en parler ensemble ?

— Et si, ensuite, je ne veux pas témoigner ?

— Alors, ce que vous m'aurez dit ne quittera pas cette maison. Je le garderai en moi comme je garde mes propres secrets, les choses dont je ne parle jamais. »

Linton sembla chercher le regard de Terri, puis dit simplement : « Bon, alors je vais vous raconter. »

D'où venait cette soudaine nervosité de Terri ? Elle inspira profondément, hocha la tête, puis but quelques gorgées de café en observant Linton.

« J'avais vingt-quatre ans, commença celle-ci. J'étais venue ici pour écrire le roman que j'espère rédiger cette année.

— Quel en est le thème ? interrogea Terri. C'est peut-être une question bête...

— Non, pas bête, juste difficile. Peut-être suis-je faite pour écrire des nouvelles, pas des romans. Certains écrivains ne savent pas faire les deux... Mark Ransom n'en faisait pas partie, bien sûr. »

Derrière son calme apparent, Linton semblait déstabilisée, ébranlée.

« Vous l'admiriez ? demanda Terri après un instant d'hésitation.

— Comme romancier, oui. Nous avions des sensibilités totalement différentes et il n'avait pas la même optique que moi, mais il était passé maître dans l'art du récit et de la description psychologique. Il donnait corps à ses personnages, du moins aux hommes.

Il les faisait se battre, respirer, palpiter et évoluer sur mille deux cents pages... Nous n'avions rien de commun, tous les deux.

— Comment l'avez-vous rencontré ?

— À l'occasion d'un colloque, tout près d'ici. J'avais programmé mon séjour dans ce chalet de manière à faire coïncider les deux événements : l'écriture de mon roman et ma rencontre avec Mark Ransom.

— Vous pensiez pouvoir passer du temps avec lui ? interrogea Terri, avant de se reprendre devant l'expression peinée de Linton. Je veux dire qu'un homme comme Ransom devait avoir beaucoup d'amis, des gens qui recherchaient sa compagnie, des invitations à dîner... »

Une expression de fierté tranquille traversa le visage de Linton.

« J'avais déjà publié plusieurs nouvelles dans le *New Yorker*. Les gens connaissaient ce que je faisais... Les jeunes écrivains n'ont pas le sens des proportions. Sinon, ils n'écriraient pas. »

Terri tenta d'imaginer Mark Ransom attentif à la fiction délicate de Marcy Linton. Autant se représenter Van Gogh enthousiasmé par une aquarelle japonaise.

« Mark Ransom avait-il lu vos écrits ?

— Il avait lu des articles sur moi. » Linton baissa un peu la voix. « Avant la conférence, John Whitley, le rédacteur en chef du magazine, avait appelé Mark pour lui demander de ''prendre soin de moi''... » Linton regarda au loin. « John est très gentil. Quand il m'a demandé, plus tard, si Mark s'était bien entendu avec moi, et que je lui ai répondu oui, il a été très content. »

Là encore, ces quelques phrases anodines traduisaient bien plus : elles évoquaient le microcosme littéraire auquel Linton aspirait, la naïveté du bienfaiteur de la jeune femme, le désir de reconnaissance de tout auteur débutant, la crainte de Linton de perdre certaines amitiés et ses chances de devenir célèbre en dénonçant Mark Ransom. Hormis l'exotisme du milieu très sélect de Linton, celle-ci venait de résumer le dilemme qu'affronte toute femme violée par un homme respecté dans une petite ville, une université ou une profession. Terri se sentit soudain désarmée.

« Qu'y a-t-il ? » demanda Linton.

Terri haussa les épaules pour chasser son malaise passager.

« Une solidarité dans la douleur, sans doute. J'imaginais cet homme aux cheveux blancs et à l'expression bienveillante, si heureux que Mark ait honoré sa requête, et le sentiment de solitude que vous avez dû éprouver à ce moment-là. »

Linton sourit.

« John a les cheveux noirs et le visage trop étroit pour avoir une expression bienveillante. Mais, c'est vrai, je me suis sentie très seule. Le jour où j'ai revu John, j'avais l'impression que ma bouche était tout enflée et j'avais encore mal à l'intérieur... »

Linton marqua un temps d'arrêt, le regard posé sur ses genoux.

« Quand Ransom l'a fait, j'étais toute sèche... »

Terri s'aperçut qu'elle avait croisé les bras. D'une voix douce, elle demanda :

« Comment cela s'est-il passé ? »

Linton hocha lentement la tête.

« C'était si bête, dit-elle à mi-voix, de vouloir être publiée à vingt-trois ans. Je pensais que ce que je faisais avec les mots était si extraordinaire que Mark Ransom lui-même aurait envie de me lire. »

Comme ses personnages, Marcy Linton semblait avoir du mal à ouvrir la porte. Terri attendit, se demandant si cette réticence venait de la femme elle-même ou si Ransom y était pour quelque chose. Voyant que Linton restait silencieuse, elle l'interrogea :

« Quand l'avez-vous rencontré pour la première fois ?

— C'était le dernier soir du colloque, au bar de l'hôtel Little Nell, un hôtel rempli d'écrivains et de skieurs. Malgré le monde, je l'ai repéré tout de suite, à sa voix si particulière et à sa chevelure rousse. Quand je me suis présentée à lui, son sourire radieux m'a transportée de joie. ''Marcy Linton ! s'est-il exclamé. La plus célèbre femme écrivain de vingt-trois ans depuis Silvia Plath. John Whitley m'a affirmé que, grâce à vous, j'allais me remettre à lire des nouvelles !'' Et il a souri de toutes ses dents. »

Linton resta pensive, honteuse, sans doute, de quelque secrète sottise.

« À part quand je suis dans une sorte d'état de grâce littéraire, je ne me sens pas très sûre de moi en société. Je suis plutôt du genre à observer en silence. Mais dès l'instant où Mark m'a serré la main, je me suis sentie connectée à ce climat de confiance qu'il suscitait : plus audacieuse, presque effrontée. Tout à coup, il me paraissait normal que l'écrivain le plus célèbre des États-Unis s'intéressât à moi.

« ''Vous ne serez peut-être pas obligé de lire des nouvelles, lui ai-je dit. Je viens de commencer mon premier roman.

« — Bravo ! a-t-il répondu. La nouvelle est au roman ce que le raisin est au vin : soit vous amputez vos personnages, soit vous les laissez respirer.'' Il a ri. ''Je ne sais pas si cette métaphore est très heureuse, mais c'est ainsi que je vois les choses.

« — Alors, je vais les laisser respirer, ai-je répondu. J'espère seulement qu'ils n'attraperont pas le vertige.'' »

Linton se tut. Elle abandonna la personnalité de la jeune fille exaltée de vingt-quatre ans pour devenir la femme prudente assise face à Terri.

« En le racontant, dit-elle, je comprends pourquoi je n'ai jamais voulu parler de tout cela. Le souvenir de ma propre impudence est trop douloureux. »

Terri attendit, puis interrogea.

« Et que s'est-il passé ensuite ? »

Linton se toucha le poignet, comme pour suivre du doigt une cicatrice. Lorsqu'elle reprit la parole, sa voix paraissait neutre.

« Mark m'a dévisagée quelques instants. "Si vous venez de commencer, a-t-il dit, je suppose qu'il me faudra patienter." Il a porté son verre à ses lèvres, a bu une gorgée, puis, comme si une pensée venait de traverser son esprit, m'a demandé : "En avez-vous apporté quelques pages ici ?"

« J'ai pensé : "Mon dieu, il veut les lire !" J'étais à la fois effrayée et excitée, mais l'excitation l'emportait sur la peur. "Je n'ai pas eu besoin de les apporter, ai-je dit, parce que j'habite ici. Je vis seule dans un chalet où je compte rester jusqu'à ce que j'aie terminé." »

Pensive, Linton ajouta doucement :

« En disant cela, je pensais que mon projet de roman paraîtrait plus sérieux. En fait, Mark Ransom a dû comprendre que j'étais disponible, loin de l'hôtel, des femmes de chambre et des limites sociales, et que je tenais à ce qu'il pense du bien de moi.

« Un instant, je m'en souviens maintenant, j'ai vu ses yeux briller. A l'époque, j'y ai lu une sorte de reconnaissance par un écrivain confirmé du talent d'un auteur plus jeune, mais de la même veine. Puis, très poliment, il m'a dit : "Je serais flatté si vous m'autorisiez à lire le début."

« Je me souviens avoir pensé : "Que se passerait-il si Mark Ransom rencontrait un écrivain qu'il admire assez pour en parler autour de lui ?" » Linton secoua la tête. « À la façon narcissique des jeunes auteurs à qui l'on a dit qu'ils avaient du talent, mais qui doivent encore en apprendre les limites, j'ai commencé à m'imaginer les dîners mondains, les articles sur moi dans le *Times* et dans les magazines, les grandes amitiés littéraires qui débuteraient grâce à cette rencontre. Ma célébrité... » Sa voix, douce et claire, portait un soupçon de mépris de soi. « Comme j'étais idiote... Comme j'étais romantique, si peu semblable aux gens sur lesquels j'étais venue écrire. C'est un souvenir humiliant.

— Pourquoi ? demanda Terri. Étiez-vous censée être immunisée contre le rêve ?

— Pas immunisée, mais lucide. Assez lucide en tout cas pour ne pas placer en quelqu'un d'autre mes rêves de grandeur. »

Terri fit non de la tête.

« Il est normal de regarder des gens plus expérimentés, de vouloir leur ressembler ou se rapprocher d'eux. Le seul problème, c'est que, pour une femme, cela comporte un risque. Car, dans son esprit, celui en qui vous avez commencé à investir vos ambitions a déjà les doigts sur le premier bouton de votre chemisier.

— Je sais. Toute femme est censée le savoir. Mais à ce moment-là, je l'ai oublié.

— Seulement, répondit pensivement Terri, le viol ne devrait pas être la sanction de ce genre d'oubli... »

Linton secoua la tête.

« Je lui ai proposé de le rencontrer le matin suivant pour le petit déjeuner. ''Inutile de vous déranger, m'a-t-il dit, j'avais justement envie d'explorer la région. Si vous êtes chez vous demain, pourquoi ne pas me laisser vous rejoindre ?'' Il présentait cela comme une aventure exaltante, presque comme un jeu.

« Le lendemain, j'étais si excitée que je pouvais à peine écrire. J'ai sorti toutes les bouteilles d'alcool de mes oncles pour que Ransom ait le choix, j'ai coupé des tranches de fromage que j'ai emballées dans de la Cellophane pour ne pas avoir à courir de la cuisine au salon quand il serait là. Toutes les demi-heures, je me levais de mon bureau et je guettais sa voiture par la fenêtre. J'étais si impatiente que j'ai même failli lui téléphoner.

« Vers 16 h 30, alors que j'avais finalement réussi à me plonger dans l'écriture, on a frappé à la porte. C'était Mark Ransom. Il avait apporté des gâteaux chinois et une bonne bouteille de vin. ''Commençons par le commencement, m'a-t-il dit. Mettez cela au Frigidaire et montrez-moi un endroit calme pour lire.'' »

Linton jeta un coup d'œil en haut de l'escalier.

« Je l'ai emmené à l'atelier, la pièce où j'écris. J'avais préparé cinquante pages pour lui, des pages sans la moindre rature, travaillées et retravaillées cent fois. Le meilleur dont j'étais capable. Il s'est installé dans mon fauteuil et a posé ses deux bras sur mon bureau après m'avoir fait signe de quitter la pièce. Il semblait totalement concentré sur ce que j'avais écrit. » La voix de Linton se brisa. « Je me souviens avoir pensé qu'il avait envie de connaître mon travail. De *me* connaître. »

Il était étrange d'écouter parler Linton après avoir lu ses nouvelles. Dans ses paroles comme sur le papier, elle adoptait un langage minimaliste : quelques mots chargés de sens suffisaient à traduire sa souffrance.

« Vous avez eu l'impression que cela l'intéressait, fit Terri.

— J'ai eu l'impression que je me livrais à lui. »

Elle se tourna vers la cheminée.

« Je suis descendue, j'ai essayé de m'occuper un peu. J'ai ouvert la bouteille de vin qu'il avait apportée, j'ai allumé un feu. Je ne cessais de me demander ce qu'il pensait de mes pages. » Elle secoua la tête. « Les écrivains sont préservés d'habitude. Contrairement aux chanteurs ou aux acteurs, ils ne connaissent pas la terreur ni l'extase qu'inspire la confrontation avec un public. Mais à ce moment-là, je vivais ces sentiments. » Elle baissa la voix. « Je me suis sentie très vulnérable.

« Lorsqu'il a terminé, une heure s'était écoulée. Dehors, il faisait nuit. Quand j'ai entendu son pas dans l'escalier, j'ai eu envie de courir... Il est entré dans le salon, il est resté là, sans rien dire, avec un air énigmatique, entendu. Je n'ai pas supporté ce silence.

« ''Alors, ai-je demandé, dois-je les mettre à la corbeille ?'' Il n'a pas répondu tout de suite. C'est là que j'ai signé ma perte. Au lieu de paraître confiante et intelligente, je suis devenue suppliante, et le sourire que je m'imposais pour le dissimuler s'est transformé en rictus. » Linton croisa les bras. « Il ne m'avait pas encore touchée et je me sentais déjà nue. »

Terri parcourut la pièce du regard. Il devait être midi. À travers les vitres, elle vit que le soleil faisait scintiller les sapins recouverts de neige et pénétrait à l'intérieur du chalet. Elle s'imagina ces mêmes fenêtres donnant sur l'obscurité et la pièce plongée dans une semi-pénombre, avec les ombres dansantes des flammes sur les murs de pierre et les peaux de bêtes. Elle se représenta l'homme aux yeux brillants et la frêle jeune femme, face à face, silencieux.

« Qu'a-t-il dit ? »

Linton regarda la cheminée.

« Il a répondu : ''Oh, je n'irais pas jusque-là !'', et il a eu un petit sourire qui a donné à ses paroles une cruauté presque désinvolte. En fait, il m'a fait comprendre qu'il répondait moins à ma question qu'à l'air pitoyable que j'affichais en la posant. »

Linton se retourna vers Terri avec un regard douloureux.

« La nuit, quand j'y repense, je me demande toujours s'il avait résolu dès le départ de me dépouiller ainsi de mon assurance.

— Et a-t-il réussi ? »

Linton hocha la tête.

« Quand j'étais encore au lycée, avant de découvrir l'écriture, je n'avais qu'un seul but : faire plaisir. Je restais à l'écart des conflits, j'observais les autres pour savoir ce qu'il convenait de faire ou de ne pas faire, je me tuais au travail pour avoir de bonnes notes. Chacun de mes actes visait à faire plaisir aux autres... Quand Ransom a prononcé ces paroles, on aurait dit qu'il m'avait retiré mon écriture : je redevenais la petite fille que j'avais été.

« Tout ce que j'ai réussi à dire, ce fut : ''Pourrions-nous en discuter ?'' Je devais être pitoyable. Mark a éclaté de rire. ''Bien sûr, a-t-il dit, mais un peu de vin m'aidera à me mettre dans le bain.'' Il parlait d'un ton condescendant, comme s'il avait vraiment besoin de boire pour trouver un intérêt à ce travail. » La voix de Linton se chargea d'amertume. « Je lui ai versé du vin, comme une serveuse désireuse de contenter un client. Comme la petite fille que j'avais été.

« ''Allez, m'a-t-il dit, prenez-en aussi et venez vous asseoir. Ce que vous avez écrit n'est pas si mauvais !''... Cette dernière remarque m'a achevée.

— Que voulez-vous dire ?

— Je n'ai jamais tellement aimé le vin. L'alcool me donne la nausée. Je ne suis plus moi-même quand j'ai bu. Mais justement, après ce qu'il venait de dire, je ne voulais plus être moi-même. » Elle poursuivit d'une voix plus lente, avec peine. « Je me suis assise près de lui sur ce canapé, j'ai posé les deux verres sur la table basse et j'ai rempli le mien à ras bord. Mark Ransom a souri en me voyant faire. »

Terri frissonna. Il y eut un moment de silence, puis Linton reprit.

« Il a attendu que j'aie vidé mon verre et que j'en aie commencé un deuxième pour me parler de mon travail. Alors, il m'a dit ce qu'il en pensait.

— Que vous a-t-il dit ?

— En fait, ce qui me détruisait, ce n'était pas tant ses paroles que sa façon de parler qui était froide, purement analytique. J'avais l'impression que l'on passait mes pages au microscope, qu'on les soumettait à une étude scientifique. » Linton se tourna vers Terri. « Vous savez, quand un bon éditeur travaille avec un jeune écrivain, il l'aide à prendre confiance, il étudie quelques pages devant lui, en ne parlant que des aspects les plus importants. Mais Mark Ransom était plus brillant et plus incisif qu'un éditeur. Il s'est montré impitoyable, scène après scène. » Linton fixa la table basse. « De temps en temps, entre deux commentaires, il remplissait nos verres. Je lui en étais reconnaissante et je ne me faisais pas prier pour boire. » Elle était devenue toute pâle. « Lorsqu'il a fait sa dernière remarque, murmura-t-elle, je me suis sentie paralysée. Je ne sais pas si c'était le vin ou l'humiliation...

— Quelle était cette dernière remarque ?

— Il m'a dit que ce qui gâtait encore le tout, c'était ma manière très froide d'aborder le sexe... Je suis restée atterrée. Quand j'ai voulu dire quelque chose, ma langue était paralysée. » Linton inclina la tête, comme pour mieux se souvenir. « Mark faisait allusion aux scènes d'amour entre David, mon ami d'alors, et moi-même. »

Linton se tut. Terri chercha en vain quelle question poser, mais Linton reprit d'elle-même.

« Je lui ai tout de même répondu. ''Moi, j'aime bien ce passage, ai-je dit. Il est réaliste. Ce sont deux intellectuels, ils sont jeunes, inexpérimentés. Ils ont peur de leurs propres sentiments et ils font tout pour les dissimuler.'' J'ai dit tout cela d'un ton désespéré, presque implorant. ''Plus tard dans le livre, ai-je ajouté, ils sauront. Ceci n'est que le début...''

« Je crois que mes paroles l'ont mis en colère. ''On dirait qu'ils négocient un contrat, m'a-t-il dit. Le sexe, ce n'est pas une police d'assurance, vous savez !'' Il s'est interrompu et m'a regardée longuement. ''Le sexe, a-t-il ajouté plus bas, c'est la spontanéité, le danger...''

« À ces derniers mots, j'ai compris soudain que je me trouvais dans un piège. Tout ce qu'il avait fait jusque-là, ce n'était pas par intérêt pour mon livre, mais pour mon corps.

« Lorsqu'il a passé son bras autour de mon cou, la pièce a commencé à tournoyer autour de moi. »

Linton avait à présent une expression neutre sur le visage. On eût dit que Ransom était là, près d'elle, sur le point de la toucher à nouveau. Sa voix devint presque inaudible.

« Je me suis raidie. J'avais trop mal au cœur pour résister. Soudain, comme si je lui appartenais, il a glissé sa main sous mon chemisier et a placé deux doigts sur le bout de mon sein. »

Terri détourna les yeux. Il était plus facile d'écouter que de regarder Linton. Mais lorsque celle-ci se remit à raconter, sa voix trahissait moins la souffrance que l'étonnement.

« Vous savez ce qu'il a fait alors ? Il a pris mon visage dans l'autre main pour me forcer à le regarder et il m'a demandé : ''T'arrive-t-il de regarder Laura Chase ?'' »

Terri frissonna. Depuis combien de temps avait-elle les mains glacées ? Elle ne pouvait détacher son regard du sol.

« Vous sentez-vous bien ? » demanda Linton.

Terri se souvint que Mary Carelli lui avait posé la même question sur le plateau de télévision. Elle se demanda à quel moment elle avait commencé à perdre son air détaché. Elle se sentit aussi fragile que Linton dans son récit.

« Non, répondit-elle à voix basse. Votre récit me touche et je me trouve égoïste. C'est votre douleur, pas la mienne. Et moi, je vous demande de la livrer au monde... »

Linton secoua la tête.

« Il ne s'agit pas d'égoïsme, mais de sensibilité. Et c'est précisément parce que vous êtes sensible que je me livre à vous... »

Elle me surestime beaucoup, songea Terri tout en s'efforçant de reprendre son rôle d'avocate et d'engager Linton à poursuivre son récit :

« Il vous a parlé de Laura Chase... ? »

Linton la considéra encore un moment, puis son regard redevint distant. Elle hocha la tête, se balança imperceptiblement d'avant en arrière, puis ferma les yeux quelques secondes.

« Quand il a dit cela, répondit-elle, un frisson m'a parcourue. Je me rendais compte, tout à coup, que celui que j'avais pris pour un homme exceptionnel était un malade mental. » Linton rouvrit les yeux. « Peut-être était-ce à cause du feu, ou des peaux de bêtes, ou de la tête d'élan sur la cheminée... Toujours est-il que j'ai eu l'impression d'être victime d'un sort. Je vivais un cauchemar tout en restant lucide. Je voyais sa folie et je me rendais compte qu'elle devenait ma réalité. Il a serré le bout de mon sein entre le pouce et l'index. »

Linton se tourna vers la cheminée vide.

« Cela, rectifia-t-elle lentement, s'est passé quand j'ai tenté de me débattre... J'ai vu ses yeux s'agrandir. Il m'a regardée, puis il a souri. On aurait dit qu'il avait envie que je ne me laisse pas faire. Alors, sans me quitter des yeux, il m'a giflée. La violence du coup m'a propulsée contre l'accoudoir du canapé. J'ai vu des lueurs jaunes danser devant mes yeux, j'ai senti le goût du sang dans ma bouche.

« Il s'est mis à genoux sur le sol, devant moi, et il a attendu que j'ouvre à nouveau les yeux. Alors, il m'a saisie par le col et a arraché mon chemisier. » Sa voix se brisa. « On eût dit que cela ne lui suffisait pas que je le sente. Il avait besoin que je le regarde. » Linton ferma les yeux. « Il m'a demandé doucement : "Faut-il que je te frappe à nouveau ?" Je ne pouvais pas bouger, je ne pouvais pas parler. J'ai fait non de la tête. "Alors, fais-moi voir tes seins, a-t-il dit. Et garde les yeux ouverts !"

« Mon soutien-gorge se dégrafait par-devant. Pourtant, j'ai eu du mal à l'ouvrir. Mes doigts tremblaient, je n'arrivais pas à les contrôler. Quand j'y suis parvenue et que je me suis retrouvée torse nu, il s'est contenté de me regarder. J'ai eu alors un espoir absurde : je me suis dit que s'il aimait ma poitrine, cela s'arrêterait peut-être là. J'étais si pathétique que j'ai essayé de lui sourire. Mais ma bouche était enflée, je n'ai pas réussi.

« "C'est bien, a-t-il dit. Les yeux ouverts, maintenant !" Sa voix était à la fois rassurante et impersonnelle, comme celle d'un médecin. J'ai alors senti ses doigts sur la ceinture de mon jean. Là encore, j'ai tenté de me dégager. Il m'a giflée à nouveau. Je me suis mise à pleurer.

« "Les yeux ouverts !" a-t-il crié. Il m'a forcée à retirer mon jean... Au début, il m'a laissé mon slip. Il m'a ouvert les jambes, a placé ses genoux au milieu. Il m'a obligée à le regarder pendant qu'il se déshabillait. »

Les yeux de Linton étaient secs. Terri la regardait, s'efforçant de garder son sang-froid.

« Il a baissé son pantalon et m'a demandé de tenir son sexe pendant qu'il enlevait mon slip. Pour qu'il reste dur.

« Je l'ai fait.

« Lorsque je me suis retrouvée nue, il m'a rejetée en arrière. J'ai senti le contact de son pull, de son visage contre mon cou. Et puis, je l'ai senti...

« Il ne se souciait pas de savoir si j'avais mal. »

La voix de Linton semblait épuisée, comme en état de choc.

« J'avais très mal, mais j'étais trop effrayée pour fermer les yeux. J'ai cherché quelque chose à regarder. »

Elle s'interrompit un instant.

« Je suis restée comme ça, à fixer la tête de l'élan pendant qu'il me possédait. Après, il m'a obligée à lui préparer le dîner. Toute nue. Il me regardait sans arrêt. Je l'ai fait, toujours sous le choc, comme un robot. Ensuite, j'ai dû faire le ménage. »

Linton secoua la tête.

« Plus je bougeais, plus j'avais mal. Lui ne faisait que me regarder.

« C'est en nettoyant la table basse que j'ai aperçu la tache sur le divan. » Elle leva les yeux sur Terri. « Exactement là où vous êtes assise. »

Terri demeurait incapable de détacher ses yeux de la jeune femme.

« J'ai retourné le coussin, murmura Linton, afin que mes oncles ne la voient pas. Je crois qu'elle y est toujours. »

Terri se leva, marcha jusqu'à la fenêtre. Elle avait les jambes engourdies. Sans doute était-elle restée trop longtemps assise.

« Voulez-vous que nous sortions marcher ? » demanda Linton.

Terri se tourna vers elle.

« Cela ne vous ennuie pas ? »

Linton secoua la tête.

« Non. J'ai besoin de m'aérer un peu. »

Elle s'interrompit, portant la main à sa poitrine.

« C'est presque physique. Quand j'y pense, j'ai mal là. »

Ainsi, le récit n'était pas terminé... Terri suivit Linton. Dans le placard de l'entrée, elle choisit un anorak et des bottes. Les deux femmes sortirent.

Tout était calme. Le froid vif fit du bien à Terri. En silence, elles marchèrent côte à côte jusqu'à la route. La neige crissait sous leurs pas. Terri fut la première à reprendre la parole.

« Quand est-il parti ?

— Le lendemain matin. »

Elles continuèrent à marcher sans rien dire jusqu'à une voie de chemin de fer. À leur droite, coulait un torrent.

« Pourquoi est-il resté ? » demanda Terri en se tournant vers Linton.

Linton haussa les épaules.

« Parce qu'il en avait envie ! J'ai l'impression qu'il voulait instaurer une relation normale entre nous, croire que j'avais ressenti avec lui autre chose que de la douleur.

— Et vous ? »

Linton secoua la tête.

« Moi, j'étais une loque. »

Terri resta silencieuse.

« Avez-vous entendu parler du syndrome de Stockholm ? interrogea Linton.

— Je crois, oui. C'est quand une victime est si paniquée qu'elle se met à s'identifier à son kidnappeur… ?

— C'est à peu près cela. Je me trouvais en état de choc, à la dérive. Alors, j'ai voulu faire comme s'il ne s'était rien passé. Mais en même temps, j'avais très peur de sa réaction si je cherchais à redevenir moi-même. » Linton considéra Terri, ses yeux noisette pleins de confusion et d'incertitude. « Pouvez-vous comprendre ce que je vous dis ? »

Terri ne répondit pas tout de suite.

« Oui, fit-elle, je le peux. »

Linton se retourna vers le torrent.

« Cette nuit-là, il a dormi avec moi. Je n'ai pas pu fermer l'œil. »

Terri tenta de s'imaginer allongée dans un lit avec l'homme qui l'avait violée. Elle eut un mouvement de recul. Cette seule idée lui donnait la nausée.

« Au milieu de la nuit, continua Linton, j'ai senti sa main entre mes jambes. Il ne faisait pas vraiment sombre. J'avais laissé la lumière de la salle de bains allumée et la porte entrouverte lorsque j'étais allée me laver. Comme un enfant qui a peur du noir… Cela m'a fait mal quand il m'a touchée.

« Soudain, sa main s'est arrêtée. Pendant un moment, j'ai cru qu'il allait en rester là. Puis, tout à coup, il s'est levé et a tiré les draps pour me découvrir. J'ai vu qu'il était en érection.

« Je suis restée là sans bouger, toute raide. Il m'a forcée à ouvrir les jambes. Alors, pour ne pas qu'il me frappe, j'ai mis les bras autour de son cou… Il s'est allongé sur moi et a tenté de me pénétrer. »

Les yeux fixés sur l'eau du torrent, Linton secoua la tête.

« C'est alors que je me suis rendu compte que son sexe n'était plus dur.

« Il a repoussé violemment mes bras, s'est remis à genoux, toujours entre mes jambes. Il avait la tête baissée et il se regardait. Il était si immobile que j'ai eu peur. Je n'ai pas bougé, j'ai retenu mon souffle.

« Un instant, j'ai cru qu'il allait me tuer. Parce que je l'avais mis en situation d'échec. » Linton tremblait. « Et puis, sans un mot, il a ramassé ses vêtements et il est descendu.

« Je suis restée allongée là pendant des heures, prisonnière de la maison de mes oncles, à guetter les sons qui venaient d'en bas. Le soleil s'est levé. De temps à autre, j'entendais Ransom arpenter le salon. Je ne faisais que prier pour qu'il s'en aille sans plus s'occuper de moi. Finalement, j'ai entendu ses pas dans l'escalier. »

Terri, elle aussi, crut entendre Ransom monter l'escalier. Comme Linton ce matin-là, elle attendit, retenant son souffle.

« J'ai tiré les draps jusqu'à mon cou, poursuivit Linton. Lorsque j'ai relevé les yeux, il était au bas du lit. Il avait une expression si étrange… Un mélange de confusion, de colère et de peur. Il me regardait comme si j'avais tenté de le détruire. Là encore, j'ai cru qu'il allait me tuer.

« Il s'est approché de moi, s'est assis sur le lit, m'a mis une main sur les lèvres et m'a dit dans un murmure : "Ne raconte jamais ça à personne."

« Je l'ai regardé et j'ai hoché la tête. Il m'a fixée dans les yeux, comme s'il se demandait s'il pouvait me faire confiance. Puis il a chuchoté. « Très bien. Parce que cela ne m'est jamais arrivé. » Je ne voyais pas de quoi il parlait. Et puis, tout à coup, j'ai compris. »

Lentement, Linton secoua la tête.

« Ce n'était pas le viol qu'il voulait que je taise, mais sa défaillance ! Même à ce moment-là, il ne pensait encore qu'à lui-même. Il est parti sans ajouter un mot.

— Qu'avez-vous fait ensuite ? demanda Terri.

— Je me suis rhabillée et je me suis assise à mon bureau pour travailler, comme si de rien n'était. Une heure plus tard, j'étais toujours là, à fixer la page blanche… Pendant des semaines, je n'ai pas réussi à écrire une ligne. J'ai quitté le chalet, pris plusieurs semaines de vacances, essayé d'écrire autre chose. Je n'arrivais à rien. Mark Ransom avait tué quelque chose en moi.

— Vous n'avez jamais rien dit à personne ?

— Je n'ai jamais pu. C'était au-dessus de mes forces. Quelque part en moi, je m'en voulais : j'avais l'impression de m'être laissé faire. Et puis, quand je parvenais à me convaincre du contraire, je me disais qu'en fait il ne s'était rien passé. » Une fois de plus, elle secoua la tête. « Comme vous l'avez dit, j'ai dû enfouir tout ça au fond de moi. La seule chose qui me prouvait que je n'avais pas rêvé, c'était le soin que je mettais à éviter Mark Ransom... Pour ne pas *me* sentir honteuse.

— Et David ?

— Nous avons rompu. Au début, je pensais réussir à me rapprocher de lui... Émotionnellement, bien sûr. Mais je n'ai jamais pu. »

Terri hésita. Finalement, elle demanda :

« N'avez-vous jamais songé à lui raconter ?

— Si, parfois. Mais pas réellement. David était juriste : timide vis-à-vis de ses sentiments, mais agressif quand il s'agissait des droits des autres. Si je lui avais raconté, il ne s'en serait pas tenu là. Il aurait pris pour lui ce qui m'était arrivé avec Ransom. » Linton semblait abattue. « Parfois, je me dis que les hommes et les femmes n'ont pas la même vision de ces choses. »

Terri chercha son regard.

« Et le livre, demanda-t-elle, de quoi parlait-il ? »

L'amertume quitta le visage de Linton. Elle eut une expression plus distante, mais toujours infiniment triste.

« De ma relation avec David. C'était une version meilleure, plus mûre de chacun de nous... Comme beaucoup d'écrivains, je me sers de la fiction pour mettre un peu d'ordre dans le monde et transformer à mon idée la vie et les hommes. Moi y compris.

— Et aujourd'hui, vous vous remettez à écrire ?

— Oui. Mais j'ai beaucoup de difficultés. » Le sourire amer réapparut. « Je crois que j'ai perdu la foi. Peut-être, comme me l'a suggéré Mark Ransom, devrais-je me cantonner aux nouvelles : "De petites gens, de petits sentiments, de petites histoires..."

— Comment allez-vous intituler votre roman ? demanda Terri après un silence.

— Maintenant ? Aucune idée. » Elle secoua la tête. « Quand je l'ai montré à Ransom, je l'avais appelé : *Le Bonheur : mode d'emploi*. Je ne pense pas que ce titre soit approprié aujourd'hui. »

Terri ne sut que répondre. Elle effleura du doigt l'épaule de Linton.

« Marcy, dit-elle doucement, vous n'êtes pas obligée de témoigner. Personne ne saura jamais... »

Pendant quelques instants, Linton la dévisagea. Puis elle dit d'un ton calme :

« Non. Je ne terminerai sans doute jamais *Le Bonheur : mode d'emploi*. Mais, si je témoigne, d'autres comprendront peut-être pourquoi je suis si sacrément contente que Mark Ransom soit mort. »

Chapitre cinq

« C'est une histoire dramatique », dit Paget.

Ils se trouvaient tous deux dans un restaurant typiquement montagnard, au lendemain de la visite de Terri à Marcy Linton. Paget avait rejoint son associée afin de rencontrer la jeune fille et de l'aider à se préparer à l'épreuve qui l'attendait. Avec elle, il s'était montré direct, franc et factuel. Si elle semblait plus réservée face à lui, Marcy restait cependant bien décidée à témoigner. De son côté, voyant le récit de Linton devenir la pièce maîtresse de la défense de Mary, Terri s'était mise à éprouver un certain ressentiment vis-à-vis de Paget et de son soulagement.

Elle regarda autour d'elle en faisant mine d'apprécier le décor. En d'autres circonstances, sans doute, elle aurait adoré cet endroit. Le restaurant déniché par Paget se trouvait dans un chalet rustique isolé dans la montagne. On y dégustait une cuisine excellente à la lueur des chandelles. À l'extérieur, se trouvait un chenil, avec des chiens de traîneaux et leurs équipages en location. De temps à autre, on entendait des aboiements qui se répercutaient dans toute la montagne environnante.

« Je suis désolée, fit Terri. Je ne dois pas être d'une compagnie très agréable.

— Oh, tu as été étonnamment vivante. Tu as égayé notre dîner de façon exceptionnelle ! » Paget parut aussitôt regretter ses paroles. « Excuse-moi. Parfois, je ne sais pas quoi dire quand un simple "Qu'est-ce qui ne va pas ?" serait parfait. Eh bien, Terri, qu'est-ce qui ne va pas ? C'est à cause de Marcy Linton ? »

Cette fois-ci, Paget avait manqué d'intuition. Terri avait davantage envie d'une conversation anodine que d'un entretien sérieux. Elle chercha une explication plausible à sa morosité.

« Ça doit être à cause de Richie. Hier, il avait l'air mécontent au téléphone.

— Ah bon ? Pourquoi ?

— Cela ne lui plaît pas du tout de me savoir ici. » Elle eut un sourire. « Je ne sais plus vraiment si Richie est encore sensible à mon charme, mais il est en tout cas certain que les autres hommes me trouvent irrésistible. »

Paget sembla légèrement surpris.

« Moi, par exemple ? »

Terri hocha la tête.

« Par exemple. »

Il parut réfléchir. « Il n'a pas tort : tu es irrésistible. Seulement, ce n'est pas là l'objet de notre relation. Nous avons une relation de travail et d'amitié, c'est tout.

— Moi, je le sais. Mais Richie ne le comprendra jamais. »

Paget détourna les yeux vers la fenêtre. D'un regard indifférent, il observa le flanc de la montagne. La serveuse vint débarrasser les assiettes et prendre la commande des cafés. Contrairement à son habitude, Terri n'avait pas envie de dessert. Elle sentit le regard de Paget peser sur elle.

« Linton est notre seule chance de gagner cette affaire, dit-il enfin. Et, pour elle, le fait de raconter son histoire sera très bénéfique, j'en suis sûr.

— C'est un peu trop facile. » Terri fixait sa tasse de café. « Quel droit avons-nous de jouer avec la vie des autres pour défendre nos intérêts ? Qu'est-ce qui m'autorise à inciter les gens à dévoiler leur intimité ? Parfois, je me demande si j'étais faite pour ce métier...

— Ainsi, c'est de cela qu'il s'agit ? De tes talents d'avocate ? »

Elle le regarda. Le sourire de Paget s'estompa aussitôt. Doucement, il demanda :

« Que t'est-il arrivé, Terri ? »

Elle sursauta, puis la surprise fit place à l'embarras. Lorsqu'elle répondit, ce fut d'une toute petite voix :

« Je suis devenue avocate. C'est tout. »

Paget secoua la tête.

« Il t'est arrivé quelque chose, insista-t-il. Il suffit de te regarder avec un peu d'attention, comme je l'ai fait, pour le savoir. »

Tout à coup, Terri se sentit traquée. Elle eut toutes les peines du monde à lutter contre les larmes qui lui montaient aux yeux.

« Allons-nous-en, dit-elle. Je suis fatiguée.

— D'accord. »

Paget paya rapidement l'addition et ils se levèrent. Ils ne parlèrent pas. La nuit était sombre et glacée. Ils montèrent dans la voiture et Paget démarra. À travers le pare-brise, Terri apercevait un croissant de lune et des milliers d'étoiles. Le seul son audible était le ronronnement du moteur.

« Excuse-moi », murmura finalement Paget.

Sans doute était-ce la douceur de sa voix... La jeune femme sentit soudain les larmes affluer et couler le long de ses joues. Elle se redressa sur son siège et s'aperçut que la voiture s'était arrêtée.

Ils se trouvaient à un poste d'observation panoramique. De jour, la vue sur la vallée devait être magnifique.

« Ça va ? interrogea Paget.

— Non. »

Terri sentait ses émotions déferler en chute libre dans l'obscurité insondable du vide, devant elle.

« Ça ne va pas. Il y a longtemps que ça ne va plus. »

En dépit de ses larmes, elle avait une voix froide et claire.

« Qu'y a-t-il, Terri ? »

Paget observait la jeune femme : elle fixait l'obscurité qui l'entourait. C'était plus facile ainsi.

« Il y a cinq ans, dit-elle enfin, j'ai été violée. »

Il resta un instant silencieux.

« Et tu ne l'as jamais dit à personne... »

Regarde les étoiles, s'intima Terri en elle-même.

« C'était idiot... », répondit-elle à voix haute.

Une fois de plus, Paget garda le silence. Terri avait la gorge nouée. Elle hésita un long moment, puis reprit avec effort :

« C'était un professeur de droit. Il devait avoir quarante ans. Il était marié, il avait deux enfants, il était hispanique, comme moi, et spécialiste de droit criminel. Il avait travaillé avec Cesar Chavez. Certains d'entre nous le considéraient comme un modèle... Moi la première... J'étais en troisième année. Elena venait de naître. Il m'avait demandé de l'aider dans ses recherches pour un article qu'il devait écrire. J'étais très flattée qu'il m'ait choisie. Mais, si j'ai accepté, c'est surtout parce que Richie voulait poursuivre ses études et que nous avions besoin d'argent. » Elle s'interrompit. « Richie a été jaloux dès le départ. Il est vrai que l'homme était séduisant : il avait une moustache noire, des yeux sombres, intenses. Richie était persuadé que je lui plaisais. Mais cela ne l'a pas gêné au point de m'empêcher d'aller gagner cet argent... »

Terri se tut, écoutant l'écho de sa propre voix chargée d'amertume. C'était étrange : elle n'avait plus de larmes dans les yeux, mais sa gorge était sèche.

« Comment s'appelait cet homme ? » demanda doucement Paget.

Terri hésita. Elle avait l'impression qu'en prononçant ce nom, elle redonnait vie au personnage.

« Urbina, dit-elle. Steve Urbina. »

Dans l'obscurité de la voiture, Terri ferma les yeux. Elle entendit la voix de Paget :

« Si c'est trop difficile pour toi, disait-il, ce n'est pas la peine d'en parler. »

Elle sentit comme un coup dans sa poitrine. Elle en avait trop dit pour s'arrêter là. Parle, s'intima-t-elle. Parle comme s'il s'agissait d'un dossier, d'une affaire comme une autre. Parle comme si c'était une autre femme !

« C'était un dimanche après-midi, commença-t-elle tout haut. Avec Richie, nous étions allés à Tilden Park promener Elena. Il faisait chaud. Nous nous étions installés à l'ombre d'un arbre pour pique-niquer. J'étais en robe d'été, Richie en short et en tee-shirt. Elena avait un petit polo rose sur lequel était écrit : « Baby Power ». Je me souviens avoir pensé que nous formions une vraie famille et que j'avais fait le bon choix en gardant Elena. Nous avons passé l'après-midi entier au parc, à évoquer des souvenirs de fac et à regarder Elena, qui ne faisait pas grand-chose, à part dormir et pleurer. Mais il est vrai que les bébés n'ont pas grand-chose à faire, n'est-ce pas ?

— Je n'en ai jamais eu, répondit Paget. C'est d'ailleurs une chose que je t'envie.

— C'était vraiment une bonne journée. Nous avons décidé de rentrer à la maison. Nous avons dîné tous les deux sur la terrasse pendant qu'Elena dormait, puis nous nous sommes préparés à aller nous coucher... »

Terri s'efforça de se remémorer le couple qu'ils formaient, Richie et elle, avant que sa réussite à elle ne vînt susciter sa jalousie à lui et envenimer leurs relations. Ce souvenir lui fut plus douloureux que prévu. Elle resta immobile, perdue dans ce qu'elle percevait comme une patience infinie de la part de Christopher Paget.

« En passant près du répondeur téléphonique, reprit-elle finalement, j'ai vu qu'il y avait un message. C'était Steve Urbina. J'avais oublié de lui donner certaines notes pour ses recherches. Il me demandait de passer les lui déposer dès que possible à son domicile.

« Je l'ai rappelé pour lui dire que j'arrivais tout de suite. Je n'avais aucune appréhension. Enfin... Il me draguait un peu, mais rien de bien méchant. Et puis, chez lui, il y avait sa femme et ses enfants. Quoiqu'en fait, je n'ai pas du tout pensé à ça en partant. »

Terri ouvrit les yeux, admira les étoiles.

« De toute façon, c'était de ma faute si j'avais oublié de lui donner les notes... Je suis sortie. Richie était très en colère. Steve Urbina n'habitait pas très loin. J'y suis arrivée en un quart d'heure et je me suis précipitée à la porte pour ne pas perdre de temps. J'étais si pressée que je n'ai pas vu un vélo d'enfant abandonné en travers de l'allée. Je me suis étalée de tout mon long. J'étais assise par terre, avec les notes éparpillées autour de moi et ma robe d'été remontée jusqu'aux cuisses, à examiner la plaie de mon genou, quand je me suis aperçue qu'il était derrière la porte vitrée, à m'observer.

« J'ai sursauté. C'était une situation étrange. Je ne savais pas depuis combien de temps il était là. Il est venu vers moi et m'a dit simplement : "Laissez-moi regarder ce que vous vous êtes fait."

« J'avais une vilaine plaie qui saignait. Quand il s'est agenouillé près de moi, j'ai rabattu ma robe, de manière à ne laisser dépasser que le genou blessé. "Il y a du Mercurochrome et des pansements dans l'armoire à pharmacie, a-t-il dit. Il vaudrait mieux aussi désinfecter à l'eau oxygénée."

« J'ai ramassé mes notes et je l'ai suivi dans la maison. Là, je n'ai entendu aucun bruit. Il n'y avait personne. "Les enfants sont chez leur grand-mère avec Mattie, m'a-t-il dit. J'ai bien peur d'être la seule infirmière disponible !"

« J'ai répondu : "Ce n'est pas grave. Montrez-moi la salle de bains et je me débrouillerai toute seule. Cela me servira d'entraînement pour Elena.

« — Allons, entrez là ! m'a-t-il dit en me poussant vers sa chambre à coucher. Asseyez-vous au bord du lit. Je vais aller vous chercher tout ce qu'il faut. Je n'ai pas envie que vous m'intentiez un procès pour avoir négligé de dégager mon allée !"

« Je suis restée sidérée. Mais il se montrait si paternel, comme certains hommes savent l'être, que je l'ai cru sincère. Je me suis assise sur le lit pour lui faire plaisir.

« Une minute plus tard, il était de retour avec du coton, de l'eau oxygénée et un large pansement. Très gentiment — et presque avec respect — il a attendu que je remonte ma robe au-dessus du genou et il m'a désinfectée.

« Cela piquait. J'ai tressailli. Il m'a regardée d'un air inquiet et m'a demandé si ça faisait mal. Quand j'ai répondu : "Un peu", il s'est montré encore plus doux. »

Terri baissa les yeux.

« Cela n'avait rien de sexuel, mais je me souviens avoir pensé un instant que cette douceur était agréable, réconfortante... Richie n'a jamais été aussi doux... »

Terri se tut un moment, hésitant à revivre son traumatisme.

« Lorsqu'il m'a mis le pansement, poursuivit-elle enfin, il a appuyé de chaque côté pour s'assurer qu'il tenait bien. Puis il a passé sa main sous ma robe et il a baissé mon slip. »

Quelque chose, dans le silence trop parfait de Paget, fit hésiter Terri, comme si ce self-control maintenu au prix d'un terrible effort déchirait quelque chose en elle.

« Cela s'est passé si vite ! murmura-t-elle. Vraiment... Tout était terminé avant que j'aie réalisé ce qui m'arrivait. »

Paget ne disait toujours rien. Elle se passa la main sur les yeux.

« Le pire, peut-être, c'est que je n'ai eu aucune réaction. Je n'ai aucune excuse, contrairement à Marcy Linton. Je suis restée immobile, sans rien faire. J'ai simplement crié : "Non !" Il m'a renversée sur le lit et a posé son coude sur ma gorge. Il était déjà entre mes jambes. Ç'a été si facile... »

Le regard perdu dans les étoiles, Terri retint ses larmes.

« Ensuite, il a enlevé son pantalon sans me quitter des yeux. Lorsqu'il a dit que personne ne me croirait si je le racontais, j'ai compris que ce n'était pas la première fois qu'il le faisait... Il était trop sûr de lui et il avait trop bien choisi sa victime. » Terri secoua la tête. « Il est entré en moi avant même que je commence à pleurer.

« Il m'a fait promettre de ne rien dire, puis m'a rendu mon slip. Il m'a regardé le remettre. Il m'a dit qu'il m'avait senti réagir à son contact et que cela l'avait incité à aller plus loin. Il a ajouté qu'il était temps pour moi de partir. »

Terri posa son visage contre la vitre froide.

« J'ai conduit comme un automate. Lorsque je suis arrivée à la maison, Richie m'a demandé pourquoi j'avais été si longue. Il n'a pas cessé de me harceler, de me demander pourquoi j'éprouvais le besoin de gaspiller avec Steve Urbina le temps que je pouvais passer en famille. » Terri s'interrompit. « J'avais si peu de réaction que, tout à coup, il a quitté sa mauvaise humeur et il est devenu tout joyeux. Il voulait absolument me prendre en photo avec ma robe d'été. Je me souviens m'être forcée à sourire. » La voix de Terri s'emplit d'étonnement : « C'est sa photo préférée. Elle est toujours accrochée au-dessus de son ordinateur. »

Elle se tourna vers Paget.

« Cette nuit-là, Richie m'a fait deux fois l'amour. Une pour lui et une autre parce que j'étais allée chez Steve Urbina. En tout cas, c'est ce que j'ai pensé sur le moment... Je n'en ai jamais parlé à personne. Je ne parvenais pas à comprendre ce qui m'était arrivé. Je n'ai plus pu regarder Urbina en face, ni même prononcer son nom. J'ai écrit une lettre de démission, je ne me suis pas présentée à l'examen. Je ne sais pas ce qui me faisait le plus peur : revoir Urbina ou risquer que Richie apprenne ce qui s'était passé. » Terri secoua la tête d'un air incrédule. « Je me sentais coupable. C'est pour cela que j'ai choisi de faire mon stage dans le service des viols. Je cherchais à comprendre. J'y ai appris qu'un très grand nombre de femmes se font violer, beaucoup plus qu'on le pense. Mais moi, je n'ai jamais pu en parler. À personne. »

Terri s'interrompit, les yeux baissés.

« Non seulement j'ai été lâche, mais je n'ai jamais envisagé de ne pas l'être. Comment ai-je pu demander à Marcy Linton de témoigner ?

— Comment as-tu pu t'en vouloir ?

— Mais je l'ai laissé faire ! Et j'ai cherché à protéger tout le monde, sauf moi-même. »

Paget se tourna vers sa vitre et scruta la nuit.

« Pourquoi n'en as-tu jamais parlé à ta mère ? demanda-t-il. Tu ne pensais tout de même pas qu'elle te ferait des reproches... »

Il n'y avait aucun jugement dans le ton de sa voix. Il semblait simplement chercher à comprendre.

« Non, bien sûr. Mais je refusais d'admettre que j'avais commencé à agir comme elle, à cacher certaines choses à mon mari pour avoir la paix. Pour notre bien à toutes les deux, je ne pouvais lui parler de ça. »

Paget la regarda.

« Alors, finalement, à qui parles-tu ?

Terri réfléchit un moment.

« À toi, répondit-elle. Je crois que c'est à toi que je parle. »

Chapitre six

Teresa Peralta sortit de la douche.

Richie se retourna pour la regarder. Elle eut un mouvement de recul. Pourquoi ce regard, ce soir, la gênait-il, elle qui avait été si souvent nue avec lui ?

Il reposa sa brosse à dents.

« Tu viens te coucher ? » fit-il.

Elle s'enroula dans une serviette.

« J'arrive. Je dois d'abord me sécher les cheveux, me démaquiller et me détendre un peu. Le voyage a été long. »

Il lui lança ce regard contrarié qu'elle connaissait trop bien.

« C'est vrai que je ne t'ai pas beaucoup vue ces derniers temps, contrairement à ce Christopher Paget. On dirait que tu as oublié que ton mari, c'est moi ! »

Terri se demanda d'où lui venait ce soudain sentiment de culpabilité.

« Je sais, fit-elle d'un ton las, que tu es mon mari. En près de six ans de mariage, je ne l'ai jamais oublié ! »

Elle se tourna vers le miroir et se frotta les yeux avec son démaquillant.

« Pourquoi n'as-tu pas appelé hier soir ? » demanda-t-il.

Terri se plaça sur la défensive.

« Il était tard et il fallait que je réfléchisse à beaucoup de choses… Et puis, si tu étais si inquiet, tu n'avais qu'à appeler ! Je t'avais donné le numéro.

— Il était avec toi, hein ? »

Terri suspendit son geste et se tourna vers Richie.

« Non, fit-elle d'une voix calme. Je n'avais pas envie d'appeler, c'est tout.

— Je ne peux pas te croire !

— Écoute, Richie. Je veux que tu saches une bonne fois pour

toutes que je ne t'ai jamais été infidèle et que je ne le serai jamais. De toute façon, tu ne peux rien faire pour y changer quelque chose, dans un sens ou dans un autre. Je suis comme ça, c'est tout ! »

Sans la quitter des yeux, Richie répondit d'une voix plus calme :

« Je ne veux plus que tu travailles avec ce type ! »

Terri ressentit un instant de colère, suivi d'une immense lassitude.

« Tu as l'exclusivité sur mon corps, Richie. Mais tu ne peux pas fixer les conditions selon lesquelles je dois assurer ta subsistance. »

Il rougit.

« Tu vois, Ter, cette remarque est très révélatrice : tu m'insultes sentimentalement et tu me castres financièrement.

— Dans le domaine de la castration financière, je n'ai rien à t'apprendre ! »

Richie se raidit. Puis, curieusement, Terri vit passer dans ses yeux une lueur de triomphe.

« Je ne sais pas si je pourrai oublier ce que tu viens de me dire, répondit-il à mi-voix.

— Tout ce que je voulais dire, se ravisa Terri, vaguement inquiète, c'est qu'il faut que tu arrêtes de penser à Chris et que tu commences à te soucier un peu d'Elena. Et de moi...

— Je croyais que nous avions les mêmes intérêts... Dans les vraies familles, en tout cas, c'est comme cela que ça se passe... »

Ils étaient mariés depuis tant d'années et, pourtant, Terri se sentait incapable de déterminer si Richie était en train de la manipuler ou s'il se montrait simplement indifférent aux sentiments qui n'étaient pas les siens. Mais, après tout, quelle importance cela avait-il ?

« Je voudrais qu'on arrête de se disputer, dit-elle. Sois gentil. Je viens tout juste d'arriver et l'audience préliminaire commence demain. »

Richie baissa encore la voix.

« Ton travail, encore ! Décidément, tu ne penses qu'à ça ! »

Terri saisit le sèche-cheveux.

« C'est vrai que ce soir, c'est le cas... », répondit-elle avant de mettre l'appareil en marche.

Richie haussa les épaules et quitta la pièce. Quelque chose, dans son attitude, indiquait que la dispute n'était pas close.

Les yeux fixés sur son reflet dans la glace, Terri laissa vagabonder ses pensées. Elle songea tout d'abord à Elena, endormie dans sa chambre. Puis son esprit revint à Marcy Linton et à la façon dont Mark Ransom l'avait détruite en exploitant sa vulnérabilité.

Terri avait-elle vraiment le droit d'inciter cette femme à comparaître devant un juge ?

Terri rangea ses affaires plus soigneusement que d'habitude, inspira profondément, puis se dirigea vers la chambre.

Richie l'attendait au lit, le drap remonté jusqu'à la taille. Il était nu.

« Allez, viens, Ter, dit-il. Ce n'est pas bien pour un couple marié de terminer la journée sur une dispute. » Il lui décocha un sourire patelin. « Après, je te masserai le dos. »

Dans la lumière tamisée de la lampe de chevet, Terri marcha, nue, jusqu'au lit.

« Je suis vraiment éreintée, Richie. On ne pourrait pas remettre ça à une autre fois ? »

Il secoua la tête, toujours souriant, comme pour signifier qu'il savait ce qui était bon pour eux.

« Il n'est pas tard, répondit-il d'un ton léger. Et puis, j'ai besoin de reconquérir mon territoire !

— Vraiment, je ne crois pas que je pourrai jouir... »

Son sourire persistant devenait un acte d'agression.

« Alors, fit-il, nous renoncerons à la version de luxe et nous nous contenterons de la version courte. »

Terri se demanda quelle était la différence entre les deux. Elle éteignit la lumière et se glissa dans le lit, sur le ventre. Résistance passive, songea-t-elle. Peut-être finirait-il par renoncer... Immédiatement, elle sentit une main sur sa cuisse. C'était une caresse sans conviction, sans but précis, comme si Richie n'avait aucun projet particulier. Puis la main vint s'immobiliser entre ses jambes.

« Allez, Ter ! Pas longtemps... », chuchota-t-il.

La main se remit en mouvement, procédant par courtes caresses. Mentalement, Terri haussa les épaules, puis elle se retourna, consciente de la valeur du sommeil : si elle résistait encore, une dispute s'ensuivrait. Richie n'abandonnerait pas si facilement la partie. Or, Terri ne pouvait se permettre d'arriver fatiguée à une audience où elle devrait donner le meilleur d'elle-même. Et puis, combien de fois Richie était-il venu en elle ? Une de plus ou de moins ne changerait pas grand-chose...

Le murmure de satisfaction de Richie lui parvint de très loin. Il la pénétrerait sans rien dire, elle le savait. Comme beaucoup d'autres choses, l'acte sexuel était une circonstance dans laquelle son mari se refermait sur lui-même, au point que Terri avait souvent l'impression de n'être qu'une figurante.

Richie se glissa sur elle, plaça ses deux mains sous ses hanches, afin de contrôler ses mouvements. Elle le sentit la pénétrer, aussi profondément que possible, en gémissant de plaisir. Alors, elle l'enlaça et s'imagina entre les bras d'un autre.

Le lendemain matin, Teresa Peralta se retrouva avec Christopher Pager et Mary Carelli au quatrième étage du palais de justice. Précédés de trois policiers en uniforme, ils se frayèrent à grand-peine un passage parmi la foule des journalistes.

Elle jeta un coup d'œil à sa droite. Mary Carelli arborait une expression calme et déterminée. Paget, lui, semblait plongé dans ses pensées, comme s'il se concentrait avant l'épreuve. Ces derniers jours, les visages de Paget et de Mary avaient fait la couverture de quatre hebdomadaires et étaient apparus à chaque journal télévisé. Dans la salle d'audience, les caméras de la chaîne spécialisée *Court TV* étaient déjà installées. Terri n'avait guère fermé l'œil de la nuit. Quant à Paget, il paraissait ne pas avoir dormi du tout.

Terri tourna les yeux vers le garçon qui marchait à sa gauche. Carlo Carelli Paget, mal à l'aise, mais très beau dans son costume sombre, ressemblait tant à sa mère que Terri eut la certitude qu'on finirait tôt ou tard par le remarquer. Le jeune homme se tourna à son tour vcrs cllc avcc cc dcmi sourire incertain qu'elle avait appris à connaître. Une fois de plus, elle espéra que le conseil qu'elle avait donné à Paget ne nuirait pas au garçon.

L'éclair d'un flash les éblouit soudain.

Elle effleura le bras de Carlo, puis s'obligea à regarder droit devant elle. À une dizaine de mètres de la porte de la salle d'audience, elle vit Paget s'immobiliser en entendant une question. La voix stridente d'une journaliste avait réussi à percer le fort brouhaha ambiant. Elle s'était glissée derrière un policier et son regard passait de Mary à Carlo.

« Qui êtes-vous ? » répéta-t-elle à l'intention de Carlo.

Carlo la regarda avec une expression douloureuse, comme s'il se sentait soudain piégé dans une situation sociale inattendue.

« Je suis Carlo Paget », murmura-t-il enfin.

Terri vit Mary se raidir. Paget s'adressa à la journaliste.

« C'est mon fils », confirma-t-il sèchement.

Carlo le regarda, surpris. Puis un léger sourire amusé éclaira son visage.

« Je ne peux pas le nier », dit-il à la jeune femme.

La foule poursuivit sa progression vers la porte de la salle.

« Pourquoi êtes-vous ici ? reprit la journaliste. Vous étudiez le droit ?

— Non, répliqua Carlo, très calme. Je pencherais plutôt pour des études de médecine. J'aurais trop peur de rater l'examen d'avocat. »

Paget s'était immobilisé pour le regarder. On eût dit qu'il le voyait pour la première fois.

« La carrière d'avocat ne vous attire pas ? »

L'objectif d'une caméra se dirigea vers lui. Il la regarda un instant, puis se tourna à nouveau vers la journaliste qui l'interrogeait.

« Vraiment pas, lui dit-il. Je suis seulement là en tant que fils. » Il fit un signe en direction de Paget et de Mary Carelli. « Christopher Paget est mon père et Mary Carelli ma mère. Et tout ce que je tiens à dire, c'est que je suis très fier de l'un et de l'autre. »

La journaliste resta un instant sans voix. Posant la main sur le bras de Terri, Carlo lança à Mary un petit sourire, grimaça à l'intention de Paget, puis reprit sa progression vers la porte.

QUATRIÈME PARTIE

L'accusation

10-12 février

Chapitre un

« Mesdames et Messieurs, levez-vous ! clama le greffier. Tribunal municipal de la ville et du comté de San Francisco ! L'honorable juge Caroline Clark Masters préside la séance. »

Avec un air presque majestueux, Caroline Masters jeta un coup d'œil circulaire autour d'elle. La salle d'audience était comble : des journalistes venus des quatre coins du monde, mais aussi un public varié qui avait longtemps patienté devant le palais de justice pour avoir le privilège d'assister à l'audience par tranches d'une heure. Dans les pièces attenantes, d'autres journalistes allaient suivre les débats sur des écrans de télévision. Aux extrémités de la salle elle-même, deux caméras étaient postées pour retransmettre les séances. Dehors, sur les marches du palais, plusieurs groupes féministes étaient venus avec des banderoles réclamer justice pour Mary Carelli.

Celle-ci se tenait au côté de Paget. Sa répugnance à se trouver jetée ainsi dans l'arène, passible de poursuites pour meurtre avec préméditation, transparaissait dans sa façon d'agripper la table réservée à la défense. De l'autre côté de Paget, se trouvait Terri, visiblement fatiguée et préoccupée. Carlo, lui, s'était installé juste derrière eux, au premier rang du public. Johnny Moore l'avait rejoint là, prêt à fournir à Paget les éléments nécessaires aux contre-interrogatoires.

Paget jeta un rapide coup d'œil à Marnie Sharpe. Celle-ci était pâle mais, à la vivacité de son expression, on devinait qu'elle se sentait parfaitement prête. Tout comme Paget, elle devait avoir à l'esprit les moindres détails du dossier. Sans doute aussi avait-elle soigneusement écrit et réécrit chaque ligne de ses interrogatoires.

Du haut de son estrade, Caroline Masters les jaugea l'un après l'autre avec un froncement de sourcils qui en disait long sur la jouissance qu'elle tirait de l'événement.

« Maître Sharpe, commença-t-elle, maître Paget. Je vais énoncer quelques règles de base. Je vous invite à les écouter attentivement. Tout d'abord, la présence de la télévision représente pour nous une responsabilité, et non une occasion de distraire le public. Il n'y a qu'une seule ''personnalité'' dans cette salle de tribunal, et c'est elle que vous écoutez actuellement. »

Le juge s'interrompit. Sa voix était devenue cassante et scientifique.

« Deuxièmement, poursuivit-elle, nous serons amenés à discuter à huis clos de certains points qui sont contestés par l'un ou l'autre d'entre vous. Nous y déterminerons par exemple si tel ou tel témoignage est recevable, ou si telle ou telle pièce à conviction peut être rendue publique. Le compte rendu écrit de ces séances restera confidentiel. Toute personne qui ferait la moindre allusion au contenu de ces entretiens sans ma permission préalable serait passible du comité disciplinaire du Barreau de Californie. Et je veillerai personnellement à l'y faire comparaître. »

C'était là, Paget en était conscient, une allusion claire à l'enregistrement de Laura Chase, à James Colt, à la cassette de Mary chez le docteur Steinhardt et aux divers témoignages sur la vie sexuelle de Mark Ransom, qu'il était interdit d'évoquer tant que le juge Masters ne les avait pas auditionnés en privé. La nécessité de cette confidentialité, visiblement, préoccupait Masters.

« Troisièmement, continua le juge, je me réserve le droit d'interrompre les débats à tout moment. Si l'accusation ou la défense se lancent dans une discussion ou posent une question que j'estime davantage destinées à influencer la cour qu'à défendre leurs intérêts légitimes, ils seront sévèrement pénalisés. Me suis-je bien fait comprendre ?

— Oui, Votre Honneur, répondit Sharpe.

— Très bien, Votre Honneur, renchérit Paget.

— Parfait. » Masters se tourna vers Paget. « Sans vouloir vous singulariser, maître Paget — quoique vous l'ayez vous-même cherché en réclamant cette séance —, j'attends de vous une attitude exemplaire.

— La cour est parfaitement en droit de le réclamer, répondit aimablement Paget. De la part de toutes les parties. »

Masters lui jeta un regard étonné.

« Je suis persuadée que tout le monde ici est aussi conscient que vous-même de l'importance que revêt cette discipline. » Elle se tourna vers Sharpe. « Je suggère que nous commencions par un exposé des motifs. En avez-vous préparé un ?

— Oui », répondit Sharpe.

Elle s'avança, les yeux levés vers Caroline Masters, et l'audience débuta.

« Ceci, commença Sharpe, est un meurtre pur et simple. »

Sa voix tremblait légèrement ; elle devait avoir la gorge serrée. Toutefois, Paget reconnut que c'était là un bon début : les mots, sélectionnés avec soin, étaient destinés à prendre de l'amplitude.

« Mary Carelli reconnaît avoir donné la mort à Mark Ransom. Le seul point litigieux réside donc dans les mobiles qu'elle a invoqués pour expliquer ce meurtre. Ou plutôt, dans sa version des faits. Car si Mary Carelli entend témoigner devant ce tribunal, elle devra donner à la cour une version bien différente de celle qu'elle a fournie à l'inspecteur Charles Monk. »

C'était là, pensa Paget, une approche habile : elle centrait le débat sur la crédibilité de Mary, suggérait que celle-ci insultait la cour par ses mensonges ; puis, en huis clos, elle conclurait en demandant l'autorisation de produire la cassette sur laquelle Mary avouait s'être rendue coupable de faux témoignage devant le Sénat des États-Unis. Assise près de lui, Mary fixait intensément cette adversaire, comme pour se préparer au contre-interrogatoire. Paget n'osa pas regarder en direction de Carlo.

« Commençons par les seuls points sur lesquels Mme Carelli semble avoir dit la vérité : Mark Ransom l'a *effectivement* contactée. Ensuite, Mme Carelli a *effectivement* fait l'acquisition d'une arme. Elle est *effectivement* venue à San Francisco, à ses frais, sans avertir ni la chaîne ABC, ni aucune autre personne. Elle s'est *effectivement* rendue dans la suite de Mark Ransom avec le Walther 380 dissimulé dans son sac à main. Puis, vers midi, Mary Carelli a *effectivement* tiré sur Mark Ransom et l'a tué. Jusque-là, nous sommes déjà en droit de l'inculper pour homicide. »

Sharpe s'interrompit pour insister sur l'effet voulu, puis reprit :

« Et à partir de là, tout va de plus en plus mal pour Mary Carelli. »

Caroline Masters s'était penchée en avant, visiblement attentive. Terri, elle, restait immobile. Au goût de Paget, la salle était bien trop silencieuse.

« Mary Carelli affirme avoir acheté son arme à la suite d'appels anonymes à son numéro de téléphone, qui est placé sur liste rouge et qu'elle ne révèle jamais à personne. Elle dit que Mark Ransom l'a attirée dans sa chambre d'hôtel en lui promettant des révélations concernant Laura Chase. » Sharpe s'interrompit un instant. « À ce sujet, poursuivit-elle sèchement, je ne dirai rien pour le moment. Je demanderai simplement à la cour de garder ce détail à l'esprit. Mme Carelli a également affirmé, et c'est là un point capital, que M. Ransom a tenté de la violer. » Une pointe d'agacement filtra dans sa voix. « Et que, tout en conservant une érection, Mark Ransom l'a griffée à la gorge et à la jambe et l'a jetée à terre. Au cours de la lutte qui a suivi, elle affirme avoir tiré sur lui d'une distance de cinq à dix centimètres. »

Sharpe se tut, puis reprit d'une voix saccadée, parfaite pour la télévision.

« Voici maintenant ce que nous allons démontrer :

« — Il n'y a aucun signe d'excitation sexuelle chez Mark Ransom ;

« — les seuls échantillons de peau trouvés sous les ongles ont été prélevés sur Mme Carelli ;

« — aucun signe, aussi minime soit-il, ne laisse supposer qu'il y a eu lutte ;

« — et comme nous le dira tout à l'heure le médecin légiste, il est impossible que Mme Carelli ait tiré d'une distance inférieure à *au moins* soixante centimètres à un mètre. Ainsi, la version de Mme Carelli, qui estime à moins de dix centimètres la distance qui la séparait de Mark Ransom au moment du coup de feu est, au mieux, peu plausible. »

Comme galvanisée par une rage soudaine, Sharpe se leva d'un bond.

« Tout porte donc à croire, reprit-elle avec mépris, que Mme Carelli s'est élaboré une défense sur mesure à partir d'un problème de société qui est bien trop réel dans la vie de bien trop de femmes pour être si ignoblement exploité. » Sharpe se tourna vers Mary et la fixa dans les yeux. « En fait, il semble que la seule raison pour laquelle Mme Carelli n'a pas accusé Mark Ransom de détournement de mineure, c'est qu'elle a dépassé l'âge de la majorité. Et il n'y a pas plus de preuves de viol qu'il n'y a de preuves de détournement de mineure... Mais bien entendu, lorsqu'on tue un homme, on peut tout raconter sans craindre d'être contredit. Les seules limites qui devraient arrêter cette femme résident dans son sens de l'honneur et de la vérité. »

Caroline Masters avait commencé à manifester des signes d'impatience. Paget aurait pu s'en réjouir, mais il imaginait trop bien comment s'ouvrirait le journal télévisé ce soir-là.

« Malheureusement, pour Mme Carelli, ce n'est pas tout. De prime abord, ces contradictions ne constituent qu'une infime partie des anomalies que renferme son récit.

« Ainsi, Mme Carelli a dit à l'inspecteur Monk que lorsqu'elle est arrivée dans la suite de M. Ransom, les stores étaient baissés. Sur ce point, nous produirons trois témoins. Le premier a vu

Mme Carelli et M. Ransom installés dans une pièce ensoleillée dont les stores étaient levés. Le deuxième a vu Mme Carelli baisser elle-même les stores. » La voix de Sharpe s'amplifia, prit un accent impitoyable. « Et le troisième a vu Mme Carelli à l'extérieur de la pièce. *Après* la mort de M. Ransom.

« Mme Carelli a dit à l'inspecteur Monk qu'elle avait appelé le 911 dès que possible. Or, le médecin légiste Elizabeth Shelton estime que la mort de M. Ransom remonte à près d'une heure avant cet appel. »

Soudain, la voix de Sharpe s'apaisa.

« Mme Carelli affirme avoir griffé le postérieur nu de M. Ransom au cours de sa lutte pour se défendre. »

Elle s'interrompit, puis reprit lentement, en détachant bien chaque syllabe :

« Cependant, le docteur Shelton pense qu'au moment où M. Ransom a reçu ces griffures, il était loin de se battre... Pour la bonne raison qu'il était déjà décédé depuis plus d'une demi-heure ! »

Une agitation bruyante s'empara du public. Masters leva son marteau. L'auditoire redevint silencieux, attentif.

« Depuis plus d'une demi-heure ! répéta Sharpe. La demi-heure qu'il a fallu à Mme Carelli pour élaborer sa version des faits. Alors, que nous indique tout cela ? Que Mme Carelli a menti à la police afin de masquer son crime. Tout comme elle s'apprête à présent à mentir à la cour. »

Une expression menaçante traversa le visage de Masters. Paget se demanda si elle songeait au tort que pouvait lui causer Sharpe ou si elle prenait la résolution de ne pas laisser Mary lui mentir en toute impunité.

« Et le mobile ? me direz-vous, poursuivit Sharpe d'une voix doucereuse. Du point de vue strict de la loi, nous n'avons pas à nous en préoccuper ici. Le mobile n'est pas un élément du crime et quant aux éléments eux-mêmes, nous en avons plus qu'assez pour nos causes probables. » Elle haussa à nouveau le ton. « Toutefois, nous avons un mobile. Nous présenterons nos preuves à la cour, à huis clos, et nous demanderons à la cour de décider de ce qui est recevable. »

Paget eut un mouvement de protestation, mais le réprima, peu désireux d'attirer l'attention sur lui. Sharpe enfreignait les instructions de Masters en invoquant des preuves que le juge ne souhaiterait peut-être pas rendre publiques. Toutefois, Paget n'eut pas besoin d'intervenir ; Masters le fit à sa place.

« Vous avez franchi la limite ! lança-t-elle d'un ton sec. Je vous ai demandé de ne pas parler des débats qui doivent se dérouler à huis clos, ni *après* ces débats, ni bien sûr *avant*. À moins qu'il n'y ait là une subtilité qui m'ait échappé... ? »

Sharpe s'était figée.

« Non, Votre Honneur, fit-elle. Veuillez m'excuser si j'ai commis un faux pas. »

Masters fronça les sourcils.

« S'il ne s'agissait que de cela, maître, continuez. »

Cependant, Sharpe avait perdu son impulsion. Elle parut réfléchir, puis choisir d'écourter son exposé.

« Votre Honneur, reprit-elle, une seule autre chose doit être dite : le viol représente un grave problème de société. Il ne doit pas être exploité par une experte en manipulation médiatique désireuse d'éviter les conséquences d'un meurtre. » Sharpe avait retrouvé sa confiance. « Or, ce qu'a dit Mme Carelli n'est pas digne de foi. Et ce qu'a fait Mme Carelli s'appelle *meurtre avec préméditation*. Nous disposons de tous les éléments nécessaires pour le démontrer. » Sharpe se redressa encore. « Avec tout le respect que je vous dois, Votre Honneur, j'estime que la cour doit entériner l'existence des causes probables et inculper Mary Carelli pour le meurtre de Mark Ransom. »

Pendant un moment encore, elle resta debout sur l'estrade, regardant Caroline Masters sans rien dire. Lorsqu'elle se retourna et se dirigea vers sa table, Paget ressentit pour elle un respect mêlé d'appréhension. Mary Carelli regardait ailleurs.

« Ma première pensée, en écoutant maître Sharpe, commença Paget, a été que les discours ne sont pas des preuves et que les apparences ne sont pas des faits. »

Il n'y avait pas un bruit dans la salle d'audience. Paget détenait déjà l'attention des médias, il le savait. Mais le visage de Masters exprimait un net déplaisir, comme si elle anticipait une attaque personnelle à l'encontre de Sharpe.

« Ma deuxième pensée, continua-t-il, a été que le viol est un sujet bien trop grave pour être traité avec la désinvolture qu'affichait ce matin le substitut du procureur. » Il se tourna vers Sharpe. « Frapper une femme au visage au point de lui causer un hématome et de la laisser en état de choc est un fait grave. Un fait bien trop grave pour être tout bonnement éludé par l'accusation. Ce qui, pourtant, a été le cas. »

Paget marqua un temps d'arrêt.

« En écoutant le pastiche de preuves indirectes qu'a présenté l'accusation ce matin, je me suis souvenu d'une soirée troublante que j'ai passée il y a environ un an. J'étais au cinéma. »

Masters eut un léger geste d'impatience.

« Je me trouvais en compagnie de mon fils. Le fils de Mme Carelli. »

Mary lui lança un petit sourire reconnaissant. Derrière lui, Carlo hocha la tête. Puis Paget se tourna à nouveau, craignant de perdre l'attention du juge Masters.

« Le film concernait l'assassinat du président des États-Unis. C'était la première fois que Carlo se trouvait confronté à ce sujet. Tout comme l'exposé de maître Sharpe, le film était un divertissement palpitant. »

Masters sembla s'installer plus confortablement dans son fauteuil, déchirée entre la curiosité et l'inquiétude de voir Paget dévier ainsi du sujet central. Paget sentit Sharpe sur le point de se lever ; sans doute cherchait-elle comment formuler son objection.

« Le réalisateur, reprit-il avant qu'elle ait pu intervenir, est parvenu à décortiquer le moindre fait lié à l'assassinat pour parvenir à la conclusion fantaisiste que le président avait été tué par une conspiration de Cubains, d'homosexuels de La Nouvelle-Orléans, de fanatiques d'extrême droite, de dirigeants de la CIA, de fabricants de missiles, tous associés au vice-président des États-Unis. Le meurtre aurait ensuite été couvert pendant trente ans avec la complicité d'innombrables membres du Congrès et le président de la Cour suprême des États-Unis... C'était là une thèse fascinante qui, tout comme l'exposé de maître Sharpe, se fondait sur une série de preuves indirectes. » Paget ralentit son débit. « Des preuves indirectes, répéta-t-il. Des éléments qui deviennent dangereux lorsqu'on les laisse mijoter trop longtemps dans l'imagination fiévreuse d'un procureur. »

Paget fixa Sharpe du regard jusqu'à ce que le visage de la jeune femme se crispe de colère.

« Le cinéma, poursuivit-il alors, est un lieu propice aux mises en scène et aux élucubrations les plus fantasques. Pas un tribunal. »

Il se tourna vers Masters.

« Tout comme un tribunal n'est pas le lieu adéquat pour présenter le tissu de spéculations avancées par maître Sharpe. Je ne testerai pas la patience de la cour avec ma version des faits. Je ne fournirai pas non plus à tous ceux qui nous regardent un avant-goût des preuves que nous apporterons lors des débats à huis clos. Je me contenterai de proposer un rappel des faits et de formuler à la cour une requête simple.

« Le rappel des faits, c'est que Mark Ransom a abusé de Mary Carelli. C'est pourquoi elle l'a tué, et c'est ce que nous démontrerons. Ma requête, c'est que la cour recense le nombre de fois où la version de maître Sharpe ne résiste pas à un contre-examen.

« Ensuite, conclut-il, je demanderai à la cour de considérer simplement quelle crédibilité se trouve réellement en cause dans cette affaire.

« Je vous remercie, Votre Honneur. »

Un silence s'installa. Masters paraissait surprise de la brièveté de l'exposé. En retournant à son siège, Paget se rendit compte qu'il ressentait non pas le soulagement escompté, mais une sorte de découragement.

Il avait choisi l'approche minimaliste, celle qui se contentait de souligner l'imperfection de la version du procureur sans en offrir d'autre et en promettant de s'en tenir aux faits à mesure qu'ils seraient abordés. Vue d'un œil charitable, cette option pouvait être interprétée comme le signe d'une intégrité blessée. Quoi qu'il en soit, c'était la seule façon dont il pouvait présenter les choses à Caroline Masters sans arrière-pensées. Car, pour Paget, Mary n'avait pas de version des faits crédible.

Charles Monk arriva à la barre des témoins, la démarche guindée, se retournant pour voir le public. Son visage était dénué d'expression. Mary lui trouva le regard imperturbable d'une tortue qui aurait sorti la tête de sa carapace, mais n'aurait rien aperçu d'intéressant. D'après les renseignements de Johnny Moore, Monk avait déjà témoigné dans trente-sept procès pour homicide. Trente-six d'entre eux s'étaient soldés par une condamnation. Près de lui, sur une table, était posée la cassette de l'interrogatoire de Mary, de laquelle on avait effacé les noms de Laura Chase et de James Colt.

Rapidement, Sharpe établit que la bande magnétique était bien telle que Monk l'avait décrite, qu'elle était restée sous la surveillance de la police et que Mary avait bien été informée de ses droits, bref, qu'elle était recevable. Lorsque Monk mit le magnétophone en marche, Mary se sentit perdue.

Elle le savait, Sharpe avait deux buts : tout d'abord, prouver que Mary avait bien tué Mark Ransom — il n'y avait en effet aucun témoin visuel — et démontrer qu'elle avait tenté de mentir à Charles Monk. Pas à pas, Sharpe commençait à réaliser ces deux objectifs.

Écoutant sa propre voix, Mary comprenait à présent à quel point elle avait été sotte. Implacablement, ses paroles venaient confirmer la thèse de Sharpe. Elle avait acheté son arme *après* l'appel téléphonique de Ransom. Elle n'avait parlé à personne de son voyage à San Francisco. Elle avait affirmé que Ransom l'avait agressée alors qu'il était déjà en érection. Elle pensait avoir griffé son postérieur, les griffures sur son propre corps étant, quant à elles, l'œuvre de Ransom. Elle avait tiré d'une très faible distance, alors qu'il la tenait par les poignets. En entrant, elle avait remarqué que les stores étaient déjà baissés. Elle avait appelé le 911 dès que possible. Sa propre voix lui parvenait tantôt froide, tantôt lasse et confuse, et même, à une ou deux reprises, mécontente. Mais, à aucun moment, elle ne semblait perdre sa lucidité. Sa façon de parler n'était pas celle d'une femme en état de choc. Mary n'osait pas regarder Carlo.

La salle d'audience se tenait silencieuse.

Lorsque la bande s'arrêta, Mary sentit des dizaines de visages tournés vers elle. Le juge Masters la fixait elle aussi d'un œil soucieux.

La pensée de Mary fut que l'on n'avait pas passé l'enregistrement de son appel au 911.

Mais, déjà, Sharpe et Monk étaient passés à la suite. Les procédures suivies sur le lieu du crime, la présence des empreintes de Mary en plusieurs points du salon, comme si elle s'était déplacée librement à travers la pièce.

« En bref, interrogea Sharpe sur un ton impitoyable, les empreintes de Mme Carelli semblaient disséminées à travers toute la pièce, sur différents meubles, n'est-ce pas ?

— C'est exact.

— L'un de ces meubles était-il renversé, abîmé, ou visiblement déplacé ?

— Non.

— La bouteille de champagne était-elle tombée ?

— Non.

— Ou un verre ?

— Non.

— Ou le magnétophone ?

— Non. »

Sharpe mit les mains sur les hanches.

« Pour poser la question autrement, y avait-il, dans la pièce, un quelconque détail qui eût pu suggérer une lutte entre Mme Carelli et Mark Ransom ? »

Un moment, Mary se sentit déconcertée. Elle ne s'était pas rendu compte de l'effet que pourrait produire l'absence de preuves.

« Non, répondit calmement Monk.

— Ou y avait-il quoi que ce fût qui puisse suggérer qu'avant le coup de feu, il y ait eu autre chose qu'une simple conversation entre Mme Carelli et Mark Ransom ?

— Objection ! » Paget s'était levé. « Il s'agit de spéculations. La question n'est pas fondée.

— Objection rejetée.

— Non. » La voix profonde de Monk résonna. « Il n'y avait rien de tel. »

Paget considéra Monk d'un air perplexe.

« Avant d'interroger Mme Carelli, demanda-t-il, l'avez-vous envoyée à l'hôpital ? »

Pendant une fraction de seconde, Monk parut hésiter. Cette première question l'avait surpris. Il répondit néanmoins très calmement :

« Non.

— Si j'ai bien compris votre déposition, vous n'avez constaté aucune trace de lutte. C'est bien cela ? »

Monk marqua un nouveau temps d'arrêt.

« Pas dans la pièce elle-même, dit-il. Non. »

Paget se tourna pour jeter un coup d'œil à Johnny Moore, qui se tenait à présent sur le côté. En moins d'une minute, Moore vint placer un chevalet au centre de la salle d'audience et y installa une immense photographie de Mary Carelli. Un murmure parcourut le public. Le gonflement de la joue, causé par l'hématome sombre, donnait à Mary une expression hagarde. Le juge Masters considéra successivement le portrait, puis Mary. Entre cette femme très digne et cette image de victime, le contraste était saisissant.

« Reconnaissez-vous cette photographie ?

— Oui. Elle a été faite par la police, sur les lieux du crime. Elle a été agrandie, bien entendu.

— Est-ce ainsi que Mme Carelli vous est apparue la première fois que vous l'avez vue ?

— Oui.

— C'est un hématome, là, sur sa joue, n'est-ce pas ?

— Oui.

— Et son œil était enflé ?

— Oui. »

Paget prit un air étonné.

« Pourtant, d'après votre témoignage, il n'y avait aucun signe de lutte...

— Dans la pièce elle-même, répliqua Monk. C'est ce que j'ai dit. »

S'interrompant un instant, Paget lui lança un regard incrédule. « Dans la pièce elle-même..., répéta-t-il. Dites-moi, si la table basse avait été rayée, Mme Carelli se trouverait-elle devant ce tribunal aujourd'hui ? Ou l'auriez-vous poursuivie aussi pour vandalisme ?

— Objection ! coupa Sharpe. Cette question ne vise qu'à harceler le témoin.

— Objection retenue. » Masters se tourna vers Paget. « Ne cherchez même pas à vous justifier, maître. Et n'insultez plus ce témoin et cette cour en recommençant.

— Pardonnez-moi, Votre Honneur. Je vais essayer de faire ma démonstration de manière moins polémique. » Paget s'adressa à nouveau à Monk. « Pouvez-vous, s'il vous plaît, observer cette photographie, inspecteur ? Diriez-vous que le visage de Mme Carelli présente des signes de lutte ?

— Avec un hématome comme celui-ci, la violence physique est une possibilité.

— D'après les résultats de votre enquête, envisagez-vous une quelconque autre possibilité ?

— Sur la base des éléments dont nous disposons, non.

— Et, de fait, Mme Carelli vous a dit que Mark Ransom l'avait frappée alors qu'elle cherchait à se défendre.

— Oui. Elle me l'a dit.

— Pourtant, vous ne l'avez pas envoyée à l'hôpital. »

Monk cligna les yeux. Le changement de sujet était intervenu si rapidement que son assurance en paraissait affectée.

« Non, répondit-il, elle a dit qu'elle ne voulait pas y aller. »

Considérant la photographie, Paget pencha la tête de côté.

« Pensez-vous que la femme photographiée ici était en état de juger par elle-même ?

— Sur le moment, j'ai estimé qu'elle l'était, oui.

— Êtes-vous médecin ? »

Monk parut ennuyé.

« Non.

— Étiez-vous sûr, par exemple, que Mme Carelli ne souffrait pas d'une commotion cérébrale ?

— Non. » Pour la première fois, Monk manifesta le besoin de s'expliquer. « Lorsque nous sommes arrivés, Mme Carelli était calme, elle parlait normalement et de façon sensée. L'hématome de son visage était loin de paraître si terrible que sur cet agrandissement. Si elle ne voulait pas se rendre à l'hôpital, nous n'avions, pour notre part, aucune intention de l'y contraindre.

— Mais vous n'aviez pas non plus l'intention de la laisser partir.

— Bien sûr que non. » Monk eut l'air mécontent. « Non seulement elle venait de tuer Mark Ransom, mais elle était la seule personne à savoir ce qui s'était passé dans la pièce.

— Ainsi, contraint de choisir entre interroger Mme Carelli et l'envoyer d'abord à l'hôpital, vous avez préféré l'interroger. Je ne me trompe pas ? »

Monk hésita.

« Non. C'est exact.

— Combien de temps s'est-il écoulé entre votre arrivée à l'hôtel Flood et le début de l'interrogatoire ? »

Monk leva les yeux vers le plafond.

« Environ trois heures.

— Et où l'interrogatoire s'est-il déroulé ?

— Au poste de police.

— Qu'avez-vous fait de Mme Carelli pendant l'intervalle de temps ? »

Monk hésita.

« Pendant quarante minutes environ, nous l'avons gardée là-bas. Surtout pour le médecin légiste.

— Pour effectuer des tests ?

— En partie, oui.

— Comme les prélèvements sous les ongles ?

— Oui.

— Et le réexamen des écorchures sur le corps ?

— Oui.

— Ainsi vous avez eu le temps de manipuler Mme Carelli pour votre enquête, mais vous n'aviez pas le temps de l'emmener à l'hôpital pour contrôler son état de santé ?

— Objection ! s'écria Sharpe en se levant. Il déforme les paroles du témoin ! L'inspecteur Monk a déjà expliqué que Mme Carelli ne voulait pas se rendre à l'hôpital.

— Objection retenue. Tenez-vous-en aux faits, maître Paget.

— Bien sûr, Votre Honneur. » Paget s'adressa à nouveau à Monk. « Ainsi, Mme Carelli a attendu environ deux heures avant que vous ne l'interrogiez ?

— Oui.

— Et elle a passé ces deux heures dans le bureau des Homicides ?

— Oui.

— Seule ?

— Oui... Nous avons voulu respecter ses droits, maître. Je suis sûr que vous n'auriez pas apprécié si j'avais envoyé un autre inspecteur discuter avec elle dans l'intervalle ! »

Paget le regarda.

« Puisque nous parlons de sensibilité, inspecteur, avez-vous fait venir un psychologue ?

— Non.

— Ou un médecin ?
— Non.
— Lui avez-vous apporté quelque chose à manger ?
— Je ne sais pas... Je sais qu'elle a eu du café.
— Avec du lait et du sucre, j'espère ? » Paget leva les yeux vers Caroline Masters, puis ajouta : « Excusez-moi, Votre Honneur. »
Terri vit un léger sourire amusé effleurer les lèvres de Masters. « Le respect, maître, consiste à ne jamais avoir à s'excuser. Continuez.
— Merci. À ce moment, inspecteur, saviez-vous combien de temps Mme Carelli était restée sans dormir ?
— Non.
— Ou sans manger ?
— Non.
— Vous ne le lui avez pas demandé ? »
Monk hésita. « Pas directement, non.
— Saviez-vous qu'elle avait été frappée ?
— Elle l'avait dit, si c'est ce que vous voulez savoir.
— J'apprécie votre précision, inspecteur. Laissez-moi tourner ma question autrement. » Paget marqua un temps d'arrêt, montrant du doigt la photographie. « Vous aviez vu cet hématome, n'est-ce pas ?
— Oui.
— Et Mme Carelli vous avait déjà dit que Mark Ransom avait cherché à la violer ?
— Oui.
— Et vous saviez qu'elle l'avait tué ?
— Oui.
— D'après ce que vous avez vu dans la pièce, vous saviez également que Mark Ransom et elle avaient bu du champagne...
— Oui. »
Paget promena son regard de Mary au juge Masters, puis revint sur Monk. « Donc, au moment où vous l'avez interrogée, vous saviez que depuis au moins huit heures, Mme Carelli n'avait rien avalé d'autre que du champagne et du café.
— Je suppose, oui.
— Et au cours de ces huit heures, vous aviez des raisons de croire que Mme Carelli avait été frappée, agressée sexuellement et amenée à tuer quelqu'un.
— Elle *voulait* répondre !
— Ne l'auriez-vous pas souhaité vous aussi, inspecteur, à sa place ? Ne pensez-vous pas que tout individu normal qui vient d'abattre un homme pour se défendre a au moins envie d'en parler ?

— Objection ! Cette question est polémique !

— Objection retenue, répondit Masters, dont le visage et la voix indiquaient néanmoins que Paget avait marqué un point.

— Connaissez-vous la définition médicale de l'état de choc, inspecteur ?

— Non. » À présent, Monk se sentait visiblement mal à l'aise. « Mais j'ai une expérience de terrain, une expérience que j'ai acquise au cours de mes trente années de carrière. Et, d'après mon expérience, Mme Carelli ne présentait pas les signes qui révèlent habituellement un état de choc.

— Il nous faudra donc vous croire sur parole, puisqu'il n'y avait pas de médecin présent. Mais n'éprouvez-vous pas une certaine gêne à tenter de coincer Mme Carelli sur quelques incohérences d'un récit qu'elle a fait après huit heures de traumatisme, comme vous venez vous-même de le reconnaître, sans même lui proposer un Big Mac et des frites ?

— Objection ! s'écria Sharpe. Nous sommes dans une cour de justice, pas dans un débat d'idées. Les questions rhétoriques n'ont pas leur place ici !

— Maître Paget, dit Masters, respectez les règles, s'il vous plaît. Et n'insultez pas la cour en ne lui accordant pas au moins un modeste crédit d'intelligence. J'ai saisi le message : vous auriez pu vous passer des dernières cinq questions ! »

Paget sourit.

« Alors, je serais heureux d'aller me rasseoir ! »

Sharpe se leva.

« Seulement quelques questions rapides », indiqua-t-elle.

Masters hocha la tête.

« Allez-y ! »

Sharpe se tourna vers Monk.

« Qui a mis fin à l'interrogatoire ?

— Mme Carelli. »

C'était une bonne première question, se dit Terri. Impuissant à attaquer le contenu de l'enregistrement, Paget avait cherché à le disqualifier en démontrant que Mary n'était pas en état de parler. À présent, Sharpe allait chercher à prouver que, bien au contraire, Mary se trouvait en pleine possession de ses moyens.

« Ainsi, poursuivit Sharpe, Mme Carelli s'est sentie libre de décider qu'elle ne répondrait plus à aucune question.

— Tout à fait.

— Lorsqu'elle a refusé de poursuivre l'interrogatoire, Mme Carelli semblait-elle désorientée ?

— Objection, intervint Paget. Nous avons déjà établi que le témoin n'avait aucune compétence médicale.

— Je ne sollicite pas un avis médical, rétorqua Sharpe. Je pose le genre de question à laquelle n'importe quel individu est habilité à répondre : Mme Carelli paraissait-elle désorientée ?

— Objection rejetée, déclara Masters. Le témoin peut répondre.

— Non. Je me souviens même avoir pensé que Mme Carelli avait une assurance et une aisance peu communes... et même surprenantes pour une femme qui venait d'abattre quelqu'un. » Monk s'interrompit, puis ajouta : « Ce qui m'a frappé, c'est justement le fait qu'elle ait arrêté elle-même le magnétophone. »

Paget gardait un visage impassible, mais Terri savait à quel point ces interrogations le tourmentaient. Car la femme que décrivait Monk correspondait davantage à la voix froide de l'enregistrement qu'au visage dévasté de la photographie.

Sharpe se rapprocha de Monk.

« Mme Carelli vous a-t-elle, à un moment quelconque, réclamé quelque chose à manger ?

— Non. Comme l'indique l'enregistrement, elle m'a demandé de l'eau.

— A-t-elle réclamé un médecin ?

— Non.

— A-t-elle exprimé le besoin de se reposer ?

— Non. »

Sharpe hocha la tête.

« Après l'arrêt du magnétophone, a-t-elle exprimé un souhait quelconque ?

— Oui. » Le regard de Monk s'immobilisa sur Mary, puis passa à Paget. « Oui, répéta-t-il. Elle a réclamé un avocat. »

« Ceci, déclarait Marnie Sharpe à la télévision, est un meurtre pur et simple. »

Installés dans la bibliothèque pour peaufiner la préparation de l'interrogatoire d'Elizabeth Shelton, Terri et Paget avaient interrompu leur travail pour regarder le journal télévisé. Dehors, de nombreux journalistes attendaient, massés devant la maison. Lorsque Paget, Terri et Carlo étaient arrivés en voiture, ils leur avaient crié des questions sur le procès, mais aussi sur la filiation de Carlo.

Paget leva les yeux vers l'écran.

« Sharpe s'est bien débrouillée aujourd'hui », remarqua-t-il d'un ton neutre.

Terri ne répondit pas tout de suite. Elle avait conscience de la sensation de solitude qui devait peser sur lui. Jusque-là, tous deux s'étaient concentrés sur le travail, évitant d'aborder les sujets personnels. Terri se demandait à présent comment l'aider autrement qu'en jouant son rôle de juriste.

« Toi aussi, tu t'es bien débrouillé », fit-elle.

Il haussa les épaules.

« C'est gentil, mais je n'ai fait que chipoter sur des détails. Cela ne suffit pas, loin de là. »

Il semblait déjà las et ce n'était que le premier jour.

« La tournure que prendra l'affaire dépend en grande partie de Mary, fit-elle remarquer. Tu ne pouvais pas obtenir le non-lieu sur le seul contre-interrogatoire de Monk. »

« Commençons par les seuls points sur lesquels Mme Carelli semble avoir dit la vérité », poursuivait la voix de Sharpe, en bruit de fond. Terri considéra l'écran un moment, puis murmura :

« Je me demande bien où est la vérité...

— Moi, fit Paget au bout d'un moment, j'essaie de ne jamais me poser cette question.

— Parce que tu ne veux pas savoir ?

— En partie... » Il se tourna vers elle. « C'est un peu comme une superstition... J'ai l'impression qu'il y a quelque chose que je ne dois pas savoir. »

Un silence s'installa entre eux. On n'entendait plus que la voix de Sharpe.

« ... le docteur Shelton pense qu'au moment où M. Ransom a reçu ces griffures, il était loin de se battre... Pour la bonne raison qu'il était déjà décédé depuis plus d'une demi-heure ! »

Paget regardait pensivement l'écran.

« Si je n'arrive pas à la contrer sur ce point-là, fit-il, Mary a peu de chances de s'en sortir... »

Songeuse, Terri réécouta la déposition de Monk. Elle l'imagina repérant les empreintes digitales de Mary, dont il avait ainsi pu suivre les déplacements à travers la pièce, dont elle avait sans doute effleuré du doigt lampes, tables ou tiroirs. Qu'avait-elle fait ? Et, pendant ce temps, Ransom vivait-il encore ou gisait-il déjà sur le sol, mort ?

« Penses-tu qu'elle mente encore ? » demanda Terri.

Paget la considéra gravement.

« Oui, dit-il à contrecœur. Au moins en partie. Le problème, c'est que je ne sais pas sur *quelle* partie. Et je n'ai pas envie de le savoir, d'ailleurs.

— Excuse-moi, répliqua doucement Terri, mais moi, j'aimerais bien savoir.

— Alors, fais-moi une faveur, Terri. Ne me dis rien. » Il hésita, puis ajouta à mi-voix : « Je pense qu'il est déjà suffisant de connaître la vérité sur notre propre vie. »

Terri garda un long moment le silence.

« Je continue à me demander, dit-elle enfin, ce qu'est devenue la seconde cassette. Et celle de Lindsay Caldwell. »

Paget jeta un coup d'œil vers les escaliers, comme s'il craignait que Carlo n'entendît la conversation.

« Je n'en sais rien, répondit-il. Mais, à mon avis, elle n'a pas été simplement égarée... »

Terri l'examina.

« Mary ? questionna-t-elle.

— Je crois, oui. Mais je ne vois pas bien ce qu'elle a pu en faire. Et je ne tiens pas à ce qu'on la trouve. »

À l'écran, l'exposé des motifs de Sharpe était terminé. Le visage de Carlo apparut. Paget sursauta.

« Christopher Paget est mon père, disait-il en fixant la caméra, et Mary Carelli ma mère. Et tout ce que je tiens à dire, c'est que je suis très fier de l'un et de l'autre.

— Mon Dieu, fit Paget en secouant la tête. C'est précisément le genre de situation que j'ai toujours voulu éviter... »

Le visage du journaliste vint remplacer celui de Carlo.

« Le seul commentaire de maître Paget ou de Mme Carelli est un communiqué de presse émanant du bureau de maître Paget portant simplement les mots : ''Carlo Carelli Paget est notre fils. Et tout ce que nous tenons à dire, c'est que nous sommes très fiers de lui.'' »

« Le téléphone n'arrêtait pas de sonner, expliqua Paget à Terri. Avec Mary, nous avons décidé que nous ne répondrions à aucune question ni au sujet de Carlo, ni avec Carlo. C'est la première fois que nous tombons d'accord sur quelque chose depuis des années ! »

Terri réfléchit.

« Je crois qu'elle l'aime beaucoup, à sa façon...

— Sais-tu quelle a été ma réaction le jour où elle m'a annoncé qu'elle était enceinte ? Je lui ai demandé de qui était l'enfant ! »

Terri le regarda.

« C'était il y a longtemps, Chris. Ce que tu as pu dire alors ne compte plus aujourd'hui. »

Après un silence, Paget se tourna à nouveau vers elle.

« Je suis vraiment désolé de te priver d'Elena.

— C'est vrai qu'elle me manque. Mais tout cela sera fini avant que mon absence ait eu le temps de lui peser... C'est surtout Carlo qui me préoccupe. »

Paget l'examina comme pour lui poser une question, mais il dit simplement :

« Je redoute cette audience, Terri. Pour Mary, pour moi, mais surtout pour lui. Je crois que j'ai pris trop de risques. »

Chapitre deux

En voyant Elizabeth Shelton arriver à la barre des témoins, Paget se souvint qu'il l'avait trouvée d'emblée sympathique. Sans doute cela tenait-il à son regard clair et pétillant. Au premier coup d'œil, on voyait que cette femme était équilibrée : aucune angoisse mystérieuse, aucune ambition cachée ne semblait faire obstacle à son honnêteté intellectuelle. Et puis, de toute évidence, Elizabeth Shelton tenait à prendre la vie du bon côté : sachant qu'elle n'aurait pas à comparaître face à un jury, elle s'était vêtue d'un costume d'homme agrémenté d'une écharpe orange vif pour témoigner, une tenue dans laquelle elle se sentait visiblement à l'aise. Paget regretta de ne pas l'avoir rencontrée dans un autre contexte et de se trouver dans une position qui le contraignait à la discréditer.

Pour le moment, toutefois, il ne pouvait que la regarder, impuissant, aider Marnie Sharpe à construire pierre à pierre une argumentation destinée à conduire Mary tout droit aux assises.

« Docteur Shelton, interrogeait Sharpe, avez-vous examiné les indices médicaux dans la perspective de corroborer la version initiale de Mme Carelli ?

— Oui.

— Et avez-vous trouvé des indices propres à corroborer cette version ?

— En dehors de l'hématome sur la joue, non.

— Non ! » répéta Sharpe avec emphase.

Shelton secoua la tête à contrecœur. Elle semblait n'avoir guère de goût pour la grandiloquence.

« Dans quelques instants, poursuivit Sharpe, je vous demanderai de nous expliquer tout cela en détail. Toutefois, les questions que maître Paget a posées à l'inspecteur Monk m'ont suggéré autre chose... Docteur Shelton, lorsque vous avez pratiqué les divers tests, Mme Carelli se trouvait dans la pièce, n'est-ce pas ? »

Shelton hocha la tête.

« Oui, pendant un certain temps. Lorsque je suis arrivée dans la suite de M. Ransom, mon travail consistait en partie à examiner Mme Carelli pour déceler sur elle des signes de violence ou d'autres indices concrets.

— Quelle heure était-il ?

— Environ 13 h 50. C'était peu de temps après l'appel de Mme Carelli au 911.

— Avez-vous discuté avec Mme Carelli ?

— Oui.

— Pourriez-vous nous rapporter votre conversation ? »

Shelton réfléchit tout en regardant Mary d'un air grave.

« Entre autres, je lui ai demandé si M. Ransom l'avait pénétrée et si elle souhaitait voir un médecin.

— Et qu'a-t-elle répondu ?

— Non. Aux deux questions.

— Pourriez-vous nous décrire son attitude ? »

Shelton sembla réfléchir à nouveau.

« Je dirais qu'elle paraissait profondément bouleversée... Même encore un peu effrayée. Mais elle avait repris ses esprits.

— À votre avis, était-elle en état de choc ?

— Non. » Shelton regarda à nouveau Mary. « Nous avons eu une conversation normale. Elle semblait très justement préoccupée par sa situation.

— A-t-elle évoqué la situation de Mark Ransom ? »

Shelton hésita.

« La seule fois où elle a mentionné M. Ransom, c'était pour parler des marques qu'elle avait sur le corps : les griffures, l'hématome. Mme Carelli affirmait qu'il en était l'auteur.

— Et vous, pensez-vous qu'il en soit l'auteur ?

— Non. À l'exception de l'hématome sur son visage, les indices médicaux dont nous disposons ne corroborent pas la version des événements donnée par Mme Carelli. »

Sharpe hocha la tête avec satisfaction.

« Pourriez-vous nous expliquer sur quoi vous fondez votre conclusion ?

— Certainement. » Tandis que Shelton se tournait à demi vers Caroline Masters, Sharpe se rapprocha de la barre des témoins. On eût dit que les trois femmes tenaient seules une conversation entre experts. Cette intimité féminine mit Paget mal à l'aise.

« Commençons, déclara le docteur Shelton, par ce que j'appellerais le récit de base de Mme Carelli, c'est-à-dire l'explication qu'elle a donnée et qui, si j'ai bien compris, est restée la même depuis le départ. »

C'était là, de l'avis de Paget, une habile entrée en matière, évidemment préparée avec soin. Elle suggérait d'emblée que Mary mentait. D'ailleurs, à la façon dont celle-ci observait Shelton, les yeux plissés, on devinait qu'elle éprouvait le sentiment d'avoir été trahie. Carlo, lui, était très pâle.

« Elle est parfaite ! » souffla Terri à Paget.

« Ce récit de base, poursuivit Shelton, est relativement simple . M. Ransom a agressé Mme Carelli. Ce faisant, il l'a giflée et l'a griffée à la cuisse et au cou. Au cours de cette même bagarre, elle a sorti un Walther 380 de son sac et, pendant que M. Ransom tentait de s'en emparer, le coup de feu est parti et a atteint M. Ransom à la poitrine, à une distance de cinq à dix centimètres. »

Shelton se tut et parcourut brièvement l'auditoire, comme pour s'assurer qu'elle avait toute l'attention du public. On l'écoutait, Paget le savait. Toute la salle était silencieuse.

« Quant à M. Ransom lui-même, reprit-elle, il a été retrouvé allongé sur le ventre, le pantalon baissé jusqu'aux genoux. D'après Mme Carelli, c'était là la conséquence de sa tentative de viol, au cours de laquelle il avait eu et conservé une érection. » Se retournant pour faire face au juge Masters, elle ajouta d'une voix douce, mais claire : « Il y avait également des griffures sur le postérieur de M. Ransom. Toujours selon Mme Carelli, elle les lui avait faites au moment où elle tentait de se dégager. Partant de cette version des faits, j'ai effectué moi-même certains tests et j'en ai employé d'autres en collaboration avec le laboratoire de criminologie. »

Sharpe intervint, s'adressant à Paget.

« Maître Paget, êtes-vous d'accord pour considérer que le docteur Shelton est habilitée à nous rendre compte du travail réalisé par le laboratoire, ou souhaitez-vous la présence d'un deuxième expert ? »

Paget hésita. À vrai dire, un autre expert ne pouvait qu'aggraver la situation. Shelton, au moins, offrait la garantie de l'honnêteté.

« Je suis d'accord », répondit-il.

Fait inhabituel, le juge Masters se tenait silencieuse depuis un long moment. Elle affichait une expression neutre et semblait plongée dans ses pensées.

« Docteur Shelton, pourriez-vous nous décrire chacun de ces tests ?

— Certainement. Tout d'abord, il y a les griffures sur le cou et les cuisses de Mme Carelli. Mme Carelli affirme que M. Ransom les lui a faites. Nous avons donc examiné les ongles de M. Ransom pour y rechercher des traces de peau.

— En avez-vous trouvé ?

— Non. »

Le ton de Sharpe se fit insistant.

« Si M. Ransom avait vraiment griffé Mme Carelli, pensez-vous que vous auriez découvert des traces de peau sous ses ongles ?

— Le test n'est pas sûr à 100 %, mais, en règle générale, il est fiable.

— Avez-vous également effectué ce test sur Mme Carelli ?

— Oui.

— Et là, le test a-t-il été concluant ?

— Oui. » Shelton parlait d'une voix calme, à l'intention de Caroline Masters. « Il y avait des fragments de peau sous les ongles de Mme Carelli. »

Se penchant en avant, Masters prit la parole pour la première fois depuis le début de la séance.

« Avez-vous pu déterminer à qui appartenaient ces fragments de peau ?

— Non. Il y en a rarement une quantité suffisante pour y parvenir.

— Merci. Continuez, maître Sharpe. »

Sharpe considéra Shelton avec un léger sourire énigmatique.

« Avez-vous trouvé autre chose sous les ongles de Mme Carelli ?

— Oui.

— Quoi ?

— Des fibres de nylon microscopiques. »

Paget tressaillit. Sharpe ne lui avait jamais confié cela. Il comprenait à présent son petit sourire, qui anticipait la surprise de son adversaire.

« À votre avis, poursuivit-elle, d'où viennent ces fibres ? »

Shelton se tourna vers Mary.

« On ne peut pas en avoir la certitude, mais elles sont semblables à celles du collant que portait Mme Carelli.

— Et y avait-il de telles traces de nylon sous les ongles de M. Ransom ?

— Non. Aucune. »

Derrière lui, Paget sentit un frémissement parcourir le public. Les journalistes avaient pris conscience du coup porté par Shelton à Mary et leur curiosité s'en trouvait aiguisée.

« D'après Mme Carelli, reprit Sharpe, M. Ransom était déjà sexuellement excité au moment de la prétendue lutte. Est-ce exact ?

— Oui.

— Avez-vous tenté de démontrer ce fait ?

— Oui. » Shelton se tourna vers Masters. « Avant un orgasme, expliqua-t-elle, et même souvent au cours d'une excitation sexuelle, un pénis en érection émet une faible quantité de sperme, parfois suffisante pour provoquer une grossesse sans éjaculation. Pour savoir si cela s'est produit, nous avons effectué quelques prélèvements sur le pénis.

— Et à quelle conclusion êtes-vous parvenus ?

— Il n'y avait aucune trace de liquide séminal. Nous n'avons mis en évidence aucune sécrétion.

— Avez-vous trouvé un signe quelconque tendant à prouver que M. Ransom ait été en érection ?

— Non. Aucun. »

Sharpe se redressa, recula de quelques pas. Elle allait changer de sujet.

« Passons au coup de feu qui fut fatal à M. Ransom. À l'origine, Mme Carelli a déclaré à l'inspecteur Monk que M. Ransom et elle se sont battus avec l'arme et qu'un coup de feu est parti alors que l'arme se trouvait à environ cinq centimètres de la poitrine de M. Ransom. Le laboratoire a-t-il été en mesure de se forger une opinion à ce sujet ?

— Oui. Les indices dont nous disposons ne confirment pas cette version.

— Dans quelle mesure ?

— Le coup de feu n'a pas été tiré d'une distance de cinq centimètres. D'après nos spécialistes, la distance ne pouvait en aucun cas être inférieure à *cinquante* centimètres. Un coup de feu tiré de très près aurait laissé des résidus de poudre à l'endroit de l'impact.

— Pourriez-vous nous dire ce que démontraient les traces de poudre trouvées autour de la blessure de M. Ransom ?

— Oui. L'arme était un Walther 380 et la balle une Winchester Silver Tip... De la très haute technologie en l'occurrence. À cinq ou dix centimètres, cette arme associée à cette balle auraient laissé un cercle de poudre gris foncé sur la poitrine de M. Ransom, un cercle de plusieurs centimètres de diamètre. Là, il n'y avait aucun résidu de poudre. Aucun.

— Et qu'en concluez-vous ?

— Que la plus faible distance à laquelle cette arme aurait pu faire feu sans laisser de résidu de poudre est d'au moins cinquante centimètres, et même plutôt quatre-vingts. » Shelton se tourna vers Mary. « Nous en concluons donc que Mme Carelli n'a pas tiré sur M. Ransom d'une distance de cinq à dix centimètres, mais de plus de cinquante centimètres. »

Le regard de Mary croisa celui de Shelton. Entre les deux femmes, Sharpe hocha lentement la tête, comme absorbée par la gravité de ce qu'elle venait d'entendre. Puis elle demanda :

« Et le récit de Mme Carelli concernant la lutte pour s'approprier l'arme ? »

Shelton ne quitta pas Mary des yeux.

« Nous n'en avons décelé aucun signe. Pas d'empreintes digitales, pas de marques de poudre sur les mains de M. Ransom... Ce que, bien entendu, nous aurions trouvé s'il y avait eu lutte. »

Le public était parfaitement silencieux. Paget savait pourquoi : l'effet produit par le témoignage irréprochable de Shelton ne laissait à Mary aucun espoir de salut.

« Sur la cassette, demanda Sharpe, Mme Carelli a affirmé avoir appelé le 911 dès que possible. Combien de temps s'est-il écoulé entre cet appel et votre arrivée à l'hôtel Flood ?

— Très peu. Quinze minutes, peut-être.

— Et à votre avis, depuis combien de temps M. Ransom était-il mort au moment où vous êtes arrivée ?

— Il est difficile d'être précis. Mais un petit bout de temps tout de même. Un peu moins d'une heure.

— Sur quels critères déterminez-vous cela ?

— Le sang avait commencé à descendre dans la cavité abdominale. Quand le cœur cesse de pomper, le sang afflue vers le point le plus bas du corps, et il y reste. C'est une simple question de gravité. Mais cela ne se produit pas tout de suite... À mon avis, la pâleur de la peau de M. Ransom indiquait que le processus avait débuté depuis longtemps.

— Et qu'en concluez-vous ?

— Que M. Ransom était mort depuis au moins une demi-heure quand Mme Carelli a composé le 911. Davantage, peut-être.

— Savez-vous ce qu'a fait Mme Carelli entre le moment où elle a tué M. Ransom et celui où elle a composé le 911 ? »

Shelton avait toujours le visage tourné vers Mary. Doucement, elle répondit :

« Il ne pourrait s'agir que d'hypothèses.

— Bien sûr... Ce qui nous amène aux griffures sur le postérieur de M. Ransom. Avez-vous un avis médical à ce sujet ? »

Shelton jeta un coup d'œil en direction du juge, puis détourna son regard.

« Oui, répondit-elle lentement. Je me suis forgé une opinion. Après y avoir beaucoup réfléchi.

— Et quelle est cette opinion ?

— Les griffures ont été infligées *après* la mort de M. Ransom. »

Une rumeur s'éleva à nouveau de la foule, sans cesse entretenue par de nouvelles voix, de nouvelles interrogations. Le marteau du juge s'abattit d'un coup sec. « Vous êtes dans un tribunal, lança Masters, pas devant un spectacle interactif ! Si certains d'entre vous sont incapables de le comprendre, qu'ils suivent les débats à la télévision ! » Elle se tourna vers Sharpe, fronçant les sourcils comme si l'accusation était responsable de cette agitation. « Continuez ! »

Sharpe hocha la tête.

« Sur quoi fondez-vous votre opinion ? » demanda-t-elle à Shelton.

Celle-ci se tourna encore vers Mary. Cette fois, son regard était réticent.

« Sur les griffures elles-mêmes. Contrairement à une griffure normale, il n'y avait pas de capillaires inflammés, ni aucune trace de saignement. » Shelton marqua un temps d'arrêt, sembla soupirer. « J'en conclus que le sang avait déjà quitté le fessier de M. Ransom. Car son cœur avait cessé de battre. »

Le silence s'était à nouveau installé. Pour la première fois, Caroline Masters ne regardait plus Elizabeth Shelton, mais Mary Carelli. Celle-ci avait fermé les yeux.

« Revenons en arrière, reprit Sharpe, et considérons à nouveau les éléments d'ordre médical dont nous disposons. En suivant les indices eux-mêmes, et non la version de Mme Carelli. »

Paget se leva.

« Y a-t-il une question là-dessous, interrogea-t-il, ou maître Sharpe est-elle sur le point de nous annoncer sa candidature pour une promotion ? »

Masters le dévisagea.

« Y a-t-il une *objection* là-dessous ?

— Oui, Votre Honneur, dans la forme de sa question. Je ne vois pas *où* est la question. » Il fit un pas en avant. « J'ai laissé maître Sharpe s'exprimer pendant plus d'une heure sans émettre la moindre objection. Mais lorsqu'elle commence à se prendre pour Charles Laughton dans *Témoin à charge*, il est temps que quelqu'un lui rappelle que le témoin, ce n'est pas elle, et que les *discours* ne sont pas des *faits*.

— Si vous n'avez pas interrompu maître Sharpe, acquiesça Masters, c'est que ses questions n'étaient pas contestables. En revanche, les affirmations, elles, le sont. » Elle se tourna vers Sharpe : « Pas de préambules, maître.

— Très bien, Votre Honneur. » Sharpe fit à nouveau face

à Shelton. « D'après les indices médicaux, Mme Carelli a tué M. Ransom d'une distance de plusieurs dizaines de centimètres. Est-ce exact ?

— Oui.

— Si bien qu'à votre avis, il est également possible que le coup sur le visage de Mme Carelli n'ait pas été infligé au cours d'une lutte, mais d'une autre façon.

— Objection ! interjecta Paget. C'est une incitation à la spéculation.

— C'est juste, reconnut le juge Masters, mais je tiens à entendre les spéculations du Dr Shelton, tout en leur accordant, bien sûr, la valeur qu'elles méritent.

— Oui, répondit Shelton à Sharpe. C'est possible. À mon avis, l'hématome de Mme Carelli a été causé par une gifle. Mais rien ne nous indique comment cette gifle a été infligée, ni dans quelles circonstances... Ni même, évidemment, si c'est M. Ransom qui en est l'auteur.

— Et, à votre avis, rien ne montre que M. Ransom ait été, à un moment ou à un autre, sexuellement excité ?

— Objection, lança à nouveau Paget. Ces questions ont déjà été posées et on y a déjà répondu. Seulement cette fois, elles sont orientées. »

Masters hocha la tête. « Vous avez raison, maître. Mais je laisserai tout de même à maître Sharpe une certaine liberté d'action, afin de résumer les éléments.

— Non, dit Shelton à Sharpe. Il n'y a aucune preuve d'excitation sexuelle.

— Et, ajouta Sharpe, les ongles de M. Ransom ne comportent pas de traces tendant à prouver qu'il ait griffé Mme Carelli ?

— C'est exact.

— Car les seuls ongles sous lesquels on ait trouvé des traces de peau sont ceux de Mme Carelli ?

— C'est exact.

— Et c'est sous les ongles de Mme Carelli, et non sous ceux de M. Ransom, que vous avez découvert des fibres de nylon ?

— Oui.

— Qui sont les mêmes que celles du collant de Mme Carelli ?

— Oui. »

Sharpe se pencha en arrière.

« En vous fondant sur les indices médicaux, comment qualifieriez-vous le récit fait par Mme Carelli ?

— Je dirais que certaines parties de ce récit (en particulier la distance du coup de feu) sont incompatibles avec ces indices. Tout le reste, sauf la gifle, n'a pas pu être démontré.

— Alors, laissez-moi vous proposer une alternative à ce récit, une alternative basée sur les preuves médicales. » Elle marqua un temps d'arrêt, puis enchaîna sur un rythme qui alla crescendo : « Il est possible que Mme Carelli ait tué M. Ransom et n'ait pas appelé le 911 avant quarante minutes. Et que, au cours de ce laps de temps, elle lui ait baissé le pantalon, griffé le postérieur, qu'elle se soit griffé elle-même les cuisses et le cou. Elle aurait également déchiré son collant, tout en élaborant une défense basée sur la thèse du viol.

— Objection ! » Paget se leva, marcha à grands pas tandis qu'un murmure choqué parcourait la foule. « Cette question relève de cette même fantasmagorie que j'ai dénoncée dans l'exposé des motifs de maître Sharpe. Elle est hypothétique, pousse à la spéculation et, parce qu'elle déforme, détourne et ignore délibérément certains faits, elle n'a pas de fondement raisonnable. Formulé autrement, c'est un miroir aux alouettes que nous offre maître Sharpe. »

Le juge Masters eut un petit sourire. « Et je suppose qu'il ne vous plaît pas beaucoup... Ce que vous dites n'est pas faux, maître, techniquement parlant. Mais nous n'avons pas ici de jury à protéger. Quant à moi, je suis capable d'accorder à la réponse du docteur Shelton le poids qu'elle mérite. Et je pense qu'il peut être intéressant de l'entendre. »

Retournant à sa place, Paget aperçut Mary, le visage défait. Terri, quant à elle, fixait obstinément le sol. Derrière elle, Carlo semblait désespéré. Dans le silence glacial qui régnait, Paget trouva interminable le trajet jusqu'à son siège.

« À mon avis, reprit Elizabeth Shelton lorsqu'il se fut enfin assis, les indices médicaux que nous avons correspondent davantage à la thèse hypothétique avancée par maître Sharpe qu'à la version des faits de Mme Carelli. »

Sharpe hocha la tête. Avec une satisfaction évidente, elle dit à Caroline Masters :

« Ce sera tout, Votre Honneur. Du moins avec ce témoin.

— Très bien. La défense a-t-elle des questions à poser au témoin ?

— Oui, Votre Honneur. Et même un certain nombre. »

Le juge regarda sa montre. « Dans ce cas, nous ferons d'abord une pause-déjeuner. La séance reprendra à 13 h 30. »

Sans plus de cérémonie, Caroline Masters se leva et sortit. Paget resta un moment immobile dans le brouhaha de la salle d'audience, perdu dans ses pensées. Lorsqu'il se retourna, il vit Carlo et Mary face à face. Le garçon s'efforçait de sourire à sa mère, qui faisait de son mieux pour lui répondre. Leur ressemblance était si frappante que Paget en eut un pincement au cœur.

« Allez, viens ! lança-t-il à Terri. Nous avons du pain sur la planche. »

Paget se leva, fit quelques pas et vint s'arrêter devant Elizabeth Shelton. Il s'était placé du côté opposé à Caroline Masters, afin que le juge pût les englober tous deux d'un seul regard. Dans la salle, on entendait les mouches voler.

Il posa sa première question avec le plus grand calme :

« Vous ne savez pas ce qui s'est vraiment passé entre Mary Carelli et Mark Ransom, n'est-ce pas ? »

Shelton l'observa un moment.

« Non, répondit-elle. Je n'étais pas là. Je peux seulement dégager des conclusions à partir des indices médicaux dont je dispose.

— Vous ne pouvez donc pas affirmer s'il y a eu lutte ou non ?

— Non.

— Ni, en l'occurrence, si M. Ransom a tenté de violer Mme Carelli ?

— Non... La seule chose que je peux déterminer, c'est si les preuves tendent à confirmer les affirmations de Mme Carelli.

— Parmi les preuves que vous prenez en compte, se trouvent bien sûr l'hématome et l'œil enflé de Mme Carelli, n'est-ce pas ?

— Oui.

— Et au moment où vous l'avez examinée, vous avez établi que cet hématome avait été infligé par un coup violent. »

Shelton ne répondit pas tout de suite. Sur son visage ouvert, on lisait un étonnement qu'elle ne cherchait pas à dissimuler.

« Oui.

— Et l'accusation ne prétend pas que Mme Carelli soit arrivée dans cet état dans la suite de Mark Ransom, n'est-ce pas ?

— D'après ce que j'en sais, non.

— À votre avis, le coup qu'a reçu Mme Carelli a-t-il été infligé à paume ouverte ?

— Je pense que oui.

— Par une personne qui a utilisé sa main droite ?

— Oui.

— Ransom était-il droitier ?

— Je crois, oui.

— Avez-vous votre petite idée sur le fait que l'auteur du coup ait été droitier ou gaucher ? »

Shelton marqua un temps d'arrêt. C'était un moment délicat : elle pouvait choisir soit de l'aider, soit de lui faire du tort. Elle était en effet seule à savoir si elle avait ou non « sa petite idée », et si elle avait ou non envie de la partager. Paget sentait monter sa tension à chaque seconde de silence supplémentaire.

« Oui, fit-elle tranquillement.

— Et quelle est-elle ?

— Il y a nettement plus de chances que le coup infligé à Mme Carelli l'ait été par un droitier que par un gaucher.

— Qu'est-ce qui vous autorise à penser cela ?

— Deux raisons. De façon naturelle, un droitier utilisera sa main droite pour frapper. Un coup comme celui-ci est très violent, et cette violence implique nécessairement une certaine spontanéité. Ce qui accroît donc les probabilités que l'auteur du coup ait agi instinctivement. Or, le réflexe instinctif d'un droitier est évident.

— Vous avez évoqué une seconde raison... »

Shelton regarda brièvement Sharpe avant de répondre.

« C'est une raison plus marginale. Le coup a été assené avec une force considérable. Or, un droitier a plus de puissance dans son bras droit. »

Paget pencha la tête.

« Au fait, Mme Carelli est-elle droitière ou gauchère ?

— Je crois qu'elle est gauchère. »

Paget hocha la tête.

« Selon vous, Mary Carelli aurait-elle pu s'infliger ce genre d'hématome en se giflant elle-même ?

— C'est concevable, déclara Shelton après reflexion, les yeux tournés vers Mary. Mais non, ce n'est pas très réaliste. Je n'ai pas pensé une seconde que Mme Carelli ait pu se faire cela toute seule. »

Du haut de son estrade, Masters quitta Shelton des yeux pour considérer Mary.

« Combien de coups comme celui-ci faudrait-il pour provoquer des lésions plus graves ? interrogea-t-elle.

Shelton se tourna vers elle, pensive. Paget eut le sentiment que, comme Marnie Sharpe, Shelton était gênée par le fait que Mary pût exploiter l'alibi du viol pour couvrir un meurtre, mais que, contrairement à l'avocat général, elle se sentait troublée par des doutes qu'elle ne parvenait pas à formuler.

« C'est difficile à dire, répondit-elle au juge. Avec des coups répétés, les possibilités sont multiples : fracture du maxillaire, dents ou nez cassés et, bien entendu, commotion cérébrale... » Shelton regarda à nouveau Mary. « Si la victime perd conscience et tombe, d'autres lésions peuvent en résulter. Des lésions plus graves, peut-être.

— Quel effet un tel coup peut-il avoir sur les perceptions et la conscience de la victime ? » intervint Masters.

Avec un certain soulagement, Paget voyait le juge s'engager dans le débat. Caroline Masters n'avait rien perdu de ses habitudes d'avocate et sa question était bonne.

« Là encore, répondit Shelton, c'est difficile à dire.

— Est-il possible, entre autres, que la victime se trouve en état de choc et souffre d'une détérioration de la vision ?

— Médicalement, l'état de choc correspond à une série de signes très précis que je n'ai pas observés chez Mme Carelli. Mais une certaine désorientation est tout à fait possible.

— Dans ce cas, la perception que la victime a des événements et le souvenir qu'elle en garde pourraient être moins précis ?

— Ce serait possible, oui.

— Merci, docteur. » Le juge se tourna vers Paget. « Excusez-moi, maître. La cour avait besoin de satisfaire sa curiosité sur ces points.

— Tout comme nous », assura Paget. Il se rapprocha de la barre des témoins. « Pour approfondir les questions de la cour, vous avez remis en doute les souvenirs de Mme Carelli selon lesquels le coup de feu serait parti alors que l'arme se trouvait à environ cinq centimètres de la poitrine de M. Ransom. C'est bien cela ?

— Oui.

— Mais vous reconnaissez que le coup de feu a pu être tiré d'une distance de cinquante centimètres ? »

La voix de Shelton se fit glaciale.

« Ce serait vraiment la distance minimale, oui.

— Il est également vrai, n'est-ce pas, que vous n'êtes pas en mesure de déterminer l'angle du tir.

— Dans les circonstances présentes, non.

— Vous ne pouvez pas non plus nous dire si, au moment de l'impact, M. Ransom était en train de reculer ?

— Non.

— Ou s'il s'était penché en arrière, pour une raison ou pour une autre...

— Non.

— Ainsi, aucune preuve médicale n'écarte la possibilité qu'au cours de la lutte, l'arme ait été pointée en direction de M. Ransom et que celui-ci ait reculé pour s'en écarter au moment du coup de feu ? »

Shelton posa sur lui un regard tranquille.

« Je ne peux pas écarter cette possibilité... Mais il y a des indices qui contredisent cette thèse. Mme Carelli affirme que M. Ransom a tenté de lui arracher l'arme et, pourtant, il n'y a que ses empreintes à elle sur le revolver. » Elle fronça les sourcils. « Et puis, s'il était vraiment en train de reculer avec les mains en avant, ses paumes et ses doigts porteraient probablement des résidus de poudre. Or, nous n'en avons pas trouvé du tout. »

Paget eut un instant d'hésitation. Shelton venait de lui porter un coup douloureux. Trompé par son expression honnête, il avait oublié qu'il avait affaire à une vraie professionnelle. Il chercha une autre question pour ne pas paraître affecté.

« Mais vous ne savez pas, hasarda-t-il, si M. Ransom tenait l'arme elle-même ou s'il n'avait saisi que les poignets de Mme Carelli ?

— Non.

— Vous ne connaissez pas non plus la position exacte de ses mains au moment du coup de feu ?

— Non. »

Paget résolut de changer de sujet. Sur ce point, il le savait, il ne pouvait pas aller plus loin.

« Passons aux autres phases de votre témoignage. Vous avez affirmé, n'est-ce pas, que Mme Carelli paraissait lucide au moment où vous lui avez parlé pour la première fois.

— Oui.

— Mais vous n'étiez pas présente lorsque M. Ransom est mort.

— Non. Bien sûr que non.

— Ainsi, vous n'avez aucun moyen de savoir si, entre la mort et l'appel au 911, Mme Carelli se trouvait ou non en état de choc. Ou, tout au moins, comme vous l'avez dit, désorientée.

— Non.

— De sorte que, contrairement au scénario élaboré par maître Sharpe, dans lequel Mme Carelli aurait été en état d'hyperactivité, fabriquant des preuves et mutilant des cadavres, il est tout à fait possible que Mme Carelli ait été envahie par un état de torpeur et de confusion.

— Objection ! intervint Sharpe. Il déforme le témoignage initial. »

Masters lui jeta un regard étonné.

« Vous croyez ? Si c'est le cas, cette déformation est vraiment minime. Objection rejetée.

— Oui, cela est possible. » La voix de Shelton était assurée. « Ma réponse à la question de maître Sharpe se fondait sur des anomalies dans les indices concrets. Des anomalies qui ne confirmaient pas le récit de Mme Carelli pour la durée qui sépare l'instant de la mort de l'appel au 911.

— Puisque nous y sommes, avez-vous déjà entendu l'enregistrement de cet appel au 911 ? »

Lentement, Shelton secoua la tête. « Non. »

Paget s'adressa à Masters.

« Votre Honneur, l'accusation a déjà stipulé la recevabilité de cette cassette. Je demanderai donc à la cour de bien vouloir me laisser la faire écouter au docteur Shelton.

— Dans quel but ? questionna Sharpe. Personne ne met en doute le fait que Mme Carelli ait appelé le 911. De plus, cet appel n'était pas adressé au docteur Shelton. Je ne vois vraiment pas quelles questions vous pourriez lui poser à ce sujet !

— C'est simple, répliqua Paget. Le docteur Shelton a témoigné de la lucidité de Mme Carelli au moment de son arrivée sur les lieux en se fondant principalement sur le ton de sa voix et sur ce qu'elle a dit. J'aimerais qu'elle compare ses impressions sur Mme Carelli à ce moment-là et Mme Carelli un peu plus tôt.

— Je ne suis pas d'accord, protesta Sharpe. Nous n'avons pas à confier au docteur Shelton le soin d'interpréter les voix. Son rôle n'est pas celui d'un psychiatre. Son témoignage initial était fondé sur ses impressions de médecin face à la femme qu'elle avait devant elle.

— C'est vrai, trancha Masters, mais n'avez-vous pas, vous aussi, cherché à exploiter les impressions du docteur Shelton pendant une bonne demi-journée ? J'autorise maître Paget à passer l'enregistrement. »

Lorsque Paget se tourna, Terri avait déjà préparé le magnétophone. Elle lui sourit imperceptiblement : c'était elle qui avait suggéré cette partie de l'interrogatoire. Près d'elle, Mary considérait fixement l'appareil avec un regard étrange. Paget se demanda si elle redoutait de devoir revivre cet instant ou si elle songeait à une autre cassette qu'elle espérait ne jamais voir.

Terri mit le magnétophone en marche. L'auditoire retint son souffle.

« Urgences de San Francisco », fit une voix masculine.

Personne ne répondit. L'homme répéta : « Urgences de San Francisco ! » Il y eut un autre silence. Puis la voix de Mary s'éleva, très faible : « Il y a eu un accident. » C'était un tout petit filet de voix, qui résonnait dans la salle d'audience avec un accent incertain.

« Que s'est-il passé ? interrogea l'homme.

— Il y a eu un accident », répéta Mary. Elle paraissait à bout de forces ; elle semblait dire que cette explication était la seule adéquate, et que l'homme devait mieux écouter.

Caroline Masters avait légèrement plissé les yeux, comme si ce qu'elle entendait modifiait sa perception des choses. Quant à Shelton, elle semblait très concentrée.

Sur la cassette, l'homme parut soudain plus attentif, plus patient : « Quel genre d'accident ? »

Il y eut un long silence. Puis, d'une voix incrédule, Mary murmura : « Un coup de feu est parti. »

Paget se tourna vers Mary. Elle avait les yeux baissés et secouait lentement la tête. Pour lui, ce mouvement révélait une interrogation tragique, le désir impossible de revenir en arrière et de changer le cours des choses.

« Quelqu'un a été touché ?

— Oui. » La voix tremblait. « Je crois qu'il est mort.

— Où êtes-vous ?

— À l'hôtel Flood. » Il y eut un nouveau silence. Puis elle ajouta sur un ton désolé, comme si elle s'excusait : « Je ne me souviens plus du numéro de la chambre.

— Qui est à l'appareil ?

— Attendez..., reprit-elle plus vivement. Il est dans le registre, au nom de Mark Ransom. Une suite... » Mary semblait soudain soulagée, comme si elle avait craint d'avoir perdu la mémoire.

« Qui est à l'appareil ? répéta la voix.

— Venez. »

Ce dernier mot avait été prononcé d'une toute petite voix, puis Mary avait raccroché.

Lorsque Paget regarda à nouveau Mary, celle-ci s'était tournée vers Shelton ; elle avait les yeux noyés de larmes. Shelton était livide. Le public, pour sa part, restait silencieux. Quelques personnes remuaient sur leur siège, d'autres fixaient le vague. Doucement, Paget interrogea Shelton :

« La voix de cette femme est-elle semblable à celle dont vous vous souvenez ? »

Shelton regardait ailleurs. Il n'y avait pas de *bonne* réponse à cette question ; la voix de Mary sur la cassette était si brisée que Shelton aurait paru impitoyable en répondant oui.

« Non, dit-elle enfin. La femme que j'ai eue en face de moi n'avait rien à voir avec ça.

— Dans quel sens ?

— Lorsque je l'ai vue, elle paraissait réfléchir au ralenti, certes, mais elle semblait avoir repris le dessus... La voix que nous venons d'entendre paraît plus distante, complètement accablée...

— Et la femme de la cassette était également plus proche des événements que l'accusation lui reproche de ne pas se rappeler avec toute la précision souhaitée !

— Objection ! fit Sharpe. Cette fois, c'est moi qui ne vois pas où est la question.

— Il n'y en avait pas, dit Caroline Masters. Trouvez une question, maître Paget. Une question recevable.

— D'accord. » Paget se tourna à nouveau vers Shelton. « Reconnaîtriez-vous que le ton de sa voix au moment où elle vous a parlé ne signifiait pas que le traumatisme n'avait pas affecté son comportement ce jour-là, soit quand elle se trouvait seule avec Ransom, soit au moment où elle répondait aux questions de l'inspecteur Monk ?

— Je le reconnais, si cela peut avoir une quelconque valeur. Comme l'a fait remarquer maître Sharpe, je ne suis pas psychiatre.

— Très bien. Alors revenons-en aux indices concrets qui, si je me souviens bien de votre témoignage, présentent des anomalies...

— Oui.

— L'une de ces anomalies réside dans le fait que vous n'avez pas trouvé de traces de peau sous les ongles de M. Ransom alors qu'il y en avait sous ceux de Mme Carelli. C'est bien cela ?

— Oui. »

Paget prit un air étonné.

« M. Ransom avait-il les ongles longs ? »

Shelton hésita.

« Non. Pas du tout.

— Mais Mme Carelli, oui.

— Oui. D'ailleurs, elle s'en était cassé un.

— N'est-il pas plus facile de prélever des échantillons de peau sous des ongles longs ?

— Plus facile, oui. Mais nous avons l'habitude de le faire sur des ongles de taille normale, en particulier sur des ongles d'hommes.

— Les ongles de M. Ransom étaient-ils de ''taille normale'' ? »

Shelton réfléchit. « Ils étaient un peu plus courts que la normale, je crois. Il semble qu'il venait de se les couper.

— Cela peut-il influer sur le test ?

— C'est possible, maître Paget. Mais en persévérant dans ce sens, on peut aussi en arriver à se demander comment M. Ransom aurait pu griffer Mme Carelli ! »

Il y eut un murmure dans l'assistance. Il avait suffi d'une observation de Shelton pour stopper Paget dans son élan et ramener l'attention sur la thèse de l'accusation. Paget s'efforça de dissimuler sa stupéfaction derrière un air de lassitude, comme s'il avait prévu la remarque.

« Il n'en reste pas moins vrai, fit-il, que votre test ne fonctionne pas toujours.

— Effectivement.
— Si bien que M. Ransom aurait pu griffer Mme Carelli sans accumuler sous les ongles suffisamment de peau pour vous permettre d'effectuer vos prélèvements.
— C'est possible, oui. Mais la plupart du temps, ce test est exploitable. Du moins pour des griffures aussi profondes que celles de Mme Carelli. »
Cette fois, c'était clair, Shelton avait déclaré la guerre à Paget, tant par fierté professionnelle que, pensait-il, parce qu'elle concluait que, quels que fussent ses doutes, trop de détails clochaient dans la version de Mary. Il chercha à reprendre sur un mode plus doux.
« L'une des zones que je trouve les plus problématiques, dit-il, est celle concernant le collant de Mme Carelli. J'aimerais vous poser quelques questions là-dessus, afin de déterminer s'il n'y aurait pas une autre façon de voir la chose. »
Shelton haussa vaguement les épaules.
« Si vous voulez.
— Vous avez affirmé avoir trouvé des fibres de nylon semblables à celles du collant de Mme Carelli sous ses ongles à elle, mais pas sous ceux de M. Ransom, c'est bien cela ?
— Oui.
— Et en partie, cette découverte était en rapport avec votre conclusion, selon laquelle vous étiez d'accord avec maître Sharpe sur le fait que Mme Carelli aurait fabriqué des preuves ?
— En partie, oui. »
Paget marqua un temps d'arrêt. « Je ne suis pas très bien placé pour aborder ce sujet, docteur Shelton, mais il me semble qu'enfiler un collant exige quelques efforts. Est-ce que je me trompe ? »
Shelton lui lança un long regard méditatif, qui culmina dans une légère altération de son expression.
« C'est possible, dit-elle.
— Et, au cours de ces efforts, il est courant que le collant se file.
— Oui, répondit Shelton avec la gravité d'un expert. Les collants se filent souvent.
— Si bien que lorsqu'une femme enfile un collant, comme l'a fait Mme Carelli ce jour-là, il est possible qu'elle le file.
— Oui. Bien entendu.
— Dans ce cas, il serait également possible qu'en mettant son collant, Mme Carelli ait eu de petites fibres de nylon qui seraient venues se loger sous ses ongles. »
Shelton ne le quittait pas des yeux. « Oui.

— Ce serait même quelque chose de banal ? »

Elle hésita.

« Je suppose que ce ne serait pas exceptionnel. »

Paget se retourna vers Terri, qui lui avait suggéré ces questions, puis vers le public, composé en majorité de femmes vêtues de jupes ou de robes.

« Je me demande, docteur Shelton, si vous pourriez jeter avec moi un coup d'œil sur les représentants des médias.

— Objection, interjeta Sharpe. Je ne sais pas quelle sorte de diversion entend faire maître Paget, mais nous nous sommes trop éloignés des éléments de l'homicide.

— Ne savez-vous vraiment pas quelles sont les intentions de maître Paget, maître Sharpe ? interrogea Masters tout en promenant son regard sur la foule de journalistes. Moi, je le sais, et je suis curieuse de connaître la réponse. Ne serait-ce que parce que c'est encore une de ces indignités auxquelles sont soumises les femmes. »

Sharpe rougit.

« Je ne trouve pas cela tellement amusant, Votre Honneur.

— Moi non plus, maître. Et si je suis bien maître Paget dans son raisonnement, il s'agit là d'un point très sérieux.

— Merci, Votre Honneur », fit Paget avant de se tourner vers Shelton. « En regardant rapidement les représentants de la presse, je dirais qu'il y a environ cinquante pour cent de femmes. Êtes-vous d'accord avec moi ?

— Je n'ai pas compté. Mais d'ici, j'en vois un certain nombre.

— Parmi ces femmes journalistes, combien auraient des fibres de nylon sous les ongles si vous les soumettiez au test que vous avez fait subir à Mme Carelli ? »

Paget vit les visages se tourner vers Elizabeth Shelton ; il eut alors la sensation d'avoir réussi son petit effet sur la presse en suggérant à ses représentantes l'idée désagréable qu'elles pourraient, elles aussi, se voir à tout moment accusées à tort.

« Je n'ai aucune idée de ce pourcentage, répondit Shelton.

— Mais il y en a sûrement un certain nombre ?

— Selon toute probabilité, il y en a au moins quelques-unes.

— Parmi ces quelques-unes, nous pouvons raisonnablement considérer qu'aucune n'a assassiné quelqu'un avant de venir ici ? »

Shelton considéra les visages, comme si elle cherchait à repérer des suspectes. Sans sourire, elle répondit :

« Je suppose que non.

— Merci. Puisque nous avons éliminé les médias de la liste des suspects, j'aimerais revenir à Mme Carelli. Vous avez déjà reconnu qu'elle a très bien pu faire pénétrer des fibres de nylon sous ses ongles en enfilant son collant. » Il baissa légèrement la voix. « Mais il serait aussi possible, n'est-ce pas, que Mme Carelli ait agrippé son collant afin d'empêcher Mark Ransom de le lui baisser. »

Pendant un long moment, Shelton le dévisagea sans rien dire.

« Oui, fit-elle finalement. C'est également possible.

— Et ces diverses possibilités tendent à réduire la valeur de l'hypothèse de maître Sharpe, qui suggérait que Mme Carelli ait pu fabriquer de faux indices.

— Cela jette le doute, rectifia Shelton après réflexion, sur l'un des éléments de cette hypothèse. Toutefois, outre le fait que l'on n'ait pas retrouvé de trace de peau sous les ongles de M. Ransom, il ne faut pas oublier l'absence de trace de fluide séminal et la présence des griffures qui, de toute évidence, ont été faites après la mort. »

Paget acquiesça.

« Prenons d'abord le problème du fluide séminal. Le test n'est pas entièrement fiable, n'est-ce pas ?

— Peu de tests le sont. Mais, dans une large majorité de cas, une érection provoque des sécrétions bien avant l'éjaculation.

— Mais pas dans *tous* les cas.

— Non.

— Et même dans les cas où il y aurait eu de telles sécrétions, votre test n'est pas fiable à cent pour cent, n'est-ce pas ?

— Non. »

Shelton se redressa sur son siège. On sentait, dans le ton de sa voix, qu'elle n'appréciait guère cette remise en cause constante de son travail.

« Mais vous avez sans doute remarqué, maître, que vos questions suggèrent une convergence inhabituelle de défaillances des tests. Je suis pour ma part convaincue que nos tests sont meilleurs que vous ne cherchez à le faire croire, et que nous le sommes aussi, par la même occasion. »

Paget laissa planer un silence. Il arrivait à la partie la plus délicate de son interrogatoire. Il ne pouvait se permettre de se mettre le docteur Shelton à dos.

« Je ne voulais en aucun cas insinuer que vous et votre laboratoire, vous n'êtes pas des professionnels de haut vol, dit-il plaisamment. Mais plutôt que votre service traite les affaires qu'on lui donne et que celles-ci soulèvent un nombre particulièrement élevé de polémiques. »

Sharpe se leva à nouveau.

« Maître Paget se plaignait des longueurs. J'aimerais m'en

plaindre à mon tour. Surtout quand le seul but de maître Paget est de s'en prendre à l'accusation. »

Paget se tourna vers Sharpe.

« Mon seul but, répliqua-t-il, était d'écarter tout malentendu. Et, pour cela, j'ai trouvé approprié de faire la distinction entre la compétence professionnelle du docteur Shelton et *votre* affaire à vous. »

Masters se pencha en avant pour intervenir.

« Ça suffit, maître Paget. Dépêchez-vous !

— Merci, Votre Honneur. » Paget s'adressa à nouveau à Shelton. « Est-ce que je me trompe, docteur Shelton, si je considère qu'une partie significative de l'hypothèse de l'accusation concernant la fabrication de faux indices réside dans les griffures trouvées sur les fesses de Mark Ransom ?

— Elles figurent pour une large part, oui. Je ne m'appesantirai pas sur leur signification.

— Mais vous reconnaissez, n'est-ce pas, que vous pourriez vous tromper et que ces griffures auraient pu être faites avant la mort de Mark Ransom ?

— Une fois de plus, c'est possible. Mais, étant donné l'absence de sang, l'absence de vaisseaux capillaires endommagés, je suis convaincue qu'elles ont été faites après la mort.

— Connaissez-vous les procédures appliquées par les équipes de premiers secours qui interviennent à la suite d'un appel au 911 ?

— Oui.

— Y a-t-il une procédure classique dans le comté de San Francisco lorsqu'on donne les premiers soins à une victime ?

— Oui. Les infirmiers ont le devoir de tout faire pour ramener la personne à la conscience, sauf si l'état du corps prouve de manière flagrante que la victime est décédée. Cela implique, entre autres, que l'on tente une réanimation cardiaque.

— Est-ce qu'on a fait cela à Mark Ransom ?

— En principe, oui. Mark Ransom n'avait qu'une blessure et d'après son état, on ne pouvait pas constater la mort d'emblée.

— On a donc dû contrôler l'état de son cœur ?

— Entre autres, oui. »

Paget reprit son expression perplexe.

« Cependant, au moment où vous avez examiné M. Ransom sur le tapis, n'était-il pas allongé sur le ventre ?

— Si. » Shelton hésita. « À mon avis, l'équipe des premiers soins a dû le retourner. Mais, une fois qu'ils ont constaté la mort, ils ont replacé le corps dans la position où ils l'avaient trouvé.

— En d'autres termes, ils l'ont trouvé sur le ventre, ils l'ont retourné sur le dos, puis ils l'ont remis sur le ventre. C'est bien cela ?

— Je pense, oui.

— Et, pour cela, ils ont dû manipuler le corps de M. Ransom, n'est-ce pas ?

— Oui.

— Un corps qui, d'après votre rapport, pesait environ cent dix kilos...

— C'était son poids, oui.

— Et ils ont dû faire tout cela très rapidement, n'est-ce pas ?

— Normalement, oui. Ils partent du principe que la victime est peut-être encore en vie. »

Paget marqua une pause et jeta un coup d'œil vers Caroline Masters, visiblement attentive à sa démonstration. Puis il revint à Elizabeth Shelton.

« N'est-il pas possible, demanda-t-il doucement, que les membres de l'équipe paramédicale soient les auteurs des griffures sur le postérieur de M. Ransom ? »

Shelton le considéra un moment. Tout était silencieux. Puis elle hocha lentement la tête. Cela ressemblait moins à une réponse qu'à un geste d'admiration.

« Oui, dit-elle enfin. Je ne sais quelles sont les probabilités exactes, mais c'est une possibilité.

— Et l'on peut affirmer sans mauvaise foi que l'existence de cette possibilité ébranle l'hypothèse élaborée par maître Sharpe.

— Dans une certaine mesure. »

Shelton se tut. Lorsqu'elle reprit la parole, ce fut d'une voix très douce, comme si elle ne s'adressait qu'à Paget.

« Mais si Mark Ransom a griffé Mme Carelli et que ce sont les infirmiers qui ont griffé Mark Ransom, d'où venait la peau sous les ongles de Mme Carelli ? »

Elle avait assené le coup de façon si parfaite et si ingénue que Paget sentit tout son difficile contre-interrogatoire s'effondrer au ralenti. Il n'eut pas besoin du murmure qui parcourut la salle d'audience pour comprendre à quel point la blessure infligée là était profonde. Il en profita toutefois pour reprendre ses esprits.

Le marteau de Masters s'abattit.

« Maître Paget, s'enquit le juge, avez-vous quelque chose à ajouter ?

— Encore deux ou trois questions seulement, dit-il d'un ton badin. Vous avez émis deux hypothèses quant à l'origine de cette peau sous les ongles de Mme Carelli. La première est qu'elle aurait égratigné M. Ransom, ce qui, bien que vous soyez partie du principe que les griffures sont intervenues après la mort, aurait très bien pu se produire avant. Est-ce exact ?

— Oui.

— Vous avez également émis l'hypothèse que Mme Carelli se serait griffée dans l'intention de fabriquer de fausses preuves.

— Oui.

— N'y a-t-il pas une troisième possibilité ? »

Shelton lui lança un coup d'œil prudent.

« Laquelle, par exemple ?

— Qu'au cours de sa lutte pour garder son collant et empêcher cet homme de la violer, Mme Carelli se soit elle-même écorchée... »

Shelton fronça les sourcils, les yeux baissés. Paget comprit qu'elle passait en revue les preuves, moins pour répondre à cette question précise que pour se demander si cela était plausible en toute honnêteté. Puis elle leva les yeux vers lui.

« Oui. C'est possible. »

Paget réprima un soupir de soulagement.

« Merci, docteur Shelton. J'en ai terminé. »

Elle eut un petit signe de tête et lui sourit. Paget retourna s'asseoir.

Déjà, Sharpe s'était levée.

« J'ai été frappée, docteur Shelton, par une chose que vous avez dite. Je crois que c'était... Je paraphrase un peu... que les questions de maître Paget présupposaient une convergence d'erreurs inhabituelle pour les tests. Que vouliez-vous dire par là ? »

Shelton réfléchit un moment.

« Je voulais dire que, pour que le récit de Mme Carelli se révèle réel, il faudrait qu'il y ait eu une série de tests ratés et de mauvais jugements qui mettraient en cause notre bureau, ainsi qu'un grand nombre de coïncidences.

— En particulier, cela signifierait que vos tests n'ont pas permis de déceler de traces de peau sous les ongles de M. Ransom...

— Oui. » Shelton se reprit d'elle-même. « Quoiqu'il ne soit pas inhabituel que l'on ne trouve pas de telles traces. »

Sharpe fronça les sourcils.

« Mais cela signifierait aussi que les tests n'ont pas réussi à prouver qu'il y ait eu excitation sexuelle...

— Oui.

— Et que M. Ransom n'ait pas eu de résidu de poudre sur les mains, malgré la description qu'a faite Mme Carelli de la lutte.

— Oui.

— Et cela suppose aussi qu'il était en train de reculer quand elle a tiré.

— Oui.

— Et que Mme Carelli ait elle-même filé son collant.

— Tout cela est exact.

— Et à supposer que ce ne soient pas les hommes des premiers secours qui aient infligé les griffures, il faudrait que vous vous soyez encore trompée sur le moment auquel elles ont été faites.

— Oui, encore une fois. »

Sharpe prit une expression incrédule. « Vous est-il déjà arrivé de vous tromper à ce point ? »

Shelton pencha la tête.

« J'espère vraiment que non.

— Et en tenant compte de tout cela, que pensez-vous finalement de la version de Mme Carelli ? »

Durant un long moment, Shelton considéra Mary.

« Médicalement, finit-elle par répondre, elle n'est pas plausible. Je le regrette, mais je ne peux pas y croire. »

Chapitre trois

Mary Carelli scrutait le visage de Carlo.

Elle se trouvait avec son fils au Café Majestic, dans une élégante salle victorienne équipée de ventilateurs au plafond. Au fond, un pianiste jouait doucement. De temps en temps, les clients du restaurant leur lançaient des regards à la dérobée. Mais Mary était prête à affronter ce désagrément : elle savait bien à quoi elle s'exposait en sortant avec Carlo, mais avait néanmoins tenu à le faire. Car, plus encore que les derniers mots de Shelton, les efforts de son fils pour la rassurer l'avaient bouleversée.

Mary aurait mille fois préféré que le garçon n'assistât pas à l'audience. Toutefois, puisque Chris avait pris sa décision, sur laquelle on ne pouvait revenir, elle ne voulait pas que Carlo se sentît indésirable.

« Je ne t'ai pas dit tout ce que représente pour moi ta présence à mes côtés, commença-t-elle. En fait, je n'ai pas l'habitude de dépendre de quelqu'un, si bien que je me sens un peu coupable... Quoique je devrais peut-être éviter ce terme-là ! »

Il s'efforça de répondre à son sourire. Elle le voyait, Carlo faisait de son mieux pour éprouver de l'affection pour cette mère qu'il ne connaissait plus. Après tout ce que Marnie Sharpe avait assené, Mary trouvait ses efforts à la fois touchants et douloureux.

« Tu vas t'en sortir, lui dit-il. Papa l'a quand même obligée à reculer sur pas mal de points... »

Il avait dit cela avec un accent mélancolique, comme s'il tenait à voir dans la détermination de son père la preuve que celui-ci faisait confiance à Mary. Mary, pour sa part, ne pouvait guère faire plus que montrer à Carlo qu'elle croyait en Christopher Paget.

« Il a été vraiment formidable, répondit-elle. Ce n'est pas une affaire simple, tu sais. »

Carlo lui jeta un coup d'œil interrogateur :
« Comment ça ? »
Mary s'arma de courage. Il fallait lui faire croire qu'elle se soulageait d'un poids en se confiant à lui.
« Il y a certaines choses que je n'ai pas dites à la police, expliqua-t-elle. Pour des raisons qui me sont personnelles. Si Chris ne se sent pas très à l'aise vis-à-vis de moi, c'est parce qu'il l'a deviné. »
Dans le combat qu'il menait contre lui-même pour rester stoïque et réagir en adulte, Carlo faisait peine à voir. Encore une fois, Mary se demanda si elle avait eu raison de choisir Paget comme avocat. D'une voix blanche, Carlo demanda :
« Est-il trop tard pour lui en parler ?
— Bien trop tard. Je ne peux pas tout t'expliquer, Carlo, mais sache que j'ai de très bonnes raisons. Je te demande de te contenter de cela. »
Carlo hocha la tête.
« D'accord. »
Mary le regarda méditer. Elle ne s'était pas doutée qu'il serait si douloureux de perdre la confiance de son fils. Mais elle devait laisser à Carlo au moins un parent dont il pourrait être fier.
« Il y a une chose, dit-elle, que j'ai besoin que tu saches. »
Ces mots semblèrent le toucher.
« Tu es ma mère, fit-il. Tu peux me dire tout ce que tu veux. »
Mary n'aimait pas parler d'elle en termes de besoin : elle le faisait pour Carlo. Celui-ci devait croire qu'elle s'appuyait sur lui, et non qu'elle n'agissait ainsi que pour répondre à son besoin à lui. Elle posa la main sur la sienne.
« Il existe une cassette sur laquelle je parle à mon psychanalyste. Mark Ransom avait cette cassette. »
L'angoisse et la confusion envahirent le visage de Carlo.
« Est-ce que le D.A. est au courant ? demanda-t-il.
— Oui. Il pense que c'est ce qui m'a poussée à tuer... Il va y avoir une suspension d'audience, demain ou après-demain, pour une réunion à huis clos. Ton père va tout faire pour éviter que cette cassette ne devienne pièce à conviction.
— Alors, papa le savait ?
— Maintenant, il le sait. Mais seulement parce qu'on a trouvé la cassette. »
Il ne fallait surtout pas que Carlo saisisse toute la gravité de la situation et l'inquiétude que ressentait Mary en songeant à tout le tort que pouvait lui causer Marnie Sharpe.
« Cet enregistrement concerne l'époque où j'étais avocate, ajouta-t-elle. Je décris des choses dont j'ai réellement honte.

— Honte au point de *tuer* quelqu'un ? C'est cela qu'ils pensent ?

— Cette cassette pourrait ruiner ma carrière. Je crois que j'ai donné à certaines personnes l'impression que cette raison était suffisante. »

Carlo secoua la tête d'un air incrédule.

« Mais elle ne l'est pas, ajouta doucement Mary. Pas pour aller jusqu'à tuer... »

Carlo resta un long moment silencieux.

« Et les choses que papa ne sait pas... ?

— Elles m'appartiennent. »

Carlo regarda la main de sa mère, restée sur la sienne. Soudain, il saisit cette main et la serra. Ce simple geste amena Mary au bord des larmes.

« Pendant que Chris essaie de me défendre, murmura-t-elle, il y a des choses qu'il ne me demande pas, et d'autres qu'il n'a pas besoin de connaître. Ce que je veux que tu saches, c'est que les difficultés de son rôle d'avocat sont bien supérieures à ce que tu entrevois... et même à ce que lui peut savoir. » Elle baissa encore la voix, ajoutant dans un souffle : « Pour cela, tu es en droit de m'en vouloir. »

Mary vit une sorte de soulagement parcourir Carlo. Elle remarqua, avec un mélange de tristesse et de satisfaction, que le garçon avait hérité de Christopher Paget une grande part de sa personnalité.

« Il a été un bon père, n'est-ce pas ? dit-elle.

— Oui. »

Visiblement, Carlo appréciait le changement de sujet. Il paraissait également soulagé de constater qu'il pouvait parler de Paget de façon positive sans offenser sa mère. Quant à elle, elle se sentait épuisée : mieux valait aborder n'importe quel sujet plutôt que penser à ces choses qu'elle ne pouvait confier à personne.

« Chris a-t-il beaucoup d'amis ? » demanda-t-elle.

Le regard de Carlo exprima une surprise mêlée d'amusement.

« Tu veux dire d'amies ?

— Oui, entre autres. Je me demandais ce qu'il avait fait pendant toutes ces années.

— Il ne me confie pas grand-chose de ses liaisons. Mais il y a toujours une ou deux femmes dans les parages, généralement jolies et élégantes, genre femmes d'affaires. En fait, j'ai l'impression qu'il ne s'attache jamais vraiment... Sans doute parce qu'il a un enfant et que la plupart des femmes qu'il fréquente n'en ont pas. Mais je suis persuadé qu'il y a une partie de lui-même qu'il ne leur dévoile jamais.

— Alors il me ressemble un peu, si j'en crois ce qu'on me dit, fit Mary en souriant. D'ailleurs, si tu nous demandes, à lui ou à moi, de parler de nos sentiments, nous aurons probablement besoin d'un dictionnaire pour te répondre !

— Dans ce cas, répliqua Carlo d'un air malicieux, vous êtes sûrement encore amoureux l'un de l'autre, mais vous ne le savez pas ! »

Mary éclata de rire.

« Pas à ce point, tout de même ! dit-elle. Et la partie de moi que je connais le trouve insupportable ! » Elle hésita, puis reprit d'une voix plus douce : « C'est drôle, tout de même : au tout début de notre rencontre, je trouvais que c'était l'homme le plus audacieux que j'aie jamais vu. Il était sûr de lui et de son droit. Il paraît tellement plus humain aujourd'hui, tellement plus conscient de ses défauts... Même quand il se comporte en parfait salaud ! » Elle eut un vague sourire, secoua la tête. « Cela devrait me faire plaisir et, au contraire, cela m'attriste un peu. J'ai l'impression que nous avons vieilli.

— Moi, j'ai du mal à le voir vieillir. Je trouve qu'il n'a pas changé depuis le jour où je suis arrivé chez lui. »

Cette dernière phrase, lancée sur un ton innocent, semblait poser une question qui lui tenait à cœur depuis longtemps : « Pourquoi m'as-tu laissé partir ? » Mary chercha à détourner la conversation.

« Comment était Andrea, sa femme ?

— Je ne m'en souviens pas beaucoup, si ce n'est qu'elle te ressemblait. » Il réfléchit un moment, puis haussa les épaules. « Je crois qu'ils se sont séparés comme ça, tout naturellement... »

Mary hocha la tête. Carlo était très jeune à l'époque et Paget avait été assez sensé pour ne pas culpabiliser le garçon.

« Il en trouvera peut-être une autre.

— Je ne sais pas. » Carlo resta un instant songeur. « Il y en a une qui a l'air de vraiment lui plaire, c'est Terri. Mais c'est seulement une collègue de travail. Et, en plus, elle a déjà un mari et une fille de cinq ans. »

Mary sourit. Ce n'était pas son rôle de confier à son fils ce que lui disait son instinct : que Teresa Peralta, mariée ou non, était tombée amoureuse de Christopher Paget.

« Chris et Terri peuvent être amis, tu sais. Entre un homme et une femme, il n'y a pas toujours de la passion. »

Carlo fit la grimace.

« Là, tu parles comme papa. À l'écouter, on croirait que l'amour n'a aucune importance. »

Mary éclata de rire.

« Alors, ce n'est pas le Chris dont je me souviens. Nous formions tous les deux un couple désastreux. Mais, quand j'ai dû te choisir un père, je suis sûre d'avoir fait le bon choix. »

Carlo leva son verre d'eau.

« Alors, à nous trois ! », s'exclama-t-il. Il hésita, puis ajouta : « Je sais que tu vas gagner, maman. »

Mary ne pouvait lui dire que la victoire, comme la défaite, comportait de nombreuses facettes. Et que, lorsque la nuit précédente elle s'était réveillée en sursaut d'un cauchemar, trempée de sueur dans une chambre qu'elle n'avait pas reconnue tout de suite, ce n'était ni de prison, ni de disgrâce qu'elle rêvait, mais de Carlo Carelli Paget écoutant la cassette qu'on ne devait surtout pas trouver.

Mary fit tinter son verre contre celui de Carlo.

« À nous trois, dit-elle. Et surtout, à toi ! »

Chapitre quatre

Paul Aguilar, le garçon d'étage, était un fringant Latino-Américain d'une trentaine d'années : fine moustache, cheveux gominés, sourire confiant... L'idée qu'il témoignait devant le monde entier ne semblait pas l'impressionner outre mesure.

« Pouvez-vous identifier la femme que vous avez vue en compagnie de Mark Ransom ? » l'interrogea Sharpe.

Elle semblait détendue. Paget pensa qu'elle avait dû travailler un bon moment avec Paul Aguilar, sans doute un témoin clé de son argumentation.

« C'est Miss Carelli, l'accusée. Même si je ne l'avais jamais vue à la télévision, Miss Carelli n'est pas une femme qui passe inaperçue.

— Une fois que M. Ransom vous a dit d'entrer, que s'est-il passé ?

— Rien d'inhabituel. J'ai demandé où je devais poser le champagne et il m'a dit de le mettre sur la table basse. Alors j'ai placé le seau devant Miss Carelli.

— À ce moment-là, Mme Carelli a-t-elle dit quelque chose ?

— Elle m'a juste remercié. » Il sourit, fier sans doute de côtoyer de telles célébrités. « Elle avait l'air charmante.

— Avez-vous remarqué quelque chose d'inhabituel dans son comportement ?

— Non. Elle était exactement telle que je l'imaginais.

— C'est-à-dire ?

— Très classe. » Aguilar fit une petite grimace. « Non, enfin, je veux dire très posée, très à l'aise... Comme quelqu'un qui sait toujours exactement ce qu'il faut faire. »

Il était clair que Sharpe avait incité Aguilar à décrire une femme détendue et en pleine possession de ses moyens. Paget décida néanmoins de ne pas exprimer d'objection.

« Paraissait-elle inquiète ? »

D'un haussement d'épaules, Aguilar indiqua que cette pensée ne lui avait jamais traversé l'esprit.

« Pas d'après ce que j'en ai vu.

— Ou désagréable envers M. Ransom ?

— Non. Elle ne paraissait pas du tout hostile. J'ai même pensé qu'ils étaient deux amis passant un bon moment ensemble. » Il eut un sourire entendu. « Dans mon métier, on voit beaucoup ça... »

Du haut de son estrade, Masters fronça les sourcils.

« À l'écouter, c'était mon amant ! » chuchota Mary à l'oreille de Paget. Il se tourna légèrement vers elle, sans quitter Masters des yeux.

« Mieux vaut que je me taise : ce sera encore pire si j'interviens », murmura-t-il.

« M. Ransom vous a-t-il parlé ? » interrogea Sharpe.

Aguilar hocha vigoureusement la tête.

« Je lui ai dit que j'aimais beaucoup ses livres. Il m'a répondu que c'étaient des compliments comme celui-là qui l'encourageaient à écrire. Il m'a mis à l'aise : je n'ai pas regretté de lui avoir parlé. » Il eut un sourire gêné. « Je ne suis qu'un garçon d'étage, vous savez. Je suis censé me faire le plus discret possible. »

Cette dernière question visait à insuffler une certaine humanité dans les personnages de Ransom et d'Aguilar. Paget sentait Mary de plus en plus tendue.

« Avez-vous remarqué si les stores étaient baissés ?

— Non. Ils étaient ouverts, j'en suis sûr.

— Comment pouvez-vous avoir cette certitude ?

— Parce que je me souviens que M. Ransom avait une belle vue sur la baie et sur Berkeley. Alors j'ai regardé, en cherchant à apercevoir la maison de mon cousin, de l'autre côté de la baie. » Il se tourna vers le juge et ajouta : « Vous savez, j'ai vécu très longtemps chez lui... enfin, chez mon cousin. »

Caroline Masters hocha la tête. Pour Paget, ce mouvement indiquait à Aguilar qu'il perdait son temps en cherchant à user de son charme avec elle.

« Avant votre départ, continua Sharpe, M. Ransom a-t-il fait autre chose ?

— Il a signé le reçu, bien sûr. Et puis, il m'a donné un bon petit pourboire et une tape dans le dos, et il m'a fait un clin d'œil.

— Il vous a fait un clin d'œil ?

— Oui. Comme pour dire qu'il avait de la chance d'être là, avec cette jolie femme, et qu'il était content. »

Le froncement de sourcils de Masters s'était accentué. Elle s'adressa à Aguilar :

« Êtes-vous sûr qu'il n'avait pas plutôt une poussière dans l'œil ? »

Aguilar parut perplexe, comme s'il regrettait de ne pas voir le juge Masters apprécier cet instant d'humanité partagé.

« Non, dit-il. C'était un clin d'œil.

— Je vois, dit Masters de son ton le plus sec. Continuez, maître. »

Sharpe la considéra un moment. Paget murmura à l'intention de Terri : « Masters ne descendra pas de sitôt à l'hôtel Flood. Ou alors, elle apportera son champagne ! »

Sharpe s'était rapprochée du témoin et le considérait avec une assurance tranquille qui déplut à Paget.

« Avant votre départ, demanda-t-elle doucement, M. Ransom ou Mme Carelli ont-ils ajouté quelque chose ?

— Oui. Miss Carelli a parlé.

— Qu'a-t-elle dit ?

— Elle m'a demandé de mettre le panonceau ''Ne pas déranger'' sur la porte. »

Sharpe ne reprit pas tout de suite, afin de prolonger l'effet produit. Un murmure parcourait la salle.

« Mme Carelli vous a-t-elle dit pourquoi ?

— Non. Quand une femme demande à rester seule avec un homme, je n'ai pas besoin d'explications. »

Sharpe hocha la tête, comme si la remarque était très profonde. Puis elle se tourna vers Masters.

« Je n'ai pas d'autres questions. »

Masters regarda Mary. Dès qu'elle eut détourné les yeux, Paget se pencha vers Mary et lui demanda à voix basse :

« C'est la vérité ?

— Oui », souffla Mary.

Paget se pencha vers Johnny Moore pour écouter ce qu'il lui murmurait à l'oreille, puis il se leva et se dirigea vers Aguilar.

« Bonjour, fit-il plaisamment.

— Bonjour, monsieur, répondit Aguilar.

— Était-ce le matin ou l'après-midi que vous vous êtes rendu dans la suite de Ransom ?

— Le matin, je crois. En fin de matinée.

— Et ce jour-là, vous travailliez de 7 heures à 17 heures, n'est-ce pas ?

— Oui. C'est mon horaire habituel.

— Cela englobe le petit déjeuner, le déjeuner, et même le dîner pour les clients qui le prennent tôt ; je ne me trompe pas ?
— Non, c'est bien ça.
— Avez-vous une petite idée du nombre de chambres dans lesquelles vous êtes entré ce jour-là ?
— Non.
— Beaucoup ?
— Pas mal...
— Si je vous dis que mon enquêteur est allé vérifier les reçus du service d'étage qui portaient votre nom et qu'il en a compté quarante-trois, ce nombre vous paraît-il démesuré ?
— Non. Je reste rarement inactif, vous savez. Il est tout à fait possible que je sois entré dans quarante-trois chambres.
— En dehors de la suite de M. Ransom, pourriez-vous décrire les occupants des autres chambres ?
— Non. » Aguilar réfléchit. « À l'époque, mes souvenirs étaient plus frais. Je veux dire la première fois que j'ai parlé à la police...
— Mais vous avez également discuté avec mon enquêteur, Johnny Moore, deux jours après les faits, n'est-ce pas ?
— Je me souviens de M. Moore, en effet.
— Et vous vous souvenez également que M. Moore vous a posé la question que je viens de vous poser : il vous a demandé si vous vous souveniez d'autres clients que vous aviez vus ce jour-là.
— Peut-être, oui...
— Et vous lui avez répondu la même chose : que vous ne vous souveniez de personne d'autre. C'est bien cela ? »
Aguilar croisa les bras.
« Peut-être... Il faut dire que ces deux-là étaient des célébrités ! »
Paget se rapprocha, négligeant la dernière phrase.
« Vous ne vous souveniez pas non plus si les stores des autres clients étaient levés ou baissés, n'est-ce pas ? »
Aguilar commençait à afficher un certain mécontentement.
« Non, dit-il. La chambre de M. Ransom était la seule dont je me souvenais. »
Paget hocha pensivement la tête. Puis, comme s'il saisissait soudain quelque chose, il ajouta :
« Parce que vous avez regardé Berkeley par la fenêtre !
— C'est cela.
— Est-ce une habitude chez vous de regarder Berkeley par la fenêtre ? Enfin, quand vous en avez l'occasion...
— Quand j'y pense, oui. » Aguilar sourit. « La vue que l'on a du Mission District, là où j'habite, n'est pas aussi belle ! »
Paget répondit à son sourire.

« Pourriez-vous vous rappeler, demanda-t-il d'une voix sympathique, le nombre de chambres, parmi celles où vous êtes allé ce jour-là, qui avaient vue sur Berkeley et qui étaient situées au dixième étage ou plus haut ?

— Non.

— Il y en avait douze, déclara Paget d'un ton docte. Plus trois suites. Toutes avec vue sur Berkeley. Cela vous semble-t-il plausible ? »

Aguilar ne répondit pas tout de suite, mais lui lança le regard inquiet d'un homme piégé.

« C'est possible...

— Cette journée a dû être plutôt nostalgique pour vous !

— Votre Honneur ! s'écria Sharpe. Ce n'était pas une réelle question, et tout ceci est allé trop loin.

— Vous avez raison, reconnut Masters. Je vous en prie, maître Paget, venez-en aux faits. »

La remarque n'inquiéta pas Paget. Masters ne semblait pas particulièrement contrariée.

« Êtes-vous toujours aussi sûr, demanda-t-il à Aguilar, que les stores de M. Ransom n'étaient pas baissés ?

— Oui.

— Parce que c'est l'une des quinze chambres que vous avez visitées ce jour-là avec vue panoramique sur Berkeley ?

— Non. » Aguilar prit une voix emphatique. « À cause de Mlle Carelli.

— Mlle Carelli. » Paget avait répété le nom en détachant chaque syllabe. « J'ai l'impression qu'elle vous a tapé dans l'œil. »

Au léger sourire qui effleura les lèvres de Masters, Paget vit que le côté moqueur de sa dernière remarque ne lui avait pas échappé. Aguilar, lui, ne parut pas l'avoir perçu.

« Oui, reconnut-il, je me souviens bien d'elle.

— Combien de temps êtes-vous resté dans la chambre, monsieur Aguilar ?

— Alors là, je n'en ai aucune idée.

— Vous êtes entraîné, n'est-ce pas, à rentrer dans les chambres et à ressortir assez rapidement ?

— Oui. Les gens tiennent à leur tranquillité.

— Et tout ce que vous aviez à faire dans la suite de M. Ransom, c'était poser un seau à champagne et deux verres. C'est bien ça ?

— Et aussi faire signer le reçu à M. Ransom.

— Une tâche somme toute assez simple, non ?

— Oui, on peut le dire.

— De telle sorte que si l'on considère, comme vous l'avez dit à M. Moore, que vous êtes resté chez M. Ransom à peu près une minute et demie, cela vous paraît une estimation raisonnable ?

— Oui, c'est à peu près ça.

— De telle sorte que votre témoignage pour maître Sharpe était basé sur environ quatre-vingt-dix secondes passées dans l'une des quarante-trois chambres où vous êtes entré ce jour-là. C'est bien ça ? »

Aguilar affichait à présent une moue obstinée.

« Je sais très bien ce que j'ai vu.

— Et ce que vous avez vu, c'est que Mme Carelli avait l'air ''détendue''.

— Oui. Elle semblait très à l'aise avec M. Ransom. »

Paget ne quittait pas le témoin des yeux. « Se sont-ils adressé la parole quand vous étiez là ? »

Aguilar se tourna vers Johnny Moore, assis près de Carlo au premier rang du public. « Non, pas que je me souvienne.

— Est-ce que l'un des deux vous a dit quelque chose au sujet de l'autre ?

— Non.

— Se sont-ils touchés ?

— Non.

— Se sont-ils souri ?

— Non.

— Ainsi, chacun d'entre eux n'a adressé la parole qu'à vous et n'a souri qu'à vous, et vous en avez conclu qu'ils étaient ''à l'aise'' ensemble ?

— Mais Ransom a commandé du champagne ! Et il m'a fait un clin d'œil ! »

Paget sourit.

« Êtes-vous sûr, monsieur Aguilar, que ce n'était pas plutôt parce que vous lui plaisiez ? »

Il y eut un éclat de rire dans la salle. Aguilar était indigné.

« Bien sûr que non !

— Vraiment ? Mais il vous a aussi touché, n'est-ce pas ?

— Il m'a donné une tape dans le dos. »

Paget secoua la tête.

« Je n'étais pas là, monsieur Aguilar, mais tout cela me paraît très suggestif. Ce n'est pas plus mal que vous ne soyez resté que quatre-vingt-dix secondes dans la pièce... »

Un nouveau rire souleva l'auditoire. Sharpe se leva.

« Objection, Votre Honneur. Maître Paget est en train de harceler le témoin.

— Vraiment ? fit Masters. D'après le témoignage que vous venez de lui soutirer, M. Aguilar a eu le temps, en deux minutes, de servir le champagne, de se faire une opinion de Mme Carelli, d'observer l'état des fenêtres, de se remémorer ses souvenirs d'enfance, de parler littérature et d'établir une complicité virile avec M. Ransom. Franchement, je serais curieuse de savoir ce qui s'est passé dans les quarante-deux autres chambres ! »

Paget ne put s'empêcher de rire avec le reste de l'assistance. Sharpe attendit que le calme fût rétabli.

« Avec tout le respect que je vous dois, Votre Honneur, je trouve votre résumé assez déloyal envers le témoin. De plus, il néglige deux points centraux : d'une part, que les stores étaient levés quand Mme Carelli est arrivée, d'autre part, qu'au moment où M. Aguilar est sorti, Mme Carelli a demandé à ne pas être dérangée. »

Masters hocha la tête.

« C'est vrai. J'étais si fascinée par les pouvoirs d'interprétation de M. Aguilar que j'en ai oublié de préciser que je retiens votre objection. » Elle se tourna vers Paget : « J'ai vu où vous vouliez en venir, maître Paget. L'idée que se fait le témoin des rapports entre M. Ransom et Mme Carelli est assez subjective. Avez-vous d'autres questions à poser à M. Aguilar ? »

Paget hésita, déçu. L'intervention de Masters, même si elle lui était favorable, n'avait pas suffi à jeter le discrédit sur le témoin. À présent, il devait aborder la partie la plus délicate de l'interrogatoire.

« Si je me souviens bien, déclara-t-il à Aguilar, vous avez dit que Mme Carelli vous a demandé d'accrocher la pancarte "Ne pas déranger" sur la porte. »

Aguilar hocha vigoureusement la tête.

« C'est exact.

— Êtes-vous sûr que ce n'est pas plutôt Mark Ransom qui l'a demandé ?

— Positif.

— Comment pouvez-vous en être aussi sûr ?

— Parce que ça m'a frappé : M. Ransom qui me fait un clin d'œil, puis Mme Carelli qui me demande ça... Comme si lui, il savait que cela allait arriver et qu'elle, elle avait envie que cela arrive. »

Paget se sentit perdre pied. Il posait des questions dont il n'était pas sûr, dans un effort désespéré de trouver une faille.

« Qu'est-ce que vous voulez dire par "cela" ?

— Vous savez bien... Le rapport sexuel. On ne pouvait pas l'interpréter autrement ! »

Paget s'efforça de prendre un accent indigné :

« Vous pensez donc, monsieur Aguilar, que chaque fois qu'un

homme et une femme expriment le désir de discuter sans être dérangés, c'est qu'ils vont faire l'amour ?

— Mais non ! Je ne crois pas cela du tout ! Mais quand on voit un couple dans une chambre d'hôtel à midi, que l'homme commande du champagne et que la femme demande à ne pas être dérangée, on peut en toute logique en tirer la conclusion qui s'impose ! C'est comme cela que moi, j'ai vu les choses, et je suis convaincu que Mark Ransom les voyait aussi comme cela. C'est pourquoi j'ai été frappé que ce soit Mme Carelli qui réclame le panonceau. »

Paget se sentait ridiculisé.

« Vous avez gagné, lança-t-il. En quatre-vingt-dix secondes ! Mais il y a tout de même certaines choses que vous ne savez pas. Par exemple, si c'était simplement pour pouvoir parler que Mme Carelli ne voulait pas être dérangée… »

Aguilar le toisa.

« Non, dit-il finalement. C'est vrai que je ne sais pas si j'ai raison ou si je me trompe.

— Réponse judicieuse, fit froidement Paget avant de se tourner vers le juge. J'en ai terminé avec lui, Votre Honneur. »

Masters hocha la tête.

« C'est à vous, maître Sharpe.

— Je vous remercie, Votre Honneur, mais je n'ai rien à ajouter. Depuis ma dernière objection, je suis très satisfaite du travail que maître Paget a accompli pour nous. »

Paget observa l'homme qui s'avançait à la barre des témoins. John Hassler avait le visage ouvert d'un commercial. Cadre dans une compagnie d'assurances de Chicago, il approchait de la cinquantaine, était marié depuis vingt ans et avait deux filles. Sharpe ajouta à cette très estimable existence le fait que Hassler était descendu à l'hôtel Flood le jour de la mort de Mark Ransom, puis interrogea :

« D'ailleurs, monsieur Hassler, votre chambre ne se trouvait-elle pas au même étage que celle de M. Ransom ?

— Si. Je l'ai rencontré dans l'ascenseur alors qu'il remontait de son petit déjeuner.

— L'avez-vous reconnu ?

— Avec son visage et ses cheveux roux ? Il aurait été difficile de ne pas le reconnaître ! » Hassler secoua tristement la tête. « Il était sympathique, gentil. Plutôt poli, mais très ouvert.

— Combien de temps avez-vous discuté avec lui ?

— À peu près cinq minutes. Nous allions dans la même direction, alors il m'a invité dans sa chambre. Je me demandais comment étaient les suites, alors il m'a fait visiter la sienne... C'était vraiment un chic type...

— De quoi avez-vous parlé ?

— Il m'a montré sa suite — qui était très spacieuse — et m'a parlé des écrivains qu'il connaissait à Chicago. Il était très flatteur vis-à-vis d'eux et de ma ville. Puis il a regardé sa montre et a eu un sourire embarrassé. Il m'a dit qu'il aurait bien aimé poursuivre la conversation, mais qu'il devait se doucher. » Hassler lança un coup d'œil à Mary. « Il m'a dit qu'une dame devait venir dans une heure et qu'il n'avait pas envie de sentir les œufs au bacon !

— Vous a-t-il dit pourquoi venait cette femme ?

— Non. Mais à la façon dont il parlait, on voyait qu'il ne s'agissait pas de travail. Du moins, il ne m'a donné aucune raison de croire que c'était un rendez-vous d'affaires.

— Vous a-t-il dit qui il devait rencontrer ?

— Non. Il a juste précisé que je la reconnaîtrais si je la voyais. Il avait l'air assez content de lui. Je dois avouer qu'il a éveillé ma curiosité. »

Paget regarda du côté de Mary. Sous son masque d'indifférence, ses yeux envoyaient des éclairs dans lesquels la colère se mêlait au mépris. Quant à Masters, elle avait un léger froncement de sourcils.

« Que s'est-il passé ensuite ?

— Rien. Il m'a serré la main et je suis rentré dans ma chambre.

— Combien de temps y êtes-vous resté ?

— J'avais un déjeuner d'affaires à 13 heures. J'ai dû rester environ deux heures dans ma chambre. J'ai relu des rapports et passé quelques coups de fil.

— Avez-vous revu M. Ransom ? »

Hassler baissa les yeux.

« Non. Dans la soirée, quand j'ai appris ce qui s'était passé, c'était comme si on marchait sur ma tombe...

— Avez-vous vu la femme qui est venue chez M. Ransom ?

— Oui. Enfin, je crois.

— Pouvez-vous nous raconter ça ? »

Hassler hocha lentement la tête.

« Il était environ midi et je commençais à en avoir assez de travailler. Alors, je me suis levé, j'ai bâillé, je me suis étiré et j'ai regardé dehors, comme ça, pour me changer les idées. Je n'avais pas une très belle vue de ma fenêtre. L'hôtel Flood est un bâtiment en forme de U, avec deux ailes l'une en face de l'autre, qui entourent une cour intérieure. Ma chambre se trouvait à l'extrémité de l'aile droite, si bien que je pouvais voir l'aile opposée et quelques chambres du côté central du U, là où se trouvait celle de M. Ransom. En regardant dehors, je me suis demandé où étaient les fenêtres de sa suite. J'ai essayé de les repérer.

— Y êtes-vous parvenu ?

— Je crois bien, oui. J'ai compté les fenêtres, en essayant de me rappeler à quel niveau du U se trouvait sa suite... C'est à ce moment-là que je l'ai vue...

— La suite ?

— Non, la femme. » Hassler jeta un coup d'œil vers Mary. « Une femme avec de longs cheveux noirs. Près de la fenêtre.

— Que faisait-elle ?

— Elle a eu l'air de regarder par la fenêtre pendant une minute, comme si elle admirait la baie. Puis elle a baissé les stores et je ne l'ai plus vue. J'ai pensé que ce devait être la femme que Mark Ransom attendait.

— Qu'est-ce qui vous faisait penser cela ?

— La position des fenêtres, d'abord. Elle semblait correspondre. »

Sharpe attendit un moment :

« Y avait-il autre chose ?

— Oui...

— Quoi ? »

Hassler baissa les yeux et déclara d'un ton neutre :

« Elle était nue. »

De nombreux murmures parcoururent la salle. Très vite, Masters abattit son marteau, le visage menaçant. Paget eut l'impression que son propre cerveau s'était vidé d'un coup pour ne laisser place qu'à Carlo.

Silencieuse, Sharpe ne manifestait aucune émotion.

« Je veux que ce point soit bien clair, dit-elle. Vous l'avez vue en entier, à travers une baie vitrée, n'est-ce pas ?

— Oui. La femme que j'ai vue ne portait aucun vêtement. Rien du tout.

— Comment le saviez-vous ? »

Hassler détourna son regard, gêné. « Il y avait une zone noire entre ses cuisses.

— Les poils du pubis », précisa Sharpe sèchement.

Hassler soupira. Sa voix s'était affaiblie.

« La distance était assez grande... Mais oui, c'était son pubis... »

Paget s'aperçut que Mary avait agrippé la veste de son costume sous la table. Son visage était rouge.

« Parlons de cette fenêtre, reprit Sharpe. Laquelle était-ce, en partant de l'extrémité de l'aile centrale ?

— La troisième, je crois.

— Et vous souvenez-vous que lorsque nous vous avons interrogé, nous vous avons montré la suite de Mark Ransom, puis trois suites de chaque côté ?

— Oui.

— Et avez-vous compté les fenêtres ?

— Oui.

— Et qu'avez-vous découvert ? »

À présent, Hassler affichait une expression pitoyable.

« Ce que j'ai découvert, c'est que le salon de Mark Ransom comprenait la troisième fenêtre en partant de la droite. »

Paget se leva et commença très vite :

« La fenêtre que vous avez regardée se trouvait au moins à cinquante mètres de vous, n'est-ce pas ? »

Hassler approuva, mi-honteux, mi-désolé.

« Oui, c'est à peu près ça.

— Vous n'avez donc pas vu le visage de cette femme ?

— Non, pas du tout. J'ai vu sa silhouette et la couleur de ses cheveux.

— Autre chose ?

— La femme était élancée.

— Je vais vous montrer quelque chose. »

Rapidement, Johnny Moore ressortit le chevalet et y posa une autre photographie. Cette fois, on y distinguait une femme aux cheveux noirs qui regardait par une fenêtre du Flood.

« Votre Honneur, expliqua Paget, nous sommes prêts à établir que M. Moore a pris cette photographie de la fenêtre de M. Hassler, et que la femme qui apparaît là se trouve dans la suite de Mark Ransom.

— Avez-vous une objection ? demanda le juge Masters à Marnie Sharpe.

— Oui. Je ne sais pas de quoi il s'agit.

— Certes, pour le moment. Toutefois, je vais l'autoriser, sous réserve d'une expertise ultérieure. En attendant, nous ferons confiance à maître Paget.

— Très bien, Votre Honneur.

— Monsieur Hassler, commença Paget en s'avançant, permettez-moi d'attirer votre attention sur cette photographie, puis sur la table de la défense. »

Hassler regarda successivement dans les deux directions.

« J'ai vu, maître. Les deux.

— Très bien. Vous remarquerez que cette femme, sur la photographie, se tient devant la baie vitrée et, en dehors du fait qu'elle porte des vêtements, répond à la description que vous en avez faite. Reconnaissez-vous à peu près la vision que vous avez eue ce jour-là ?

— Oui.

— Et pouvez-vous identifier la personne photographiée ?

— Non. » Hassler paraissait embarrassé. « Mais, comme la femme que j'ai vue ce matin-là, sa silhouette et la couleur de ses cheveux ressemblent à celles de Mme Carelli. »

Paget hocha la tête.

« Ainsi, à votre avis, la femme photographiée ici ressemble autant à Mme Carelli que la personne que vous avez aperçue ?

— Oui. Il est difficile de l'affirmer, bien sûr. Mais cela pourrait être la même femme.

— Ce serait possible, en effet. » Pour la première fois, Paget sourit. « Malheureusement, il ne s'agit que de la sœur jumelle virtuelle de Mme Carelli : mon associée, maître Peralta. »

Masters eut un petit sourire. Paget se tourna vers la table de la défense.

« Auriez-vous l'amabilité de vous lever, mesdames ? »

Elles s'exécutèrent.

« Comme vous pouvez le constater, lança Paget à Masters, il existe un certain nombre de différences entre ces deux femmes : Mme Carelli est nettement plus grande, maître Peralta a les cheveux moins épais et, Mme Carelli le reconnaîtra en toute franchise, une quinzaine d'années de moins. »

Le juge Masters promena son regard de la photographie à Terri.

« J'ai déjà vu plus de ressemblance, Terri. Mais je suppose que c'est précisément ce qu'a voulu démontrer maître Paget. Au passage, je suis contente de vous avoir ici, Teresa. Même dans un rôle de figurante.

— Maître Teresa s'exprimera, intervint Paget, lorsque la défense présentera ses témoins.

— Parfait, maître. Sans vouloir dénigrer votre talent, je suppose que vous n'avez pas terminé ?

— Pas tout à fait. Monsieur Hassler, pourriez-vous regarder encore la photographie, s'il vous plaît. Étant donné la distance entre votre fenêtre et celles qui se trouvent dans la partie centrale du U, pensez-vous pouvoir affirmer avec certitude que la fenêtre que vous regardiez se trouvait bien au même étage que vous ? »

Hassler pencha la tête.

« Pas en regardant cette photo, non.

— Et en regardant par votre fenêtre, ce fameux matin ? Après tout, la distance entre vous et cette femme correspondait, en gros, à la moitié d'un terrain de football ! »

Hassler médita la comparaison.

« Non, dit-il finalement. Je ne peux pas être sûr que je ne voyais pas quelqu'un qui se trouvait un étage au-dessus, ou au-dessous.

— D'ailleurs, n'avez-vous pas conclu que la femme que vous voyiez se trouvait dans la suite de Mark Ransom en vous fondant précisément sur ce que cet homme vous avait raconté une ou deux heures auparavant ?

— Je ne comprends pas...

— Je vais formuler les choses différemment. Auriez-vous associé cette femme avec la suite de M. Ransom si celui-ci ne vous avait pas confié qu'il avait une sorte de rendez-vous galant ? »

Hassler parut réfléchir intensément.

« Peut-être pas, non.

— En y réfléchissant bien aujourd'hui, êtes-vous certain que la fenêtre que vous avez vue était bien la troisième en partant de la droite ?

— Je ne sais pas. » Hassler secouait la tête. « C'est seulement après sa mort que je me suis intéressé à tous ces détails.

— En fait, ce qui a retenu votre attention, c'était plus l'apparition inattendue de cette femme nue que la position de la fenêtre par rapport à l'extrémité du bâtiment, non ?

— Cela m'a surpris, c'est sûr, reconnut Hassler avec un air penaud.

— Et cela vous a attiré, n'est-ce pas ? »

Hassler releva la tête.

« Je crois, oui. Je ne sais pas qui était cette femme, mais elle était belle. J'avoue que je n'ai pas détourné les yeux...

— Et après l'avoir vue, vous n'avez pas non plus compté les fenêtres ?

— Non.

— De sorte que vous n'êtes pas du tout certain que la femme se trouvait vraiment dans la suite de Mark Ransom. »

Hassler regardait tour à tour Sharpe et Paget. « Non, murmura-t-il. Je ne peux pas en être certain.

— Ni même convaincu.

— Non. » Hassler avait détourné les yeux. « J'ai vu une femme nue qui aurait pu se trouver dans la suite de M. Ransom, c'est tout.

— Ou dans une autre chambre.

— Ou dans une autre chambre.

— Il est également exact, n'est-ce pas, que vous n'avez vu

personne d'autre derrière cette femme. Ni Mark Ransom, ni un autre homme ?

— C'est exact.

— Si bien que cette femme sans visage aurait très bien pu sortir de sa douche et se trouver seule dans sa chambre ? »

Hassler réfléchit.

« Oui, vous avez raison. La femme que j'ai vue pouvait très bien être seule. »

Paget attendit quelques instants.

« Étant donné toutes ces incertitudes, demanda-t-il, et le préjudice potentiel que vous pouviez causer à Mme Carelli, pourquoi êtes-vous venu à la barre ?

— Je ne voulais pas venir. » Hassler paraissait désespéré. « Mais j'avais rencontré cet homme, et à présent, il est mort. Pouvais-je faire autrement que dire au district attorney ce que j'avais vu et le laisser décider ce qu'il ferait de mon témoignage ? »

Le visage empreint d'une sorte de lassitude, comme si ses plus sombres pressentiments se confirmaient soudain, il tourna lentement la tête vers Marnie Sharpe. Puis il s'adressa à nouveau au témoin.

« Vous avez fait votre devoir, monsieur Hassler, dit-il. Merci. Je n'ai plus de questions. »

Aussitôt, Sharpe se leva d'un bond.

« Est-ce que quiconque, que ce soit la police ou le district attorney, vous a soufflé ce que vous étiez censé avoir vu par la fenêtre ? interrogea-t-elle d'une voix rageuse.

— Objection, intervint Paget. Le procureur n'a le droit de remettre en question que les points qui ont été soulevés dans le contre-interrogatoire. Mes questions n'ont jamais insinué que maître Sharpe ait suborné le témoin. »

Sharpe semblait ulcérée. « Maître Paget mésentend et déforme délibérément ma question !

— Votre Honneur, répliqua Paget à l'intention de Masters, laissez-moi éclairer maître Sharpe sur la portée de ma dernière question. Celle-ci suggérait — et je le dirai maintenant sans détour — qu'il est assez mesquin de la part de l'avocat général de porter préjudice à Mme Carelli en présentant un témoignage à la fois si infamant et si ténu. C'est tout.

— Très bien. » Masters se tourna vers Sharpe. « J'apprécie les sentiments de maître Paget, sinon sa tournure de phrase. Nous ne saurons probablement jamais quelle était la femme qu'a vue M. Hassler de sa fenêtre, mais nous nous souviendrons tous de sa tenue vestimentaire. C'est, je pense, ce qui vous importe. »

Sharpe se hérissa. Visiblement, elle supportait mal les reproches.

« Notre seule intention, dit-elle, était de présenter des indices qui nous éclairent sur ce qui s'est produit dans cette suite. J'espère que la cour l'acceptera.

— La cour l'accepte, répondit Masters d'un ton plus doux, mais n'accordera pas à ce dernier témoignage la valeur d'une pièce à conviction. Je vous autorise à poser votre question, mais je vous suggère d'en finir rapidement.

— Très bien, Votre Honneur. » Sharpe s'adressa au greffier, un homme d'une quarantaine d'années assis à la droite de Masters. « Monsieur Sanders, pourriez-vous nous relire la question ?

L'homme retira la feuille de sa machine et lut : « Est-ce que quiconque, que ce soit la police ou le district attorney, vous a soufflé ce que vous étiez censé avoir vu par la fenêtre ? »

Hassler secoua la tête.

« Non. Personne.

— Et, enchaîna Sharpe, ce que vous nous avez décrit correspond à ce que vous êtes venu dire spontanément à notre bureau ?

— Tout à fait. J'ai vu ce que j'ai vu.

— Et en dépit des questions que vous a posées maître Paget, continuez-vous de penser, en votre for intérieur, qu'il est plausible que la femme que vous avez vue se trouvait dans la suite de Mark Ransom ? »

Le front de Hassler se rida.

« Vous avez dit ''plausible'' ? demanda-t-il à Sharpe.

— Oui. »

Hassler réfléchit.

« Je suis obligé de répondre oui, dit-il enfin.

— Je n'ai pas d'autres questions », fit Sharpe.

Hassler quitta la barre des témoins, laissant Paget en proie à une lourde interrogation : la femme dévêtue était-elle Mary Carelli ?

Edward Tench était un banquier à l'allure décidée. Avec ses lunettes cerclées de noir et son costume impeccable, on sentait qu'il s'agissait d'un homme respecté et écouté. Il passa sa main sur ses cheveux, ajusta sa cravate rouge et attendit la prochaine question de Sharpe.

« Ainsi donc, vers 13 heures, vous êtes remonté dans votre chambre du Flood ?

— Oui. Je venais de déjeuner rapidement et j'avais l'intention d'appeler mon bureau.

— Et votre suite se trouvait au vingt-troisième étage, comme celle de M. Ransom ?

— Oui.
— En sortant de l'ascenseur, avez-vous vu quelque chose ?
— Oui. » Tench se pencha en avant, apparemment impatient. « Mais je devrais peut-être expliquer comment se présentent ces ascenseurs. Celui que j'ai pris se trouvait à l'extrémité d'un long couloir qui desservait les suites et les chambres donnant sur Berkeley. Ma suite se trouvait à deux portes de celle de M. Ransom. Je suis donc sorti de l'ascenseur pour me diriger vers nos deux suites...
— Merci, trancha Sharpe. Et qu'avez-vous vu ?
— Une femme. Devant la porte d'une des suites.
— Comment était-elle ? »
Tench se tourna légèrement pour regarder Mary. « De l'endroit où je me trouvais, je ne voyais pas son visage. Mais elle était très grande, environ un mètre soixante-quinze, et elle avait de longs cheveux noirs.
— Vous souvenez-vous de ses vêtements ?
— Non, vraiment pas. J'ai quand même l'étrange impression qu'elle ne portait pas de chaussures. Ce dont je me souviens clairement, c'est qu'elle avait des cheveux brillants et qu'elle se tenait très droite, à la manière d'un mannequin. Il n'y a pas beaucoup de femmes qui ont cette allure. »
C'était un professionnel sûr de lui, pensa Paget, déterminé à tirer le maximum de ce qu'il savait. Il ne ferait pas un témoin facile à interroger, d'autant que la femme qu'il avait vue était fort vraisemblablement Mary.
« Que faisait-elle ?
— Elle est restée un moment immobile, à regarder la porte. Puis, très brusquement, elle est entrée. On aurait dit qu'elle avait entendu l'ascenseur s'ouvrir et qu'elle ne voulait pas être vue devant la chambre.
— Est-ce que quelqu'un lui a ouvert ?
— Non. Elle est entrée toute seule.
— D'après ses mouvements, cette femme semblait-elle affaiblie physiquement ?
— Non. Ses mouvements étaient très rapides. J'ai pensé que ce devait être une danseuse, ou peut-être une joueuse de tennis. Une femme très à l'aise dans son corps.
— Je vais exprimer une objection un peu tardive, lança Paget. Mais je me demandais si le témoin pourrait éviter de nous faire partager sa très riche expérience culturelle et ses points de référence, et s'en tenir aux faits. Franchement, je n'arrive plus à savoir si cette femme était un top model, une danseuse, une athlète ou si, pour une raison ou pour une autre, elle s'était fait implanter

une barre d'acier dans la colonne vertébrale. D'ailleurs, le témoin, me semble-t-il, ne le sait pas non plus. »

Masters réprima un sourire et s'adressa au témoin :

« Tout comme maître Paget, monsieur Tench, je vous demanderai de vous cantonner à la description de ce que vous avez vu.

— Très bien, Votre Honneur. » Tench paraissait vaguement contrarié. « J'essayais seulement de me rendre utile. Qu'il s'agisse de droit ou d'investissements bancaires, je sais que l'expérience d'une personne lui permet d'affiner son observation.

— Vous avez raison, reconnut Masters. À propos, combien de temps avez-vous observé cette femme ? »

Tench réfléchit.

« Pas très longtemps, sans doute.

— Parce que, d'après votre description, cela semble correspondre à une dizaine de secondes, en comptant large... »

Tench parut un instant irrité.

« C'est à peu près cela.

— Hé oui ! conclut Masters. L'expérience permet d'affiner l'observation la plus ténue ! Dépêchez-vous, maître Sharpe. »

À présent, c'était à Sharpe de paraître ennuyée. Visiblement, Masters appréciait sa journée, indépendamment des performances des deux avocats. Les premiers articles sur elle commençaient à paraître dans la presse et l'on verrait certainement des extraits de l'audience aux journaux télévisés du soir. Toutefois, Paget ignorait quelle influence toute cette publicité pourrait avoir sur elle.

« Votre Honneur, dit Sharpe, puis-je demander à Mme Carelli de se lever et de tourner le dos au témoin ?

— Maître Paget ? »

Il était impossible de s'y opposer.

« Mais certainement, Votre Honneur. Mme Carelli sera ravie de tourner le dos à ce témoin. »

Le juge Masters sourit.

« Mme Carelli », appela-t-elle.

Mary se leva, les yeux fixés sur le témoin. Puis, lentement, elle se retourna.

Elle n'y pouvait rien, pensa Paget : l'image d'une danseuse ou d'un mannequin venait d'emblée à l'esprit. Pendant un étrange instant, il se souvint d'elle, nue devant le Vasarely de son appartement, très gracieuse et très droite. À présent, Mary observait les journalistes d'un œil tranquille, la tête haute.

« Je pense que c'est la même femme, déclara Tench. Autrement dit, la femme que j'ai vue ressemblait à Mme Carelli telle que je la vois là. »

Le visage de Mary n'exprimait rien. L'auditoire était attentif.

« Mme Carelli peut-elle se rasseoir ? interrogea Paget.

— Bien sûr, fit Masters. Merci, madame Carelli. D'autres questions, maître Sharpe ?

— Non, Votre Honneur. »

Paget ne se leva même pas. De sa voix la plus nonchalante, il demanda :

« Dites-moi, monsieur Tench, ce mannequin sans nom et sans visage que vous avez aperçu pendant une dizaine de secondes dans un couloir mal éclairé portait-il au moins des vêtements ? »

Il y eut un éclat de rire dans la salle. Masters leva son marteau, mais renonça soudain à l'abattre devant l'expression de Tench. Celui-ci faisait avec la bouche une petite moue, mélange d'amusement forcé et d'affirmation de sa supériorité.

Sharpe se releva.

« Votre Honneur, il ne s'agit pas là d'une comédie !

— Loin de là ! répliqua Paget. Seulement les dons d'observation de votre témoin sont si extraordinaires que, lorsqu'il nous a dit ne pas se souvenir de ses vêtements, j'ai craint le pire ! »

Le haussement d'épaules de Masters indiqua qu'elle commençait à se lasser.

« Répondez, monsieur Tench. Pour le greffier.

— Oui, déclara Tench, condescendant. La femme était habillée.

— Cela me soulage, s'exclama Paget. Bon, comme maître Sharpe souhaite éviter la comédie, je n'ai plus de questions.

— Maître Sharpe ?

— Moi non plus.

— Vous pouvez vous retirer, monsieur Tench. »

Il s'exécuta, un peu vexé de se voir si abruptement congédié. Masters semblait à présent agacée.

« Comme il commence à y avoir de l'électricité dans l'air, déclara-t-elle, je vous propose une demi-heure de pause. Ensuite, nous nous retrouverons à huis clos pour évoquer une pièce à conviction proposée par l'avocat général. »

Il s'agissait de la cassette, Paget le savait. Lorsqu'il se tourna vers Carlo, qui regardait sa mère avec une multitude de nouvelles interrogations dans les yeux, il comprit que, malgré les doutes qu'il s'était efforcé d'insuffler, Marnie Sharpe était indéniablement parvenue à ses fins.

Chapitre cinq

Tout comme la vaste salle d'audience, le bureau qu'utilisait Caroline Masters pour réunir les avocats en huis clos avait été emprunté. Les livres, dossiers et traités de droit appartenaient à un autre juge et il était évident que les fauteuils de cuir vert et les meubles lourds n'avaient pas été choisis par elle. Cela ne semblait pas la gêner le moins du monde. Après trois jours d'audience, elle se sentait ici chez elle.

Elle recula dans son fauteuil et regarda pensivement le magnétophone que Sharpe avait posé devant elle. Terri, Paget, Sharpe et son assistant se taisaient. « Les journalistes, commença-t-elle, ne savent pas ce qu'ils ratent ! Et je tiens d'ailleurs à ce qu'ils ne l'apprennent jamais.

— Que sommes-nous autorisés à dire ? s'enquit Sharpe.

— Rien du tout. Vous informerez la presse, comme je l'ai déjà fait, que, pendant ces sessions privées, nous discutons des points sur lesquels nous ne sommes pas encore tombés d'accord, c'est tout. Sans expliquer, bien sûr, quels sont ces points.

— Je trouve, risqua Sharpe, que la publicité que réclame maître Paget autour de cette affaire est assez sélective : il veut la télévision nationale pour certains aspects et exige un silence de mort pour tout ce qui nous renseignerait de façon trop réaliste sur le personnage de Mme Carelli.

— Ce que maître Paget veut ou ne veut pas m'importe peu. Je fonde ma décision uniquement sur ma conception rétrograde de la décence. » Masters s'interrompit, puis reprit : « Si j'ai bien compris, vous souhaitez me soumettre, d'une part, un enregistrement de la psychanalyse de Mme Carelli, d'autre part, une cassette qui dévoile des informations assez désagréables sur les relations qu'entretenaient une actrice disparue et un sénateur révéré des Américains. Vous me proposez également trois témoignages de femmes relatifs aux habitudes sexuelles de Mark Ransom et à l'utilisation qu'il faisait des enregistrements en question. Si tout cela se révèle recevable, je l'accepterai. Jusque-là, je me soucierai davantage de protéger les personnes impliquées, que du ''droit à l'information'' du public. Me suis-je bien fait comprendre ? »

Elle avait posé cette dernière question en s'adressant ostensiblement à Sharpe. Celle-ci hésita, puis hocha la tête.

« Très bien. Car si vous trouvez que je m'en prends à vous en particulier, Marnie, vous n'avez pas tort. Comme 50% des Américains, j'ai regardé Mme Carelli à l'émission *60 minutes*. Mais, contrairement à eux, je savais exactement de qui venaient les questions que posait le journaliste. Et j'ai été contrainte de me demander si seule la vie privée des femmes qui ont effectivement été violées vous tenait à cœur... Et voilà qu'à présent vous suggérez de révéler des informations qui pourraient causer beaucoup de tort à un certain nombre de gens, avant même que la cour ait déterminé si ces éléments peuvent ou non tenir lieu de pièces à conviction. » Masters jeta un coup d'œil au magnétophone, puis releva les yeux vers Sharpe. « Je ne sais pas ce qu'il y a sur cette cassette. Mais je vous préviens que si la presse imprime la moindre ligne à son sujet avant que je l'aie déclarée recevable, et si je remonte la piste jusqu'à votre bureau, je vous tiendrai personnellement responsable. Me suis-je *parfaitement* fait comprendre ?

— Oui, fit Sharpe, contrariée. Tout à fait. »

Paget jeta un coup d'œil à Terri. Que signifiait cette énergique mise en garde ? Que le juge prenait l'affaire très à cœur ? Ou y avait-il autre chose ? Mais Terri semblait tout aussi étonnée que lui.

« Au cours de nos sessions privées, poursuivit le juge Masters, nous aurons besoin d'une greffière qui prendra en notes tout ce qui se dit. Toutefois, je tiens à ce que les femmes qui viendront témoigner se sentent aussi à l'aise que possible. L'expérience sera déjà assez pénible pour elles, et je considère qu'il est du devoir des tribunaux de déployer tous leurs efforts pour encourager les victimes d'agressions à venir en parler. Ce qui signifie, entre autres, que je mènerai moi-même les interrogatoires. Si l'un d'entre vous souhaite poser une question dans le but de préparer l'enregistrement pour un éventuel recours en appel, il pourra bien entendu le faire. Mais si je décide que le témoignage proposé ne sera pas utilisé à l'audience, je ferai protéger le compte-rendu écrit. Quant aux enregistrements, nous les auditionnerons en l'absence de la greffière, car ils parlent d'eux-mêmes. » Masters regarda successivement chacun des avocats. « Êtes-vous d'accord ? Dans le cas contraire, dites-le tout de suite. »

Il y eut un silence. D'habitude, songea Paget, le juge était plus observateur qu'intervenant. Paget vit Sharpe se demander quelle serait la réaction du juge si elle émettait une objection. Mais elle se trouvait en trop bonne posture pour risquer de s'aliéner le juge, et, tout compte fait, la détermination de Masters à préserver la vie privée de Mary et des témoins n'affectait guère son argumentation.

« Je n'ai aucune objection, déclara-elle.

— Mme Carelli non plus, fit Paget.

— Je m'en serais doutée, rétorqua sèchement Masters. Comment souhaitez-vous procéder, maître Sharpe ?

— J'aimerais d'abord vous faire écouter cet enregistrement, Votre Honneur. Il parle de lui-même. Il s'agit d'une séance de Mme Carelli chez son psychanalyste, le Dr Steinhardt. Nous avons trouvé cette cassette chez Mark Ransom, à Key West, et nous sommes prêts à l'authentifier si la cour l'estime recevable.

— Quant à moi, répliqua Paget, j'ajouterai simplement que cette cassette est protégée par le secret médical. Il est évident que le seul objectif de l'accusation est de porter préjudice au déroulement normal de l'affaire. Or, une fois que la cour l'aura entendue, le mal sera fait.

— Je vais devoir l'écouter, maître. Ensuite, j'entendrai vos critiques. Il faudra vous fier à ma discipline mentale.

— Merci, Votre Honneur. » Paget n'avait répondu que pour la forme. Il savait qu'une fois l'enregistrement entendu, l'idée que se faisait le juge de Mary et de son avocat serait transformée du tout au tout. Paget aurait perdu la sympathie de Masters sans aucun espoir de la reconquérir.

Lorsqu'elle mit le magnétophone en marche, on eût dit que Sharpe souriait secrètement. À cet instant, Christopher Paget la détesta. Il ne s'agissait pas d'une animosité classique, naturelle entre deux avocats adverses, mais de cette haine viscérale qu'éprouve un coupable face à la jubilation d'un procureur. Paget s'enfonça dans son fauteuil, gommant la honte et l'appréhension de son visage.

« Je fais toujours le même rêve... », disait Mary.

La voix semblait aussi nue et lointaine que la première fois. Paget ressentit la même sensation désagréable que dans le bureau de Brooks. « Le jour, je parviens à me libérer de tout cela, mais la nuit, je perds tout contrôle... »

Les yeux fixés sur le magnétophone, le juge Masters avait abandonné son allure hautaine. On eût dit qu'elle ne souhaitait regarder personne.

« Je suis à Paris, continuait Mary, à l'église de Saint-Germain-des-Prés… »

La voix résonnait dans la pièce. Avec les boiseries sombres des murs et la fenêtre étroite qui ne laissait entrer qu'un maigre rai de lumière, le récit de Mary prenait le caractère d'une confession. Les avocats étaient tous attentifs.

« Dans le rêve, que faites-vous là ? interrogea Steinhardt.

— Je viens demander pardon pour mes péchés. »

Le dialogue entre les deux voix se poursuivit. Mary et Steinhardt parlaient très bas, comme s'ils craignaient d'être entendus. Caroline Masters était plongée dans ses pensées.

« Ces péchés vous sont-ils pardonnés ? interrogea Steinhardt.

— Au début, aucun signe ne l'indique. » Mary paraissait très lasse. « … Et puis je sors, et là, je reçois Sa réponse. Carlo est parti. À sa place, il y a deux verres vides. Un pour moi, un pour Chris. Alors, je comprends.

— Que comprenez-vous ?

— Que Chris a emmené Carlo et que je dois le laisser. » Au ton de sa voix, elle semblait avoir perdu une bataille. « Que mes péchés sont trop graves pour être pardonnés… »

Masters posa sur Paget un regard interrogateur. Il croisa ses yeux, hocha la tête. Elle examina un moment son visage, puis fixa résolument le magnétophone. Les voix s'élevaient toujours. Du coin de l'œil, Paget vit Sharpe s'interroger sur leur échange silencieux.

« Qui est Chris ? demandait Steinhardt. Et quels sont vos péchés… dans le rêve ?

Il y eut un long silence. « Connaissez-vous Christopher Paget ?

— J'en ai entendu parler. C'est le jeune homme qui a témoigné au procès Lasko.

— Oui. Carlo est chez lui maintenant. »

Un instant, Paget crut voir les yeux de Terri briller. Alors, il se souvint qu'elle n'avait jamais entendu la cassette.

« Et vos péchés ? demandait Steinhardt.

— Dans le rêve ou dans la vie ? » Paget se souvenait parfaitement de la froideur de cette voix à ce moment-là. « Parce que dans la vie, le terme *péché* ne signifie pas grand-chose pour moi.

— Alors dans le rêve.

— Vous ne pourrez pas comprendre si vous ne savez pas ce qui s'est passé. Avez-vous suivi le procès ?

— Oui, dit Steinhardt. Comme des millions de gens, j'ai été fasciné.

— Et avez-vous écouté ma déposition ?

— Oui, avec grand intérêt.

— Alors, il faut commencer par le fait le plus essentiel.
— Quel est-il ? »

Il y eut un long silence, puis la voix de Mary résonna dans le bureau : « J'ai menti. »

Masters plissa les yeux. Impuissant, Paget la regarda écouter Steinhardt poser d'autres questions, et Mary donner d'autres réponses.

« Laissez-moi vous rassurer, disait Steinhardt. Ces cassettes sont destinées à mon usage personnel. Conformément à la loi de cet État, elles sont soumises au secret médical et, même si cette loi n'existait pas, je veillerais à ce qu'elles ne sortent pas de cette pièce. Ainsi, tout ce que vous me dites restera aussi confidentiel que s'il n'y avait pas de cassette. »

Masters leva les yeux vers Sharpe. Comme pour l'inviter à bien écouter, celle-ci fit un léger signe du menton en direction du magnétophone. Au moment où Masters tourna la tête, Mary avouait son faux témoignage devant le Sénat.

Il sembla à Paget que Mary répétait inlassablement le nom de Jack Woods, comme une malédiction. Une fois de plus, Woods entravait l'enquête de Paget, envoyait un témoin à la mort. Le souvenir de la haine que lui inspirait Woods remonta à la surface.

« En somme, concluait Mary, j'ai dit la vérité pendant une bonne partie de ma déposition. » Elle s'interrompit. « Ce que je n'ai pas dit à Talmadge, c'est que j'ai aidé Jack. »

Le visage de Masters ne laissa rien filtrer. Elle regardait le magnétophone avec obstination. Paget ne put déchiffrer ses pensées.

« Vous vouliez vous protéger ? » demanda Steinhardt.

Comme la première fois, Mary semblait sourire. « Je ne voulais pas aller en prison. D'ailleurs, même sans cela, cette vie que j'avais eu tant de mal à construire se serait écroulée si j'avais dit la vérité. » Elle s'interrompit, ajoutant plus doucement : « Et puis, bien sûr, j'étais enceinte. »

Paget inspira. Il sentit Terri se rapprocher imperceptiblement de lui.

« Chris le savait-il ? » demanda Steinhardt.

Silencieuse, Masters regardait Paget. Celui-ci savait qu'elle avait saisi instantanément toutes les implications : sans doute se demandait-elle s'il était au courant de la complicité de Mary et, pire encore, s'il avait lui aussi menti au Sénat.

« Quoi ? » fit Mary.

La cassette s'interrompit.

Sans un mot, Masters se leva, alla ouvrir la porte et fit entrer la greffière, une femme d'une quarantaine d'années. Elle s'installa dans un recoin de la pièce, soucieuse de se faire aussi discrète que possible. Pendant ce temps, Masters se réinstalla dans son fauteuil, toujours muette. Ce fut Sharpe qui rompit le silence.

« Cette cassette nous révèle le mobile de Mme Carelli, dit-elle, et suggère, de façon assez regrettable, que maître Paget se trouve confronté à un sérieux problème d'éthique lié à son implication dans l'affaire Lasko. Il est évident qu'il existe une seconde cassette qui dévoile beaucoup d'autres choses sur Mme Carelli et maître Paget. Mais nous ne savons pas où elle se trouve.

— Pour ma part, répliqua Masters, il y a une seule chose que j'aimerais bien savoir : c'est ce que fait cette cassette dans un tribunal. »

Sharpe la dévisagea, interloquée.

« Mais il suffit de l'écouter pour comprendre ce qui a poussé Mary Carelli à tuer Mark Ransom ! Personne ne peut nier que cette cassette est liée au mobile du crime !

— Oh ! je suis bien d'accord avec vous là-dessus. D'ailleurs, si un tribunal l'accepte comme pièce à conviction, vos chances de faire condamner Mme Carelli augmentent de cent pour cent. » Masters s'interrompit, puis reprit en détachant bien chaque syllabe : « Mais, pour ma part, il est hors de question que je l'accepte. Hors de question. »

Sharpe se raidit.

« Sans cette cassette, les débats du tribunal ne seront que l'ombre de la vérité. Et la recherche de cette vérité est, ou du moins devrait être, notre objectif ultime. Si les tribunaux commencent à remettre en question les moyens dont dispose la justice, personne ne pourra jamais croire qu'une cour de justice puisse servir les objectifs qu'elle vise.

— Épargnez-nous vos leçons de morale, voulez-vous ? Il y a dans cet État une loi qui protège le secret médical entre un patient et son psychiatre, et je vois mal pourquoi cet enregistrement devrait échapper à cette loi. » Masters haussa la voix. « Vous m'avez contrainte à écouter les secrets de cette femme, qui sont protégés par la loi, sans avancer le moindre argument susceptible de m'inciter à accepter cette cassette. Il est évident que votre seul objectif était d'insuffler à la cour un préjugé défavorable à l'encontre de Mme Carelli et, c'est clair, de son avocat. Ce procédé est grossier et injuste envers eux, et je le trouve insultant vis-à-vis de moi. À présent, avez-vous une petite idée de ce que la cour pense de la ''justice'', ou dois-je vous faire un exposé détaillé ? »

Sharpe était très pâle.

« Ce n'est pas la peine, dit-elle faiblement. Mais je rappelle simplement à la cour que, s'il y a procès en assises, je pourrai demander au président du jury de rendre son jugement sans idée préconçue contre ceux qui fournissent des pièces à conviction.

— Je comprends. » Masters s'était calmée. « Mais, à mon avis, un juge qui estimerait cette cassette recevable vous donnerait deux assurances : un verdict de culpabilité et un arrêt d'annulation en appel. Je vous suggère donc de mener votre affaire en vous passant de cette pièce à conviction. Quant à moi, je vais faire de mon mieux pour écarter cette cassette de mon esprit. »

Un long silence suivit cette tirade. On sentait la réticence des avocats en présence d'un juge mécontent. Lorsque la sténographe termina sa phrase sur la machine, on n'entendit plus un seul son.

« Votre Honneur, hasarda Paget, je suppose que cela conclut la déposition du procureur. »

Masters se tourna vers Sharpe.

« Est-ce le cas ?

— Sous réserve de la réfutation des témoins, répondit Sharpe.

— Dans ce cas, poursuivit Paget, j'ai l'intention de demander l'abandon de toutes les charges contre Mme Carelli. »

L'expression de Masters indiqua que ce ballon d'essai, destiné à tester l'état d'esprit du juge, n'allait pas recevoir un accueil favorable.

« Sur quelle base ?

— En me fondant sur le fait que le procureur n'est pas en mesure de fournir de causes probables à cet homicide.

— Vous rêvez, maître. Établir les causes probables signifie simplement prouver qu'il y a davantage de preuves pour que contre. Inutile de perdre votre temps en paperasseries.

— Très bien. Je renoncerai donc à cette requête, fit poliment Paget. Quoique je sois mis au supplice par le spectre de la victoire. »

Pour la première fois, Masters faillit esquisser un sourire. « Ne le laissez pas vous aveugler, dit-elle. Autre chose ?

— Oui, intervint Sharpe. J'aimerais demander à maître Paget s'il compte faire témoigner Mme Carelli. »

Paget hésita. Chaque jour qui passait, le risque d'exposer Mary à un contre-interrogatoire semblait grandir de façon exponentielle. La veille encore, il avait débattu pendant plus d'une heure avec Terri sur les avantages de tenir Mary silencieuse. Toutefois, devant la tournure que prenaient les choses, le seul espoir de Mary consistait à construire une défense active, ce qui, bien sûr, serait quasi impossible sans son intervention personnelle.

« Mon intention actuelle, dit Paget, est de faire témoigner Mme Carelli.

— Dans ce cas, enchaîna Sharpe, nous n'en avons pas tout à fait terminé avec cette cassette. »

Masters haussa les sourcils, étonnée.

« Comment cela ?

— Nous n'avons pas précisé, expliqua Sharpe, si nous pouvons demander à Mme Carelli si elle a consulté le docteur Steinhardt, ou si cet enregistrement existait, ou si M. Ransom l'avait, ou encore pourquoi elle n'en a pas parlé à la police. Aucune de ces questions, me semble-t-il, ne sont soumises au secret médical.

— Certes, rétorqua Paget. Mais maître Sharpe est en train d'essayer de se dérober à ce secret médical en cherchant à amener Mme Carelli à parler elle-même de la cassette — ce qui est une façon de contourner la loi — ou du moins en créant un voile de mystère autour d'une cassette qui renferme des secrets inavouables et hautement préjudiciables.

— Comme la cour l'a elle-même souligné, dit Sharpe, il serait difficile d'imaginer quelque chose de plus préjudiciable que le contenu effectif de cet enregistrement... À part, bien sûr, la cassette manquante. Or, la loi est claire : seules les communications elles-mêmes sont confidentielles, et non la réalité de ces communications ou l'existence de la cassette. »

Une fois de plus, Paget ne put qu'admirer l'excellente préparation de Sharpe . pour chacun des points sur lesquels elle avait perdu du terrain, elle avait en réserve une deuxième, voire une troisième approche qui lui permettait d'atténuer la colère du juge. Si Masters tranchait à présent en sa faveur, le contre-interrogatoire de Mary se révélerait plus brutal et plus dangereux encore, Mary risquant, à chaque réponse, de dévoiler l'existence de la cassette.

« Vous pouvez explorer ces domaines, répondit Masters. Mais des questions du style : ‘‘Vous êtes-vous rendue coupable de faux témoignage devant le Sénat des États-Unis ? », ou toute question liée au contenu de la cassette sera jugée inadmissible... Cet enregistrement ne deviendra pièce à conviction que si Mme Carelli renonce elle-même au secret médical en commettant un faux pas à la barre des témoins. Est-ce bien compris ?

— En d'autres termes, précisa Sharpe, si Mme Carelli fait la moindre allusion à la cassette ou déforme son contenu d'une manière ou d'une autre, l'accusation pourra auditionner cette cassette devant le tribunal.

— C'est bien cela, répondit Masters. Autre chose ? »

Sharpe hésita :

« Non, Votre Honneur.

— Maître Paget ?

— Non, Votre Honneur. Merci.

— Dans ce cas, nous reprendrons demain matin. » Masters soupira. « Je ne sais pas si vous êtes comme moi, mais j'en ai assez pour aujourd'hui. »

La greffière sortit. Masters se leva puis, comme saisie d'une pensée soudaine, se tourna vers Paget. « Il y a une chose que je dois vous dire, maître Paget : vous êtes aussi bienvenu dans ce tribunal que vous l'étiez avant que maître Sharpe ne passe cet enregistrement. Je me fiche de ce que vous avez fait ou pas fait il y a quinze ans, et je suis désolée que maître Sharpe ne partage pas cet avis. »

Elle jeta un coup d'œil à Sharpe avant de reprendre :

« Les vies privées des gens sont quelque chose de complexe et il serait dommage que ce qui s'est passé entre Mme Carelli et vous ne reste pas confidentiel. Je sais que votre fils est là et qu'il regarde et je suis tout à fait consciente de la tension qu'il subit. »

Pendant quelques instants, Paget resta sans voix. Il s'attendait à tout de la part de Caroline Masters, mais pas à de la compassion.

« J'apprécie, Votre Honneur. Réellement. »

Masters continua à le considérer, puis ajouta :

« Il y a peut-être autre chose que je dois vous dire. En toute franchise, vous avez fait du très joli travail. Mais vous allez perdre cette affaire. »

Paget ne quittait pas son verre de Martini des yeux. Sec, sans glaçons. Le premier depuis des semaines.

« Vous allez perdre cette affaire, dit-il à Terri. Une phrase comme celle-ci ne nécessite pas d'analyse extensive. »

Ils se trouvaient dans un bar, au dernier étage de la tour Mark Hopkins. Dehors, le crépuscule tombait peu à peu sur la ville.

« Sémantiquement, non, répondit Terri. Mais elle peut signifier soit : ''Vous avez intérêt à présenter des témoins en béton'', soit : ''Mieux vaudrait conclure un marché avec Marnie pendant que vous avez encore une chance'', soit encore : ''Ne faites pas témoigner Mary : vous perdrez de toute façon et vous ne ferez que dilapider vos chances lors du procès.''

— À mon avis, c'est l'une des deux dernières possibilités. Peut-être même les deux.

— Je le crois aussi. Malheureusement.

— Le problème, c'est que Mary n'acceptera jamais ce marché. Même s'ils venaient nous le proposer. »

Terri considéra pensivement son verre de vin.

« Tu as réussi à garder la cassette en dehors de tout ça, dit-elle doucement. Tu ne pouvais pas faire plus.

— C'est Caroline qui l'a refusée, pas moi. Du moins pour l'instant. »

Terri eut un regard préoccupé. Paget la vit hésiter entre la compassion et les encouragements.

« Demain, ce sera à notre tour. De toute façon, nous ne pensions pas gagner aujourd'hui, tu te souviens. Et puis, Caroline a été sympa avec toi...

— Oui, à ma grande surprise. Cette femme-là est totalement imprévisible. J'ai l'impression qu'elle est guidée par autre chose que le raisonnement pur, mais je n'ai aucune idée de ce que c'est. Ni de ce qu'elle est.

— Ne cherche pas, Chris. Je ne crois pas que Caroline soit le vrai problème dans cette affaire. Tu as bien assez d'autres choses à considérer.

— Je sais. »

L'attention que lui portait Terri lui rappela qu'elle aussi avait des problèmes personnels.

« Alors, est-ce que les choses s'arrangent chez toi ? Et comment va Elena ?

— Elena est en pleine forme... Quant au reste, ça va. Richie ne comprend vraiment pas les exigences du procès. Il a l'impression que je lui en veux, il prend cela personnellement. »

Y avait-il quelque chose que Richie ne prenait pas personnellement ? se demanda Paget.

« Ce doit être dur », répondit-il à Terri.

Elle haussa les épaules.

« J'essaie de couper court à ses jérémiades. Encore deux semaines et tout reprendra comme avant. »

Sa voix semblait blasée. Comme si elle l'avait remarqué, Terri changea de conversation :

« Et Carlo, comment est-il ?

— Trop silencieux. Je suis sûr que ce sont tous ces sous-entendus sur ce qui s'est passé entre sa mère et Ransom... Je redoute de plus en plus le moment où elle passera à la barre. Chaque fois que je lui pose des questions, je trouve de nouvelles lacunes. Sans parler de Sharpe, qui n'arrête pas d'introduire de nouveaux éléments ! Cela me fait peur, surtout pour Carlo. »

Terri hocha la tête et vida son verre sans rien répondre. Puis elle regarda sa montre.

« Melissa Rappaport doit être arrivée à l'heure qu'il est. Je me demande si Caroline va la laisser témoigner publiquement.

— Cela m'étonnerait. » Paget termina lui aussi son verre. « Tout ce que j'espère, moi, c'est que Caroline se souviendra d'elle chaque fois qu'elle pensera à la voix de Mary sur la cassette. »

CINQUIÈME PARTIE

La défense

13-19 février

Chapitre un

« Il m'a demandé de me déshabiller pour eux », murmura Laura Chase.

Sa voix cassée avait un accent plaintif, plus étonné que fâché. Caroline Masters leva les yeux du magnétophone et regarda Terri.

« De quoi s'agit-il ? » interrogea-t-elle.

Terri ne répondit pas tout de suite, bouleversée par l'image qu'elle se faisait de Laura Chase allongée sur le divan blanc du docteur Steinhardt.

« Je vous en prie, écoutez, Votre Honneur. Je pense que nous pouvons établir la recevabilité de cet enregistrement.

— Et vous êtes-vous déshabillée ? demandait Steinhardt.

— Vêtement par vêtement. » Long silence. « Jamie me disait quoi enlever et comment bouger.

— Comment bouger ?

— Oui. » La voix se brisa. « Pendant qu'ils me regardaient, je dansais pour eux.

— Vous dansiez ?

— Jamie me disait comment bouger », répéta-t-elle.

Laura ne semblait pas répondre à des questions, mais se parler à elle-même, ou à ce qu'il lui restait d'elle-même.

« Il me disait quand me tourner et quelle partie de mon corps découvrir. »

Masters s'adressa à Terri.

« James Colt ? demanda-t-elle.

— Oui. »

Pensivement, Masters hocha la tête.

« Que pensiez-vous, interrogea Steinhardt, pendant que vous faisiez cela ?

— Qu'il fallait que je continue à boire. » Le ton était indifférent. « Nous étions dans la salle de jeux de la maison de son ami. Il y avait un bar. On avait tout sur place.

— Alors vous avez bu...

— Du gin. Chaque fois que j'enlevais un vêtement. Cela m'aidait à me détacher. » Sa voix se fit lointaine. « Lorsque j'ai fait glisser mon slip et que je me suis retournée vers eux, j'ai imaginé que j'allais me baigner. Avec *elle.* »

Masters s'était renfermée sur elle-même. Terri avait les mains moites.

« Ensuite, souffla Laura, il m'a demandé de me caresser. »

Paget et l'assistant de Sharpe gardaient les yeux baissés. Marnie avait croisé les bras. Personne ne bougeait.

« De vous caresser ?

— Au début, juste mes seins. Et puis, de promener mes mains sur mon corps, comme si je le découvrais pour la première fois... Au bout d'un moment, il m'a demandé de glisser sur le sol et de m'adosser au bar.

— Pour quoi faire ?

— Je me suis masturbée. Pendant qu'ils regardaient. »

Le magnétophone resta un moment silencieux.

« Pendant que je faisais cela, murmura Laura, j'avais les yeux fermés. Dans mon souffle, pour ne pas qu'ils entendent, je me répétais son nom... »

Caroline Masters ferma les yeux.

« Et puis, l'un des hommes a mis son sexe dans ma bouche. J'ai gardé les yeux fermés. Je ne voulais pas savoir qui c'était. Quand il s'est retiré et que j'ai rouvert les yeux, le sénateur James Colt me tendait un autre verre. » Elle semblait soudain furieuse.

Le futur maître du monde libre ! se souvint Terri. Ainsi Laura appelait-elle James Colt devant Lindsay Caldwell. Celle-ci trouvait que c'était là l'humour d'une esclave. Mais l'expression renfermait aussi une ironie amère. La révulsion de Terri se transforma en colère. « C'est bien ! » disait James Colt ; c'était « bien » aussi pour Mark Ransom de traiter Marcy Linton comme ses amis avaient traité Laura Chase...

Laura parlait toujours.

« Le deuxième m'a allongée sur le tapis et m'a à nouveau écarté les jambes. » Elle décrivait la scène d'un ton froid, détaché. « Cela m'a rappelé un film que j'ai tourné. Je laissais deux hommes me faire l'amour pour que d'autres regardent. Je déteste ce film, je me suis toujours efforcée de l'oublier...

— Vous en avez racheté toutes les copies, n'est-ce pas ?

— Je l'espère. » La souffrance quitta à nouveau sa voix. « Mais cela n'a pas tellement d'importance, n'est-ce pas ? »

Il y eut un silence, puis elle reprit, indifférente :

« Cela fait longtemps que cela n'a plus d'importance...

— Dites-moi, demanda doucement Steinhardt, s'est-il passé autre chose ?

— L'autre m'a retournée. » Il y eut un long silence. « Il était à nouveau dur.

— Il vous a retournée... ?

— Oui. » Le ton de Laura ne traduisait qu'une vague colère. « Ils voulaient me prendre de toutes les façons possibles. »

La voix de Steinhardt restait calme.

« Cela a dû vous faire mal.

— Pas vraiment. Mon père me le faisait souvent... Pendant qu'il me prenait, j'ai levé les yeux vers Jamie. Il nous regardait en sirotant son Martini. »

Caroline Masters poussa un léger soupir et rouvrit les yeux.

« Je crains que votre temps ne soit écoulé », dit Steinhardt.

Lentement, Masters secoua la tête. Sur la cassette, Laura déclarait d'un ton détaché :

« Je ne viendrai peut-être pas la semaine prochaine.

— D'accord, Laura. Appelez ma secrétaire et elle vous donnera un autre rendez-vous. Nous aurons certainement besoin de reparler de tout ça. »

On entendit un léger bruit : Laura se levait du divan.

« Vous savez ce qui est le plus drôle ? demanda-t-elle soudain. C'est que je n'arrive jamais à jouir. Sauf avec elle... »

La voix s'était brisée. Il y eut un sanglot, puis une série de hoquets convulsifs : Laura Chase s'effondrait. La cassette s'arrêta.

Pendant un long moment, personne ne parla. Puis Caroline Masters passa une main sur ses yeux.

« Que diable suis-je censée en faire ? interrogea-t-elle sans s'adresser à personne en particulier.

— Passons cette cassette à l'audience publique », répondit Terri d'une voix enrouée.

Masters réfléchit quelques instants, puis se leva et fit entrer la greffière. Comme la veille, celle-ci s'installa dans un coin et se fit aussi discrète que possible.

« Bien, déclara Masters en regardant Sharpe. Que dit l'accusation ?

— Cette cassette doit être retirée ! » La voix de Sharpe exprimait un profond dégoût. « Elle est consternante, certes, mais elle ne présente aucun intérêt pour notre affaire. En fait, la stratégie de la défense est claire : faire éclater un scandale propre à détourner l'attention du public de la culpabilité de Mme Carelli. Si vous voulez mon avis, ils veulent faire payer au D.A. son refus de classer l'affaire en lui aliénant une famille qui a encore beaucoup de poids, dont le fils se présente aux élections et dont les innombrables admirateurs restent persuadés que son accident d'avion a privé notre pays d'un avenir doré.

— Je ne suis pas de votre avis, rétorqua Terri. Cette cassette nous éclaire au contraire sur la personnalité de Mark Ransom ! Cet homme souffrait d'un certain nombre de pathologies sexuelles, dont ce besoin de domination physique et mentale de la femme, comme le symbolisait son obsession de Laura Chase. Quant aux risques politiques qu'encourt le district attorney Brooks *ou* maître Sharpe, ils ne sont que le prix à payer pour cette affaire, qu'ils ont créée de toutes pièces. » Terri s'interrompit, puis conclut : « Franchement, comment peut-on affirmer que cette cassette, que Mark Ransom a tenu à faire écouter à Mme Carelli — une cassette qui l'a sexuellement excité et incité à s'attaquer à Mme Carelli —, n'a aucun intérêt dans notre affaire ?

— En d'autres termes, lança Sharpe, vous cherchez à rendre la victime si ignoble que, tout compte fait, il n'est pas si grave qu'on l'ait tuée. C'est là une stratégie de défense des plus éculées, Votre Honneur, une stratégie déguisée, qui plus est, en combat féministe ! »

Terri secoua la tête.

« Nous avons l'intention de démontrer par A + B qu'il ne s'agit pas d'un meurtre, Votre Honneur. Nous vous demandons donc de ne pas vous prononcer sur la recevabilité de cette cassette avant d'avoir entendu tous nos témoins.

— Qui sont ces témoins ? s'enquit Masters.

— Trois femmes. La première est Melissa Rappaport, l'ex-épouse de Ransom, la deuxième Marcy Linton, l'écrivain. »

Masters hocha la tête.

« Ah oui ? J'ai lu ses nouvelles. Et la troisième ?

— Lindsay Caldwell. »

Masters parut étonnée, mais demanda seulement :

« Que nous propose Mme Rappaport ?

— Une description des obsessions de Ransom pour Laura Chase et le viol. Entre autres.

— Et Mme Linton ?

— Mark Ransom l'a violée, expliqua Terri. Dans un chalet de montagne, il y a quatre ans. Il est venu la voir sous prétexte de discuter littérature, dans l'intention de commettre ce viol.

— Et elle est prête à le raconter ?

— Oui.

— Et Lindsay Caldwell ?

— Lindsay Caldwell est ce ''elle'' que Laura Chase évoque sur la cassette que nous venons d'entendre.

— Pouvez-vous m'expliquer le rapport avec notre affaire ?

— Oui. Ransom a dit à Mme Caldwell qu'il possédait un autre enregistrement très explicite sur sa relation avec Laura Chase. Il s'en est servi pour arranger un rendez-vous avec elle. Ils devaient se voir le lendemain de sa rencontre avec Mary Carelli. »

Cette fois, ce fut Sharpe qui parut ouvertement surprise. Du coin de l'œil, Terri aperçut le bref sourire satisfait de Paget.

« Mme Caldwell est d'accord pour témoigner ? s'étonna le juge.

— Oui. Si vous prenez la décision de l'auditionner en public, elle acceptera. Entre-temps, nous vous demandons de tout mettre en œuvre pour assurer la stricte confidentialité des témoins. »

Masters hocha la tête, très sombre.

« Bien sûr.

— J'admire beaucoup Lindsay Caldwell, intervint Sharpe, mais qui dit chantage ne dit pas viol.

— Il s'agit d'une *tentative* de chantage, précisa Terri. *Et* d'une tentative de viol. »

Masters considérait le magnétophone. Elle paraissait avoir perdu de sa vivacité.

« Exposez votre théorie, Teresa. Étape par étape. »

Terri hocha la tête tout en organisant ses pensées. Elle n'était pas aussi à l'aise que Paget pour s'exprimer.

« En bref, commença-t-elle, Ransom a appelé Mary et a exercé sur elle un chantage qui lui a permis de se retrouver seul avec elle. Il était en possession de deux cassettes : celle de Laura Chase, qui lui servait de stimulant sexuel. Et celle de notre cliente, qu'il comptait utiliser pour la contraindre à avoir des relations sexuelles avec lui. Elle a refusé, mais Ransom était déjà excité par la cassette de Laura Chase. Il a donc tenté de la violer et elle a tiré pour se défendre. »

Masters quitta Terri des yeux pour s'adresser à Paget.

« Et comment comptez-vous plaider le chantage sexuel sans évoquer l'existence ni le contenu de la cassette de Mme Carelli ?

— Nous avons notre petite idée là-dessus, mais nous préférons ne pas la partager avec maître Sharpe.

— Je considère que nous avons le droit de savoir ! s'exclama Sharpe.

— Vous aurez droit à ce que Mary Carelli vous donnera quand elle passera à la barre des témoins. Comme le juge en a déjà décidé. »

Masters hocha la tête.

« Je ne suis pas là pour forcer la main à maître Paget, maître Sharpe. Nous découvrirons donc ensemble ce que Mme Carelli a à déclarer. Ensuite, je déterminerai si nous pouvons ou non accepter la cassette de Mme Carelli comme pièce à conviction.

— Et cet enregistrement-ci ? interrogea Terri.

— Je réserve ma décision, Terri, comme vous me l'avez suggéré. » Masters eut un sourire amical pour son ancienne stagiaire. « Au fait, bienvenue dans votre rôle actif !

— Merci, Votre Honneur. »

Le sourire de Masters s'estompa.

« Quant à vos témoins, je suis d'accord avec maître Sharpe pour que Mmes Rappaport et Caldwell soient d'abord entendues à huis clos. En revanche, je tiens à voir Mme Linton témoigner en public. Je l'entendrai juste après Mme Carelli. »

Elle s'interrompit. Son regard indiquait qu'elle ne tolérerait plus aucune contradiction.

« Faites entrer Mme Rappaport, je vous prie. »

Melissa Rappaport avait un tailleur gris et une vivacité d'oiseau qui, aux yeux de Terri, dissimulait mal l'humiliation qu'elle éprouvait.

Elle s'assit face à Masters, très droite sur sa chaise. Terri s'installa près d'elle, Sharpe resta en retrait. Sur une suggestion de Paget, les deux hommes étaient sortis. La greffière, comme à son habitude, se faisait très discrète. Rappaport n'avait plus qu'à parler.

Masters avait ôté son imposante robe de juge. Ses manières se trouvaient du même coup libérées de la rigidité qu'elle réservait aux avocats. Plus décontractée, elle adoptait un ton professionnel, mais sympathique, associé à une expression de curiosité bienveillante. Elle ressemblait moins à un juge qu'à une assistante sociale soucieuse de résoudre un problème familial complexe. C'était là une facette de Caroline Masters que Terri ignorait.

« Je vous remercie d'avoir accepté de venir, déclara-t-elle à Rappaport. Le thème que nous allons aborder est douloureux : il concerne les relations humaines et la tournure qu'elles peuvent prendre. Il concerne aussi la mort d'un homme, dont vous avez été très proche, quelle que soit la complexité de vos sentiments à son égard... » D'un geste, elle désigna la greffière. « Je suis obligée de conserver une trace écrite de ce qui se dit ici. Mais soyez assurée que, si vous ne témoignez pas en public, rien n'en sera divulgué. »

Rappaport se contenta de hocher la tête. Malgré tous les efforts de Terri pour la rassurer, elle paraissait incapable d'articuler une parole. Terri connaissait bien l'effet paralysant des tribunaux sur l'homme de la rue. Toutefois, la femme qui se trouvait là n'avait plus rien à voir avec celle qu'elle avait rencontrée à New York. Dans sa volonté de rester maîtresse d'elle-même, elle semblait réprimer jusqu'à la vivacité nerveuse de ses mouvements. Seuls, ses doigts étaient en agitation perpétuelle, roulant une cigarette imaginaire.

« Votre Honneur, intervint Terri, serait-il possible d'autoriser Mme Rappaport à fumer ? »

Le juge lui jeta un regard ébahi. Elle détestait la fumée et Terri le savait.

« Vous souhaitez fumer ? demanda-t-elle à Rappaport.

— Oui. Si c'est possible. »

Caroline ouvrit un tiroir du bureau et en tira un cendrier.

« C'est le bureau du juge Brookings, expliqua-t-elle. Lorsque je l'emprunte, j'y trouve des dizaines de mégots de Camel sans filtre. Ce n'est pas ce que vous fumez, n'est-ce pas ?

— Non. Je fume des mentholées. La marque qui sponsorise les joueuses de tennis, ajouta Rappaport d'un ton ironique.

— Ah oui ! J'imagine mal Martina Navratilova tirant une bouffée de sa cigarette avant de sauter par-dessus le filet... »

Avec un demi-sourire, Rappaport regarda le juge pousser le cendrier vers elle.

« C'est une habitude contre laquelle je ne peux rien, s'excusa-t-elle. Une habitude que j'ai prise de plein gré, comme c'est souvent le cas !

— L'homme est un animal compliqué, conclut Caroline. Je vous en prie, allumez-la. »

Rappaport plaça la cigarette entre ses lèvres. Ses doigts étaient raides. Elle dut s'y reprendre plusieurs fois avant de sortir une flamme de son briquet. Dès qu'elle eut tiré la première bouffée, le juge commença sur un ton bienveillant :

« J'aimerais que vous me parliez de Mark Ransom. »

Au-dessus de la cigarette, le regard de Rappaport se figea. Caroline poursuivit : « Maître Peralta pourra nous aider si nécessaire. Mais il ne s'agit pas d'un entretien formel : il n'aura donc pas l'artificialité du tribunal. Je voudrais surtout savoir ce que vous seriez prête à déclarer dans une audience publique, afin de déterminer si votre témoignage est significatif pour la mort de Mark Ransom.

— Je ne sais pas vraiment moi-même ce qui peut être significatif pour la mort de Mark, répondit Rappaport après une hésitation.

— D'après la défense, sa personnalité sexuelle. Maître Peralta a souligné l'intérêt de M. Ransom pour la domination de l'homme sur la femme. »

Observant Rappaport, Terri eut le vague sentiment de l'avoir trahie.

« Lorsque nous nous sommes vues à New York, lui dit-elle, vous avez suggéré que, pratiquement dès le début de votre mariage, M. Ransom a manifesté des désirs particuliers. Je ne crois pas que le juge tienne à connaître tous les détails, mais elle doit se faire une idée de ce qu'étaient les besoins de Mark Ransom. En particulier de son intérêt pour Laura Chase et de la façon dont il se manifestait. »

Lentement, Rappaport hocha la tête. La formulation de Terri concentrait l'attention sur Mark Ransom, et non sur elle.

« La première chose que j'ai remarquée, dit-elle au juge d'une voix sans timbre, ce fut l'obsession de Mark pour Laura Chase. »

Elle avait le ton d'un anthropologue décrivant les rites obscurs d'une tribu étudiée à distance. Sous ses paroles toutefois, Terri perçut une autre résonance.

« Vous appelez cela une *obsession*..., dit Caroline.

— Oui. Il lisait tout ce qui la concernait. Mais il s'intéressait surtout aux documents visuels.

— Ses films ?

— Pas seulement. Les magazines, les photos... De vieux calendriers datant de l'époque où elle n'était pas encore célèbre. Tout. » Sa voix devint sèche. « Les nus, surtout, étaient très appréciés. »

Sharpe eut un mouvement de tête impatient.

« Votre Honneur, cette incursion dans le jardin secret des fantasmes sexuels d'un mort est à la fois morbide et sans rapport avec notre affaire. La question n'est pas de savoir si Mark Ransom était abonné à *Playboy*, mais pourquoi Mme Carelli l'a assassiné dans cette chambre d'hôtel. Ce n'est certainement pas parce qu'il regardait des photos ! »

Terri perçut une intention machiavélique derrière cette intervention, destinée de toute évidence à embarrasser Melissa Rappaport et à briser ainsi la connivence qui commençait à s'instaurer. Caroline, qui avait sans doute eu la même interprétation, répliqua avec calme :

« Pour ma part, je trouve cela très utile, au contraire. Car il me semble que cet intérêt de M. Ransom pour l'imagerie se limitait à Laura Chase. Ai-je tort, madame Rappaport ?

— Non.

— Concrètement, cet intérêt érotique pour Laura Chase se manifestait-il sous une forme particulière ? »

Rappaport tira une longue bouffée de sa cigarette. Elle souffla la fumée et étudia avec attention le léger nuage qui se formait.

« Parfois, il prenait les photos et s'enfermait dans la chambre. Je savais ce qu'il faisait. J'avais eu des frères...

— En avez-vous parlé avec lui ?

— Pourquoi en parler ? On peut choisir de satisfaire ses pulsions avec des photos plutôt que de faire l'amour à sa femme...

— Comment avez-vous résolu ce problème ? Si vous l'avez résolu... »

Rappaport eut un petit sourire.

« Par le recours au sadomasochisme. Évidemment. »

La brutalité de la réponse surprit tout le monde. Terri détourna les yeux, tout comme Sharpe. Seule Caroline Masters resta de marbre.

« Comment associez-vous cela à Laura Chase ? demanda-t-elle.

— Mark me disait que le sadomasochisme permettait à la femme de se libérer et de découvrir sa personnalité sexuelle, comme Laura l'avait fait. Il me disait que Laura aurait aimé cela. » Sa voix se fit amère. « Et, bien sûr, j'essayais de faire ce que Laura aurait aimé...

— Mark Ransom avait-il des désirs précis ?

— Oui. » Rappaport parlait d'un ton sec. « Il voulait me dominer, physiquement et mentalement. C'était cela qui l'excitait. » Elle baissa la tête. « Même si, après, il avait du mal à me regarder en face...

— Savez-vous pourquoi ?

— Non.

— Les choses ont-elles continué ainsi pendant toute la durée de votre mariage ?

— Au bout d'un moment, Mark s'est désintéressé de moi. Malgré tous mes efforts. » Rappaport écrasa sa cigarette. « Alors nous sommes passés à autre chose...

— Les fantasmes de viol ? interrogea Terri.

— Oui. » Rappaport regarda le juge dans les yeux. « Je rentrais à la maison et il faisait semblant de me violer. Je ne savais jamais quand cela arriverait. » Elle s'interrompit. « Je crois que c'était l'effet de surprise qu'il aimait.

— Mais pour cela, vous étiez consentante. »

Rappaport ferma les yeux.

« Oui.

— Lui est-il arrivé de vous frapper ?

— Non. En tout cas, pas pour me faire mal. Et jamais sans mon consentement. »

Terri vit Caroline Masters enregistrer mentalement la remarque.

« Cet intérêt de M. Ransom pour le viol, l'associez-vous à Laura Chase ?

— Seulement à la fin. » Rappaport jeta un coup d'œil à Terri. « Mais Mme Peralta semble trouver cela important.

— De quoi s'agit-il ? »

Rappaport ne répondit pas tout de suite, mais saisit son paquet de cigarettes. Terri se souvenait de son visage lorsqu'elle lui avait décrit cette rencontre, la dernière entre elle et Ransom. Or, la réponse de Rappaport à Caroline suggérait qu'il s'agissait d'un incident sans intérêt, livré à Terri pour l'aider. Seul le tremblement de sa main indiquait que ce souvenir la faisait encore souffrir.

« Ce fut la dernière fois que Mark et moi avons eu des relations sexuelles. »

Comme pour dompter ses sentiments, Rappaport prit le temps de tirer une longue bouffée de sa cigarette.

« Comme auparavant, il semblait perdre son intérêt pour moi. Même le petit jeu du viol commençait à le lasser. Cette fois, pourtant, il a repris le scénario habituel, mais en y ajoutant quelque chose. Lorsqu'il m'a jetée sur le lit, la télévision était allumée et il y avait une cassette de Laura Chase dans le magnétoscope. » Elle eut une petite moue. « La qualité d'image était médiocre. »

L'espace d'un instant, Terri se souvint de Steinhardt parlant à Laura Chase : « Vous avez racheté toutes les copies ? disait-il. Je l'espère », avait répondu Laura.

« Un film pornographique ? interrogea Caroline. Avec deux hommes ? »

Rappaport la dévisagea.

« La seule chose dont je me souviens, murmura-t-elle enfin, c'est que Laura Chase pleurait. C'est ce qui m'a frappée... Cela, et la nouvelle vigueur sexuelle de Mark. »

Caroline resta quelques instants silencieuse.

« Vous avez dit que ces rapports avec Mark Ransom furent les derniers. Vous vous êtes séparés ensuite ?

— Oui.

— À cause de cet incident ?

— De celui-ci et d'un autre. »

Rappaport posa sa cigarette.

« Mark est ensuite allé retrouver des amis dans un bar. Il y est resté très tard. Lorsqu'il est rentré, complètement ivre, il m'a raconté qu'il avait eu une "discussion théorique" sur certaines pratiques sexuelles. » Elle se tut, puis reprit : « Et puis, il s'est demandé tout haut si deux de ses amis pouvaient venir faire l'amour avec moi, tandis qu'il regarderait. »

Terri la dévisagea, stupéfaite. Mais Rappaport ne la vit pas : elle semblait soudain seule dans la pièce.

« Tout ce qu'avait fait Laura, murmura-t-elle, il voulait que je le fasse. Je n'ai jamais été réelle pour lui. Tout comme, pour lui, Laura n'était pas Laura. Mortes ou vivantes, nous n'étions là, toutes les deux, que pour répondre à ses besoins et à ses angoisses. Nous n'avions pas le droit d'être nous-mêmes. »

Pensivement, Caroline hocha la tête. Mais Rappaport ne semblait pas la voir. Personne n'avait envie de parler.

Doucement, Terri prit la parole.

« Je pense que vous voyez à présent la signification de ce témoignage, Votre Honneur. En dehors du problème du consentement, l'utilisation du film de Laura Chase à l'appui de fantasmes de viol comporte des similitudes frappantes avec le rôle qu'a joué la cassette de Laura dans la tentative de viol sur la personne de Mme Carelli. »

Caroline se tourna vers elle, reconnaissante sans doute de se voir ramenée au cadre juridique.

« Je vois très bien le parallèle, Teresa. Comme nous en étions convenus, je réserverai ma décision jusqu'à ce que j'aie entendu votre deuxième témoin.

— Dans ce cas, fit Sharpe, je réserverai mon argumentation. Toutefois, avec la permission de la cour, j'aimerais poser une ou deux questions à Mme Rappaport. »

Caroline regarda Rappaport. Elle avait croisé ses mains et semblait inhabituellement calme.

« Allez-y », consentit-elle.

Sharpe remercia le juge d'un signe de tête et s'adressa à Rappaport.

« Parlant de vos relations sadomasochistes, vous avez évoqué un certain désintérêt de la part de M. Ransom. Que vouliez-vous dire exactement ?

— Je voulais dire, répondit Rappaport, hésitante, que cela... que je ne l'excitais plus.

— Et que voulez-vous dire par... exciter ? »

Rappaport alluma une autre cigarette.

« Par "exciter", répliqua-t-elle froidement, je veux dire provoquer une érection.

— Il ne parvenait donc plus à obtenir d'érection...

— C'est cela. C'est arrivé une ou deux fois.

— Et ce fut à la suite de ces échecs que M. Ransom a eu recours à la simulation de viol ? »

Où Sharpe voulait-elle en venir ? Terri eût donné cher pour le savoir.

« Oui, répondit Rappaport.

— Vous avez également affirmé qu'après avoir eu des relations sadomasochistes avec vous, il avait du mal à vous regarder en face. Associez-vous cette réaction à un sentiment de culpabilité ?

— Je ne sais pas. Peut-être avait-il simplement honte d'être obligé de recourir à ces fantasmes. » Rappaport détourna les yeux. « ... Ou de voir que j'acceptais de rentrer dans son jeu...

— Après les simulations de viol, M. Ransom était-il également mal à l'aise avec vous ?

— Parfois, oui. »

Sharpe s'interrompit pour réfléchir.

« Vous avez indiqué qu'il avait aussi commencé à se lasser de ces viols simulés. Était-ce une perte d'intérêt de même type ? »

Rappaport la considéra. Elle semblait moins vulnérable.

« Cela a provoqué une baisse de fréquence, si c'est ce que vous insinuez.

— C'est en partie ce que j'ai voulu dire. Mais cela se manifestait-il également par de l'impuissance ? »

Terri sursauta.

« Mme Rappaport a-t-elle parlé d'impuissance ? protesta-t-elle. Je n'en ai pas le souvenir !

— Mark n'était pas impuissant, rectifia Rappaport. Certes, la fois précédant l'épisode de Laura Chase, il n'a pas réussi à obtenir d'érection. » Sa voix devint tranchante. « Mais cela venait de moi : je n'étais sans doute pas assez excitante. Avec l'aide apportée par Laura Chase, Mark est devenu le mâle qu'il voulait être. »

Sharpe baissa la tête, comme pour épargner tout embarras à Rappaport.

« Je vous remercie, madame Rappaport. »

Terri alluma la veilleuse pour la nuit, puis déposa un baiser sur le front d'Elena.

« Bonne nuit, ma chérie. Je t'adore.

— Pour toujours ?

— Pour toujours », répondit fermement Terri.

C'était la formule qu'elles échangeaient chaque soir. Effrayée depuis peu par sa prise de conscience que le temps passait, Elena avait arraché à Terri la promesse de ne jamais ni vieillir ni mourir. Terri ne pouvait dire à Elena que ce soir-là, elle se sentait aussi vieille que sa propre mère.

Elle retourna au salon.

« Quelle journée ! s'exclama-t-elle. Et demain, ça recommence ! »

Richie était installé devant la table basse, sur laquelle il avait étalé une série de fiches qu'il numérotait au feutre rouge. Terri ne lui demanda pas ce qu'il comptait en faire. Elle préférait, par superstition peut-être, ne rien savoir. De toute façon, Lindsay Caldwell occupait toutes ses pensées.

« Tu as eu le temps de t'occuper du prêt ? » demanda Richie.

Un instant, Terri fut tentée de mentir pour préserver la tranquillité de la soirée, mais elle ne put s'y résoudre.

« Je n'ai encore rien signé », dit-elle.

Il leva la tête. « Pourquoi ?

— Je ne suis pas convaincue que ce soit une bonne idée.

— Nom de Dieu, j'ai besoin de cet argent pour ma boîte ! Je te l'ai dit et répété ! »

Terri ressentit cette inquiétude familière qui la saisissait chaque fois que Richie lui demandait quelque chose.

« Si j'emprunte cet argent, je vide mon plan de retraite et il ne nous restera plus rien en réserve. Nous n'avons déjà plus d'argent sur nos comptes en banque et les prêts nous coûtent une fortune… »

Il se leva. « Écoute, Terri. Ce contrat-là va nous tirer d'affaire.

— Dans ce cas, tu ne devrais pas avoir de difficulté à trouver un investisseur supplémentaire. Autre que moi. »

Le long regard qu'il posa sur elle se transforma en une moue méfiante :

« Tu m'envies, hein ? Toi, tu es obligée de travailler pour quelqu'un, alors que moi, je suis libre comme l'air !

— Je ne travaille pas pour *quelqu'un*, Richie, mais pour toi ! »

Il secoua la tête.

« Nous travaillons l'un pour l'autre. Pour l'instant, nous pouvons tenir avec ton salaire et investir dans l'avenir. Et puis, c'est bien pour Elena que je sois à la maison. Ne l'exclus pas de l'équation familiale.

— Je ne l'exclus jamais. Mais je te signale que pendant ta ''journée de travail'', ce n'est pas toi qui t'occupes d'Elena. Ce qui introduit de nouveaux frais dans notre équation financière.

— Pas pendant l'été. J'ai calculé l'autre jour qu'entre juin et septembre, j'ai fait économiser à la famille près de deux mille dollars en travaillant à la maison. Et puis, elle ira à l'école publique dès l'automne prochain. »

Terri alla s'asseoir sur le canapé.

« J'aimerais bien déménager, soupira-t-elle. Je voudrais qu'un jour on puisse acheter un appartement dans un bon quartier, avec de bonnes écoles pour Elena.

— Il y a de meilleures façons de dépenser notre argent qu'en déménagements. D'ailleurs, les écoles sont très bien ici. » Le ton se fit accusateur. « Tu sais, Terri, je n'ai pas l'intention de déménager simplement parce que ce Christopher Paget a trouvé une école extraordinaire pour son fils et qu'il te farcit la tête avec ça pendant que le serveur vous verse du vin fin ! Moi, je n'ai qu'une hâte : que ce procès soit terminé pour qu'on puisse reprendre une vraie vie de famille sans que Monsieur vienne fourrer son nez dedans ! »

Terri n'en croyait pas ses oreilles.

« Qu'est-ce qui te fait penser, répondit-elle, que j'ai besoin de conseils pour élever Elena ? Et pourquoi crois-tu toujours que je cherche à te diminuer ? Ce n'est pas vrai, et cela me fait de la peine que tu le penses. »

Il eut un petit sourire.

« Tu crois toujours que je cherche à te manipuler, hein ? Je te mine, c'est ça ? Il y a un nom pour cela, Ter : c'est de la paranoïa. »

Terri se leva et vint vers Richie. Elle posa les deux mains sur ses épaules et le regarda dans les yeux.

« Est-ce que je suis réelle pour toi ? demanda-t-elle.

— Réelle ? répéta-t-il, sur la défensive. Tu es ma femme, Terri ! Tu occupes une grande place dans ma vie. »

Elle secoua la tête.

« Oui, mais est-ce que je suis réelle ? Est-ce que j'existe en dehors de toi ? Est-ce qu'Elena existe ?

— Mais pourquoi m'attaques-tu, Ter ? Nous formons un couple. Nous rêvons ensemble, nous faisons l'amour ensemble, nous élevons Elena ensemble. Nous avons fondé une famille. Tu ne vois pas qu'à chaque fois que tu t'en prends à moi, tu mets tout ça en danger ? »

Terri sentit le sourd désespoir qu'elle connaissait bien l'envahir. Elle ne trouva rien à répondre. Tendrement, il l'embrassa sur le front.

« On arrête de se disputer, d'accord ? Ce n'est pas bon pour Elena. »

Elle avait l'habitude de ce genre de conclusion : ils étaient parvenus au point où la discussion ne pouvait continuer et où Richie lui promettait la paix en échange d'une capitulation. Soudain, elle sentit les mots affluer :

« Tu ne vois donc pas ce que nous sommes en train de faire,

tous les deux ? s'écria-t-elle. Nous nous servons de cette ''famille'' : toi, pour me pousser à faire ce que tu veux, moi pour me cacher ce que je me fais à moi-même ! Je suis morte à l'intérieur, Richie ! Je ne ressens plus rien ! »

Il la dévisagea sans comprendre.

« Tu es fatiguée, Ter. Ce n'est pas bon de parler quand on est fatigué : on perd tout sens des proportions. Il faut que tu dormes. Tu sais, dès que ce procès sera terminé, tout redeviendra comme avant. »

Incapable de poursuivre la conversation, Terri sortit pour prendre l'air. Richie ne la suivit pas. Il savait que c'était inutile.

La nuit était fraîche. Lentement, Terri prit l'escalier extérieur et monta jusqu'au quatrième étage. Là, elle s'arrêta et observa, de l'autre côté de la rue, les logements d'étudiants où ils avaient vécu autrefois. Ce n'était pas très loin, songea-t-elle. Soudain, elle sentit des larmes sur ses joues.

Pourquoi les hommes ne pleurent-ils jamais ? se demanda-t-elle. Même les meilleurs, même aux pires moments...

Elle resta là longtemps après que les larmes eurent cessé de couler, écoutant le chant des criquets dans l'air de la nuit, évoquant le souvenir des cinq années qui les avaient menés là. Elle chercha à imaginer les cinq ans à venir, et ce que serait la vie d'Elena, mais sans succès. L'idée même l'effrayait. Mieux valait — c'était plus facile — vivre au jour le jour, en limitant l'avenir au prochain week-end en famille, et se contenter des instantanés d'une vie « normale », avec une petite fille donnant la main à son papa et à sa maman. Des images qui, loin de révéler la réalité de leur mariage, la dissimulaient au contraire.

À quel âge Elena commencerait-elle à capter tout ce non-dit ? se demanda Terri. À quel stade de l'enfance commençait-on à devenir comme elle-même, incapable de vivre pour soi ? Et pour quoi, à l'adolescence, Elena demanderait-elle des comptes à Terri : pour le mariage qu'elle n'avait pas osé briser, ou pour celui qu'elle aurait déserté ? Enfin, avec quels risques Terri l'encouragerait-elle un jour à se marier à son tour ?

Toutes ces questions restaient sans réponse. Soudain, Terri s'aperçut qu'elle grelottait. Elle était épuisée.

Elle s'en voulut soudain : c'était de l'audience qu'elle devait s'occuper, non d'elle-même. Le procès n'allait pas s'arrêter sous prétexte que l'avocat de la défense se mettait tout à coup à regarder sa vie en face !

Elle rentra. Richie était toujours au salon, devant ses fiches.

« Tu as raison, lui dit-elle. Il ne faut pas parler tant que le procès n'est pas terminé. Mais, ensuite, il faudra parler sérieusement.

— Parler de quoi ? demanda-t-il avec une pointe d'inquiétude.
— Peut-être, répondit-elle, évasive, devrons-nous prendre un peu de temps... Pour réfléchir...
— Prendre des vacances ?
— Non. Du recul. L'un par rapport à l'autre. »
Il se leva d'un bond, agressif :
« Tu veux qu'on se sépare, c'est ça ? Pourquoi ne le dis-tu pas carrément ? »
Terri se sentit désemparée. Elle chercha à atténuer sa pensée.
« Qu'on vive séparément. Quelque temps seulement...
— Quelque temps seulement ! » Il haussa le ton. « Tu ferais ça à Elena, sans même m'écouter, ni consulter un psychologue ? Tu partirais comme ça ? »
Terri se sentait déjà coupable.
« C'est pour Elena que je dis cela. Et, même si nous sommes séparés, cela ne nous empêche pas d'aller voir un psychologue. »
Richie la considéra avec un sourire étrange.
« Tu ne vois pas les choses concrètement, Ter. Nous ne pouvons pas nous permettre de nous séparer.
— Qu'est-ce que tu racontes ?
— Moi, je ne quitte pas cet appartement. Je suis en train de monter une affaire, je ne sais pas si tu t'en rends compte. Si tu me coupes l'herbe sous le pied, je suis sûr que le juge m'accordera une pension de 2 000 dollars par mois en attendant que je me suffise à moi-même. Et plus encore si j'ai la garde d'Elena... »
Terri resta interloquée. Richie faisait dégénérer la conversation en lui donnant une ampleur qu'elle n'avait pas envisagée.
« Il ne fera jamais ça, hasarda-t-elle.
— Tiens donc ! Et pourquoi ? Parce que tu es une femme ? Tu sais, les mouvements féministes ont fait leur boulot, Ter. Maintenant, les juges regardent d'abord qui s'occupe vraiment de l'enfant. Chez nous, c'est toi qui rapportes l'argent et moi qui élève Elena.
— Ce n'est tout de même pas moi qui t'ai demandé de ne pas travailler ! »
Le petit sourire de Richie réapparut.
« Mais tu as été d'accord et nous sommes partis sur ce principe. Je n'aurai pas besoin d'en dire davantage au juge. »
Terri se sentit trembler devant l'assurance croissante de Richie. Elle prenait conscience avec une douloureuse clairvoyance qu'il s'était préparé à cet instant, sans doute depuis longtemps.
« Je suis assez lente, articula-t-elle. Mais quand on me dit quelque chose, je m'en souviens. »
Il hocha la tête.

« Tout cela n'est pas très beau, Ter. Cette conversation m'horripile, crois-moi. Mais, puisque tu as décidé de mettre tout ça sur le tapis, il faut regarder les choses en face. »

Elle le considéra : cette mince silhouette, ces cheveux bouclés, ce visage dans lequel elle avait vu, autrefois, tant de vie et d'imagination. Ce mari. Cet ennemi...

« J'ai un témoin à interroger demain matin, dit-elle enfin. Je ferais mieux d'aller dormir.

— C'est sûr. » Sa voix s'était radoucie à présent. « J'essaierai de ne pas te réveiller quand je viendrai me coucher. »

Terri sentit quelque chose vaciller en elle.

« Merci », fit-elle.

Cette nuit-là, tandis que Richie dormait auprès d'elle, elle pleura à nouveau. Le lendemain matin, elle le trouva dans la cuisine. Le café était prêt. Il lui en tendit une tasse.

« Les toasts arrivent ! » lui lança-t-il gaiement.

Elle prit le café et s'assit à table.

« Tu veux du lait ? » proposa-t-il.

Pendant un long moment, Terri se contenta de le regarder. Il voulait rétablir le calme après la tempête, faire comme s'il ne s'était rien passé.

« Je ne suis peut-être pas réelle pour toi, murmura-t-elle, mais ce que tu as compris de moi, tu l'as parfaitement compris. »

Il se tourna vers elle, hésitant entre le soulagement et l'appréhension. Terri se leva.

« Je t'avais demandé de ne pas utiliser Elena pour me menacer, Richie. Mais il est sans doute bien trop tard.

— Mais je ne t'ai pas menacée. C'est toi qui voulais qu'on se sépare !

— Ne mélange pas tout. Tu m'as demandé de regarder les choses en face. La triste réalité de notre mariage, c'est que tu as toujours trois coups d'avance sur moi, et que moi, je n'arrive même pas à me convaincre qu'il faille jouer ces coups-là. »

Il la regarda sans comprendre.

« Mais qu'est-ce que tu dis ?

— Je dis que tu ne m'aimes pas. Et que moi non plus, je ne t'aime plus depuis longtemps, mais que je l'ai caché, à toi, mais aussi à moi-même... Si tu dois me reprocher quelque chose, c'est cela. »

Richie explosa. « Arrête tes conneries, Ter ! Notre mariage n'a rien à voir là-dedans. C'est depuis que tu passes ton temps avec ce Christopher Paget que tu as commencé à faire ce genre de sorties ! »

Terri marcha en silence vers l'évier, y vida sa tasse de café et se retourna pour faire face à Richie.

« Chris et toi, vous ne faites pas partie de la même conversation. D'abord parce que vous n'avez rien en commun. Deuxièmement, parce que ce que je te dis là n'a rien à voir avec lui. Cela ne concerne que toi.

— Je ne te crois pas.

— Tu as tort, Richie. C'est toi qui es responsable. Toi, et ton incapacité à reconnaître tes torts... »

Il ne répondit rien. Pour la première fois, un vent de panique paraissait traverser ses froids calculs.

« Nous sommes en train de parler d'Elena, Terri. Notre fille ! Tu te souviens d'elle ? »

Elle sentit une colère violente l'envahir.

« Tu ne m'as pas entendue ? s'écria-t-elle. Je t'ai demandé de ne pas utiliser Elena. Ni pour te couvrir, ni pour me faire du chantage. » Elle s'interrompit, reprenant d'un ton plus calme : « J'ai une affaire à plaider ce matin, et j'ai l'intention de bien le faire. Tant que je n'en aurai pas fini avec ce procès, je resterai avec toi et je subviendrai à tes besoins. À condition, bien sûr, que tu ne me touches pas. »

Terri sortit de la cuisine et alla réveiller Elena.

À la façon dont Caroline Masters accueillait Lindsay Caldwell, on avait l'impression que les deux femmes appartenaient à la même caste, se reconnaissant sans s'être jamais rencontrées. La situation était pénible pour Caldwell, et Caroline en paraissait tout à fait consciente. Quant à l'actrice, elle semblait avoir perdu un peu de son assurance tranquille, tourmentée sans doute à l'idée qu'elle n'avait aucun pouvoir sur les faits et gestes du juge. Les deux femmes parlaient avec sérénité. Aucune ne souriait.

« Avez-vous pu éviter les journalistes ? s'enquit Caroline.

— Oui. On m'a fait passer par un parking souterrain, puis par un ascenseur privé. On n'aurait pas pris plus de précautions pour transporter du plutonium !

— C'est tout à fait normal. Je tiens à ce que la presse n'apprenne pas que vous êtes ici, du moins pas avant que je ne l'aie décidé. »

Caldwell jeta un coup d'œil à Sharpe.

« Je vous en remercie », dit-elle.

Les quatre femmes s'installèrent : Caroline derrière son bureau, Terri près de Caldwell, Sharpe légèrement en retrait. Elles formaient un étrange assortiment, toutes les quatre : Sharpe, avec sa nervosité habituelle qui trahissait une grande tension intérieure, Caroline, chez qui l'affaire avait révélé un potentiel d'empathie insoupçonné, Terri, de plus en plus consciente de son inexpérience, et Caldwell qui, avec son profil ciselé et sa célèbre chevelure fauve, ne semblait guère à sa place dans la pièce.

« Parlez-moi de Mark Ransom », lui demanda Caroline tout de go.

Caldwell hocha la tête, comme pour marquer qu'elle appréciait le mode direct adopté par le juge et qu'elle avait bien l'intention de se montrer tout aussi franche. Dans son coin, la greffière s'était déjà penchée sur sa machine.

« C'est assez simple, commença Caldwell, et très pénible. Il y a vingt ans à peu près, juste avant sa mort, j'ai eu une liaison avec Laura Chase. Mark Ransom l'a découvert. »

L'expression de Caroline resta neutre.

« Vous a-t-il expliqué quelle utilisation il comptait faire de ce qu'il savait ?

— C'était évident, répondit froidement Caldwell. Il m'a fait très clairement comprendre qu'il tenait ma situation entre ses mains.

— Quand vous dites que cette affaire était "pénible", parlez-vous de votre liaison elle-même ou du fait que cette liaison ait existé ? »

Pendant un moment, les deux femmes se considérèrent. Ce silence révélait une soudaine intimité.

« Non, ce n'était pas le fait que j'aie eu cette liaison, répondit Caldwell. Elle a été assez déroutante pour moi, certes, mais j'ai fini par l'assumer. La sexualité des gens couvre un domaine plus ou moins vaste, et mon domaine à moi englobait, semble-t-il, la possibilité d'avoir une liaison avec Laura — du moins pendant un temps. Non, ce qui est douloureux, ce sont les circonstances de la mort de Laura. »

Caldwell s'interrompit, comme si elle avait encore besoin de fouiller dans sa mémoire, puis poursuivit :

« Notre liaison a commencé deux semaines avant son suicide. Laura s'est intéressée à moi à un moment où j'avais vraiment besoin de quelqu'un. Une semaine plus tard, je l'ai abandonnée, parce que j'avais peur de ses exigences et de ma propre sexualité. Son suicide a mis un terme à cet enchaînement de cause à effet. C'est cette douleur-là que Mark est venu raviver. »

Caroline restait impassible.

« J'ai écouté la dernière cassette de Laura chez son psychanalyste, dit-elle. Quelques jours avant sa mort, trois hommes ont abusé d'elle avec un cynisme que seul égalait celui du psychiatre à qui elle l'a raconté. Ce que je vous dis là ne doit pas sortir de cette pièce ; mais c'est une chose que vous devez savoir... Avant de commencer à distribuer les blâmes. »

Terri la regarda, surprise. En cet instant, Caroline paraissait avoir laissé de côté le meurtre de Mark Ransom. Caldwell secoua la tête. « J'étais avec Laura quand James l'a appelée, répondit-elle tranquillement. Toutes les deux, nous savions très bien quels étaient ses projets. Cela ne m'a pas empêchée de la quitter.

— Nous avons parlé de chantage. Or, en plaçant sa décision entre vos mains, Laura a exercé une sorte de chantage psychologique. Ce n'est pas vous qui l'avez contrainte à accepter de le rejoindre. Ni à se suicider. »

Caldwell détourna les yeux.

« Mark Ransom a ravivé autre chose, murmura-t-elle. Quoiqu'il ne l'ait sans doute pas su...

— De quoi s'agissait-il ?

— Une heure avant son suicide, Laura m'a appelée. Elle était ivre et désespérée. » La voix de Caldwell se brisa. « Là encore, je l'ai rejetée. »

Caroline la considéra en silence. Doucement, elle interrogea :

« Pensiez-vous que Mark Ransom était au courant ?

— Je l'ignorais. De toute façon, il en savait suffisamment. » Caldwell fixait le sol. « Je me suis dit qu'elle avait peut-être téléphoné à Steinhardt cette nuit-là ; dans ce cas, il l'aurait peut-être su. Je me demande encore si cela aurait allégé ma conscience ou si, au contraire, j'en serais sortie anéantie.

— Mais vous souhaitiez savoir...

— J'ai toujours souhaité savoir. C'est pour cela que j'avais décidé de rencontrer Ransom. »

Caroline resta silencieuse.

« Ce n'est pas notre propos, déclara-t-elle enfin, mais je crois en la responsabilité individuelle de chacun lorsqu'il s'agit de choix personnels. Vous n'aviez que dix-neuf ans ! C'est Laura qui a choisi son sort. » Sa voix se durcit. « Toutefois, si vous tenez à votre enchaînement de cause à effet, alors il faut y ajouter Steinhardt et James Colt, et encore le père de Laura. Je ne me prononce pas sur la culpabilité de Mary Carelli en disant cela, mais l'idée que Mark Ransom ait pu trouver cette cassette excitante est presque aussi répugnante que l'éventualité qu'il l'ait utilisée pour exercer un chantage sexuel.

— Ce ne sont là que deux éventualités, précisa Sharpe, pas des faits. Et cela n'excuse en aucun cas un meurtre prémédité. »

Caroline Masters se tourna vers elle.

« Je ne suis pas ici pour disculper Mary Carelli. Mais vous avez de la chance que le procureur n'ait pas l'obligation de prouver la décence humaine de la victime. »

Caroline reprit, s'adressant à Lindsay Caldwell :

« Sachant que le problème de culpabilité qui préoccupe maître Sharpe se limite à la personne de Mary Carelli, peut-être devrions-nous en revenir à votre entretien téléphonique avec Mark Ransom ? »

Caldwell se pencha en arrière en regardant par la fenêtre.

« J'ai tout d'abord été très étonnée qu'il m'appelle, expliqua-t-elle. Mais la première chose dont je me souvienne vraiment, c'est qu'il m'a dit avoir beaucoup entendu parler de moi.

« "Qui vous a parlé de moi ?" ai-je demandé.

« Il a hésité, puis a répondu : "Laura Chase." »

Caldwell s'interrompit. « Je me trouvais chez moi, à Malibu, poursuivit-elle, songeuse. J'étais dans le salon avec mon mari. Quand Mark a dit cela, j'ai sursauté — littéralement. Je me souviens avoir regardé Roger à la dérobée. Il lisait un roman de Philip Roth.

« J'ai pris ma voix la plus naturelle et j'ai répondu : "Vraiment ?" Ransom s'est mis à rire. » La voix de Caldwell s'assombrit. « Notre conversation avait à peine commencé que je lui avais déjà dit qu'il y avait quelqu'un dans la pièce et que j'avais peur de Laura. "Vraiment !" a-t-il répondu. "Plus précisément, Laura m'a dit que vous étiez l'amant le plus beau et le plus sensuel qu'elle ait jamais connu." Ces mots m'ont glacée. Puis sa voix a pris le ton mielleux de quelqu'un qui en rajoute : "Venant de Laura, a-t-il dit, le compliment est tout à fait extraordinaire, non ? En tout cas, moi, il m'a impressionné !" »

Terri chercha le regard de Caroline, mais celle-ci avait baissé les yeux.

« Le plus étrange, poursuivit Caldwell, c'était que derrière ce ton mielleux, il avait l'air mécontent. Comme si le fait de connaître ma relation avec Laura le déstabilisait.

« "Évidemment, a-t-il ajouté, vers la fin de sa vie, Laura n'a guère eu de chance avec les hommes… ni avec les femmes, semble-t-il." » Caldwell secoua la tête. « Puis il a dit, sur le ton de la plaisanterie : "Elle était déroutée. C'est certainement cela qui l'a tuée." »

Caroline Masters releva la tête.

« Et qu'avez-vous répondu ?

— Roger m'a interrogée du regard. Je me suis rendu compte que j'étais au téléphone depuis un bon moment et qu'il devenait curieux. Alors j'ai dit, en prenant le ton le plus sec possible :

“C’est très amusant, Mark. D’où tirez-vous tous ces renseignements ? Du *Reader’s Digest* ?”

« Ransom s’est remis à rire. “*Mon inoubliable lesbienne* ? Non, c’est Laura elle-même qui m’a renseigné. De sa propre voix.” Sans réfléchir, j’ai dit : “J’espère qu’elle a appelé en PCV !” »

Caldwell s’interrompit, puis ajouta en regardant le juge :

« C’était une étrange situation. Je plaisantais avec Mark Ransom au sujet de ma liaison avec Laura Chase tout en faisant en sorte que Roger ne remarque pas à quel point je me sentais menacée.

« “Non”, m’a répondu Ransom. Sa voix était soudain redevenue grave. “Mais cela m’a coûté une somme assez coquette.”

« Roger me regardait à présent. “Quels droits avez-vous payés ?” ai-je interrogé. Ransom était très calme : “Des droits d’auteur, a-t-il répondu. En échange des cassettes de Laura chez son psychiatre.” »

Une fois de plus, Caldwell dut s’arrêter. Puis elle reprit doucement, à l’intention de Caroline Masters :

« L’espace d’un instant, j’ai oublié où j’étais. Je ne me rappelle même pas ce que j’ai dit. Mais toute ma vie, je me souviendrai de ce que *lui* a dit : “J’ai l’impression que Laura vous aimait beaucoup. Et que vous l’avez abandonnée à son triste sort. Ce sort qui, précisément, est le sujet de mon livre.”

« Pendant quelques secondes, je n’ai pas pu parler. “De quoi traite ce livre ?” ai-je fini par articuler. “Du suicide de Laura, m’a-t-il dit. J’ai l’intention de fournir une réponse à la question : *Qui a tué Laura Chase ?*

« — Et quelle est cette réponse ?” ai-je demandé avant de m’apercevoir que Roger ne me quittait plus des yeux. Le plus tranquillement du monde, Ransom a répondu : “La personne que je choisirai, Lindsay. Avez-vous une suggestion à me faire ?” »

Terri observa Caroline Masters. Sans doute cherchait-elle à imaginer ce que Terri se représentait clairement : Caldwell dans sa belle maison, face à l’océan, cherchant à mener une conversation pour le bien de son mari tout en écoutant Mark Ransom exhumer une culpabilité vieille de vingt ans. Caldwell parlait d’une voix sans timbre, à présent, comme si elle revivait son désarroi.

« “Et vous, lui ai-je demandé, quelles sont vos suggestions ?

« — Que vous écoutiez la cassette de Laura parlant de vous, a-t-il dit. Ensuite, vous m’accorderez un entretien très privé. Et si vous vous montrez suffisamment coopérative, je pourrai songer à vous engager comme consultante éditoriale.”

« Roger avait repris la lecture de son Philip Roth. “Est-ce

vraiment nécessaire ?'' ai-je interrogé. Il a eu un long silence, puis il a répondu : ''Seulement si vous avez envie de récupérer la cassette.''

« J'ai été envahie d'une nausée. ''Pourquoi ?'' ai-je demandé. Il a laissé passer un nouveau silence, puis a dit : ''Vous souvenez-vous de cette petite querelle que nous avons eue au sujet de Laura, à Yale, lors d'un congrès sur les femmes au cinéma ? Vous m'aviez appelé *Le Maître de la pornographie poétique*, me semble-t-il.'' »

Caldwell croisa les bras, comme pour se protéger.

« Quelque chose dans cette dernière réplique était aussi effrayant que de savoir qu'il détenait les enregistrements. ''Oui, ai-je dit, je m'en souviens.

« — J'ai trouvé cela terriblement arrogant, a-t-il poursuivi. Mais, à l'époque, j'ignorais que vous connaissiez si bien votre sujet ! Alors je me suis dit qu'il était temps que nous ayons tous les deux une petite discussion bien plus intime au sujet de Laura. *Et* de la pornographie.'' »

Caldwell semblait soudain épuisée.

« S'il me restait le moindre doute sur ses intentions, soupira-t-elle, ces derniers mots l'ont dissipé. ''Ce n'est pas mon thème favori'', ai-je répondu.

« — Mais c'est le mien, Lindsay, a-t-il répliqué. Parce que j'ai toujours rêvé d'interroger quelqu'un qui a couché avec Laura Chase. Et entendre Laura raconter ce qu'elle a fait avec vous m'a amené à penser que vous aviez à m'offrir bien plus que je ne l'aurais jamais imaginé.'' »

« Je n'ai rien trouvé à dire. Lorsque je me suis retournée pour regarder Roger, il souriait à nouveau, plongé dans son livre. Puis Mark Ransom a dit : ''Je vous veux une journée entière. Seule. Je vous promets, bien entendu, d'apporter la cassette.''

« J'ai accepté d'aller le voir. Dans un hôtel de Los Angeles. Ce devait être le lendemain de sa rencontre avec Mary Carelli. »

Caroline resta un moment silencieuse.

« Et vous n'en avez pas parlé à votre mari ? interrogea-t-elle.

— Je lui en ai dit le moins possible. Lorsque j'ai raccroché, il m'a demandé avec qui j'avais discuté. J'ai expliqué que c'était Mark Ransom et qu'il cherchait à vendre les droits d'un livre sur Laura Chase. J'ai ajouté que cela ne déboucherait probablement sur rien, dans la mesure où le thème ne m'emballait pas et où Ransom n'était pas un auteur que j'aimais, mais que j'allais tout de même le rencontrer. » La voix de Caldwell se brisa. « ''Après tout, ai-je ajouté, je n'ai tourné qu'une seule fois avec Laura Chase.'' »

Caroline se pencha en arrière.

« Qu'est-ce qui vous incite à vouloir témoigner aujourd'hui ? » questionna-t-elle.

Caldwell parut méditer.

« Mes motivations ont changé, dit-elle. La première fois que j'ai discuté avec Terri, j'étais certaine que la police détenait la cassette ou finirait tôt ou tard par la trouver. Je pensais que mon secret serait de toute façon découvert. Et puis, je voulais écouter ce que Laura avait dit...

— Et maintenant ? demanda Caroline. Nous n'avons pas la cassette. En attendant que nous la trouvions, à supposer qu'elle existe, vous êtes la seule personne à savoir ce qui s'est passé entre Laura et vous. »

Caldwell lui lança un regard franc.

« C'est vrai, reconnut-elle. Mais je sais également ce qui s'est passé entre Mark Ransom et moi. Et je sais donc qui était cet homme.

— Et cela rend le silence difficile ? »

Caldwell hocha la tête.

« Avant que la fille de Steinhardt vende ces enregistrements à Ransom, je pouvais vivre avec ce souvenir enfoui en moi parce que j'étais la seule à en souffrir. Mais les choses ont changé. À présent, Mary Carelli est accusée de meurtre et la cassette peut à tout moment faire surface. » Elle s'interrompit, regardant Caroline Masters avec une sorte de fatalisme. « Si vous décidez que ce que je sais est intéressant, j'expliquerai tout à Roger et à mes enfants. Puis je viendrai témoigner en faveur de Mme Carelli. »

Caroline resta plongée dans ses méditations. Terri pouvait presque lire ses pensées : le dossier Mark Ransom était bien plus complexe qu'elle l'avait imaginé au départ, elle ne souhaitait faire souffrir ni Caldwell, ni Melissa Rappaport, et elle ne considérait plus du tout l'instruction sous le même angle.

« Puis-je poser quelques questions ? » s'enquit Sharpe.

Presque à contrecœur, Masters se tourna vers elle :

« Bien sûr. »

Sharpe avança son siège pour faire face à Caldwell.

« Savez-vous où se trouve la cassette ? » demanda-t-elle.

Caldwell secoua la tête.

« Non.

— Avez-vous une idée de ce qu'elle a pu devenir ?

— Non. » Caldwell semblait perplexe. « J'aimerais bien. »

Sharpe redressa la tête, tout aussi perplexe.

« M. Ransom vous a-t-il, à un moment ou un autre, demandé explicitement du sexe en échange de la cassette ?

— Non. Pas explicitement.
— Vous a-t-il proposé une forme quelconque de rapport sexuel avec lui ? »
Caldwell la considéra.
« Vous me demandez s'il m'a dit : ''Je vous donnerai la cassette si vous faites l'amour avec moi'' ? Non. Mais avait-il besoin de le dire ? Franchement, vous-même, vous n'auriez pas posé la question si vous vous étiez trouvée à ma place.
— Je vois. Mais ne reconnaissez-vous pas que, si l'on s'en tient au sens littéral de ses paroles, Mark Ransom aurait très bien pu vous demander de simples renseignements... Très intimes, il est vrai. En vous forçant un peu la main pour obtenir des réponses, certes, comme le font parfois les journalistes, mais dans la seule perspective d'écrire le livre le plus extraordinaire de sa carrière... »
Caldwell passa une main dans ses cheveux.
« Oui, bien sûr. Pour qui considère que quand un homme vous dit : ''J'aimerais passer la nuit chez vous'', cela veut dire, au sens littéral, qu'il admire le canapé de votre salon ! » Elle s'interrompit, puis ajouta d'un ton sarcastique : « En vous forçant un peu la main, comme le font parfois les hommes, mais dans la seule perspective d'une bonne nuit de sommeil... »
Cette soudaine ironie cinglante stupéfia Terri et parut tirer Caroline de sa rêverie. Sharpe rougit, puis expliqua sur un ton de patience exagérée :
« Vous savez, devant un tribunal, le sens littéral des mots est important. J'ai plaidé un grand nombre d'affaires de viol dans lesquelles l'homme affirmait que *Non* signifiait en fait *Oui*. Si l'on cherchait les preuves de l'innocence ou de la culpabilité dans ce genre de langage codé, vous pouvez être sûre que l'un de ces individus serait en train de violer en toute impunité une nouvelle victime pendant que nous sommes ici à discuter.
— N'est-ce pas plutôt vous qui parlez ce langage codé ? lança Caldwell. Si Ransom ne m'a pas violée, c'est seulement parce que Mary Carelli l'a abattu avant qu'il ait eu l'occasion de le faire. » Caldwell recouvra son calme, mais poursuivit d'une voix glaciale : « Le plus étrange, dans ce coup de téléphone, c'était la clarté du message, qui ne laissait aucun doute. Quels que fussent les termes qu'il choisissait, je comprenais que le malade mental qu'était Ransom me menaçait, d'une part, parce que j'étais une femme qui avait réussi dans la vie, d'autre part, parce que j'étais féministe. Tout comme vous, je crois. » Caldwell marqua une pause. « Je ne peux m'empêcher de me demander ce que vous, madame Sharpe, auriez ressenti si c'était à vous que Mark Ransom avait dit tout cela. »

Sharpe se recula dans son siège, fixant Caldwell d'un regard blessé, étrange.

« Ce que vous dites est totalement injustifié.

— Vraiment ?

— C'est bon, Marnie, intervint Masters, j'ai saisi votre démonstration. Avez-vous quelque chose à ajouter ? »

Sharpe attendit plusieurs secondes avant de se détourner de Caldwell.

« Une observation seulement, fit-elle. Nous n'avons aucune demande de sexe explicite, aucune tentative de chantage ne peut être prouvée. Et, bien sûr, il n'y a pas eu viol. Le seul fait concret dont nous disposons est cet appel téléphonique de Mark Ransom à Mme Caldwell, d'une distance de six cents kilomètres. Une simple conversation, que Mme Caldwell a conduite d'une façon assez obscure et qui ne prouve rien d'autre qu'une certaine souffrance personnelle chez cette dernière. C'est pourquoi ce témoignage doit rester confidentiel.

— Ce que vous dites concerne la portée du témoignage, intervint Terri, non sa recevabilité. La cour doit autoriser Mme Caldwell à témoigner. Maître Sharpe pourra procéder, si elle le souhaite, à un contre-interrogatoire. Puis ce sera à la cour de décider ce qu'elle pense de cette conversation téléphonique. Une conversation qui, comme l'a souligné Mme Caldwell, ressemble autant à une demande de renseignements qu'un viol à une lune de miel.

— Le problème, trancha Caroline, est qu'elle ne ressemble pas non plus à un viol. Or, c'est sur le viol que se fonde la défense de Mme Carelli. »

Terri sentait Caroline sur le point de décider en sa défaveur. Il lui fallait formuler un nouvel argument.

« La défense de Mme Carelli, répliqua-t-elle, repose sur la personnalité sexuelle de cet homme, ainsi que sur ses projets sexuels au moment où il l'a contactée. Or, dans sa première conversation téléphonique avec elle, il a employé la même approche "ambiguë" qu'avec Mme Caldwell.

— Seulement, nous n'en sommes pour l'instant qu'à tenter de réunir des éléments recevables prouvant que Mme Carelli a agi en état de légitime défense, éléments qui disqualifieraient les "causes probables". Vous reconnaîtrez, Teresa, que nous n'avons pas là un acte similaire au viol.

— Cela dépend de quel acte nous parlons. » Terri changeait une nouvelle fois son fusil d'épaule. « Laissez-moi vous suggérer d'attendre d'avoir vu l'ensemble des éléments de la défense avant de décider si Mme Rappaport, Mme Caldwell et la cassette de Laura Chase feront ou non partie du dossier sur lequel la cour se prononcera. Ainsi, vous prendrez votre décision en parfaite connaissance de cause. »

Caroline lui lança un court sourire :

« Ne faites jamais le jour même ce que vous pouvez remettre au lendemain. Surtout quand vous perdez, évidemment. »

Terri lui rendit son sourire.

« Ne décidez jamais rien le jour même, dit-elle, si votre décision peut être plus juste le lendemain. »

Le sourire de Caroline s'estompa et elle hocha gravement la tête.

« Très bien, Teresa. Vous préservez votre position pour le moment. Je ne me prononcerai qu'après avoir entendu votre dernier témoin. » Elle se retourna vers Caldwell. « Je suis désolée de vous laisser en suspens, madame Caldwell. Mais dans la perspective de la cour, la requête de Mme Peralta est assez justifiée pour être honorée.

— Je comprends très bien, fit Caldwell.

— J'en suis heureuse. » Le juge s'adressa à Sharpe : « Dans l'intervalle, Marnie, si une nouvelle cassette concernant Mme Carelli, Laura Chase ou Mme Caldwell tombe entre vos mains, je vous demande de m'en informer immédiatement. » Elle marqua une pause, soucieuse de donner de l'emphase à ses paroles. « Immédiatement et de manière confidentielle. J'espère que vous m'avez bien comprise. » Caroline jeta un regard appuyé à Sharpe, puis se retourna vers Caldwell. « Si je décide de trancher en faveur de maître Peralta, je vous en aviserai en temps utile, afin que vous puissiez avertir les personnes de votre choix.

— Merci, répondit Caldwell. Je crois que je finirai de toute façon par raconter tout cela à ma famille, indépendamment de ce qui se passe dans ce tribunal. La seule question qui se pose à présent est quand et comment... Et c'est à moi d'y répondre.

— Je serai peut-être amenée à vous y contraindre, remarqua Masters. C'est là une décision qui me pèse énormément, croyez-moi. Mais elle fait partie de mon rôle de juge. Dans ces circonstances, peut-être pourriez-vous me permettre de vous livrer le point de vue du magistrat que je suis.

— Bien entendu.

— À mon avis, la sexualité couvre effectivement un spectre très large. Cependant, vous ne pouviez pas le savoir à l'âge de dix-neuf ans. D'ailleurs, beaucoup de gens éprouvent des difficultés à l'admettre. » Caroline ralentit son débit, comme pour s'assurer que Caldwell la suivait. « Pendant près de vingt ans, comme avocate, puis comme juge, j'ai été tourmentée par des questions de culpabilité et d'innocence. Or, de toutes les personnes impliquées dans la mort de Laura Chase, vos blessures sont, à mes yeux, les plus douloureuses. Vous êtes celle qui, de loin, a le moins de choses à se reprocher. Pardonnez-vous. »

Caldwell eut l'air surprise. Caroline se leva et lui tendit la main.

« Bonne chance, madame Caldwell. »

Caldwell saisit sa main.

« Et vous, fit-elle à mi-voix, merci. »

Chapitre deux

Christopher Paget versa un verre de vin rouge à Mary Carelli. Derrière eux, la télévision était allumée.

« Je suppose que tu aimes toujours le chianti ?

— Je l'aimais déjà avant de te rencontrer. » Elle parlait d'un ton sec. « Et je l'apprécie encore davantage depuis mon séjour à Rome. »

La remarque renfermait une certaine tristesse, exprimant à la fois la fierté de Mary pour sa réussite sociale et son angoisse de devoir y renoncer bientôt. Évoquer Rome, c'était songer qu'elle n'y retournerait peut-être jamais. Paget leva son verre :

« À Rome ! » lança-t-il.

Avec un demi-sourire, Mary fit tinter son verre contre le sien « À Rome, reprit-elle, et à la journée de demain ! »

Depuis quatre jours, ils préparaient ensemble l'interrogatoire de Mary. Deux jours entiers avaient été nécessaires pour élaborer sa déposition : elle y confesserait certaines erreurs et parlerait de ses doutes. Ils avaient décortiqué l'interrogatoire de Monk, prévu au mot près les répliques de Mary, évitant les formulations dangereuses. Puis, tout au long du week-end, Paget avait cherché à démonter toutes ces réponses.

À présent il faisait nuit et ils avaient terminé.

« Nous avons bien travaillé, assura Paget. Tout ce que tu dois faire, c'est rester sur le qui-vive tout en gardant ton calme. »

Mary eut un sourire ironique.

« Rester sur le qui-vive en gardant mon calme, répéta-t-elle. Rien de plus facile ! Mais c'est l'approche qui s'impose pour un auteur de meurtres prémédités… »

Venant de cette femme qu'il ne croyait guère — et dont il ne pouvait exiger la vérité —, la plaisanterie mit Paget mal à l'aise. S'agissait-il d'une confession voilée ou de l'expression de son amertume à l'idée que Sharpe — et peut-être Paget — l'estimait capable d'un meurtre de sang-froid ?

« Je pense que Caroline est mûre pour t'écouter maintenant, dit-il finalement. Même si elle ne les autorise pas à témoigner en public, Rappaport et Caldwell ont produit leur effet : Masters pensera désormais à la personnalité de Ransom au lieu de ne se concentrer que sur la tienne. »

À cet instant, Mary apparut à la télévision.

« Demain matin, expliquait une voix off, Mary Carelli affrontera le moment le plus difficile du procès, et sans doute de toute son existence : c'est demain, en effet, qu'elle doit témoigner devant le tribunal. »

Mary quitta l'écran des yeux pour s'adresser à Paget :

« Ne crains rien, dit-elle, je ne flancherai pas. Quoi que tu penses de cette affaire, tu me connais assez pour le savoir. »

La remarque, qui se voulait neutre, soulignait sa volonté de fer.

« Surtout, ne sous-estime pas Marnie Sharpe, répondit-il.

— Je l'ai observée, Chris. Je sais exactement comment elle se comportera. »

Paget hocha la tête. Il ne se représentait que trop bien Mary, exempte de toute émotion, disséquant le comportement de celle qui cherchait à la faire condamner pour meurtre.

« Oh, mais je suis convaincu que chacune de ses excentricités est répertoriée dans ton cerveau !

— Absolument. » Le ton était glacial. « Je ne la laisserai pas me coincer. »

Paget sourit. La détermination de Mary était la seule chose dont il ne doutait pas. Pour le reste, il croyait trop peu en son innocence pour ne pas s'inquiéter.

À l'écran, un avocat célèbre avait pris la parole.

« C'est une très grave erreur de la faire témoigner demain, estimait-il. Mais, de toute façon, l'ensemble de la stratégie est mauvaise. Si maître Paget perd à ce niveau, il n'aura plus aucune chance de l'emporter ensuite. Pour moi, sa défense est celle d'un amateur doué : elle comporte des traits de génie mais, au bout du compte, elle ne peut que capoter. Il est bien trop concerné pour pouvoir rester objectif. »

Paget coupa le son.

« Nous avons fait tout ce que nous pouvons, déclara-t-il tranquillement.

— Oui. Maintenant, je dois partir. »

Elle semblait soudain fatiguée, peut-être triste. Elle se tourna à nouveau vers la télévision et y découvrit son propre profil, plus jeune, associé à celui de Paget, filmés juste avant son témoignage devant le Sénat. Puis le visage de Carlo les remplaça.

« Tu as vu la couverture de *People* ? demanda Mary.

— Carlo, fit-il en hochant la tête. Mais je n'ai pas lu l'article.

— Oh, ils ne savent pas grand-chose. » Mary s'interrompit. « En fait, ce n'est pas plus mal que mes parents soient morts... »

Paget approuva, pensif.

« Ne t'es-tu jamais demandé, reprit doucement Mary, ce que nous serions devenus s'il n'y avait pas eu l'affaire Lasko ? »

Paget la considéra.

« Avec ou sans Carlo ?

— Avec lui, plutôt. » Elle baissa les yeux. « C'était une belle nuit, Chris. Et un bon week-end.

— Oui. » Paget contempla son verre de vin. « Mais on ne peut rien conclure d'un week-end. Tout compte fait, nous sommes très différents l'un de l'autre. »

Mary lui lança un regard interrogateur.

« Mais ma vie aurait-elle été différente ? Et moi, aurais-je été celle que je suis aujourd'hui ? »

Paget réfléchit.

« Je ne voudrais pas paraître moraliste, répondit-il, surtout pas ce soir. Mais lorsque nous avons fait l'amour cette nuit-là, tu t'étais déjà corrompue en aidant Jack Woods. Dès lors, toute la suite devenait inexorable. » Il s'interrompit, éteignit la télévision. « La vérité, pour moi, c'est que les gens ne changent pas et continuent toute leur vie à poursuivre les mêmes ambitions. Je ne pense pas qu'une rencontre puisse transformer un être. Elle peut peut-être changer sa vie, mais pas sa personnalité profonde. »

Mary scruta son visage.

« Et Carlo ? interrogea-t-elle. Il ne s'est pas contenté de changer ta vie, lui. Il t'a changé aussi. »

Se trompait-elle ? Carlo avait-il fait de Paget un homme meilleur, plus sage ou plus affectueux ?

« Peut-être, reconnut-il. Mais, avec les enfants, ce n'est pas la même chose. »

Il se mit à songer à Carlo : quelles seraient les conséquences du procès sur la vision qu'il avait de ses parents et de lui-même ?

« Je suis désolée, fit Mary après un long moment. Pour tout. Et plus encore que tu ne le sauras jamais... »

Il releva les yeux vers elle. Soudain, les quinze années qui venaient de s'écouler s'effacèrent. Il la revoyait telle qu'elle était à Washington lorsqu'ils avaient fait l'amour et qu'il ne savait encore rien d'elle. « Je le sais, répondit-il. Là-dessus, je te crois. »

Elle chercha son visage, comme pour mesurer la réalité de ce qu'il venait de dire, espérant y trouver une émotion qui aurait été sauvegardée malgré tout ce qu'ils avaient vécu. Puis, très simplement, elle murmura :

« Merci. »

Ils se regardèrent. Quelque chose, entre eux, avait changé.

Un instant, Paget songea qu'il pourrait tenter un geste vers elle, mettre de côté le passé et suspendre les incertitudes. Faire l'amour une nuit seulement, et échapper à la peur. Il savait que Mary et lui en étaient capables. Il savait, à la profondeur de son regard, qu'elle aussi en avait envie.

Il ne comprit pas ce qui les retint. Leur histoire, peut-être...

« Tu n'as plus qu'à aller dormir maintenant », articula-t-il.

Un moment encore, elle le regarda.

« Je vais appeler un taxi », dit-elle.

Une atmosphère lourde régnait dans la salle du tribunal. Quelques journalistes supplémentaires avaient été autorisés par le juge Masters à venir écouter Mary Carelli et se tenaient debout le long du mur. Toujours au premier rang, Carlo et Johnny Moore ne bougeaient pas. Terri prenait des notes. Aucun bruit ne venait troubler l'impressionnant silence.

À l'extérieur, de nombreux groupes féministes, auxquels se mêlaient quelques hommes, criaient des slogans sous une immense banderole portant les mots : « Le viol n'est pas un droit. » Face à eux, une poignée de manifestants agitaient des pancartes sur lesquelles on lisait : « Justice pour Mark Ransom », « La victime n'est pas au procès », ou encore : « Ne liquidez pas le premier amendement de la Constitution ». Devant la porte et tout autour du palais de justice, des policiers étaient en faction.

« Et pourquoi avez-vous accepté de rencontrer Mark Ransom ? » demanda Paget à Mary.

La question était cruciale. Elle déterminerait l'ensemble du témoignage de Mary et l'angle d'attaque de Sharpe. Cette dernière restait immobile. Quant à Masters, l'intensité de son regard soulignait l'importance de l'instant. Seule, Mary paraissait calme.

« Il détenait un enregistrement, répondit-elle. Celui d'une visite que j'avais faite chez un psychiatre, à Beverly Hills. Un certain docteur Steinhardt. »

Paget n'eut pas besoin de regarder Sharpe pour percevoir sa surprise.

« Pourquoi étiez-vous allée voir le docteur Steinhardt ? demanda-t-il.

— Parce que je souffrais moralement. » Mary marqua un

temps d'arrêt, mais reprit sans hésitation : « Il y avait certaines choses — des choses inavouées— que j'avais faites et dont j'avais honte. Je n'arrivais pas à me mettre en paix avec moi-même. »

Paget entendit de nombreux murmures derrière lui et vit Sharpe à demi levée, qui promenait un regard stupéfait de Mary à Masters. Cette dernière ne paraissait pas la remarquer.

« Aviez-vous décrit ces choses au docteur Steinhardt ? »

Mary semblait porter un masque de honte sur le visage.

« De la façon la plus détaillée possible. » Sa voix se brisa. « Je me sentais en confiance, je pensais que cela resterait confidentiel.

— Et pourquoi cette confidentialité était-elle si importante pour vous ? »

Mary avait baissé les yeux.

« Parce que les choses que je lui ai confiées étaient profondément personnelles. »

Le corps de Sharpe semblait tendu par une énergie difficilement réprimée. Sur son visage, se lisaient l'inquiétude de voir ces craintes avouées par Mary lui attirer la sympathie du public, et l'envie de clamer haut et fort que Mary venait d'introduire elle-même les cassettes comme pièces à conviction.

« Et, interrogea Paget, qu'avez-vous ressenti lorsque Mark Ransom vous a décrit le contenu de l'enregistrement ?

— J'ai été effondrée. » Ce souvenir parut la vider. « Après avoir raccroché, je suis allée vomir dans la salle de bains. »

Paget attendit pour lui laisser le temps de se ressaisir.

« Ransom vous a-t-il dit ce qui pourrait se passer s'il révélait au public le contenu des cassettes ?

— Oui. » Mary releva les yeux. « Il a dit que cela ruinerait ma réputation et ma carrière.

— Le pensiez-vous également ? »

Mary hocha la tête.

« C'est pour cela que je suis allée le voir. Pour lui demander, pour le supplier si nécessaire, de laisser mon passé là où il était. Dans le passé.

— Vous vous sentiez à ce point désespérée ? »

Mary ferma les yeux.

« Ce qu'il avait appris me torturait. C'était d'ailleurs cette souffrance qui m'avait poussée à consulter le docteur Steinhardt. »

Paget se tourna vers le juge Masters.

« Puis-je m'entretenir quelques instants avec vous, Votre Honneur ? »

Masters parut surprise.

« Oui, certainement. »

Très vite, Sharpe et Paget s'approchèrent du magistrat. Après avoir jeté un coup d'œil sur la salle bondée, Masters se pencha en avant pour parler sans être entendue.

« Qu'y a-t-il, maître Paget ?

— Mme Carelli a dit là tout ce qu'elle a l'intention de dévoiler au sujet de la cassette : elle a avoué son existence, expliqué qu'elle pouvait nuire à sa réputation et à sa carrière et que cette raison l'a poussée à accepter de rencontrer Ransom. Ce qui, j'en suis persuadé, rend inutile la divulgation du contenu de l'enregistrement, puisque cela explique son influence sur les actions de Mme Carelli et permet de rester fidèle à la vérité. De plus, dans la mesure où elle n'a rien dit du contenu de la cassette, Mme Carelli n'a pas renoncé à son droit au secret médical.

— Si vous pensez être fidèle à la vérité, s'indigna Sharpe à voix basse, autant confier à Pinocchio le soin de rendre la justice ! Mme Carelli a laissé dans l'ombre le contenu de la cassette, omettant d'avouer ce qui la rendait si désastreuse — le fait qu'elle ait menti au Sénat des États-Unis ! — et gagnant ainsi la sympathie du public. Or, à l'écouter, on croirait qu'elle a tout juste honte d'avoir triché au Monopoly ! »

Paget se tourna vers elle.

« Pensez-vous que cela soit de nature à ruiner une réputation, Marnie ? Si l'on vous surprenait en train de tricher au Monopoly, renonceriez-vous à votre carrière ?

— Seulement si je cherchais à m'attirer les sympathies, rétorqua Sharpe avant de se tourner vers Masters. Elle a introduit le sujet des cassettes...

— Je suis désolée, fit Masters, mais c'est vous qui l'avez introduit lorsque, pendant nos séances à huis clos, vous m'avez demandé la permission de poser les questions que maître Paget vient tout juste de soumettre à Mme Carelli. Il a pris les devants, voilà tout. Alors si vous souhaitez faire auditionner ces cassettes, à vous de pousser Mme Carelli à en dire davantage !

— Merci », conclut rapidement Paget.

Il s'éloigna, laissant Sharpe interdite, et lança à Mary un léger signe de tête accompagné d'un sourire imperceptible. Puis il regarda Carlo : son visage était détendu.

« Continuez, je vous prie », dit Masters.

Paget hocha la tête.

« Dites-moi une chose, madame Carelli : pourquoi avez-vous apporté une arme dans la suite de M. Ransom ?

— Pour me protéger.

— Mais pourquoi en avez-vous ressenti le besoin ? »

Mary croisa les bras.

« Ses paroles, au téléphone, étaient chargées d'allusions sexuelles et sentaient le chantage sexuel à plein nez.

— Pourriez-vous être plus précise ? »

Le haussement d'épaules de Mary parut dissimuler un frémissement de tout son être.

« Ce ne sont pas seulement les termes qu'il a utilisés, répondit-elle d'une voix calme. C'est le ton sur lequel il parlait, un ton méprisant, ricanant. Il voulait un "entretien privé". Il m'a dit qu'il avait d'ailleurs prévu une rencontre du même type avec une autre femme célèbre de Los Angeles. Il voulait nous mettre dos à dos, "comparer ses notes". Nous pourrions même discuter du "libre arbitre" et du "droit de la femme à une vie privée". » Elle secoua la tête. « Chacune de ses paroles me donnait la chair de poule. »

Paget lança un regard à Masters, comme pour s'assurer qu'elle avait bien établi le lien avec Lindsay Caldwell. Puis il se retourna vers Mary : « Qu'avez-vous conclu de cette conversation ?

— Ce que, de toute évidence, Ransom voulait que j'en conclue, répondit froidement Mary. Qu'il me rendrait la cassette en échange de sexe. Et qu'il n'hésiterait pas à employer la force si je refusais. »

Sharpe s'était levée. « Annulez cette dernière réponse, Votre Honneur. Elle est totalement spéculative : le témoin prétend avoir l'omniscience de ce que Mark Ransom n'a jamais dit.

— Objection retenue. » Masters se tourna vers Mary : « Nous voulons des faits, madame Carelli. S'il vous plaît, laissez-moi le soin des interprétations. »

Lentement, Mary hocha la tête. Paget fit un pas en avant et posa la question suivante : « Aviez-vous l'intention d'accepter ce marché ?

— Non, pas du tout. » Sa voix se brisa. « Je voulais juste tenter de le faire changer d'avis en lui parlant. Je ne voyais pas ce que je pouvais faire d'autre.

— Mais vous avez tout de même acheté une arme.

— Oui. » Mary regarda Masters. « Mais pas pour le tuer. Simplement parce qu'il me faisait peur !

— Alors, pourquoi n'avez-vous rien dit à la police ? »

Mary passa la main sur ses yeux.

« Parce que je ne voulais pas que quiconque découvre le contenu de la cassette.

— Est-ce pour cette même raison qu'après la mort de Ransom, vous n'avez pas parlé de la cassette à la police ?

— Oui.

— N'avez-vous pas pensé que la police la découvrirait ?

— C'était évident, bien sûr. » Mary se tourna à nouveau vers Caroline Masters. « Mais j'étais en état de choc... »

Paget hocha la tête, satisfait. En posant les questions qu'un juge sceptique ou un procureur pouvaient poser, il empêchait Sharpe de marquer des points tout en aidant Mary à rétablir sa crédibilité. Quant à Masters, même si elle n'était pas dupe, elle avait été préparée à l'entendre grâce au travail de Terri.

« Ne pensez-vous pas, demanda Paget, qu'il existe en fait deux cassettes de votre consultation chez le docteur Steinhardt, mais que la police n'en a retrouvé qu'une ?

— C'est ce que je crois, si.

— Avez-vous une idée de ce qu'il est advenu de la deuxième ? »

Mary lança un regard à Sharpe.

« Non, déclara-t-elle, emphatique. Je ne le sais pas. »

Une pointe de colère perçait dans cette réponse. Si Mary savait où se trouvait la cassette, pensa Paget, elle mentait bien.

« En réalité, poursuivit-il, Ransom n'avait apporté aucune cassette, n'est-ce pas ?

— Aucune cassette de moi. » Mary semblait troublée. « Mais il avait l'enregistrement d'une consultation de Laura Chase chez le docteur Steinhardt. La mort de l'actrice devait être le thème de son prochain livre. »

Un murmure de stupéfaction traversa le public. Jusqu'à cet instant, la presse ne savait rien de la cassette de Laura Chase. Mais déjà, Sharpe avait bondi :

« Votre Honneur, intervint-elle, je demande un entretien en aparté. »

Les deux avocats s'approchèrent de Masters.

« Cette cassette n'a pas encore été jugée recevable, dit Sharpe. Maître Paget a formulé sa question de manière que Mme Carelli puisse glisser le nom de Laura Chase. Je ne savais pas que nous l'avions autorisée à le faire. »

Masters s'adressa à Paget :

« Quelles sont exactement vos intentions, maître, maintenant que Mme Carelli a si habilement rappelé Laura du Royaume des morts ?

— Je compte lui faire décrire globalement le contenu de la cassette, répliqua Paget, mais sans mentionner James Colt. » Son débit s'accéléra. « Laura Chase est morte. C'est Mary Carelli qui a droit aujourd'hui à notre compassion. Et, comme vous le savez, Votre Honneur, cette obsession de Laura Chase nous renseigne directement sur la sexualité de Mark Ransom. C'est le point central du récit que nous a fait Mme Carelli...

— Les actes sexuels décrits sont tout à fait différents, maître !

— Certes. Mais les obsessions sexuelles de Mark Ransom forment un tout. Or, ce sont ces obsessions qui l'ont poussé à abuser de Mme Carelli.

— Selon Mme Carelli ! précisa Sharpe. Cette source de vérité parfaitement irrécusable que l'on sait !

— Vous avez de la chance, rétorqua Paget, qu'elle ne soit pas là pour vous répondre. »

Le juge Masters leva la main :

« Ça suffit ! intima-t-elle. J'autorise une description très générale. Comme l'a souligné maître Paget, il n'y a pas de secret médical à respecter ici. Et il est évident que les inclinations sexuelles de M. Ransom sont importantes pour la défense. Reprenez votre interrogatoire, maître.

— Merci », répondit Paget.

Il se retourna, adressa un signe de tête à Terri et reprit :

« Madame Carelli, pourriez-vous nous décrire rapidement le contenu de la cassette ?

— Oui. » La voix de Mary s'était adoucie. « Laura parlait d'un week-end qu'elle avait passé à Palm Springs en compagnie de trois hommes. Ceux-ci l'ont obligée à accomplir une série d'actes sexuels. De l'exhibitionnisme, pour commencer... » Mary s'interrompit, puis ajouta : « Ensuite, deux des hommes ont eu des rapports avec elle sous les yeux du troisième, qui observait. »

Derrière Paget, le public manifesta bruyamment sa réaction. Le juge dut employer son marteau pour rétablir le silence.

« Pourquoi M. Ransom avait-il apporté cette cassette-là ? interrogea Paget.

— Il prétendait vouloir discuter de son livre sur Laura Chase. Un livre dont cet enregistrement représentait une large part. Il insinuait qu'une invitation à mon émission *Deadline* pourrait l'aider à oublier la cassette de ma propre séance chez le docteur Steinhardt.

— Qu'avez-vous répondu ?

— Je lui ai dit qu'il m'avait trompée. Que s'il n'avait pas apporté ma cassette, c'était pour pouvoir poursuivre son chantage par la suite. » La voix de Mary faiblit. « Il m'a répondu que nous devions écouter la cassette de Laura Chase et en discuter ensuite.

— Vous avez donc écouté cette cassette ?

— Oui. » Le regard de Mary était lointain. « Il m'y a obligée.

— Était-ce après l'arrivée de M. Aguilar avec le champagne ?

— Oui.

— Est-il exact que vous ayez demandé à M. Aguilar d'afficher le panneau *Ne pas déranger* sur la porte ?

— Oui. C'est exact.

— Pour quelle raison ? »

Mary se tourna vers Caroline Masters avant de répondre.

« J'étais là contre ma volonté, expliqua-t-elle. J'étais là parce que Mark Ransom savait de moi des choses que personne ne devait connaître. Le fait que M. Aguilar nous ait trouvés ensemble m'était déjà assez pénible. Je ne voulais pas qu'une femme de chambre entre à son tour et nous entende discuter... Et puis, quand Mark Ransom m'a décrit la cassette de Laura Chase en me disant que je devrais l'écouter, j'ai pensé qu'il ne fallait surtout pas que l'on nous dérange à ce moment-là. J'avais déjà bien trop honte de ce qu'il m'arrivait.

— Vous n'avez donc pas demandé cela à M. Aguilar dans l'unique but de vous retrouver seule avec Mark Ransom ?

— Si, mais pas dans le sens où il l'a compris. » La voix de Mary se durcit. « Je ne voudrais pas décevoir M. Aguilar, mais je considère Mark Ransom comme l'homme le plus pervers et le plus détestable que j'aie jamais rencontré. »

Paget laissa à Masters le temps d'absorber cette dernière réplique.

« Pourriez-vous nous dire ce que cet homme pervers et détestable a tenté de faire après le départ de M. Aguilar ?

— Il a tenté de me violer. »

Comme pour couper court à quelque doute non exprimé, Mary se tourna vers Caroline Masters et répéta :

« Mark Ransom a tenté de me violer.

— Pourriez-vous nous expliquer ce qui s'est passé ? » Détournant à nouveau les yeux, Mary fixa un point invisible au loin.

« Cela a commencé quand il a mis le magnétophone en marche. » Sa voix était à présent d'un calme inquiétant. « C'était horrible. Tandis que Laura Chase dansait pour ces hommes, puis commençait à se caresser, Mark Ransom s'excitait de plus en plus. Lorsque l'acte sexuel a commencé, il a perdu toute retenue.

— Pourriez-vous le décrire ? »

Mary ne bougea pas. Elle semblait se remémorer la cassette, dans un souci de précision.

« Il a commencé à boire très vite, dit-elle enfin. Verre sur verre. J'avais le sentiment étrange d'assister à une version perverse d'*Alice au pays des merveilles* : s'il avait pu traverser un miroir pour rejoindre Laura Chase et ces trois hommes, je crois que Mark Ransom n'aurait pas hésité à vendre son âme. »

Il y eut une nouvelle réaction parmi les spectateurs.

« Même objection, Votre Honneur ! s'écria Sharpe. Mme Carelli prend là encore plus de libertés que tout à l'heure. »

Masters se tourna vers Mary.

« Je suis d'accord avec maître Sharpe, fit-elle. Je demande donc à la greffière de ne pas retranscrire la dernière phrase de la réponse. Mme Carelli, contentez-vous de décrire les faits. »

Mary eut un léger mouvement, puis croisa les bras comme pour se ressaisir.

« Pendant un moment, dit-elle, il a paru oublier ma présence. Il restait immobile, écoutant la voix avec un étrange sourire, les yeux fixés sur moi. On eût dit qu'il entendait une musique lointaine, quelque chose de très beau. Puis il a posé sa main sur mon genou. Je l'ai retirée en le regardant avec étonnement. » Elle s'interrompit. « Lorsqu'il a vu qu'il avait mon attention, il a baissé le regard vers ses jambes. Lentement, pour être sûr que je le suivais. Il avait un renflement au niveau du bas-ventre, sous son pantalon. Ce fut comme si nous étions passés *tous les deux* de l'autre côté du miroir. »

Elle se tourna vers Masters et poursuivit d'un ton embarrassé :

« Je m'excuse, Votre Honneur, mais ce qu'il a dit à ce moment-là, très doucement, était : ''J'aime baiser les femmes que j'ai vues à l'écran. Cela me donne l'impression de les rendre réelles.'' Il semblait si hostile... On dit que, pour certains hommes, la relation sexuelle est un acte de violence. En cet instant, j'ai senti que Mark Ransom avait envie de commettre un acte de violence contre moi et contre ce que je représentais : la réussite sociale d'une femme que d'autres femmes admiraient. » Sa voix se durcit. « Mark Ransom détestait les femmes, sauf si elles étaient soumises. C'est pourquoi cela l'excitait de m'obliger à suivre l'humiliation de Laura. »

Paget vit que Sharpe, sur le point d'intervenir, s'était ravisée.

« Que lui avez-vous dit ? interrogea-t-il.

— *Non.* » Mary s'adressait toujours à Caroline Masters. « Je lui ai dit : *Non.*

— Et quelle a été sa réaction ?

— Il m'a dit que si je faisais l'amour avec lui, la cassette serait à moi. » Elle se tourna vers Paget pour conclure d'une voix éteinte : « Mais que si je refusais, mes secrets appartiendraient au monde.

— Et vous avez tout de même refusé...

— Pas tout de suite. J'avais trop peur.

— Qu'avez-vous dit alors ? »

Elle baissa les yeux.

« Que je l'aiderais à promouvoir son livre sur Laura Chase.

— Mais cela ne lui a pas suffi... »

Mary secoua la tête.

« Il m'a dit que c'était là *l'autre* chose que je ferais pour lui. »

Mary parlait presque à voix basse. « ... mais que je devais d'abord me déshabiller devant lui. Comme Laura.

— Et vous avez refusé ?

— Pas vraiment. » Sa voix se fit perplexe. « Je crois que j'ai eu une sorte d'instinct. Je ne pouvais pas le laisser me transformer en Laura Chase. » Elle se tourna vers Masters. Les mots se bousculaient à présent. « Ma réaction n'avait rien de rationnel. C'était quelque chose que je ressentais. Je me souviens avoir pensé que rien ne l'empêcherait de me torturer ainsi sans fin... Que si je cédais maintenant, il pourrait m'obliger à faire n'importe quoi, et détruire ma vie. Alors, j'ai songé à tout ce chemin que j'avais parcouru pour devenir ce que je suis, pour me faire un nom. Et, pendant une fraction de seconde, j'ai aussi pensé à toutes ces femmes qui s'étaient données à des hommes comme Ransom : pour obtenir un travail, pour leurs enfants ou pour de l'argent, ou tout simplement parce qu'elles étaient trop effrayées pour se défendre. Un instinct profond m'a poussée à résister. Je sentais que si je cédais, j'étais perdue. Perdue à jamais. »

Quelques instants, Paget songea au public qui suivait Mary à la télévision ; puis il imagina McKinley Brooks, saisi par l'intensité du récit, calculant le prix politique que lui coûteraient des poursuites contre cette femme.

« Qu'avez-vous fait ? interrogea-t-il.

— J'ai saisi mon sac. Je voulais partir avant de commencer à *penser* au lieu de *ressentir*. Partir pendant que j'étais encore moi-même. » Mary semblait souffrir en prononçant ces paroles. « À ce moment-là, il m'a attrapé les poignets et m'a fait tournoyer violemment. »

Paget fit un pas en avant. Plus doucement, il demanda :

« Que s'est-il passé alors ? »

Mary arrangea sa jupe, le réflexe d'une femme qui veut mettre de l'ordre dans ses émotions. Du coin de l'œil, Paget aperçut le visage de Carlo, tendu et malheureux. L'assistance restait silencieuse.

« Je tenais toujours mon sac. » La voix de Mary était faible, mais claire. « Soudain, il s'est retrouvé sur moi. Il m'a arraché mon slip tandis que Laura Chase décrivait la façon dont les deux hommes abusaient d'elle sous les yeux du troisième. »

Dans la salle, quelqu'un toussa.

« C'était presque irréel, poursuivit Mary. Une partie de mon cerveau enregistrait la voix de Laura Chase, le visage de Ransom, le champagne dans son haleine... Je me souviens clairement de tout cela. » Elle avait un doigt sur son front, comme pour retrouver des détails oubliés. « Une autre partie le combattait par instinct.

Mais c'est comme si cette partie-ci avait perdu la mémoire sous l'effet du choc. Je ne me souviens que de fragments. »

Paget hocha la tête.

« Votre mémoire était-elle plus fidèle au moment où vous avez parlé à l'inspecteur Monk ?

— Non. Ce n'était pas une question de mémoire, d'ailleurs, mais de traumatisme. Ce traumatisme me paralysait encore plus quand je parlais à l'inspecteur Monk. »

Levant la tête, Paget s'aperçut que Masters n'avait pas quitté Mary du regard, comme si cette concentration intense pouvait l'aider à discerner la vérité. Il semblait que le procès commençait à lui peser. On la sentait moins encline à apprécier l'humour, inquiète sans doute à l'idée de l'ordonnance qu'elle devrait rendre bientôt.

« Vous souvenez-vous, interrogea Paget, comment vous ont été infligées les différentes blessures décrites par le docteur Shelton ?

— Certaines oui. Pas toutes. » Mary se tourna vers Sharpe ; sa voix devint froide et précise. « La seule chose que je puisse affirmer avec certitude, c'est qu'elles remontent à *avant* la mort de Mark Ransom. Toutes. »

La réplique résonna, pleine de colère et de conviction. Jusque-là, songea Paget, Mary avait effectué un sans-faute. Sa prestation était parfaite.

« Y a-t-il une ou plusieurs blessures dont vous vous souveniez avec plus de précision que les autres ?

— Oui. » Mary porta la main à sa joue. « Le premier coup au visage. Je m'en souviens très clairement.

— Pourquoi ?

— Parce qu'il était lent, réfléchi et brutal... Et aussi parce que Ransom a paru y prendre un plaisir intense. »

Caroline Masters se pencha en avant. Paget pouvait presque suivre le fil de ses pensées : Mary parlait de la blessure qu'Elizabeth Shelton n'avait pu expliquer, une blessure infligée par un amateur de pratiques sadomasochistes et de viols simulés.

« Pourriez-vous nous décrire ce coup ? interrogea-t-il.

— Oui. J'étais étendue par terre, sur le dos. Il me plaquait au sol d'une main et me regardait avec tant de haine que l'espace d'un instant, j'ai cessé de me débattre. Ce moment-là — et son regard à ce moment-là — reste gravé dans ma mémoire. Alors, il m'a frappée. » Elle s'interrompit, comme bouleversée par ce souvenir. Puis, lentement, d'une voix plus forte, elle ajouta : « Comme je l'ai expliqué à l'inspecteur Monk.

— Quel effet a eu sur vous ce coup au visage ?

— Ma tête a été projetée en arrière et a cogné le sol. Une

douleur intense m'a traversé le crâne et les yeux. Tout s'est assombri, comme si je perdais connaissance. La première chose dont je me souviens ensuite, c'est que Ransom était à genoux entre mes jambes. Il avait son pantalon baissé.

— Qu'a-t-il fait ? »

Mary fixait le fond de la salle. « Il s'est arrêté, dit-elle doucement. Il avait la tête penchée sur le côté. Alors, soudain, j'ai entendu la voix de Laura Chase. » Mary paraissait encore étonnée : « Il était en train de l'écouter ! Comme s'il en attendait un signal... »

Masters considérait Mary d'un œil pensif. Comme l'avait prévu Paget, cette réplique faisait écho à la dernière rencontre entre Rappaport et Ransom. « ... Comme je l'ai également dit à l'inspecteur Monk », ajouta Mary.

Tout se déroulait bien. Le témoignage de Mary avait commencé à éclairer les points sur lesquels ses déclarations à la police étaient conformes aux pièces à conviction ou aux récits des autres témoins. À chaque instant, les incohérences soulignées par Sharpe devenaient plus insignifiantes et plus injustes.

« Était-il en érection ? demanda Paget.

— Oui. » Pendant un moment, Mary conserva les yeux fermés. « Pendant qu'il écoutait, il tenait son sexe d'une main.

— Semblait-il prêt à vous pénétrer ? »

Mary rouvrit les yeux. « Oui », souffla-t-elle.

Masters se pencha en avant.

« Pourriez-vous nous expliquer, interrogea-t-elle doucement, comment il se fait que Mark Ransom ait été tué ? Décrivez-nous cela de la façon la plus factuelle possible. »

Mary se tourna vers le juge, surprise de l'intervention.

« Mark Ransom est mort, dit-elle après quelques instants, parce qu'il s'est arrêté pour écouter Laura Chase. »

Masters fronça les sourcils.

« Pourriez-vous être plus précise ? »

Mary acquiesça.

« Le temps qu'il a pris pour écouter Laura a représenté pour moi un répit. J'ai eu un instant de lucidité. Je me suis rendu compte que je serrais toujours l'anse de mon sac. Et soudain, je me suis souvenue de ce qu'il y avait dedans. » Elle marqua un temps d'arrêt. Elle semblait revivre la situation : « Un revolver. Le revolver que j'avais apporté. » Le ton de sa voix exprimait pour l'objet une incrédulité mêlée d'horreur.

« Comment avez-vous fait pour le sortir ? » demanda Masters.

Paget se trouvait impuissant à présent. Il n'avait pas prévu les questions du juge, venues briser le rythme d'un dialogue inlassablement répété. « J'ai entendu la voix de Laura, répondit Mary. Elle disait quelque chose comme : ''Il voulait qu'ils me prennent de toutes les façons.'' Et soudain, j'ai eu une idée.

« ''Vous pouvez me prendre, ai-je dit. Je vous laisserai faire, de toutes les façons que vous voulez.'' » La voix de Mary se fit amère. « Il a eu l'air heureux : me voir consentir à l'humiliation, c'était exactement ce qu'il désirait. Alors j'ai ajouté : ''Mais seulement si vous mettez un préservatif.'' »

Une certaine surprise s'inscrivit dans le regard de Masters, mal à l'aise, peut-être, devant une telle présence d'esprit. « Quelle a été sa réaction ?

— Il a ri. Aussitôt, j'ai dit que j'en avais un dans mon sac. Cela a semblé le surprendre. Avant qu'il ait eu le temps de répondre, j'ai commencé à fouiller d'une main dans mon sac. » La voix de Mary se fit lasse. « Lorsqu'il a repris ses esprits et m'a à nouveau plaquée au sol, je tenais le revolver. »

« Que s'est-il passé alors ?

Mary garda les yeux baissés. « Il avait les mains sur mes poignets, il m'agrippait. Je lui ai donné un coup de genou. » Mary resta quelques instants silencieuse, lèvres entrouvertes, puis ajouta dans un souffle : « Le coup de feu est parti. »

Masters la considéra, puis demanda d'un ton neutre : « À quelle distance de lui étiez-vous ? »

Mary secoua la tête.

« Je ne sais plus. Je ne sais pas...

— Mais vous avez déclaré à la police que vous étiez à environ cinq centimètres de lui. »

Mary haussa les épaules en signe d'impuissance. « J'ai fait de mon mieux, soupira-t-elle. J'essayais de répondre aux questions. Je ne me doutais pas qu'une erreur d'estimation pourrait avoir de telles conséquences... » Elle parut se tasser, soudain fragile. « Je lui avais donné un coup de genou. Peut-être est-il tombé en arrière lorsque le coup de feu est parti. Il est possible que je me sois trompée, je l'admets. J'aimerais pouvoir vous expliquer. Mais je ne sais pas. »

Paget vit des larmes briller dans ses yeux. Mary regardait toutefois Masters sans ciller. D'une voix douce, celle-ci interrogea :

« Ses mains n'ont jamais été en contact avec l'arme ?

— Peut-être, je ne sais pas. Mais je n'en ai pas parlé à la police. Parce que la seule chose dont je me souvenais, c'était de ses mains serrant mes poignets.

— Avez-vous baissé les stores des fenêtres ? »

Mary ne parut pas remarquer le brusque changement de sujet.

« Oui, fit-elle d'une voix grave.

— Avant ou après le coup de feu ?

— Après, je crois. » Mary réfléchit. « Tout ce qui s'est passé après est très flou dans mon esprit. Mon seul souvenir lié à ces fenêtres, c'est que j'avais honte de ce qui était arrivé. Je sais que cela paraît absurde... » Elle secoua la tête, comme saisie d'une pensée : « Ce qui est sûr, c'est que j'étais habillée. Je n'ai jamais ôté mes vêtements. Je ne sais pas qui cet homme a vu.

— M. Hassler, précisa Masters. Et M. Tench, est-ce vous qu'il a vue ? Dans le couloir, devant la suite ? »

Dans le silence de Mary, Paget ressentit le lent démantèlement de leur préparation. On eût dit que Masters voulait se faire de Mary une idée bien plus précise que celle qu'il aurait pu lui fournir. « Je crois, répondit enfin Mary, je crois qu'à un moment, j'ai voulu chercher de l'aide. Mais je suis retournée dans la chambre sans avoir rien fait. » Mary semblait perdue. « Il me semble que je suis restée devant la porte, incapable de croire à ce qui venait de se produire. Je me disais que si je rentrais à nouveau, il serait là, bien vivant... Et que mon cauchemar prendrait fin. »

Caroline Masters resta silencieuse, préférant attendre que la suite vienne d'elle-même. Hors du cadre sévère que Paget et Mary s'étaient donné tant de mal à élaborer, celle-ci semblait à présent se livrer aux associations libres. Paget aperçut soudain Marnie qui prenait fébrilement des notes.

« J'étais comme une somnambule, poursuivit Mary. Je me souviens m'être promenée à travers la pièce, touchant les meubles comme pour m'assurer qu'ils étaient bien réels. Je faisais tout, sauf le regarder. » Elle s'interrompit, levant les yeux vers Masters. « Vous savez, la façon dont il est mort était si horrible... Ses yeux, fixés sur moi tandis que la vie le quittait... Cet air de reproche, comme si j'avais blessé ses sentiments... Quand je me réveille en sursaut, la nuit, c'est au souvenir de ce regard. De ce regard, et aussi du moment où je l'ai repoussé et où j'ai compris, au poids de son corps inerte, qu'il devait être mort.

— Mais si vous avez dû le repousser, remarqua Masters, est-il possible que vous ayez tiré d'une distance de cinquante centimètres ou plus ? »

Mary secoua la tête, comme hébétée. « Peut-être est-il retombé vers l'avant. Je ne sais pas. Vraiment, je ne sais pas.

— Votre collant était-il déjà déchiré ?

— Oui. » Sa voix exprimait une souffrance. « Mon Dieu, oui. Peut-être est-ce moi qui l'ai déchiré dans la lutte. Après, je n'étais plus capable de rien faire. Même les gestes les plus simples. Lorsque j'ai appelé le 911, c'était comme si un minuscule coin de brouillard s'était levé pour me permettre de voir le téléphone.

— Avez-vous griffé le postérieur de M. Ransom ?

— Sûrement… Nous nous sommes battus. » Sa voix s'éleva, prise d'une colère soudaine. « Mais pas après sa mort ! C'est ridicule. C'est malsain. D'ailleurs, toute la thèse de l'accusation est malsaine. »

Sharpe releva la tête de ses notes.

« Malsaine, répéta Mary à son intention. Mais il est vrai que l'ambition elle-même est une chose malsaine. Je suis bien placée pour le savoir. »

Sharpe la dévisagea. Un murmure parcourait la presse. Paget songea que cet élan subit resterait un moment clé dans le souvenir que l'on garderait du procès.

« L'ambition est peut-être une chose malsaine, rétorqua Sharpe, mais le meurtre est un crime. J'oppose une objection à cette tentative de Mme Carelli de détourner l'attention. »

Masters s'adressa à Mary. « Quels que soient vos sentiments, madame Carelli, je vous prie de vous en tenir aux questions posées.

— J'éprouve en effet des sentiments, Votre Honneur. Je suis accusée de meurtre. Il serait difficile de rester indifférente. Mais je vais essayer de contrôler mes réactions.

— Ce sera très bien. »

Par ce soudain changement d'humeur, le juge indiquait qu'il en avait terminé avec ses questions. Paget n'attendit pas pour réagir.

« Puis-je poser encore quelques questions ?

— Bien sûr, maître. » Masters eut un léger sourire. « Mme Carelli est votre témoin et j'ai pris, je l'avoue, quelques libertés en l'interrogeant. Mais je tenais à ce qu'elle continue dans cette voie sans que maître Sharpe n'ait à opposer d'objection. »

Mary les regardait avec une passivité qui traduisait son épuisement. Son attitude n'avait rien de commun avec celle de la femme posée et déterminée qui avait menti devant le Sénat. Elle était moins parfaite, plus humaine et, d'une certaine manière, bien plus réelle. Toutefois, derrière l'apparente confusion et la souffrance qu'elle affichait, Mary avait fait à Masters des réponses qui, pour Paget, approchaient de la perfection : chacun des actes qui paraissaient incompréhensibles jusque-là devenait la conséquence du traumatisme subi, chaque incohérence de son récit à la police s'expliquait par le choc et la confusion. Soudain, Paget sut sur quelle voie il devait à présent mener l'interrogatoire.

« Lorsque la police est arrivée, demanda-t-il, vous a-t-elle proposé de voir un médecin ?

— Oui. » Mary baissa la tête. « Mais je n'avais pas envie que l'on me touche. Je le leur ai dit.

— Vous ont-ils suggéré de rencontrer un psychologue ?

— Non. »

Paget resta un instant silencieux.

« À quelle heure aviez-vous mangé pour la dernière fois ?

— La veille au soir. Le matin, j'étais trop tendue pour déjeuner.

— La police vous a-t-elle posé cette question ?

— Non. »

Il hocha la tête.

« Ainsi, au moment où l'on vous a interrogée, vous n'aviez rien mangé depuis près de vingt-quatre heures...

— En effet. »

Paget pencha la tête.

« De quelle manière le jeûne vous affecte-t-il habituellement ?

— Il me rend faible. Impatiente, peut-être. » Mary tourna la tête vers Sharpe. « Un peu comme sur l'enregistrement de mon interrogatoire : je ressens la faim et l'épuisement.

— Était-ce tout ce que vous ressentiez : la faim et l'épuisement ?

— Non. Je me sentais également désorientée. » Sa voix baissa d'intensité. « Je répondais aux questions parce qu'il le fallait. Même quand je ne connaissais pas la réponse. J'ai fini par demander un avocat parce que je me sentais incapable de rien faire d'autre. »

Paget tourna son visage vers l'assistance pour faire face aux caméras, aux journalistes restés debout, aux policiers qui montaient la garde. Puis il aperçut Carlo, au premier rang : le garçon, le visage détendu, fixait sa mère comme pour l'aider à traverser l'épreuve. Paget se retourna vers Mary et lui demanda tranquillement :

« Avez-vous assassiné Mark Ransom ? »

Mary se raidit, releva le menton.

« Non, dit-elle, je ne l'ai pas assassiné.

— Qu'avez-vous fait ?

— Je me suis défendue. Parce qu'il voulait abuser de moi. Parce que je mourais de peur. Tout ce qui se passait, tout ce que je comprenais de Ransom et de ce qu'il attendait de moi me glaçait le sang. » Elle baissa la voix. « Je ne voulais pas me perdre. C'est pour cela qu'il est mort. »

Paget garda un moment le silence, puis hocha la tête.

« Merci, dit-il. Ce sera tout. »

Sharpe s'avança. Dans sa main droite, elle tenait le revolver de Mary par le canon. Elle le lui tendit :

« C'est à vous, n'est-ce pas ? »

Mary la dévisagea sans bouger.

« Il ressemble au mien, en effet.

— Il a été identifié comme vous appartenant. » Sharpe approcha l'objet de Mary. « Regardez-le de plus près. »

Mary considéra le revolver comme s'il s'agissait d'un objet étranger.

« Cela ne servirait pas à grand-chose, répondit-elle calmement. Je ne m'y connais pas en armes à feu. Et je préfère ne plus en toucher. Plus jamais. »

Sharpe resta immobile, puis interrogea brutalement : « Vous n'aviez jamais possédé d'arme auparavant, n'est-ce pas ?

— Non.

— Et vous n'avez pas acheté celle-ci avant que Mark Ransom vous téléphone ?

— Je ne crois pas, non.

— Je sais que non ! » Sharpe se dirigea vers sa table, posa le revolver, puis se retourna. « Pour expliquer l'achat de cette arme, vous avez dit à l'inspecteur Monk que l'on vous avait menacée au téléphone. Est-ce exact ? »

Paget tressaillit. Sharpe s'attaquait d'emblée à l'un des mensonges de Mary. Sur ce point, comme sur plusieurs autres, il avait demandé à celle-ci de répondre le plus sobrement possible, afin de limiter l'étendue du mensonge.

« C'est exact.

— Combien d'appels anonymes avez-vous reçus ? »

Elle hésita. « Deux, je crois.

— Vous *croyez* ? Ces appels vous ont inquiétée au point de vous faire acheter une arme à feu, et vous ne vous rappelez pas combien il y en a eu ? »

Mary croisa les mains.

« S'il s'agit d'une question, ma réponse reste la même : je crois que j'ai reçu deux appels.

— Vous vous souvenez du sexe du correspondant anonyme, je suppose ?

— C'était un homme. »

Sharpe posa les mains sur les hanches.

« Dites-nous s'il vous plaît, avec le plus de détails possible, ce que cet homme vous a dit. »

C'était là ce que Paget redoutait : une question ouverte qui obligeait Mary à broder sur sa version antérieure.

« Je ne m'en souviens pas avec précision. Mais il disait qu'il guettait ma maison. C'est pourquoi j'ai acheté cette arme. »

Sharpe lui lança un sourire sceptique.

« Il ne lui est pas arrivé de mentionner Laura Chase, n'est-ce pas ? »

Paget allait se lever pour faire objection lorsqu'il entendit Mary répondre sèchement : « Non, pas du tout. Aussi suis-je pratiquement certaine qu'il ne s'agissait pas de Mark Ransom. »

Il y eut un murmure dans la salle, accompagné d'une toux qui résonna comme un rire déguisé. Sharpe fixa Mary d'un regard perçant :

« Pensiez-vous qu'il s'agissait d'une personne que vous connaissiez ?

— Non.

— Si vous l'aviez cru, vous auriez porté plainte, n'est-ce pas ? »

Mary hésita.

« Sans doute, oui.

— Mais vous n'en avez rien dit à personne…

— Non. »

Sharpe fit mine de réfléchir.

« Ne croyez-vous pas qu'il ne pouvait s'agir *que* d'une personne que vous connaissiez ? »

Paget vit l'appréhension s'inscrire dans les yeux de Mary.

« Parce que mon numéro de téléphone n'est pas dans l'annuaire ? » interrogea-t-elle sans ciller.

Sharpe laissa filtrer sa surprise. Mary avait devancé la question et le piège qu'elle s'apprêtait à tendre.

« Oui, fit-elle. Entre autres. »

Mary hocha la tête d'un air perplexe.

« Cela fait partie des choses que je ne m'explique pas », conclut-elle.

Paget ne put contenir un sourire, qui s'évanouit devant l'expression de Caroline Masters. Celle-ci semblait soudain prendre conscience de l'habileté de Mary. Visiblement, Terri eut la même impression :

« Ce genre de choses passerait mieux devant un jury, murmura-t-elle. Ici, Mary ferait mieux d'encaisser simplement les coups.

— Ainsi, poursuivait Sharpe, vous n'avez parlé à personne de ces appels : ni à la police, ni à des amis, ni à vos collègues d'ABC ?

— Non. À personne… Pas même au commerçant qui m'a vendu l'arme. Je ne tenais pas à passer pour une paranoïaque.

— C'était pour cela ? Ou était-il trop difficile de décrire des conversations téléphoniques que vous n'aviez jamais eues ?

— Non. Ce n'était pas la description qui posait problème », rétorqua Mary.

Sharpe lui lança un coup d'œil cynique.

« N'avez-vous pas acheté l'arme dans le but spécifique d'affronter Mark Ransom ? »

La réponse était oui, Paget le savait. « Non, déclara fermement Mary. Je l'ai achetée parce que ces coups de téléphone m'ont rappelé que j'étais une femme qui vivait seule. Exactement comme je l'ai dit à l'inspecteur Monk. » Mary s'interrompit, la tête inclinée. « Vous plaidez souvent contre des violeurs, n'est-ce pas ? reprit-elle. Or, la plupart de vos dossiers ne concernent-ils pas des femmes qui vivent seules ? » Elle se tut un instant avant de conclure : « Ou des femmes à qui l'on tend des pièges afin qu'elles se retrouvent seules ? »

Sharpe se tourna vers Caroline Masters avec une expression de grande lassitude.

« Votre Honneur, pourriez-vous à nouveau expliquer à Mme Carelli qu'elle est là pour *répondre* à mes questions, et non pour tenir des discours ou m'interroger ?

— C'est en effet la règle, dit le juge à Mary. Contentez-vous de donner à maître Sharpe des réponses qui ne lui plaisent pas, afin qu'elle continue à vous poser des questions qui ne vous plaisent pas. »

Mary sourit.

« D'accord.

— D'accord ? reprit Sharpe, sarcastique. Si vous êtes d'accord, madame Carelli, évoquons un autre point dont vous n'avez jamais parlé à la police : le fait que Mark Ransom détenait une cassette — ou des cassettes — qui pouvait vous faire du tort. Vous avez omis de le mentionner, n'est-ce pas ?

— Objection ! s'exclama Paget. J'ai déjà posé cette question et Mme Carelli y a répondu. Si l'imitation est la forme de flatterie la plus sincère, la répétition, elle, s'apparente à du harcèlement. »

Sharpe se tourna vers Masters.

« On comprend aisément, lui dit-elle, pourquoi maître Paget préférerait me voir faire l'impasse sur ce point. En réalité, dans son interrogatoire, il a lui-même fait l'impasse sur de nombreux détails. Malheureusement, il ne peut exempter Mme Carelli du contre-interrogatoire — et surtout pas d'une réponse qui est fondamentale pour introduire les questions qu'il n'a pas posées !

— Parlant de discours, trancha Masters, votre dernière phrase était suffisante. Mme Carelli peut répondre à la question. »

Sharpe se tourna aussitôt vers Mary.

« Oui, répondit celle-ci sans lui laisser le temps d'ouvrir la bouche. J'ai omis de le dire à la police.

— Et vous avez même été plus loin en lui faisant croire que la seule raison de votre visite chez Mark Ransom était professionnelle. »

Mary ne répondit pas tout de suite.

« Par omission, oui, fit-elle.

— Par omission ? N'avez-vous pas tenu à l'inspecteur Monk tout un discours sur la valeur médiatique de la cassette de Laura Chase et sur l'intérêt que vous portiez au problème éthique que posait l'achat et la vente de secrets intimes ? »

Mary se raidit sur son fauteuil.

« Tout ce que j'ai dit était vrai, répondit-elle sans perdre son sang-froid. Ce que je n'ai pas expliqué, c'est que les secrets intimes que Ransom voulait négocier incluaient aussi les miens. Parce que, comme je l'ai déjà dit, j'avais honte.

— N'avez-vous pas également rapporté un dialogue imaginaire entre M. Ransom et vous ? Un dialogue dans lequel il aurait dit que la vérité est plus importante que le respect des secrets ou des sentiments, tant ceux des morts que ceux des vivants ? »

Mary la dévisagea calmement.

« Cela, il l'a dit. Son allusion aux morts était pour Laura Chase, son allusion aux vivants était pour moi... Mark Ransom entendait tirer de l'argent des secrets de Laura Chase, et du plaisir sexuel des miens.

— Ce qui explique sans doute pourquoi vous avez déclaré avoir été surprise de trouver Mark Ransom seul, ironisa Sharpe d'un ton sec. Vous l'avez dit, n'est-ce pas ?

— Oui, je l'ai dit. Comme je vous l'ai expliqué, je ne voulais pas admettre avoir été victime de chantage.

— C'est sans doute pourquoi vous avez dit à l'inspecteur Monk que vous vous attendiez à trouver M. Ransom en compagnie d'une attachée de presse ? »

Mary ne répondit pas tout de suite.

« Oui, fit-elle.

— Là, il ne s'agissait pas d'une simple omission. Il s'agissait d'un mensonge. D'un mensonge délibéré qui visait à masquer les vraies raisons de votre visite. »

Masters regardait Mary, impatiente d'entendre sa réponse.

« Je ne sais pas pourquoi j'ai dit cela. Tout ce que je sais, c'est que j'avais peur et que j'étais désemparée.

— Mais vous n'aviez pas imaginé un seul instant trouver une attachée de presse, n'est-ce pas ?

— Non. Tout comme je ne suis pas allée à l'hôtel Flood dans l'intention de tuer Mark Ransom. »

Sharpe se tourna vers Masters.

« Je demande que l'on supprime cette dernière phrase. Elle ne répond pas à ma question.

— Accordé ! » Masters s'adressa à Mary. « Une fois de plus, madame Carelli, contentez-vous de répondre aux questions. »

Paget retint un soupir. Masters semblait résolue à laisser Sharpe décocher ses flèches sans être arrêtée par les répliques parfois fulgurantes de Mary. Pour la première fois, une ombre d'inquiétude traversa le visage de cette dernière.

« Excusez-moi, dit-elle à Masters Être accusée de meurtre est un peu éprouvant. J'essaie de réprimer mes sentiments.

— Faites votre possible, je vous en prie. C'est dans votre intérêt. » Masters se retourna vers Sharpe : « Continuez, maître.

— Parlons un peu, lança Sharpe, de l'érection de Mark Ransom. Ou de ses érections. Combien en avez-vous vu ?

— De pénis ?

— Non. » Sharpe semblait lutter pour ne pas perdre patience. « D'érections.

— Je ne comprends pas.

— Vous avez dit à l'inspecteur Monk que Mark Ransom avait eu une érection en écoutant la voix de Laura Chase. C'est bien cela ? »

Mary hocha la tête.

« Il voulait que je remarque le renflement sous son pantalon.

— Combien de temps était-ce avant qu'il tente de vous violer ? »

Mary semblait perplexe.

« Je ne sais pas à quel moment cela a commencé. Je ne m'en suis aperçue que lorsqu'il a posé la main sur mon genou.

— Et cela, combien de temps était-ce avant sa tentative de viol ?

— Cinq minutes, peut-être.

— Qu'est-ce que c'est que cette histoire d'érection ? chuchota Paget à Terri.

— Souviens-toi, répondit celle-ci à voix basse. L'autre jour, elle voulait faire dire à Rappaport que Ransom était impuissant. Elle doit savoir quelque chose. Ou croire qu'elle sait.

— Cela ne me plaît pas du tout », conclut Paget.

Sharpe s'était rapprochée de Mary.

« Et quand il a baissé son pantalon, vous avez dit qu'il était encore en érection.

— Oui.

— Vous vous en souvenez précisément puisque vous avez dit qu'il se masturbait...

— Je m'en souviens, oui.

— Il semble que votre mémoire soit plus fraîche aujourd'hui que lors de votre interrogatoire avec l'inspecteur Monk, à qui vous avez dit quelque chose comme : "C'était une érection, c'est tout. Je n'ai pas eu le temps d'étudier ce qu'elle avait de particulier."

— J'étais sous le choc. À mesure que les jours passent, certains détails me reviennent.

— Et pourquoi pas certains autres détails, comme la façon dont votre collant s'est filé ? Ou le moment où vous avez baissé les stores ? Ou ce que vous faisiez dans le couloir ? Ou les raisons pour lesquelles vous vous êtes promenée dans la suite ? Pourquoi seulement l'érection de M. Ransom ?

— Je ne sais pas. » Silencieuse, Mary parut fouiller dans sa mémoire. « Je suppose que certains détails se gravent dans le cerveau parce qu'ils relèvent de l'horreur à l'état pur. Lorsque le choc s'estompe, ils réapparaissent avec une clarté terrifiante... » Mary s'adressait à Masters : « Mark Ransom se caressant le sexe en écoutant la voix de Laura Chase qui décrivait son viol est l'un de ces détails. Un détail qui caractérise parfaitement sa personnalité.

— Je demande que l'on retire cette réponse, qui n'a aucun rapport avec ma question », intervint Sharpe.

Masters resta un moment silencieuse ; pensive, elle considérait Mary.

« Objection rejetée, dit-elle enfin. Vous avez demandé une érection, vous l'avez eue. »

Un éclat de rire s'empara de l'assistance. Mais Masters ne souriait pas. Quelque chose, dans ses mots et ses manières, suggérait à Paget qu'elle avait pleinement conscience du talent oratoire de Mary : la cassette de Steinhardt commençait à produire son effet.

Sharpe reprit l'interrogatoire.

« Était-ce la même érection que le "renflement" que vous avez décrit, ou une érection différente ? En d'autres termes, M. Ransom est-il resté continuellement en érection à partir du moment où vous étiez tous les deux assis sur le canapé ? »

Une fois de plus, Mary hésita.

« Je n'ai pas gardé les yeux fixés dessus, évidemment. Mais je crois que oui.

— Et entre le moment où vous l'avez remarqué et celui où vous l'avez tué, combien de temps s'est-il écoulé ?

— Je ne sais pas vraiment. Dix minutes au moins.

— Et durant ces "dix minutes au moins", Mark Ransom a cherché à vous convaincre d'avoir des relations sexuelles avec lui.

— Oui.

— Et il vous a jetée au sol.

— Oui.

— Et il s'est battu avec vous.

— Oui.

— Et il a baissé votre slip.

— Oui.

— Et il vous a maintenue de force sous lui.

— Oui.

— Puis il vous a giflée. »

La voix de Mary était tendue. « Oui.

— Il vous a griffée au cou. »

Mary hocha la tête.

« Oui.

— Et ensuite, il s'est arrêté pour écouter la voix de Laura Chase.

— Oui », fit doucement Mary.

Sharpe la dévisagea.

« Et durant tout ce temps et toutes ces activités pénibles ou distrayantes, cet homme de cinquante-six ans a eu et conservé une érection ? »

Mary la fixa du regard.

« Je n'ai pas considéré les choses sous cet angle. Je ne sais vraiment pas comment répondre à cette question. »

Masters se détourna de Mary et jeta un regard intrigué à Sharpe. Déjà, celle-ci lançait un nouvel assaut :

« Vous reconnaissez avoir dit à l'inspecteur Monk que vous avez tiré sur Mark Ransom d'une distance de cinq centimètres environ, n'est-ce pas ?

— Oui. J'ai déjà tenté d'expliquer dans quel état je me trouvais à cet instant.

— Et vous avez également dit à la police que les stores de Mark Ransom étaient fermés lorsque vous êtes entrée dans la suite. C'est bien cela ? »

À cette deuxième question, Paget comprit les intentions de Sharpe : amener Mary à reprendre un à un tous les détails que l'enquête policière était venue infirmer.

« Objection ! lança-t-il. La question a déjà été posée. Combien de fois va-t-il falloir que Mme Carelli répète son témoignage ? »

D'un geste, Masters arrêta Sharpe qui s'apprêtait à répliquer.

« Je vais laisser maître Sharpe procéder comme elle l'entend, maître. J'aimerais qu'elle poursuive sa démonstration.

— Oui, répondit Mary sans attendre. C'est ce dont je me suis d'abord souvenue.

— Mais vous avez entendu le témoignage de M. Aguilar, qui a affirmé le contraire.

— Oui.

— Et à présent, vous reconnaissez avoir baissé vous-même les stores ?

— Le jour où Mark Ransom est mort, j'étais en état de choc. Depuis, les souvenirs me reviennent par bribes. »

Sharpe lui lança un regard délibérément incrédule.

« Et cet état de choc, je crois, est la raison que vous avez invoquée pour expliquer le temps que vous avez mis à appeler le 911.

— Dans la mesure où je comprends mes propres actions, oui. »

L'assistance semblait immobile tant elle était attentive. Les yeux de Masters passaient alternativement de Mary à Sharpe comme si elle suivait un match de tennis.

« Mais à l'inspecteur Monk, poursuivit Sharpe, vous avez dit avoir téléphoné dès que vous en avez été capable. »

Mary hésita.

« C'est ce que je pensais à ce moment-là.

— N'est-il pas vrai que vous avez modifié votre version des faits après avoir écouté le docteur Shelton ?

— D'après l'ordre dans lequel les choses se sont déroulées, il se trouve que c'est exact. Mais ce n'est pas le compte rendu du docteur Shelton qui m'a poussée à témoigner comme je l'ai fait. » Elle se tourna vers Masters. « Là encore, tout dépend de l'esprit dans lequel on reconstitue la succession des faits.

— Mais vous avez également avoué avoir omis de mentionner la cassette vous concernant. »

Lentement, Mary se tourna vers Sharpe.

« Comme je l'ai expliqué, le contenu de cet enregistrement était douloureux pour moi.

— Si douloureux que vous nous avez dissimulé son existence jusqu'à ce que nous trouvions la cassette. »

Mary se pencha en avant.

« C'est une façon de considérer les choses, répondit-elle froidement. Toutefois, ce n'était pas uniquement à vous que je la dissimulais. C'était au monde entier, à l'exception du docteur Steinhardt, l'homme en qui j'avais choisi de placer ma confiance pour lui livrer mon tourment et ma honte. Avec l'inspecteur

Monk, je n'ai fait, sous l'effet de la confusion et du choc, que reprendre une habitude que j'avais adoptée depuis des années.

— L'habitude de mentir ? »

Mary rougit et resta un instant désemparée. Elle savait Masters au courant de son faux témoignage et se sentait piégée. Puis, d'une voix très calme, elle répondit :

« Ce n'est pas ce que j'ai voulu dire, maître. Et vous le savez très bien. »

Sharpe secoua lentement la tête.

« Ce que moi, j'ai voulu dire, répliqua-t-elle avec le même calme, c'est que vous avez rectifié votre version, non parce que votre mémoire s'éclaircissait, mais pour la rendre compatible avec les dépositions des témoins. Et cela, vous le savez très bien. »

Caroline Masters se tourna vers Mary avec une expression étrange où se mêlaient scepticisme et regret.

« Ce n'est pas vrai, rétorqua Mary à Sharpe. Ce que je sais très bien, c'est que je ne dois attendre de compassion de personne. Et surtout pas de vous. »

Sharpe l'observa un long moment. Puis elle haussa les épaules. Malgré lui, Paget l'admira : par un puissant effort de volonté, Sharpe parvenait désormais à se maîtriser face aux attaques personnelles. Elle en paraissait plus sûre d'elle, plus posée.

« Parlant de compassion, justement, reprit-elle, vous avez affirmé être allée chercher du secours dans le couloir — c'est là que M. Tench vous a vue. Mais cette aide, vous ne l'avez pas *obtenue*, n'est-ce pas ? »

Mary baissa les yeux.

« Non, pas à ce moment-là. Comme je l'ai dit, la situation me semblait irréelle.

— Vraiment ? Ne vous trouviez-vous pas plutôt dans le couloir pour vous assurer que personne n'avait entendu le coup de feu et que vous ne seriez pas surprise en train de falsifier les preuves ?

— Non ! » Mary s'était à demi levée du fauteuil des témoins. « C'est faux.

— Ah bon ? N'est-ce pas aussi pour cela que vous avez baissé les stores : afin qu'on ne vous voie pas fabriquer des indices ?

— Si l'on en croit votre témoin, monsieur Hassler, j'aurais même fabriqué ces indices toute nue ! Mais ce détail m'a paru si absurde que j'ai choisi de ne pas "rectifier ma version" pour l'y intégrer. »

Un murmure parcourut le public. Quelqu'un étouffa un rire. Paget vit Sharpe se raidir de colère.

« Non, rétorqua-t-elle. Ce qui s'est passé, c'est que vous vous êtes déshabillée pour désarmer M. Ransom et le tuer ensuite.

Après seulement, vous avez baissé les stores. J'ai raison, n'est-ce pas ?

— Non. » Le visage de Mary était blême, mais sa voix traduisait le mépris. « Uniquement dans vos fantasmes. Et peut-être dans ceux de Mark Ransom.

— Mark Ransom n'avait pas de fantasmes. Dites-moi, madame Carelli, vous êtes-vous promenée à travers la pièce, pour vérifier la ''réalité'' de certains meubles, *après* avoir baissé les stores ? »

Mary la considéra.

« Honnêtement, je ne m'en souviens pas.

— Vous ne vous souvenez pas à quel moment vous avez touché les deux tables d'angle, l'étagère et le bureau ?

— Non.

— Ni pourquoi vos empreintes apparaissent sur la poignée du tiroir du bureau ?

— Non. »

Sharpe marqua une pause.

« N'étiez-vous pas en train de chercher les cassettes de votre séance chez le docteur Steinhardt ? »

Les yeux de Mary s'agrandirent de surprise.

« Non, pas du tout, dit-elle finalement.

— N'avez-vous pas trouvé l'une des cassettes ? Que vous avez ensuite détruite ?

— Quand ? » Le ton de Mary témoignait de son incrédulité. « Et comment ? Je l'aurais jetée dans la cuvette des WC ? Vous savez aussi bien que moi que je ne suis pas entrée dans la salle de bains. » Mary semblait submergée de colère. « Maître Paget a raison : la thèse de l'accusation ressemble à une satire grotesque des meurtres avec préméditation, une satire écrite par un dément. Seulement, il faut beaucoup d'imagination pour parvenir à confondre un innocent. Sauf, bien entendu, si c'est vous qui fabriquez les preuves ! »

D'instinct, Sharpe fit quelques pas en avant. Une rumeur étouffée monta de l'assistance. Le marteau de Masters claqua. Les deux femmes s'immobilisèrent, les yeux levés vers le juge.

« En voilà assez, lança celle-ci. Je comprends, madame Carelli, que le contre-interrogatoire de maître Sharpe soit éprouvant. Mais vos commentaires sont inacceptables. Pour *moi.* » Sa voix s'apaisa quelque peu. « Ma patience est à bout. Votre prochain éclat sera sanctionné par une citation pour outrage à magistrat.

— Veuillez me pardonner, Votre Honneur. Mais ces accusations sont très difficiles à supporter. J'ai beaucoup de mal à m'astreindre à cette déférence à sens unique que maître Sharpe réclame tandis que, de son côté, elle s'efforce de détruire ma vie. »

Dans lc public, quelqu'un applaudit. Le ton de Masters était froid :

« C'est envers la cour que je réclame de la déférence, et je l'exige de tous les participants. Quant à savoir si l'on va vous rendre justice, c'est entre mes mains, et non entre celles de maître Sharpe, que repose la décision. Si cela peut vous rassurer, sachez que beaucoup d'accusations — les siennes comme les vôtres — ne m'impressionnent pas du tout. La seule question, devant ce tribunal, est de savoir s'il y a suffisamment de preuves relatives aux causes probables du meurtre. Je trancherai cette question de la manière la plus sage et la plus honnête dont je sois capable. »

Le visage de Mary se détendit. Elle hocha la tête.

« Je vous prie de m'excuser », déclara-t-elle.

Le juge la considéra un moment.

« Vous pouvez continuer, maître Sharpe, indiqua-t-elle.

— Revenons, si vous le voulez bien, aux cassettes, reprit le procureur. M. Ransom vous a-t-il décrit leur contenu ?

— Oui.

— A-t-il suggéré, directement ou par allusions, que ces cassettes étaient en rapport avec votre franchise ou le respect de la vérité ? »

Mary jeta un coup d'œil à Paget, puis répondit à Sharpe :

« Non. Il ne l'a pas *suggéré*. »

Sharpe se rapprocha.

« Ces cassettes sont-elles en rapport avec votre franchise ou votre honnêteté ?

— Objection ! » Paget se leva. « J'aimerais vous parler, Votre Honneur. Immédiatement. »

Masters hocha la tête.

« Je n'en attendais pas moins de vous. »

Sharpe et Paget se dirigèrent à grands pas vers le juge. Ils discutèrent à voix basse.

« Quelle est votre prochaine question ? demanda Paget à Sharpe : ''S'agit-il d'un mensonge gros comme une maison ?'', ou : ''Commence-t-il par une voyelle ou une consonne ?'' » Il se tourna vers Masters : « Si Mary doit répondre à de telles questions, il n'existe plus de secret médical. Et si maître Sharpe se permet encore une allusion comme celle-ci, ou du style : ''Les cassettes concernent-elles la période où vous étiez avocate au service du gouvernement ?'', les journalistes d'investigation ne vont pas se gêner pour aller fouiller de fond en comble la vie de Mary. »

Sharpe secoua la tête.

« Ce n'était pas là ma question, Votre Honneur. J'ai demandé si l'embarras et la souffrance que lui inspirait la cassette étaient en rapport avec une entorse au respect de la vérité. »

Masters se pencha en avant.

« Nous savons tous les trois ce que renferme la cassette. Mais il a été convenu que cela resterait confidentiel. Vos questions, maître Sharpe, ne sont donc pas recevables, sauf si Mme Carelli dévoile d'elle-même le contenu des cassettes. Je vous demanderai, en conséquence, de ne pas poser de questions les concernant. Ni, bien entendu, concernant ce que Mark Ransom en a dit. C'est compris ?

— Oui, Votre Honneur. »

Les deux avocats retournèrent à leur place et Sharpe s'adressa à nouveau à Mary. Sa voix était neutre.

« Notre prochain sujet, madame Carelli, est le moment où vous avez tué M. Ransom.

— Très bien, répondit Mary. Mais, pour le procès-verbal, je tiens à préciser que je ne me souviens pas de cet instant comme ''du moment où j'ai tué M. Ransom'', mais comme d'une lutte au terme de laquelle un coup de feu est parti. » Elle se tourna vers Masters. « Vous comprenez, je ne me souviens pas avoir tiré sur lui. Et je n'avais pas prévu de le tuer. Je voulais seulement qu'il s'arrête. »

Cette « remarque », préparée avec Paget, avait été lancée au bon moment, de façon parfaite.

« Ce détail sémantique mis à part, poursuivit Sharpe, il vous a laissée fouiller dans votre sac en toute tranquillité. C'est ce que vous avez affirmé, n'est-ce pas ?

— Je lui ai dit que je cherchais un préservatif, maître. Je suis sûre qu'il ne s'attendait pas à me voir sortir une arme.

— Comment avez-vous réussi à sortir cette arme. Ne vous tenait-il pas plaquée au sol ? »

Mary s'efforça de garder patience.

« C'est juste, répondit-elle. Mais quand je lui ai parlé du préservatif, il a relâché un peu sa prise.

— Comment ?

— Je ne sais pas, fit-elle d'un ton las. Mais de toute évidence, la main avec laquelle il m'a frappée était libre. »

Sharpe fronça les sourcils.

« Mais lorsque vous avez sorti le revolver, Mark Ransom se trouvait encore sur vous ?

— Oui.

— Trop près pour vous permettre de tendre les bras devant vous ?

— Oui. »

Sharpe se dirigea vers la table de l'accusation. Elle revint avec le revolver de Mary. Sans rien dire, elle le posa sur la barre des témoins.

« Pourriez-vous me montrer, demanda-t-elle, comment vous teniez l'arme et à quelle distance de vous elle se trouvait ?

Un long moment, Mary ne bougea pas, les yeux fixés sur le revolver. Puis elle se redressa, saisit celui-ci à deux mains et le pointa sur Sharpe, les poignets collés contre sa propre poitrine.

« Comme cela, fit-elle d'un ton calme. Si je me souviens bien... »

Sharpe considéra l'arme.

« L'homme se trouvait toujours au-dessus de vous, n'est-ce pas ?

— Oui.

— Mais il vous a permis de sortir un revolver de votre sac, de le saisir à deux mains et de prendre la position assez inconfortable que vous montrez maintenant.

— Il ne m'a rien permis du tout, rétorqua Mary qui tenait toujours le revolver. Comme je l'ai dit, il m'a saisie par les poignets.

— Alors qu'il se trouvait toujours sur vous ?

— Oui. »

Sharpe pencha la tête.

« Pourriez-vous décrire la position dans laquelle vous étiez, vous et lui ? »

Mary posa l'arme sur ses genoux.

« Cela s'est passé très vite.

— Dites-nous ce dont vous vous souvenez... »

Mary réfléchit.

« Il était agenouillé entre mes jambes, penché en avant. Il m'a saisi les poignets... C'est tout ce dont je me souviens.

— Et au moment où il a posé les mains sur vos poignets, "le coup de feu est parti", comme vous l'avez formulé.

— Oui. »

Sharpe prit un air étonné.

« N'avons-nous pas sauté une étape ?

— Sauté une étape ? répéta prudemment Mary. Je ne vois pas ce que vous voulez dire.

— Je parle du moment où Mark Ransom vous a obligeamment lâché les poignets et s'est propulsé vers l'arrière, de sorte que vous puissiez l'abattre d'une distance d'au moins cinquante centimètres. »

Sharpe avait assené sa réplique avec une innocence feinte, sur un ton si aimable qu'il soulignait le côté absurde qu'elle cherchait à faire apparaître. Avec un léger temps de retard, une agitation s'empara du public.

« Diable ! » murmura Terri.

Mary dévisageait Sharpe avec un air tranquille. Son imperturbabilité imposa le silence à l'assistance.

« Comme je vous l'ai dit, commença-t-elle enfin, je ne me souviens pas de tout. Mais M. Ransom était très grand, et je pense que ses bras faisaient bien quatre-vingts centimètres. Je pense également qu'ils étaient tendus et qu'il me maintenait les poignets contre la poitrine. » Elle saisit le revolver et le plaça à nouveau devant sa poitrine, le canon toujours pointé sur Sharpe. « Comme ceci. Ainsi, voyez-vous, la balle a très bien pu parcourir près de quatre-vingts centimètres, même s'il n'a pas bougé d'un pouce. »

Les spectateurs manifestèrent une sorte d'admiration muette. Sharpe paraissait abasourdie.

« Elle l'a bien cherché, chuchota Paget. Je me demande comment elle a pu croire que nous n'y aurions pas réfléchi ! »

Terri se tourna vers lui.

« Et moi, je me demande si c'est vrai. »

Paget leva la tête vers Masters, juste à temps pour voir s'évanouir le léger sourire qu'elle adressait à Mary.

Sharpe s'était remise du coup porté.

« Il était penché vers l'avant, avez-vous dit. Pas vers l'arrière. »

Mary reposa le revolver.

« Je ne sais pas, maître. D'une manière ou d'une autre, le coup est parti, et d'une manière ou d'une autre, la balle a parcouru cinquante à quatre-vingts centimètres. Tout ce dont je suis sûre, c'est que je n'ai pas voulu que tout cela arrive. J'ai seulement voulu lui faire peur. Pour qu'il s'arrête.

— Ce qui s'est réellement passé, répliqua Sharpe, les mains sur les hanches, n'est-ce pas plutôt que vous avez acheté cette arme dans l'intention d'assassiner Mark Ransom, que vous êtes venue au Flood et que vous l'avez abattu d'une distance raisonnable, après quoi vous avez baissé les stores, déchiré votre slip, griffé le postérieur du mort, puis vous-même, afin de pouvoir inventer une tentative de viol ? N'est-ce pas plutôt ce qui s'est produit ?

— Excusez-moi, répondit poliment Mary. Mais n'avez-vous pas sauté une étape ? Le moment où je me suis giflée ? »

Une nouvelle rumeur, plus forte, s'éleva de l'assistance. Admirative, Terri murmura :

« Tu sais, Chris, je n'ai jamais rencontré une femme de cette trempe ! »

Visiblement, Sharpe aurait pu en dire autant.

« Non, répondit-elle finalement. Parce que au moment où vous avez sorti l'arme, Mark Ransom vous a frappée pour tenter de vous désarmer, par instinct. À ce moment-là, vous l'avez abattu, comme vous aviez prévu de le faire. C'est bien ce qui s'est passé, n'est-ce pas ? »

Une fois de plus, Masters tourna les yeux vers Mary. Celle-ci croisa les bras.

« Non, fit-elle calmement. Ce n'est pas ce qui s'est passé. Mark Ransom a tenté de me violer et je me suis défendue. » Sa voix se voila quelque peu. « Un coup de feu est parti. C'est un dénouement tragique, certes, mais je ne cesserai pas pour autant de me défendre. »

Sharpe secoua la tête, incrédule. Puis, d'un ton où se mêlaient mécontentement et impuissance, elle déclara :

« Je n'ai plus de questions, Votre Honneur.

— Elle a survécu ! souffla Terri à Paget.

— Oui. Elle s'en est sortie. »

Masters garda quelques secondes encore les yeux fixés sur Mary, puis s'adressa à Paget :

« Avez-vous quelque chose à ajouter, maître ? »

Paget se leva :

« Non, je n'ai plus de questions, répondit-il. Plus du tout. »

Mary restait debout, très droite, comme si elle avait peine à croire que c'était fini, qu'elle pouvait partir. Elle hésita un moment, se préparant sans doute à affronter les journalistes qui l'attendaient au-dehors, les photographes, le public qui allait la féliciter ou l'insulter, ou simplement lui demander des autographes. Lorsqu'elle traversa la salle d'audience, son visage affichait la même sérénité qu'après sa déposition devant le Sénat, quinze ans auparavant.

Chapitre trois

La silhouette de Mary envahit l'écran. Elle pointait son revolver sur Marnie Sharpe.

Installés dans la bibliothèque, Paget et Carlo regardaient la télévision. « Au cours d'une confrontation d'une grande intensité, commença le narrateur, Mary Carelli a tenu bon face à Marnie Sharpe, le substitut du procureur. Se refusant à baisser les bras face à des attaques répétées, Mme Carelli s'est battue jusqu'à la fin de son témoignage, clamant son innocence avec une belle prestance. »

« Elle a été bien », dit Carlo.

Il semblait souhaiter qu'on le rassurât, comme s'il doutait de sa propre perception des choses.

« Très bien ! » renchérit Paget.

Il ne put en dire davantage. Comment expliquer à Carlo que, pour survivre à l'épreuve, sa mère était *obligée* de se montrer parfaite ? Comment lui avouer que, pour Caroline Masters, cette « belle prestance » de Mary n'impliquait pas son innocence, bien au contraire, et qu'avec sa démonstration d'une efficacité mathématique, Sharpe avait sans doute fait mouche ? Quant aux secrets que Caroline Masters connaissait à présent — et dont on ne pouvait qu'espérer qu'ils resteraient à jamais ignorés de Carlo —, ils avaient sans aucun doute sapé la crédibilité de Mary au-delà de tout espoir de réparation.

« Crois-tu que le juge l'a crue ? » demanda Carlo.

Le garçon s'exprimait désormais avec la prudence d'un avocat, et non plus avec la confiante loyauté d'un fils. Cela faisait peine à voir.

« Demain matin, Terri fait comparaître Marcy Linton. Demain à cette heure-ci, Caroline Masters saura que Mark Ransom a violé une jeune femme sans défense. »

Carlo sembla reprendre espoir. Comme si, lui aussi, attendait cela pour être convaincu.

« Après cela, le juge *saura* que ma mère dit la vérité, tu ne crois pas ?

— Il est difficile de savoir ce que pense Caroline. Mais cela rendra au moins Mary plus crédible. » Paget éteignit la télévision. « Ce procès n'a pas été de tout repos pour toi, hein ? »

Carlo haussa les épaules :

« On peut dire ça...

— Tu sais, Carlo, comme la plupart des gens, ta mère a fait des choses dont elle a honte aujourd'hui. Mais cela ne signifie pas pour autant qu'on ne doive pas la croire. Il semble qu'aucune des femmes qui ont eu affaire à Ransom ne soit sortie indemne de l'expérience.

— Crois-tu qu'elle me dira un jour ce qu'il y avait sur la cassette ? »

Paget tressaillit. Il se sentait vaguement hypocrite dans cette conversation, se servant de Mary comme bouclier.

« Si elle ne le faisait pas, demanda-t-il doucement, cesserais-tu de t'intéresser à elle ? »

La question parut faire réfléchir le garçon. Puis il secoua la tête.

« Non, parce que, en fait, cela n'a rien à voir avec moi. »

Sans doute, pensa Paget, Carlo ne saurait-il jamais qu'il était au contraire directement impliqué. La cassette n'éclaircissait-elle pas les relations entre Mary et Paget, entre Mary et Carlo ? N'expliquait-elle pas également pourquoi Paget avait élevé Carlo ?

« Dans ce cas, fit-il, advienne que pourra. L'audience préliminaire sera bientôt terminée... Peut-être t'aura-t-elle au moins convaincu qu'il ne faut pas être comme moi, à porter des jugements sans appel. L'idéal, c'est d'être capable de déterminer la vraie valeur des gens sans prendre en compte les fautes qu'ils ont pu commettre. Quelqu'un comme Terri, par exemple, en est capable. »

Carlo lui lança un regard curieux.

« C'est Terri qui t'a convaincu de me laisser assister à l'audience, n'est-ce pas ?

— Terri ?

— Oui. Parce que je ne t'ai jamais vu faire un tel revirement à cent quatre-vingts degrés sur un ''non'' que tu avais prononcé. »

Paget sourit.

« Tu as raison, bien sûr. C'était Terri. »

Carlo lui renvoya son sourire.

« Je le savais, papa. À moi, tu ne peux rien cacher.

— Oh, juste une ou deux petites choses... », répondit Paget.

Assise sur le canapé de la suite de Ransom, Teresa Peralta considérait d'un regard pensif la tache de sang sur le tapis.

Il était 18 h 30. À 19 heures, elle devait rencontrer Marcy Linton dans un hôtel voisin, afin de préparer avec elle ce qui resterait peut-être la journée la plus importante de sa carrière. Une heure plus tôt, prise d'une impulsion soudaine, elle avait téléphoné à Marnie Sharpe pour lui demander l'autorisation de revoir la suite. Fatiguée sans doute après le contre-interrogatoire de Mary, Sharpe ne lui avait posé aucune question, la laissant à ses propres interrogations.

Pourquoi était-elle venue là ?

La vérité, Christopher Paget avait dit qu'il préférait ne jamais la connaître. Tout ce qui importait, c'était que Sharpe ne découvrît pas la seconde cassette.

Où était cette cassette ? Et où se trouvait l'enregistrement destiné à Lindsay Caldwell ? Si, malgré ses promesses, Ransom ne les avait pas apportés, pourquoi Sharpe ne les avait-elle pas retrouvés chez lui, comme la première cassette de Mary ?

Terri se leva, promenant son regard sur le mobilier. Pourquoi, après la mort de Ransom, Mary avait-elle erré d'un meuble à l'autre, laissant ses empreintes partout ? Selon Marnie Sharpe, elle cherchait la cassette...

Terri ouvrit un tiroir, puis un autre. Un annuaire. Une bible. Rien de plus. L'étagère ne présentait aucun intérêt particulier non plus. Quelques livres, banals et impersonnels, destinés à un lieu où l'on ne s'éternisait guère...

Elle se retrouva debout devant la tache de sang.

Que s'était-il passé ici entre Mark Ransom et Mary Carelli, une fois que Paul Aguilar avait refermé la porte ? Mary était-elle la femme nue aperçue debout devant la fenêtre ? Et que faisait-elle dans le couloir au moment où Edward Tench l'avait vue, alors que dans la suite gisait Mark Ransom, mort ?

Terri se retourna et marcha lentement vers le bureau. Il comportait un bloc-notes à en-tête de l'hôtel, ainsi qu'un stylo. Elle ouvrit le tiroir, n'y trouva rien, excepté du papier à lettres et quelques enveloppes, portant elles aussi le logo de l'hôtel Flood : un bouclier décoré de la lettre F.

Refermant le tiroir, Terri observa la vue sur Berkeley, comme Paul Aguilar avait affirmé l'avoir fait. Elena était là-bas, dînant avec son père tandis que Terri travaillait encore.

Richie s'occupait bien d'elle ; il le dirait au juge.

L'injustice de cette idée saisit Terri à la gorge. Ce serait elle qui élèverait Elena ! Au moins, elle considérait l'enfant comme une personne à part entière. Comme un être à *élever*.

Elle se retourna, debout devant la tache de sang, plongée dans ses pensées. Enfin, elle regarda sa montre.

Dix-huit heures cinquante. Il était temps de partir. La défense de Mary reposait à présent sur Marcy Linton, et Terri avait du pain sur la planche.

Elle saisit son sac et quitta la suite. Dans le couloir, un policier était posté devant l'ascenseur duquel était sorti Edward Tench. Terri allait se diriger vers lui lorsque son regard buta sur la boîte aux lettres.

Une plaisanterie de Chris, le jour où ils étaient venus là en compagnie de Johnny Moore, lui revint en mémoire : « Sans doute, avait-il ironisé, Marnie Sharpe s'imagine-t-elle que Mary, se retrouvant avec une demi-heure à tuer, a écrit quelques cartes postales sur le postérieur de Ransom, puis est sortie les poster ! »

Terri fit demi-tour et entra à nouveau dans la suite. Elle se dirigea vers le bureau, ouvrit le tiroir et en sortit une enveloppe qu'elle considéra, pensive. Enfin, sans trop savoir pourquoi, elle la glissa dans son sac. Elle resta immobile quelques instants encore, puis sortit précipitamment pour aller retrouver Marcy Linton.

« Je n'arrive pas à mettre la main sur cette cassette, disait Johnny Moore. Mais Marnie Sharpe ne l'aura pas non plus. »

Il était assis avec Paget à la poupe du voilier. Il faisait nuit et le bateau mouillait au port. Cette fois, c'était Paget qui, avide d'air frais, avait proposé de se retrouver là. Les lumières de San Francisco escaladaient les collines derrière eux. Au loin, les tours du quartier des affaires scintillaient. La nuit était calme. Les deux hommes buvaient de la bière.

« Il fallait que Mary s'en débarrasse, répondit Paget. Elle a dû le faire d'une manière ou d'une autre. »

Moore haussa les épaules.

« Sharpe en est persuadée, si j'en crois mes sources. Et moi aussi. Mais la police a fouillé le moindre sac-poubelle de l'hôtel Flood, soulevé chaque épluchure de pommes de terre. Ils ont même démonté entièrement la cuve des toilettes de Ransom. Et pourtant, comme elle l'a dit elle-même, il n'y a pas la moindre preuve que Mary soit entrée dans la salle de bains.

— Oui, fit Paget. Elle était trop occupée à visiter le couloir... »

Moore but une gorgée de bière.

« J'ai également pensé à la boîte aux lettres, bien entendu. Sharpe aussi, d'ailleurs. Mais avec tous les moyens dont elle dispose, même la police n'a rien trouvé. Aucun signe ne porte à croire que Mary ait envoyé la cassette quelque part.

— Même à ABC ?

— Ni à ABC, ni à elle-même, ni à personne. Ce qui nous laisse qu'une solution : Ransom l'a lui-même cachée et Mary nous dit la vérité. Même si tu as du mal à le croire.

— Ils ont fouillé tous les appartements de Ransom, bien sûr ?

— Et ses coffres à la banque. Ainsi que les domiciles de tous ceux qui se disaient ses amis. » Moore réfléchit. « Bien entendu, contrairement à Mary, Ransom était libre de ses mouvements. Il existe toutes sortes d'endroits où un homme intelligent peut cacher un objet de la taille d'une cassette.

— Crois-tu qu'il ait pu la détruire ? »

Moore secoua la tête.

« Je ne vois pas pourquoi il l'aurait fait. Non, elle doit être cachée quelque part, c'est tout. »

Paget resta silencieux.

« Désolé, vieux, fit doucement Moore. J'aurais bien aimé te libérer de ce souci. Te dire, par exemple, que j'ai détruit moi-même la cassette.

— Je ne t'aurais jamais demandé de le faire, Johnny.

— Oh, tu n'aurais pas eu à le demander... »

Paget se tut un moment.

« C'est déjà bien assez, dit-il enfin, que tu te sois occupé de Carlo.

— Aucun problème. Je n'ai jamais connu d'aussi près le rôle de père... Et puis, ma tâche a surtout consisté à l'accompagner à ses matches de basket. Et, par chance, il joue très bien.

— Cela m'ennuie d'avoir manqué ça. »

Moore hésita.

« T'a-t-il dit ce qui lui est arrivé l'autre jour ?

— Je ne crois pas.

— À la fin du match, trois journalistes l'ont coincé à la sortie du vestiaire avec des caméras et des micros... Ils voulaient qu'il leur raconte son enfance.

— Qu'a-t-il fait ?

— Il les a regardés sans rien dire. Puis je suis arrivé et je les ai chassés. »

Paget se sentit envahi de colère et de honte.

« Il ne me l'a pas dit.

— Il ne voulait pas te causer de souci. En plus du procès.
— Me causer de souci ? Mais c'est mon fils... »
Moore le dévisagea.
« C'est pour cela qu'il ne t'a rien dit. »

Chapitre quatre

« Mark Ransom m'a violée », dit doucement Marcy Linton.

Le public était silencieux, tendu. La salle n'avait pas désempli depuis la veille. Pour la première fois, on apercevait McKinley Brooks, juste derrière Marnie Sharpe.

« Pourriez-vous raconter à la cour comment cela s'est passé ?

— Oui. »

Vêtue d'une jupe simple et d'un chemisier à col Mao, Linton était pâle, mais calme, même si sa voix laissait transparaître une émotion réprimée.

« Nous étions tous les deux dans le chalet de mes oncles, au salon. Nous buvions du vin et Ransom critiquait le manuscrit de mon premier roman.

— Se montrait-il sévère ?

— Brutal. Il cherchait à m'ôter peu à peu tout respect de moi-même. »

Sharpe se leva pour opposer une objection, puis hésita. Terri enchaîna sans lui laisser le temps d'intervenir : « Y est-il parvenu ? »

Linton parut réfléchir, peut-être pour évaluer l'étendue du préjudice subi.

« Il m'a humiliée. À tel point que chaque fois qu'il me proposait du vin, j'acceptais avec empressement. » Elle parut chercher à se justifier : « J'avais vingt-quatre ans et j'étais très fière : j'avais tant désiré faire lire mon manuscrit à Mark Ransom ! Seulement, quand il l'a fait, je me suis sentie réduite à néant. Comme s'il jugeait ma personnalité et ma sensibilité méprisables.

— Qui a fourni le vin ? Ransom ou vous ?

— C'est lui. Je n'aimais pas beaucoup boire.

— Mais en cette occasion, vous en aviez envie ? »

Linton hocha la tête :

« Tandis qu'il me détruisait ainsi à petit feu, Ransom ne cessait de me verser du vin, et je le buvais.

— Dans quel état étiez-vous ?

— J'étais sonnée. » Sa voix se brisa : « Mais cela valait mieux pour moi. »

Terri hocha la tête. Elle avait préparé Linton avec soin. Malgré l'absence de sommeil et la tension que suscitait chez elle la responsabilité de défendre Mary, la jeune femme assumait son rôle avec un sang-froid remarquable. Marcy n'était pas femme à s'apitoyer sur son sort, mais à la pâleur de son teint et à la fragilité de sa silhouette, on sentait son désespoir réel, presque palpable. Marnie Sharpe l'observait sans prendre de notes.

« Parmi les commentaires de Ransom, certains avaient-ils trait au sexe ? demanda Terri.

— Oui. À la fin, après avoir démonté tout le reste, il a raillé la façon, trop froide à son goût, dont je parlais du sexe. »

Du haut de son estrade, Caroline Masters ne quittait pas le témoin des yeux. Terri se félicita de cette attention. Son propre rôle se limitait à présent à aider Linton à tracer des parallèles entre son récit et celui de Mary : lorsqu'elle aurait terminé, plus personne ne douterait de la véritable personnalité de Ransom. Si Terri réussissait, il y avait fort à parier qu'à la sortie de l'audience, les pancartes réclamant justice pour Mark Ransom auraient disparu. Quant à Brooks et Sharpe, ils sauraient que ce procès allait leur coûter cher.

« Lui avez-vous répondu ? demanda-t-elle à Linton.

— J'ai défendu ce que j'avais écrit, oui. » La jeune femme s'interrompit, passant distraitement la main dans ses cheveux. « Les scènes dont il se moquait parlaient de moi et de l'homme que j'aimais. Je lui ai expliqué qu'elles signifiaient beaucoup pour moi. »

Elle avait prononcé ces paroles avec un accent de tristesse inconsolable que, songea Terri, aucun avocat n'aurait pu suggérer ; Mary Carelli elle-même eût été incapable de le reproduire.

« Qu'a dit Ransom ensuite ?

— Il a dit : "On dirait qu'ils négocient un contrat", et il a ajouté : "Le sexe, ce n'est pas une police d'assurance..." Un instant, il a paru mécontent, presque en colère, et puis il m'a détaillée des pieds à la tête et il m'a dit, presque en chuchotant : "Le sexe, c'est la spontanéité, le danger..." » Linton s'interrompit. « Avant que j'aie eu le temps de répondre, il avait mis son bras autour de mon cou. »

La posture de Caroline Masters était raide, peu naturelle.

« Qu'avez-vous fait ? » interrogea Terri.

Linton fixa un point, au loin.

« Je ne pouvais pas bouger, j'avais mal au cœur. » Elle secoua la tête. « Comme sous l'effet d'une drogue. Je savais ce qui allait se passer, mais j'étais incapable de faire quoi que ce soit pour l'arrêter.

— Quel a été le premier geste sexuel de Ransom ? » demanda doucement Terri.

Linton baissa les yeux.

« Il a passé la main sous mon chemisier et a touché le bout de mon sein. »

Elle ferma les yeux, comme pour se protéger de ceux qui l'observaient et l'écoutaient.

« Puis il a pris mon visage dans son autre main et m'a demandé : ''T'arrive-t-il de regarder Laura Chase ?'' »

Un mouvement de surprise saisit l'assistance. De nombreux chuchotements s'élevèrent. Masters ne fit rien pour les arrêter. Elle paraissait frappée de stupeur. Terri, elle-même, qui connaissait à l'avance la réponse, se sentit bouleversée.

« Qu'avez-vous fait ? demanda-t-elle.

— Je me suis mise à trembler. » Pour la première fois, la voix de Linton se brisa. « Comme je vous l'ai dit, il y avait le feu dans la cheminée, la pénombre, la tête d'élan... Quand il a prononcé le nom de Laura Chase, je me suis sentie piégée dans une sorte de rituel primitif. J'ai compris que j'avais affaire à un fou. »

— Qu'avez-vous fait ?

— J'ai reculé, pour me dégager.

— Et ensuite ? »

Linton secoua la tête.

« J'ai vu une immense colère dans ses yeux, murmura-t-elle. Mais il souriait, comme si je lui avais fait plaisir. Alors, il a levé son bras, très lentement, et il m'a giflée. » Linton se mit à se balancer imperceptiblement. « Je suis tombée en arrière sur le canapé. J'ai vu trente-six chandelles. J'ai senti du sang dans ma bouche. »

Lentement, Terri se tourna vers Sharpe, puis vers Caroline Masters. La première semblait plongée dans ses réflexions, le visage de la seconde exprimait une profonde compassion.

« Que s'est-il passé ensuite ?

— Il s'est mis à genoux et a attendu que j'ouvre les yeux. Puis il m'a arraché mon chemisier. » La voix de Linton exprimait une sorte d'incrédulité. « Il m'a ordonné de le regarder. ''Faut-il que je te frappe à nouveau ?'' a-t-il dit. Je ne pouvais plus ni parler ni bouger. J'ai fait non de la tête. » La voix de Linton tremblait à présent. « Puis il m'a dit de lui montrer mes seins. Et de garder les yeux ouverts.

— L'avez-vous écouté ? »

Linton hocha la tête, incapable d'articuler une réponse.

« Je suis désolée, fit doucement Terri, mais nous avons besoin d'une réponse audible pour le greffier.

— Je lui ai montré ma poitrine, dit Linton d'une voix blanche, en gardant les yeux ouverts. »

Terri souffrait avec Linton. Elle se souvenait que la jeune femme avait tenté de sourire à Ransom dans l'espoir qu'il s'arrêterait là, mais que sa bouche en sang lui faisait trop mal.

« Qu'a-t-il fait ensuite ?

— Il m'a fait retirer mon jean. » À nouveau, elle ferma les yeux. « Puis il m'a demandé de tenir son sexe pendant qu'il m'enlevait mon slip. Afin qu'il reste dur. »

Soudain, Terri se sentit épuisée. Pour la première fois de la journée, elle lança un coup d'œil à Christopher Paget. Il la regarda un instant, puis hocha lentement la tête.

Elle se retourna vers Linton.

« Que s'est-il passé alors ?

— Il m'a fait mal. » La jeune femme rouvrit les yeux. Elle semblait étonnée. « Il a fait exprès de me faire mal. Pendant des jours ensuite, j'ai souffert.

— Physiquement, vous voulez dire...

— Oui. » Linton s'interrompit. « Moralement, la douleur n'a jamais cessé. »

Terri attendit quelques instants avant de reprendre :

« Pendant qu'il vous violait, Marcy, que faisiez-vous ?

— Je restais immobile. Je regardais l'élan. » Elle secoua la tête. « J'avais trop peur que, si je ferme les yeux, il me frappe à nouveau. »

Les chuchotements, dans la salle, étaient étouffés, déférents. Sharpe écrivait sur son bloc-notes, mais sans conviction. Soudain, pendant une fraction de seconde, Terri capta le regard de Mary Carelli : elle semblait sourire. Si tu t'en sors, songea-t-elle froidement, tu pourras te dire que tu dois une fière chandelle à Marcy Linton. Et à moi. Elle se retourna vers Linton.

« Après l'acte sexuel, demanda-t-elle, qu'a fait Mark Ransom ? »

Linton baissa les yeux.

« Il m'a demandé de lui préparer un repas. Sans mes vêtements.

— Et l'avez-vous fait ?

— J'étais terrorisée. Et il voulait me regarder. »

Cette dernière phrase, chargée de crainte et d'humiliation, resta suspendue dans le silence.

« Avez-vous encore peur de lui ? »

Lentement, Linton hocha la tête.

« Il ne m'a pas seulement violée. Il m'a transformée. Il a laissé derrière lui une peur instinctive : une peur de la vie, et de lui. Je sais que je ne pourrai jamais l'arrêter, même s'il veut me prendre encore et encore... » Sa voix se brisa : « Je n'arrive pas à croire qu'il soit mort. Vraiment pas. Il est resté trop longtemps en moi. »

Terri la regarda. « Pourquoi ne vous êtes-vous pas défendue ? »

Linton eut un haussement d'épaules impuissant.

« Je ne l'ai pas fait. Je n'ai pas pu. Il était trop fort. Je n'avais aucun moyen de me défendre.

— Auriez-vous aimé pouvoir ?

— Oh oui ! » Linton haussa le ton. « Et plus encore aujourd'hui qu'au moment où c'est arrivé. Parce que je sais quelles cicatrices il a laissées derrière lui. » Elle s'interrompit à nouveau. « C'est terrible de vouloir du mal à quelqu'un. Mais Mark Ransom a perdu son droit à ne pas souffrir au moment où il a décidé de me faire souffrir.

— Depuis, avez-vous fait quelque chose pour vous protéger ?

— Oui. » Relevant la tête, elle ajouta : « J'ai acheté un revolver. »

La salle était silencieuse. Terri attendit avant de poser sa dernière question :

« Pourquoi êtes-vous venue témoigner ici ? »

Linton parut hésiter. Lorsqu'elle répondit, toutefois, sa voix était claire et ferme :

« Parce que le seul moyen que j'avais de me défendre contre Mark Ransom, c'était de dire au monde qui il était. Parce que les femmes doivent le faire pour les autres femmes. » Elle se tourna vers Mary avant d'ajouter : « Parce que ce qu'a fait Mary Carelli, c'est moi qui aurais dû le faire. »

Lorsqu'elle se leva pour entamer le contre-interrogatoire, Marnie Sharpe paraissait hésitante. On eût dit que le spectre du doute la tourmentait.

« Bonjour, madame Linton. »

Linton eut un petit signe de tête.

« Bonjour. »

Comme la situation devait être étrange pour Sharpe ! songea Terri. Elle qui nourrissait une répugnance viscérale pour le viol, elle qui consacrait sa carrière à défendre ses victimes, elle se trouvait à présent contrainte de faire subir un contre-interrogatoire à l'une d'elles ! Sharpe, c'était flagrant, n'était pas dans son assiette. Lorsqu'elle parla, sa voix était bienveillante, voire un peu triste.

« Nous sommes d'accord sur le fait que Mark Ransom vous a rendu visite, dit-elle ; qu'au cours de cette visite, il a eu des rapports sexuels avec vous dans les circonstances spécifiques que vous venez de décrire, et qu'ensuite, vous lui avez préparé le dîner. C'est exact ?

— Oui.

— Quand est-il parti ? »

Paget se tourna vers Terri.

« Comment a-t-elle eu l'idée de poser cette question ? » souffla-t-il.

Terri secoua la tête en regardant Linton. Doucement, celle-ci répondait :

« Le lendemain matin.

— Le lendemain matin ? Comment cela se fait-il ?

— Il a voulu rester. J'avais trop peur de lui pour chercher à l'en dissuader.

— Et où a-t-il dormi ?

— Dans mon lit, avec moi. » Linton hésita. « Du moins une partie de la nuit.

— Pourquoi n'a-t-il pas passé l'intégralité de la nuit avec vous ? »

Linton rougit. « Il est descendu au salon. »

Face aux questions étranges de Sharpe, Terri ressentait une certaine appréhension. Le procureur semblait savoir où elle allait.

« Y avait-il une raison particulière qui l'ait incité à descendre ? »

Linton parut se tasser. « Il a essayé de faire l'amour avec moi.

— Lui avez-vous résisté ?

— Non... J'avais trop peur. »

Sharpe attendit quelques instants.

« Assez peur, demanda-t-elle doucement, pour vous comporter en amante ?

— Objection ! s'écria Terri. Maître Sharpe torture le témoin sans raison, pour rien. Nous avons déjà établi le viol et les angoisses qu'il a causées. Combien de temps l'accusation estime-t-elle devoir disséquer les formes que peuvent prendre ces angoisses ?

— Ces questions ont un objectif, Votre Honneur, répliqua Sharpe à l'intention de Masters. Un objectif que l'accusation dévoilera si nécessaire. En elle-même, l'affaire qui nous réunit ici justifierait que j'approfondisse avec Mme Linton le problème du consentement. Mais par égard pour le témoin, je m'en tiendrai à quelques questions rapides. »

Masters hocha la tête.

« D'accord, maître. »

Terri se rassit, inquiète.

« Tu ne peux rien faire, murmura Paget. Caroline est obligée de la laisser poursuivre.

— Marnie sait ce qui s'est passé, répondit Terri, et je me demande comment elle l'a appris. Marcy ne lui a pas parlé... »

Sharpe s'était retournée vers Linton.

« Vous êtes-vous comportée comme si Mark Ransom était votre amant ? » répéta-t-elle.

Linton la dévisagea, puis répondit :

« Je ne voulais pas qu'il me fasse mal.

— Alors, vous avez simulé ?

— Oui. »

Sharpe croisa les bras.

« Dans ce cas, pourquoi le rapport sexuel n'a-t-il pas eu lieu ? »

Linton hésita.

« Parce qu'il ne pouvait pas.

— Il ne pouvait pas quoi ? »

Linton sembla rassembler ses forces.

« Conserver son érection. C'est pour cela qu'il est descendu dans le salon. »

Sharpe laissa s'écouler un silence.

« Était-il vexé ?

— Oh oui ! Mais pas seulement. Il semblait à la fois en colère et effrayé.

— Qu'a-t-il dit ?

— Il m'a fait promettre de n'en parler à personne. Il a dit que cela ne lui était jamais arrivé. » Linton avait un ton amer. « On aurait dit que je lui avais volé quelque chose. Je suppose qu'il considérait sa performance sur le canapé du salon comme un franc succès. »

Terri félicita intérieurement Linton pour cette dernière réplique. Pourtant, Marnie Sharpe ne se départit pas de son calme.

« Je vous remercie, dit-elle. Je n'ai plus de questions. »

Paget jeta un coup d'œil interrogateur à Terri.

« Où voulait-elle en venir ? » fit-il.

Terri secoua la tête.

« Je vais tenter quelque chose, souffla-t-elle en se levant. La première fois que M. Ransom vous a violée, demanda-t-elle à Marcy Linton, vous lui avez résisté, n'est-ce pas ?

— Oui.

— Quelle a été sa réaction ? »

Au regard de Linton, Terri vit qu'elle avait compris.

« Cela a semblé l'exciter, répondit la jeune femme.

— Et le fait de vous gifler a eu le même effet, n'est-ce pas ? »

Linton hocha la tête.

« J'ai vu ses yeux briller. Je crois que c'était pour cela qu'il m'obligeait à le regarder et à faire des choses pour lui. En fait, il aimait dominer les femmes.

— Mais la deuxième fois qu'il a voulu avoir des rapports avec vous, vous avez choisi de ne pas résister.

— Oui.

— Vous ne vous êtes pas battue.

— Non.

— Il n'avait donc aucune raison de vous frapper.

— Non. Je ne voulais surtout pas lui en donner.

— Vous avez donc fait un geste vers lui, n'est-ce pas ?

— J'avais peur. » Linton avait baissé la voix. « Alors j'ai mis mes bras autour de lui.

— Que s'est-il passé à ce moment-là ?

— Il a perdu son érection. C'était très étrange...

— En y réfléchissant bien, l'unique différence entre les deux incidents ne réside-t-elle pas dans la violence à laquelle il a eu recours au moment où il est parvenu à aller jusqu'à la pénétration ? Tandis que la fois où il a échoué, vous aviez fait mine de consentir ? »

Linton mit quelques instants à répondre.

« Oui, dit-elle. C'est la seule différence. Mais, dans ce cas, Mark Ransom détestait vraiment les femmes.

— Dans ce cas, Mark Ransom était un violeur ! Il semble bien qu'en l'enlaçant de vos bras, vous vous soyez épargné bien plus qu'un simple coup. »

Masters fronça les sourcils. « Était-ce une question, maître ?

— Non, un commentaire, Votre Honneur. Je n'ai plus de questions.

— Mme Linton est-elle votre dernier témoin ? »

Terri jeta un coup d'œil à Paget.

« Oui, dit-elle. En attendant votre décision sur la recevabilité de ceux déjà présentés à huis clos. »

Caroline Masters hocha la tête.

« Je vous verrai à ce sujet demain matin à 9 heures. » Elle se retourna pour s'adresser à Marcy Linton. « Quant à vous, madame Linton, vous pouvez disposer. Et sachez que la cour a grandement apprécié votre venue ici. »

Linton eut un petit signe de tête, puis se dirigea vers Terri. Aux yeux — sans doute optimistes — de celle-ci, elle ne paraissait pas plus mal en point — et peut-être même mieux — qu'au moment de son arrivée. Puis, comme elle l'avait fait la veille lorsque Terri lui avait parlé de Steve Urbina, Marcy Linton vint embrasser Teresa Peralta.

Terri gara sa voiture devant l'hôtel de Mary Carelli.

La nuit tombait. Tout au long du trajet depuis le tribunal, les deux femmes n'avaient pas parlé. À travers la vitre, Mary aperçut le groupe de journalistes qui attendaient sans doute un commentaire final.

« Je me demande si je les regarderai de la même façon désormais, dit-elle. Et, surtout, si je continuerai à en faire partie... »

Terri se sentait épuisée, en partie à cause de Linton, mais aussi à la perspective de la séance du lendemain, où il lui faudrait se montrer assez persuasive pour convaincre le juge d'auditionner Rappaport et Caldwell en public. Après un moment, elle répondit :

« Au moins, ils devraient être sympathiques avec vous. »

Mary approuva.

« C'était une bonne journée. Ma meilleure, sans doute. Je vous en remercie.

— Je vous en prie. Mais je n'y étais pour rien. C'est Marcy Linton qui a tout fait. » Elle marqua un temps d'arrêt. « Il serait difficile de se réjouir vraiment. D'après ses questions, j'ai l'impression que Sharpe nous réserve encore une petite surprise.

— Enfin, vous avez tout de même trouvé Linton. Malgré tous les doutes que j'avais. » Mary se tourna vers Terri. « Vous vouliez me demander quelque chose, je crois. »

Terri ne répondit pas tout de suite.

« Oui. Les cassettes manquantes », dit-elle finalement.

Mary la considéra, surprise. « Quoi ? demanda-t-elle.

— J'aimerais savoir où elles se trouvent. »

Mary la fixait toujours. « Qu'est-ce que cela peut vous faire ? demanda-t-elle froidement.

— Nous devons les retrouver avant Sharpe. Je ne tiens pas à ce que Chris ou Carlo souffrent encore davantage.

— Est-ce Chris qui vous a chargée de cette mission ?

— Chris a dû fermer les yeux sur beaucoup de choses pour pouvoir vous défendre. Non, c'est moi qui veux les retrouver. »

Mary sourit.

« Je me disais aussi... Avez-vous une petite idée ? »

Terri acquiesça.

« Deux, en fait. Une générale et une spécifique. Ma théorie générale est que vous vous en êtes débarrassée. »

Les traits de Mary se durcirent.

« Et votre théorie ‘‘spécifique’’ ? »
Terri prit une inspiration profonde.
« Je pense qu’après la mort de Ransom, vous les avez mises dans une enveloppe et placées dans la boîte aux lettres. »
Mary ne cilla pas.
« Vous m’attribuez une grande présence d’esprit.
— Oui.
— Trop grande, et pourtant pas encore assez. » Le sourire froid revint. « Comment, par exemple, aurais-je affranchi l’enveloppe ? »
Terri observa le groupe des journalistes. Quatre d’entre eux se trouvaient à quelques mètres à peine de la voiture, mais ils ne les avaient pas vues.
« Vous aviez des timbres dans votre sac. Ou Ransom en avait.
— Tiens donc ! Et après avoir fouillé ses poches pour en trouver, à qui aurais-je adressé mon envoi ? À moi-même ? »
Terri fit non de la tête.
« La police l’aurait retrouvé tout de suite.
— C’est vrai. Je ne suis pas idiote à ce point. Mais alors, où l’enveloppe est-elle allée ? Bizarrement, j’avais oublié mon carnet d’adresses. Et une adresse que j’aurais connue par cœur n’aurait probablement pas échappé à Sharpe. »
La conversation commençait à devenir sordide, irréelle. En dépit du ton ironique de Mary, on la devinait curieuse et intéressée. Cette curiosité concernait-elle Terri elle-même, avec qui Mary se serait livrée mentalement à une sorte de partie d’échecs abstraite, ou autre chose ? Terri n’aurait pu le dire.
« C’est précisément la question qui me préoccupe : où l’avez-vous envoyée ? »
Mary eut un petit rire.
« C’est plutôt moi que cette question aurait dû préoccuper. Écrire à la main une adresse sur une enveloppe où j’aurais glissé les cassettes revenait à signer une confession. Sharpe n’aurait plus eu qu’à la retrouver pour remporter le procès.
— Les cassettes ? interrogea Terri. Au pluriel ? »
Mary secoua la tête.
« C’est vous qui avez parlé de cassettes au pluriel. Je n’ai fait que répéter. Mais cela laisse encore un petit détail dans l’ombre : le mobile. Je vous signale que la cassette qui me fait le plus de tort a été retrouvée chez Mark Ransom. »
Elle se tut un instant, regardant toujours Terri.
« Y a-t-il autre chose ? »
Terri secoua la tête.
« Dans ce cas, conclut Mary, merci de m’avoir raccompagnée. »

Elle posa la main sur la poignée, puis se retourna. D'une voix froide, mais calme, elle ajouta :

« Ne croyez jamais que je n'ai pas pensé à Carlo. »

Elle sortit et referma la portière avec une douceur inquiétante. Puis elle alla au-devant des journalistes et, souriante, répondit à leurs questions.

Chapitre cinq

Réunis dans le bureau de Caroline Masters, les avocats attendaient la décision du juge quant à Rappaport et Caldwell.

À en croire les cernes profonds sous les yeux de Marnie Sharpe, le substitut du procureur avait passé une très mauvaise nuit. Sans doute le témoignage de Marcy Linton avait-il suscité en elle certaines interrogations. La presse, pour sa part, présentait désormais Mark Ransom comme un prédateur sexuel.

Terri, elle, avait du mal à se concentrer sur l'épreuve qui l'attendait : sa conversation avec Mary résonnait encore à ses oreilles.

Masters fit un signe de tête à la greffière, puis s'adressa à Terri.

« L'heure fatidique a sonné, maître Peralta. Nous vous écoutons. »

Terri inspira profondément.

« Votre Honneur, la décision que vous allez prendre est cruciale pour la défense, commença-t-elle. Car la signification des deux témoignages *et* de la cassette de Laura Chase est à présent tout à fait claire.

« Commençons par Mme Rappaport. Nous ne nous contentons pas d'affirmer que Mark Ransom a tenté de violer Mary Carelli. Nous voulons montrer que cet homme a été poussé par de graves troubles psychiques : une obsession de Laura Chase et un besoin d'avilissement et de domination des femmes. Un besoin si fort qu'il semble avoir gouverné toute sa vie sexuelle.

« D'après le récit de Mary Carelli, c'est un enregistrement de Laura Chase décrivant ses rapports sexuels avec deux hommes qui a excité Mark Ransom. D'après le témoignage de Melissa Rappaport, une cassette vidéo présentant précisément la même scène a fait naître chez cet homme un puissant désir sexuel. »

Terri s'interrompit. Caroline Masters l'écoutait avec soin ; Sharpe la fixait d'un regard intense.

« D'après Melissa Rappaport, poursuivit-elle, Mark Ransom avait recours à des fantasmes de sadisme et de viols. D'après Mary Carelli, cet homme était un violeur, et il l'a frappée. Or, le lien entre ces deux femmes est Marcy Linton, que Mark Ransom a battue et violée et avec qui il s'est trouvé en échec quand elle a simulé un consentement. »

Terri baissa la voix.

« Au moment où il a contacté Mary Carelli, Mark Ransom savait ce dont il avait besoin. Car son ''voyage initiatique'' avait commencé avec Melissa Rappaport.

« En conséquence, le témoignage de Mme Rappaport explique le rôle de l'enregistrement de Laura Chase dans le comportement sexuel de Mark Ransom. La vidéo apportait des images, l'enregistrement du docteur Steinhardt des mots... prononcés par Laura Chase elle-même. Mais cette différence était la seule. »

Sharpe s'était mise à griffonner nerveusement. Terri redoubla de confiance.

« Et puis, poursuivit-elle, il y a Lindsay Caldwell. Mme Caldwell fait preuve d'un immense courage. Tout comme Mme Rappaport, elle se montre disposée à venir témoigner en public, quelles que soient les conséquences de ce geste, parce qu'elle sait que ce qu'elle a à dire est important. »

Terri s'interrompit quelques instants devant le regard troublé de Masters, puis reprit d'une voix ferme, emphatique :

« Mary Carelli affirme que Ransom a exercé un chantage sur elle. Lindsay Caldwell dit la même chose. Mary Carelli affirme que Mark Ransom réclamait du sexe. Lindsay Caldwell le confirme. Mary Carelli affirme que Mark Ransom haïssait les femmes. » Terri ralentit son débit et adoucit le ton : « Lindsay Caldwell dit la même chose.

« Maître Sharpe prétend que Mary Carelli n'est pas crédible. Peut-elle en dire autant de Melissa Rappaport ? Non. De Lindsay Caldwell ? Non plus. Leurs deux témoignages viennent établir avec force la crédibilité de Mary Carelli, quel que soit le talent oratoire de maître Sharpe. » Terri se tourna vers Sharpe : « Avec tout le respect que je lui dois, je vous signale que le seul espoir qu'il reste à maître Sharpe réside dans l'annulation de ces témoignages, tant ici, à huis clos, qu'en séance publique. Car si ces deux femmes parlent, il est clair que le procureur n'a aucune possibilité de l'emporter. » Terri fit à nouveau face à Masters. « En réalité le ministère public n'aura rempli sa mission que si Mme Carelli est disculpée. En effet, le témoignage de ces deux femmes établit la vérité sur la personnalité de Mark Ransom. Et c'est ce que la justice mérite. »

Terri sentait à présent la passion dans sa voix.

« Le problème qui se pose trop souvent, Votre Honneur, lorsqu'on doit prouver un viol, c'est l'absence de témoins. La victime se trouve seule face à son agresseur. Elle affronte seule le procès. Si bien que, trop souvent, elle ne parvient pas à prouver ce qu'on lui a fait. Cela ne doit plus être une fatalité. Il est temps que la loi reconnaisse que chaque femme violée peut nous aider à faire éclater la vérité. Comme le peuvent, de toute évidence, Melissa Rappaport et Lindsay Caldwell. La cour doit les autoriser à comparaître.

« Je vous remercie, Votre Honneur. »

Du coin de l'œil, Terri vit Paget lui sourire. Mais ce fut surtout l'air pensif de Masters qui l'encouragea. Aussi reçut-elle comme une douche froide les paroles que le juge adressa alors à Sharpe :

« Je n'aurai pas besoin de contre-argument, maître. »

Terri, stupéfaite, comprit qu'elle avait perdu.

Caroline se pencha en avant.

« Vous avez bien présenté les choses, Teresa, fit-elle. Je regrette de trancher en votre défaveur, mais j'y suis contrainte. »

Paralysée, Terri l'entendit poursuivre :

« Commençons par la cassette de Laura Chase. Elle n'est plus protégée par le secret médical. Pour décider de sa recevabilité, il faut donc savoir en quoi elle serait utile. Or, j'ai autorisé Mme Carelli à expliquer de façon générale ce qu'elle renfermait... Sans citer les noms des personnes impliquées.

« Je tiens à préciser que je suis horrifiée par le contenu de cette cassette. Horrifiée par le manque d'humanité du principal protagoniste, qui aspirait à devenir président des États-Unis. Cette lacune aurait dû le disqualifier d'office pour ce poste qui, à mon avis, exige une certaine prise en compte de la souffrance d'autrui. »

Le visage de Masters était tendu, le ton de sa voix incisif.

« L'homme est mort, mais sa famille vit encore. Or, la souffrance de cette famille, il importe de la considérer. Par ailleurs, je suis tout aussi horrifiée par l'exploitation, au nom de la "vérité", de cette description à la fois douloureuse et secrète de moments qui n'appartiennent qu'à Laura Chase. Elle fait souffrir à la fois les vivants, en particulier Mme Caldwell, et les morts. Laura Chase a été bien assez exploitée tout au long de sa vie. Personne ne lui a demandé si elle aimerait l'être aussi après son décès. Son droit à la dignité n'est pas mort avec elle, et ce n'est pas cette cour qui le tuera. »

Brusquement, Caroline se tut. Elle regarda Terri, puis reprit la parole plus calmement.

« Ne croyez pas que j'en veuille à la défense d'avoir plaidé la recevabilité de cette cassette. Si je l'avais acceptée, rien de ce que j'ai dit là n'aurait eu d'importance. Et si les actes sexuels décrits sur l'enregistrement étaient similaires à ceux que Mme Carelli attribue à M. Ransom, j'aurais pu l'accepter. Mais ils sont différents. C'est pourquoi je le refuse.

« Mon raisonnement vis-à-vis de Mme Rappaport est à peu près similaire. Pour elle, raconter ce que fut son mariage avec Mark Ransom reviendrait à s'humilier en public. Là encore, si les agissements qu'elle a décrits étaient les mêmes que ceux rapportés par Mme Carelli — s'il y avait eu viol, comme dans le cas de Mme Linton —, j'aurais admis, avec la défense, la possibilité d'une certaine inclination au viol chez M. Ransom. Mais le comportement de Mme Rappaport était consensuel : c'est là, d'ailleurs, que réside son humiliation. Et c'est précisément la raison pour laquelle cette humiliation ne peut être d'aucune utilité à la défense de Mme Carelli. Du moins pour ce qui est de la loi. »

Caroline se tut un instant, croisa les mains, puis enchaîna :

« Nous en arrivons maintenant à Mme Caldwell. Chacun d'entre nous a sans doute son opinion du comportement de cette femme. Fort heureusement, notre vision de la sexualité est bien plus large et plus humaine qu'elle ne l'était il y a vingt ans. Et une adolescente de dix-neuf ans ne peut être tenue pour responsable du suicide d'un individu aussi complexe et tourmenté que Laura Chase. Toutefois, je considère que cette affaire est personnelle et doit le rester. Mme Caldwell ne doit pas devenir ''celle qui a tué Laura Chase''. Même si elle est prête à tout révéler, je ne lui demanderai pas de le faire. Car si son témoignage en dit long sur les sentiments que nourrissait M. Ransom vis-à-vis des femmes, la misogynie et le chantage ne prouvent cependant pas le viol. » Elle s'interrompit et se tourna vers Terri : « En fait, ils seraient même de nature à donner un mobile au meurtre. »

Elle avait raison, Terri le savait. Comme pour conclure, elle se pencha en arrière sur son siège.

« Certes, il est difficile d'écouter les témoignages de Mmes Rappaport et Caldwell sans éprouver certains sentiments envers Mark Ransom. Toutefois, nous sommes là non pour déterminer si les victimes de meurtres ont mérité de mourir, mais pour savoir si un meurtre a été commis. Je tenterai donc de chasser ces deux témoignages de mon esprit. Ils ne feront pas partie du dossier sur lequel je déciderai s'il y a ''causes probables''. Voilà. Pour déterminer si Mme Carelli a agi en état de légitime défense, je me fonderai sur son témoignage et sur celui de Mme Linton. »

Terri se tourna vers Paget. La déception se lisait sur son visage. L'avocat haussa les épaules : Terri avait fait de son mieux ; il faudrait gagner sans ses deux témoins. Toutefois, ce geste ne suffit pas à lever l'immense inquiétude qui avait gagné la jeune femme.

Sharpe s'était penchée en avant. Elle savourait l'instant.

« Étant donné que la défense se trouve au point mort, déclara-t-elle, le ministère public demande à la cour d'établir les ''causes probables'' sans autre commentaire. Toutefois, si la cour a besoin d'un réquisitoire, je suis prête à le lui fournir tout de suite.

— Je fixerai moi-même le moment du réquisitoire, répliqua Masters. Mais si je me souviens bien, maître, vous m'avez parlé d'un éventuel témoin à charge. Êtes-vous revenue sur votre décision ? »

Sharpe parut ouvertement contrariée :

« Est-ce vraiment nécessaire, Votre Honneur ? demanda-t-elle. Je pense que le dossier dont nous disposons désormais suffit à démontrer les ''causes probables''. Quant à savoir si les témoignages de Mmes Carelli et Linton apportent des circonstances atténuantes, ce sera au jury du procès qui va suivre de trancher. »

Masters fronça les sourcils.

« Avez-vous un témoin prêt à comparaître, oui ou non ? »

Sharpe hésita.

« Oui, Votre Honneur.

— Toutefois, vous préférez laisser maître Paget dans l'ignorance de la dévastation que ce témoin provoquera au procès. C'est cela ? »

Lentement, Sharpe hocha la tête.

« À moins que la cour hésite encore quant à la décision qu'elle doit prendre.

— Je ne vous dirai pas ce sur quoi la cour hésite ou n'hésite pas. Et je vous demande de ne rien déduire de ma suggestion, si ce n'est ma volonté d'avoir une vue aussi complète que possible de cette affaire. Mais la décision vous appartient. »

Cette remarque plutôt sèche rappela à Terri que Masters, elle aussi, devrait affronter les conséquences politiques de sa décision, quelle qu'elle fût. Contrairement aux affaires de feux rouges brûlés ou de conduite en état d'ivresse, celle-ci pourrait bien lui coûter sa réélection.

Sharpe, pour sa part, n'hésita pas longtemps.

« Merci, Votre Honneur, fit-elle. Nous sommes prêts à faire entrer notre témoin. »

Masters regarda sa montre.

« Je l'entendrai à 10 heures, fit-elle. En attendant, je vous accorde quelques minutes de pause. »

Terri et Paget se retrouvèrent dans le couloir.

« Je suis désolée, murmura la jeune femme. Je commençais à croire à la victoire.

— Tout n'est peut-être pas perdu, répondit sereinement Paget. Sinon, elle n'aurait pas incité Marnie à faire entrer M. ou Mme X.

— Qui que soit ce témoin, répondit Terri, nous allons enfin comprendre ce que Marnie mijote depuis quelque temps. »

Terri prit l'ascenseur et s'arrêta au premier étage pour éviter les journalistes. Elle emprunta l'un des couloirs et trouva enfin une cabine téléphonique.

Elle jeta un coup d'œil de chaque côté pour s'assurer qu'elle était seule, puis s'y engouffra. Il y avait un annuaire, mais la lampe ne fonctionnait pas. Terri se pencha sur le volume et le feuilleta attentivement. Elle s'arrêta à la page « Services postaux ».

Comment aurais-je affranchi l'enveloppe ? avait ironisé Mary.

Sous cette rubrique, apparaissait une longue liste de numéros de téléphone : bureaux de postes, courrier express, réclamations... Enfin, un titre lui parut prometteur : « Bureau des rebuts ».

Je ne suis pas idiote au point de les envoyer chez moi, avait dit Mary.

Depuis la veille, cette conversation la travaillait. Ce froid exercice de logique auquel s'était livrée Mary était soit un jeu absurde et sans objet, soit un test destiné à évaluer la rigueur de la pensée de Terri.

Or, cette pensée n'était guère rigoureuse, Terri s'en rendait compte. Mais, tout comme Marnie Sharpe, la jeune avocate avait une certitude : Mark Ransom était mort en possession des cassettes.

Terri saisit le combiné et composa le numéro.

« Service des rebuts », fit une voix de femme.

Hésitante, Terri se représenta son interlocutrice : noire, bien en chair, la quarantaine flegmatique.

« Je voudrais vous poser une question, hasarda Terri.

— Je suis là pour ça, madame.

— Je voudrais savoir ce qui se passe quand on poste quelque chose en oubliant de mettre l'adresse entière. Ou sans mettre d'adresse du tout.

— Ça dépend. » La femme fut prise d'une quinte de toux. « Excusez-moi. Décidément, je n'arrive pas à me débarrasser de ce rhume. Enfin... ! Qu'est-ce que je disais ? Ah oui : ça dépend.

Il y a des choses que nous jetons tout de suite. Tout dépend si nous pensons que l'objet a de la valeur ou non.

— Comment déterminez-vous cela ?

— Nous ouvrons le paquet. Si c'est une simple lettre et que nous ne pouvons pas savoir à qui elle est adressée, nous la jetons. Si cela nous paraît être un objet de valeur, alors nous le conservons.

— Combien de temps ?

— Trois mois en général. »

Il y avait un peu moins de cinq semaines, songea Terri, que Mary Carelli avait tué Ransom.

« Et qu'en faites-vous ensuite ? »

Terri dut attendre que son interlocutrice se fût mouchée pour obtenir une réponse. « Ensuite, l'objet est vendu aux enchères. Mais s'il n'est pas vendu, on le jette. Pourquoi ? Qu'avez-vous perdu ? »

Terri laissa passer un silence, cherchant à se représenter le destin de la cassette de Mary dans une séance de vente aux enchères.

« Des cassettes, répondit-elle finalement. Comme celles qu'on utilise dans les magnétophones ou les autoradios.

— Ah oui ! C'est le genre de choses qu'on garde... »

Au son de la voix, taciturne, on sentait qu'elle commençait à se lasser de la conversation. Une fois de plus, Terri hésita.

« Si je vous les décris, pourriez-vous aller regarder si vous les avez ?

— N'avez-vous pas déjà appelé au sujet de ces cassettes ? Il y a quelques semaines ?

— Non, répondit Terri, abasourdie. Ce n'était pas moi. Je n'ai jamais appelé.

— Le paquet était-il affranchi ?

— Je ne sais pas.

— Dans ce cas, je ne suis pas le bureau des objets trouvés, madame. S'il n'y avait pas de timbres et que vous voulez les récupérer, vous devez venir au bureau de poste et chercher vous-même. Vous connaissez au moins le lieu d'où l'envoi a été posté ?

— Oui. C'était Nob Hill. »

Il y eut un silence, puis une nouvelle quinte de toux. Enfin, la voix répondit :

« Dans ce cas, ce doit être au bureau O. Sur Van Ness Avenue. Allez voir là-bas. »

Le témoin avait un visage rond, des lunettes à verres épais et des cheveux blonds. Son expression grave, mais ouverte, sa voix profonde, posée et autoritaire, évoquaient un personnage doux et sympathique.

« ... Et vous exercez donc la psychiatrie dans l'État de Floride ? » questionna Sharpe.

Le docteur Bass hocha la tête.

« C'est exact. »

Paget sentit Mary, soudain tendue, effleurer son bras.

« De quoi s'agit-il ? murmura-t-elle.

— Laisse-moi écouter, répliqua Paget. Si ce type est le psychiatre de Ransom, je fais objection. »

« Et Mark Ransom était l'un de vos patients ? » fit Sharpe.

Bass acquiesça.

« Lorsqu'il était à Key West, il venait me voir. Il m'a rendu visite pour la première fois il y a environ quatre ans et je l'ai vu pour la dernière fois il y a trois mois.

— La première fois qu'il vous a consulté, docteur, vous a-t-il exposé les motifs de sa visite ? »

Bass parut attristé.

« Au début, ce n'était pas tant les motifs qu'il évoquait que les choses dont il parlait...

— De quoi parlait-il ?

— Des femmes, et des sentiments qu'elles lui inspiraient. » Bass fronça les sourcils. « Je n'ai pas compris tout de suite ce qu'il considérait comme étant à l'origine du problème.

— De quoi s'agissait-il ?

— D'impuissance. Mark Ransom ne parvenait plus à avoir de rapports avec une femme. »

Un murmure d'étonnement parcourut l'assistance. Paget se leva :

« Objection ! lança-t-il. Le témoin est-il personnellement certain de ce qu'il avance ? Car, dans le cas contraire, il s'agit d'une déposition sur la foi d'un tiers et je demande qu'il soit congédié.

— Votre Honneur, répliqua Sharpe, Mme Carelli affirme avoir été violée par un homme dont le docteur Bass nous dévoile aujourd'hui l'impuissance sexuelle. Je suis sûre que maître Paget ne prétend pas que M. Ransom ait pu mentir au docteur Bass sur ce point !

— Je n'ai aucun moyen de le savoir, rétorqua Paget. Et le docteur Bass non plus. La cour ne doit donc pas entendre son témoignage.

— Mon raisonnement est peut-être archaïque, maître, expliqua Masters, mais il me semble évident qu'un tel aveu, venant de M. Ransom, ne peut être que crédible. Je pense que le témoignage du docteur Bass peut nous éclairer sur la personnalité de la victime. Je rejette donc votre objection. »

Paget se rassit, dépité. Les yeux de Mary exprimaient une immense appréhension. Bass paraissait être un témoin de poids et l'impuissance supposée de Ransom allait au cœur de la défense de Mary. « On comprend maintenant pourquoi Johnny n'a pas trouvé de femmes ! » murmura Terri.

Depuis quand Sharpe connaissait-elle ce détail ? Elle le savait le jour de la comparution de Melissa Rappaport, sans doute, et peut-être même avant le début de l'audience. Toute la perception qu'avait Paget de l'affaire s'en trouvait ébranlée.

Sharpe se rapprocha du témoin.

« L'impuissance de M. Ransom résultait-elle d'une incapacité physique ? »

Bass secoua la tête.

« M. Ransom m'a expliqué qu'il parvenait à atteindre l'érection, mais que celle-ci disparaissait dès qu'il voulait avoir un rapport.

— Cela le contrariait-il ?

— C'est le moins qu'on puisse dire. Il s'était fait de lui-même une image idéale fondée sur la virilité. Il a fallu un certain nombre de séances avant qu'il parvienne à l'avouer, même à moi. »

Sharpe hocha la tête.

« À quoi attribuez-vous cette impuissance ?

— D'après son avis à lui ou selon mon analyse personnelle ?

— Selon votre propre analyse, docteur.

— On pourrait répondre assez superficiellement en disant que M. Ransom n'aimait pas les femmes. Cette hostilité provoquait chez lui un sentiment de culpabilité et une ambivalence dans sa personnalité et sa sexualité. » Bass s'interrompit et ôta ses lunettes. « Mark Ransom voulait subjuguer, voire humilier les femmes. Mais son subconscient lui imposait d'inhiber cette pulsion. Le résultat final fut l'impuissance. On peut la considérer comme une sorte de gendarme sexuel envoyé par la conscience.

— À quoi attribuez-vous cette hostilité vis-à-vis des femmes ?

— En partie à ses sentiments envers sa mère, Siobhan Ransom, qui l'a eu sur le tard. C'était une femme dominatrice qui semble avoir servi d'archétype à toutes les femmes qui, à ses yeux, étaient trop fortes ou agressives : celles qui ont réussi professionnellement, ou encore les féministes engagées. Les femmes dont il estimait qu'elles pouvaient le dominer, le critiquer, ou simplement penser du mal de lui. Au fond, Mark Ransom était un homme craintif et vulnérable. »

À sa gauche, Paget sentit la colère envahir Mary. Ce témoignage minait visiblement son légendaire self-control. Elle fixait Bass avec une rage à peine réprimée. Une fois de plus, bien malgré lui, Paget se demanda ce qui s'était passé dans la suite de Ransom.

Reste concentré, se dit-il. *Cherche un angle d'attaque.*

« À votre avis, interrogeait Sharpe, ces problèmes sexuels étaient-ils réellement graves ?

— Oui, très graves, et profondément enracinés. Lors de sa dernière visite à mon cabinet, Mark Ransom n'avait pas eu de rapports sexuels depuis près de quatre ans.

— Et M. Ransom vous a-t-il parlé de sa dernière expérience sexuelle réussie ?

— Oui. C'est d'ailleurs en cette occasion qu'il a aussi constaté son impuissance. » Bass s'interrompit pour se tourner vers Masters. « Le viol de la jeune femme que vous avez entendue hier : Marcy Linton. À la suite de ce viol, Mark Ransom est devenu impuissant. »

« Je n'ai plus de questions », conclut Sharpe.

Lorsque Paget se leva de la table de la défense, ni le visage défait de Mary, ni, derrière elle, l'expression consternée de Carlo ne lui échappèrent. Comme lui, tous deux avaient saisi l'impact de la dernière question de Sharpe, qui retournait le témoignage de Marcy Linton contre Mary. Lentement, il se dirigea vers Bass.

« Vous avez mentionné Siobhan Ransom comme un archétype, commença-t-il. Mais Ransom avait-il développé un contre-archétype ? En d'autres termes, y avait-il une femme particulière qui, à ses yeux, comblerait parfaitement tous ses besoins ? »

Bass le considéra un instant. « Oui. L'actrice Laura Chase. »

Paget entrevit une lueur d'espoir. « Ainsi, il l'a mentionnée au cours de son analyse ?

— Fréquemment, oui.

— Et quel rôle Laura Chase jouait-elle dans le paysage psychologique de M. Ransom ? »

Bass essuya distraitement ses lunettes.

« Pour résumer, on peut dire qu'elle représentait la sécurité et la satisfaction sexuelle. La Laura Chase qu'il s'était inventée aurait accepté de faire n'importe quoi pour lui plaire. Non seulement elle aurait assouvi ses désirs sexuels, mais, ce qui était tout aussi important, elle l'aurait admiré. »

Paget lui lança un regard étonné.

« Ainsi, il associait l'actrice à la performance sexuelle ?

— Oui. » Bass paraissait triste. « Il s'était convaincu qu'avec

Laura Chase, il aurait été, sexuellement, l'homme viril qu'il avait toujours rêvé d'être. Il la voyait comme une femme mystérieuse, mais disponible, qui voulait certes conserver un rôle personnel et exotique, mais sans se placer en compétition avec lui.

— Pourrait-on considérer que Laura Chase représentait pour lui un objet de culte ?

— Dans un sens, oui. Cela n'a d'ailleurs rien d'exceptionnel : il n'est pas rare que des hommes qui doutent de leur virilité cherchent l'excitation à travers le fétichisme ou les rituels. Je ne voudrais absolument pas paraître insensible, mais je dois dire que l'incident avec Mlle Linton l'avait traumatisé. L'idée d'un échec le terrorisait. »

Paget sentait son esprit tourner au ralenti.

« M. Ransom parlait-il souvent du viol ? demanda-t-il.

— Oui. Le viol entrait dans son désir de subjuguer les femmes.

— Et pensez-vous que le fait de maltraiter les femmes le stimulait sexuellement ? Comme l'a démontré son expérience avec Mlle Linton.

— C'est possible. En tout cas, cela correspond bien à son profil psychologique. »

Paget se rapprocha de la barre des témoins et leva les yeux vers Caroline Masters.

« Il est même possible, n'est-ce pas, qu'il considère le fait de frapper une femme au visage comme un moyen d'atteindre ou de maintenir une érection ?

— Oui. Cela serait assez logique.

— Si bien que nous venons d'identifier deux facteurs qui ont pu aider M. Ransom à obtenir une érection : le fait de frapper une femme d'une part, le fétichisme de Laura Chase d'autre part. Est-ce correct ? »

Bass lui lança un regard pensif avant de répondre :

« Ce pourrait être deux facteurs, effectivement. »

Paget songea qu'il était temps de tenter sa chance.

« Avez-vous su que M. Ransom avait obtenu les cassettes des séances de Laura Chase chez son psychiatre, le docteur Steinhardt ?

— Oui. » Le docteur Bass semblait sur la défensive. « Je n'approuve pas du tout, soit dit en passant. Je suis ici parce que mon patient a été tué et que maître Sharpe s'est montrée très convaincante avec moi. En réalité, je trouve assez étrange d'être là, à discuter des confidences de M. Ransom.

— Je comprends, répondit Paget. Toutefois, par honnêteté envers Mme Carelli, je suis obligé de poursuivre cet interrogatoire. M. Ransom vous a-t-il parlé de l'enregistrement évoqué par Mme

Carelli : celui dans lequel Laura Chase décrivait ses relations avec deux hommes ? »

À contrecœur, Bass hocha la tête.

« Oui, il m'en a parlé. Cet enregistrement l'excitait beaucoup.

— M. Ransom pensait-il que cet enregistrement pourrait le guérir sexuellement ?

— Je m'avancerais un peu en l'affirmant, répondit Bass. Mais je crois que oui. Ce que je sais, c'est que M. Ransom a cessé de venir me voir dès qu'il a obtenu cette cassette. »

Soudain, Paget comprit le ton chagrin du médecin : Mark Ransom avait choisi de substituer Laura Chase à la thérapie.

« Mais après cela, docteur, il a rencontré Mme Carelli. Alors reprenons rapidement les éléments de votre témoignage. Le fait de frapper les femmes aidait M. Ransom à rester en érection, n'est-ce pas ?

— Il semble que oui.

— Le fétichisme dont Laura Chase était l'objet l'aidait également. D'accord ?

— C'était là sa principale source de stimulation, oui.

— Dans ces circonstances, n'est-il pas tout à fait possible que, stimulé par la voix de Laura Chase et par la gifle assenée à Mme Carelli, Mark Ransom ait tenté de violer cette dernière ?

— C'est possible, en effet. Mais, après l'épisode de Mlle Linton, cela aurait fait courir à Mark Ransom le risque d'un gros embarras personnel. » Bass s'interrompit pour regarder Mary. « Or, j'ai du mal à l'imaginer prendre ce risque avec une femme comme Mme Carelli.

— Mais les femmes comme Mme Carelli n'étaient-elles pas précisément celles qu'il méprisait et rêvait de subjuguer ?

— Certes, à un certain niveau. Mais à mon avis, le maître mot pour qualifier le comportement de M. Ransom, c'est la peur. L'homme que j'ai reçu à mon cabinet était bien trop travaillé par la peur pour tenter une pénétration avec une femme qui n'était pas consentante. »

Paget prit une voix froide.

« C'est ce qu'on appelle le viol, docteur. Le viol, qui est le troisième facteur que nous avons identifié comme un stimulus sexuel pour Mark Ransom.

— En effet, répliqua Bass. Mais j'ai suivi cet homme pendant près de quatre ans et je le vois mal dans la situation que vous me décrivez là. »

La remarque coupa Paget dans son élan. Il considéra Bass, feignant l'incrédulité tandis qu'il cherchait une façon de clore l'interrogatoire sur une réponse plus positive.

« Cependant, demanda-t-il enfin, n'est-il pas possible que Mark Ransom ait pu atteindre l'érection grâce à une mise en scène propre à convaincre Mme Carelli qu'elle allait être violée, mise en scène dont faisait partie le coup au visage, même s'il n'a pas réussi à aller jusqu'au bout ?

— C'est possible, effectivement.

— Ou qu'en fin de compte il n'ait même pas eu l'intention de *tenter* la pénétration ? »

Bass regarda Sharpe, puis se tourna à nouveau vers Paget.

« Je pense que c'est également possible », fit-il lentement.

Lorsque Paget leva les yeux, le visage de Masters restait fermé. Toutefois, il avait fait le maximum.

« Je n'ai plus de questions, docteur Bass, déclara-t-il à l'intention du médecin. Je vous remercie de votre patience. »

Déjà, Sharpe s'était levée, désireuse de compléter son interrogatoire.

« Au cours des quatre ans qu'a duré la thérapie de M. Ransom, demanda-t-elle, vous a-t-il dit avoir violé quelqu'un ? »

Le psychiatre fit non de la tête.

« Comme je l'ai expliqué, les conséquences de son agression sur Mlle Linton le tourmentaient. Il se rendait compte que la mise en pratique de son fantasme de viol avait été tragique pour lui et pour elle.

— A-t-il évoqué une quelconque intention de réitérer son acte de viol ?

— Non, jamais.

— A-t-il fait la moindre allusion à une relation sexuelle quelle qu'elle soit ?

— Non.

— A-t-il mentionné le nom de Mary Carelli devant vous ?

— S'il nourrissait un intérêt particulier pour Mme Carelli, je ne l'ai pas su.

— Merci, docteur Bass. Je n'ai plus de questions. »

Tandis que Caroline Masters congédiait le dernier témoin, Sharpe retourna à la table de l'accusation, l'air satisfait. De son estrade, Masters s'adressa aux avocats :

« Avant de lever la séance, je tiens à féliciter l'accusation et la défense pour leur admirable présentation du dossier. J'entendrai les réquisitoires demain matin à 10 heures. »

SIXIÈME PARTIE

Le jugement

Du 19 au 22 février

Chapitre un

Teresa Peralta freina devant le bureau de poste.

Elle resta un moment dans sa voiture, observant d'un œil distrait le va-et-vient des piétons sur Van Ness. Il était environ 13 heures et les employés des bureaux avaient envahi la rue et les restaurants. Le rythme de cette vie de tous les jours parut étranger à Terri.

Chris s'était enfermé dans son bureau et s'efforçait d'intégrer à son raisonnement le témoignage-surprise du docteur Bass. Sourd aux incessants appels des journalistes, il préparait avec soin sa plaidoirie finale. En fin de journée, Terri irait l'écouter et lui donner son avis.

Elle sortit de la voiture et sentit une brise fraîche sur son visage. Elle se promit d'aller chercher Elena après être passée chez Chris et de l'emmener sur la plage. Toutes deux en avaient besoin.

Terri pénétra dans le bureau de poste. Il était mal éclairé et sentait la transpiration. Une dizaine de personnes patientaient avec un détachement maussade derrière trois guichets.

La plage était une bonne idée, songea Terri. Une fois le procès terminé, elle aurait du temps à consacrer à Elena. Et elle réglerait ses comptes avec Richie.

Elle regarda sa montre. Il était 13 h 15.

Que faisait Caroline Masters en ce moment ? Grignotait-elle tranquillement son habituelle salade, sûre de sa décision ? Certainement pas. Même si elle savait déjà comment elle trancherait, elle ne devait pas se sentir sereine pour autant. Le procès, et tous ceux qu'il faisait intervenir, lui pesait sans doute plus que jamais.

Terri tenta d'imaginer le moment où Caroline annoncerait son verdict. De fil en aiguille, ses pensées la menèrent à Christopher Paget. Elle n'eût pas aimé être à sa place en cet instant.

Car ils avaient perdu, Terri en était persuadée. Ils avaient perdu dès l'instant où le dernier témoin était entré.

« Au suivant », s'exclama une voix d'homme devant elle.

Terri leva les yeux, surprise. Il ne restait plus personne entre elle et le guichetier. L'employé, un Japonais au visage sympathique, la regardait d'un air interrogateur.

« Excusez-moi, dit-elle. J'étais dans les nuages.

— Ce n'est pas grave. Que puis-je faire pour vous ?

— Je cherche un paquet qui a été perdu. Quelque chose avec une adresse incomplète, peut-être. Il a été posté de Nob Hill, je pense.

— Ce n'est pas vous qui l'avez posté ? »

Terri secoua la tête.

« Non, c'est une amie. Elle l'a jeté dans la boîte aux lettres par erreur. »

Un peu mal à l'aise, Terri plaisanta :

« Elle aussi, elle est souvent dans les nuages ! »

L'homme sourit.

« Ah bon ? Et que contenait le paquet ?

— Des cassettes. De celles qu'on utilise dans les magnétophones traditionnels. »

L'homme parut réfléchir.

« Je les aurais remarquées. Nous avons pas mal de choses ici et moi, j'écoute tout le temps des cassettes dans la voiture. Mais je ne me souviens pas en avoir vu ces temps-ci. »

N'avez-vous pas déjà appelé au sujet de ces cassettes ? avait demandé la préposée du bureau des rebuts.

« Puis-je quand même jeter un coup d'œil ? » insista Terri.

L'homme hésita.

« Cela m'ennuie... Il n'y a personne derrière à cette heure-ci. »

Terri sourit.

« Je vous promets de ne rien voler. Tout ce que je cherche, ce sont des cassettes, je vous assure. Elles se trouvent peut-être dans une enveloppe marquée *Hôtel Flood.* »

Il réfléchit encore quelques instants, puis haussa les épaules.

« Il y a tellement de choses... Je ne les ai peut-être pas remarquées. » Il fit passer Terri derrière le comptoir. « C'est bon, venez. Vous n'avez pas l'air trop malhonnête. »

Elle le suivit jusqu'à une vaste pièce meublée d'étagères métalliques. Un escabeau était appuyé contre le mur.

« Nous y voilà, dit aimablement l'employé. Si vous trouvez ce que vous cherchez, appelez-moi.

— Merci », répondit Terri. De façon étrange, le fait de se retrouver dans la pièce conférait à sa quête une réalité qu'elle n'avait pas eue jusqu'ici. Terri eut la chair de poule ; elle attendit le départ de l'employé pour commencer à regarder autour d'elle.

J'aurais dû prévenir Chris, songea-t-elle.

Toutefois, si quelqu'un devait retrouver les cassettes, mieux valait que ce fût elle. Elle résolut de procéder par ordre, afin de ne pas laisser le moindre centimètre carré inexploré.

Il y avait trois rangées d'étagères. L'inspection de la première lui prit une demi-heure, qu'elle passa à demi courbée ou debout sur la pointe des pieds, en haut de l'escabeau. Elle découvrit un gant de base-ball, des billets de banque étrangers, plusieurs montres, une boîte de tracts religieux, un livre de cuisine, mais aucune cassette.

Elle déplaça l'escabeau près de la deuxième série d'étagères et reprit ses recherches en balayant la plus haute du regard.

« Vous avez trouvé ? »

Elle se retourna avec soin pour ne pas tomber. L'employé était à la porte.

« Pas ce que je cherche, répondit-elle. Mais il y a deux ou trois montres qui me plaisent bien. »

L'homme se mit à rire.

« Vous avez vraiment envie de les retrouver, vos cassettes. Moi, cette pièce me démoralise. Elle me rappelle l'armée. »

Terri sourit.

« Si je viens à manquer d'air, je vous fais signe.

— O.K. »

L'employé retourna à ses clients. Terri souffla un instant avant de reprendre son inspection, jetant au passage un coup d'œil à la troisième série d'étagères. Une enveloppe déchirée retint son attention. À l'intérieur, on devinait un objet rectangulaire. Le tout était retenu par un élastique. Terri hésita : fallait-il rompre la discipline de ses recherches systématiques et aller voir de quoi il s'agissait ? Après réflexion, elle résolut de descendre de son escabeau, qu'elle tira contre la troisième série d'étagères, puis remonta lentement jusqu'en haut. Elle hésita à saisir l'enveloppe.

Celle-ci était légère dans sa main. Elle la retourna et distingua le logo de l'hôtel Flood. Tremblante, elle ôta l'élastique, qui tomba sur le plancher, puis glissa ses doigts à l'intérieur de l'enveloppe.

Elle contenait non pas un objet, mais deux. Elle les sortit.

Des cassettes. Des chiffres romains étaient inscrits sur chacune d'elles. Il lui fallut un certain temps pour se convaincre qu'elle tenait ce qu'elle était venue chercher.

La première cassette, elle le savait d'après la codification de Steinhardt, appartenait à Laura Chase. La seconde était donc celle de Mary Carelli.

Elle resta immobile, les doigts serrés sur les cassettes, regrettant d'être venue. Enfin, elle redescendit lentement les marches de l'escabeau, glissa les cassettes dans leur enveloppe, puis ramassa l'élastique, qu'elle replaça soigneusement autour.

L'employé servait un client.

« Ça y est, lui dit-elle, j'ai trouvé. »

Il se retourna, souriant, et lui prit l'enveloppe des mains.

« Stupéfiant ! s'écria-t-il. Comme quoi quand on veut vraiment... »

Sans doute n'avait-il pas remarqué son trouble...

« Hé oui, fit-elle. En tout cas, merci pour votre aide !

— Attendez ! Il faut signer le registre. On ne laisse pas partir les objets comme ça ! »

Il s'absenta un instant et revint avec un cahier revêtu de descriptions de paquets. Il y avait une colonne pour les noms et adresses, une autre pour les signatures. L'employé désigna une ligne intitulée « Cassettes-Flood ».

« Signez là », dit-il.

Soigneusement, Terri signa le registre. Elle tenait les cassettes dans l'autre main.

« Merci, répéta-t-elle.

— Je vous en prie. » Il la regarda à nouveau. « Je ne vous ai pas déjà vue quelque part ? » interrogea-t-il.

Terri parvint à sourire.

« Oh, j'ai un visage très commun », répondit-elle.

Puis elle sortit.

Chapitre deux

Christopher Paget avait du mal à se concentrer.

Il alla à la fenêtre et jeta un coup d'œil au panorama : la colline verdoyante de Telegraph Hill, avec les immeubles et les maisons qui semblaient s'y accrocher, le port avec ses yachts et ses bateaux pour touristes, l'immensité bleue de la baie. Depuis sa plus tendre enfance, Paget aimait cette ville et appréciait d'y vivre. Il avait appris à Carlo à l'aimer aussi : ensemble, ils en exploraient souvent les quartiers jusque dans leurs moindres ruelles.

En temps normal, ces pensées auraient suffi à le mettre de bonne humeur. Avoir réussi à transmettre à Carlo son attachement pour San Francisco représentait un accomplissement, un dépassement de lui-même et de sa propre existence. Dès lors, sa décision d'élever l'enfant n'avait plus rien d'une bonne action destinée à sauver un pauvre gosse solitaire : grâce au garçon, il avait connu un bonheur bien supérieur à tout ce qu'il aurait pu vivre seul. Malgré tous les mauvais côtés de sa rencontre avec Mary Carelli, leur week-end insouciant à Washington lui avait apporté un cadeau inestimable.

Christopher Paget avait de la chance d'être le père de Carlo.

En cet instant cependant, le spectacle de sa ville ne suffit pas à le tirer de sa morosité.

Dès le départ, il avait cru Mary en partie coupable. Le peu qu'il savait d'elle, associé aux détails de son récit, indiquait qu'elle lui cachait quelque chose de plus profond et de plus obscur que les événements de l'hôtel Flood. Toutefois, il avait résolu de se concentrer sur les seules pièces à conviction que l'accusation menaçait de découvrir. En s'attaquant le plus tôt possible à tous les arguments de Sharpe, avait-il pensé, il avait une chance de soustraire Mary au danger avant que le procureur apprît ce que Paget lui-même ignorait — que ce fût par la découverte des cassettes ou autrement. Marcy Linton avait fait la différence. Du coup, Paget s'était même surpris à croire la version de Mary.

Et puis, le docteur Bass avait ébranlé le peu de certitudes qu'il avait.

Ce n'étaient pas seulement les dégâts que ce témoignage causait à la défense qui le tourmentaient ; de même, peu lui importait que l'infructuosité des efforts de Johnny Moore trouvât désormais une explication. Et même le tour de force de Sharpe, parvenue à transformer Marcy Linton en témoin à charge, le laissait de marbre. Non, ce qui faisait souffrir Paget, c'était l'idée qu'en dépit de ses efforts consciencieux et de ce qu'il savait de Mary, il avait, tout au long de l'affaire, voulu croire en elle.

Devait-il blâmer Mary ? Elle était ce qu'elle était. Il fallait être fou, lorsqu'on était avocat, pour croire à la sincérité d'un client Même si ce client se trouvait être la mère de votre fils bien-aimé. Surtout dans ce cas.

À présent, il y aurait certainement un procès. Une nouvelle épreuve à endurer pour Carlo. Persévérante, Sharpe finirait peut-être par découvrir la cassette. Même si celle-ci se révélait non recevable, un journaliste s'en emparerait tôt ou tard. Renoncerait-il à la gloire pour ne pas faire souffrir Carlo Paget ? Le garçon subirait alors l'assaut des questions venues de toute part, dont la pire serait sans doute sa propre interrogation : était-il possible que sa mère ait tué Mark Ransom non pour échapper à un viol, mais pour sauvegarder sa carrière ? Était-il possible qu'elle ait menti avec un tel aplomb ?

On frappa un léger coup à la porte. Paget se retourna. Teresa Peralta était là.

« As-tu envie de parler un peu, demanda-t-elle, ou préfères-tu que je revienne plus tard ? »

Elle paraissait aussi troublée que lui.

« Reste, répondit-il. Je ne fonctionne plus très bien. Peut-être pourras-tu faire quelque chose pour moi. »

La présence de la jeune femme lui ferait du bien. Mais il ne pouvait le lui dire. Depuis quelque temps, ses sentiments à l'égard de Terri ne concernaient plus l'avocate, aussi talentueuse fût-elle, mais la femme.

« C'est à cause de Bass ? » interrogea la jeune femme.

Il hocha la tête.

« Il a déclenché des réactions en chaîne. Voilà une heure entière que je pense à Mary, à Carlo, aux cassettes et à ma monumentale bêtise... Je n'ai pas écrit une ligne ! »

Terri referma la porte et resta appuyée contre elle, debout, son sac noir serré contre sa poitrine.

« Dis-moi ce qui te fait le plus mal », fit-elle.
Paget ne répondit pas tout de suite.
« As-tu déjà aimé quelqu'un au point d'en souffrir ? »
Elle fit oui de la tête.
« Elena.
— Pour moi, c'est Carlo. C'est la première fois que je ressens cela. Avant, je croyais que l'amour d'un enfant ne comportait aucun risque. » Il haussa les épaules. « L'amour n'est jamais inoffensif. Trop de choses peuvent arriver.
— Et tu as peur de ce qui peut arriver à Carlo ?
— Oui, à Carlo et peut-être, plus égoïstement, à lui et à moi... Je ne veux pas que cette affaire se prolonge davantage. Et je ne cesse de me faire du souci au sujet de cette cassette. Peut-il exister quelque chose au monde qui ait pu pousser Mary Carelli à mettre son âme à nu devant un magnétophone ?
— Tu as encore peur qu'ils retrouvent la cassette, hein ?
— Ils la trouveront s'ils ont une bonne raison de poursuivre les recherches. Un procès en assises, par exemple ! »
Terri parut s'affaisser. Puis elle murmura :
« Ils ne la retrouveront jamais, Chris. »
Elle avait parlé d'un ton doux, mais catégorique.
« Pourquoi ? Mary l'a détruite ? demanda Paget.
— Parce que c'est moi qui l'ai. »
Il y avait dans sa voix un accent qui empêcha Paget de prononcer un mot. Lentement, Terri sortit une enveloppe de son sac et vint la remettre à l'avocat.
« Il y a deux cassettes à l'intérieur. L'une de Laura Chase parlant de Lindsay Caldwell, l'autre de Mary. »
Il fixa l'enveloppe sans bouger.
« Depuis quand les as-tu ?
— Moins d'une heure. Je les ai trouvées à la poste.
— C'est Mary qui t'a dit où elles étaient ?
— Non. J'ai réfléchi. Après avoir tué Ransom, elles les a mises dans une enveloppe de l'hôtel qu'elle a glissée dans la boîte aux lettres. C'est pour cela qu'elle est sortie dans le couloir.
— Ainsi, elle a menti aussi là-dessus ! » Paget secoua la tête, passa la main sur ses yeux. « Si elle a eu assez de sang-froid pour ça, Dieu sait ce qu'elle a pu faire d'autre. »
Terri s'assit.
« Je n'aurais pas dû te le dire, murmura-t-elle. Du moins pas aujourd'hui. »
Il haussa les épaules.
« Tu ne voulais pas que je me fasse de souci pour les cassettes. Et tu as fait le bon raisonnement : un avocat digne de ce nom ne

saurait se laisser détourner de la préparation de sa plaidoirie la veille de l'audience.

— Veux-tu que je te la rédige ?

— Non. Tu en as déjà fait bien assez. »

Paget avait l'esprit embué. Ce fut seulement en parlant qu'il pensa aux risques qu'avait pris Terri.

« C'est toi qui es allée retirer les cassettes ? interrogea-t-il.

— Oui. Il y a un entrepôt pour tout le courrier non affranchi.

— Je suppose qu'on t'a fait signer un reçu ?

— Oui.

— Alors, on pourra remonter la piste jusqu'à toi...

— Oui, sans doute. Mieux valait que ce soit moi plutôt que toi. Ou que Mary. »

Paget vint s'asseoir près d'elle.

« Pourquoi as-tu fait cela ?

— Parce que j'aime bien Carlo. Il a déjà eu assez mal. Je ne voulais pas qu'il souffre davantage.

— Mais tu as ta propre vie à protéger, Terri, ta carrière ! Je ne voulais pas que tu sois mêlée à tout ça. En tout cas, pas de cette manière. »

Terri baissa les yeux.

« J'ai parfois du mal à savoir exactement ce que je dois faire, c'est vrai. Mais s'il s'était agi d'Elena et de moi, n'aurais-tu pas agi comme je l'ai fait ? »

Paget observa son profil calme et silencieux, ce visage auquel il avait appris à se fier.

« Alors restes-en là, suggéra-t-il. Tu m'as remis les cassettes : ta responsabilité s'arrête là. Tu ne savais pas ce que j'en ferais et je ne te l'ai jamais dit. Mais tu as pensé que je les mettrais en sûreté. »

Terri eut un faible sourire.

« C'est vrai ?

— Oui. Et c'est ce que tu diras si l'on t'interroge. Pour ta propre tranquillité d'esprit. »

Son sourire s'évanouit.

« D'accord. Si c'est ce que tu veux.

— C'est exactement ce que je veux. »

Ils restèrent un long moment immobiles. Terri regardait par la fenêtre, Paget fixait l'enveloppe.

« Veux-tu que je t'aide à préparer la plaidoirie ? demanda-t-elle enfin.

— Tout à l'heure. Lorsque j'aurai écouté cette cassette. »

Elle se tourna vers lui.

« Tu veux l'écouter ? Maintenant ?

— Je ne peux pas ne pas le faire. Demain, ou après-demain, il faudra que je l'écoute, quels que soient les sentiments de Mary. » Il s'interrompit, pensif. « L'idée ne me plaît pas beaucoup, évidemment. Mais Mary m'a menti sur trop de points, et depuis trop longtemps, pour que je ménage sa sensibilité. Et puis, pourquoi Steinhardt serait-il la seule personne autorisée à connaître ses secrets ? Si cela me concerne, je dois savoir.

— Mais pourquoi aujourd'hui ?

— Parce que tant que je ne l'aurai pas entendue, je ne pourrai penser à rien d'autre. »

Terri se leva et posa la main sur l'épaule de Paget.

« Dans ce cas, je te laisse. Appelle-moi quand tu auras besoin de moi. »

Paget la regarda.

« Et si c'était maintenant ? » demanda-t-il doucement.

Le regard de Terri s'emplit de confusion. Comme pour gagner du temps, elle dit :

« Tu ne voulais pas que je sache ce que tu en avais fait...

— C'est juste. » Il détourna les yeux. « Mais tu peux savoir que je l'ai écoutée. »

La jeune femme continua à le considérer en silence, puis interrogea :

« Pourquoi veux-tu que je reste ?

— Je te l'ai dit, je ne me sens pas très à l'aise quand il s'agit de Mary. Je n'ai pas envie de me retrouver seul avec ça. » Soudain, Paget se sentit gêné. « Je ne me suis jamais reposé sur personne. Demain, je reprendrai cette habitude. Mais pour aujourd'hui, j'ai besoin de ton appui. »

Elle hocha la tête, silencieuse. Puis elle prit l'enveloppe et en sortit une cassette.

« C'est celle-ci », dit-elle.

Paget alla ouvrir un placard et en tira un magnétophone. Il le posa sur le bureau, devant eux, et y inséra la cassette. Il hésita, jeta un coup d'œil à Terri, puis appuya sur le bouton. La voix de Steinhardt s'éleva.

« Chris connaissait-il la nature de vos relations avec Jack Woods ?

— Que voulez-vous dire ? » demanda Mary.

Steinhardt hésita, sans doute dérouté.

« Était-il au courant de votre participation à l'obstruction de l'enquête concernant Lasko ?

— Oui. » La voix de Mary était neutre. « Il savait. »

Il y eut un silence.

« Mais, si je me souviens bien de son témoignage devant le Sénat, il vous a soutenue…

— Non, rectifia Mary. Il a menti pour me couvrir. »

Paget sentit Terri le regarder, puis détourner les yeux. Il était troublant d'écouter ainsi la voix de Mary révélant des choses qu'elle avait toujours tenues secrètes. Mais au moins, songea Paget, le pire était passé.

« Savez-vous pourquoi Chris a menti ? »

Autre silence.

« Je connais l'une des raisons, répondit enfin Mary. La veille de sa comparution, je lui ai dit que j'étais enceinte.

— De Carlo, son fils ? »

Un nouveau silence s'installa, plus long encore.

« De Carlo, oui.

— Quelle a été sa réaction quand vous le lui avez dit ?

— Nous nous sommes rencontrés au milieu de la nuit, au mémorial de Jefferson. Au début, je ne voyais pas son visage. Mais ses paroles étaient claires. » Sa voix prit une tonalité triste. « Il pensait qu'il n'était pas le père. Il m'a suggéré l'avortement.

— Et qu'avez-vous répondu ? »

L'amertume transparut dans sa voix.

« Qu'il ne pensait guère de bien de moi. Et que je gardais l'enfant. »

Paget ferma les yeux. Il sentit Terri lui toucher le bras.

« Ce n'est pas grave, murmura-t-elle. C'était il y a longtemps. Tu ne pouvais pas savoir ce que serait Carlo.

— Ainsi, demandait Steinhardt à Mary, vous ne vouliez pas avorter ?

— C'est ce que j'ai dit à Chris. Mais, s'il ne m'avait pas couverte, je n'aurais pas eu le choix. Carlo aurait eu une mère en prison, et pas de père…

— Avez-vous dit cela à Chris ?

— Non… Je savais que je n'en avais pas besoin.

— Pourquoi ?

— Parce que je le sentais prêt à recevoir cette réalité, à croire que je pouvais être enceinte et porter son enfant. Il a commencé à me regarder différemment, à me demander comment je me sentais. » Paget perçut de l'ironie dans la voix de Mary. « Il a même voulu que je m'assoie. Comme un jeune père inexpérimenté qui ne sait pas trop quoi faire, émerveillé à l'idée de ce qui se passe. »

À mesure que Mary racontait, Paget revivait l'instant. Il revoyait le mémorial plongé dans l'obscurité, cette femme, en qui il n'avait pas confiance, mais qui portait la vie en elle, il comprenait que le cours de son existence allait être modifié. Il ressentait la même émotion que quinze ans auparavant.

« L'aimiez-vous ? » demanda Steinhardt.

Paget sentit le regard de Terri.

« Oui. » La voix de Mary était froide. « Autant que je suis capable d'aimer.

— Vous ne savez pas aimer ?

— Pas à en perdre la raison. Pas au point de perdre de vue ce que je veux. Je ne sais pas me laisser aller. Je n'ai jamais su si c'était un défaut ou une vertu. Mais c'est comme ça.

— Pensiez-vous que Chris vous aimait ?

— Je ne sais pas. En fait, Chris me ressemblait beaucoup : très froid, très maître de lui-même. » La voix de Mary se brisa. « Il m'a vraiment surprise le jour où il m'a demandé de le laisser élever Carlo. »

Terri secoua lentement la tête.

« Mary n'a jamais vraiment compris qui tu étais, murmura-t-elle. Et elle ne le sait toujours pas.

— Peut-être vous aimait-il, poursuivit Steinhardt. Peut-être est-ce la raison qui l'a incité à vous aider.

— Oh, c'était en partie par affection pour moi, je crois, et pour le bébé que je portais. Et en partie parce que je pouvais l'aider à envoyer Jack Woods en prison.

— Vous le lui aviez proposé ?

— Je n'en ai pas eu besoin. Il savait que, s'il me couvrait, je l'aiderais à détruire Jack Woods... Et moi, je savais à quel point il y tenait. Parce que je savais à quel point il haïssait Jack. »

Paget se tourna vers Terri. « Elle me comprenait très bien, lui dit-il doucement. Bien mieux que tu ne le crois.

— Toutefois, remarquait Steinhardt, vous avez témoigné la première. Vous ne saviez pas ce que Chris allait dire.

— C'était mieux ainsi. En me regardant témoigner, Chris a vu ce que je pouvais faire à Jack. Et il savait aussi que, s'il me dénonçait, je serais contrainte de me protéger au lieu de répéter ma version au procès de Jack. » Elle s'interrompit. « Il lui suffisait de mentir sur mon rôle dans l'affaire pour sauver une femme enceinte et anéantir Jack Woods. Je ne sais toujours pas laquelle de ces deux choses il désirait le plus ardemment. »

Paget ne voyait plus rien de ce qui l'entourait. Il imaginait Mary dans la pièce stérile que Terri lui avait décrite, dévoilant leurs secrets devant un magnétophone.

« Elle n'a pas menti, dit-il à Terri. Cette cassette ne lui fait pas plus de tort que la première. C'est moi qu'elle aurait pu anéantir.

— Et Carlo, renchérit Terri. Imagine-le en train d'écouter cela...

— Jack Woods, reprenait Steinhardt : que lui est-il arrivé ?

— Tout ce qu'il aurait pu m'arriver à moi. Il a plaidé coupable pour ne pas avoir à affronter un procès. Il a passé trois ans en prison. Sa carrière était ruinée. » Mary s'interrompit. « Bien pire, en sortant de prison, il n'était plus le même homme. Il était devenu une loque humaine.

— L'avez-vous revu ?

— Bien sûr que non. » Sa voix était ironique. « J'avais bien autre chose à faire. En une journée, Chris Paget et moi avions détruit Jack et lancé ma carrière dans le journalisme.

— Ressentez-vous une certaine culpabilité pour cela ?

— Pas pour cela. Jack m'avait contrainte à l'aider parce que j'en savais déjà trop long. Il m'a entraînée bien plus loin que je le voulais. Je ne lui dois rien. » Mary hésita, sa voix s'adoucit. « Non, docteur. Je suis ici pour une autre raison. Un point que nous n'avons pas encore abordé. »

Quelque chose dans son intonation mit Paget sur le qui-vive. « Cela concerne-t-il Carlo ? demanda Steinhardt.

— En partie. » Elle était hésitante. « Mais aussi Chris. Et moi.

— Ce rêve... Vous êtes dans une église à Paris et vous demandez pardon pour vos péchés. L'un de ces péchés est-il d'avoir laissé Chris prendre Carlo ? »

Il y eut un long silence.

« Oui, murmura Mary.

— Chris a-t-il été un bon père ?

— Je crois, oui. » Mary semblait à l'agonie. « J'ai essayé de couper les ponts. Pendant des années, j'ai essayé de le tenir à l'écart de Carlo.

— Là, je ne comprends pas. Vous pensez que Chris est bon pour Carlo. Et dans le rêve, vous demandez pardon *avant* de confier l'enfant à Chris. Pas après. »

Un interminable silence s'écoula.

« Vous êtes un homme perspicace, docteur. Mais il y a quelque chose que je ne vous ai pas dit. Ni à vous, ni à personne.

— Et de quoi s'agit-il ? »

Paget retint son souffle jusqu'à la réponse de Mary :

« Chris n'est pas le père de Carlo. »

Le long moment qui suivit fut plongé dans un épais brouillard. Terri, toute pâle, accablée. Paget, qui avait l'impression de tomber dans le vide. Mais, déjà, la voix froide de Steinhardt posait la question suivante :

« Dans ce cas, qui est le père ? »

Un nouveau malaise s'installa, comme si Mary ne pouvait se résoudre à répondre. Ébranlé par le choc, Paget sentit à peine la main de Terri sur son bras.

« Jack Woods, murmura Mary d'une voix tremblante. L'ennemi de Chris. L'homme que nous avons envoyé en prison.

— Oh, Chris ! » s'exclama Terri.

Paget releva la tête et vit des larmes dans ses yeux. Il eut envie de lui dire que ce n'était pas grave. Mais aucun mot ne se forma dans son esprit, aucun son ne franchit ses lèvres.

« Pourquoi ne l'avez-vous pas dit à Chris ?

— Au début, répondit la voix à peine perceptible de Mary, je voulais qu'il me protège. Alors, je l'ai laissé croire que l'enfant était de lui.

— Et ensuite, lorsque vous lui avez confié Carlo ?

— Chris est venu jusqu'à Paris. Il avait vu Carlo chez mes parents et était plein d'inquiétude à son sujet. En ce qui me concernait, je m'efforçais toujours de chasser ces pensées de mon esprit, de penser que cette situation était provisoire. Chris, lui, ne pouvait pas… Nous nous sommes retrouvés dans un café, face à l'église de Saint-Germain-des-Prés. Là, il m'a demandé de le laisser prendre Carlo. Quand j'ai refusé, il m'a menacée de chantage. Pour ce fils qui n'a jamais été le sien. »

Paget se couvrit le visage de ses deux mains. Il avait envie de remonter le temps et d'effacer la cassette de son esprit. Mais, lorsqu'il sentit Terri faire un geste pour arrêter le magnétophone, il lui saisit le bras.

« Il est trop tard, dit-il. Depuis quinze ans, il est trop tard. »

Les larmes coulaient à présent sur le visage de la jeune femme.

« C'est moi qui ai fait cela, murmura-t-elle. C'est moi ! »

Paget secoua la tête.

« Non, fit-il. C'est moi. À une époque où tu n'avais même pas l'âge de Carlo aujourd'hui. »

Tandis que Terri étouffait ses sanglots, la cassette défilait à présent en silence, inexorablement.

« Aviez-vous songé à dire la vérité à Chris ? demanda enfin Steinhardt. À Paris ?

— Je n'en ai pas eu le courage. » Sa voix se brisa. « J'ai choisi la lâcheté. J'ai tenté de le dissuader de toutes les façons possibles. Mais rien n'y a fait. » L'intonation ironique réapparut, mêlée cette fois de tristesse : « Il me disait qu'il était le père de Carlo. Il était prêt à sacrifier son mariage pour le sauver, et à mettre sa carrière en jeu… Et la mienne.

— Qu'avez-vous ressenti ?

— J'ai compris que Chris irait jusqu'au bout. Et je me suis dit qu'en acceptant je donnerais à Carlo le père qu'il lui fallait.

— Le père qu'il fallait, murmura Paget, au fils de Jack Woods. »

Tandis que Terri saisissait sa main, Steinhardt reprit la parole.

« Est-ce pour cela que vous avez accepté ?

— J'ai accepté, répondit-elle après un silence, parce que Chris m'a fait réfléchir. J'ai vu quel genre d'homme il était et j'ai su ce que je voulais voir Carlo devenir. » Sa voix était triste, mais affermie. « En fait, j'ai compris qu'en fin de compte Chris n'était pas tout à fait comme moi.

— Alors quel est votre péché ?

— D'être parvenue à laisser partir mon fils, dit-elle doucement. Et d'avoir menti deux fois à Chris. D'abord pour me sauver, puis pour sauver Carlo.

— Ainsi, vous aviez l'impression de sauver Carlo ?

— Je me rappelais ma propre enfance. Ce que m'a dit Chris au sujet des séquelles que pouvait laisser cette éducation sur Carlo m'a fait très peur... Mais pas assez pour me décider à renoncer à ma propre carrière. Juste assez pour abandonner Carlo et utiliser une fois de plus Christopher Paget. La seule chose que je peux me dire pour me consoler, c'est qu'en agissant ainsi je pensais davantage à Carlo qu'à Chris ou à moi-même.

— Avez-vous pensé à le dire à Chris maintenant ? »

Il y eut un silence.

« J'y pense sans arrêt, répondit-elle à mi-voix. Mais je me dis que cela leur ferait trop de mal, à tous les deux. » Elle s'interrompit. « Ils s'aiment beaucoup maintenant...

— Dans ce cas, pourquoi êtes-vous si troublée ?

— Je suis troublée d'avoir pu mentir à ce sujet. D'avoir pu faire ce que j'ai fait. Je suis troublée... parce que je ne suis pas assez troublée... Parce qu'il manque quelque chose en moi, quelque chose que je n'aurai jamais. »

Malgré sa colère et son angoisse, Paget reçut de plein fouet toute la tristesse et toutes les craintes que renfermaient ces paroles.

« Quelles sensations cela provoque-t-il chez vous ? demanda Steinhardt.

— Une sensation de liberté. De liberté, et d'immense solitude. J'ai l'impression que personne ne peut parvenir à me toucher. » Il y eut un nouveau silence. Mary paraissait sur le point de pleurer. « Ce que Chris a fait pour Carlo, je ne l'aurais jamais fait moi-même. Je suis trop hermétique aux sentiments. La seule chose que je sens, c'est qu'il me faut rester à l'écart de leur vie. Pour ne pas affronter ce que j'ai fait. »

Peut-être Mary pleurait-elle, songea Paget, mais dans ce cas son chagrin était trop discret pour être audible sur la cassette. Soudain, il entendit Steinhardt demander :

« Où allez-vous ?

— Je m'en vais. » Elle semblait épuisée, mais avait repris le contrôle d'elle-même. « Je suis venue ici en me demandant si je pourrais avouer la vérité à Chris. Mais c'est impossible.

— Ce n'est pas seulement pour cela que vous êtes venue ici.

— Personne ne peut aider une femme comme moi. Personne ne le pourra jamais. »

Doucement, Terri tendit la main en direction du magnétophone et appuya sur le bouton d'arrêt. Paget se retrouva seul.

Il ne se rendit pas compte qu'il pleurait. Terri le prit dans ses bras et le serra contre sa poitrine.

« Je suis désolée », souffla-t-elle.

Il releva la tête vers elle ; elle passa les doigts dans ses cheveux.

« Est-ce que je peux faire quelque chose ? demanda-t-elle.

— J'ai besoin d'être seul pour réfléchir, répondit-il. Il faut que je fasse le point. »

Elle hocha la tête.

« Que comptes-tu faire ?

— Je n'en sais rien, soupira-t-il. Je ne sais plus rien du tout. »

Terri s'écarta de lui. Un instant, elle resta debout, la main sur son épaule. Puis elle se dirigea vers la porte. Là, elle se retourna.

« Elle a raison, Chris. Tu n'es pas comme elle. C'est pour cela que tout est arrivé. »

Il ne trouva rien à répondre.

« Je suis dans mon bureau », lui dit-elle avant de sortir.

Et elle referma doucement la porte derrière elle.

Chapitre trois

Sans maquillage, Mary avait les yeux cernés, les traits tirés. À son visage défait, on voyait qu'elle était trop tendue pour trouver le sommeil. Elle tressaillit en découvrant Paget devant la porte. Visiblement, le procès avait éprouvé ses nerfs.

« Que viens-tu faire ici ? » demanda-t-elle.

Paget se contenta de la dévisager.

« On dirait que tu encaisses moins bien les surprises », remarqua-t-il.

Mary jeta un coup d'œil derrière lui, comme si elle cherchait à fuir. Elle ne fit aucun geste pour l'inviter à entrer.

« Ne devrais-tu pas être en train de préparer ta plaidoirie ?

— Il se trouve que je rencontre certaines difficultés à le faire.

— Tu viens me demander de l'aide ? fit-elle, surprise.

— On peut formuler les choses comme cela. »

Elle resta silencieuse, attendant une explication. Il ne dit rien.

Enfin, elle fit un pas sur le côté. C'était un mouvement réticent, presque mécontent. Lorsque Paget pénétra au centre de sa suite et se tourna vers elle, elle avait encore la main sur la poignée.

« Il vaudrait peut-être mieux fermer la porte. »

Lentement, elle s'exécuta. Puis elle resta debout, les yeux rivés sur la poignée, comme si elle redoutait l'affrontement. Elle affichait une fragilité que Paget ne lui connaissait pas.

Et puis, soudain, elle se redressa et lui fit face.

« Je trouve ton comportement étrange, dit-elle.

— Ah oui ?

— Je ne l'apprécie pas du tout.

— Qu'est-ce qui te déplaît exactement ?

— Ta venue ici, sans prévenir. Que veux-tu ? »

Paget chercha des yeux un fauteuil où s'asseoir. Les rideaux étaient tirés. Dans cette pièce aseptisée, il n'y avait rien de Mary.

On eût dit que ses objets personnels constituaient des indices trop révélateurs qu'il fallait soustraire aux regards indiscrets.

« La vérité, répondit-il. Et je préfère l'entendre assis. Mais si tu veux, tu peux rester debout. »

Il se dirigea vers un canapé et s'y installa, levant les yeux vers elle avec un intérêt poli.

« Tu peux commencer quand tu veux, fit-il. Nous avons jusqu'à 10 heures demain matin. »

Elle ouvrit la bouche pour parler, puis la referma.

« Mais enfin, que t'arrive-t-il ? C'est à cause de Bass ? »

Paget la fixait tranquillement.

« Je ne suis pas ici pour t'exposer les origines de ma curiosité. Je veux connaître la vérité, un point, c'est tout.

— Dans ce cas, tu peux partir, car tu la connais déjà. » Elle croisa les bras. « Ton contre-interrogatoire de Bass était juste. Quoi qu'ait pu ou n'ait pas pu faire Ransom, j'étais effrayée.

— Non. Tu étais rationnelle. Dès l'instant où j'ai compris cela, j'ai su pourquoi tu n'avais pas composé le 911 tout de suite.

— Tiens donc ? Et pourquoi ?

— Pour couvrir le meurtre que tu avais planifié. » Paget se demandait si c'était lui qui parlait tant sa voix lui paraissait détachée, calme et polie. « Il y a une réponse que tu peux me donner pour m'aider : que faisais-tu dans le couloir ?

— Mais enfin, j'étais choquée ! » Très raide, Mary serrait les poings en parlant. « Quel plaisir tires-tu à me tourmenter ? Le procès ne t'a pas suffi ?

— Non. Vraiment pas.

— S'il te plaît, Chris, va-t'en. » Sa voix avait une vulnérabilité inhabituelle. « Laisse-moi tranquille. Je ne veux pas de toi ici. C'est au tribunal que j'ai besoin de toi.

— Le problème, c'est que je ne peux pas partir. » Paget parlait sur un ton de patience exagérée, comme s'il s'adressait à un enfant. « Tu n'as pas répondu à ma question !

— Il n'y a pas de réponse à cette question.

— Oh, je suis sûr qu'il y en a une, au contraire.

— Pourquoi ? Parce que tu as discuté avec la petite Mme Peralta ?

— Qu'est-ce que Terri a à voir avec cela ?

— Vas-tu cesser, à la fin ? » Pour la première fois depuis des années, une pointe d'accent italien venait de réapparaître dans ces mots, comme si sa vraie personnalité resurgissait soudain. « Je ne me souviens pas de ce que je faisais dans ce couloir.

— Cela va peut-être te revenir. » D'un geste détaché, Paget sortit la cassette de sa poche et la plaça sur la table basse sans quitter Mary des yeux. « Je te laisse un peu de temps pour réfléchir. »

Malgré elle, Mary avait porté les deux mains à sa bouche. Son visage était livide.

« Bien entendu, tu as peut-être également oublié ce qu'il y a là-dessus. » Paget adoucit le ton. « Cinq ans, c'est long dans la vie de parents. Et cela représente un tiers de la vie de ton fils. »

Mary se tourna vers la fenêtre. Dans le silence, elle resta raide, immobile. Puis, soudain, ses épaules se mirent à trembler. Paget se leva.

« Regarde-moi ! Tu as eu le courage de tuer un homme. Moi, tu n'as fait que changer le cours de mon existence. Tu ne devrais pas trouver trop difficile de me regarder en face ! »

Sans rien dire, Mary secoua la tête. Elle ne se retourna pas. Le tremblement gagna tout son corps.

« J'ai menti pour toi, poursuivit Paget. J'ai quitté Washington à cause de toi, j'ai abandonné une carrière dont je rêvais. J'ai renoncé à mon mariage et j'ai élevé Carlo comme un fils à cause de toi. Et maintenant, à cause de toi, je viens de découvrir quelle bonne farce tu m'as faite ! »

La tête de Mary tomba en avant. Son corps était secoué de spasmes, mais elle ne produisait toujours aucun son.

« Regarde-moi ! exigea Paget. Tu peux exploiter les gens, ou les tuer, ou encore empoisonner leur vie. Car personne n'a de réalité pour toi. Moi-même, je n'existe pas ! Tu ne vois les gens que s'ils se trouvent sur le chemin de ta gloire. Ils n'ont le droit d'exister que s'ils peuvent servir de pions. Alors, le moins que tu puisses faire, c'est me regarder ! »

Mary parut se raidir. Puis, lentement, elle se tourna vers lui. Des larmes roulaient sur ses joues.

Paget dut lutter pour rester maître de lui-même. L'effort réclama toute son énergie. Il ne ressentait aucune pitié :

« Désolé de paraître insensible ! dit-il. Mais je viens de découvrir que tu t'es arrangée pour me faire élever le fils de Jack Woods. Et tu sais à quel point j'ai horreur des surprises... »

Mary chercha à parler, mais sans succès. Elle avait ramené les mains contre sa poitrine.

« Tu es vraiment une femme remarquable, continua Paget. Tu m'as aidé à envoyer le père de Carlo en prison afin de préserver ta carrière et tu as utilisé son fils pour me convaincre de t'aider. Il est difficile de trouver un terme pour qualifier une telle attitude.

— Ne sais-tu pas, explosa enfin Mary, pourquoi je suis allée voir Ransom ?

— Si, bien sûr. Pour le tuer.

— Non. » À travers les larmes, la voix de Mary tremblait de colère et de douleur. « Pour faire tout ce qu'il me demandait. Afin que toi et Carlo, vous n'entendiez jamais cette cassette. »

Paget resta un instant interdit.

« Comme c'est touchant ! fit-il. Tous ces sacrifices que tu as faits pour moi ! Ma culpabilité va être lourde à porter. Je me demande si je vais pouvoir continuer à vivre avec ! »

Mary parut blêmir encore. Elle se détourna à demi de lui, le visage toujours inondé de larmes, les bras croisés comme pour soutenir son propre corps. Ses épaules tremblaient. Elle semblait désespérément seule.

Paget ne bougea pas, ne parla pas. Il se contenta de l'observer. Son visage n'exprimait que le dégoût.

Brusquement, Mary s'assit sur le tapis. Son visage bascula dans ses paumes. Il y eut un sanglot convulsif, puis s'ensuivirent une série de sons qui évoquaient une mélopée funèbre. Ce qui s'était passé avec Ransom, puis les mensonges et le tourment qui avaient suivi l'avaient poussée à bout. À présent, la deuxième cassette venait l'anéantir. Jamais, Paget n'aurait imaginé que la Mary Carelli qu'il avait devant lui pût exister.

Il attendit que la longue plainte s'interrompît, puis vint se placer devant elle, la cassette à la main.

« Maintenant, raconte-moi », intima-t-il. Le calme de sa voix trahissait une colère réprimée au prix d'un immense effort. « Raconte-moi tout. Mais pas avant de m'avoir regardé en face. »

Longtemps encore, Mary conserva son visage au creux de ses mains. Puis elle leva les yeux vers Paget pour rencontrer son regard.

« Ce n'est pas moi, murmura-t-elle, qui ai fait ces choses avec Ransom.

— Les choses que Ransom te demandait ? Ou son meurtre ?

— Ces choses que j'ai faites pour lui, articula-t-elle péniblement. C'est seulement quand je l'ai tué que c'était moi.

— Raconte-moi », répéta-t-il.

Lentement, Mary hocha la tête. Elle semblait un peu calmée.

« D'accord, fit-elle. Mais je ne peux pas parler de ça si tu restes là, au-dessus de moi. »

Paget réprima une réponse brutale. Il voulut l'attraper pour qu'elle se relevât, mais s'aperçut qu'il n'avait pas envie de la toucher. Alors il s'assit sur le sol, jambes croisées, à deux mètres de Mary.

« Commence au premier coup de téléphone de Ransom. »

Mary baissa les yeux.

« C'est simple, dit-elle. Ransom m'a décrit le contenu des cassettes et m'a promis de me les rendre. Une par rencontre.

— A-t-il été plus précis ?

— Il m'a dit que j'avais le choix : il me mettait à nue soit en public, soit en privé. Il disait qu'il voulait être honnête avec moi : je devais comprendre que, si les choses se passaient "en privé", je devrais faire tout ce qu'il me demandait. Et que je ne devais donc pas penser que ma mise à nu en privé serait moins humiliante qu'en public.

— Et tu as accepté ?

— Non. J'ai pris son numéro et je lui ai dit que je le rappellerais. J'ai raccroché. Je tremblais. » Elle hésita. « Je suis allée dans la salle de bains et j'ai vomi. Comme je l'ai dit au tribunal. »

Mary s'interrompit pour reprendre son souffle. Lorsqu'elle se remit à parler, sa voix était plus ténue encore.

« Je n'arrivais pas à comprendre : comment pouvait-il avoir ces cassettes ? Et pourquoi me faire cela à moi ? Je n'ai pas fermé l'œil de la nuit. J'ai repensé à tout : l'affaire Lasko, Steinhardt, ma carrière, Carlo. Même à toi. Puis j'ai imaginé ce qu'il pourrait me demander. » Elle ferma les yeux. « Au matin, je l'ai rappelé.

— Et qu'as-tu dit ?

— Que j'étais prête à le rencontrer... Si j'avais le droit de choisir l'ordre des cassettes. »

Pour la première fois, Paget hésita :

« Tu lui as demandé d'abord la seconde ?

— Oui. »

Il resta songeur.

« Pourquoi as-tu acheté le revolver ? demanda-t-il.

Elle rouvrit les yeux.

« Parce que j'avais peur. Je ne savais pas ce qu'il ferait lorsque nous serions seuls.

— La veille, tu es venue nous voir. Après huit ans d'absence.

— Je suis venue voir Carlo. Avec Ransom, c'est moi qui avais fixé le lieu de la rencontre à San Francisco. Je me demandais encore ce que je devais faire. Je me suis dit que voir Carlo m'aiderait peut-être.

— En quoi ?

— Que cela m'aiderait à endurer tout cela. » Elle baissa les yeux. « Quand j'ai vu Carlo, j'ai su qu'il était heureux. Cela m'a confortée dans ma décision. Parce que je me suis dit que mon mensonge avait eu du bon. » Elle s'interrompit. « Jusqu'à aujourd'hui », conclut-elle dans un murmure.

Paget détourna les yeux, luttant pour conserver son calme. Il sentait ses proprcs doigts serrés autour de la cassette. Il fallait avant tout laisser de côté les émotions. Et connaître enfin la vérité.

« Que s'est-il passé, demanda-t-il, quand tu es entrée dans la suite ?

— Ransom m'a ouvert la porte. » Mary fixait le sol. « Il n'a rien dit. Il m'a seulement regardée avec un étrange sourire. On aurait dit qu'il jubilait intérieurement, et pourtant il y avait aussi de la tension en lui. J'avais l'impression de pénétrer dans un cauchemar. Il ne parlait toujours pas. Je suis entrée et j'ai posé mon sac sur la table basse, de façon à avoir le revolver à portée de la main. » Hésitante, elle risqua un regard en direction de Paget. « Et puis, j'ai demandé à écouter la cassette. La mienne.

— Et il l'a mise ? »

Lentement, elle hocha la tête.

« En réentendant ma voix et les questions de Steinhardt, j'ai retrouvé toutes mes émotions d'alors. Lorsque je n'ai plus pu le regarder, Ransom a mis sa main sur ma poitrine. Exactement comme il a fait à Marcy Linton. » Elle baissa les yeux. « Quand il a vu que je ne l'enlevais pas, il a compris que j'acceptais son marché. Il n'avait pas eu besoin de parler. »

Paget sentit un creux dans son estomac. Depuis le témoignage de Bass, il n'avait rien mangé. Il s'aperçut qu'il était incapable de parler.

« La première chose qu'il a dite, poursuivit Mary, c'est que nous allions partager une bouteille de Roederer Cristal. Parce que c'était cette marque de champagne que Laura Chase buvait lorsqu'elle se trouvait avec ses amants. Après s'être déshabillée pour eux. » Elle passa la main sur ses yeux. « Lorsque le garçon d'étage est ressorti, je savais que je devrais me déshabiller. C'est pourquoi je lui ai demandé d'accrocher le panneau ''Ne pas déranger'' sur la porte. »

Paget restait silencieux désormais. Mary avait cessé de pleurer. Sa honte semblait au-delà des larmes.

« Ransom a placé le magnétophone entre nous, murmura-t-elle, et il m'a regardée me déshabiller. Quand je me suis retrouvée nue, il m'a fait asseoir sur le canapé, face à lui. Il m'a placée dans une certaine position. » La colère soudaine qui s'empara de sa voix résonna comme l'écho de sa haine. « Il disait qu'il voulait voir chaque partie de mon corps sans avoir à me parler. Parce que la cassette que j'allais écouter réclamerait toute mon attention.

— Laura Chase ? » murmura Paget.

Mary acquiesça, le regard lointain.

« Il fallait que j'écoute bien, disait-il, pendant qu'il m'observait. Afin que je puisse faire pour lui ce que Laura Chase avait fait pour James Colt. » Elle s'interrompit. « Puis il m'a fait porter un toast à Laura Chase. »

Mary se remit à trembler. Dénuée de son orgueil et de son esprit calculateur, elle semblait frêle et exténuée. Mais elle était résolue à aller au bout de son récit. Paget avait voulu la vérité, elle ne lui en épargnerait aucun détail.

« J'ai écouté la cassette de Laura Chase. Je l'ai entendue raconter d'une voix misérable ce qu'elle avait fait pour ces hommes. Ce qu'ils l'avaient obligée à faire. A chaque acte qu'elle décrivait, Ransom souriait et promenait son regard sur mon corps. »

Mary s'arrêta à nouveau. Sa voix devenait rauque.

« Lorsque la cassette s'est arrêtée, le champagne était presque bienvenu. Ransom ne disait toujours rien. Je restais là, sans bouger, à le regarder examiner mon corps. Il prenait tout son temps. Il y avait une cruauté presque désinvolte dans ses manières, comme s'il voulait s'assurer que le fait de m'humilier ainsi comportait un intérêt pour lui. » Elle releva la tête. « Ensuite, il a souri et a rembobiné la cassette. »

Après avoir prononcé ces derniers mots très vite, elle posa les yeux sur Paget.

« Il n'a rien eu besoin de dire. Lorsque la cassette est revenue au début, j'étais debout devant lui, prête à faire ce que Laura avait fait. Je lui ai demandé de baisser les stores. « Faites-le vous-même, m'a-t-il répondu. Comme cela, je vous verrai vous déplacer. » Je suis allée à la fenêtre. En bas, il y avait la ville, les gens qui menaient leur vie habituelle. Je les ai regardés un peu, en pensant qu'ils avaient de la chance. Je n'avais pas envie de me retourner vers Ransom. C'est à ce moment-là que John Hassler m'a vue. »

Horreur et ironie formaient un mélange étrange dans la bouche de Mary. Certes, elle avait menti lors de la comparution du témoin, mais l'idée que ce dernier s'était faite de la scène n'avait rien à voir avec la réalité.

À mi-voix, elle reprit son récit :

« Et puis, j'ai entendu à nouveau la voix de Laura et j'ai tiré le store. Quand je me suis retournée, Ransom avait stoppé la cassette. Il m'a dit que, comme j'étais déjà nue, je devais commencer à danser dès qu'il rallumerait l'appareil. Il m'a demandé de bien écouter ce que disait Laura Chase. Puis il a souri à nouveau et a ajouté : "Je veux que Laura soit votre professeur." »

Mary avait la gorge serrée. Elle parlait avec peine.

« Il voulait paraître détaché, sûr de lui. Mais je percevais quelque chose de désespéré en lui. J'avais l'impression que si je ne faisais pas exactement ce qu'il attendait de moi, je déclencherais une sorte de malédiction. Avant, j'étais abasourdie, furieuse, honteuse. Mais, à partir de cet instant, j'ai été terrorisée.

« Quand j'ai commencé à bouger devant lui, il a sorti son sexe. Je me suis sentie transformée en prostituée. Je dansais pour qu'il durcisse, comme Laura me disait de le faire. » Paget vit le rouge monter au visage de Mary. « J'ai fait tout ce que Laura avait fait, en m'efforçant d'être comme Ransom l'imaginait. À la fin, je n'étais plus moi-même : j'étais devenue Laura. Comme si j'avais perdu mon âme. »

Paget secoua la tête.

« Pourquoi as-tu fait tout cela ? »

Mary lui lança un regard fier, première réminiscence de sa personnalité antérieure.

« La cassette pour laquelle il voulait que je danse pouvait anéantir Carlo, dit-elle simplement. Et la cassette que je n'avais pas demandée pouvait me détruire, moi. Je voulais obtenir les deux.

— Mais de là à continuer...

— J'étais seule avec lui. » Mary fixait Paget sans défaillir. « En voyant Mark Ransom me regarder danser, debout avec son sexe dans sa main, je savais qu'il était fou. J'ai eu peur de ce qui m'arriverait si je ne parvenais pas à lui provoquer une érection. Alors, j'ai continué à écouter Laura. Quand elle se touchait, je me touchais. Quand le moment est venu de me laisser glisser contre le mur et de me masturber pour Mark Ransom, je l'ai fait aussi. » Sa voix devint brutale. « Ce n'était pas la première fois qu'une femme faisait semblant de jouir. Les femmes de mon âge ont appris à jouer la comédie pour les hommes. C'est une sorte de savoir tribal que j'ai retrouvé au moment où j'en ai eu besoin. Mais j'étais tout de même contente que Laura ait gardé les yeux fermés... Quand j'ai senti son sexe pénétrer dans ma bouche, j'ai su que j'avais réussi. » Elle s'interrompit. « Je lui ai fait une fellation. Tout comme Laura sur la cassette. »

Soudain, Mary se tut. Elle ramena ses genoux contre elle. Paget la vit s'imposer une respiration régulière. Elle cherchait à maîtriser le tremblement de son corps. Lorsqu'elle releva la tête, son visage était nu : le trop long refoulement de ses sentiments l'avait épuisée. Dans ses yeux, de nouvelles larmes brillaient.

« C'est à ce moment-là que c'est arrivé », reprit-elle d'une voix calme, plus triste et plus douce, plus humaine peut-être.

Cette faiblesse qu'elle affichait à présent ne relevait pas d'un choix : elle ne pouvait la dissimuler. Paget en ressentit une certaine appréhension.

« Qu'est-ce qui est arrivé ? » interrogea-t-il.

Il vit ses yeux s'agrandir, comme si elle venait soudain de comprendre quelque chose.

« Pendant la fellation, son sexe a commencé à ramollir. Alors, Ransom s'est mis à m'insulter d'une voix étranglée, en me demandant de mettre plus de conviction. Mais rien n'y faisait. » Mary se tut et inspira à nouveau, profondément. « Je l'ai regardé. L'arrière de mon crâne était appuyé contre le mur, son pénis était encore dans ma bouche. Ransom le surveillait. Il avait l'air à la fois furieux et effrayé. » Elle s'interrompit à nouveau et reprit d'une voix faible : « Quand son regard a rencontré le mien, son sexe a glissé hors de ma bouche. Il l'a regardé à nouveau. J'avais peur de détourner les yeux. Je suis restée immobile, coincée entre lui et le mur, à observer avec lui. Seconde après seconde, son sexe rétrécissait et j'avais de plus en plus peur. J'étais encore en train de le regarder quand il m'a giflée. J'ai été presque assommée. J'ai levé les yeux vers lui. Il m'a frappée à nouveau, puis s'est regardé, m'a encore frappée et s'est encore regardé. Comme si le fait de me battre pouvait lui faire atteindre l'érection. La pièce tournoyait autour de moi. J'ai commencé à ramper jusqu'à la table basse. En bruit de fond, Laura continuait à décrire ce qu'on lui faisait subir. Cela m'a stimulée pour avancer plus vite. Quand j'ai regardé derrière moi, il s'observait encore. » Mary parut ébranlée. « Il y avait des larmes qui coulaient sur son visage. Cela m'a sidérée. Je n'ai plus pu bouger. Je suis restée agenouillée là, nue, à le regarder pleurer. C'est alors qu'il m'a aperçue. »

Mary avait le regard fixe. Elle semblait voir non pas Paget, mais Ransom.

« J'ai vu la rage et l'humiliation briller dans ses yeux. Il m'a regardée comme un animal. Son visage était rouge. Il avait le pantalon baissé jusqu'aux chevilles. On eût dit que la haine le submergeait et l'empêchait de parler.

« Il s'est dirigé vers moi. Comme son pantalon était toujours baissé, cela rendait sa démarche maladroite, presque bestiale. Il me semblait que son échec avait balayé tout ce qu'il y avait d'humain en lui. Puis il a levé à nouveau la main... Ce geste avait quelque chose de primal : une absence de retenue, de limites. Au début, il cherchait à me punir en espérant que cela l'aiderait. À présent, il voulait me détruire. Tandis que nous nous regardions, nous savions cela tous les deux.

« Alors, j'ai saisi mon sac. »

Elle se tut à nouveau. Dans son silence, Paget ressentit l'intensité de cet instant crucial, où la pathologie de Mark Ransom avait réveillé l'instinct de survie de Mary.

« J'avais les doigts engourdis. J'ai eu du mal à sortir le revolver du sac. Lorsque je me suis retournée vers Ransom avec l'arme, tremblant toujours, il était peut-être à deux mètres de moi. J'ai vu ses yeux s'agrandir. »

Elle s'arrêta pour rassembler tous ses souvenirs.

« Pendant un instant, il s'est immobilisé. Puis il s'est précipité vers moi. Il avait l'air enragé. » Mary racontait avec une intensité croissante. « J'étais toujours à genoux. J'ai crié : "Arrêtez !" Il ne m'a pas écoutée. Il n'était plus qu'à un mètre et demi. Je n'arrivais toujours pas à tirer. » Elle ferma les yeux. « C'est alors qu'il m'a traitée de "sale pute". À ce moment-là, je l'ai haï assez pour tirer. Peut-être aurais-je pu l'arrêter. Son pantalon ralentissait sa progression. Peut-être aurais-je pu viser les jambes. Cela n'avait plus d'importance. » Mary s'interrompit, secouant la tête. « Je l'avais laissé abuser de moi comme cela... Mais là, avec cette insulte, il venait de me rabaisser au même niveau que lui. »

Elle s'arrêta encore, et prononça les paroles suivantes lentement et distinctement :

« Dès lors, une seule chose comptait pour moi : je devais tuer cet homme. Aussitôt, mes mains ont cessé de trembler. Il se trouvait à un mètre de moi lorsque je lui ai tiré une balle dans le cœur. »

Le calme nouveau qui s'était emparé de cette voix fit frissonner Paget. Mary rouvrit les yeux, fixa un point au loin.

« Il n'est pas tombé tout de suite. Il s'est affaissé. Son visage était triste, presque perplexe. Puis il s'est retrouvé assis par terre. Les larmes ont recommencé à couler de ses yeux. La dernière chose qu'il a faite a été de murmurer le nom de Laura.

« J'ai vu le sang quitter son visage. Je savais qu'il était mort avant même qu'il ne tombe. Soudain, je me suis retrouvée seule. J'ai essayé de reprendre mes esprits. Un instant plus tôt, Ransom était prêt à me tuer. À présent, il n'était plus qu'un corps inerte, avec son pantalon baissé jusqu'aux chevilles. » Sa voix se fit incrédule. « J'étais assise devant lui, nue, dans une suite d'hôtel étrange avec, sur la table, une cassette pleine de secrets. »

Paget chercha à imaginer la scène, mais trop de sentiments l'assaillaient pour qu'il pût comprendre ce que Mary avait vécu. Comme par réflexe, il jeta un coup d'œil à la cassette dans sa main. Elle suivit son regard.

« J'avais tué un homme, reprit-elle d'une voix lente. Pour un procureur, cette cassette expliquait mon geste. Mais sans elle, on ne comprendrait pas ces parties génitales dénudées, exposées pour que je puisse le satisfaire. Ni la cassette de Laura Chase. À travers ma confusion, j'ai compris tout cela. J'avais l'impression d'être sous anesthésie, mais toujours consciente. À aucun moment, je n'ai élaboré de plan. Les idées me sont venues de manière décousue. La seule menace qui pesait sur moi résidait dans cette cassette, que j'étais venue pour cacher. À présent, c'étaient les raisons de ma venue qu'il fallait dissimuler. »

Sa voix était faible, vide d'émotion. On eût dit qu'elle avait été droguée et qu'elle tentait de reconstruire des actes qui lui revenaient à travers un brouillard, mais qu'elle ne comprenait pas bien.

« Cette tâche m'a paru insurmontable, poursuivit-elle. Pendant un moment, j'ai eu envie d'abandonner, de dire la vérité. Et puis, j'ai pensé à Carlo. » Elle s'arrêta. « ... Et bien sûr à moi-même. »

Il n'y aurait plus de larmes, songea Paget. Mary était trop usée pour manifester de l'émotion ou pour dissimuler. Il ne lui restait plus rien à cacher.

« Finalement, je me suis obligée à regarder Ransom. Il était par terre, la bouche ouverte, étendu sur le dos comme s'il était mort en s'habillant. C'est alors que la première pensée m'est venue à l'esprit : il n'y avait aucune explication possible à cette situation. Je ne pouvais expliquer pourquoi il était à moitié nu, ni pourquoi j'étais nue avec lui. Et encore moins pourquoi il avait mérité de mourir.

« Je me souviens avoir ressenti de la colère. Ce qu'il m'avait fait, c'était plus qu'un simple viol de mon corps : c'était une violation de tout mon être. Et cependant je ne pouvais le dire à personne. Je me répétais sans cesse : "C'est une violation de mon être. Il méritait de mourir. Ce qu'il a fait est pire qu'un viol." » Mary semblait revivre l'instant. Elle découvrait à nouveau la solution à son problème : « Le viol ! dit-elle simplement. Le cousin germain du chantage sexuel. La seule explication que je pouvais donner.

« Mais, me demandai-je, comment expliquer qu'il ait réussi à m'attirer ici ? Il pouvait être un violeur, mais non un maître chanteur. Alors je me suis souvenue qu'il écrivait un livre sur Laura Chase. J'ai pensé : "Bien sûr ! C'est pour cela qu'il m'a fait venir. Pour me donner un scoop. Pour me faire écouter la cassette."

« C'était comme si j'écrivais un scénario. J'expliquais ainsi ma présence dans sa suite, la cassette de Laura, le magnétophone. Et quand je me suis retournée vers lui et que je me suis rappelé sa pathologie, j'ai pensé que la cassette de Laura pourrait expliquer ce qu'il faisait à moitié nu. »

Malgré sa colère et son ressentiment, Paget éprouvait une sorte de fascination.

« Alors, tu l'as retourné, murmura-t-il. Parce que, pour te violer, il devait se trouver au-dessus de toi. »

Mary rencontra ses yeux et hocha lentement la tête.

« Il était lourd, expliqua-t-elle à mi-voix. J'ai dû passer mes mains sous ses hanches pour le faire rouler. C'est là que je l'ai griffé et que je me suis cassé l'ongle. »

Paget passa la main sur son front.

« J'ai dit que c'était l'équipe des premiers secours...

— Sharpe, elle, a affirmé que j'avais cherché à simuler une lutte. Je ne suis pas insensible à ce point ! Cela me répugnait de le toucher. Lorsqu'il s'est retrouvé sur le côté, il m'a suffi de le pousser d'une main. Il s'est affalé sur le ventre comme une poupée de chiffon, avec ses fesses à l'air. » Elle s'arrêta avant d'ajouter, presque surprise d'elle-même : « En le regardant, j'ai commencé à croire à mon histoire. J'ai senti une énergie folle m'envahir. "Pas de sentiments ! ai-je pensé. Des actions !" Mais je ne savais pas ce que je devais faire... Il ne m'avait pas pénétrée, bien sûr, mais j'ignorais ce que cela signifiait. Alors, j'ai pensé à tout ce qu'un violeur pouvait faire avant une pénétration, et je les ai faites. »

Paget imagina Mary, debout devant le corps de Ransom, nue, mi-horrifiée, mi-rationnelle, construisant son chemin vers la liberté. Il rouvrit les yeux.

« Tu t'es griffée, dit-il.

— Oui. Et j'ai filé mon collant. Je n'ai pas pensé aux fibres sous mes ongles. »

Paget se représentait la scène à présent. Il percevait l'urgence que Mary avait ressentie, imaginait ses actions désespérées, accomplies dans une totale ignorance des pratiques policières.

« Il restait encore les cassettes », dit-il.

Mary laissa s'écouler un silence, hocha la tête.

« Oui. Mais je n'arrivais plus à réfléchir. Il fallait que je m'habille d'abord. Une fois habillée, je me suis sentie redevenue moi-même. Je me suis dirigée vers la table basse et j'ai pris la cassette. Puis je suis restée là, la cassette à la main. J'ai pensé qu'il devait y avoir quelque part une autre cassette qui risquait de ruiner ma vie. Mais celle que je tenais pouvait détruire celle de Carlo et la tienne. » Elle s'interrompit quelques instants, puis ajouta : « J'ai pensé qu'une fois que je m'en serais débarrassée, je pourrais leur dire que la seule raison de ma présence ici était Laura Chase et espérer qu'ils ne trouveraient pas l'autre cassette.

« Une par une, j'ai passé en revue toutes les possibilités. Je ne pouvais pas jeter la cassette par la fenêtre. Si j'essayais de la faire disparaître dans les toilettes, elle risquait de boucher l'évacuation... Je ne cessais de regarder ma montre, en m'efforçant de surmonter ma panique. Soudain, je ne sais pas pourquoi, je me suis souvenue de la boîte aux lettres sur le palier. » Mary accéléra son débit. « Dans une sorte de frénésie, j'ai cherché une enveloppe. J'étais trop pressée pour me soucier des empreintes digitales. Trop paniquée pour fouiller directement dans l'endroit le plus logique : le bureau. J'y suis allée en dernier. Lorsque j'ai ouvert le tiroir, il y avait des enveloppes. Et puis, j'ai vu l'autre cassette. J'ai pensé qu'il pouvait s'agir de la mienne, la deuxième. Mais je n'en savais rien : le système de numérotation de Steinhardt ne signifiait rien pour moi, et je ne pouvais pas l'écouter : je n'avais pas le temps et je risquais de laisser mes empreintes sur le magnétophone. Alors, je l'ai prise sans me poser de questions. Il y avait un stylo dans le tiroir, mais je ne pouvais pas l'utiliser, toujours à cause des empreintes. Soudain, j'ai compris que j'étais stupide : si je l'envoyais chez moi, la police la retrouverait avant moi. »

Elle s'interrompit, reprit son souffle.

« Et puis, un autre détail, bien plus fondamental, m'est venu à l'esprit : je n'avais pas de timbres. Je me suis mise à trembler sans pouvoir m'arrêter. J'ai pris un stylo de mon sac et j'ai barré "Hôtel Flood" sur l'enveloppe. Je suis restée immobile, tremblante, à tenter d'imaginer le sort d'une enveloppe non affranchie et sans adresse à travers le système des postes. » Mary secoua la tête. « Je n'en avais aucune idée. La seule image qui me venait, c'était celle d'un employé triant le courrier, peu consciencieux et peu curieux ; je le voyais jeter les cassettes à la corbeille parce que personne ne les avait envoyées et que personne ne pouvait les recevoir. » Elle eut un petit sourire triste. « Ainsi, j'ai décidé de mettre le destin de Carlo entre les mains du gouvernement... Sans savoir qu'il s'agissait *aussi* du destin de Lindsay Caldwell.

« Je les ai donc glissées dans la boîte aux lettres, juste avant que ce banquier pédant sorte de l'ascenseur. Quand je suis rentrée dans la suite et que j'ai refermé la porte derrière moi, je savais que j'avais perdu trop de temps. Je n'avais pas vraiment de version complète. Seulement des bribes. » Elle se tut quelques instants. « Lorsque j'ai appelé le 911, je ne pouvais compter que sur mes propres ressources. Et comme tu l'as si habilement souligné, elles n'étaient guère suffisantes. »

Il y eut un long silence. Puis Mary releva les yeux vers Paget.

« Bien sûr, je t'avais aussi, toi.

— Pourquoi ? Parce que tu pouvais me manipuler ?

— Tu te sous-estimes, Chris. Tu es le meilleur avocat que je connaisse. Et je comptais aussi avec tes sentiments pour Carlo. »

Paget la vit hésiter ; la honte qu'il lisait dans ses yeux se transforma en interrogation.

« J'étais sûre que tu protégerais les cassettes mieux que quiconque. Et que si, par malchance, tu les entendais un jour, tu ferais en sorte que Carlo ignore leur existence. »

Pendant un très long moment, Paget la considéra sans parler.

« Il y a quinze ans, dit-il enfin, je n'étais pas sûr que Carlo soit mon fils. Mais dès qu'il a commencé à vivre auprès de moi, j'ai cessé de me le demander. Je ne voulais plus avoir à le faire. » Sa voix s'affaiblit. « La vie m'avait peut-être déçu, en partie par ta faute, mais au moins j'avais un fils. »

Ces derniers mots, énoncés avec calme, parurent l'anéantir. Elle détourna les yeux.

« Tu n'es plus obligé d'assurer ma défense, Chris. Ne va pas au tribunal demain.

— Penses-tu que cela puisse régler quelque chose, Mary ? Sachant ce que je sais ? Alors que je tiens cette cassette dans ma main ? » Il s'arrêta avant d'ajouter plus doucement : « Et puis, cela reviendrait à dire au monde que tu es coupable. »

Elle eut un haussement d'épaules indifférent.

« Je me demande si cela serait plus pénible que de vivre comme j'ai vécu, avec ce secret sur la conscience. Et, en fait, je suppose que je suis coupable. Parce que je ne saurai jamais si j'avais vraiment besoin de le tuer.

— Moi non plus. Mais cette question a-t-elle de l'importance ? »

Elle se redressa comme si elle rassemblait ses forces.

« Je t'ai menti. Tu ne me dois rien. Tout ce que je te demande, c'est de ne jamais dire à Carlo ce que tu sais. » Elle le regarda droit dans les yeux, très calme. « Je plaiderai coupable si tu veux. Mais détruis cette cassette, Chris. S'il te plaît. »

Paget la dévisagea sans répondre. Puis il se leva.

« Tu n'es pas vraiment bien placée pour demander quoi que ce soit, Mary. Mais tu peux toujours espérer. »

Il fit volte-face et sortit brutalement.

Chapitre quatre

« Comment ça va, papa ? »

Carlo se tenait à la porte de la bibliothèque. Il avait pris un ton détaché, mais avait le regard abstrait de quelqu'un qui vient de passer l'après-midi à réfléchir. Paget n'eut pas envie de le regarder.

« Je suis fatigué, dit-il en considérant son verre d'alcool. J'ai beaucoup de travail. »

Sa voix n'avait rien de bienveillant. D'ailleurs, il ne tenait pas à l'être. Il ne savait absolument pas ce qu'il allait faire. Rassurer Carlo était au-dessus de ses forces et il manquait des ressources nécessaires pour mentir. Il ne demandait qu'une chose : qu'on le laisse tranquille.

Cependant, Carlo ne pouvait pas le deviner. Il entra dans la pièce et jeta un coup d'œil aux bougies.

« C'est bizarre ici, sans lumière. »

Paget but une gorgée d'alcool.

« Je sais où est l'interrupteur. »

Carlo se figea, comme s'il venait de prendre conscience de son état. D'un ton résigné, il dit :

« Tu crois qu'elle est coupable, hein ? »

Paget ne se retourna pas.

« Je m'en fiche complètement, Carlo. Je commence à en avoir assez de me préoccuper d'elle !

— Eh ben ! »

L'exclamation de Carlo trahissait une soudaine tension. Elle avait la légèreté de la jeunesse, mais comportait un accent nouveau.

« Pourquoi la détestes-tu à ce point ? Qu'est-ce qu'elle a bien pu te faire ? »

Il s'était exprimé avec une intonation coléreuse que Paget ne lui connaissait pas, mais qui, pourtant, ne lui était pas inconnue. Soudain, le souvenir lui revint : la fameuse nuit de Washington, le Jack Woods qu'il avait surpris fouillant dans son bureau avait parlé avec cette même intonation furieuse...

Paget ne put s'empêcher de regarder Carlo.

Le garçon qu'il découvrit alors le surprit. Il semblait vieilli et avait l'expression de l'homme que Paget avait méprisé. Ces yeux bleus n'étaient pas du tout ceux de Paget...

Comment l'évidence avait-elle pu lui échapper si longtemps ?

« C'est ce qu'elle a toujours dit, répliqua Paget. Je suis un salaud et un insensible. »

Carlo le dévisagea comme s'il se trouvait devant un étranger.

« Tu crois qu'elle est coupable... », répéta-t-il.

Oui, coupable d'une infinité de choses. Coupable, d'abord, de ce moment où il se retrouvait face à ce fils qui n'était plus le sien et qui, pourtant, ressentait la colère légitime d'un fils.

« C'est toi qui as voulu assister à l'audience, dit Paget. Que veux-tu de moi à présent ? Que je te dise qu'elle est merveilleuse ? »

Carlo rougit.

« Mais pourquoi es-tu en colère après moi ? Ce n'est pas moi qui ai demandé tout ça ! Ce n'est pas moi qui vous ai choisis, ni toi, ni elle ! »

Paget se ressaisit, inspira profondément.

« Je sais, fit-il.

— Tout de même, ce n'est pas la première fois que tu es pris au dépourvu dans une audience. Je ne vois pas pourquoi tu t'effondres comme ça !

— Qui a dit que je m'effondrais ? Je commence seulement à en avoir assez de tous ces gens qui se reposent sur moi. »

Carlo se raidit.

« Comme moi, par exemple ?

— Comme ta mère. J'ai passé ma vie à réparer ses pots cassés. C'est trop compliqué pour toi, trop personnel. Tu ne comprendrais pas.

— Essaie quand même. »

Paget secoua la tête.

« Non, dit-il à mi-voix. Merci.

— Tu préfères ne pas me mêler à cette affaire, c'est ça ? Crois-tu que tu sois seul ? Ces derniers temps n'ont pas été une partie de plaisir pour moi, tu sais ! Elle est ma mère, et toi, je suis obligé de vivre avec toi.

— Désolé d'avoir été un tel fardeau, répondit Paget, poli. Si tu préfères ne plus vivre ici, ne te gêne pas pour moi ! »

Carlo enfonça les mains dans ses poches.

« Tu préférerais que je parte ? »

La voix du garçon tremblait de douleur et de colère.

« Je ne voulais pas avoir cette conversation, dit Paget. Je ne *veux* pas avoir cette conversation ! »

Carlo se détourna de lui.

« Et moi, je voulais seulement te parler. Mais pas forcément *d'elle*. »

Cette requête abrupte prit Paget par surprise. Un court instant, il cessa de voir Jack Woods pour redécouvrir un petit garçon solitaire.

« Je suis désolé, s'excusa-t-il. Cette affaire m'a beaucoup éprouvé. Beaucoup trop, semble-t-il. »

Carlo le considéra avec les yeux de Jack Woods.

« Mark Ransom était un enfoiré. »

Paget secoua la tête.

« Mark Ransom n'a rien à voir là-dedans.

— Alors qu'est-ce qui a à voir ? Pourquoi lui en veux-tu à elle ?

— À cause de notre passé.

— On ne peut pas en vouloir à quelqu'un pendant quinze ans. Elle, elle ne te déteste pas comme ça.

— Tu ne sais rien de nous deux, Carlo. J'ai commis une erreur en acceptant cette affaire. Il vaut mieux que Mary change d'avocat. »

Carlo le dévisagea, stupéfait.

« Maintenant ?

— Oui.

— Mais tu ne peux pas faire ça ! Pas le dernier jour ! »

Paget leva à nouveau les yeux sur lui.

« Nous en avons déjà discuté, elle et moi. Elle me laisse décider. »

Carlo se tut, cherchant à entrevoir toutes les conséquences d'un retrait de Paget.

« Qu'y a-t-il que je ne sais pas ? »

Il était inutile de mentir.

« Énormément de choses. »

Carlo s'assit.

« Elle a reconnu l'avoir tué ? »

La conversation était absurde, dérisoire. Mais Paget ne pouvait expliquer au garçon que le problème central entre Mary et lui n'était pas le meurtre de Ransom et ne l'avait jamais été.

« Elle l'a tué, répondit-il. La question était de savoir si elle l'a fait pour se défendre.

— *Était* ? Alors maintenant, tu ne penses pas qu'elle soit innocente ? »

Cette interrogation angoissée exaspéra Paget : depuis longtemps, il ne se préoccupait plus de savoir si Mark Ransom avait mérité sa mort. Toutefois, comment expliquer cela à Carlo sans être obligé de lui dévoiler la vérité ? *Ta mère a menti devant le Sénat, elle a menti devant ce tribunal. Je l'ai couverte il y a quinze ans et demain, si je suis encore son avocat, il faudra que je la couvre à nouveau. Et puis, au fait, tu n'es pas mon fils. Je viens de m'apercevoir qu'elle m'a menti aussi là-dessus.*

« Je ne pense pas qu'elle soit allée le voir dans le but de le tuer, dit Paget. Mais je doute de ma force de persuasion. Et elle aussi.

— À cause de ce psychiatre ?

— Non. À cause de *nous*.

— À cause de nous ! répéta Carlo. T'a-t-elle déjà demandé quoi que ce soit ? Tu es là à me dire quel fardeau elle représente pour toi, alors que jamais elle n'est venue nous déranger. Et maintenant que pour une fois, elle a besoin de toi, tu la traites comme un chien ! »

Paget se leva.

« Je ne *veux* pas parler de ça, tu as compris ?

— Pourtant nous allons en parler ! » Carlo s'était placé devant lui, la voix tremblante. « C'est toi qui l'as chassée, non ? Elle n'a jamais été la bienvenue ici...

— Tais-toi, Carlo ! Tout de suite !

— Je n'ai jamais eu de mère parce que tu n'as jamais voulu que j'en aie une. Tu me voulais pour toi tout seul. Et maintenant que je risque de la perdre à nouveau, tu ne lèveras pas le petit doigt. » Carlo s'interrompit pour reprendre son souffle et poursuivit plus calmement : « Je t'avais toujours admiré. Mais, tout d'un coup, je m'aperçois que tu n'es qu'un égoïste. Tu dis que tu en as plein les bottes de ma mère ? Eh bien moi, j'en ai plein les bottes de toi ! »

Paget serra les poings, paralysé de douleur et de colère.

« Tu n'as pas le droit de dire cela, Carlo. Tu ne te doutes pas à quel point tu n'as pas le droit de le dire ! »

Un masque de souffrance avait envahi le visage du garçon.

« Ne me parle pas comme ça. Je ne te respecte pas assez pour écouter. »

Dans un mouvement furieux, Paget saisit son verre. Le visage blême de Carlo n'était qu'à quelques centimètres de lui. Brusquement, il se tourna vers la fenêtre et projeta le verre en direction du palmier. Lorsque la vitre se brisa, Carlo ne bougea pas d'un pouce.

« Dans ce cas, tu n'es pas obligé d'écouter », murmura Paget avant de quitter la maison.

Les phares de Teresa Peralta fendaient l'obscurité.

La plage était déserte. Sous la lune pleine, l'océan miroitait d'une lueur argentée. Mais le sable avait une couleur sombre et terne. À cent mètres, près de l'eau, Terri discerna une silhouette d'homme.

Il n'y avait aucune voiture. Terri se gara et sortit. Au claquement de la portière, l'homme se retourna.

Terri se dirigea vers lui. Ses pieds s'enfonçaient dans le sable à chaque pas. La nuit était encore tiède. La jeune femme ne sentait pas la brise fraîche sur son visage.

L'homme attendait sans bouger, comme s'il n'était pas sûr encore de l'avoir reconnue. Il avait les mains dans les poches. Dans la lumière nocturne, il paraissait frêle et solitaire. En approchant, elle remarqua qu'il ne s'était pas changé depuis le procès. Il avait remonté les manches de sa chemise et dégagé son col et sa cravate. Il semblait jeune, trop jeune pour avoir vécu tout ce qu'il avait vécu et pour devoir supporter ce que la vie lui imposait à présent. Elle eut envie de le serrer contre elle.

Elle s'arrêta à un mètre de lui.

« C'est un sacré gâchis », dit Christopher Paget.

Terri hocha la tête. Après avoir roulé des heures sans savoir où il allait, il lui avait téléphoné de sa voiture, sous le prétexte de s'excuser de ne pas l'avoir fait plus tôt. Il lui en avait dit juste assez pour lui faire sentir, sous ses paroles anodines, tout son désarroi.

« Moi aussi, lui dit-elle, je viens sur la plage quand rien ne va plus. Mais jamais la nuit...

— Richie n'a rien dit ? »

Terri hésita. C'était elle, et non Paget, qui avait suggéré cette rencontre. Le moment était mal choisi pour expliquer l'évolution de ses relations avec Richie. Mieux valait s'en tenir à la vérité toute simple — Richie n'avait guère objecté à sa venue — et laisser de côté tout le reste. Ne rien dire de cette campagne acharnée qu'il avait engagée pour la retenir, invoquant son sens de la famille, jurant que leur mariage pourrait être sauvé si Terri y mettait autant de conviction que lui-même. Il l'avait épuisée et culpabilisée en évoquant la disparition de ses sentiments. Et s'il l'avait laissée partir sans protester, c'était que cette magnanimité faisait partie de son nouveau personnage : si Christopher Paget devait un jour servir à nouveau de moyen de pression à Richie, ce ne serait qu'après leur réconciliation et la poursuite de leur relation, renforcée peut-être par ce second enfant que Richie la pressait de mettre en route.

« Non, cela ne l'a pas dérangé, répondit-elle à Paget. Il sait que nous avons encore du travail. » Elle s'arrêta, puis l'interrogea du regard : « En avons-nous encore ? »

Il haussa les épaules avec lassitude.

« Je n'en sais rien.

— Qu'y a-t-il, Chris ? »

Paget ne répondit pas. Il se détourna, les mains dans les poches, et commença à marcher le long de la mer. Terri l'accompagna. Ils avancèrent en silence, tournant le dos au Golden Gate. Lorsqu'il se mit à parler, Paget ne voyait que le sable devant ses pieds.

Il parla pendant une heure peut-être, d'une voix neutre.

Il lui raconta tout, sans omettre le moindre détail sur lui-même, ni sur quiconque. Lorsqu'il se tut, ils avaient fait demi-tour et marchaient en direction du Golden Gate.

« Sais-tu ce que tu vas faire ? demanda Terri.

— Non. Je sens que quelque chose s'est cassé. Je ne sais même pas par où commencer.

— Tout cela semble si injuste, Chris ! Si injuste !

— Carlo ?

— Carlo, et tout le reste… »

Il haussa les épaules.

« Carlo ne sait pas. Si c'est la justice absolue que je vise, il faudra que j'aille chercher ailleurs. J'ai l'impression que chez Mary, cette case est manquante. »

Terri se rapprocha de lui.

« Mary est sa mère, Chris. Lorsque l'un des parents n'est pas là, les enfants se créent une image qui les aide à ne pas trop en souffrir. C'est ce que Carlo a dû faire avec Mary. »

Les haussements d'épaules répétés de Paget semblaient être le seul moyen qu'il eût trouvé de chasser ses émotions.

« Dieu ne s'y prend pas autrement pour se faire vénérer. Il s'arrange pour ne pas être vu. Pourquoi Mary ne ferait-elle pas la même chose ? »

Il se voulait fataliste, mais sa voix restait chargée d'amertume.

« Il y a huit années de questions, reprit-il enfin. Nous n'avons jamais vraiment parlé de sa mère, ni des raisons pour lesquelles il vivait avec moi. Ce soir, cela a été l'explosion… » Il se tut. Puis, sur un ton incrédule, il murmura :

« Dieu, que j'ai été naïf !

— Mais tu ne peux plus rien y faire, Chris. Le passé restera ce qu'il est. » Terri s'était encore rapprochée de lui. « Tout comme moi-même je regrette d'avoir retrouvé les cassettes tout en sachant que je ne peux plus rien y faire. Tout comme toi, tu ne peux rien faire pour repousser l'audience de demain. »

Paget regarda au loin.

« Comme j'aimerais pouvoir, pourtant...

— Tu ne peux pas. » Elle s'interrompit. « Il te faudra affronter Carlo et Mary. Mais c'est d'abord avec toi-même que tu devras continuer à vivre. Or, ton avenir repose sur ce que tu feras demain. »

Il se tourna vers l'océan. Ce n'était pas un geste de désespoir, mais de réflexion. Terri observa sa silhouette qui se détachait dans la lumière de la lune. Puis elle s'avança vers lui.

« Cela fait presque vingt ans que tu es avocat, dit-elle. Un avocat protège ses clients. »

Paget ne bougea pas.

« Je n'étais pas son avocat, répliqua-t-il, quand j'ai menti devant le Sénat.

— Mais tu l'es aujourd'hui, Chris. Mary n'a peut-être pas dit toute la vérité à Caroline, mais sa version est au moins aussi proche de la réalité que l'est celle de Marnie... Mary n'a pas assassiné Ransom, Chris. Ce qu'elle a fait n'était pas un meurtre. Elle a été frappée, humiliée, terrorisée. Sa réaction a été quelque chose entre l'homicide par imprudence et la légitime défense. Et je doute qu'elle puisse elle-même la définir. » Sa voix gagna en intensité. « Regarde-la comme une cliente, si tu peux. Qu'est-ce qu'une femme doit-elle endurer avant de se retrouver en état de légitime défense et de pouvoir abattre un tortionnaire ? Doit-elle être certaine, en son âme et conscience, qu'il est prêt à la tuer ? Pour moi, ce qu'il avait déjà fait était plus que suffisant.

— Elle a menti, Terri. Comme toujours.

— Veux-tu dire qu'elle a menti à Caroline, ou à toi ? Parce que si son péché est d'avoir menti devant le tribunal pour se protéger, tu es le premier à savoir que les gens font ça tous les jours ! C'est seulement si tu les y incites que l'on pourra te blâmer.

— Tu sais bien que ce n'est pas le cas.

— Alors il n'y a pas de problème d'éthique. Tu peux plaider sur les preuves. Ou sur le manque de preuves de Sharpe.

— Et couvrir à nouveau Mary.

— Tu peux l'éviter : il te suffit de te retirer. Tu en as le droit. Mais dans ce cas, elle ne perdra pas seulement cette audience-ci. Tout le monde pensera que tu te retires parce qu'elle est coupable de meurtre. » Terri marqua un temps d'arrêt, puis ajouta : « Et malgré le peu de sympathie que j'ai pour elle, je ne pense pas qu'elle le soit.

— Il est un peu difficile pour moi de me soucier de son sort. »

Terri hésita.

« Elle a tout de même cherché à te protéger, à sa façon. Du moins avec Ransom. » Elle le fixa intensément. « Je suis sûre que la plupart des gens que tu as défendus dans ta carrière étaient bien plus coupables que Mary. Si tu l'abandonnes, avec tous les risques que cela comporte pour elle, tu vivras avec une culpabilité qui t'accompagnera longtemps. En as-tu envie ? »

Paget se baissa pour ramasser un morceau de bois. Pendant un moment, il le tourna et le retourna entre ses mains. Puis il prit son élan et le lança très loin dans la mer.

« Ce n'est pas Mary qui m'intéresse, Chris, murmura Terri. C'est toi. »

Il se retourna pour la regarder. Dans l'obscurité, elle ne distinguait pas son visage.

« Nous sommes mercredi soir, fit-elle. Vendredi matin, tu vas te réveiller et recommencer à vivre avec ce que tu viens d'apprendre. Mais tu devras aussi vivre avec ce que tu auras fait. Comment aimerais-tu affronter Mary et Carlo ?

— Je ne sais pas. Vraiment, je ne sais pas. »

Elle se rapprocha de lui, posa les doigts sur sa chemise.

« Tu ne seras peut-être pas là pour Carlo, ou Carlo ne sera pas là pour toi. Que ressentiras-tu si tu as abandonné Mary ? Et si Carlo et toi, vous voulez continuer à vivre ensemble, le fait d'avoir laissé tomber Mary rendra cela difficile, impossible peut-être.

— Oh ! Terri... »

Sa voix, faible et désespérée, s'évanouit. Dans la lumière de la nuit, son visage exprimait une tristesse indescriptible.

« Carlo t'aime beaucoup, poursuivit Terri. Et il attend beaucoup de toi. Pour le meilleur ou pour le pire, tu es la personne à laquelle il a appris à s'en remettre. » Elle se tut, cherchant ses mots. « C'est peut-être injuste, Chris, mais Carlo t'a dit la vérité telle qu'il la perçoit. La seule chose qui serait pire qu'abandonner sa mère serait de chercher à te justifier en lui disant ce que tu sais. »

Paget ne répondit pas. Terri effleura son visage.

« Termine cette affaire, Chris. Sois toi-même une journée encore. Ensuite, tu pourras changer si tu veux. »

Chapitre cinq

Le lendemain matin, Paget et Carlo se dirigeaient en silence vers le palais de justice.

Paget n'avait pas dormi. À travers le pare-brise, le soleil l'aveuglait douloureusement. Il avait éteint la radio. Carlo — qu'il souffrait de ne plus regarder comme son fils — s'était enfermé dans un mutisme buté. Il n'avait posé à Paget aucune question sur ses intentions. De toute façon, celui-ci ne lui aurait pas répondu. La fluctuation incessante de ses sentiments l'avait poussé dans un état de tension extrême. Jamais il ne s'était senti à ce point désorienté.

Le palais de justice se profila devant eux. Paget risqua un coup d'œil en direction du garçon. Son fin visage avait embelli avec l'âge, mais ses yeux étaient infiniment tristes. Les sentiments qui, en cet instant, animaient Paget lui rappelèrent la mort de ses parents. Lorsqu'il avait perdu sa mère, puis son père, il avait ressenti un bouleversement qui allait au-delà de toute compréhension. Même si, en dehors de l'argent, ses parents ne lui avaient pas apporté grand-chose, ils avaient été les pierres de touche de son existence : les premières personnes qu'il avait tenté d'aimer et celles de qui il tenait ses conceptions de la vie, de l'amour et de la mort.

Et puis, il y avait eu Carlo. Paget avait cru en ce fils et en lui-même bien plus qu'il avait jamais cru en ses parents. Il y avait cru avec la perspective de l'âge adulte, comme un homme qui avait choisi d'être père, tirant les leçons de son expérience d'enfant. Avec Carlo, il avait eu l'impression de réparer l'échec de sa famille : sa paternité avait été comme une offrande à ses parents, destinée à leur faire comprendre tout ce qu'il était déjà bien trop tard pour leur expliquer autrement.

Tout cela faisait trop d'éléments à assimiler. Il était trop difficile de concevoir que la famille Paget disparaîtrait avec Chris lui-même. Ou que ses tentatives de ressusciter le passé et ses plus grands espoirs pour l'avenir reposaient sur le fils de Jack Woods et de Mary Carelli.

Et pourtant, Carlo était là, près de lui, tel qu'il avait été pendant huit ans. L'adolescent observait les rues comme s'il traversait une zone dévastée. Mary devait arriver par ses propres moyens. Tandis qu'ils se garaient et sortaient de la voiture, Paget s'aperçut que l'enfant cherchait sa mère des yeux.

Sur les marches, Paget et Carlo durent se faufiler à travers la horde des journalistes. Comme la veille, les questions concernaient le docteur Bass et la façon dont Paget comptait riposter. Comme la veille, l'avocat ne répondit pas. Il avait cessé de se soucier de la presse.

La seule chose qu'il remarqua fut le comportement de Carlo.

Silencieux, le garçon l'observait à la dérobée. Il ne dit rien pour défendre sa mère. Paget comprit qu'il avait résolu de ne pas l'indisposer. Cette pensée le mit mal à l'aise : les huit dernières années de sa vie avaient été consacrées à aider Carlo à prendre confiance et à se sentir en sécurité. Devenir soudain une source de trouble pour l'enfant violait un instinct profond en lui. Il en recueillit une certaine culpabilité, et un nouveau ressentiment envers Mary.

Pourquoi était-il venu ?

Lorsqu'il entra dans la salle d'audience, tout le monde était là : les journalistes, avec leurs visages désormais familiers, Terri, très calme, assise devant son bloc-notes comme s'il ne s'était rien passé la veille : si la jeune femme s'interrogeait sur les intentions de Paget, elle n'en laissait rien paraître.

Près d'elle, il y avait Mary.

Ils ne s'étaient pas parlé depuis la visite de Paget à son hôtel. Elle se tourna pour le regarder entrer. Son air tranquille masquait une vigilance intense : elle avait eu la même expression au moment où Paget avait pénétré dans la salle du Sénat. Paget entrevit toutefois un certain fatalisme qu'elle n'avait pas à l'époque. Elle eut un haussement d'épaules imperceptible : elle était résignée à tout ce qui pouvait se passer, semblait-elle dire, et ne s'en souciait plus.

Il s'assit près d'elle sans mot dire. Elle se détourna, consciente sans doute qu'il valait mieux le laisser. Pourtant, quelque chose de plus profond émanait d'elle : une honte dissimulée, et des excuses secrètes.

Dans un instant, Caroline entrerait et rien d'autre ne compterait.

À la table de la défense, Sharpe se tenait très droite. Elle affichait l'aisance vive d'un avocat prêt à plaider l'affaire de sa vie. En vingt-quatre heures, un gouffre immense s'était creusé entre elle et Paget : celui-ci, en effet, avait cessé de se considérer en avocat. Il avait même l'étrange impression de ne plus être vraiment lui-même.

Promenant son regard dans la salle, il aperçut McKinley Brooks.

Discret, le procureur général s'était placé derrière Sharpe. Pour la deuxième fois seulement, il assistait à l'audience. Sa présence aujourd'hui était politique, Paget le savait. Il était venu prendre la température du tribunal et se faire une idée personnelle du juge Masters. Les mains croisées sur le ventre, il restait imperturbable. Rencontrant le regard de Paget, il lui lança un petit sourire poli qui se limita aux lèvres. L'enjeu était trop élevé pour qu'il fît plus d'efforts.

« Mesdames et Messieurs, la cour ! » annonça l'huissier tandis que le juge Caroline montait sur l'estrade.

Elle aussi avait changé. Dans les premiers temps, elle débutait ses journées avec un air alerte et curieux qui en disait long sur le plaisir qu'elle tirait des audiences. À présent, son visage était sombre, son expression renfermée. Paget ne parvenait pas plus à lire ses pensées que celles de Brooks.

Contre toute attente, elle ne partit pas dans un long discours d'introduction, mais se contenta d'un signe de tête en direction de Sharpe, puis de Paget :

« J'ai aujourd'hui une lourde responsabilité, dit-elle. Je vous demande de faire de votre mieux pour m'aider. »

Ces deux phrases valaient mille discours. Lorsque Sharpe s'approcha de l'estrade, ses manières semblaient respectueuses.

« Pour le procureur aussi, cette affaire représente une responsabilité à laquelle nous avons mûrement réfléchi. Nous nous sommes efforcés de traiter les problèmes avec le plus grand soin et la plus grande attention. Nous allons essayer d'en faire autant ici. »

Ces quelques mots produisirent leur effet. Ils correspondaient à l'humeur du juge et indiquaient que l'affaire n'était pas prise à la légère. Caroline Masters, se dit Paget, ne serait pas la seule personne à sortir mûrie de ce dossier.

« Mary Carelli, poursuivit Sharpe avec le même ton posé, a tué Mark Ransom. Elle l'a admis il y a longtemps. Et si elle ne parvient pas à prouver qu'elle a agi en état de légitime défense, il apparaîtra clairement que nous nous trouvons là devant un meurtre.

« Comme le sait la Cour, rien ne nous oblige à prouver qu'il y avait un mobile pour établir qu'il y a eu meurtre. Or, comme la cour le sait aussi, Mme Carelli avait un mobile évident. » Là, Sharpe s'interrompit pour donner plus de poids à ses paroles : « Une cassette, dit-elle. Une cassette qui pouvait ruiner son existence. »

De toute l'assistance, Paget était le seul à entendre encore et encore résonner à ses oreilles les mots de l'autre cassette, celle que personne, en dehors de Terri, ne connaissait.

« Mme Carelli a-t-elle réussi à démontrer qu'elle a agi en état de légitime défense ? C'est sur la réponse à cette seule question que repose sa culpabilité ou son innocence. »

Un parfait silence régnait. Sharpe avait su capter l'attention. Il lui était inutile d'élever la voix.

« Mme Carelli prétend avoir tiré pour se défendre. Mais toutes ses tentatives pour étayer cette affirmation n'ont fait que révéler, au contraire, qu'elle est indigne de confiance. Or, la seule chose qui vienne à l'appui de la *version* de Mme Carelli, ce sont les *paroles* de Mme Carelli. La cour doit donc s'interroger sur ce que vaut la parole de Mme Carelli. »

Plus encore que Marnie Sharpe, Paget connaissait la réponse. Mais dans sa propre réaction, aussi subjective fût-elle, il ressentit la sagacité de l'argumentation de Sharpe. Si elle ne pouvait prouver formellement que Mary était un assassin, Sharpe pouvait sans peine démontrer qu'elle avait menti.

« Mme Carelli, poursuivit Sharpe, a demandé à cette cour de la croire, tout comme, au départ, elle a demandé à la police de la croire. Nous demandons donc à la cour de nous écouter pour comprendre, tout comme nous avons nous-même écouté Mme Carelli pour comprendre. Écouter, et continuer d'écouter jusqu'à ce que nous n'ayons plus d'autre choix que de l'accuser de meurtre. »

Caroline Masters suivait le réquisitoire penchée en avant, les sourcils froncés. Elle ne regardait pas Mary.

« Ce que nous avons tout d'abord compris, poursuivit Sharpe, c'est que Mme Carelli n'est pas digne de confiance.

« Mme Carelli a dit à cette cour qu'elle était venue dans la suite de M. Ransom parce qu'il détenait une cassette, une cassette si compromettante que l'avocat de Mme Carelli a insisté pour qu'elle soit retirée du dossier. Cependant, avant que nous ayons retrouvé cette cassette au domicile de Mark Ransom, Mme Carelli n'en avait jamais fait mention. Au lieu de cela, elle avait inventé une histoire très élaborée, prétendant qu'elle n'était allée chez Mark Ransom que pour écouter une cassette de Laura Chase. » Sharpe adoucit la voix. « Elle a inventé cette histoire, avec tout son sang-froid et sa sagacité, au cours de l'heure qui a suivi le meurtre de Mark Ransom. »

Il y eut un long murmure dans la salle. Sharpe agençait ses arguments d'une nouvelle manière, plus convaincante encore. Au lieu de se concentrer sur les pièces à conviction, elle cherchait à ronger le capital de sympathie de Mary, comme femme ou comme victime.

« Mais la découverte de la cassette a levé le voile sur bien des mystères inexpliqués de la version de Mme Carelli : nous avons découvert en effet que Mme Carelli avait acheté une arme après sa première conversation téléphonique avec Mark Ransom. Parce que, prétendait-elle, elle avait reçu des appels de menaces.

« Nous avons trouvé étrange que de tels appels l'effraient à ce point, d'autant plus qu'elle n'en avait parlé à personne. Mais nous avons eu la réponse à nos interrogations au moment où nous avons découvert la cassette : Mme Carelli avait acheté l'arme pour tuer Mark Ransom. Parce qu'il détenait la cassette. »

Sharpe marqua une pause. Ses silences, tout comme le flot de ses paroles, s'inscrivaient dans un rythme précis. Paget sentait la fragile version de Mary s'effondrer peu à peu.

« Après avoir apporté cette arme dans la suite de Mark Ransom, et après avoir tué celui-ci, Mary Carelli nous a dit qu'il avait tenté de la violer. Pour notre part, nous avons trouvé étrange qu'il n'y ait pas eu de sécrétions sur son pénis. »

Paget comprit soudain que cette absence de sécrétions venait de la fellation que, craignant pour sa vie, Mary Carelli avait accepté de faire à Mark Ransom.

Le froncement de sourcils du juge s'était intensifié. Encouragée sans doute par cette attention, Sharpe poursuivit d'un ton caustique :

« Nous avons trouvé étrange que Mme Carelli présente des griffures sur le cou et les jambes, alors qu'elle, et elle seule, avait des fragments de peau sous les ongles.

« Nous avons trouvé étrange que les griffures sur le corps de M. Ransom semblent avoir été faites après sa mort.

« Nous avons trouvé étrange que Mme Carelli affirme avoir tiré sur Mark Ransom d'une distance inférieure à dix centimètres, alors que nous n'avons trouvé aucun résidu de poudre autour de la blessure. »

Sharpe s'interrompit à nouveau.

« Peut-être, pour être juste, devrais-je modifier ma formulation. Ce sont ceux d'entre nous qui n'ont pas de formation de médecin légiste qui ont trouvé ces détails étranges. Mais le docteur Shelton, elle, les a trouvés effroyables. Car elle a conclu, comme nous tous par la suite, que les indices médicaux dont elle disposait confirmaient que Mme Carelli avait assassiné M. Ransom, fabriqué des preuves, puis accusé la victime de viol. »

Sharpe leva le bras. Elle ne regardait que Masters.

« La victime, répéta-t-elle, c'est-à-dire un homme mort. Un homme qui, de son vivant, était impuissant. »

Pas un bruit ne montait du public. Une fois de plus, Christopher Paget prit conscience d'une vérité que les autres ne connaissaient pas. Involontairement et avec raison, Sharpe avait englobé les mensonges de Mary dans un mensonge plus large de sa propre invention en affirmant que Mary était venue chez Ransom avec l'intention de le tuer. Or, si Mary avait accepté le rendez-vous dans la suite de l'écrivain, Paget le savait désormais, ce n'était pas pour commettre un meurtre, mais pour faire ce que Ransom lui demandait afin de préserver ce fils qu'elle avait d'abord cherché à protéger en mentant à Paget lui-même. Mais Sharpe poursuivait son argumentation sans mollir, exposant la vérité telle qu'elle l'avait perçue.

« L'homme dont Mary Carelli a juré qu'il avait tenté de la violer était en fait incapable de violer qui que ce fût…

— Comment expliquez-vous l'hématome de Mme Carelli au visage, maître ? »

C'était Caroline Masters qui, exprimant tout haut la question que Paget ne pouvait formuler, venait d'interrompre le procureur.

« Nous ignorons comment elle l'a reçu, répondit calmement Sharpe. Mais ce que nous savons avec certitude, c'est que M. Ransom ne l'a pas infligé à Mme Carelli dans les circonstances qu'elle a décrites devant ce tribunal. Et, dans la mesure où nous avons pu percer à jour ses autres mensonges, toute la défense de Mme Carelli repose désormais sur cet hématome que nous n'avons pu expliquer.

— Il ne s'agit pas d'une simple anomalie, maître, insista Masters. D'après les photos, il apparaît que Mme Carelli a bien été frappée. »

Frappée, songea Paget, dans la soudaine frénésie qui s'était emparée de Ransom juste avant sa mort. Parce qu'il était en échec.

« Ce que nous pensons, répliqua Sharpe, c'est que la vérité se cache quelque part dans la version que Mme Carelli ne peut nous donner pour la bonne raison qu'elle reviendrait à accepter sa culpabilité. Ma propre théorie, c'est que M. Ransom l'a frappée au moment où elle a sorti l'arme. Mais le cœur du problème reste que Mme Carelli ne peut se servir d'un fait inexpliqué pour éviter d'être jugée pour meurtre. »

Sharpe s'interrompit un moment, observant Masters pour déterminer si son explication l'avait satisfaite. Le juge lui rendit son regard sans répondre. Lorsque le procureur reprit la parole, il sembla à Paget que l'étrange interlude lui avait ôté un peu de son assurance.

« Ayant si peu de choses à dire sur elle-même, reprit Sharpe, Mme Carelli a cherché à dépeindre Mark Ransom comme un homme trop abject pour mériter qu'on lui rende justice et qu'on lui accorde notre compassion. ''Pourquoi se préoccuper de prouver le meurtre, puisque l'homme que j'ai tué était un porc ?'' Tel est le message tacite que cherche à faire passer Mme Carelli.

« Mme Carelli a dit que Mark Ransom avait tenté de la faire chanter pour obtenir ses grâces. Toutefois, elle a attendu que nous ayons trouvé la cassette pour le dire : entre-temps, elle avait bâti toute sa défense sur le viol.

« Dès lors, est-il possible de croire quoi que ce soit venant d'elle ? »

Le visage de Mary ne bougeait pas ; mais ses yeux, fixés sur la table devant elle, exprimaient tout son désespoir. Paget imagina les souvenirs qui devaient venir la torturer tandis que Sharpe la traitait ainsi de menteuse : elle s'était déshabillée pour Ransom, avait posé nue devant lui sur le canapé...

« Alors, on nous a offert Marcy Linton, continuait Sharpe, pour tenter de nous convaincre. Sans ce témoin, Mary Carelli n'aurait aucune défense. »

Mais, songea Paget, il aurait pu y avoir Melissa Rappaport et Lindsay Caldwell... Il se demanda si Masters pouvait les effacer de ses pensées aussi facilement qu'elle les avait retirées du dossier.

Dans la voix de Sharpe, la compassion perçait à présent.

« Ceux qui l'ont vue témoigner n'oublieront pas Marcy Linton. Ils n'auront pas non plus de raison d'excuser Mark Ransom pour ce qu'il lui a fait. Seulement, nous ne sommes pas là pour juger un homme mort pour le viol de Marcy Linton.

« En fait, il semble que Mark Ransom se soit déjà amendé lui-même. Comme nous l'a expliqué le docteur Bass, c'est à la suite de ce viol qu'il est devenu impuissant.

« Impuissant ! répéta-t-elle. Impuissant entre le moment où il a violé Marcy Linton et celui où Mary Carelli l'a tué. »

Pour la première fois, Sharpe éleva la voix.

« Voilà, dit-elle avec une nouvelle assurance, quelle est la seule vérité que Mary Carelli nous ait dite : elle a tué Mark Ransom. Et la vérité, c'est qu'il s'agissait bien d'un meurtre. »

Non, songea Paget. La réalité de ce coup de feu, il fallait la chercher dans le moment où Mark Ransom avait poussé Mary Carelli contre le mur, avec son pénis dans sa bouche, et où il avait regardé ce pénis rétrécir peu à peu. Dans le moment où il avait rendu Mary Carelli responsable de son impuissance. En supposant, bien entendu, que la version finale de Mary correspondait bien à la vérité.

« Tout le reste est faux, affirma Sharpe. La version avancée par Mary Carelli pour excuser son coup de feu est un tissu de mensonges. Et à présent, enfin, elle se retrouve piégée, enchevêtrée à l'intérieur. Voilà ce qui est vrai. Maître Paget pourra toujours parler d'erreur judiciaire. Le seul acte qui mériterait ce qualificatif serait la libération de Mary Carelli fondée sur son témoignage. »

Il y avait de la passion dans la voix de Sharpe. Elle saisit la barre des témoins, comme pour refréner son émotion.

« La cause féministe n'a rien à voir dans cette affaire, Votre Honneur, et les mensonges de Mary Carelli n'ont rien d'accidentel. Mary Carelli a proféré ces mensonges parce qu'elle est coupable de meurtre. Nous demandons donc à la cour de rendre une ordonnance de ''causes probables''.

« Je vous remercie, Votre Honneur. »

Tandis qu'elle regagnait sa place, Paget se sentit incapable de démêler le complexe écheveau des sentiments qui l'envahissaient : fatigue, profonde colère vis-à-vis de Mary, admiration envers Sharpe, malaise devant l'injustice de ses propos. Puis il vit McKinley Brooks adresser à son substitut un signe de tête admiratif.

Lorsqu'il entendit la voix de Caroline Masters, Paget s'aperçut qu'il n'avait pas bougé de sa chaise. Mary se tourna vers lui, une supplication muette dans le regard, et il sentit la main de Terri sur son bras.

Le ton de Masters était ironique, mais renfermait un léger étonnement.

« Maître Paget, dit-elle, peut-être souhaiteriez-vous dire quelques mots au nom de Mme Carelli ? »

Il leva les yeux vers elle. Il n'avait aucune note devant lui.

« Peut-être quelques mots, oui », répondit-il.

Il marcha vers l'estrade et fit face au juge Masters.

Étrange moment, pensa-t-il : sans doute Caroline Masters avait-elle le sentiment de ne pas encore avoir entendu la vérité, une vérité que Paget était seul à connaître.

« Alors, maître Paget, que s'est-il réellement passé dans cette suite ? » demanda-t-elle comme si elle lisait ses pensées.

« Mark Ransom a abusé de Mme Carelli », répondit-il.

Le juge se pencha en avant, comme pour mieux l'observer.

« Je reconnais que maître Sharpe n'a pas pu aller vraiment au fond des choses, répliqua-t-elle. Il m'apparaît même que ce qui s'est passé dans cette suite était autre chose qu'un meurtre prémédité. Mais avouez, maître, que le récit de Mme Carelli est presque aussi imparfait que l'a suggéré maître Sharpe. On pourrait même le qualifier de diaphane ! »

Soudain, Paget eut le sentiment que le procès avait évolué vers un nouveau niveau de réalisme. Masters paraissait désormais moins offensée par les mensonges qu'intéressée par la vérité qu'elle n'avait pas encore entendue. Dites-moi, semblait-elle demander, pourquoi un verdict favorable à Mme Carelli serait plus fidèle à la justice.

Dans ces conditions, mieux valait qu'il n'ait rien préparé. Cependant, il lui fallut un certain temps pour déterminer par où il commencerait : il n'avait ni l'intention de mentir à Caroline Masters, ni celle de lui demander de croire aux mensonges de Mary.

« Mark Ransom a frappé Mme Carelli, commença-t-il. Nous le savons. Mark Ransom a frappé et violé Marcy Linton. Nous le savons. »

Il se tut, jetant un coup d'œil à Sharpe, puis à Masters.

« Personne ici ne met en doute le récit de Marcy Linton. Mais le procureur a négligé les parallèles frappants qui existent entre la façon dont Mark Ransom a traité les deux femmes.

« Tout d'abord, il a utilisé les moyens dont il disposait pour se retrouver seul avec elles : dans le cas de Marcy Linton, la lecture d'un manuscrit, dans celui de Mme Carelli, la possession d'une cassette.

« Deuxièmement, il a utilisé l'alcool pour amenuiser leurs réactions.

« Troisièmement, il a utilisé des moyens psychologiques pour les rendre vulnérables. »

Il fixa du regard Caroline Masters.

« Et quatrièmement, conclut-il d'un ton calme, il a utilisé la violence physique. Parce que c'était ce qui l'excitait. »

Sa voix gagna en intensité.

« Chacun de ces éléments est intervenu avec Mme Linton. Chacun d'eux fait également partie du récit que Mme Carelli a fait à l'inspecteur Monk. Et pourtant, avant ce procès, Mary Carelli n'avait jamais entendu parler de Marcy Linton. »

Masters croisa les bras. Paget captivait son attention, ainsi que celle de toutes les personnes présentes dans la salle. Percevant l'intensité du silence qui l'entourait, il se demanda dans quel sens l'exploiter et résolut d'éloigner les projecteurs de Mary pour les diriger sur l'homme qu'elle avait tué.

« Marcy Linton, dit-il d'une voix tranquille, n'a rien dit à personne. C'est une tragédie qui se répète presque chaque jour dans notre pays. Nous ne saurons jamais combien de femmes laissent le viol impuni parce qu'elles craignent la honte. Si bien que nous ne saurons jamais quels sont ces hommes.

« Mais aujourd'hui, parce que Mary Carelli a tué Mark Ransom, Marcy Linton est sortie de l'ombre. De telle sorte qu'enfin, nous savons quel homme était Mark Ransom.

« Dans le monde tourmenté de Mark Ransom, il n'y avait pas de place pour les femmes en tant que telles : les femmes ne pouvaient être que des projections de ses fantasmes. Pour Mark Ransom, les femmes n'avaient pas de pensées, de sentiments, ni même de vie en dehors de ses propres désirs. » La voix de Paget se chargea de mépris. « Et une fois que l'on a compris cela, on conçoit bien pourquoi il avait choisi comme objet de culte une femme morte depuis vingt ans. Pour Laura Chase, il n'y avait plus ni questions, ni espoir, ni conscience. Bref, rien de ce que toute femme perçoit, rien qui vienne gâter l'image que s'en faisait Ransom. »

Paget ne quittait plus Caroline Masters des yeux.

« Mark Ransom est mort parce qu'il n'a pas réussi à faire de Mary Carelli une deuxième Laura Chase. »

Paget s'interrompit une fois de plus, afin de laisser l'image produire son effet.

« Et cette réflexion-là est la vérité la plus profonde que George Bass nous a apportée. »

Paget esquissa un signe de tête en direction de Marnie Sharpe.

« Maître Sharpe, dit-il, a fait venir le docteur Bass pour établir l'impuissance de Mark Ransom. Mais ce qu'il nous a fourni de plus significatif, c'est un portrait indélébile de l'homme que Mary Carelli est allée rencontrer dans son hôtel. Le même homme que Marcy Linton nous a décrit :

Un violeur,

Un homme obsédé par Laura Chase,

Un homme qui prenait du plaisir à frapper les femmes,

Un homme qui a blâmé Marcy Linton pour sa propre impuissance,

Un homme déterminé à se réaffirmer sexuellement,

Un homme qui, armé des cassettes de Laura Chase, cherchait une victime avec l'espoir que la violence et le fétichisme lui rendraient sa virilité,

Un homme qui, au moment où il s'en est pris à Mary Carelli, était devenu un psychopathe. Une bombe à retardement, prête à exploser. »

Sur son estrade, Masters changea de position. Il était temps, se dit Paget, de revenir à Mary Carelli.

« Mais cet homme, reprit-il, a rencontré la mauvaise femme. Ou, plutôt, la bonne.

« La seule question qui se pose est de savoir si Mme Carelli a tiré pour se défendre. Maître Sharpe affirme que Mme Carelli n'est pas digne de foi. Nous pourrions encore débattre des heures de toutes les finesses des preuves indirectes dont nous disposons. Toutefois, tout ce que nous pouvons déterminer, là où aucun de nous, en dehors de Mme Carelli, ne connaît la vérité, ce sont les différentes théories que peut élaborer un avocat.

« Examinons donc l'essence du récit que nous a fait Mme Carelli.

« Mme Carelli a dit que Mark Ransom l'a battue. L'hématome sur sa joue vient le confimer.

« Mme Carelli a dit que Mark Ransom a abusé d'elle sexuellement. Marcy Linton et le docteur Bass apportent la preuve que c'est la vérité.

« Tout cela — au moins cela — nous le savons.

« Mme Carelli dit que, dans un instant de violence sexuelle extrême, elle a tiré sur Mark Ransom parce qu'elle craignait pour sa propre vie. » Il se redressa. « Maître Sharpe dira, bien sûr, que nous n'avons que la parole de Mary Carelli pour le croire. Mais lequel d'entre nous serait meilleur juge ? Lequel d'entre nous peut, ici et maintenant, se permettre de porter un jugement sur son jugement à elle à l'instant où elle l'a tué ?

« Mary Carelli a affronté cet instant toute seule.

« À présent, Mary Carelli est là, devant vous, pour expliquer qu'elle s'est défendue. Maître Sharpe estime qu'on ne peut pas la croire. Pourtant, ce qu'elle affirme — et qui constitue la vérité centrale de cette affaire — est hautement crédible : elle affirme que Mark Ransom éprouvait le besoin d'abuser des femmes.

« Il a changé le cours de la vie de Mary Carelli parce qu'elle s'est trouvée sur son chemin. Mais parce qu'il a rencontré Mary Carelli, Mark Ransom ne changera plus la vie d'aucune autre femme. »

Paget s'arrêta un instant pour observer Caroline Masters.

« Il m'est impossible de considérer cela comme une tragédie. Si ce n'est, peut-être, pour Mme Carelli. Ce tribunal, Votre Honneur, ne peut pas non plus considérer qu'il y a eu meurtre. »

Caroline Masters lui lança un regard interrogateur et troublé.

« La loi, dit-elle, donne une définition claire du meurtre. Et ceci est une cour de justice, non un exutoire à nos convictions ou à nos émotions. Ni aux vôtres, ni aux miennes, ni à celles de personne. »

Paget hocha la tête.

« Certes, Votre Honneur. Mais nous sommes également là pour faire régner la justice. »

Il hésita. Certes, il avait la loi contre lui et rien ne pouvait lui permettre d'échapper à cette évidence.

« Je sais que, comme vous l'avez souligné au début de ce procès, qui dit ''causes probables'' ne dit pas nécessairement culpabilité. Et je dois admettre qu'en vertu de la loi, cette cour peut se prononcer contre Mme Carelli ; je n'y peux rien. »

Paget releva la tête.

« Mais cela ne serait pas juste.

« Il ne serait pas juste de condamner Mary Carelli à un nouveau procès. Parce que ce que nous avons démontré ici, c'est que le procureur ne peut prouver la culpabilité de Mme Carelli sans qu'un certain doute subsiste. Il ne dispose pas des preuves nécessaires.

« Le procureur s'en remet donc à la juridiction relative aux ''causes probables'' pour inciter la cour à mener Mme Carelli en assises. Et là, au cœur des passions qui caractérisent tout jury populaire, il espère l'emporter sans avoir à avancer de preuves formelles, qu'il n'a pas. »

Caroline Masters restait de marbre Comment atteindre la femme en elle sans offenser le juge ?

« Cette cour a pour mission d'appliquer la loi, poursuivit Paget. Mais on ne lui demande pas de rentrer dans des considérations d'apothicaire. Car la loi est conçue pour être non pas une prescription prédéfinie et invariable, mais l'expression de ce qui est juste et moral.

« Dans cette affaire, le résultat juste — le résultat moral — serait de laisser la liberté à Mary Carelli. Car, en fin de compte, il apparaît clairement que l'homme qu'elle a décrit était bien l'homme qu'elle a rencontré. »

Paget s'interrompit pour la dernière fois avant de reprendre, d'une voix ferme et claire :

« Aussi dramatique que soit cette affaire, ce que Mark Ransom a appelé sur lui-même dans cette suite n'était que la justice. Cette cour ne peut pas faire mieux. »

Sans rien ajouter, Paget se rassit.

Des moments qui suivirent, il ne perçut que de vagues sensations : le marteau de Masters qui claquait, un adoucissement dans l'expression de Carlo, les remerciements murmurés de Mary, le départ de Masters, la foule se libérant, dans un brouhaha intense, de toute la tension accumulée...

Rien de tout cela ne lui paraissait réel. La seule certitude qu'il avait, c'était d'avoir dit ce qu'il pensait. Il fallait que cela suffît.

Ce fut Terri qui, touchant son bras, le ramena à la réalité.

« Tu peux y aller maintenant », dit-elle.

Il se tourna vers elle. Pendant un moment, il la dévisagea, comme pour trouver quelque chose à quoi se rattacher. « Où cela ? » demanda-t-il.

Chapitre six

Cela faisait longtemps que Christopher Paget n'avait pas repensé à Andrea, celle qui, un jour, avait été sa femme.

Une indescriptible cohue avait suivi l'audience. Entourés de journalistes qui les pressaient de questions, Paget, Mary, Carlo et Terri s'étaient dirigés à grand-peine vers la sortie. Puis, sur les marches, Johnny Moore avait informé Paget qu'il emmenait Carlo au lycée. Pour toute réponse, Paget lui avait suggéré de prendre Terri avec eux.

Tout de suite, il avait eu des remords d'avoir ainsi laissé partir Carlo sans rien lui dire. Toutefois, il ne savait pas encore quelle attitude il adopterait avec lui. Aussi s'était-il simplement réjoui de voir Johnny l'entraîner loin de tout cela.

Une fois le garçon disparu, Paget et Mary avaient affronté ensemble les caméras.

Mary s'était montrée exceptionnellement réservée, exprimant seulement sa reconnaissance envers Paget en ajoutant que la décision reposait désormais entre les mains du juge Masters. Puis elle était montée dans sa limousine en lançant un dernier coup d'œil à l'avocat, resté seul face aux journalistes.

Il ne s'était guère montré plus loquace : « Je vous demande de ne retenir de cette affaire que ma plaidoirie finale », avait-il déclaré sans préciser qu'il n'en avait plus lui-même aucun souvenir. Tout était flou dans son esprit.

Puis il était rentré chez lui sans s'en rendre compte, guidé par l'instinct.

La grande maison semblait désertée, comme un musée qui aurait protégé les souvenirs de gens qui n'y vivaient plus. Montant l'escalier jusqu'à sa chambre, il était tombé en arrêt devant le lit à baldaquin.

C'était Andrea qui l'avait choisi et il ne l'aimait guère. Lorsque la jeune femme était allée vivre à Paris, laissant Paget et Carlo seuls, elle ne l'avait pas emporté. Au cours de la période troublée qui avait suivi, Paget n'avait pas trouvé le temps de le remplacer. Le meuble était donc resté là jusqu'au jour où le geste de s'en débarrasser aurait passé pour une réaction à une douleur et à une déception que Paget souhaitait mettre de côté. Depuis, il n'y avait pas eu dans sa vie de femmes assez permanentes pour voir dans ce lit une réminiscence d'Andrea ou pour exprimer des goût personnels.

Longtemps, Paget resta ainsi, immobile, dans l'embrasure de la porte, à considérer le lit. Puis il reprit ses esprits et songea à la cassette. Il réentendit la voix de Mary lui apprenant que Carlo n'était pas son fils. Il se sentit projeté plusieurs années en arrière, au moment où il avait pris conscience que l'enfant avait besoin de lui, quelles qu'en fussent les conséquences : Mary était sortie de sa vie depuis sept ans et Andrea Lo Bianco était encore sa femme. Une autre existence, inconnue et désormais inaccessible, s'ouvrait encore à lui. Peut-être, lorsque Andrea aurait terminé sa carrière, décideraient-ils d'avoir un enfant. Certains moments partagés semblaient si doux...

Paget se demanda où se trouvait Andrea à présent. Elle avait disparu de sa vie sans laisser d'adresse. Était-ce possible ? Il songea que cette femme, qu'il avait aimée au point d'envisager de partager son existence, pouvait mourir sans même qu'il le sût. Il revit son visage, sa silhouette de danseuse, si semblable à celle de Mary, la mère de l'enfant qu'il ne connaissait pas encore.

Huit ans s'étaient écoulés. Andrea l'avait quitté et Carlo, ce garçon qu'il connaissait si bien désormais, n'était pas du tout son fils.

Il marcha jusqu'à la commode et ouvrit le premier tiroir. Les cassettes s'y trouvaient depuis la veille. Il les y avait cachées quelques minutes avant l'arrivée de Carlo dans la bibliothèque sombre où, aspirant à la solitude, Paget était descendu boire un verre d'alcool. Il se demanda à nouveau ce qu'il devait en faire.

C'était un point dont il ne pouvait discuter avec Terri. Si l'on découvrait qu'elle avait trouvé les cassettes et que Paget les avait détruites, tous deux partageraient les torts. Pour que Carlo n'entendît jamais cette cassette, il fallait donc faire courir un risque à Terri.

Paget se rendit compte qu'il n'avait plus aucun contrôle, ni sur sa propre vie, ni même sur ses sentiments. Il referma le tiroir.

Aller où ? avait-il demandé à Teresa Peralta.

Tout à coup, il s'aperçut qu'il contemplait le calendrier, affiché au-dessus de sa commode pour lui rappeler son emploi du temps et celui de Carlo. Il n'avait pas encore tourné la page et il se trouvait toujours sur janvier. L'examinant de plus près, il vit que ce mois était égrené des matches de basket de Carlo. Paget les avait notés en décembre, dès qu'il avait reçu le programme des compétitions, pour n'en manquer aucune. Ce mois de janvier lui apparut alors comme une longue succession de promesses non tenues : depuis que la mère de Carlo avait tué Ransom, Paget n'avait pas vu un seul match.

Quelle décision Caroline Masters prendrait-elle ?

Elle l'annoncerait le lendemain, à 14 heures. En réalité, ce qu'elle dirait importait peu à Paget : il avait cessé d'être l'avocat de Mary. Il ne prononcerait plus un mot pour sa défense.

On était le 20 février. Ce matin-là, pour la première fois, Paget s'était réveillé en connaissant la vérité sur Carlo.

Il tourna la page du calendrier.

Le 20 février était la date du dernier match de Carlo. Johnny l'y avait-il amené ?

Cela lui parut peu probable. Comment le garçon aurait-il le cœur à jouer au basket ? Quoique, le matin même, Paget avait plaidé l'innocence de Mary. Or, s'il s'était forcé à aller au tribunal, pourquoi Carlo ne se forcerait-il pas à défendre les couleurs de son équipe ?

Aller où ? Paget venait de trouver la réponse à la question. Il irait voir Carlo jouer. Il n'avait rien d'autre à faire.

En arrivant dans les tribunes, Paget se sentit désorienté.

Le gymnase, les banderoles rouges, sur lesquelles se détachaient les lettres blanches d'ACADEMY PREP, l'équipe de Carlo, le mouvement des joueurs, tout se mêlait dans sa vision. Les acclamations du public ressemblaient à de lointains signaux. Pourtant, les parents habituels étaient là, disséminés sur les gradins, avec leurs visages familiers. Assis seul à l'extrémité d'un banc, Johnny Moore leva les yeux vers Paget : il paraissait agréablement surpris.

« Tu prends ton après-midi ?

— Oui. Enfin. » Paget s'assit près de lui. « Fais-moi une faveur, Johnny. Si tu as l'intention de commettre un meurtre, attends au moins une semaine ! Et n'assassine pas quelqu'un que je connais. »

Moore se garda bien de sourire. Ensemble, ils suivirent le match en silence. Parmi les joueurs en maillot rouge, Paget reconnut Carlo.

Son visage ruisselait de sueur. Il traversait le terrain en courant pour se placer en défense, dégageant d'une main impatiente son épaisse chevelure noire. Il jeta un coup d'œil rapide aux joueurs rouges et bleus, puis à l'horloge. Il n'avait pas vu Paget. Se tournant vers Moore, celui-ci demanda :

« Comment a-t-il joué cette année ?

— Bien, comme je te l'ai dit. Il a plus progressé que tous les autres joueurs. Il se donne à fond en permanence. C'est le plus volontaire de l'équipe. »

Paget hésita.

« Il n'en a pas beaucoup parlé à la maison. Je pensais qu'il n'était pas content de lui.

— C'est le joueur que l'équipe respecte le plus. À le regarder, on ne devinerait jamais ce qui arrive à sa mère. Il ne laisse rien paraître. Il n'a pas cessé de s'améliorer cette dernière saison.

— Je me demande si c'est très bon.

— Comment voudrais-tu qu'il soit ? Vraiment, je suis sûr que tu aurais pris plaisir à le voir. Il adore jouer lorsqu'il se sent en danger. »

Paget se tut à nouveau. Puis, d'un signe de tête, il désigna les joueurs en bleu.

« Et les autres, qui sont-ils ?

— L'équipe de Woodland Prep. Tu vois le gosse, là, le Noir ?

— Oui.

— C'est Tony Farrow. Il joue un jeu que la plupart des autres ne comprennent même pas. » Moore sourit. « C'est vraiment dommage que tu aies raté le match aller contre leur équipe...

— Je ne suis pas sûr que Carlo m'en ait parlé.

— Il a marqué un panier de justesse contre Farrow. » Sa voix était chaleureuse. « Il a intercepté une passe destinée à Farrow, a fait une feinte pour l'envoyer d'un côté, puis s'est glissé derrière lui pour passer sous le panier. Il a marqué une seconde avant la cloche. C'était digne des plus grands ! »

Que m'est-il arrivé, se demanda Paget. Que nous est-il arrivé ? Se replongeant dans le silence, il suivit la partie. La vision du garçon, qui jouait avec plus d'intensité que tous les autres, l'empêchait de penser au passé, à Mary Carelli, ou à l'ordonnance que devait rendre Masters.

Le jeu transformait Carlo. Le garçon semblait désireux de s'y oublier, afin de se retrouver lui-même dans le va-et-vient incessant des corps. Brusques émotions qui assaillent. Stratégie, erreurs et spontanéité. Il réagissait différemment en fonction des moments et ses tirs n'étaient pas encore très réfléchis, mais ce garçon calme à l'ironie mordante et à la moue paresseuse, capable de se prélasser des heures sur un canapé, jouait à présent avec une conviction et une intensité que Paget ne lui aurait pas soupçonnées. Il s'emparait du ballon, interceptait les tirs, bondissait vers le panier, hurlait encouragements ou conseils sans s'arrêter une seconde.

Par quelle alchimie étrange Carlo avait-il pu se transformer ainsi ? Paget ne pouvait s'empêcher de le comparer à l'enfant de sept ans, effrayé à l'idée de sortir ou incapable de rattraper la petite balle de mousse que Paget lui lançait. Entre cette époque-là et l'instant présent, il y avait eu des centaines et des centaines de tirs effectués dans le panier que Paget avait installé dans le petit jardin, derrière la maison. Le bruit du ballon rebondissant sur le mur résonnait encore à ses oreilles.

Lorsque la cloche finale retentit, Carlo se pencha en avant, tête baissée et mains sur les cuisses. À l'autre bout du terrain, les joueurs des Woodlands s'étaient rassemblés et manifestaient leur joie. L'équipe de Carlo avait perdu.

Ses coéquipiers l'entouraient à présent, lui tapant dans le dos en guise de consolation ou exprimant leur déception. Carlo ne réagissait pas. Il avait besoin de récupérer.

« Je t'invite au restaurant ? »

Paget était descendu sur le terrain. Il avait pris son ton le plus banal, celui qu'il avait autrefois lorsqu'il venait le chercher après ses entraînements.

Carlo resta stupéfait. Quelques instants, il se remémora le premier souvenir qu'il avait de cet homme, qui lui paraissait si grand alors. Il se sentit redevenir un petit garçon.

« D'accord ! Mais il vaut peut-être mieux que j'aille prendre une douche d'abord. »

La plage avait changé depuis la veille.

En venant, Terri avait pensé y voir planer l'ombre de sa rencontre avec Christopher Paget. Mais il n'en restait aucune trace. Le soleil du soir miroitait au bord de l'eau. Les vagues faisaient un bruit sonore et rassurant.

Terri était assise dans une petite crique creusée dans la falaise. À ses pieds, jouait Elena. Avec une concentration très solennelle, la fillette disposait des figurines autour de petits meubles de plastique. Il semblait y avoir un père, une mère et une petite fille. Terri songea qu'elle eût aimé lire dans ses pensées. Puis, brutalement, Paget surgit à nouveau au centre de ses réflexions.

Jamais, c'était certain, il ne défendrait à nouveau Mary Carelli, même si, de l'avis de Terri, sa dernière plaidoirie avait été plus percutante que tout ce que Mary aurait pu espérer. Caroline

Masters avait-elle été sensible à ses paroles ? Après tout, Terri était seule à savoir à quel point il était resté fidèle à la vérité.

Terri se prit à imaginer la vie tout entière comme une cassette que l'on pourrait, en poussant le bouton "Avance rapide", amener directement au lendemain, à l'heure où le juge livrerait sa décision.

Les cassettes...

Elles lui faisaient peur à présent. Si Paget les avait détruites et que l'on remonte leur trace jusqu'à elle, le district attorney lui infligerait un blâme. Et malgré tous les efforts de Paget pour la protéger, elle ne manquerait pas d'en subir les conséquences professionnelles. Or, son métier était la seule sécurité qu'Elena et elle possédaient désormais.

Elle regarda sa fille, qui discutait avec ses petits personnages.

« Tu t'assois là, ordonnait-elle, et papa s'assoit à côté de toi.

— À qui parles-tu comme ça ? lui demanda Terri.

— À toi. Tu dois te mettre près de papa.

— Et toi, où te mets-tu ?

— Là ! » fit-elle triomphalement en installant l'enfant de plastique entre ses deux parents.

Un enfant, songea Terri, en train de mettre de l'ordre dans le monde des adultes... Elle était certaine de n'avoir laissé paraître aucun signe de ses conflits avec Richie. Pourtant, Elena semblait avoir une intuition. Elle jouait à ce petit jeu familial depuis plus d'une heure, durée qui dépassait de beaucoup sa capacité d'attention habituelle. Terri l'avait rarement vue aussi absorbée.

« Il te plaît, ce jeu ? demanda-t-elle encore.

— Oui. » Elena s'interrompit, puis releva brusquement la tête. « Dis, maman, pourquoi es-tu si méchante avec papa ? »

Le ton était mi-interrogateur, mi-accusateur. Terri resta un instant sans voix. Soyons naturelle, se dit-elle.

« De quelle façon suis-je méchante avec papa ? » demanda-t-elle.

Elena ne répondit pas. Mais elle semblait convaincue de ce qu'elle disait.

« Il pleure, papa, tu sais...

— Tu l'as vu pleurer ?

— Non. Il ne veut pas pleurer devant moi. Il pleure quand il est tout seul, quand tu lui as fait du mal. »

Terri s'efforça de ne rien laisser transparaître de sa colère.

« Si tu ne l'as pas vu, comment le sais-tu ? demanda-t-elle calmement.

— Parce qu'il me l'a dit ! » La voix d'Elena trahissait une

certaine fierté. « Quand je suis seule avec lui, et qu'il vient me border, le soir, nous parlons de ce que nous pensons. »

Terri sentit la fureur l'envahir.

« Papa ne devrait pas te dire des choses comme ça, fit-elle sans réfléchir.

— Oh si, il doit ! » Elena secouait la tête, presque en colère. « Papa m'a dit que j'étais assez grande pour savoir des choses. »

Terri songea qu'elle avait été bien bête. Quoi qu'il en soit, ce n'était pas avec Elena qu'il fallait résoudre ce problème, mais entre adultes dotés d'assez de compassion pour savoir que, tout au fond d'eux-mêmes, les enfants tiennent à rester des enfants.

Elle eut soudain envie d'affronter Richie sans attendre. Mais pouvait-elle partir subitement, laissant la conversation encore fraîche dans l'esprit d'Elena ? L'enfant ne manquerait pas de voir le rapport de cause à effet. « Je peux jouer avec toi ? » interrogea Terri.

Tout à coup, l'humeur de l'enfant se transforma. Elle sourit à sa mère : « Oui », dit-elle.

Pendant une demi-heure, Terri et sa fille jouèrent, parlant de tout et de rien, jusqu'à ce que la brise devînt trop fraîche.

Sur le chemin du retour, Terri n'écouta que d'une oreille le babillage d'Elena. Son esprit était aussi froid que la brise de l'océan.

Elles trouvèrent Richie dans la cuisine. À la vue de l'enfant, il se pencha vers elle et lui lança un sourire lumineux.

« Comment va mon petit ange ? »

La voix parut mielleuse à Terri. Mais sans doute son humeur du moment était-elle pour quelque chose dans ce jugement.

« Tu vas ranger tes jouets ? » dit-elle à Elena.

La fillette obéit aussitôt et disparut dans sa chambre. Terri la trouva inhabituellement coopérative. Elle se demanda si, inconsciemment, elle ne cherchait pas à rendre ses parents heureux.

« Alors, ta journée ? demanda Richie. Ça va bien au tribunal ?

— Très bien. Et toi ? Tu n'as pas trop pleuré aujourd'hui ? »

Il resta un instant interdit, puis esquissa un demi-sourire interrogateur qui disparut dès qu'il leva les yeux vers elle.

« Le plus drôle, poursuivit-elle sur un ton badin, c'est que, justement, tu ne pleures jamais. Je serais peut-être mieux disposée à ton égard si cela t'arrivait de temps en temps. Mais à part t'apitoyer sur ton propre sort, dans le but de me manipuler, bien sûr, tu n'es capable d'aucun sentiment. Seulement Elena, elle, est bien trop jeune pour s'en rendre compte. »

Richie la dévisagea en silence.

« Arrête d'être agressive, fit-il. On peut exprimer ses émotions de différentes façons, tu sais.

— Qu'es-tu allé raconter à Elena ? »

Il croisa les bras. Terri aperçut une lueur de satisfaction dans son regard.

« Lainie est une petite fille intelligente, Ter. Même un parent ne peut lui dissimuler ce qui se passe. »

Il y avait quelque chose d'effrayant dans sa façon de s'approprier cette enfant de cinq ans pour corroborer sa vision des choses.

« Elena n'est pas une simple prolongation de toi-même, Richie. C'est un individu à part entière. »

Richie eut un sourire entendu.

« Je comprends : tu l'as toujours eu mauvaise parce que Lainie me ressemble. Alors maintenant, tu me blâmes pour cela. Eh bien, désolé, Ter, mais c'est comme ça ! »

Terri continuait à le dévisager. « Qu'es-tu allé lui dire ? répéta-t-elle.

— Je m'efforce simplement d'être un bon père, rétorqua-t-il froidement. Je veux que Lainie connaisse la différence entre le véritable amour et le faux, celui qui ne se fonde que sur des images.

— Ah ! et comment est-il, ce véritable amour ? Je ne suis pas sûre de savoir le reconnaître.

— Dans ce cas, je vais t'expliquer. » Richie parlait d'un ton de patience exagérée. « Le véritable amour, c'est lorsqu'on s'engage à fonder une famille et qu'on s'y accroche, même dans les périodes difficiles. C'est exactement l'opposé de ce mélo que tu nous joues avec Christopher Paget, le contraire d'une toquade. C'est la substance, et non la surface. » Une colère sourde perçait dans sa voix. « Cela me fait de la peine pour toi, Ter. Si tu n'apprends pas à te comprendre toi-même, tu iras d'échec en échec, tu ne rencontreras jamais le bonheur que tu pourrais trouver en m'acceptant tel que je suis.

— Mais toi, au moins, tu seras débarrassé d'une femme qui ne te mérite pas. » Terri s'interrompit : ce qu'elle ressentait était trop fort pour le sarcasme. « Tu ne comprends rien, Richie. Même si tu étais le plus gros promoteur du pays, cela ne changerait rien. »

Il secoua la tête.

« Dès que tu as trouvé un boulot, tu as changé. Parce que tu as eu peur que je gagne plus que toi. Tu craignais de paraître insignifiante à côté de moi. » Il eut un signe d'impuissance. « Rien ne te rend heureuse. Tiens, c'est comme ces derniers temps : tu veux que je m'occupe de Lainie et, quand je le fais, tu te plains Je ne peux jamais sortir gagnant dans ces conditions ! »

Terri secoua la tête.

« Si, Richie, au contraire : tu sors toujours vainqueur d'habitude. Mais, cette fois, je ne te laisserai pas faire. Pas avec Elena.

— Lainie n'est pas comme toi et elle ne me verra jamais comme toi, tu me vois. Elle est bourrée d'imagination, comme moi. Nous communiquons à un niveau que tu ne comprends pas. » Sa voix se fit autoritaire. « C'est comme ça, Terri. Il faut que tu surmontes ta jalousie pour voir à quel point je suis bénéfique pour elle. »

Terri ne trouva rien à répondre. Elle se contenta de laisser la réalité l'envahir : Richie verrait toujours Elena d'après ses propres besoins. Or, si l'un de ces besoins était de se servir de l'enfant pour manœuvrer Terri, il le ferait sans l'ombre d'une hésitation, avec la certitude que c'était bon pour Elena.

« Je te quitte », lança-t-elle.

Richie se raidit. Ils restèrent immobiles, s'observant l'un l'autre dans le soleil couchant.

« Tu ne peux pas faire ça », dit enfin Richie. Il s'efforçait de parler avec calme. « Pas sans avoir vu un conseiller conjugal. Je vais prendre rendez-vous. D'ici six mois, nous verrons où nous en sommes. »

Il avait fallu un moment à Terri pour croire elle-même à ce qu'elle avait dit. Il lui en fallut un autre pour pouvoir assener la suite :

« Aucun conseiller ne pourra jamais rien pour toi, Richie. Ni pour moi, d'ailleurs. »

Richie semblait souffrir.

« Qu'y a-t-il de si irrémédiable ? »

Sa voix était tout à coup plaintive. Terri en fut peinée et regretta presque ses paroles.

« Tu n'arrives pas à voir les autres comme des individus extérieurs à toi, Richie, expliqua-t-elle à mi-voix. Je ne peux rien y changer, et je ne me battrai pas contre cela.

— Mais tu n'as qu'à m'aider, Ter. C'est à ça que sert le mariage. »

Ses épaules s'étaient affaissées. Il semblait seul et perdu. Terri songea à Elena. « Non, répliqua-t-elle. Toi seul peut t'aider toi-même. Il est trop tard pour nous, Richie, et il faut que je pense à Elena.

— Si tu pensais à Elena, s'écria-t-il, tu lui offrirais une famille intacte.

— C'est exactement ce dont je rêve pour elle, Richie : une

famille. Mais il existe une différence entre *intacte* et *saine*. Notre couple n'est pas sain pour elle. »

Le soleil s'était couché et la pièce baignait dans l'ombre à présent. Richie se rapprocha.

« Ce n'est pas à toi de dire ce qui est sain, mais au juge. Et lui, il m'écoutera.

— Ah ? Et que lui diras-tu ?

— Que c'est moi qui me suis occupé d'elle pendant que tu travaillais de longues heures en tête à tête avec un homme qui pourrait bien être ton amant. Que je veux garder Elena. » Au sourire qui suivit, on eût dit qu'il se félicitait de sa propre intelligence. « Et que pour l'élever, j'ai besoin d'au moins soixante pour cent de ton salaire.

— C'est absurde. »

Il eut un sourire triomphal.

« C'est la loi, Ter. J'ai vérifié. Et même si tu obtiens la garde, penses-tu trouver facilement un homme qui accepte d'élever la fille d'un autre ? Tu resteras seule, Ter ! »

Terri s'efforça de garder son sang-froid.

« Je ne t'aime pas, dit-elle. Je ne pense pas que tu sois un bon père pour Elena. Je ne pense pas que notre ''famille'' soit bonne pour Elena. Alors si je dois me retrouver seule, tant pis. Et si je dois me battre contre toi pour Elena, je le ferai.

— Tu perdras... Mais ne t'en fais pas, Terri. Un week-end sur deux, je te laisserai voir ma fille. »

Elle s'efforça de parler d'une voix lente et calme.

« Écoute, Richie : je prends Elena et nous allons chez ma mère. Alors il faut que nous décidions ensemble ce que nous allons lui dire.

— Il n'y a rien à lui dire.

— Si. Et il faut que nous le décidions ensemble. »

Il se tenait tout près d'elle à présent. Dans l'obscurité, elle ne voyait pas son visage, trop proche.

« Nous ne lui disons rien, répéta-t-il. Et d'ailleurs, tu ne vas nulle part. »

Sa voix tremblait d'une colère contenue qu'elle ne lui avait jamais entendue. Elle trahissait sa rage devant l'échec qu'il était en train d'essuyer. Elle fit un pas pour sortir, mais il lui bloqua le passage. Terri protesta d'une voix qu'elle entendait trembler.

« Si. Mais je t'en prie, ne complique pas les choses.

— Tu n'as pas compris, Ter. Je ne te laisserai pas faire cela. »

Elle sentit son cœur s'emballer. Elle devait faire quelque chose. Posant la main sur l'épaule de Richie, elle le poussa doucement et essaya de passer.

« Espèce de salope ! » cracha-t-il.

Elle s'immobilisa quand il leva la main pour la frapper.

« Non ! parvint-elle à articuler.

— Tu veux toujours partir, Ter ? » Il gardait la main levée, prêt à frapper. « Ou es-tu prête à discuter ? »

Elle ne répondit rien. Le voyant armer son bras plus haut encore, elle eut un mouvement de recul. « Non ! » hurla-t-elle à nouveau. Puis elle se retourna et courut jusqu'au mur opposé. Elle l'entendit la suivre. Elle tâtonna dans l'obscurité pour trouver l'interrupteur. Lorsqu'elle alluma et se retourna, Richie se tenait tout près d'elle. Il avait toujours la main levée, mais clignait les yeux dans la lumière. Terri respirait fort.

« Fais-le, Richie ! Allez, frappe-moi deux fois. Pour être sûr que cela n'échappera pas au juge ! »

Elle vit le rouge lui monter au visage. Il ne bougea pas. Elle le dévisagea.

« Jusque-là, je me disais qu'au moins tu n'étais pas violent. Pas comme mon père avec ma mère. » Elle s'interrompit pour reprendre son souffle. « Maintenant, je sais pourquoi. Avant même de te rencontrer, j'avais déjà pris l'habitude de céder ! »

Richie restait silencieux, un peu penaud, immobile.

« Mais c'est fini, poursuivit-elle. Que tu me frappes ou non, je m'en vais. Et si tu le fais, sois bien sûr que je m'arrangerai pour que tu ne lèves plus jamais la main sur qui que ce soit. »

Il la regarda bouche bée. Sa colère se transforma en une autre expression, mélange d'embarras et de vulnérabilité. Il laissa retomber sa main sur le côté.

Surtout, qu'il ne voie pas que tu as peur, se dit Terri. Elle savait que la crise n'était pas terminée. Son seul objectif, désormais, était de quitter la maison avec Elena.

Elle se redressa, certaine qu'il ne la frapperait plus.

« Je trouverai quelque chose à dire à Elena », fit-elle.

Puis elle passa devant lui pour aller chercher sa fille. Elle ne se retourna pas.

Carlo examina son avant-bras. Il s'était blessé durant le match et son poignet avait enflé.

« J'ai l'impression que je ne vais plus pouvoir faire mon travail de classe », dit-il.

Tous deux se trouvaient dans leur restaurant préféré : Paget aimait l'endroit pour ses boiseries et ses nappes blanches, vestige du San Francisco d'antan, Carlo pour ses cheeseburgers. Paget sirotait un Martini.

« Tu peux tout de même continuer à lire et à apprendre. Tu n'auras qu'à tourner les pages de la main gauche. »

Le garçon lui lança un bref sourire.

« T'es sympa, merci.

— Le jour où tu seras vraiment estropié, tu reviendras me parler de tes devoirs. En attendant, ajouta-t-il en désignant du menton l'assiette vide de Carlo, j'ai l'impression que tu t'en es bien sorti avec le cheeseburger !

— Je mourais de faim. »

La conversation n'avait pas été très animée jusque-là. Ni l'un ni l'autre n'avait prononcé le nom de Mary. Leur bref échange sur le poignet de Carlo relevait plus d'un réflexe que d'une conversation.

Ils redevinrent silencieux. Pourtant, aucun d'eux n'avait envie de partir. Sans doute redoutaient-ils de retrouver le malaise ambiant qui planait à la maison. Et puis, mieux valait retarder le moment où ils se retrouveraient plongés dans l'angoisse de l'attente du verdict qui tomberait le lendemain.

Paget commanda un café pour lui et un dessert pour Carlo. L'adolescent promenait distraitement son regard autour de lui tout en jouant avec sa petite cuillère. Paget aurait aimé trouver quelque chose à dire. Mais ce qu'il savait — et qu'ignorait Carlo — pesait comme un fardeau. Il n'était pas encore parvenu à réfléchir comme il le fallait.

« Tu as été excellent ce matin, lança Carlo en examinant sa petite cuillère. C'est bien que tu aies fait ça pour elle.

— Honnêtement, Carlo, je me demande encore pour qui je l'ai fait... Tu te souviens, le premier soir, quand tu m'as dit que je ne devais pas m'occuper de cette affaire ?

— Oui. J'étais sûr que tu ne la croyais pas. »

Paget hocha la tête. « J'en suis désolé. Enfin ! J'ai fait de mon mieux.

— Je sais. J'étais là. »

Paget considéra le visage du garçon.

« On s'est dit des choses pas très tendres hier soir... »

Carlo détourna les yeux.

« Jusqu'à présent, je pouvais toujours compter sur toi...

— Tu sais, je ne suis pas un robot. Je ressens des choses, tout comme toi.

— Mais tu étais prêt à l'abandonner. » Carlo s'interrompit, soucieux de s'expliquer. « Et puis, ce n'était pas seulement à cause d'elle. C'était aussi à cause de toi. Si je ne peux plus compter sur toi, vers qui d'autre puis-je me tourner ?

— Penses-tu avoir été juste en disant ce que tu m'as dit hier ?

— Non. J'étais en colère... Et toi ?
— Moi non plus. Seulement, tu peux m'accorder les circonstances atténuantes. Cette affaire me mine, tu sais, pour des raisons que tu ne peux pas comprendre. Mais tu peux être sûr que jamais je n'ai souhaité te priver de mère. Tout ce que je voulais, c'était que tu sois heureux. »

Le regard de Carlo devint moins réticent.

« Je l'ai toujours été, dit-il. Jusqu'à présent. Mais là, je ne comprenais plus ce qui se passait. Je ne comprends rien à tout ça... »

Ces mots simples ébranlèrent Paget. Il songea à nouveau au petit garçon de sept ans sans avenir, sans amour. Depuis qu'il savait tout, Paget s'était efforcé de trouver le jeune homme différent de l'enfant qu'il avait été, et cela l'avait fait souffrir.

« C'est entre ta mère et moi, répondit-il. Notre passé est trop chargé. Il faut que tu arrives à comprendre que je n'éprouve pas pour elle les mêmes sentiments que toi, et qu'elle n'éprouve pas pour moi ce qu'elle éprouve pour toi. Mais bien sûr, je trouve tout à fait normal que tu l'aimes.
— Parce que n'importe quelle mère vaut mieux que pas de mère du tout ?
— Non. Parce qu'entre toi et elle, il peut y avoir quelque chose, et je crois qu'elle y tient énormément. À condition que je ne me mette pas en travers de votre chemin. »

Carlo releva la tête.

« De toute façon, je ne te laisserai pas.
— Et elle non plus... Seulement, je ne peux plus être son avocat, Carlo. Si elle perd demain, je l'aiderai à trouver quelqu'un d'autre. »

Carlo attendit quelques instants avant de hocher la tête.

« Tu penses qu'elle va perdre ? demanda-t-il.
— Oui. Je le crois. »

Carlo prit la réponse de plein fouet.

« Si elle perd, fit-il, personne ne pourra te le reprocher. Je ne savais pas à quel point tu étais fort.
— Je ne te l'avais jamais dit ?
— Non. » Carlo ne sourit pas. « Je crois qu'aucun autre avocat n'aurait pu faire mieux. »

Paget resta silencieux. Il avait l'impression que le garçon se sentait déjà moins tendu.

« Je regrette d'avoir manqué tous tes matches », lança-t-il au bout d'un moment.

Carlo haussa les épaules.

« Ce n'était pas de ta faute. De toute façon, ce n'est pas grave.

— Tu te donnes à fond quand tu joues. J'étais fier de toi aujourd'hui. »

Carlo regarda au loin, comme s'il avait beaucoup à dire, et plus encore à demander. Mais il se contenta d'une réponse platonique : « Merci, papa. »

Paget se demanda pourquoi ces deux mots remplissaient ses yeux de larmes.

« Je t'aime vraiment beaucoup, Carlo. Vraiment beaucoup. »

Carlo eut un sourire étonné.

« Ce n'était qu'un jeu, papa. Je m'en remettrai. »

Paget réussit à grimacer un sourire à son tour.

« Il est vrai, dit-il, que les parents manquent parfois de perspective. »

Il était 22 heures passées quand ils rentrèrent, et près de 23 heures quand le téléphone sonna dans la chambre de Paget. C'était McKinley Brooks.

« Nous avons demandé à voir le juge Masters demain matin, annonça-t-il sans la moindre entrée en matière. À 10 heures. Elle m'a prié de t'avertir. »

Brooks parlait d'une voix sombre.

« À huis clos ? interrogea Paget.

— Non. En public. Nous avons convoqué la presse. »

Paget jeta un coup d'œil vers le tiroir où étaient cachées les cassettes.

« De quoi s'agit-il ?

— Je ne peux pas t'en parler. Tu l'apprendras en même temps que les autres. Quoique tu doives déjà t'en douter. »

Terri ! On avait dû remonter la piste des cassettes et trouver sa signature sur le registre de la poste. Elle était en danger, et Brooks entendait bien tirer le meilleur parti de sa découverte.

« Ce n'est plus le moment de s'amuser, Mac. Si tu as l'intention d'introduire de nouvelles pièces à conviction ou de faire quoi que ce soit du même style, tu dois consulter le juge en privé.

— C'est pour *cela* qu'il est trop tard, Chris. Cela se déroulera en public, sur ordre du juge Masters. À demain. »

Brooks raccrocha. Paget resta immobile. On allait accuser Terri d'obstruction à la justice. Et, bien sûr, Paget. Avec cela, le D.A. n'avait plus aucune chance de perdre la partie : indignation justifiée si Paget avait détruit les cassettes, demande du public qu'on les auditionne si elles étaient intactes. Dans les deux cas, Caroline Masters n'aurait d'autre choix qu'énoncer une ordonnance défavorable à Mary Carelli

Seulement, Brooks ignorait le tort que la seconde cassette ferait à Carlo.

Un instant, Paget fut tenté d'appeler Terri. Cependant, il connaissait déjà sa réaction : elle l'engagerait à détruire la cassette pour préserver Carlo. Bien entendu, il refuserait. Dans ces conditions, mieux valait épargner une nuit blanche à la jeune femme.

Il ouvrit le tiroir et en sortit les cassettes, qu'il considéra un moment avant de les glisser dans sa serviette.

Il restait encore une solution : si Brooks s'en prenait à Terri, Paget demanderait une suspension d'audience et transmettrait les cassettes à Caroline Masters.

Il saisit le téléphone et composa le numéro de Mary Carelli.

Chapitre sept

La salle d'audience parut sinistre à Paget.

Comme d'habitude, elle était bondée : McKinley Brooks avait prévenu la presse de son apparition de dernière minute. Assis près de Sharpe à la table de l'accusation, les mains croisées sur le ventre, il affichait la sérénité d'un homme habitué à masquer ses sentiments. Quant à Sharpe, elle semblait moins tendue qu'à l'accoutumée, même si son visage restait grave. Sans doute n'aurait-elle aucun rôle à jouer ce matin.

Comme toujours, Carlo était derrière sa mère. Paget n'avait pu le dissuader de venir. L'angoisse du garçon se lisait sur son visage. Paget ne lui avait pourtant rien dévoilé de ses inquiétudes ; mais sans doute ce silence en disait-il plus long que toutes les explications du monde.

L'avocat n'avait rien dit non plus à Terri. Il avait attendu le matin pour la prévenir qu'ils retournaient au tribunal. Elle avait paru inquiète, saisissant aussitôt ce qui s'annonçait.

Assis près d'elle, Paget distinguait des cernes sous ses yeux. Visiblement, elle n'avait guère dormi. Il se reprocha de l'avoir poussée à s'investir dans cette affaire, qu'elle avait trop pris à cœur. La tension de ces dernières semaines semblait l'avoir beaucoup affectée.

Chose étrange, la seule personne à connaître les craintes de Paget affichait une expression paisible. La nuit dernière, il avait informé Mary qu'il rendrait les cassettes si on les lui demandait. Elle était d'abord restée silencieuse, puis avait répondu : « De toute façon, tu n'as guère le choix : si Terri ne les avait pas trouvées, elles auraient atterri tôt ou tard sur le bureau de Brooks. On ne peut tout de même pas en faire subir les conséquences à Terri ! »

Elle n'avait rien ajouté. À présent, elle semblait résignée. Elle se retrouvait battue à son propre jeu et ne pouvait s'en plaindre à personne. Elle n'avait aucune intention de laisser quiconque voir ce que Paget avait vu. Son tourment n'appartenait qu'à elle. Le reste reposait entre d'autres mains.

Tout le monde attendait le juge Masters.

Celle-ci prenait son temps. Ces dix minutes de retard, de la part d'une femme si ponctuelle d'ordinaire, avaient quelque chose de surprenant.

« Mesdames et messieurs, la cour ! » annonça l'huissier.

Le juge Masters fit son entrée. Elle s'installa dans son fauteuil, posa ses mains devant elle et s'adressa directement à Brooks. Ses traits aquilins ne laissaient filtrer aucune curiosité. Paget eut même la vague impression de déceler un zeste d'appréhension.

« Bien, dit-elle. De quoi s'agit-il ? »

Brooks s'avança.

« Je voudrais vous parler, Votre Honneur, d'un sujet d'importance. Je ne pense pas faire perdre son temps à la cour en réclamant son attention. »

L'expression du juge était opaque.

« Je vous en prie, monsieur Brooks. »

Instinctivement, Paget posa la main sur le cartable posé à ses pieds, puis regarda Terri. Lorsqu'elle se tourna vers lui, il crut qu'elle avait compris.

« J'ai les cassettes », chuchota-t-il.

Ses yeux s'agrandirent de surprise.

« Pourquoi ?

— Parce que j'ai décidé de prendre mes responsabilités. »

Elle le considéra.

« Et Carlo ? fit-elle.

— Je sais. Mais c'est la seule solution. »

Brooks s'était avancé jusqu'à l'estrade.

« Il y a six semaines, commença-t-il, dans cette ville, une journaliste réputée a tiré sur l'écrivain le plus célèbre d'Amérique et l'a abattu. Cette mort a soulevé des questions fondamentales : pourquoi les victimes de meurtre sont-elles si souvent négligées ? Et comment traiter une femme dont la défense repose sur la tentative de viol, qui ne peut être prouvée ?

« Ce sont des questions difficiles. Elles ont suscité un procès tout aussi difficile. La cour qui a siégé dans cette salle a eu des jugements très délicats à émettre. Cette affaire a exigé de maître Sharpe une habileté hors du commun. Et même en dehors de cette salle, elle a provoqué bien des débats dans l'opinion publique.

« En tant que district attorney, j'ai ressenti à la fois la pression du tribunal et l'ambivalence des sentiments du public. J'ai entendu les habitants de notre ville débattre du procès, s'interroger sur l'innocence de Mme Carelli, mettre en doute la sensibilité de mon bureau face aux violences que trop de femmes subissent. À tous ces gens, j'ai répondu : ''Je suis un trop fervent défenseur des droits des femmes pour tolérer qu'on les exploite''. Car il ne nous est pas possible de croire Mary Carelli. »

Brooks s'interrompit. Son visage devint presque triste.

« Malheureusement, malgré le grand professionnalisme dont nous avons fait preuve ici, malgré les longues soirées que notre bureau a passées à débattre et à réfléchir, le malaise persiste. Beaucoup se demandent si l'on peut vraiment traiter un tel cas par les voies légales, dans la mesure où l'on dispose de preuves si indirectes, où le problème est si chargé affectivement, où les enjeux sont si élevés et notre foi en la justice si fragile. Bien sûr, il serait hors de question que notre bureau recule par crainte des conséquences. Que ces dernières soient politiques ou juridiques.

« Quels que soient les sentiments de certains, si les preuves justifient un recours aux tribunaux, notre bureau se doit de mener l'affaire devant la justice. Aujourd'hui toutefois, après avoir passé en revue tous les éléments dont nous disposons dans cette affaire, nous avons la possibilité de restaurer notre foi en la justice. »

« Il va vous offrir en holocauste, Terri et toi, chuchota Mary, sarcastique. Quelle meilleure façon de prouver ma culpabilité que de démontrer celle de mes avocats ? »

Mais Paget n'avait pas quitté des yeux Caroline Masters.

« Attends ! » souffla-t-il.

« Nous avons entendu Marcy Linton, poursuivit Brooks. Nous avons fait témoigner le docteur Bass. Et nous avons pris le temps de réfléchir.

« Il faut se rendre à l'évidence : les pièces à conviction dont nous disposons ne sont pas déterminantes. La seule certitude que nous ayons, c'est que, quel que soit le verdict final — y compris le verdict de culpabilité que nous avons demandé —, beaucoup de gens le trouveront injuste. Ainsi, tout au long de ces six semaines d'instruction, nous avons cherché des preuves qui viennent confirmer notre thèse et convaincre les sceptiques. »

Brooks s'interrompit et regarda Paget. « Les cassettes », murmura Mary. Paget ne répondit pas. Il ne pouvait que rester là, immobile et impuissant, et attendre la suite.

« Nous n'avons rien trouvé, conclut tranquillement Brooks. Et nous pensons désormais qu'il n'y a plus rien à trouver. »

Paget se figea, interloqué. Les journalistes semblaient suspendus aux lèvres du D.A. Seul, ce dernier restait serein.

« Nous demandons donc à la cour de classer l'affaire et de relaxer Mme Carelli. »

Le public réagit bruyamment à ces derniers mots. Paget resta interdit : il n'était pas sûr d'avoir bien compris. Mary se tourna vers lui, stupéfaite. Seule Caroline Masters ne semblait pas surprise. Elle abattit son marteau et attendit le silence. Sur l'estrade, Brooks, très calme, n'avait pas bougé.

« J'approuve votre conclusion, lui répondit le juge. Quoi qu'il ait pu se passer dans cette suite, il semble clair que Mark Ransom a maltraité Mme Carelli. Cela n'implique pas pour autant l'absence de "causes probables". Toutefois, en l'état actuel des choses, on ne peut demander à un jury populaire de se prononcer sur la culpabilité de Mme Carelli. Maître Brooks, votre décision vous honore. » Elle se tourna vers la table du procureur. « Tout comme la prestation de maître Sharpe devant cette cour. »

Brooks fit un signe de tête.

« Merci, Votre Honneur. »

Masters considéra Mary Carelli un long moment. Elle semblait l'évaluer. Puis elle prononça la sentence finale :

« L'affaire est classée, madame Carelli. Vous voilà libre. »

Une agitation assourdissante s'empara aussitôt de la salle. Alors, très vite, le juge déclara à l'intention de Brooks et de Paget :

« Maître Brooks, maître Paget, il reste tout de même un détail dont je voudrais vous entretenir. Je vous attends dans mon bureau d'ici dix minutes. »

Elle fit claquer son marteau. Paget jeta un coup d'œil à Terri. Lorsqu'il releva la tête, Caroline Masters avait disparu.

Le reste ne fut qu'un sonore brouhaha. Certains journalistes se précipitèrent vers les téléphones, d'autres sortirent leurs micro-ordinateurs portatifs. Les cameramen, eux, avaient braqué leurs objectifs sur Mary Carelli.

Celle-ci pleurait. Elle était debout, seule, et des larmes coulaient sur son visage sans qu'elle cherchât à les dissimuler. Elle esquissa un geste vers Paget, mais se ravisa. Déjà, Carlo était près d'elle, l'entourant de ses bras. Lorsqu'il se retourna pour murmurer un mot de remerciement à son père, il pleurait lui aussi. La ressemblance de leurs visages était frappante.

Paget sentit une main sur son épaule. C'était Terri. Elle avait les traits tirés, ne souriait pas.

« Tu as gagné ! » le félicita-t-elle.

Il se retint pour ne pas l'embrasser.

« *Nous* avons gagné, tu veux dire ! rectifia-t-il. Et maintenant, tu n'as plus rien à craindre… »

Caroline Masters les invita à prendre place. Brooks était venu avec Sharpe, Paget avait amené Terri.

« Vous avez fait ce qu'il fallait », dit Masters à Brooks.

Ce dernier lui lança un sourire énigmatique.

« J'espère que la presse envisagera les choses de la même façon.

— Je l'y aiderai, McKinley. Je peux en parler tout de suite. »

Elle lui adressa l'un de ces sourires froids dont elle avait le secret.

« Préférez-vous le mot *courage* ou *intelligence* ?

— *Courage*, s'il vous plaît. *Intelligence* me paraît un peu mou pour un procureur.

— C'est ce que je pensais aussi. Je m'en tiendrai donc à *courage*. »

Il y avait dans cet échange un malaise caché, un non-dit. Paget, toutefois, se sentait trop hébété pour déterminer de quoi il s'agissait. Il avait vécu si longtemps avec l'*affaire Carelli* et le spectre de ces cassettes qu'il ne pouvait accepter que tout fût terminé. Il tenait d'ailleurs son attaché-case contre lui.

Caroline Masters s'enfonça dans son fauteuil.

« J'ai pour ma part une inquiétude personnelle, dit-elle. C'est un problème qui est né dans cette pièce et qui doit donc être réglé ici. Celui des cassettes. » Elle se tourna à nouveau vers Brooks. « Étant donné que nous avons classé l'affaire, les deux cassettes dont je dispose — celle de Laura Chase et celle de Mary Carelli — ne constituent plus des pièces à conviction. Vous êtes d'accord ? »

Brooks lui lança un coup d'œil rapide :

« Oui. »

Masters le considéra encore un moment.

« Il y avait dans cette affaire deux choses que je trouvais particulièrement troublantes. La première est la souffrance de Mlle Linton, et celle de Mmes Rappaport et Caldwell. Toutefois, faire témoigner Mlle Linton était la seule façon pour Mme Carelli d'assurer sa défense. Cela est triste à dire, mais si la justice refuse ce genre de témoignages — qui établit, en l'occurrence, la pathologie sexuelle de Mark Ransom —, on parviendra à démontrer trop peu de crimes sexuels et trop de femmes continueront à être violées. Le témoignage public est notre unique moyen de rétorsion.

« Toutefois, il n'en est pas de même pour les cassettes. Si je les rends à leur propriétaire, un autre romancier aura vite fait de s'en emparer et de tirer profit de Laura Chase et — après ce procès — de Mary Carelli. » Elle eut un léger sourire. « Alors, peut-être devrais-je demander à Mme Steinhardt l'autorisation de brûler ces cassettes ou de découper les bandes magnétiques en petits morceaux. Mais je ne le ferai pas. Je confierai plutôt la cassette de Mary Carelli à maître Paget. Ce n'est que justice. »

Paget s'efforça de combattre sa surprise. « Je vous remercie pour elle », répondit-il avec calme.

Masters hocha la tête, puis se tourna vers Brooks.

« Quant à la cassette qui implique Laura Chase et James Colt, je vous laisse le soin de la conserver. Je suis sûre que l'on peut croire en votre discrétion en attendant que les problèmes de propriété soient résolus. »

Brooks sourit.

« Bien entendu. »

Masters considéra à nouveau Paget.

« Ce qui me mène, maître, aux deux cassettes manquantes : le second enregistrement de Mme Carelli et celui qui concerne Lindsay Caldwell. » Elle jeta un bref coup d'œil en direction de Sharpe. « Je ne vous demanderai pas si vous savez où elles se trouvent : je ne vois pas quelle raison vous auriez de les dissimuler. Mais de toute façon, même s'il y avait une raison, elle n'existe plus. »

Lentement, Paget hocha la tête. Il ne trouva rien à répondre. Elle se tourna à nouveau vers Brooks.

« Je suppose que pour votre part, vous n'avez plus aucun intérêt pour ces cassettes ?

— Non. »

Le juge Masters se leva brusquement.

« Dans ce cas, cela conclut notre affaire. Vous avez tous bien travaillé et je vous en félicite. »

Ils prirent congé et sortirent. Paget était le dernier. Lorsqu'il se retourna pour refermer la porte, Masters s'était déjà rassise. Elle lui lança un coup d'œil :

« Oui ?

— Je me demandais, Votre Honneur, si j'allais vous revoir. »

Le fin sourire apparut.

« Dans un tribunal d'instance ? J'espère que non. Pour notre bien à tous les deux. » Le sourire s'estompa. « Mais il reste une dernière chose que je voulais vous dire. »

Cette fois, ce fut à Paget de sourire.

« Vous ne pouvez plus me dire que je vais perdre cette affaire ! »

Caroline Masters ne lui rendit pas son sourire.

« Mary Carelli, dit-elle à mi-voix, a beaucoup de chance. Je tenais à vous le dire. »

En sortant, Paget aperçut Marnie Sharpe debout près de la fontaine d'eau fraîche. Il se dirigea vers elle.

« Alors, que s'est-il passé ? demanda-t-il.

— Nous avons classé l'affaire. »

S'interrompant, Sharpe le considéra tranquillement.

« Mais vous me demandez peut-être ce qui s'est *réellement* passé ?

— Oui. »

Elle se tourna vers l'autre extrémité du couloir. À une bonne distance, Brooks et Terri discutaient. Leurs visages étaient décontractés, comme deux avocats dont le conflit avait été résolu. Sharpe eut un petit haussement d'épaules.

« Comme je suppose que vous serez la dernière personne à en parler, dit-elle, je peux vous donner une version condensée.

— Avec plaisir. Dites-moi ce qui s'est passé.

— C'est Caroline. Hier après-midi, elle nous a appelés. »

Paget se montra surpris, même si, au fond, il s'en était douté.

« Qu'a-t-elle dit ?

— Que le témoignage du docteur Bass l'avait fait à nouveau réfléchir sur l'exclusion de Melissa Rappaport et de Lindsay Caldwell. J'ai commis une erreur, c'est évident. Elle a dit également que cette affaire — indépendamment des ''causes probables'' — était trop trouble pour envoyer Mary Carelli aux assises. Ce sur quoi je peux dire, puisque tout est fini, que je pense qu'elle avait tort.

— Et cela a suffi à convaincre Brooks ? »

Sharpe eut un sourire contrarié.

« Il y avait autre chose. Caroline nous a expliqué qu'elle avait le choix entre deux décisions : la première était de prononcer un non-lieu, en prenant le risque de voir sa sentence révoquée et de passer pour un mauvais juge. L'autre possibilité — qu'elle préférait — consistait à rouvrir l'instruction en intégrant les témoignages de Rappaport et Caldwell au dossier. Seulement, si elle le faisait, l'électorat n'hésiterait pas à sanctionner Brooks. » Sharpe prit un ton moqueur : « Bien sûr, a-t-elle dit à Brooks, il y a parfois un prix à payer quand on s'acharne sur un dossier auquel on croit. Mais elle lui a donné une troisième possibilité : classer l'affaire. Dans ce cas, elle lui promettait de l'aider à avoir l'air d'un homme politique conscient de ses responsabilités.

— Cette proposition n'était pas si mauvaise. Entre Linton, Caldwell et Rappaport, les jurés auraient fini par haïr Ransom. Et finalement, Mac aurait regretté que Caroline n'ait pas elle-même classé l'affaire. »

Sharpe jeta un coup d'œil par-dessus son épaule. Brooks et Terri discutaient toujours.

« Il l'a compris, dit-elle à mi-voix. Mais il y avait encore autre chose. Les cassettes. Il ne voulait pas que la cassette de Laura Chase soit rendue publique, étant donné les conséquences que cela aurait sur la famille Colt. C'est pourquoi il était prêt à fermer les yeux sur l'enregistrement de Mary.

— Je dirais que c'est une attitude prudente. Surtout avec le fils de James Colt briguant le siège de gouverneur. »

Sharpe hocha la tête.

« Mac voyait déjà le prochain D.A. marchant sur sa tombe. Il a longtemps réfléchi à ce que ferait Caroline s'il refusait sa proposition. Puis il a résolu d'accepter. C'était la bonne décision, je pense.

— Si Mac ne l'avait pas suivie, je me demande vraiment comment elle aurait réagi.

— Moi, je crois savoir : je l'ai vue dans le bureau des huis clos, avec ces femmes... Mais je n'en ai pas parlé à Mac.

— Et à moi, me direz-vous ce que vous pensez ? Maintenant que tout est terminé ? »

Sharpe le considéra un long moment.

« C'était du bluff, répondit-elle enfin. Caroline aurait classé l'affaire et pris ses risques. Car jamais elle ne se serait résolue à faire témoigner ces deux femmes en public. Surtout pas Caldwell.

— Vous croyez ?

— J'en suis certaine. Caroline a dit cela pour mettre un terme à cette affaire, c'est tout. Elle voulait seulement s'assurer que les cassettes ne seraient pas divulguées. »

Chapitre huit

Ce soir-là, Paget se regarda à la télévision pour la dernière fois.

Le journal s'ouvrit sur McKinley Brooks, campé sur les marches du palais de justice, expliquant, calme et sûr de lui, comment il avait pesé le peu de preuves dont il disposait face à l'importance des problèmes posés. Le commentateur cita également Caroline Masters, qui avait qualifié la décision du D.A. de « sage et courageuse ». Comme l'avait souhaité Paget, son propre temps de passage fut bref. Il remerciait le D.A. et exprimait son admiration pour le juge Masters.

« Quant à Mary Carelli, poursuivait la présentatrice, ses commentaires à la sortie du tribunal avaient une modération à laquelle elle ne nous avait pas habitués. »

Mary apparut à l'écran. Son visage exprimait le soulagement, mais non une joie débordante. Elle semblait trop épuisée pour sourire. Carlo se tenait près d'elle.

« Je voudrais remercier Christopher Paget, commença-t-elle, qui a apporté à ma défense plus que je n'aurais jamais pu espérer. »

Elle s'interrompit là, comme pour chercher ses mots. À l'écran, son visage apparaissait en gros plan.

« Je voudrais également remercier tous ceux qui m'ont soutenue. Surtout ces femmes qui sont venues témoigner en ma faveur — en particulier Marcy Linton. Dans une affaire comme celle-ci, malheureusement, il semble qu'il n'y ait pas d'autre moyen de se défendre.

« Quant à moi, je suis soulagée. Je continuerai toujours à penser à la mort de Mark Ransom, mais j'espère que vous me pardonnerez si je ne souhaite plus en parler, si ce n'est, bien entendu, pour les problèmes qu'elle soulève. Pour moi, c'est terminé. Dans trois jours, je compte retourner à New York et reprendre ma vie. »

Elle s'interrompit à nouveau, puis poursuivit d'une voix plus douce. « Mais quand je le ferai, mes pensées iront vers mon fils, Carlo Carelli Paget. Des pensées qui sont trop personnelles pour être partagées, mais trop profondes pour que je n'en parle pas. Comme son père, Carlo m'a donné bien plus que je n'aurais jamais pu souhaiter. »

Paget vit un sourire éclairer le visage de Carlo. Mary le regardait. Puis elle conclut pour les journalistes :

« C'est tout ce que j'avais à vous dire. »

À cet instant, la sonnerie de la porte d'entrée retentit. Paget savait que c'était Mary. Elle se tenait devant la porte, sa voiture noire garée en double file. « Carlo est prêt ? demanda-t-elle.

— Presque. Il vient de sortir de sa douche, je crois. » Il hésita. « Veux-tu entrer ?

— Ça ne te dérange pas ? »

Paget la considéra un instant puis, lentement, fit non de la tête. Ils entrèrent dans la bibliothèque. Mary observa le palmier, par la fenêtre. « Carlo m'a parlé de cet arbre, dit-elle. Je comprenais mal pourquoi tu ne l'avais pas abattu en t'installant ici.

— J'attends que Carlo aille à l'université. »

Elle se tourna vers Paget et observa son visage.

« Vas-tu lui dire ?

— Non.

— Pourquoi ?

— Parce que nous avons passé trop de temps à croire que nous étions père et fils. Si bien que maintenant, nous le sommes. »

Si Mary fut soulagée, elle n'en laissa rien paraître.

« Je ne sais pas quoi te dire, Chris.

— Ne cherche pas. Tout ce que tu pourrais dire était sur la cassette. » Il marqua une pause. « J'en sais bien plus que tu n'aurais jamais pu m'expliquer. Les bons côtés, et les mauvais. »

Elle baissa la tête. « Et Carlo et moi ? J'ai envie de le revoir.

— Alors, revois-le. Arrange-toi avec lui, c'est tout. Toi et moi, nous sommes quittes, Mary. Nous avons enfin réglé nos comptes. »

Lentement, elle hocha la tête. Ils étaient silencieux quand Carlo entra dans la pièce. Il leur sourit. Jamais il n'avait paru si heureux depuis le début de l'affaire Ransom. Peut-être même était-ce le plus beau jour de sa vie, songea Paget : son père et sa mère l'aimaient et ils avaient cessé de se faire du mal.

« Tu es très beau, dit Mary. Tu as la même démarche que Chris.

— Ça, je ne peux rien y faire. Mais mes copains me disent que je te ressemble.

— Ils n'ont pas tort », fit Paget.

Mary sourit. « Tu es prêt pour dîner ? demanda-t-elle à son fils.

— Toujours ! »

Ils se dirigèrent vers la porte. Paget les suivit. Soudain, Mary s'arrêta dans l'entrée, saisie d'une idée soudaine. « Puis-je dire un petit mot à Chris ? demanda-t-elle à Carlo.

— Bien sûr. »

Carlo se dirigea vers la voiture. Mary le regarda quelques instants, puis se tourna vers Paget. « Oui ? », interrogea celui-ci.

Elle hésita. « Tu te souviens, sur la cassette, quand j'ai dit au docteur Steinhardt que j'aurais avorté si tu ne m'avais pas protégée ?

— Bien entendu.

— C'était la vérité. » Elle s'arrêta à nouveau, puis ajouta dans un murmure : « Alors, quand tu regardes Carlo et que tu te dis qu'il n'y a rien de toi en lui, penses-y. »

Tard dans la nuit, Paget résolut de brûler les cassettes.

Il les emporta dans la bibliothèque, jeta quelques bûches dans la cheminée et démarra un feu. Il avait le temps : Carlo et Mary avaient prévu de rentrer tard.

Sans trop savoir pourquoi, il fit d'abord brûler la cassette de Lindsay Caldwell. Le lendemain, sans doute par l'intermédiaire de Terri, il trouverait un moyen d'indiquer à l'actrice que ses secrets resteraient désormais préservés. Ce qu'elle choisirait d'en faire ne dépendait plus que d'elle. Puis il saisit la cassette de Mary.

Il resta un long moment immobile, à observer les flammes. Puis il commença à tirer sur la bande magnétique pour la faire sortir du boîtier en plastique.

À cet instant, la porte d'entrée s'ouvrit. Il sursauta.

C'était Carlo. Paget entendit son fils marcher jusqu'à la bibliothèque, attiré sans doute par la lueur du feu ou le craquement des bûches. Instinctivement, il saisit la deuxième cassette de Mary.

Le garçon apparut à la porte.

« Qu'est-ce que tu fais là ? » demanda-t-il.

Paget comprit qu'il n'avait plus le choix.

« Je brûle cette cassette, répondit-il. Et après celle-ci, il y en a encore une autre.

— La cassette qui parle de ma mère ?

— Non. Celle qui parle de ta mère et de *moi*. »

Carlo hésita.

« Mais tu as le droit ?

— Ce n'est plus une pièce à conviction, Carlo. Ce n'est plus désormais qu'une source de souffrance. Je suis libre d'en faire ce que bon me semble. »

Carlo ne le quittait pas des yeux. « Dans ce cas, je peux l'écouter ? Je suis ton fils, après tout.

— Oui, tu es mon fils, Carlo. Mais tu es aussi en train de devenir adulte. Et lorsqu'on est adulte, on accepte que ses parents aient une vie à eux. » Il s'interrompit. « Hier, reprit-il, tu m'as demandé d'aider ta mère. Aujourd'hui, je te demande de nous aider tous les deux. En vivant dans le présent et en laissant de côté le passé. »

Carlo le regardait toujours. Il était étrange, songea Paget, de se retrouver face à Carlo avec, à la main, le secret de sa naissance.

« Mais je vais y penser sans arrêt ! insista Carlo.

— Essaie d'oublier. Ta mère et moi sommes ce que nous sommes pour toi aujourd'hui. Rien d'autre ne compte... Sauf, bien sûr, si tu fais en sorte que cela compte. »

Carlo parut pensif.

« Et que ferais-tu, toi, à ma place ? »

Silencieux, Paget examina la cassette. Puis il la lança à Carlo. Ce geste lui rappela le jour où il avait envoyé une balle au petit garçon de Boston. Mais cette fois, bien sûr, Carlo la rattrapa.

« Je m'aiderais à brûler ça », répondit-il.

Carlo le dévisagea encore un instant, puis baissa les yeux sur la cassette.

« Combien de temps t'a pris la première ? interrogea-t-il. Tu n'as jamais été très manuel, toi. »

Paget sourit.

« Cela se transmet toutes les deux générations. Mon père, lui, a réussi à construire un bateau dans une bouteille. »

Carlo hésitait encore. Enfin, il vint s'asseoir sur le tapis, près de Paget. Ensemble, ils contemplèrent les flammes, adossés à la table basse, tout en dévidant les bandes magnétiques.

« Je parie que tu prévoyais de faire ça sans moi », lança Carlo.

Paget se tourna vers lui.

« Mais au fait, pourquoi es-tu rentré si tôt ? Pas de problème, j'espère !

— Non, non. Mais maman et moi, on va partir en week-end demain. Alors nous avons dîné et ensuite, j'ai eu envie d'être avec toi.

— Pourquoi ? »

Le garçon haussa les épaules, un vague sourire aux lèvres. « Qui le sait ? »

Ils restèrent là, assis côte à côte dans un silence complice, déroulant les deux cassettes du passé. Lorsque Carlo eut terminé, il garda la bande magnétique à la main. Puis il se leva et, lentement, jeta le tout dans le feu. Le ruban parut absorbé par la chaleur. Ensemble, ils le regardèrent se consumer, emportant avec lui la vérité sur la naissance de Carlo. Ainsi, pensa Paget, tout rentrait dans l'ordre. Car ce qu'il avait appris de Carlo, c'était qu'être parent n'avait rien à voir avec les liens du sang, tout comme fonder une famille ne pouvait garantir l'amour entre ses membres. Ces liens, c'était à chacun de les nouer, Paget le savait désormais. Nous les renforçons peu à peu, jour après jour, en choisissant qui nous voulons aimer et comment se transmettra cet amour. Et, par ces choix, nous nous définissons nous-mêmes.

Paget regarda son fils. Sans doute Carlo aurait-il lui aussi beaucoup appris de la cassette. Mais la leçon que celle-ci enseignait était destinée à Paget. Carlo, lui, l'apprendrait d'une autre façon. La capacité d'aimer, il la possédait déjà.

Paget jeta la première cassette de Mary au feu. Ils la regardèrent disparaître dans les flammes.

« Voilà, dit Paget. C'est fini. »

Cette nuit-là, pour la première fois depuis des semaines, Paget dormit d'un sommeil profond. Le matin, Carlo alla rejoindre Mary. Paget resta à la maison.

Il traîna au petit déjeuner, négligeant le journal du matin. Puis il sortit sur le balcon. Il avait l'esprit léger et c'était bien ainsi.

Le soleil du matin était éclatant. Quelques voiliers traversaient la baie. Au loin, les maisons de stuc rose et blanc brillaient dans la lumière. Paget aimait à nouveau San Francisco.

La sonnerie de la porte d'entrée retentit. Ce devait être un journaliste, pensa Paget, ou le facteur. Il fut tenté de ne pas répondre, mais la curiosité l'emporta. Il ouvrit la porte.

C'était Terri.

Elle portait un blue-jean et un tee-shirt et paraissait plus soucieuse encore que la veille. Paget lui sourit. « Le procès est terminé, dit-il. Tu as le droit de rentrer chez toi. Et même de te reposer. »

Elle hésita.

« C'est que... je suis un peu perturbée en ce moment. »

Il hocha la tête.

« Cela arrive parfois après un procès... J'étais sur le balcon. On y retourne ensemble ?

— Si tu veux, mais pas trop longtemps. »

Paget comprit que quelque chose n'allait pas, mais résolut de ne pas poser de questions.

Ils s'installèrent sur le balcon. Terri resta debout contre la rambarde, à regarder la baie. Une brise légère faisait voler ses cheveux. La jeune femme demeurait silencieuse. Paget l'observait. Elle avait la tête rentrée dans les épaules et fixait obstinément la mer.

« Tu vas bien ? » demanda-t-il enfin.

Elle ne se retourna pas.

« Oui et non », répondit-elle.

Paget vint se placer près d'elle sans rien dire. Lorsqu'elle se tourna vers lui, elle avait un regard profond et grave.

« J'ai quitté Richie », dit-elle.

Immédiatement, il comprit qu'elle n'était pas là pour lui demander de l'aide ou des conseils. Elle était simplement venue à lui.

« Ai-je bien fait ? » interrogea-t-elle.

Il peina pour trouver ses mots.

« J'ai quarante-cinq ans, dit-il enfin, et un fils adolescent. Tu viens de te séparer. Et tu travailles pour moi. » Sa voix s'adoucit. « N'importe quel psychologue américain te dirait que ce n'était pas une très bonne idée de venir ici, et que tu as d'abord besoin de temps pour y réfléchir. »

Elle le considéra.

« Mais toi, qu'en penses-tu ? »

Ils se regardèrent, craignant tous les deux de prendre la parole. D'après ce que Paget allait dire — il le savait —, Terri déciderait si elle allait rester ou partir.

« Cela ne va pas être simple, déclara-t-il enfin.

— Je sais. Je me suis posée beaucoup de questions. Mais jusqu'à présent, nous ne pouvions que nous interroger. Maintenant, nous pouvons tenter l'expérience et voir si ça marche. »

Un moment s'écoula. Puis, spontanée et bienfaisante, la surprise de sa bonne fortune fit sourire Paget.

« Tu me ferais vivre dans l'ombre de Richie ?

— Oui. S'il te plaît. Le plus vite possible... »

Elle sourit de toutes ses dents. Paget éclata de rire.

« D'accord, dit-il. Mais avant, j'ai une question à te poser.

— Laquelle ?

— Est-ce que ta mère aurait fait cela ?

— Ah non ! » Terri se pencha en arrière, secouant la tête, souriante. « Ce coup-ci, c'est moi toute seule. »

Achevé d'imprimer en août 1995
sur presse CAMERON
dans les ateliers de B.C.I.
à Saint-Amand-Montrond (Cher)
pour le compte de France Loisirs, Paris

N° d'édition : 25842. N° d'impression : 4/635
Dépôt légal : août 1995
Imprimé en France